KAREN SWAN

Die Inseltöchter – Der letzte Sommer

GOLDMANN

Karen Swan

Der letzte Sommer

Die Inseltöchter

Roman

Aus dem Englischen
von Anne Fröhlich

GOLDMANN

Die englische Originalausgabe erschien 2022 unter dem Titel
»The Last Summer« bei Macmillan, an imprint of PanMacmillan, London.

MIX
Papier | Fördert
gute Waldnutzung
FSC® C014496

Penguin Random House Verlagsgruppe FSC® N001967

1. Auflage
Deutsche Erstveröffentlichung April 2024

Umschlaggestaltung: UNO Werbeagentur, München
Umschlagmotive: gettyimages / Scott Robertson; © FinePic®, München
Redaktion: Ann-Catherine Geuder
LS · Herstellung: ik
Satz: GGP Media GmbH, Pößneck
Druck und Bindung: GGP Media GmbH, Pößneck
Printed in Germany
ISBN: 978-3-442-49383-8

www.goldmann-verlag.de

Für Laura Tinkl,
die jetzt Teil unserer Geschichte ist

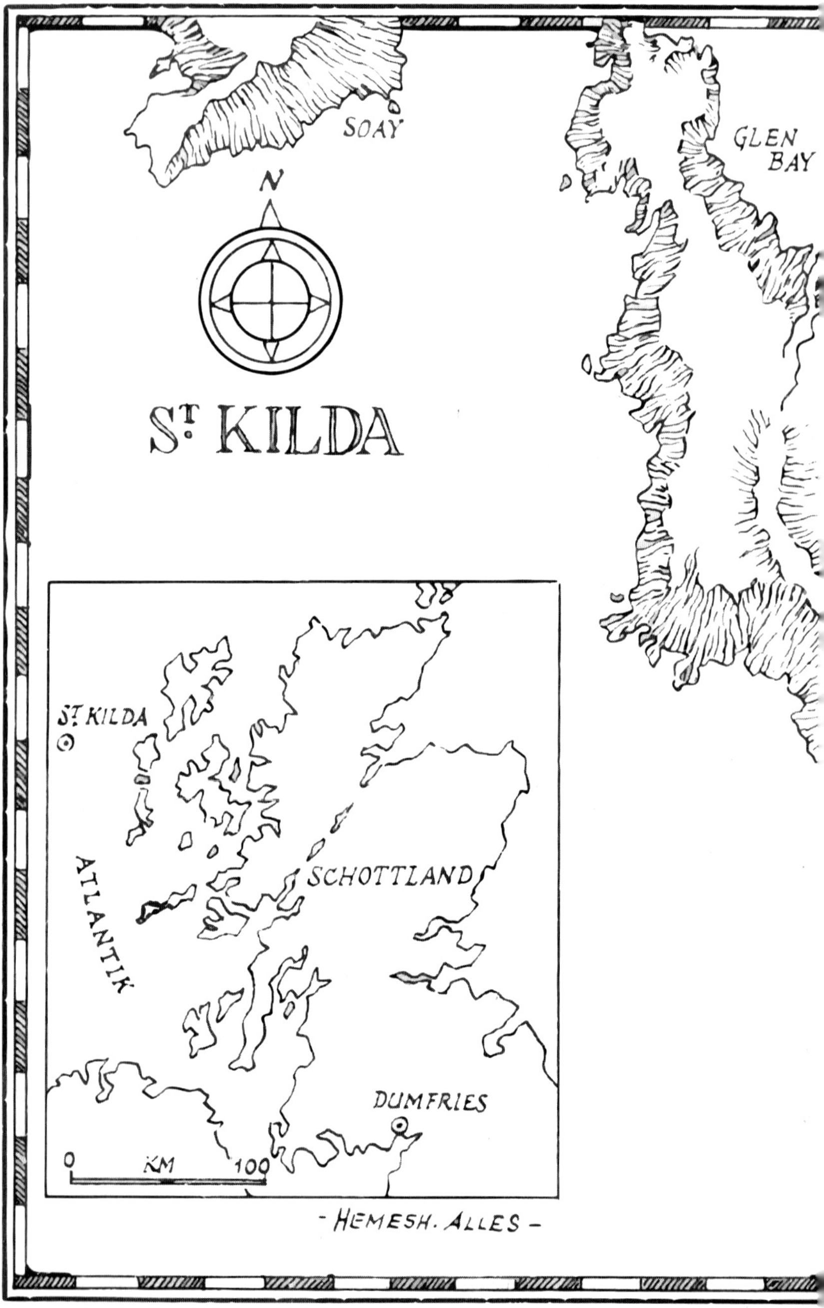
SOAY
GLEN BAY
N
St. KILDA
St. KILDA
ATLANTIK
SCHOTTLAND
DUMFRIES
0
KM
100
- HEMESH. ALLES -

BORERAY
PAPAGEIENTAUCHER
AMAZON'S HOUSE
CONACHAIR
KLETTER-VORFÜHRUNG
BULLENSTALL
AN LAG
OISEBHAL
EFFIES HAUS
VERWALTER-HAUS
E
AM BLAID
STURM-CLEIT
VILLAGE BAY
RUAIVAL
DÚN
0.5
1
KILOMETER

Prolog

21. Juni 1930
Glen Bay, St. Kilda

Drei junge Frauen saßen im Schneidersitz im Gras, die tief stehende Sonne warf bereits lange Schatten. Träge Schafe, die auf den Hängen weideten, suchten an niedrigen Steinmauern Schutz, zuckten mit ihren kurzen Schwänzen gegen die Fliegen an und warteten auf eine frische Brise. Es war der längste Tag des Sommers, der Himmel schien den Atem anzuhalten, eine trockene Hitze hing über allem wie ein Schleier. Die Frauen arbeiteten im Gleichtakt, während sie Vögel rupften. Weiße Daunen sprenkelten die Wiese wie Gänseblümchen.

Flora hielt inne und wischte sich mit dem Handrücken über die Stirn. »Das hier werde ich nicht vermissen.«

»Natürlich nicht. Du wirst dich nicht mal daran erinnern«, sagte Effie mit einem spöttischen Seitenblick. »Du wirst in deinem mehrstöckigen Haus wohnen und das Leben einer feinen Dame führen, wirst einen Lippenstift besitzen und ein Radio und kaum glauben können, dass du jemals Sturmvögel rupfen musstest.«

Flora setzte sich aufrecht hin; die Vorstellung gefiel ihr. »Ihr müsst mich unbedingt besuchen. James sagt, es gibt für jede von euch ein eigenes Schlafzimmer, ihr bekommt neue Kleider, und wir gehen ins Theater und in Restaurants …«

Mhairi runzelte die Stirn. »Echte Restaurants?«

Effie lachte. »Echte Restaurants! Dort servieren sie einem Geflügel, das andere gerupft und zubereitet haben.«

»Oh … das muss schön sein.«

»James sagt, in Glasgow kann man einen Monat lang jeden Abend ausgehen, ohne zweimal am selben Ort zu essen.« Flora warf ihr langes dunkles Haar zurück.

Effie zuckte mit den Schultern. »Was ich zu essen kriege, ist mir egal, solange ich satt werde.«

Mhairi hatte aufgehört zu arbeiten und die Hände in den Schoß gelegt. Als die anderen irritiert aufblickten, sahen sie, dass sie mit den Tränen kämpfte.

»Schscht, Mhairi«, sagte Flora schnell. »Alles wird gut.«

»Wie kannst du das behaupten? Bei mir ist es anders als bei dir. Wenn wir erst mal dort sind, bekommst du alles, was du dir je gewünscht hast. Aber ich werde alles verlieren! Und niemand kann etwas dagegen tun.«

»Du weißt nie, was passiert. Irgendwann wird sich auf ruhigem Meer eine Welle erheben. Alles ist möglich, Mhairi.« Flora strich ihrer Freundin über das flammend rote Haar, dann griff sie nach ihrer Hand. »Du musst einfach daran glauben, dass du an einem anderen Ort glücklich wirst.«

Mhairi zog ihre Hand weg. »Das sagst du immer, aber … es ist einfach zu viel verlangt!« In ihren grauen Augen loderte es. Sie hatte ein offenes und sanftes Wesen, aber jetzt brach sich ihr Ärger Bahn.

»Ich weiß. Und ich wäre an deiner Stelle auch aufgebracht. Ich wäre verrückt vor Kummer«, stimmte Flora ihr teilnahmsvoll zu. »Aber du bist ein besserer Mensch als ich. Du bist durch und durch gut. Ich bin es nicht mal an der Oberfläche.«

»So schlimm ist es nun auch wieder nicht.« Effie verdrehte die Augen.

»Nicht? Ich verliere ja schon die Beherrschung, wenn mir der Wind die Haare durcheinanderbringt. Ich fluche, wenn ich mir an der Kirchenbank das Knie stoße. Wenn das hier nicht wäre« – sie legte die Hände an ihr schönes Gesicht –, »dann hätte man mich schon vor Jahren über die Klippen gestoßen.«

Einen Moment herrschte Schweigen, dann breitete sich auf Floras Gesicht ein schelmisches Grinsen aus.

Mhairi musste gegen ihren Willen kichern. »Das hätte man nicht«, sagte sie tadelnd und tätschelte liebevoll Floras Knie. »Du hast jede Menge gute Eigenschaften.«

»Ich bin ein hübsches Ungeheuer«, erklärte Flora und sah nicht im Geringsten bekümmert aus. »Und Effie ist eine flachsblonde Wilde …«

»He!«, protestierte Effie, die lange Hosen trug, um ihre Knie und Schienbeine zu verbergen, die vom vielen Klettern auf den Felsen völlig verschorft waren.

»Du bist die Beste von uns, Mhairi. Es ist ausgeschlossen, dass das nicht irgendwann belohnt wird«, sagte Flora mit der ihr typischen Bestimmtheit. »Auch wenn du jetzt noch nicht daran glauben kannst. Du musst einfach darauf vertrauen.«

Mhairi schüttelte traurig den Kopf. Mit ihrer leidenschaftlichen Art konnte Flora die anderen normalerweise von allem überzeugen – dass der Himmel grün war und das Meer schwarz –, aber Mhairi hatte nicht das Bedürfnis, sich eine ungewisse Zukunft auszumalen, wenn sie doch bereits alles hatte, was sie sich wünschte. Wenn sie nur hierbleiben könnten … Aber die Entscheidung war gefallen, und sie konnten es nicht ändern – keine von ihnen.

»Und das Gleiche gilt für dich.«

Effie zuckte zusammen und hielt den Atem an, als Flora ihren eindringlichen Blick auf sie richtete. Sie schloss die Augen und wünschte sich, ihre Freundin hätte recht. Aber wenn es für sie selbst noch irgendwie gut ausgehen sollte, musste sie mehr tun, als nur ein Schiff zu besteigen. Nicht weil ihr neues Leben noch in so ferner Zukunft lag und an einem unbekannten Ort. Nein, der Grund war ein anderer: eine unaussprechliche, ja undenkbare Bedrohung. Das Gefühl von Unheil hing über ihr wie ein Damoklesschwert, egal was sie tat, ob sie nun Torf stach oder Beete hackte. Es war wie ein Schatten, der sie bis in ihre Träume verfolgte.

»Du wirst dort frei sein«, sagte Flora voller Inbrunst.

Effie schluckte und nickte – sie wollte es so gerne glauben. Eine Weile sprach keine von ihnen. Irgendwie schien es immer noch unmöglich, hier auf dieser abgelegenen Insel mit dem Bösen in Berührung zu kommen. Doch in diesem Frühjahr hatte sich alles geändert.

»Es ist noch eine Weile hin, aber du solltest vorbereitet sein, für alle Fälle«, sagte Flora. »Man muss seine Köder ausgraben, bevor die Flut kommt.«

»Ich weiß.« Effie hatte nach und nach zusammengetragen, was sie brauchte, wobei sie darauf geachtet hatte, die kleinen Diebstähle nicht zu dicht aufeinanderfolgen zu lassen, damit es nicht auffiel, wenn ein Stück Seil oder ein verrostetes Messer aus einem Boot verschwanden. Noch eine einzige Sache fehlte ihr, aber sie wusste, dass sie die auf der Insel nicht bekommen würde. »Und ich habe es bald geschafft, wenn Captain McGregor mir hilft.«

»Wann legt er ab?«, fragte Mhairi beklommen.

Effie blickte zur sinkenden Sonne, um die Uhrzeit abzuschätzen. Sie stand schon unterhalb der Mullach-Bi-Klippen; etwa drei Stunden würde es wohl noch hell sein. Aber bei einem Fußweg von zwei Stunden auf die andere Seite der Insel …

»Bald. Ich sollte mich auf den Weg machen.« Sie wollte aufstehen, aber Flora ergriff ihre Hand.

»Warte!«

Sie saßen in ihrem kleinen Kreis und hielten sich an den Händen. Das Tosen des Meeres und das Tschilpen der Zaunkönige um sie herum fügten sich zu einer Symphonie.

»Ich weiß, es ist nicht leicht«, sagte Flora. »Für euch beide ist es besonders schwer. Bald gehen wir von hier fort, und alles wird anders sein, als wir es kennen. Manches besser, anderes schlechter. Aber ich weiß auch, dass wir eines Tages auf diesen Moment zurückblicken werden – auf uns drei, wie wir im Gras sitzen, mit Federn in den Haaren und toten Vögeln auf den Knien –, und etwas davon wird immer noch da sein.«

»Was?« Mhairi blinzelte.

»Wir. Das hier.« Flora drückte ihre Hände fester. »Wir

werden immer St.-Kilda-Mädchen sein, wohin es uns auch verschlägt. Ma sagt immer, dass etwas kein Geheimnis mehr ist, wenn drei Menschen davon wissen, aber in unserem Fall täuscht sie sich. Was wir drei tun, wird niemand außer uns je erfahren.« Sie legte sich einen Finger an die Lippen. »Wir sind Schwestern. Ja?«

Mhairi nickte und Effie, die einen merkwürdigen Kloß im Hals hatte, ebenfalls. Sie war nicht der sentimentale Typ, aber das alles drohte ihr unter die Haut zu gehen. Sie stand auf, die Schultern hochgezogen, ihr schmaler Körper spröde und zerbrechlich wie ein Zweig. »Ich komme wieder, sobald ich kann.«

Als sie sich umdrehte und auf den Bergkamm zuging, konnte sie die besorgten Blicke ihrer Freundinnen spüren. Sie wollte bei ihnen bleiben. So tun, als wären sie immer noch kleine Mädchen, und als wäre das Leben, wenn auch nicht leicht, so doch wenigstens gerecht. Aber diese Zeiten waren vorbei, und sie wusste, sie musste der Zukunft ins Auge sehen. Flora hatte recht – sie hatte immer recht: Jetzt war der Moment, den Köder auszugraben. Bevor die Flut kam.

Vorher

1. Kapitel

Ein Monat zuvor – 13. Mai 1930

Am Strand bellten die Hunde. Die alten Frauen waren vor ihre Haustüren getreten und blickten stirnrunzelnd auf die Bucht hinunter. Es herrschte Ebbe, schon den ganzen Tag wehte ein heftiger Wind, der das Meer aufwühlte, und die Vögel kreisten aufgeregt über den Wellen.

Effie blieb auf dem Melkstein sitzen und füllte gelassen den Eimer, die Wange an Ionas Bauch. Sie wusste, dass es noch mindestens zwanzig Minuten dauern würde, bis ein Schiff um die Landzunge kam, auch wenn es bei diesem Wind heute etwas schneller gehen mochte. Poppit, ihre Collie-Hündin – braun mit einem weißen Fleck über dem Auge –, saß neben ihr, die Ohren aufgestellt, und blickte zum Wasser hinunter, in Erwartung der noch weit entfernten Eindringlinge. Sie wich nicht von Effies Seite.

Von ihrem erhöhten Standpunkt aus konnte Effie die Dorfbewohner umherlaufen sehen. Das Melkgehege lag auf einem Drittel des Weges zum Gipfel, und sie genoss jedes Mal die Aussicht. Es war ein Dienstag, also Waschtag, und die jüngeren Frauen standen mit gerafften Röcken in den Bächen und unterhielten sich, während sie ihre Wäsche schrubbten. Wären Besucher auf die Insel gekommen, hätten die Frauen ihre Laken nicht an den Leinen flattern lassen, aber in dieser Woche wurden keine Touristenschiffe erwartet. Wenn ein Fischkutter eintraf, machte das nichts aus – die meisten der Kapitäne waren Freunde.

Aufgrund der Lage in einem Talkessel konnte man das Kommen und Gehen jedes Dorfbewohners von beinahe jedem Punkt aus beobachten. Die Hänge stiegen zu drei Seiten erst sanft an, führten dann weiter oben zu hohen Felsen, die auf der anderen Seite zur tosenden See hin steil abfielen. Nur auf der südöstlichen Seite flachten sie zu einem Kiesstrand ab, geformt wie der Schnabel einer Milchkanne. Das war die einzige Stelle, an der man auf der Insel anlegen konnte. Die See war rau, aber glücklicherweise grenzte die Insel Dùn – nicht viel mehr als ein Stück karger Fels in Form eines Fingers – beinahe an die Küste von Hirta, der einzigen bewohnten Insel des Archipels St. Kilda. Die kleine Nachbarinsel bildete einen natürlichen Wellenbrecher, sodass die Village Bay im grauen Gewässer des nördlichen Atlantiks einen sicheren Hafen bildete. Während besonders heftiger Stürme hatten hier schon bis zu zwanzig Schiffe Zuflucht gesucht.

Kutterfischer, Walfänger und Matrosen – alle, die in der Village Bay Schutz fanden – schwärmten von dem hübschen Anblick des einladenden Dörfchens, das sich in das Oval der Bucht schmiegte, mit rauchenden Schornsteinen und flackernden Öllampen. Die grauen Cottages, dazwischen vereinzelte traditionelle Blackhouses, die seit den 1860er-Jahren zunehmend verfielen, standen Seite an Seite an der Ostseite der Bucht, entlang einem Deich aus massiven Steinen. Wenn man von den Bergkämmen hinunterblickte, sahen sie aus wie eine

Reihe von Zähnen. Riesenzähne, hatte Effies Mutter immer gesagt.

Durch seine Lage war das Dorf vor dem Wind geschützt, der über die Hänge pfiff und so stark war, dass er Felsbrocken lockern und Dächer von den Häusern reißen konnte (jedenfalls bevor der Landlord, Sir John MacLeod of MacLeod, sie mit Stahlbändern hatte befestigen lassen).

Es gab nur eine einzige Straße, einen breiten, grasbewachsenen Weg, der zwischen den Cottages und einer breiten, niedrigen Mauer entlangführte, hinter der Anbauflächen lagen. Die Dorfstraße war das Herzstück des Insellebens. Hier versammelte man sich an schönen Tagen im Windschatten der Häuser, um die Sonne zu genießen. Die alten Frauen saßen mit Strickzeug oder am Spinnrad vor ihren Türen, Kinder rannten an der Mauer entlang, gelegentlich stieg eine Kuh darüber. Jeden Morgen trafen sich die Männer vor der Nummer fünf oder sechs zum »Parlament«, um ihre täglichen Absprachen zu treffen oder Aufgaben zu verteilen, und nach dem Abendessen schlenderte man hier entlang, um die »Abendnachrichten« zu erfahren.

Zu jedem Cottage gehörte auf der anderen Seite der Dorfstraße ein schmales, von Mauern eingefasstes Grundstück, das bis hinunter zum Strand reichte. Hier bauten die Dorfbewohner in traditionellen Lazybeds ihre Kartoffeln an, hängten Wäsche auf und ließen ihre wenigen Nutztiere überwintern. Während der Sommermonate wurden die Kühe hinter dem Deich gehalten, während die vielen Schafe in der Glen Bay auf der anderen Seite der Insel weideten. Von der Village Bay durch einen hohen Bergkamm, den Am Blaid, getrennt, fielen die Felswände auf der anderen Seite steil in eine enge Bucht ab. Auf der Nordseite waren die Wellen unerbittlich, und dort drüben gab es keinen nennenswerten Strand. Auch wenn die Dorfbewohner für Notfälle ein Ruderboot bereithielten, war das An- und Ablegen dort nur in den seltenen Fällen möglich, wenn der Wind sich drehte und das Meer vorübergehend still dalag.

Iona hörte auf zu kauen und trat gereizt von einem Bein aufs andere. Gelassen streckte Effie die Hand nach dem Ampfer aus, den sie auf dem Weg herauf gesammelt hatte, und warf ihr noch ein paar Blätter hin. Die Kuh seufzte zufrieden, und Effie fuhr mit dem Melken fort.

Ein paar Minuten später war der Eimer beinahe voll, und Effie setzte sich auf und tätschelte Ionas Flanke. »Gutes Mädchen«, murmelte sie, erhob sich vom Melkstein und blickte den Hang hinab. Wie sie es vorhergesehen hatte, bog gerade der Bug eines Segelschiffs um das Kap von Dùn.

Sie beobachtete, wie das Schiff ruhig in die Bucht glitt, der Anker geworfen und die Segel eingeholt wurden. Doch kein Fischkutter. Die Frauen würden sich ärgern. Dieses Schiff mit seinen drei dünnen Masten und dem gebogenen Rumpf war ein feines Exemplar, eins, das man eher in den azurblauen Gewässern Frankreichs als an den Äußeren Hebriden erwartet hätte.

»Freund oder Feind?«, schallte es durch die Bucht.

Die Crew war von hier aus nur als kleine schwarze

Punkte zu erkennen, aber man konnte sehen, dass die Einheimischen bereits das Dingi fertig machten; die Männer würden kräftig gegen die Wellen anrudern müssen, die an den Strand rollten. Die Passagiere auf der Jacht hatten sich einen ungünstigen Tag zum Segeln ausgesucht. Auf dem offenen Meer musste das Schiff herumgeworfen worden sein wie eine Nussschale, und das Anlegen war kein Kinderspiel, auch wenn Dùn sie vor dem Schlimmsten bewahrte. Der Südostwind ließ das Wasser in der sonst so geschützten Bucht schäumen und brodeln wie in einem Hexenkessel, und es war nicht garantiert, dass die Leute an Land gelangten.

Nur eins stand fest: Auch wenn die Männer es schafften, die Passagiere von Bord zu holen, würde keiner von ihnen trocken bleiben, und das wussten die Dorfbewohner. Aus den Schornsteinen stiegen bereits kleine Rauchwolken auf, Menschen eilten zwischen den Cottages hin und her, nahmen ihre Wäsche ab, zogen sich Schuhe an, schoben ihre Spinnräder so in Position, dass die Besucher sie sehen konnten.

Die Versorgung von Touristen war inzwischen zu einer recht profitablen Nebenbeschäftigung geworden. Auf Hirta selbst, wo es keinen einzigen Laden gab, hatte man zwar keine Verwendung für Geld, aber man konnte einen der Kapitäne darum bitten, beim nächsten Besuch Leckereien mitzubringen. Und wenn der Verwalter kam, um die Mieten einzutreiben, konnte man mithilfe des Geldes eine Extrazahlung leisten. Man konnte sich auch, wie in Floras Fall, einen knallroten Lippenstift besorgen lassen – so einen, wie ihn einmal eine Touristin in Stöckelschuhen benutzt hatte –, auch wenn das reine Verschwendung war, wenn man wie Flora während des Sommers zwölfhundert Schafe drüben in der Glen Bay hüten musste.

Keiner der Dorfbewohner verstand genau, warum die ganze Welt ein solches Interesse an ihnen hatte, aber Ian MacKinnon, der Postmeister und Mhairis Vater, hatte gehört, dass auf St. Kilda gestempelte Postkarten inzwischen ungemein beliebt, wenn nicht gar wertvoll waren. Ihre Lebensweise, so hieß es, sei vom Rest der Welt längst überholt worden. Die Industrialisierung führte dazu, dass sich die Gesellschaft schneller veränderte als je zuvor in den vergangenen Jahrhunderten, und die Leute auf der Insel wurden zu lebenden Reliquien, Kuriositäten aus einer anderen Epoche. Manche Leute mochten sie bemitleiden, aber das war den Bewohnern von St. Kilda völlig egal. Sie hatten gelernt, das Spiel zu ihrem Vorteil zu nutzen – und Effie war darin die Meisterin.

Sie nahm den Milcheimer und begann, den Hang hinabzusteigen, ohne die schwarzen Punkte aus den Augen zu lassen, die sich von dem einen schwankenden Schiff zum anderen bewegten. Wenn die Passagiere erst wieder trocken waren und sich von dem Seegang erholt hatten, musste man ihnen etwas bieten, das wusste sie. Und genau das hatte sie vor.

»Wo machen sie ihre Vorführung?«, fragte ihr Vater mürrisch. Während Effie Rahm zu Butter schlug, stand er am Fenster und blickte hinaus, die Pfeife locker zwischen den Lippen.

»Am Sgeir nan Sgarbh, denke ich«, antwortete Effie, schloss das Butterfass und trat zu ihm. »Dort ist es windgeschützt.«

»Oben am Felsen, aye, aber ob sie unten auf dem Wasser mit dem Dingi zurechtkommen?«

»Archie MacQueen hat starke Arme«, murmelte sie.

»Nur die Beine halten nicht mit«, ergänzte ihr Vater.

»Stimmt, die nicht.« Sie sah drei Männer die Straße entlanggehen. Einen erkannte sie an seinem Gang – Frank Mathieson, den Verwalter, Vertreter ihres Landlords und eigentlicher Herrscher über die Insel –, aber die anderen waren Fremde. Sie trugen gut geschnittene dunkelbraune Anzüge und Hüte, bei einem der beiden war blondes Haar darunter zu erkennen und ein gebräunter Nacken. Effie beschwor ihn, sich umzudrehen, damit sie das Gesicht sehen könnte, das zu diesem Haar und der eleganten Gestalt gehörte, aber jetzt gingen die drei um eine Biegung und verschwanden aus ihrer Sicht.

Die Gruppe, die an Land gekommen war, war enttäuschend klein – ein privater Besuch, hatte Ian MacKinnon erklärt. Das bedeutete, die Trinkgelder würden dürftig ausfallen. Wenn die Frauen ihre Wäsche hereinholen mussten, wollten sie das nicht umsonst getan haben – aber nur zwei Gäste konnten sie dafür kaum entschädigen.

Den Kapitän hatte man im Cottage von Onkel Hamish untergebracht, die beiden anderen Männer wohnten im Verwalterhaus, denn das war das größte der Insel. Effie beneidete sie nicht um Mathieson als Gastgeber.

»Ich bringe das noch schnell ins Kühle«, sagte sie, nahm

das Butterfass und ging hinaus, Poppit im Gefolge. Weiter unten drückten die Besucher gerade der verrückten Annie ein paar Pennys in die Hand, weil sie beim Wolle-Kardieren von der Jagd auf Papageientaucher erzählte oder von der traditionellen Hochzeitszeremonie, bei der das Brautpaar seinen Bund durch den Sprung über einen Besenstiel besiegelte. Annie sprach gut Englisch, anders als die anderen Dorfältesten – was aber nicht bedeutete, dass diese nicht ebenfalls kommunizieren konnten. Effie musste grinsen, als sie sah, wie Ma Peg ein Spiel daraus machte, sich vor der Kamera zu verstecken – als gehörte das Erschrecken über neue Technologien nicht längst der Vergangenheit an. Weitere Münzen wechselten den Besitzer.

Sie ging um das Cottage herum und ein kurzes Stück den Hang hinauf bis zum An-Lag-Plateau, wo die Schafhürden lagen, in die man die Tiere bei schlechtem Wetter trieb. Dahinter ragte majestätisch der Conachair auf, der höchste Berg der Insel. Er sah aus wie ein Trittbrett zum Himmel. Manchmal war er das auch, denn schon vielen waren seine schroffen Abhänge zum Verhängnis geworden. Durch den sanften Anstieg auf der Dorfseite in Sicherheit gewiegt, war man nicht auf die steilen Felsen vorbereitet, die auf der anderen Seite fast fünfhundert Meter steil zum Meer hin abfielen.

Die saftigen Weiden waren von Butterblumen und Grasnelken gesprenkelt, und Effie spürte den federnden Untergrund unter ihren Füßen, während sie an unzähligen identischen Hütten aus grob geschichteten Steinen vorbeiging. Schließlich erreichte sie den Cleit, in dem sie und ihr Vater Butter und Sahne lagerten. Sie bückte sich, um hineinzuschlüpfen und ihr Butterfass darin abzustellen. Obwohl es über tausendvierhundert dieser buckligen Bauten auf der Insel gab, kannte sie alle Cleits, die seit über dreihundert Jahren ihrer Familie gehörten. Jeder einzelne war für Lagerung bestimmter Waren vorgesehen. In diesem hier, unterhalb des An Lag, bewahrten sie Milchprodukte auf, in anderen Vogelfedern, Sturmvogelöl, Pökelfleisch oder Torf. Einige Cleits standen zwar leer, aber auch sie hatten ihre Funktion – als Notfalllager, zum Schutz vor Regen und Wind oder als Schlupfwinkel für Liebespaare.

Während sie den Hang wieder hinunterging und dabei geschickt über die Felsbrocken sprang, die aus dem Gras ragten, sah sie über die Dächer hinweg, dass sich die Dorfbewohner am Strand versammelten, um das Spektakel für die Besucher vorzubereiten.

»Kommst du mit, Effie?«, rief Lorna MacDonald, die gerade aus der Hütte des Postmeisters kam, wo sie manchmal arbeitete. Im Gehen richtete sie sich das goldbraune Haar.

Poppit sprang vor Effie her, als sie auf Lorna zuging. »Aye«, antwortete sie und grinste, »man weiß ja nie, vielleicht springen ein paar Pennys für mich heraus.«

»Und noch mehr.« Lorna zwinkerte ihr zu.

»Was meinst du damit?«

»Er sieht gut aus, der Jüngere. Ein Lächeln von ihm ist auch nicht zu verachten.« Lorna lachte, und ihre braunen Augen funkelten fröhlich.

Effie zuckte mit den Schultern. »Ich habe ihn nur von hinten gesehen.«

»Das ist auch schon nicht schlecht, finde ich.«

Effie schmunzelte. Es erstaunte sie immer wieder, dass Lorna hier im Ort die alte Jungfer war – schon dreiunddreißig Jahre und immer noch unverheiratet –, denn sie war ständig am Schäkern. Leider blieben die männlichen Besucher nie lange, und die Junggesellen im Dorf hatten kein Interesse an einer Frau, die klüger war als sie und außerdem älter und bald nicht mehr im gebärfähigen Alter.

»Was sind das überhaupt für Leute?«

»Reiche«, erwiderte Lorna gleichmütig. »Dem Schiff nach zu urteilen.«

Mit solchen Dingen kannte Lorna sich aus. Sie kam nicht von St. Kilda, sondern hatte sich als gelernte Krankenschwester dazu entschlossen, hier zu leben.

»Gut.« Effie seufzte, als sie sah, dass die Männer mit ihren Seilen sich schon auf den Weg machten. Die Hunde liefen im Rudel vorneweg. »Dann versuche ich, ein paar Pennys von ihnen zu bekommen, und überlasse dir dafür das Lächeln dieses jungen Mannes. Was sagst du dazu?«

»Abgemacht!«

Lorna zwinkerte ihr noch einmal zu, und Effie ging ins Cottage, um ihr Seil zu holen. Es war aus rauem Pferdehaar und lag geschmeidig in ihrer Hand. Ihr Vater saß in seinem Sessel am Ofen – er konnte nicht lange stehen – und stopfte sich eine Pfeife.

»Also, ich gehe jetzt.«

Er sah sie an. Seine Augen wirkten wässrig, die Augäpfel

vom Alter gelblich, aber sein Blick verriet noch immer den starken Mann, der in dem gebrechlichen Körper steckte. Er nickte nur, sentimentale Abschiede waren nicht seine Sache. »Halt dich fest, Lass.«

»Aye.« Sie wusste, dass dies die letzten Worte gewesen waren, die er zu ihrem Bruder gesagt hatte. Kurz schien es ihr, als wollte er noch etwas hinzufügen, als wäre da noch Energie für weitere Worte in ihm. Aber der Moment verstrich, ohne dass er etwas sagte, und so nickte sie ihm nur noch einmal zu und ging hinaus.

Einige der Männer stiegen bereits die Hänge hinauf, Seile über den Schultern. Wie Effie es vorhergesehen hatte, gingen sie in Richtung der Klippen im Osten. Ein paar Felsen, die dort aus dem Wasser ragten, boten genug Schutz vor den heranrollenden Wellen, sodass das festgemachte Dingi während der Vorführung relativ sicher war.

Sie rannte und holte die anderen ein, die sich über die Besucher unterhielten.

»… Freunde des Landlords«, sagte David MacQueen, Floras ältester Bruder, gerade. »Wir sollten unsere Sache also möglichst gut machen.«

»Schade, dass der Wind so stark ist, sonst hätten wir weiter hinaus auf die Spitze gehen können«, sagte ihr Cousin Euan.

»Wenn ihnen speiübel ist, gibt es auch kein Trinkgeld«, antwortete Ian MacKinnon.

»Aber hier sind die Klippen niedriger.«

»Es wird schon reichen. Für Leute wie sie ist jede Klippe hoch.«

Effie ging jetzt neben Mhairis älteren Brüdern her, Angus und Finlay.

»Was machst du denn hier?«, fragte Angus in seinem üblichen spöttischen Tonfall.

»Das Gleiche wie du«, antwortete sie gelassen, ein wenig außer Atem.

»Wir gehen nicht auf Vogeljagd. Das wird nur eine Vorführung.«

»Aye, deshalb bekommt man auch Trinkgeld.«

»Strick ihnen lieber Socken!«

»Du weißt, dass ich dafür nur einen Bruchteil von dem kriege, was ich hier bekommen kann, und wir haben ausgemacht, dass ich mitmachen darf, wenn ihr alle auf den Klippen seid.«

»Du bist eine Nervensäge, Effie Gillies«, stöhnte Finlay.

»Du auch«, gab sie zurück.

Die anderen verdrehten die Augen, aber das kümmerte Effie nicht. Die Freunde ihres Bruders und Brüder ihrer Freundinnen neckten sie schon ihr ganzes Leben lang, und sie wusste sich zu wehren. Als Kinder hatten sie zusammen in den Cleits Verstecken gespielt, hatten zusammen im Schulhaus neben der Kirche lesen gelernt und einander während der Predigten des Pfarrers gegen das Schienbein getreten.

Aber Effie musste sich eingestehen, dass sich die Dinge änderten. Oder sich bereits geändert hatten. Jetzt herrschte eine unterschwellige Spannung, die vorher nicht da gewesen war. Der Tod ihres Bruders hatte sie alle tief getroffen. Außerdem sahen die anderen nicht mehr nur Johns kleine Schwester in ihr. Manchmal bemerkte sie Blicke, die neu waren, ganz anders als früher, und das machte sie nervös. Finlay schien ihr mit den Augen zu folgen, wohin sie auch ging, und Angus hatte eines Abends beim Torfstechen versucht, sie zu küssen. Bis heute verzieh er ihr nicht, dass sie gelacht hatte.

Für Besucher, die beim Gehen die Aussicht genießen wollten, war es bis zu den Sgeir-nan-Sgarbh-Klippen ein Fußmarsch von vierzig, fünfzig Minuten, sie aber schafften es in weniger als dreißig und hatten sich bereits über die Felsspitzen verteilt und ihre Seile ausgerollt, als das Dingi auftauchte. Vögel kreischten und flatterten um sie herum, Federn wirbelten durch die Luft. Das Boot sah von hier oben aus, als wäre es nicht größer als einer der Vögel. Effie blickte hinunter und suchte die Wand nach einer Route ab, überlegte, wo sie ihren Pflock am besten einschlagen konnte.

Schließlich wickelte sie ihr Seil um den Pflock und zog daran, um Festigkeit und Spannung zu prüfen. Zufrieden mit dem leichten Vibrieren, band sie es um ihre Taille, so wie es auf St. Kilda üblich war.

Noch einmal sah sie hinunter. Cousin Euan hatte recht; so hoch war es hier wirklich nicht. Zweihundert Meter? Etwa halb so hoch wie der Conachair. Eine Seillänge wäre vielleicht ein Drittel der Strecke nach unten. Aber heute waren sie nur zum Vergnügen hier. Keine Vögel jagen, keine Eier einsammeln, keine verlorenen Schafe retten. Einfach nur Spaß haben.

»Du siehst ein bisschen blass aus, Effie«, sagte Angus gedehnt. »Sicher, dass du das schaffst?«

Sie warf ihm einen verächtlichen Blick zu. Angus bildete sich ein, der schnellste Kletterer auf der Insel zu sein. Letztes Jahr hatte er das Old Trial gewonnen, ein Kletterrennen zwischen den jungen Männern, die demonstrieren wollten, dass sie würdig waren, eine Ehefrau – und zukünftige Kinder – zu versorgen. Falls er ihr irgendetwas beweisen wollte, konnte er sich die Mühe wirklich sparen. Effie war sich sicher, dass sie ihn bei dem Rennen geschlagen hätte (und alle anderen auch), wäre es ihr nur erlaubt gewesen, daran teilzunehmen. Aber als Mädchen …

»Eigentlich habe ich gerade überlegt, wie schnell ich da wohl runterkomme«, sagte sie.

Ein Grinsen breitete sich auf seinem Gesicht aus. »Du denkst, du schaffst das *schnell*?«

»Schneller als du.« Sie strich sich das helle Haar aus dem Gesicht und schlang es im Nacken zu einem Knoten. Dass die Haare ihr während des Kletterns ins Gesicht wehten und die Sicht raubten, war das Letzte, was sie brauchen konnte.

»Ha! Große Klappe, aber nichts in der Hose, Effie Gillies.«

Jetzt war es an ihr zu grinsen. »Da magst du recht haben. In *meiner* Hose ist wirklich nicht viel drin.«

Angus MacKinnon mochte der schnellste Mann auf der Insel sein, aber er war sicher nicht der Klügste. Demonstrativ zog sie die knielange Hose ein Stück hoch, die einmal John gehört hatte. Dass sie das einzige zum Klettern zweckmäßige Kleidungsstück war, das sie besaß, war nicht der einzige Grund, warum sie sie trug.

Finlay wurde rot vor Wut. »Achte nicht auf sie«, sagte er. »Sie will dich nur provozieren. Jeder weiß, dass du der Schnellste bist, Bruder. Zeig unseren reichen Gästen, was du draufhast. Das hier ist eine Vorführung, kein Wettlauf.«

Effie zuckte mit den Schultern, als wäre ihr das gleichgültig, aber sie alle wussten, dass der Fehdehandschuh geworfen war. Sie – ein Mädchen! – forderte Angus heraus, und der Wettstreit konnte hier ausgetragen werden. Warum nicht? Die Gelegenheit war so gut wie jede andere. Sie sah, wie er die Felswand hinunterblickte, während die anderen ein letztes Mal ihre Seile überprüften und ihre Positionen am Rand der Klippe einnahmen.

Effie blickte nach vorn, die Hände bereits am Seil, abwartend, hoffnungsvoll …

»Los jetzt!«, schrie Archie MacQueen. Floras Vater war zwar selbst ein erfahrener Felskletterer, aber inzwischen überließ er solche Darbietungen den Jüngeren; sein Bein war beinahe lahm, und auch sein Griff war nicht mehr so fest wie früher einmal. Außerdem blieb immer einer oben, für den Fall, dass jemand hochgezogen werden musste.

Das war das Stichwort, zu zeigen, was sie konnten, ihre Heldentaten unter Beweis zu stellen, für die die Einwohner von St. Kilda auf der ganzen Welt berühmt waren: auf den Felsen beinahe tanzen und springen zu können. Ohne zu zögern, lehnte sich Effie zurück und trat über die Kante. Sie spürte das Kribbeln im Bauch, als das Seil sich straffte und sie frei in der Luft hing. Sie stieß sich ab, schwang hin und her wie ein Pendel, darauf gefasst, mit den nackten Füßen gleich rauen Stein zu berühren, die Gesetze der

Schwerkraft herauszufordern und über die Felsnadeln zu springen. Ein Besucher hatte einmal gesagt, das Schauspiel erinnere ihn an Spinnen, die an einer Wand hinunterglitten. Effie liebte das Geräusch der gespannten Seile – ein triumphierendes Sirren –, wenn sie und die Männer sich von einer Seite zur anderen schwangen.

»Also: Wer ist als Erster auf dem Boot?«

Angus, der neben ihr an seinem Seil hing, sah sie herausfordernd an. Effie musste grinsen: das Rennen auf dem Boot enden zu lassen, statt auf festem Boden, obwohl doch keiner von ihnen schwimmen konnte …

»Aye. Keine Sorge, ich warte unten auf dich.«

Angus kniff angesichts dieser Beleidigung wütend die Augen zusammen, aber da war Effie schon weg. Ihr Fuß fand einen kleinen Vorsprung, sie stellte sich darauf und suchte mit dem anderen Fuß bereits nach dem nächsten Ort. Auf St. Kilda kletterte man nie in Schuhen, sondern immer barfuß. Die Felswände waren unerbittlich und gaben kaum je mehr als einen oder zwei Zentimeter Raum für Halt, da war nichts besser als die bloße Haut. Schuhe und Stiefel – die Kennzeichen der Zivilisation – hatten an einer Granitwand nichts zu suchen.

Sie überließ die Männer ihren waghalsigen Spielchen: Sie stießen sich mit den Füßen von der Felswand ab, klammerten sich an winzigen Vorsprüngen fest, zogen sich wie Eidechsen daran hoch und ließen sich dann wieder hinuntergleiten. Andere krabbelten seitwärts wie Krebse über die Felsen.

Effie konzentrierte sich darauf, hinunterzukommen, die Armmuskeln angespannt. Zwischen ihren Beinen hindurch konnte sie das Boot weit unter sich sehen. Sie hatte keine Muskelberge zur Hilfe, aber die brauchte sie auch nicht. Sie war drahtig und leicht, beinahe mager, aber das bedeutete nicht, dass sie schwach war. Je weniger Körpermasse, desto weniger Gewicht. Sie wurde nicht so schnell müde. Sie war flinker, beweglicher …

Aus dem Augenwinkel nahm sie wahr, dass sie noch immer vor Angus lag, wenn auch nur knapp. Er hatte seine Muskelkraft und Körpergröße und die Schwerkraft auf seiner Seite.

Schon bald ging ihr das Seil aus. Sie balancierte für einen Moment auf einem schmalen Felsvorsprung und wickelte es von ihrem Oberkörper.

»Was machst du da?«, rief Ian MacKinnon in scharfem Ton zu ihr herunter, als sie anfing, frei zu klettern.

»Gewinnen! Keine Sorge. Es war Angus' Idee.«

Ohne Seil zu klettern fühlte sich immer ganz anders an, und sie wusste, dass es leichtsinnig war. Aber die damit verbundene Intensität der Sinne – der geschärfte Blick und die Konzentration, das Adrenalin, das ihr neue Kraft gab – führte dazu, dass sie sich wieder an die Augen und das Lächeln ihrer Mutter erinnern konnte, an das Lachen ihres Bruders. Wenn das eigene Leben am seidenen Faden hing, hatte sie irgendwie das Gefühl, als könnte sie die Toten erreichen.

Immer weiter kletterte sie nach unten, behände und präzise, bis das Rauschen der Wellen in ihr Bewusstsein drang. Sie spürte die weiße, kalte Gischt des Meeres, die ihre bloßen Waden besprühte, aber Kälte und Nässe machten ihr nichts aus. Es ging nur darum zu gewinnen. Sie musste einfach die Gewissheit haben – und vor allem Angus sollte das erfahren –, dass sie die Schnellste und Beste war.

Sie sah das dunkle Meer unheilvoll nah. Keine zehn Meter mehr bis zur Wasseroberfläche, wo die Felsen steil in die Tiefen des Ozeans abfielen. Während sie immer weiter hinunterkletterte, wurde ihr klar, dass es nur eine Stelle gab, an der sie sich hinstellen und umdrehen konnte, eine schmale Kante knapp zwei Meter über der Wasseroberfläche, nicht breiter als eine Hand.

Ein Gefühl der Angst durchzuckte sie. Das hier war Wahnsinn! Wenn ihr Vater hörte, wie fahrlässig sie mit ihrem Leben umging … Oder war das gerade der Punkt? Vielleicht wollte sie genau das. Der Tod hatte ihrem Vater schon so viele Male das Herz gebrochen, und sie war die Einzige, die ihm noch geblieben war. Deshalb konnte – oder wollte – er sie nicht lieben, denn es war möglich, dass er auch sie noch verlor. Wenn sie jetzt ausrutschte und in die Wellen stürzte … würde er dann weinen? Würde er um sie trauern wie um die anderen? Auf der anderen Seite, wenn sie gewann – wäre er dann stolz auf sie? Würde er dann erkennen, dass sie ihm genug sein konnte?

Zum Nachdenken blieb keine Zeit. Jetzt ging es nur noch nach Instinkt. Ihre Füße fanden Halt, und sie klammerte sich mit weit ausgebreiteten Armen am Felsen fest, die Finger in die raue Oberfläche gekrallt, die Wange an den kalten, feuchten Granit gepresst. Sie atmete schnell, gönnte ihren brennenden Muskeln eine kleine Pause. Aber sie wusste, dass sie es noch nicht geschafft hatte.

Sie blickte nach oben. Angus war nicht viel mehr als einen Meter über ihr. Was ihm an Behändigkeit fehlte, machte er mit Muskelkraft wett. In ein paar Sekunden … Sie schaute vorsichtig über ihre Schulter und sah ganz in der Nähe das Dingi, das an einem Felsen festgemacht war. Ihr Onkel Hamish, der das Boot führte, blickte stirnrunzelnd zu ihr hoch, beobachtete sie genau – so wie Poppit vorhin, als sie nach dem Schiff Ausschau gehalten hatte. Er schien zu verstehen, was Effie vorhatte; dass sie sich gleich in das Boot werfen würde, auf irgendeine Weise. Falls er beunruhigt war, ließ er dennoch kein Zögern erkennen. Nicht vor den Gästen. Schnell zog er am Seil, um das kleine Boot so nahe wie möglich an die Felswand zu bringen, auch wenn er dabei riskierte, dass die Wellen es dagegen schleuderten, wenn es zu nahe herankam.

Eine unruhige Bewegung auf dem Boot verriet die Nervosität der Passagiere, als ihnen klar wurde, was Effie vorhatte. Sie wusste, sie würde die nächste Welle abwarten und dann springen müssen. Sie klammerte sich an die Wand und machte sich auf den richtigen Moment gefasst … als Angus neben ihr auftauchte.

Eine sprudelnde Welle schäumte über sie hinweg, und die plötzliche Kälte ließ sie nach Luft schnappen. Sie waren nun beide klatschnass, aber Effie achtete nicht darauf. Als sie spürte, dass sich die Welle zurückzog, drehte sie sich um und sprang aufs Geratewohl. Alles oder nichts!

Einen atemberaubenden, endlosen Augenblick lang fühlte sie sich, als könnte sie fliegen, genau wie die Vögel, die um sie herumflatterten oder am Himmel kreisten. Dann gewann die Schwerkraft die Oberhand, und sie landete – halb im Dingi, halb im Wasser. Sie spürte einen harten Stoß an der Brust, aber sie bekam den Bug zu fassen und klammerte sich mit beiden Armen daran fest, während das Boot wild hin und her schaukelte. Wasser schwappte über die Seiten, aber es war für die raue See gemacht, deshalb richtete es sich schnell wieder auf. Effie lachte siegessicher, als ihr Onkel Hamish sie hastig am Hosenbund packte und mit einem Ruck ins Boot zog wie einen gefangenen Lachs.

»Wusste nicht, dass du 'n Wettlauf draus machst«, sagte er mit einem strengen, missbilligenden Blick.

Das war das Äußerste, was er vor den Touristen sagen konnte, aber Effie wusste, dass er ihrem Vater davon erzählen würde. Ärger war zu erwarten, aber das war es wert. Sie hatte Angus MacKinnon geschlagen! Den schnellsten Kletterer der Insel. Jetzt konnte er nicht mehr behaupten, dass er ihr überlegen war.

»Es war Angus' Idee«, keuchte sie, während sie sich auf die Knie hochrappelte, sich umblickte und sah, dass Angus sich immer noch an die Felskante klammerte. Seit ihrem sieghaften Sprung stand er wie erstarrt an derselben Stelle und wurde mit jeder Welle nasser. Er musste entweder ebenfalls springen oder wieder hinaufklettern.

Jetzt schnaubte er wütend und zeigte mit dem gereckten Daumen an, dass er sich für Letzteres entschieden hatte. Er hatte verloren. Wozu sollte er mit ihnen auf dem Boot zurückfahren? Effie würde nur mit ihrem Sieg angeben.

Onkel Hamish nickte, er verstand sehr gut, was gerade zwischen ihnen vorgefallen war. Die Männer sahen einander an, mit einem Blick, der Effie ausschloss, aber was kümmerte sie das? Zufrieden setzte sie sich auf die Bank, löste ihr Haarband und wrang ihre langen Haare aus. Meerwasser tropfte auf den Boden des Dingis.

»Herr im Himmel!«, ertönte eine Stimme. »Das ist ein Mädchen?«

Sie drehte sich um, damit sie die Besucher endlich richtig sehen konnte. In all ihrem Eifer, Angus zu besiegen, hatte sie ganz vergessen, wen sie hier eigentlich hatte beeindrucken wollen. Die drei Männer, die an der Hinterseite des Bootes saßen, starrten sie mit großen Augen an: Frank Mathieson, der Verwalter, und die beiden Besucher, die sie vorhin von hinten gesehen hatte.

»Nun ja, in einem Rock kann ich nicht klettern, Sir«, sagte sie grinsend, während sie sich so gut es ging die Hosenbeine auswrang.

»Es war nicht nur Ihre Kleidung, die mich getäuscht hat«, kam es von dem älteren Mann. »Auch das Tempo! Ich habe noch nie ein solches Schauspiel gesehen. Sie sind diesen Felsen hinuntergeklettert wie ein Eichhörnchen einen Baumstamm!« Der Mann war stämmig und hatte einen dunklen, leicht grau melierten Schnurrbart. Seine Brille spiegelte, sodass die Augen nicht gut zu erkennen waren, aber er wirkte sowohl freundlich als auch sehr beeindruckt.

»Ist es üblich, dass hier auch Frauen klettern?«, wandte er sich an ihren Skipper.

»Nur diese hier«, antwortete Onkel Hamish in resigniertem Tonfall, während er das Boot vom Felsen losmachte und anfing zu rudern. »Das ist meine Nichte, Euphemia Gillies.«

»Effie ist die Tochter von Robert Gillies. Die beiden wohnen in Nummer neun«, fügte der Verwalter hinzu, als wäre diese Information irgendwie notwendig. »Wie geht es Ihnen, Effie?«

»Aye, gut, Sir, danke der Nachfrage.«

»Sie werden immer kühner, wie ich sehe.«

»Wenn Sie mit kühner schneller meinen …«

Er lachte. »Erlauben Sie mir, Ihnen den Grafen von Dumfries und seinen Sohn Lord Sholto vorzustellen«, sagte er. »Bestimmt wissen Sie, dass die beiden gute Freunde von Lord MacLeod sind.«

»Ah«, sagte sie höflich, obwohl ihr nichts dergleichen bekannt war. Was für Freunde ihr Landlord hatte, interessierte sie nicht, auch wenn die Information Lornas Vermutung bestätigte, dass die Besucher reich waren.

»Die beiden waren zu Besuch bei Seiner Lordschaft in Dunvegan und hörten davon, dass ich eine Reise hierher plante …«

»Ich wollte schon immer einmal hierherkommen«, unterbrach ihn der Graf fröhlich. »Wissen Sie, ich beobachte leidenschaftlich gern Vögel, und Sir John war so freundlich, mein Angebot anzunehmen, Mr Mathieson hierherzubringen. Zwei Fliegen mit einer Klappe, Sie wissen schon.«

»Aye.« Effie spürte, dass Lord Sholto, der jüngere Mann, sie aufmerksam ansah, aber solange er nichts sagte, hatte sie keinen Grund, einen Blick auf ihn zu werfen. »Dann bleiben Sie eine Weile hier?«

Der Verwalter holte tief Luft. »Nun, es hängt einiges davon ab, wie das Wetter …«

»Mindestens eine Woche«, sagte Lord Sholto plötzlich, und ein verwirrendes Lächeln belebte seine Züge, als ihre Blicke sich trafen.

»Eine Woche?« Effie lächelte zurück. Endlich konnte sie sein Gesicht betrachten, seine blauen Augen und seine goldblonden Haare. Und was sie sah, gefiel ihr.

»Miss Gillies.«

Sie drehte sich um und sah den Verwalter, der am Strand hinter ihr hergeeilt war. Onkel Hamish machte das Boot fest, und die beiden vornehmen Gäste waren vom Pfarrer in Beschlag genommen worden, sobald sie einen Fuß an Land gesetzt hatten.

»Mr Mathieson.« Sie versuchte, ihre Ungeduld zu verbergen, aber ihre Tweedhosen waren völlig durchnässt, und sie wollte so schnell wie möglich nach Hause, um sich umzuziehen. Auf der Fahrt um das Kap herum waren sie wegen des Gegenwinds nur langsam vorwärtsgekommen, und sie zitterte vor Kälte.

Er blieb stehen, etwas unterhalb von ihr auf dem abschüssigen Weg, sodass sie ihn leicht überragte. Er war stämmig und nicht groß, aber auch nicht besonders klein. Die Tatsache, dass er so wenig auffiel, schien ihm entgegenzukommen; schon oft hatte ein Inselbewohner etwas gesagt, was er nicht hätte sagen sollen, ohne zu merken, dass der Verwalter in Hörweite gewesen war. Die Beziehung zwischen ihm und den Einwohnern von St. Kilda war recht angespannt, denn als Lieferant von Vorräten jeden Frühling und gleichzeitig Eintreiber der Mieten jeden Herbst war der Verwalter teils willkommen und teils gefürchtet. Wenn es ihm passte, lächelte er und war freundlich, aber man konnte nie ganz vergessen, dass die Macht, die er über sie alle hatte, beinahe absolut war. Kaum jemand – abgesehen von der verrückten Annie – wollte sich mit ihm anlegen. Er trug feinere Kleidung als die Männer aus dem Dorf und benahm sich wie sein vornehmer Dienstherr, aber seine geröteten, narbigen Wangen und die muskulösen Unterarme verrieten, dass er in erster Linie ein Kämpfer war.

»Nun, das war eine beeindruckende Vorstellung«, sagte er.

Effie war sich nicht sicher, ob das ein Kompliment sein sollte. »So war es gedacht«, sagte sie vage. »Es hat Ihnen also gefallen.«

Ein plötzlicher Windstoß fuhr ihr in das nasse Haar, und sie musste beide Hände benutzen, um es zurückzubinden. Der Himmel wurde bedrohlich dunkel.

»In der Tat.« Mathieson schwieg eine Weile, eine Gewohnheit, die sie im Laufe der Jahre häufig an ihm beobachtet hatte. Danach folgte immer ein Einwand. »Allerdings bezweifle ich, dass es nötig ist, diesen waghalsigen Spielchen noch etwas Neues hinzuzufügen.«

Es dauerte einen Moment, bis sie verstand, was er meinte. »Dass es ein Mädchen ist, das klettert, meinen Sie?«

Er zuckte mit den Schultern. »Ich verstehe, dass Ihre Verpflichtungen Ihrem Vater gegenüber es mit sich bringen, dass Sie regelmäßig Männerarbeit verrichten müssen, aber wenn es darum geht, bei Besuchern einen guten Eindruck zu machen …«

»Aber es scheint ihnen gefallen zu haben.«

»Nun, sie sind natürlich höflich, aber in der restlichen Welt sind viele Dinge etwas anders, dort spielen Anstand und Schicklichkeit eine wichtige Rolle. Es ist nicht Ihr Fehler, ich weiß, Sie kennen es nicht anders – wie sollten Sie auch? Aber Frauen, die über Felsen kraxeln wie Affen …« Er verzog das Gesicht. »Es ist wichtig, daran zu denken, was für einen Eindruck Sie auf die Besucher machen und wie diese später über Sie und Ihre Nachbarn reden werden. Ich bin mir sicher, dass Sie Sir John keine Schande machen wollen, nicht wahr?«

Sie hatte Sir John noch nie gesehen. »Natürlich nicht.«

»Also gut. Dann sind wir uns einig, dass es keine Anwandlungen von Eitelkeit am Seil mehr geben wird. Wir müssen dafür sorgen, dass sich unsere Gäste nicht unwohl fühlen bei dem, was sie hier erleben. Man zeigt sich von seiner besten Seite, nicht wahr?«

Sie starrte ihn an, zitternd vor Kälte und Wut.

»Aye, Sir.«

Er blickte über ihre Schulter hinweg die Straße entlang. »Wie geht es eigentlich Ihrem Vater? Ist sein Bein immer noch lahm?«

Sie kniff die Augen zusammen. »Das wird immer so bleiben.«

»Weshalb er sich umso glücklicher schätzen kann, Sie zu haben.« Er schien ihre Anspannung nicht zu bemerken.

»Aber bitte sagen Sie ihm, ich komme später vorbei, um die Mietrückstände zu besprechen.«

»Rückstände?«, fragte sie alarmiert.

»Wenn ich mich recht erinnere, fehlten letztes Jahr dreizehn Ellen Tweedstoff. Ihr Onkel hat die Lücke zum Teil ausgeglichen, aber Sie lagen außerdem mit neun Gallonen Öl und sieben Säcken schwarzen Federn zurück.«

»Dieses Jahr wird es hinkommen. Wir waren nur im Rückstand, weil ich mir den Fuß verknackst hatte und zehn Tage nicht laufen konnte. Es war einfach Pech, dass es gerade passiert ist, als wir auf die Vogeljagd mussten.«

Der Verwalter sah nicht überzeugt aus. »Wir werden seinen Anteil neu verhandeln müssen. Sie erinnern sich bestimmt daran, dass ich so freundlich war, die Haferflocken-Rationen nach dem Unfall Ihres Bruders nicht zu reduzieren, sodass Sie nun seit nahezu vier Jahren mehr als Ihren Anteil ...«

Effie sah ihn jetzt voller Angst an. Was er sagte, stimmte zwar, aber das, was sie hatten, reichte dennoch kaum. Die letzten Winter waren hart gewesen, sie hatten kaum Erträge gehabt und nur von ein paar Kartoffeln gelebt und von Haferflocken, die vom Frost beinahe schwarz waren.

»Ich war sowohl großzügig als auch geduldig, aber es ist nicht fair, von anderen zu verlangen, Ihre Defizite auszugleichen. Unfälle gibt es immer, Miss Gillies. Man kann nicht erwarten, das ganze Jahr über wohlauf zu sein.«

»Aber ich bin es. Und das bleibe ich auch«, versicherte sie eilig. Der Verwalter wusste es noch nicht, aber ihr Vater und sie hatten im Laufe dieses Jahres vier Schafe verloren, deshalb waren sie schon jetzt mit der Wolle im Rückstand. Ihr Vater hatte mit Donald McKinnon ausgemacht, hundert zusätzliche Sturmvögel dagegen einzutauschen. Ausnahmsweise waren Effies Kletterkünste willkommen, weil beide Männer ihr einen Fang zutrauten, der über das Übliche hinausging.

»Miss Gillies, ich muss Sie nicht daran erinnern, dass Sie als Mädchen Männerarbeit erledigen. Sie haben deutlich schlechtere Möglichkeiten.«

»Aber ich bin jetzt achtzehn, und im letzten Jahr bin ich gewachsen. Ich kann alles, was die anderen können, und das werde ich Ihnen beweisen, Sir.«

Der Verwalter sah sie scharf an. »Sie bekommen mehr, als Ihnen zusteht, und liefern weniger, als es Ihre Pflicht ist. Ich muss gerecht sein, Miss Gillies. Warum sollte ich weitere Ausnahmen für Sie machen? Wenn die anderen erfahren …«

»Aber das werden sie nicht. Ich sorge dafür, dass wir im September quitt sind.«

»Sie wollen also, dass ich dieses Geheimnis bewahre?«

»Geheimnis …?« Hinter ihm sah sie den Pfarrer und die beiden vornehmen Besucher herankommen, auf dem Weg zurück ins Dorf. Der Geistliche ließ sich über die Reparaturarbeiten im Pfarrhaus aus, als sie an ihnen vorbeigingen. Lord Sholto warf ihnen einen Blick zu, und Effie ertappte sich dabei, dass sie ihn automatisch anlächelte.

»Vor Ihren Nachbarn? Und Ihrem Vater?«

Sie sah den Verwalter verwirrt an, der sie aufmerksam beobachtete. »Nein, bitte sagen Sie meinem Vater nichts.

Ich will nicht, dass er sich Sorgen macht. Ich kann die Quote dieses Jahr erfüllen, ich weiß, dass ich das schaffe.«

Er schüttelte missbilligend den Kopf. »Ich weiß nicht, warum ich mich von Ihnen beeinflussen lasse, Miss Gillies …«

Tat er das? Sie runzelte die Stirn.

»Ein Danke allein macht nicht satt, nicht wahr?« Er seufzte. »Dennoch habe ich Verständnis für Ihre Zwangslage, und außerdem habe ich einen Auftrag und glaube daran, dass man in der Stunde der Not einen Freund braucht.«

Effie biss sich auf die Unterlippe, um nicht laut herauszuplatzen. Wie bitte? Auf der ganzen Insel gab es keinen einzigen Menschen, der den Verwalter als Freund bezeichnet hätte. Er kaufte ihre Federn für einen Schilling pro Kilo und verkaufte sie für das Dreifache, und die Lebensmittel, die er ihnen brachte – Haferflocken, Mehl, Zucker, Tee und Tabak – kosteten dreimal so viel, wie er dafür bezahlt hatte. War es da ein Wunder, dass die Dorfbewohner versuchten, ihn zu meiden und stattdessen von den Touristen Geld einzunehmen, das sie selbst ausgeben konnten?

»Wo wir gerade davon reden: Ich habe Ihnen wieder etwas mitgebracht.«

»Zum Lernen?« Sie war seit vier Jahren mit der Schule fertig, aber das schien er immer zu vergessen.

»Ich habe es an der üblichen Stelle deponiert. Nur … seien Sie bitte diskret. Ich kann diese Gefälligkeiten nicht jedem erweisen.«

Gefälligkeiten? Geheimnisse? »Aber …«

»Guten Tag, Miss Gillies«, sagte er in seinem typischen brüsken Ton und sah zu den drei Männern, die sich langsam entfernten. »Ich muss weiter. Unsere Gäste werden nach den … Aufregungen des Nachmittags eine Erfrischung brauchen. Denken Sie an das, worüber wir gesprochen haben. Hoffen wir, dass der erste Eindruck nicht hängen bleibt.«

2. Kapitel

Der nächste Tag war klar und hell, das Sonnenlicht glitzerte auf braunen Pfützen, und ein frischer Wind trieb die Wolken vor sich her. Nach Effies Bad im Meer hatte es erst zu nieseln begonnen, dann war der Regen heruntergeprasselt wie silberne Messerspitzen und hatte die Dorfbewohner in ihre Cottages verbannt. Die Besucher hatten beim Pfarrer und beim Verwalter festgesessen. Wie erwartet, hatte Effie sich für ihre »Angeberei« eine Abreibung von ihrem Vater eingefangen; Onkel Hamish war schneller als gewöhnlich vorbeigekommen, um ihn über die Ereignisse des Nachmittags zu informieren. Dabei schien der wesentliche Punkt Angus MacKinnons Demütigung zu sein – und nicht etwa die Tatsache, dass Effie ihr Leben riskiert hatte.

Jetzt fühlte sich alles frisch und sauber an, und Effie sah ausgeschlafen dem neuen Tag entgegen. Ihre Klettereskapaden bewirkten immer, dass sie sofort in einen Tiefschlaf fiel, kaum dass sie sich hingelegt hatte. Aber sie war heute mit einem Kribbeln im Magen aufgewacht, das sie sich nicht recht erklären konnte. Ihr ganzer Körper fühlte sich an, als stünde er unter Strom.

Zielstrebig wie immer erledigte sie ihre morgendlichen Pflichten – holte eine Platte Torf für das Feuer aus dem Cleit, schöpfte Wasser aus dem Bach, kochte Haferflocken für das Frühstück und molk die Kuh –, behielt aber aus dem Augenwinkel die Umgebung im Auge. Immer wieder wanderte ihr Blick zu der prächtigen Segeljacht, die majestätisch auf dem spiegelnden Wasser lag.

Würden ihre Besitzer wirklich eine Woche bleiben? Die meisten Besucher hielten es nicht länger als drei Tage aus; es fiel ihnen schwer, sich an das einfache Leben anzupassen, auch wenn es ihnen bei ihrer Ankunft noch so bezaubernd erschien. Zumal zu dieser Zeit im Jahr immer so viel zu tun war im Dorf. Bald schon würde der Sturmvogelfang beginnen, denn es war bereits der zweite Mittwoch im Mai, und die Klippen und die Felsnadeln waren weiß von Seevögeln, die kamen, um hier ihre Nester zu bauen und zu brüten. Die Männer (und Effie) konnten jederzeit – vielleicht sogar heute – damit beginnen, Tausende von Sturmvögeln zu fangen und zu töten, damit die Frauen sie rupfen und die Federn eingelagert werden konnten. Anschließend würde das Fleisch gepökelt werden, um es für den Winter haltbar zu machen, und dann würde man es in die Cleits bringen. Dic Tage würden lang und hart werden, für Vergnügungen blieb keine Zeit.

Die Männer hatten sich für ihre tägliche Besprechung bereits auf der Straße versammelt, als Effie mit Poppit den Berg hinaufstieg. Aus der Ferne sahen sie alle gleich aus in ihren braunen Hosen und Westen, mit hochgekrempelten Hemdsärmeln, Leinenhüten auf den Köpfen und barfuß. Effie, die dieselbe Art von Kleidung trug – von dem Leinenhut abgesehen –, hielt sich am Rand, in der Nähe von Mad Annie, die vor ihrem Cottage am Spinnrad saß. Die

Männer diskutierten darüber, ob sie sich zuerst um die Kartoffelernte kümmern, mit dem Sturmvogelfang beginnen oder zur Nachbarinsel Boreray rudern sollten, um dort die Schafe zu scheren. Effie blickte aufs Meer hinaus. Das Wasser in der Bucht war spiegelglatt.

»Wir sollten die Zeit nutzen, so lange es noch geht«, sagte Norman Ferguson entschlossen. »Ihr habt den Wind gestern erlebt. Jetzt herrscht ein paar Tage Flaute, dann kommt der nächste Frühlingssturm. Wenn wir zu lange warten, beginnt bei den Schafen die Mauser, und …«

»Aye, aber denkt an den letzten Winter«, hielt Donald McKinnon dagegen. »Ich finde, wir sollten die Ernte jetzt einbringen, solange die Erde noch warm ist. Wir gewinnen Zeit, wenn wir früh anfangen …«

»Und was ist mit den Vögeln? Stac Lee ist voll von ihnen«, sagte Angus, der mit seinen Seilen hinaufwollte.

»Da bleiben uns noch ein paar Tage. Die Vögel sind dieses Jahr eine Woche später gekommen«, antwortete Norman herablassend. »Aber wenn wir jetzt nach Boreray fahren und Schafe scheren, kann der Verwalter die Wolle gleich mitnehmen, und wir haben mehr Platz für die Federn. Sonst ist das Lager zum Bersten gefüllt, wenn er das nächste Mal kommt.«

Effies Vater lachte spöttisch. »Holt die Wolle ruhig jetzt, aye, aber glaubt nicht, dass euch die im September noch angerechnet wird. Die Hälfte davon geht praktischerweise verloren oder wird vergessen.«

Auf seine deutlichen Worte folgte Schweigen. Sich während seiner Abwesenheit über den Verwalter lustig zumachen war eine Sache, aber wenn er auf der Insel war, sah es anders aus. Manche drehten die Köpfe, um zu sehen, ob sie nicht jemand belauscht hatte oder der stumme Schatten des Verwalters hinter ihnen stand.

»Dann schreibt man es eben auf, sodass wir einen Beweis haben«, sagte Norman ruhig.

»Weil wir so gut lesen und schreiben können?«

Norman errötete. »Lorna MacDonald kann das machen.«

Onkel Hamish räusperte sich. Als einer der älteren Männer, der noch immer mit den Angelegenheiten der Insel befasst war, fungierte er oft als nicht gewählter Anführer. »Wir stimmen ab. Wer ist für die Kartoffeln?«

Zwei Männer hoben die Hand – Donald McKinnon und der alte Finlay Ferguson. Der alte Fin war schon über achtzig, und Beete beackern war eine der Aufgaben, an denen er noch teilhaben konnte.

»Schafe scheren.«

Zwölf Hände wurden in die Luft gestreckt, auch die von Effie.

»Dann also Boreray.« Onkel Hamish blickte zu ihr hinüber. »Effie, du weißt genau, dass du nicht mitkommst.«

»Aber …«

»Kein Aber.«

»Aber das Wasser ist spiegelglatt! Man könnte darüber laufen!«

»Ah, guten Morgen!«

Alle drehten sich um, als der herzliche Gruß ertönte. Der Pfarrer kam auf sie zu, seine Gäste und der Verwalter hinter ihm. Hatten sie alle zusammen gefrühstückt? Effie spürte wieder das seltsame Gefühl im Magen, als sie den jungen Lord sah. Wenn es in der letzten Nacht nicht so heftig geregnet hätte, hätte er vielleicht einen Abendspaziergang durch das Dorf gemacht. Dann hätten sie miteinander reden können. Ein ganzer kostbarer Abend war bereits verstrichen.

»Ich hoffe, wir sind noch nicht zu spät für die Morgenversammlung?«, fragte der Pfarrer mit ungewohnter Heiterkeit. Normalerweise war Reverend John Lyon voller Groll darüber, dass man ihn an diesen abgelegenen Ort entsandt hatte. Er war erst drei Monate Pfarrer gewesen, als er erfahren hatte, dass er ans andere Ende der Welt segeln musste. Während des ersten Jahres hatte er mit allem Schwierigkeiten gehabt: dem anhaltenden Wind, der erbarmungslosen Sonne, dem Brausen des Meeres, den Schreien der Vögel, der armseligen Kost. Die Inselbewohner saßen jeden Abend in der Kirche und betrachteten ihn voller Spott, Mitleid und Verwirrung, wenn er sich erschöpft, hungrig und verzweifelt durch seine Predigten stammelte.

Nach und nach aber, nach dem Motto »anpassen oder untergehen«, hatte er so etwas wie Geschmack an gebratenem Papageientaucher entwickelt und erkannt, dass er in einer Gemeinde von nur sechsunddreißig Menschen, in der jeder auf seine spirituelle Führung angewiesen war, eine gewisse Macht besaß. Sein religiöser Eifer nahm zu, und seine Warnungen vor der Verdammnis und sein unaufhörlicher Kampf gegen die Sünde ließen die Dorfbewohner nach dem Gottesdienst immer öfter stirnrunzelnd zurück. Auf der Straße nahmen sie ihre Hüte ab, wenn sie ihn grüßten. Und wenn jemand die Insel besuchte, dann war der Pfarrer derjenige, der sich um die Gäste kümmerte. Er war immer am glücklichsten, wenn Leute vom Festland kamen, die Lebensmittel und Nachrichten aus der großen weiten Welt mitbrachten. Die Dorfbewohner beobachteten dann belustigt, wie er mehr St. Kildaer war als die Einheimischen.

»Ich fürchte, das sind Sie, Reverend«, sagte Onkel Hamish. »Wir haben gerade entschieden, das ruhige Meer zu nutzen und nach Boreray rüberzufahren.«

»Boreray?«, fragte Graf Dumfries und trat einen Schritt vor. »Ist das die große Insel da drüben?« Er zeigte nach rechts.

»Aye, Sir.« Onkel Hamish nickte. »Dort halten wir unsere Schafe. Sie müssen geschoren werden, bevor sie mausern.«

»Ihre Schafe mausern?«

»Ja. Es ist eine sehr alte Rasse, Sir. Wir scheren sie und nehmen die Wolle mit. Die wird dann kardiert und zu Tweedstoff gewebt als Pacht für den Landlord.«

»Das nenne ich Heimindustrie! Nun, darf ich mich Ihnen anschließen? Mein Sohn und ich brennen darauf, das Leben auf den Hebriden kennenzulernen.«

Effie sah, wie die Männer einander Blicke zuwarfen.

»Sie sind uns willkommen, Sir, aber Sie sollten wissen, dass immer ein hohes Risiko besteht, dass das Wetter umschlägt und wir da drüben festsitzen. Wenn das passiert, kann es leicht eine Woche oder zehn Tage dauern, bis wir zurückkehren können. Und da drüben gibt es keine der häuslichen Annehmlichkeiten, die wir hier haben.«

Beide Besucher lachten – bis sie merkten, dass der Mann es mit den häuslichen Annehmlichkeiten vollkommen ernst meinte. Der Graf räusperte sich. »Durchaus. Ja, ich verstehe. Wie lang planen Sie, dort zu bleiben?«

Lord Sholto und Effie sahen einander an. Sie konnte Belustigung in seinem Blick erkennen, auch wenn er äußerlich vollkommen ruhig blieb. Er trug einen hellbraunen Anzug und, wie auch sein Vater, keine Krawatte.

»Drei oder vier Tage wahrscheinlich. Es ist nicht sehr komfortabel, wenn wir alle im Stalker's House übernachten. Dreizehn Personen.«

»Vierzehn!«, meldete sich Effie.

»Vierzehn, aye«, bestätigte Onkel Hamish, warf ihr aber erneut einen strengen Blick zu.

Aber das war ihr egal. Sie hatte ihn überrumpelt und sich ihren Platz gesichert. Effie strahlte zufrieden.

»Das klingt … ziemlich eng.«

»Es ist sehr einfach dort, Herr Graf«, bemerkte der Verwalter mit grimmigem Gesicht. »Ein ehemaliger Keller. Eine Höhle. Nicht mehr als ein Graben mit Steinwänden, wirklich.«

Falls er versucht hatte, ihn abzuschrecken …

»Du meine Güte! Wie schade, dass wir Sie nicht begleiten können, das würde ich nur allzu gerne sehen«, rief der Graf.

»Das können Sie, Sir. Wir haben auch etwas in der Art hier auf Hirta. Das Fairy House ist nicht weit weg. Ich bin mir sicher, wir finden jemanden, der es Ihnen zeigt.« Onkel Hamish sah Effie an. »Effie, du könntest dich nützlich machen und die Herren nach Tigh Na Banaghaisgich führen.«

Sie sah ihn an, die Wangen vor Empörung gerötet. »Aber ich fahre nach Boreray!«

»Ich habe dir doch gesagt, dass du das nicht tust.«

»Nein. Du hast gerade gesagt, dass vierzehn Personen hinfahren.«

»Ja, der Verwalter kommt mit. Das macht vierzehn.«

Der Verwalter wirkte genauso erstaunt über diese plötzliche Einladung zu dem Ausflug wie Effie über ihren Ausschluss davon.

»Ich bin mir sicher, Sie möchten sich für den Landlord ein Bild machen, was die Anzahl der Schafe und ihren Zustand angeht?«, fragte ihn Onkel Hamish.

Einen Moment lang herrschte Schweigen. »In der Tat«, antwortete der Verwalter schließlich.

»Aber ihr habt alle zugestimmt, dass ich das Recht habe, unseren Anteil zu verdienen«, protestierte Effie und bahnte sich einen Weg nach vorne, obwohl die anderen sie nicht beachteten.

»Effie«, sagte Finlay MacKinnon warnend und versuchte, sie zurückzuhalten, so wie er es immer tat, wenn sie auf eine Gefahr zusteuerte, die nur er erkannte.

»Nur auf Hirta. Das weißt du.« Onkel Hamish blickte in eine andere Richtung und beendete die Diskussion. »Dann sind wir uns also einig. Sagt den Frauen, dass sie Vorräte zusammenpacken sollen. In einer Stunde geht es los.«

Die Gruppe begann sich zu zerstreuen.

»Ich frage mich …« Der Graf ließ die Worte in der Luft hängen. Sein Rang verlangte, dass die Männer dablieben, solange er sprach, und natürlich kamen sie sofort zurück. »Wird irgendjemand hierbleiben, der uns die Insel zeigen kann?«

»Ich fürchte, die Männer werden alle ein paar Tage fort sein, Sir«, sagte Archie MacQueen entschuldigend.

»Ach, wie schade«, erwiderte der Graf. »Nun sind wir einen so weiten Weg gekommen, um Ihre berühmte Vogelwelt zu erleben. Sir John sagte, schon allein dafür lohne sich die Reise.«

Schweigen machte sich breit. Jeder wusste, dass die beiläufige Erwähnung von »Sir John« eine geschickte Warnung war: Es lag in ihrem eigenen Interesse, den Landlord oder seine engen Freunde nicht zu enttäuschen.

»Wenn es die Vögel sind, die Sie interessieren – da kennt sich niemand besser aus als Effie. Gerade letzte Woche hat sie Gabelschwanz-Wellenläufer oben beim Mullach Sgar gesehen, nicht war, Mädchen?«, meldete sich Mad Annie von ihrem Spinnrad her. »Und sie kann auch gut klettern, genauso gut wie viele von den Männern.«

Angus MacKinnon horchte empört auf, und Effie ebenfalls. Hatte sie nicht erst gestern Abend bewiesen, dass sie besser war?

»Tja, jedenfalls haben wir ihre Schnelligkeit und ihren Mut gestern bewundern können«, sagte der junge Lord, der nun an einer Wand lehnte, eine Hand lässig in der Hosentasche. »Ich würde nicht zögern, mich Miss Gillies anzuvertrauen. Und du, Vater?«

Der Graf betrachtete Effie nachdenklich durch seine Brillengläser. Zum ersten Mal fragte sie sich, was er wohl sah, wie sie auf Außenstehende wirkte – eine junge Frau, die sich wie ein Junge kleidete, mit ihren Künsten am Seil angab und sich mit Männern herumstritt …

»Ich auch nicht, nach dem, was wir gestern gesehen haben. Was sagen Sie dazu, junge Lady? Würden Sie uns die nächsten Tage herumführen? Wir würden natürlich dafür bezahlen. Sagen wir, zwei Schilling?«

»Zwei …« Effie blickte ungläubig zu ihrem Vater. Sie bekam gerade mal ein Pfund dafür, dass sie sich ein ganzes Jahr lang um den Bullen kümmerte! Es würde zwar bedeuten, dass sie jede Hoffnung begraben konnte, nach Boreray zu kommen, aber …

Sie nickte den beiden Gentlemen zu. »Für zwei Schilling begleite ich Sie gerne, Sir.«

»Dann hätten wir das also geklärt«, sagte Onkel Hamish und beendete damit endgültig die Versammlung. Die Männer gingen schnell auseinander, aber Effie blieb, wo sie war, während der Graf und sein Sohn zu ihr kamen. Poppit drückte sich gegen ihre Beine, und sie tätschelte der Hündin den Kopf.

»Also, wir begeben uns in Ihre Hände, junge Lady«, sagte der Graf. »Können Sie uns zu den Gabelschwanz-Wellenläufern bringen?«

»Aye, Sir. Oder zum Fairy House. Sobald Sie fertig sind.«

»Ich bin mir nicht sicher, ob das ganz den Regeln entspricht, meine Herren«, schaltete sich der Verwalter ein.

»Warum nicht?«, fragte der Graf ungehalten. »Sie hat mit ihren Fähigkeiten bewiesen, dass sie den Männern ebenbürtig ist. Und sie hat einen der Vögel gesehen, deretwegen ich hierhergekommen bin.«

»Aber, eine junge Frau, allein, als Inselführerin …« Der Verwalter verstummte und ließ die Anspielung für sich sprechen.

»Ja …?«

Peinliche Stille trat ein, und der Verwalter blickte erst zu Effie, dann zu den beiden Männern, den persönlichen Freunden seines Vorgesetzten.

»Schon gut, Sir, Sie haben ganz recht. Ich bin froh, dass wir diese Übereinkunft getroffen haben«, lenkte er schließlich ein und wirkte dabei wie ein geprügelter Hund.

»Mr Mathieson, bevor wir gehen …« Ian MacKinnon, der Postmeister, trat auf den Verwalter zu. »Ich möchte mit Ihnen über die Angelegenheit sprechen, um die es bei Ihrem letzten Besuch im September ging …«

Er verstummte und ließ diplomatisches Schweigen folgen, wollte vor den Gästen nicht weiter ins Detail gehen.

Der Verwalter presste die Lippen zusammen, schien wieder einmal unzufrieden mit den Aufgaben, die seine Arbeit mit sich brachte. Als Mitarbeiter des Landlords vor Ort musste er nicht nur Vorräte anliefern, sondern war auch für die Probleme der Inselbewohner zuständig, für ihre Krankheiten, Bedürfnisse und Wünsche. Die Dächer waren undicht, es regnete hinein, die Ernte war schlecht … Bei seiner zweiten Fahrt in der Saison, Ende August, würde er die Waren einsammeln, die sie als Pacht abgaben, und alles herbringen, was in dem langen, harten Winter gebraucht wurde, wenn die Insel durch die stürmische See vom Festland abgeschnitten war.

»Kann das nicht warten, bis wir zurück sind, Mr MacKinnon?«, fauchte er. »Ich habe gerade eine höllische Überfahrt hinter mich gebracht, nur um festzustellen, dass ich gleich die nächste antreten muss.«

Der Postmeister sah eindeutig gekränkt aus. »Also, ich denke, das geht in Ordnung, aye, Sir.«

»Gut«, brummte der Verwalter und wandte sich mit einem verächtlichen Blick ab. »Und jetzt entschuldigen Sie mich. Ich muss mich aufs Schafezählen vorbereiten.«

Die Entscheidung, nach den Schafen zu sehen, wirbelte im Dorf alles durcheinander. Die täglichen Aufgaben wurden liegen gelassen, weil die Frauen Essensvorräte zusammentrugen, nach Decken suchten oder Säcke für die Wolle, die die Männer mitbringen würden, aus den Cleits holten. Während das Boot aufs Wasser gezogen wurde, rannten die Hunde am Ufer entlang und bellten aufgeregt, sodass die Vögel in den Himmel aufstoben.

Aber innerhalb einer Stunde war alles bereit, und die Frauen und Kinder winkten den Männern mit Taschentüchern nach, bis das Boot um das Kap von Oisebhal verschwunden war.

»Bekommen wir auch so einen Abschied, wenn wir abfahren, Miss Gillies?«, fragte Lord Sholto, und seine Augen funkelten amüsiert. Er war aus dem Haus des Verwalters gekommen, als er den Tumult bemerkte, und hatte mit den anderen am Strand gestanden. Jetzt war er irgendwie neben Effie gelandet.

»Ich bin mir sicher, es wird uns sehr leidtun, wenn Sie abreisen, Sir«, sagte sie, ohne ihn anzusehen. Sie wusste, dass der Verwalter nicht glücklich damit war, dass sie ihre hohen Besucher begleiten würde, auch wenn er das Gegenteil behauptet hatte. In den sechs Jahren, die er nun für MacLeod arbeitete, hatte es keinen einzigen Besuch gegeben, bei dem er sie nicht ein »wildes Ding« genannt hätte, als wäre sie kein Mädchen, sondern ein Tier. »Wir achten immer darauf, uns richtig zu verabschieden, weil es nie die Garantie gibt, dass man sich wiedersieht.«

Sie drehte sich um und wollte zurück ins Dorf gehen, aber der junge Mann setzte sich ebenfalls in Bewegung und kam mit. Inzwischen hatte er seinen Anzug abgelegt und Kletterhosen aus Tweed angezogen.

»Aber sie gehen nicht weit weg. Die Insel ist gleich da drüben, oder nicht?«

»Aye, aber man muss nicht weit wegfahren, um sich in Gefahr zu bringen. Es sind schon drei Männer hier in der Bucht ertrunken, und wir konnten sie nicht retten.«

Er runzelte bekümmert die Stirn. »Das tut mir leid. Wie schrecklich. War das in letzter Zeit?«

»Nein, es ist vierzehn Jahre her, aber für die Familien ist es, als wäre es gestern gewesen.«

»Gab es einen Sturm?«

»Keinen schlimmen, aber eine Strömung. Sie sind rausgefahren, um da drüben auf der Felsnadel ein paar Vögel zu fangen. Stac Levenish. Die Männer waren aneinander geseilt, bereit zum Klettern. Einer fiel hinein …« Sie zuckte mit den Schultern.

»Und hat die anderen mit sich gezogen«, murmelte er. »Konnten sie denn nicht schwimmen?«

»Das kann niemand von uns.«

»Niemand?« Er wirkte schockiert.

»Es ist nicht nötig für uns, ins Wasser zu gehen. Die See ist zu rau, um im großen Stil zu fischen. Wir können nur von den Felsen aus ein bisschen angeln. Deshalb jagen wir lieber Vögel.«

»Aber gestern, als Sie die Felswand hinuntergeklettert sind … Da sind Sie ins Boot gesprungen.«

»Aye.« Sie sah ihn verständnislos an.

»Wenn Sie danebengesprungen wären …«

»Aber das bin ich nicht.«

»Sie haben es aber nur knapp geschafft.«

»Knapp ist genug.« Sie zuckte mit den Schultern. »Aber vielleicht hätten Sie mich gerettet, wenn es wirklich nötig gewesen wäre, Sir.«

Er lachte über ihren trockenen Tonfall. »Ich hoffe, Sie wissen, dass ich nicht gezögert hätte.«

Sie antwortete nicht.

»Also wollen Sie mir sagen, dass Sie Ihr Leben riskiert haben, um diesen Kerl zu besiegen, der mit Ihnen um die Wette klettern wollte?«

»Es war wichtig, dass ich gewinne.«

»Aber wichtig genug, um dafür zu sterben?«

»Tja, natürlich ist es mir lieber, wenn das nicht passiert.« Er lachte wieder.

Der Graf, der die Abfahrt des Schiffes aus dem Fenster des Verwalterhauses beobachtet hatte, kam heraus, und Effie ging zu ihm. »Sind Sie fertig, Sir?«

»In der Tat. Allerdings muss ich Sie warnen. Mag sein, dass mein Sohn an Seilen und Hängen mit Ihnen mithalten kann, aber ich selbst habe meine besten Zeiten hinter mir, fürchte ich.«

Effie lächelte verhalten. Der Anstand verbot es ihr zu sagen, dass sein Sohn keine Chance hatte, am Seil mit ihr mitzuhalten. »Wir werden heute hauptsächlich wandern, Sir. Ich habe die Leach-Wellenläufer in der Nähe von Na h-Eagan kreisen sehen, auf der anderen Seite des Ruaival.« Sie zeigte auf den Berg zu ihrer Linken, auf der anderen Seite des Tals.

»Sie nennen sie auch ›Leach-Wellenläufer‹, nach dem Zoologen William Elford Leach?« Der Graf wirkte beeindruckt. »Dann können Sie die Vögel also nicht nur voneinander unterscheiden, sondern Sie kennen sich auch damit aus?«

»Aye, Sir.« Sie hob herausfordernd den Kopf. Armut bedeutete nicht Unwissenheit. Wie alle Angehörigen der jüngeren Generation auf der Insel konnte sie lesen und schreiben, sowohl auf Englisch als auch in Gälisch. »Ich lese viel.«

»Recht so. Und Ihr Hund …« Er blickte zu Poppit, die dicht bei ihr stand, den Kopf wie immer an Effies Hand geschmiegt. »Wird sie die Vögel nicht vertreiben?«

»Im Gegenteil, sie ist mir eine große Hilfe. Sie kann sie riechen.«

»Wie heißt sie?«

»Poppit.«

»Das ist ein ungewöhnlicher Name.«

»Sie ist nach einem Pipit benannt, einem Wiesenpieper, mit dem sie sich angefreundet hatte, als sie noch ein Welpe war.«

Der Graf lachte. »Verstehe.«

»Ich habe sie selbst ausgebildet. Ihre Mutter hat sie nicht angenommen, daher habe ich sie aufgezogen.«

»Ja, die Bindung kann man sehen. Sie lässt Sie nicht aus den Augen.«

»Sie ist ein treues Mädchen.« Effie konnte die Wärme in ihrer Stimme kaum verbergen, während sie dem Hund über den Kopf streichelte. »Nicht wahr, Poppit?« Als sie aufblickte, sah sie, dass die beiden Männer sie merkwürdig ansahen. Redeten sie etwa nicht mit ihren Haustieren? »Wollen wir los?«

Sie gingen gemeinsam die Dorfstraße entlang, und Effie nickte lächelnd Jayne Ferguson zu und wechselte einen vielsagenden Blick und ein Augenzwinkern mit Lorna MacDonald, als sie mit ihren vornehmen Gästen an ihnen vorbeikam. Effie wusste, dass getratscht werden würde – nun, da die Frauen für das Dorf verantwortlich waren –, und sie spürte ihre neugierigen Blicke. Sogar Mary McKinnon, die in letzter Zeit kaum das Bett verließ – sie war schwanger, und es ging ihr nicht gut –, blickte von ihrem Strickzeug auf, als sie ihre Tür passierten.

Sie gingen nebeneinander, der Graf in der Mitte, als sie begannen, den Mullach Geal hinaufzusteigen. Es war zu steil, um viel zu reden, aber Effie machte die beiden Männer so oft wie möglich auf Vögel aufmerksam – auf Schnepfen, Wiesenpieper oder Steinschmätzer und besonders auf die heimischen Zaunkönige, die über die Mauern und die Cleits hüpften, laut zwitschernd, um das Rauschen von Meer und Wind und das Kreischen der Seevögel zu übertönen.

Nach etwa einer Stunde waren sie oben auf dem Bergkamm – es hatte doppelt so lange gedauert, wie Effie normalerweise für den Aufstieg brauchte –, und blieben stehen.

»Miss Gillies, eine kurze Pause bitte«, schnaufte der Graf und stützte sich auf seinen Wanderstock. »In meinem Alter mag der Geist willig sein, aber das Fleisch ist leider schwach.« Vorsichtig setzte er sich auf den Boden.

Sein Sohn tat das Gleiche, und auch Effie ließ sich zu Boden plumpsen. Alle drei stützten die Ellbogen auf ihre Knie und blickten über das Tal und das Meer.

»Sie können sich glücklich schätzen, dies Ihr Zuhause zu nennen, Miss Gillies«, sagte der Graf, als er wieder Atem geschöpft hatte. Ein Staunen lag in seiner Stimme.

»Ja, das tue ich«, sagte sie und blickte mit Stolz hinunter auf die Siedlung, ihr Reich.

»Waren Sie jemals fort von hier?«

»Warum sollte ich, Sir? Ich habe hier alles, was ich brauche.«

»Das stimmt.« Er lächelte, wirkte aber von ihrer Antwort irritiert. »Aber trotz der wilden Erhabenheit dieser Insel ist es doch kein einfaches Leben. Sir John erzählt oft von den Problemen, die es mit sich bringt, an einem so abgelegenen Ort zu leben. Schlechte Ernten, Krankheiten und das Fehlen von medizinischer Hilfe …«

»Das ist richtig. Aber die Schönheit macht alle Widrigkeiten wett.«

»Dann haben Sie nie daran gedacht, an einem anderen Ort zu leben?«

»Nur bei besonders schweren Stürmen.«

»Ich kann mir vorstellen, dass das Wetter ziemlich extrem sein kann. Der Regen letzte Nacht war stark.«

»Vor allem die Winde sind heftig. Es sind schon Dächer abgedeckt worden, das Boot ist gekentert … Es ist kein Spaß, wenn es einen erwischt, während man unterwegs ist, das kann ich Ihnen sagen.«

»Suchen Sie dann in den Cleits Zuflucht?«

»Aye. Wenn die Schafe uns nicht zuvorkommen.«

Lord Sholto lachte leise. Das Gespräch schien ihn zu amüsieren.

»Und dennoch lockt Sie ein leichteres Leben nicht?«

Sie seufzte. »Oh, manchmal haben wir Gäste, die uns Geschichten erzählen von Ihrer Seite des Ozeans, und dann frage ich mich, wie es ist, nicht zu … kämpfen. Aber das ist nun mal das, was ich kenne. Was ich bin.« Sie starrte hinunter auf ihr Zuhause, folgte mit dem Blick der langen Mauer des Hauptdeichs hinter den Cottages, betrachtete die symmetrische Rundung der hohen Mauer um die Begräbnisstätte, die Punkte und Striche in der Landschaft, die auf ihre Vorfahren zurückgingen. Die Natur hatte diesen Felsen im Meer zu einem Zuhause geschnitzt, gehöhlt, gepeitscht. Und dieses Zuhause hatte sie geformt, seine wilden Kräfte hatten sie erzogen.

»Außerdem würde mein Vater niemals von hier fortgehen, und ich würde ihn niemals verlassen, also …« Sie zuckte mit den Schultern.

»Dann ist er ein glücklicher Mann, weil er eine solche Tochter hat.«

»Ein lebender Sohn wäre ihm lieber.« Die Worte waren heraus, bevor sie sie zurückhalten konnte. Sie lächelte angespannt, sah die überraschten Blicke der Besucher. »Entschuldigen Sie, Sir, das hätte ich nicht sagen sollen. Ich vergesse manchmal, dass ich nicht alles aussprechen muss, was mir in den Kopf kommt.«

»Bitte, meine Liebe, reden Sie offen«, sagte der Graf. »Wenn nicht hier mitten im Nirgendwo, wo sollten wir dann frei sprechen?«

»Das ist nicht mitten im Nirgendwo«, protestierte Effie mit verletztem Stolz.

»Nein?«

»Es ist mitten im Überall – jedenfalls für mich.«

»Natürlich. Bitte entschuldigen Sie. Meine Bemerkung war taktlos.«

Lord Sholto sah sie interessiert an. »Sind Sie auch ein Einzelkind, Miss Gillies?«

Sie schluckte. »Jetzt ja. Mein großer Bruder John ist vor vier Jahren gestorben … Er ist über die Spitzen gestiegen.«

Er runzelte die Stirn. »Sie meinen, er …«

»Ist abgestürzt, ja. Das Seil ist gerissen.«

Entsetztes Schweigen machte sich breit. Die Besucher hatten gestern selbst gesehen, wie hoch die Klippen waren. »Kommen solche Unfälle häufig vor?«, fragte der Graf.

»Nein, aber alle paar Jahre passiert mal etwas. Mein Vater hat sich nie davon erholt.«

»Und Ihre Mutter …?«

Effie holte tief Luft. »Sie hat es zum Glück nicht mehr erlebt. Sie ist gestorben, als ich zehn war. Tuberkulose.«

»Mein liebes Mädchen, das tut mir so leid«, sagte der Graf sanft. »Dann gibt es also nur noch Sie beide?«

Effie nickte. »Mein Vater war zuvor schon einmal verheiratet. Seine erste Frau ist bei einer Geburt gestorben. Sie hatten fünf Kinder, aber keins ist älter geworden als sieben Jahre, aus unterschiedlichen Gründen. Tetanus, Husten.«

»Das ist für einen Mann schwer zu ertragen.«

»Aye.«

Der Graf sah sie an. »Und für Sie auch.«

Sie war überrascht über diese Beobachtung. Niemand hatte bisher jemals über ihren Verlust gesprochen. »Es ist schon okay. Ich komme damit zurecht.«

Eine kleine Pause entstand, als die Männer über Effies Offenbarung nachdachten, mit mitleidigen Blicken, aber für Effie gehörten Tragödien genauso zum Leben, wie es der Wind tat.

»Dann waren Sie deshalb heute Morgen bei der Versammlung der Männer dabei? Sie übernehmen die Pflichten Ihres Bruders?«, fragte Lord Sholto.

Sie nickte. »Wir brauchen Kletterer, um Vögel zu fangen und ihre Eier einzusammeln, denn davon leben wir. Aber von den sechsunddreißig Menschen, die hier wohnen, sind viele zu alt oder noch zu jung dazu. Mein Vater ist zu alt fürs Seilklettern und hat sowieso schlechte Knochen, deshalb tue ich es.«

»Aber können Ihre Nachbarn Ihnen nicht helfen?«, fragte der Graf.

»Aye, das könnten sie, genauso, wie sie es für die Witwen und den alten Fin tun. Aber warum sollte ich mich von Wohltätigkeit abhängig machen, wo ich doch jung und stark bin und einen gesunden Körper habe? Sollen wir betteln gehen, nur weil ich kein Junge bin?«

Die beiden Männer sahen den Trotz in ihren Augen.

»Das ist eine sehr moderne Betrachtungsweise, vor allem in einer Gemeinschaft wie dieser«, sagte der Graf. »Wird sie von den Männern akzeptiert?«

»Nein, das nicht. Dafür sitzen die alten Gewohnheiten zu tief. Aber sie wird toleriert, weil sie keine andere Wahl haben. Trotz all ihrer Vorurteile gegen Frauen, die Männerarbeit machen, gibt es hier einfach nicht genug Leute, um es ohne mich zu schaffen. Ich habe ihnen bewiesen, dass sie meine Hilfe brauchen, auch wenn sie nicht erwünscht ist.«

Der Sohn des Grafen lächelte sie erneut an, während sie redete. »Und was genau ist es, was Sie tun, und was Mädchen nicht tun sollten?«, fragte er dann.

»Klettern. Jagd machen auf Sturmvögel, Klippenmöwen und Lummen. Fallen stellen für Papageientaucher. Hunde trainieren.«

»Warum durften Sie dann nicht mit auf die andere Insel?«

»Das ist ihre Art, mich zu bremsen. Wolle kann man nicht essen, sie wird nur gebraucht, um die Pacht zu bezahlen, deshalb kommen die Männer beim Scheren ohne mich aus. Sie brauchen mich hier für die Vogeljagd, und sie wissen, dass sie mich sowieso nicht davon abhalten können, auf die Klippen zu klettern. Aber sie können mich davon abhalten, mit ihnen in ein Boot zu steigen.«

»Und was ist ihre Begründung?«

»Dass ich nicht schwimmen kann.«

Lord Sholto runzelte die Stirn. »Aber sie können es doch auch nicht. Am Strand haben Sie mir erzählt …«

»Ich weiß. Es ist nur eine Ausrede.«

Er antwortete nicht, aber seine Augen blitzten ärgerlich.

»Darf ich ehrlich zu Ihnen sein, Miss Gillies?«, fragte der Graf nach einer kurzen Pause.

»Bitte, Sir.«

»Bevor wir hierherkamen, hat Sir John mir anvertraut, dass er einen Brief von den Inselbewohnern erhalten hat. Er sagte, es sei eine Petition eingereicht worden, in der die Menschen die Regierung um die Evakuierung aufs Festland bitten.«

Effie sah ihn kurz an, dann wandte sie den Blick ab, die Lippen zusammengepresst. »Aye.«

»Haben Sie unterschrieben?«

»Ich musste es. Entweder wir gehen alle, oder wir bleiben alle, so ist die Abmachung.«

»Auch wenn Sie es nicht wollen? Sie haben gerade gesagt, dass Sie niemals von hier fort möchten.«

»So ist das hier eben. Einer für alle. So wenige, wie wir sind, können wir uns schon jetzt kaum ernähren, und wenn noch mehr junge Männer weggehen würden … Ich versuche jeden Tag, ihnen zu zeigen, dass wir es schaffen können, wenn die Frauen auch Männeraufgaben übernehmen dürfen, aber …«

»Sie sind nicht so mutig wie Sie?«

»Sie wollen einfach nicht. Die Touristenboote, die hier anlegen, werden jeden Monat mehr, Leute kommen und erzählen uns vom Leben auf der anderen Seite, von Komfort und Luxus. Heizungen. Geschäfte. Autos. Badezimmer. Kino …« Sie seufzte und zuckte resigniert mit den Schultern. »Diese Geschichten sind den Leuten hier zu Kopf gestiegen. Sie haben genug vom Inselleben.«

»Aber Sie nicht?«

»Ich weiß nur, dass ich es nicht leicht haben will. Außerdem gibt es nichts für mich da drüben. Ich wüsste nicht, wo ich da hinsollte.«

»Und wenn die Regierung nun Ihre Bitte erfüllt …?«

»Das wird sie nicht. Das passiert nie, nur deshalb habe ich unterschrieben. Seit Jahren bitten wir um einen Funkturm, ein richtiges Postboot, ein größeres Boot anstelle der Ruderboote … Nichts. Nicht einmal Heringsnetze haben wir bekommen. Warum sollte es diesmal anders sein? Niemand kümmert sich um uns …«

Sie verstummte, als ihr bewusst wurde, dass sie zu viel gesagt, die Unzufriedenheit und das Elend der Dorfbewohner gegenüber Leuten preisgegeben hatte, die mit dem Landlord befreundet waren, einem Mann, dem sie zu einem beträchtlichen Einkommen verhalfen. Warum sollten die beiden Männer Verständnis für sie haben oder gar auf ihrer Seite stehen? Wenn der Verwalter hörte, was sie gerade gesagt hatte … Tat sie nicht genau das, was er befürchtet hatte? Sie zwang sich zu einem Lächeln und beendete das Gespräch.

»Also, sind Sie bereit, Sir?«, fragte sie.

Der Graf nickte, schien ihre plötzliche Beklommenheit zu durchschauen, und sie alle standen auf und machten sich wieder auf den Weg. Jetzt gingen sie auf einer Hochebene Richtung Südwesten, und der Marsch war weit weniger anstrengend als zuvor. Effie liebte die Gegend hier oben. In jeder Richtung breitete sich der Ozean aus, 360 Grad Horizontlinie ohne Unterbrechung, nirgendwo Land in Sicht. An wirklich klaren Tagen konnte man die entfernten Gipfel von North Uist und Harris als schwache Schemen erkennen, aber heute schloss sie ein feiner Dunst in ihrem eigenen Universum ein.

Sie wanderten noch eine Stunde weiter, und die Männer liefen hinter Effie her, als der Pfad enger wurde. Sie gingen an Felskanten entlang, die sich stellenweise tief ins Landesinnere schnitten. Über den Himmel blitzten weiße und graue Pfeile, wenn Vögel herabschossen oder über ihren Nestern auf den steilen Klippen kreisten. Der Graf war ein erfahrener Vogelbeobachter. Selbst in der Höhe konnte er eine Krähenscharbe von einem Kormoran unterscheiden, einen Sturmvogel von der weniger bekannten Mantelmöwe, das Flugbild eines Basstölpels von dem der Klippenmöwe. Effie war konzentriert, sichtete mal den einen, dann den anderen Vogel, folgte ihnen mit dem Blick, schätzte ab, suchte …

»Da!«, sagte sie plötzlich, blieb stehen und zeigte nach vorne. Die Männer traten neben sie und blickten in die Richtung, in die sie wies. Während sie die Büschel hohen Grases in Augenschein nahm, machte sie ihnen ein Zeichen, langsam tiefer zu gehen, und alle drei legten sie sich bäuchlings auf den Boden.

»Was sehen Sie?«, flüsterte der Graf.

»Das Nest eines Wellenläufers, da vorne.«

»Hier? Nicht auf den Klippen?«, fragte der Graf.

Sie schüttelte den Kopf. »Der Eissturmvogel nistet auf Felsvorsprüngen, aber der Wellenläufer baut sein Nest in Erdhöhlen.«

»Ich kann nichts erkennen«, sagte Lord Sholto.

»Es ist gleich dort drüben.« Sie zeigte auf die Überreste eines ehemaligen Cleits, nur ein paar Steine, die kaum mehr eine Wand bildeten, aber zwischen den gestapelten Felsbrocken steckten unregelmäßig verteilte Grashalme und Fetzen von Flechten. Es war beinahe unmöglich, sie von den wachsenden Pflanzen zu unterscheiden, man musste schon sehr genau hinsehen, um die winzigen Hinweise der unpassenden Platzierung zu erkennen.

»Wie in aller Welt haben Sie das gesehen?«, fragte der Graf. »Ich kann es selbst jetzt, wo Sie es mir gezeigt haben, kaum ausmachen.«

»Kommen Sie ein wenig nach links.« Sie traten ein Stück zur Seite, und jetzt konnten sie einen kleinen Vogel erkennen, so groß wie eine Schwalbe, der auf seinem unscheinbaren Nest zwischen den Steinen saß. Seine Federn waren bläulich-grau mit einem hellen Band am Oberflügel, und er hatte einen kleinen, sehr dunklen Schnabel.

Der Vogel plusterte seine Flügelfedern und zuckte, als würde er ihre prüfenden Blicke spüren.

Der Graf atmete scharf ein. Während der kurzen Bewegung des Vogels hatten sie alle das helle, perfekte Ei gesehen. »Erzählen Sie mir, was Sie darüber wissen«, flüsterte er.

Effie überlegte einen Augenblick. Sie wusste eine Menge. Ihre Bücher waren die einzige Zerstreuung, die man an langen Winterabenden bekommen konnte, wenn man die Wahl hatte zwischen der Bibel und Vogelkunde …

»Sie sind ozeanisch, verbringen bis zu acht Monaten auf dem Meer. Durch ihre gegabelten Schwänze können sie gut tauchen. Sie sind etwas größer als andere Sturmschwalben und haben ein unregelmäßiges, tanzendes Flugbild. Oft scheint es, als würden sie über das Wasser laufen … Was noch?« Sie überlegte angestrengt. »Ach ja. Sie erkennen ihre eigenen Küken nicht und wechseln den Partner, wenn eine Brut misslingt. Gewöhnlich legen sie nur ein Ei. Es hat eine raue Struktur, ist kalkweiß mit kleinen roten Punkten und gilt als sehr wertvoll.«

»So ist es«, murmelte Sholto und sah sie an. »Papa ist seit sechs Jahren auf der Suche danach. Und Sie haben ihn direkt zu einem gebracht!«

»Ich fürchte, das muss ich wirklich haben«, murmelte der Graf, als müsste er ihr ein Geständnis machen. Aber er war nicht er erste reiche Mann, der hier Eier sammelte, und er würde auch nicht der letzte sein. »Sholto, da du näher dran bist …«

»Warten Sie«, sagte Effie, als Sholto sich schon vorwärtsbewegen wollte. »Wenn Sie sich an dem Nest vergreifen, werden Sie mit Öl bespritzt.«

»Das ist nichts im Vergleich zu dem, was Papa mit mir tun wird, wenn ich das Ei nicht für ihn hole.« Lord Sholto lächelte.

Sein Lächeln sollte vermutlich bedeuten, dass er immer bekam, was er wollte, aber Effie gab nicht nach. »Warten Sie einfach. Sie wird weggehen.«

»Heute noch?«, scherzte er, blieb aber, wo er war.

»Die Eltern lassen das Ei während des Brütens häufig eine Weile allein. Ihre Eier brauchen eine weit niedrigere Temperatur als die von anderen Vögeln. Schauen Sie, sie bewegt sich schon wieder. Ich glaube, sie fliegt gleich davon …«

»Woher wissen Sie das alles?«, fragte Lord Sholto.

Es kränkte sie, dass er ihr so wenig zutraute. Dachte er, sie sei eine Primitive, nur weil sie auf einer Insel lebte? »Ich beobachte und lerne, Sir.«

Wie um ihre Aussage zu bekräftigen, zog sie ein kleines Notizbuch aus ihrem Rucksack und fing an, ihre Beobachtungen über das Verhalten des Vogels aufzuschreiben, zeichnete seinen Schnabel, seinen Kopf … Sie lagen noch eine Weile im Gras, beobachteten das Vogelweibchen, das unruhig wurde und sich über dem Ei hin und her bewegte, so gut es in dem beengten Winkel möglich war. Es zerrte an einem Grashalm, dessen Position ihm nicht passte, plusterte erneut seine Federn, dann breitete es die Flügel aus.

»Sehr gut«, murmelte Effie, die den Vogel konzentriert beobachtete. »Los jetzt …«

Einen Augenblick später flatterte der Vogel los, drehte einen Bogen über den Klippen und flog über das Meer davon.

»Hurra!«, rief der Graf, als er das Ei sah, das nun in seiner ganzen schimmernden Perfektion offen dalag.

»Jetzt können Sie es nehmen, ohne dass Ihre Kleider ruiniert werden.«

»Dafür hat sich das Warten gelohnt. Außerdem kann ich es jetzt selbst holen.« Er rappelte sich mühsam hoch.

»Meine Mutter sagt immer, dass Geduld eine Tugend ist«, erklärte Lord Sholto. »Und dass die guten Dinge es immer wert sind, darauf zu warten.«

»Da stimme ich Ihrer Mutter zu«, erwiderte Effie ruhig und versuchte, nicht auf den warmen Blick zu achten, mit dem er sie, immer noch auf dem Bauch liegend, ansah. Hinter seinen Scherzen und dem weltmännischen Charme spürte sie etwas, das sie emporheben und davontragen könnte. Sie gab die Deckung auf, nun, da der Wellenläufer davongeflogen war, und setzte sich in den Schneidersitz. Um Lord Sholto nicht ansehen zu müssen, betrachtete sie die Vögel über ihnen, den Stift noch immer in der Hand.

Lord Sholto rollte sich auf die Seite, stützte den Kopf in die Hand und sah ihr beim Zeichnen zu. Der Graf kauerte jetzt vor dem Nest und wog das Ei zärtlich in der Hand. »Es ist wundervoll«, rief er ihnen zu. »Fühlt sich eher rau an, wie Sie gesagt haben.«

»Sie werden es richtig ausblasen müssen, Sir, wenn Sie es erhalten möchten.«

Er blickte zu ihr herüber. »Ich vermute, dazu haben Sie auch fachmännischen Rat?«

»Ich bin keine Expertin, Sir, ich kann Ihnen nur sagen, wie wir es hier machen.« Ausgeblasene Vogeleier gehörten zu den Dingen, die die Touristen auf der Insel am liebsten kauften, abgesehen von weichem Tweed und Strickarbeiten.

»*Au contraire*, Miss Gillies«, sagte der Graf zu ihrer Verwirrung. »Wenn es um Meeresvögel geht, sind Sie die Expertin und wir Ihre demütigen Schüler. Bitte sagen Sie mir, wer war die Lady, die Sie uns empfohlen hat?«

»Die verrückte Annie?«

Lord Sholto lachte. »Herr im Himmel. Ist sie wirklich verrückt?«

»Nein.« Effie grinste. »Aber sie raucht Pfeife, flucht und geht nicht in die Kirche. Der Pfarrer verzweifelt an ihr.«

»Warum geht sie nicht in die Kirche?«

»Sie war nicht mehr dort, seit ihr Mann gestorben ist. Er war einer von denen, die ertrunken sind. Damals hat sie gesagt, sie würde Gott verlassen, weil er sie verlassen hat.«

»Klingt nach einem starken Charakter.«

»Wir haben ein paar von der Sorte«, stimmte Effie zu. »Mit Ma Peg würde ich mich auch nicht anlegen, und Old Fin kann einem noch aus zehn Schritten Entfernung ins Gesicht spucken.«

Beide Männer wirkten schockiert von dieser Bemerkung, und Effie hatte schon wieder den Eindruck, dass sie … peinlich war. Aber im nächsten Augenblick lachten die beiden wieder.

Der Graf zog eine kleine Schachtel aus seinem Rucksack, kniete nieder und rupfte etwas Gras und Flechten, um sie damit auszupolstern, bevor er das Ei darin platzierte. Effie sah verwundert zu. Dieses Hobby verstand sie nicht. Sie nahm wahr, wie hübsch diese Eier waren, aber für sie – und für alle St. Kildaer – waren Eier zum Essen da und keine Sammelobjekte. Natürlich war ihr klar, dass sie selbst schon Tausende von Eiern aus Vogelnestern genommen hatte, weit mehr, als diese beiden Männer es je tun würden. Aber da ging es ums Überleben. Ein Ei wegzunehmen, nur um es auszustellen – das einzige Ei, das der Vogel in dieser Saison hätte ausbrüten können –, schien ihr irgendwie gegen die natürliche Ordnung zu sein. Es kam ihr vor wie Gier.

Lord Sholto riss einen Grashalm aus und begann, darauf herumzukauen, während sein Blick zu ihr wanderte und dort hängen blieb, als er merkte, dass sie ihn bereits ansah. Ihr Magen flatterte, und wieder hatte sie das Gefühl, als würde sie emporgehoben, den Boden unter den Füßen verlieren. Sie kannte dieses Gefühl nicht. Sie war eine St. Kildaerin, eine unerschrockene Kletterin, die mühelos an Seilen schwang, aber jetzt verstand sie zum ersten Mal in ihrem Leben, was andere empfanden, wenn sie sie wie eine Spinne an der Wand entlangkrabbeln sahen: die Angst vor dem Fallen.

3. Kapitel

Als sie zurückkamen, war es ruhig im Dorf. Wenn die Männer nicht da waren, bewegten sich die Frauen mit seltener Gemächlichkeit. Während die Sonne hinter dem Mullach Bi unterging, spielten die Kinder am Deich Verstecken, und ihre Rufe schallten durch das Tal. Die Wassereimer für den kommenden Morgen waren bereits gefüllt, alle täglichen Aufgaben erledigt.

Als Effie näher kam, sah sie Rauch aus dem Schornstein ihres Cottages aufsteigen und ihren Vater, der mit gebeugtem Rücken vor der Haustür fegte. Außer Archie MacQueen, der das Boot zurückgerudert hatte, nachdem er die anderen abgesetzt hatte, waren er und Old Fin die einzigen Männer, die auf der Insel geblieben waren – Fin wegen seines hohen Alters, ihr Vater wegen seiner Knochen. Er unterhielt sich mit Mad Annie, die Beine baumelnd auf der niedrigen Mauer saß und strickte, zu ihren Füßen mehrere Hunde. Seine weißen Hemden, darunter das gute Sonntagshemd, hingen noch an der Leine. Effie würde sie reinholen müssen, der Tau kam bald.

»Hat Ihnen der Tag gefallen, Sir?«, fragte Effie den Grafen, als sie die Dorfstraße betraten.

»Meine Liebe, es war eine Offenbarung«, antwortete der Graf, dessen Rucksack außer dem Ei des Wasserläufers nun auch noch Tordalk-, Steinwälzer- und Lummeneier enthielt. Effie hatte den Großteil des Nachmittags am Seil verbracht, um die Eier zu stehlen, die er haben wollte.

»In vielerlei Hinsicht«, ergänzte sein Sohn.

»Noch nie in meinem Leben habe ich eine so vielfältige Vogelwelt gesehen«, fuhr der Graf fort.

»Tja, wenn wir hier eines haben, dann sind es Vögel«, bestätigte Effie.

»Und die Laute, die sie machen, sind wirklich außergewöhnlich.«

»Wir sind wahrscheinlich daran gewöhnt. Genau wie an den Wind. Der macht auch nie Pause.« Als sie an Mary McKinnons Haus vorbeigingen, warf Effie einen Blick durchs Fenster. Die Tür war geschlossen, aber im Inneren des Hauses war ein Schemen zu erkennen. Immerhin, Mary war auf den Beinen. Sie konnte nicht die ganze Zeit im Bett verbringen, bis zum Geburtstermin waren es noch vier Monate. Ihr Mann Donald arbeitete bereits, so viel er konnte.

Ma Peg ging langsam vor ihnen her, schleppte, auf ihren Gehstock gestützt, ein Stück Torf. Sie hatte breite Hüften, dicke Beine und geschwollene Fußgelenke. Ihr langes weißes Haar hatte sie am Hinterkopf zu einem lockeren Knoten geschlungen – so tat sie es schon seit fünfundsiebzig Jahren –, und wie alle verheirateten Frauen trug sie ein rot kariertes Tuch darüber, damit der Wind es nicht zerzauste.

»Lass mich das tragen«, sagte Effie, als sie sich ihr näherten, und verfiel dabei in das übliche Gälisch. Die alte Frau wehrte sich nicht, als sie ihr die Last abnahm, aber zu Effies

Erstaunen nahm Lord Sholto nun ihr den Torf ab. Er sagte kein Wort dabei und lächelte nur, als sie ihn ansah.

»Erzähl mal, Lass«, sagte die alte Frau, als sie nebeneinander herliefen, »wie war es da oben?«

»Schön war's, auch wenn wir die anderen Inseln nicht erkennen konnten.«

»Da gibt's sowieso nichts Besonderes zu sehen«, sagte die alte Frau abfällig. Sie hatte Hirta noch nie verlassen. »Wart ihr jagen?«

»Nein, wir haben gesammelt. Lauter hübsche Eier. Ma Peg, hast du die Lordschaften schon kennengelernt? Graf von Dumfries und sein Sohn Lord Sholto. Sie sind mit dem Verwalter hergekommen.« Effie sah die Männer an und wechselte wieder zu Englisch. »Das ist Mrs MacDonald.«

»Graf?« Die alte Frau blieb stehen und drehte sich um, musterte die beiden Männer neugierig von Kopf bis Fuß. »Keine Kronen?«, fragte sie dann und setzte ihren Weg fort. »Wie enttäuschend.«

»Sie ist sehr erfreut, Sie kennenzulernen«, erklärte Effie.

Ma Peg sagte noch etwas über die Tyrannei des Adels, und Effie übersetzte es wieder in eine höfliche Floskel: »Und sie hofft, Ihnen gefällt unsere schöne Heimat.«

»O ja!« Der Graf nickte eifrig. »Das ist einer der schönsten Orte, die ich je gesehen habe, Mrs MacDonald. Wir schätzen uns glücklich, hier sein zu dürfen.«

Sie hatten Ma Pegs Cottage erreicht und warteten, bis sie die Tür aufstieß.

»Erlauben Sie, dass ich Ihnen das hineinbringe, Mrs Mac-

Donald«, sagte Lord Sholto so laut, als wäre Ma Peg schwerhörig, und trat ins dunkle Innere des Cottages. »Neben das Feuer?«

Mit einem Funkeln in den Augen sah die alte Frau zu, wie er den Torf neben dem Ofen ablegte. Dann lächelte sie zahnlos, sah Effie an und verabschiedete sich von ihr mit einem verschwörerischen Augenzwinkern.

Das Haus des Verwalters lag am anderen Ende der Straße in der Nähe des Strandes. Bis zu Effies Cottage war es nur noch ein kurzes Stück.

»Also, ich verabschiede mich jetzt«, sagte sie, als sie es erreicht hatten. »Hier wohne ich.«

Poppit war vorausgelaufen, um nach einem Tag Abwesenheit die anderen Hunde zu begrüßen. Effies Vater war mit seinem Besen im Haus verschwunden und hatte Mad Annie allein auf der Mauer sitzen lassen. Die Stricknadeln in den Händen der alten Frau klapperten unablässig, während sie der Gruppe mit unverhohlener Neugier entgegenblickte.

Schnell stellte Effie alle einander vor. Annie war zehn Jahre jünger als Ma Peg, was man an ihrem regen Geist und ihrer Unruhe merkte. Ihr stahlgraues Haar trug sie in einem strengen Knoten, und sie hatte dunkle, wissbegierige Augen, mit denen sie die Männer nun direkt ansah.

»Ah, du bist wieder da.« Effies Vater hatte ihre Stimmen gehört und war wieder herausgekommen.

»Mr Gillies, darf ich Sie loben für die ausgezeichnete Bildung Ihrer Tochter«, sagte der Graf. »Sie macht Ihnen alle Ehre.«

»Es tut mir leid, aber er spricht kein Englisch, Sir. Einen Moment …« Effie übersetzte schnell, aber nicht die Worte des Grafen. »Er sagt, sie haben einen guten Tag gehabt und freuen sich, mir die zwei Schillinge zu bezahlen«, sagte sie stattdessen, ohne irgendetwas von Bildung zu erwähnen. Ihr Vater ahnte nichts von den Büchern, die sie unter ihrer Matratze versteckte. Sie hatte nicht gewusst, wie sie ihm erklären sollte, dass der Verwalter sie ihr mitbrachte. Am Anfang hatte sie es – nach Johns Tod – als Freundlichkeit aufgefasst, als Ablenkung, weil sie keinen Bruder mehr hatte, mit dem sie reden konnte. Aber jetzt, einige Jahre später, stand ihr diese besondere Aufmerksamkeit nicht mehr zu, und das wusste sie. Aber sie liebte ihre Bücher …

Das Klappern von Annies Stricknadeln verstummte einen Augenblick. Effie hatte vergessen, dass sie ebenfalls Englisch sprach. Hitze schoss ihr in die Wangen, als sie merkte, dass sie ertappt worden war.

»Finden Sie den Weg zurück zum Verwalterhaus?«, fragte sie die beiden Männer.

Sogar aus dem Augenwinkel konnte sie Lord Sholtos Grinsen sehen. Das Haus lag nur ein kurzes Stück geradeaus.

»Ich denke, das schaffen wir. Danke, Miss Gillies, für diesen aufschlussreichen Tag.«

Anders als am Tag zuvor, als sie einander direkt angelächelt hatten, war es Effie heute zunehmend schwergefallen, dem jungen Mann in die Augen zu sehen. Etwas Unterschwelliges, das sie nicht ganz begreifen konnte, schien sich zwischen ihnen abzuspielen, und im Laufe des Tages war sie immer mehr dazu übergegangen, sich mit Blicken und Worten fast ausschließlich an seinen Vater zu richten.

Jetzt redete ihr eigener Vater, und sie sah erneut ihre Gäste an.

»Oh, mein Vater sagt, dass der Pfarrer vorhin vorbeigekommen ist und nach Ihnen gefragt hat. Weil Mr Mathieson auf der Expedition ist, hat er Sie für heute Abend zum Essen eingeladen.«

Der Graf zögerte kaum merklich. »Wie nett«, murmelte er.

»Sehr«, fügte Lord Sholto hinzu.

Einen Augenblick herrschte Schweigen.

»Und was machen wir morgen, Miss Gillies?«, fragte der Graf.

»Nun, wenn Sie möchten, kann ich Ihnen zeigen, wie man Papageientaucher fängt«, antwortete sie.

»Das möchten wir sehr gerne.«

»Und vielleicht könnten Sie mir auch ein paar von Ihren Fertigkeiten am Seil beibringen«, ergänzte Lord Sholto.

»Sind Sie schon mal geklettert, Sir?«

»Ich war Bergsteigen in den Französischen Alpen«, antwortete er. »Aber nach dem, was ich heute gesehen habe, glaube ich, Sie können mir noch das eine oder andere beibringen.«

»Wie Sie wünschen, dann packe ich zwei Seile ein. Und Sie, Sir?«

Der Graf schüttelte mit einem überraschten Lachen den

Kopf. »Eher nicht. Ich interessiere mich für Vögel, nicht für Nervenkitzel.«

»Gut. Ich habe jetzt noch ein paar Dinge zu erledigen, aber morgen früh werde ich bereit sein, wann immer Sie aufbrechen wollen. Kommen Sie einfach hierher, ich bin nicht weit weg.«

»Wunderbar. Auf Wiedersehen, Miss Gillies. Mr Gillies«, sagte der Graf und nickte ihnen zu. Lord Sholto lächelte nur.

Vater und Tochter sahen zu, wie Vater und Sohn sich entfernten, beide groß und stattlich, beide mit aufrechtem Gang. Sogar von hinten sahen sie wie Lords aus, allen anderen überlegen. Sie trugen gut geschnittene Kleidung aus edlem Stoff und hatten tadellose Manieren. Sie lächelten und plauderten zwanglos mit allen Dorfbewohnern, auch mit Effie, aber sie spürte eine gewisse Zurückhaltung, eine unsichtbare Mauer der Distanz.

»Ist dir heiß, Fräulein?«, fragte Mad Annie ohne aufzuhören, mit den Stricknadeln zu klappern.

Effie legte sich eine Hand auf die Stirn. »Nein, ich glaube nicht. Warum?«

Die alte Frau zuckte mit den Schultern. »Deine Augen glänzen. Du siehst fiebrig aus.«

Effie wandte sich um und ging ins Cottage. Nun, da Annie es erwähnt hatte, fühlte sie sich wirklich etwas unwohl, irgendwie aufgewühlt und gleichzeitig erschöpft. Sie war … nervös. Aber warum? Sie hatte ihre Sache heute gut gemacht. Die Vogeleier zu nehmen, nur um sie zu besitzen, hatte ihr zwar nicht gefallen, aber es waren schon viele

Ornithologen auf der Insel gewesen, die das getan hatten. Und noch nie hatte sie in so kurzer Zeit so viel Geld verdient. Je mehr Geld sie hier im Dorf an den Touristen verdienen konnten, desto weniger abhängig waren sie vom Verwalter, das sagte Onkel Hamish immer. Das war eine gute Sache.

Ein Topf stand auf dem Herd, darin blubberte eine Brühe und erfüllte den Raum mit feuchtem Dampf. Effie warf einen Blick auf die Suppenknochen darin, und ihr Magen rumorte. Seit den Haferflocken am Morgen hatte sie keine Mahlzeit mehr gehabt, nur den Apfel, den der Graf ihr gegeben hatte. Er hatte so süß geschmeckt, und die beiden Männer waren ehrlich überrascht gewesen, dass sie noch nie einen gegessen hatte. Sie schienen zu vergessen, dass man erst mal einen Apfelbaum haben musste, um an einen Apfel zu kommen, und auf der ganzen Inselgruppe gab es keinen einzigen Baum, weder einen Apfelbaum noch sonst einen.

Sie ging in die Kammer, die zwischen der Küche und dem Hauptraum lag – ihr Zimmer. Es war winzig und hatte kein Fenster, bot gerade genug Platz für ein schmales Bett und einen Stuhl. Als John noch gelebt hatte, war es sein Zimmer gewesen – sie selbst hatte nebenan im Stall geschlafen, mit Poppit und ihrer Kuh –, aber nach Johns Tod hatte es sie immer getröstet, an dem Kopfkissen seinen Geruch wahrzunehmen. (Sie erinnerte sich noch an das Gefühl von Schuld, als sie eines Tages seine Kleider angezogen und festgestellt hatte, dass sie nicht mehr nach ihm, sondern nach ihr selbst rochen, als hätte sie seinen Geruch übertönt. Vielleicht war es so. Sie hatte seine Kleider getragen, in seinem Bett geschlafen, seine Aufgaben übernommen. Aber sie war immer noch nicht genug.) Die Kammer hatte stets eine beruhigende Wirkung auf sie – so wie es den Bullen beruhigte, wenn man ihm einen Sack über den Kopf zog –, und sie legte sich auf das Bett. Aber eine Minute später war sie schon wieder auf den Beinen.

»Wohin gehst du?«, fragte Mad Annie, als sie wieder nach draußen kam.

»Die Wäsche holen«, antwortete sie, während sie schon über die niedrige Mauer sprang und das Grundstück hinunterlief bis zur Wäscheleine. Poppit war wieder an ihrer Seite, rannte schwanzwedelnd über die Wiese.

»Bestimmt hat sie Fieber«, hörte sie Annie zu ihrem Vater sagen, während sie anfing, die Hemden von der Leine zu nehmen.

»Miss Gillies!«

Als sie aufblickte, sah sie den Sohn des Grafen zurückkommen, er lief auf der Dorfstraße in ihre Richtung. Sie waren erst vor ein paar Minuten auseinandergegangen, aber als sie ihn wiedersah, rauschte das Blut in ihren Adern. Sein Vater war nicht mehr bei ihm, und er hatte sein Jackett ausgezogen und sich über die Schulter geschwungen. Die Förmlichkeit, die er noch vor ein paar Minuten ausgestrahlt hatte, schien verflogen wie ein Nebelstreif.

Sie wartete, die Hemden an sich gedrückt, während er sportlich über die Mauer sprang und zu ihr kam. »Hallo noch mal.« Sein Lächeln war wie ein Sonnenaufgang, das Versprechen von etwas Hellem und Neuem.

»Hallo, Sir.«

»Oh, bitte … Mir liegt nichts an diesen Formalitäten. Jedenfalls nicht, wenn … wir nur zu zweit sind.«

Nur zu zweit …

»Wie soll ich Sie dann nennen?«

»Einfach Sholto.« Er zuckte mit den Schultern.

»Einfach Sholto. Das ist ein komischer Name, Einfach Sholto«, sagte sie ernst und genoss, wie er über ihren Witz lachte.

»Und darf ich Sie Effie nennen?«

»Aye. Das tun alle.«

»Die Kurzform für Euphemia, so sagte Ihr Onkel?«

»Aye. Nach meiner Mutter.«

»Ein schöner Name. Sie war es bestimmt auch.«

»Wie kommen Sie darauf?«

»Wie die Mutter, so die Tochter, sagt man nicht so?«

Effie war verwirrt. »Nicht bei uns.«

»Das sollte man aber.«

Er schmeichelte ihr, stellte sie fest, wollte sie mit seinen Gentleman-Manieren einwickeln. Sie wandte sich wieder der Wäscheleine zu und fuhr fort, die Hemden abzunehmen, auch wenn sie die Aufgabe gar nicht zu Ende bringen wollte – die Hemden bildeten einen willkommenen Sichtschutz zwischen ihnen und ihrem Vater und Annie oben auf der Straße, die sie beobachteten.

»Möchten Sie sich nicht im Haus ausruhen?«, fragte sie.

»Nein. Mein Vater ist müde von der Wanderung, aber ich fühle mich … rastlos. Nachdem wir so lange gebraucht haben, um hierherzukommen, möchte ich nicht so viel

Zeit mit Erholung verschwenden. Vielleicht könnten wir ein neues Abenteuer erleben?«

»Sie und ich?«

»Ja. Wenn Sie Zeit haben.«

»… Abenteuer? Was könnte das sein?«

»Sagen Sie es mir. Was machen Sie hier zu Ihrem Vergnügen? Außer an Seilen zu hangeln.«

»Wir lesen die Bibel.«

Sein Gesichtsausdruck veränderte sich. »Oh.«

Effie schaffte es nicht, ihr Kichern zurückzuhalten. »Das stimmt nicht ganz. Der Pfarrer hätte es gerne, aber ich bin eine schreckliche Enttäuschung für ihn.«

»Aber nur für ihn, da bin ich mir sicher.«

Sie hatte jetzt alle Hemden abgenommen.

»Tatsächlich habe ich da eine Idee«, sagte er und schob die Hände in die Hosentaschen, während er Effie ansah. »Aber ich bin mir nicht sicher, ob Sie mutig genug sind.«

Sie drehte sich schnaubend zu ihm um. »Das werden Sie schon sehen.«

Wenn die Tage schon wärmer wurden, das Meer sich aber noch die eisigen Winterflüsse einverleibte, war das Wasser am kältesten. Effie war es gewöhnt, knietief darin zu waten, aber noch nie in ihrem Leben war sie tiefer hineingegangen. Doch für Lord Sholto – oder Einfach Sholto – kam ein Nein nicht infrage.

»Bereit?«, fragte er und fasste nach ihrer Hand. Sie standen zusammen am Ufer. Offenbar sollte es hier hineingehen. Im Laufschritt.

Widerstrebend legte sie ihre Hand in seine, spürte, wie sich seine Finger um ihre schlossen, spürte seine Haut an ihrer. Überhaupt lag ziemlich viel Haut frei, er hatte Badeshorts angezogen, ein Kleidungsstück, das auf der Insel noch nie gesehen worden war. Old Fin hätte vor Schreck beinahe sein Gebiss verschluckt, als Sholto darin aus dem Verwalterhaus gekommen war. Sie selbst trug eins der Winternachthemden ihrer Mutter, und der graue gewalkte Wollstoff hing schlaff an ihr herunter und ließ deutlich die Haut erkennen, die abrupt oberhalb der Knie ganz weiß war. Effie war das peinlich bewusst, aber ihr neuer Schwimmlehrer schien es nicht zu bemerken. »Drei, zwei, eins – los!«

Ohne jedes Zögern führte er sie barfüßig über das steinige Ufer und zog sie hinein ins eisige Wasser. Sie keuchte auf und kreischte, aber ihre Beine – von ihm mitgezogen – bewegten sich immer weiter, bis über die Knie ins Wasser und schließlich ganz hinein. Sie landete mit einem kräftigen Platschen und tauchte einen Augenblick später wieder auf, die Augen weit aufgerissen und nach Luft schnappend. »Oh, oh«, keuchte sie lachend, durch den Schock an der Grenze zur Hysterie. »Es ist so kalt!«

»Ich weiß«, erwiderte er, ebenfalls keuchend, »es ist fürchterlich. Deshalb müssen Sie sich bewegen. Schnell jetzt. Kommen Sie her.«

Sie schüttelte den Kopf. »Ich will nicht so tief hinein.«

»Das tun wir nicht. Sie werden die ganze Zeit stehen können, versprochen.«

Sie watete zu ihm hinüber, die Arme erhoben. Schon

jetzt zitterte sie und hatte eine Gänsehaut am ganzen Körper.

»Jetzt legen Sie sich zurück. Ich halte Sie an den Schultern, damit Sie nicht untergehen. Sie müssen mir vertrauen, ich lasse Sie keinen Moment los. Ich möchte, dass Sie spüren, wie es ist, auf dem Wasser zu treiben.«

Sie schüttelte den Kopf. »Nein. Das gefällt mir nicht. Ganz und gar nicht.«

Er trat einen Schritt zurück. »Oh, tut mir leid, Sie müssen die falsche Effie Gillies sein. Wie peinlich – ich wollte eigentlich die andere unterrichten, die furchtlose, die die Männer mit ihren eigenen Waffen schlägt.«

Sie kniff wütend die Augen zusammen, als er sie so aufzog. Im nächsten Moment legte sie sich ins Wasser und spürte seine Hände unter ihren Schultern, als er sie hielt.

»Und? Gar nicht so schlimm, oder?«, fragte er und blickte auf sie herunter, während er langsam rückwärtsging und sie mit sich zog. »Machen Sie den Mund zu und auch die Augen, wenn Sie wollen. Gewöhnen Sie sich einfach an das Gefühl, auf dem Wasser zu treiben.«

Sie tat, was er sagte, aber sie war sich seiner Blicke, die auf ihr ruhten, allzu bewusst, deshalb öffnete sie die Augen wieder. Sie spürte, dass ihre Füße langsam tiefer sanken.

Jetzt fühlte sie seine Hand unter ihrem Kreuz. »Versuchen Sie einmal Folgendes: Holen Sie tief Luft und halten Sie eine Weile den Atem an. Merken Sie, wie Ihr Körper im Wasser aufsteigt? Wenn Sie jetzt ausatmen, tun Sie es langsam. Jetzt sollten Sie spüren, dass Sie sinken.«

»Aber …«

»Vertrauen Sie mir. Ich lasse Sie nicht los.«

Sie schloss die Augen wieder und atmete tief ein. Genau, wie er gesagt hatte, spürte sie, wie sich ihr Körper für ein paar Sekunden hob, bevor er sanft wieder auf seine Arme hinabsank.

»Sehen Sie? Sie können Ihr Schwimmen mit Ihrer Atmung kontrollieren. Das ist wichtig zu wissen, wenn Sie in einer schwierigen Situation sind.«

»In einer schwierigen Situation? Sie meinen, wenn ich ertrinken könnte?«

»Ganz genau.«

Sie sahen einander an, und er sah die Belustigung in ihren Augen. »Nein, nicht lachen, sonst sinken Sie«, sagte er.

Aber es war bereits zu spät, denn sie krümmte sich zusammen, und Lord Sholto musste ihr unter die Arme greifen, damit sie nicht unterging. Sie kreischte. Einen Augenblick hielt er sie über die Wasseroberfläche, sie merkte, dass er sie werfen wollte, und schnappte erschrocken nach Luft.

»Verlockend«, sagte er grinsend, bevor er sie sanft wieder absetzte. »Aber jetzt noch nicht.«

»Niemals!«

»Tja, wir werden sehen. Ich mache keine Versprechungen.« Er schnippte mit Daumen und Zeigefinger an der Wasseroberfläche, sodass ihr etwas Wasser direkt ins Gesicht spritzte.

Effie keuchte überrascht auf, dann spritzte sie mit beiden Händen zurück. Jetzt war es an ihm, überrascht zu sein. Einen Augenblick sahen sie einander stumm an, und die Zeit schien stillzustehen, während die spröden Mauern der Formalität – Anstand, hätte der Verwalter es genannt – anfingen zu bröckeln. Innerhalb von Sekunden steckten sie mitten in einer ausgewachsenen Wasserschlacht, spritzten und schaufelten einander Wasser über die Köpfe, und ihre Stimmen schallten durch das Tal wie die Rufe eines Adlers.

4. Kapitel

Nur noch wenige Tage, dann würde der Mond voll sein. Sein Schein funkelte auf der Wasseroberfläche und tauchte alles in einen silbrigen Schimmer, während die Wellen sanft an den Strand schlugen. Effie schloss die Tür hinter sich und ging auf Zehenspitzen den Pfad hinunter. Aus den Fenstern der Cottages fiel kein Licht, denn die Dorfbewohner lagen in ihren Betten und schliefen, und die Tiere schlummerten im Stall. Die dunklen Berge ringsum schienen das Dorf schützend zu umarmen, und sogar die allgegenwärtigen Vögel waren still.

Effie bewegte sich mit flinken, geübten Schritten. Der Schlüssel in ihrer Hand fühlte sich schwer an, während sie an den unverschlossenen Cottages ihrer Nachbarn vorbeischlich. Sie konnte Old Fin schnarchen hören, als sie an seinem Fenster vorbeikam. Bei Mary und Donald McKinnon lag die getigerte Katze zusammengerollt am Fenster, und auf der Fensterbank von Jayne und Norman Ferguson stand ein Korb mit Sturmvogeleiern. Im Verwalterhaus – dem größten Gebäude auf der Insel und weiß verputzt – rührte sich nichts. Effie hatte es noch nie betreten, aber jetzt fragte sie sich, in welchem Zimmer wohl die Besucher wohnten.

Nachdem sie das weiße Haus passiert hatte, lagen nur noch Cleits zwischen ihr und dem Federnlager, und sie entspannte sich etwas, während sie weiterlief, den Schlüssel so fest umklammernd, dass er ihr ins Fleisch schnitt. Das Lager lag ganz am Ende der Straße, direkt am Strand in der Nähe der Anlegestelle. Effie blickte sich kurz um, bevor sie den Schlüssel ins Schloss steckte. Nur zwei Personen besaßen einen Schlüssel – offiziell: der Verwalter und der Postmeister. Ihren hielt sie zusammen mit den Büchern unter ihrem Bett versteckt. Auch das würde sie niemandem erklären können.

Die Tür öffnete sich knarzend, und sie trat ein. Drinnen war es warm und stickig, es kam kaum Luft von draußen herein. Der vertraute, wächserne Geruch wurde stärker, als sie die Tür hinter sich schloss. Der Raum war schon halb gefüllt mit den Produkten, die im September fällig waren, wenn der Verwalter wiederkam, um die Pacht für den Landlord einzutreiben: Ballen von hellblauem, grauem und braunem Tweedstoff lagen an einer Wand aufgestapelt, Säcke mit Federn an einer anderen, außerdem ein paar Fässer Sturmvogelöl.

Effie ging direkt zu den Federsäcken. Ihr Inhalt war für den Handel mit Polstermaterial auf dem Festland bestimmt, und sie wusste, dass sechs Kilogramm graue Sturmvogelfedern fünf Schilling einbrachten, die feineren schwarzen Federn von Papageientauchern sogar sechs. Sie hatte noch nie auf einer mit Federn gefüllten Matratze gelegen, aber das war ihr egal; seit achtzehn Jahren schlief sie gut genug auf ihrer Pferdehaarmatratze. Die Federn hatten für sie nur einen einzigen Wert …

Sie zog den vordersten Sack beiseite und arbeitete sich

langsam vor, bis sie endlich etwas sah – aus einem der Säcke mit schwarzen Federn ragte eine eckige Kante.

Sie zögerte, spürte, wie die Versuchung sie ins Wanken brachte. Diesmal war sie entschlossen gewesen, es sein zu lassen. Nach den grausamen Worten des Verwalters gestern an der Anlegestelle hatte sie sich vorgenommen, auf seine Aufmerksamkeiten zu verzichten, sie auf die einzige Weise zurückzuweisen, die ihr möglich war – aber die Neugier gewann die Oberhand, so wie immer. Allem Neuen, das vom Festland kam, konnte man kaum widerstehen. Aber es war nicht nur das. Wenn sie ehrlich war, musste sie sich eingestehen, dass ihr die Komplimente des Grafen zu Kopf gestiegen waren. Ihr gefiel, dass sie mehr wusste als er. Was, wenn es etwas Neues zu lernen gab? Weitere Fakten, mit denen sie ihn beeindrucken konnte – ihn und seinen Sohn?

Sie griff nach dem Sack und zog ein großes, schweres Buch hervor. Ihr Herz klopfte, als sie sah, dass der Buchschnitt golden glänzte. Das Buch war riesig, so lang wie ihr Unterarm und so schwer wie ein neugeborenes Lamm. Einen Augenblick war sie wie erstarrt, hockte auf dem Boden und starrte auf den dicken Band. Noch nie hatte sie ein solches Buch gesehen. Offensichtlich war es sehr alt. Es kam ihr ebenso außergewöhnlich und bedeutungsvoll vor wie die Bibel, die der Pfarrer während seiner leidenschaftlichen Predigten immer umklammert hielt.

Effie trug das Buch hinüber und setzte sich damit vor das einzige kleine Fenster, um es im Mondschein besser sehen zu können. *Die Singvögel Schottlands* stand in edler Goldprägung darauf. Der Buchrücken war steif und makellos, als wäre das Buch noch nie aufgeschlagen worden. Sie strich mit dem Finger über den Goldschnitt. Konnte ein Buch zu kostbar sein, um es zu lesen?

Sie öffnete es so vorsichtig, als wäre es eine Schmuckschatulle. Auf der ersten Innenseite war ein kreisförmiges Emblem mit einem Stierkopf abgedruckt, links und rechts davon gekreuzte Flaggen. Sie blätterte Titelseite und Inhaltsverzeichnis um, und ihre Augen wurden groß, als sie die einzeln eingeklebten aquarellierten Illustrationen sah, Gemälde in einem Buch. Die Farben waren zart und doch naturgetreu, sie bildeten die Vögel nicht nur genau ab, sondern fingen auch ihre Wesensart ein. Jede Pergamentseite war mit einer handgezogenen grünen Linie umrandet, mit dekorativen Schnörkeln in den Ecken.

Noch nie hatte sie etwas so Schönes gesehen. Alle anderen Bücher waren sachlich und informativ gewesen, mit vereinzelten groben Zeichnungen. Skizzen von Köpfen, Schnäbeln und Klauen, Flügel- und Schwanzmustern. Manche besaßen farbige Zeichnungen oder Ledereinbände – aber dies hier war etwas völlig anderes.

Sie klappte das Buch behutsam zu, so wie man hinter einem wundersamen Anblick die Tür schließt. Das Buch an die Brust gepresst, lehnte sie sich an eine Wand und starrte aus dem Fenster. Sie hatte noch nie etwas so Kostbares besessen, und sie fühlte sich … dessen unwürdig. Ein Buch wie dieses hatte bei ihr keinen Platz, buchstäblich. Es gab nicht einmal ein Regal, in das sie es hätte stellen können. Wenn sie es behalten wollte, müsste sie es zusammen mit den anderen Büchern unter ihrer Matratze verstecken, und das kam ihr … falsch vor. Dieses Buch gehörte in ein besseres Leben als das ihre.

Sie sah hinaus und versuchte sich vorzustellen, wer sie sein müsste, damit ihr so ein Buch zustünde. Ein Mädchen in Seidenkleidern in einem Haus voller Literatur? Und Kunst? Mit Musik, die aus den Fenstern schallte, Vögeln, die draußen in den Bäumen sangen? Nicht ein Mädchen, das die Tweedkleidung eines Jungen trug. Ein Mädchen, für das Vögel nicht nur Schönheit, sondern auch Nahrung bedeuteten, und das sie in Erdlöchern aufspürte, um ihnen Schlingen um den Hals zu legen. Das ihnen mit einer Hand den Hals umdrehte, während es mit der anderen an einem Seil hing. Dieses Buch gehörte zu einem Leben, das Effie niemals kennenlernen würde. Eins, das man hier nicht leben konnte, auf einem Felsen mitten im Ozean. Zum ersten Mal in ihrem Leben verspürte sie einen Anflug von Bitterkeit gegenüber ihrer Heimat.

Das Meer lag im Schlummer, gab nur gelegentliche Seufzer von sich. Eine Robbe schwamm in der Nähe des Ufers. Ihr dunkler Kopf erschien immer wieder an der Wasseroberfläche.

Effie beobachtete, wie sie in gleichmäßigen Abständen unter den Wellen verschwand und wieder auftauchte.

Moment …

Das war keine Robbe. Ein Arm wurde sichtbar, zwei Arme, die wie Messerklingen durch das Wasser schnitten. Ein Mann war da draußen und schwamm durch die Bucht! Sie richtete sich auf. Ein Mitternachtsschwimmer auf einer Insel von Landratten? Natürlich gab es nur einen Menschen, der das sein konnte. Niemand von hier konnte sich so im Wasser bewegen.

Sie sah fasziniert zu. Noch nie hatte sie jemanden schwimmen gesehen. Ein paar der Männer machten hektische Paddelbewegungen, wenn sie über Bord gingen, ähnlich wie Hunde, und hielten sich damit über Wasser, bis sie wieder Halt fanden. Aber dies hier war etwas ganz anderes. Sholtos Körper glitt dahin wie ein Pfeil, alle Bewegungen perfekt aufeinander abgestimmt.

Sie selbst war bei Weitem nicht so weit gekommen in ihrer Schwimmstunde. Nach dem kurzen Versuch, sich treiben zu lassen, und der anschließenden Wasserschlacht waren sie um die Wette zurück zum Strand gerannt (Effie hatte gewonnen), um sich aufzuwärmen.

Sie sah zu, wie er zur Mitte der Bucht schwamm und dort auftauchte. Noch einmal ging er mit dem Kopf unter Wasser, um sich das Haar nass zu machen, dann schüttelte er es aus und strich es mit den Fingern glatt. Seine Gestalt war nur eine dunkle Silhouette, aber Effie war sie bereits vertraut, denn sie hatte Sholto beobachtet, seit er auf der Insel war.

Er watete zurück an den körnigen Strand.

Effie merkte, dass sie vor Anspannung den Atem angehalten hatte. War er bereits im Wasser gewesen, als sie zum Federnlager gelaufen war? Hatte er gesehen, wie sie es betrat? Oder war er in dem Moment, als sie hier ihren Schatz entdeckt hatte, erst aufgestanden? Wie auch immer, sie mussten einander nur um wenige Augenblicke verfehlt haben. Bei der Vorstellung, ihm im Mondschein zu begegnen, wuchs ihre Anspannung erneut. Wollte es das Schicksal, dass sie beide mitten in der Nacht aufstanden? Oder hielt es sie auseinander? Sie hier drinnen und ihn da draußen?

Sie sah zu, wie er zu der Stelle ging, an der sein Handtuch lag. Er drehte es zu einem dicken Strang und rubbelte sich ab, zog es diagonal zwischen seinen Schulterblättern durch, um sich den Rücken abzutrocknen, den Blick auf das Dorf gerichtet. Dann stieg er in seine Hose, ging über den Strand und dann über die Wiese, bis sie ihn durch das Fenster nicht mehr sehen konnte.

Sie spürte einen plötzlichen Anflug von Panik, das Bedürfnis, ihn im Blick zu behalten, bis er die Tür des Verwalterhauses hinter sich geschlossen hatte. Hastig rannte sie nach draußen, bog um die Ecke des Federnlagers, das Buch an ihre Brust gepresst. Aber zu ihrer Überraschung hatte er sich nicht rechts gehalten, um auf das Verwalterhaus zuzugehen, sondern war geradeaus über das Grundstück von Old Fin gegangen, auf das Haus Nummer acht zu. Es lag direkt neben ihrem, wo am Nachmittag die Hemden ihres Vaters im Wind geflattert hatten, und wo er über die Mauer gesprungen und zu ihr herübergeschlendert war. Effie sah, wie er das Cottage anstarrte. Ihr Cottage.

Er hatte sich das Handtuch um den Nacken gehängt, eine Hand an jedem Ende. Was … was tat er? Was dachte er? Wenn ihr Vater erwachte und aufstand, wenn irgendjemand ihn sah, den jungen Lord, wie er im Mondlicht vor ihrem Cottage stand … Effie rührte sich nicht. Was würde passieren, wenn er merkte, dass sie ihn beobachtete? Was würde er dann tun? Und sie?

Schließlich drehte er sich um und ging auf der Dorfstraße zurück, vorbei an den Cottages, ohne auch nur den Kopf zu heben, in Gedanken versunken. Sie beobachtete ihn, bis er seine Unterkunft betrat und die Tür des Verwalterhauses hinter ihm ins Schloss fiel.

Effie ließ sich gegen die Wand sinken und biss sich auf die Unterlippe, während sie versuchte zu verstehen, was sie gerade gesehen hatte. Wie betäubt presste sie das Buch fester an sich – sie hatte es beinahe vergessen. Jetzt war es nicht mehr das Kostbarste, was ihr je geschenkt worden war.

5. Kapitel

»Irgendeine Nachricht von den Männern?«, fragte Effie und blickte die steile, grasbewachsene Böschung hinunter. Dort stand Lorna MacDonald im Bach, den Rock bis über die Oberschenkel gerafft, und füllte ihre Wassereimer. Effie stieg zu ihr hinunter, setzte sich auf einen Felsen und war dankbar, als das kühle Wasser nun auch ihre Beine umspülte. Poppit legte sich hin und beobachtete sie, den Kopf zwischen den Vorderpfoten. Der Himmel war strahlend blau, kein Lüftchen ging, und die Vögel zogen träge dahin. Die elegante Jacht lag unbeweglich in der Bucht, und ihr perfektes Spiegelbild auf dem stillen Wasser sah aus wie eine auf dem Kopf stehende Welt.

Effie fragte sich, ob sie vielleicht selbst in dieser umgekehrten Welt gelandet war, denn sie fühlte sich seltsam losgelöst von sich selbst. Nach einer unruhigen Nacht erledigte sie ihre täglichen Aufgaben so wie immer, und auch um sie herum war alles gleich geblieben – und doch hatte sich irgendetwas verändert, wenn auch nur in ihrer eigenen Wahrnehmung.

»Aye. Alles läuft gut da drüben«, sagte Lorna, während sie ihr einen vollen Eimer reichte. »Der kleine Fin und Donnie Gillies sind heute Morgen hinaufgestiegen, um nachzusehen. Es war richtig, dass die Männer sich auf den Weg gemacht haben. So ruhig wie jetzt ist es selten.« Sie zwinkerte Effie zu. »Glück für uns, dass sie auch den Verwalter mitgenommen haben.«

Effie verdrehte die Augen. »Aye. Ich habe mir schon eine Strafpredigt von ihm eingehandelt.«

»So schnell? Stramme Leistung, Lass. Was hast du gemacht?«

»Vor den Besuchern an den Seilen herumgeturnt.«

»Ah. Du hast ihm die Schau gestohlen, was?«

»Angeblich bin ich eine Schande.«

»Wenn es nach ihm geht, sind wir das alle.« Lorna kicherte, während sie ihr einen gefüllten Eimer entgegenstreckte. Effie nahm ihn und brachte ihn den Hang hinauf. Sie versuchte oft, Lorna zu helfen, obwohl die sie nie darum bat. Weil Lorna alleine lebte, lastete viel Arbeit auf ihren Schultern. Dennoch beklagte sie sich nie, denn sie war jung genug, um für sich selbst zu sorgen, konnte den Boden bestellen und ihr Gemüse anbauen, die Kuh melken und Butter schlagen, Wäsche waschen, Wolle färben und spinnen. Sie war schnell und geschickt genug, um Schafe einzufangen oder mit der Schlinge Papageientaucher. Nur am Seil arbeiten konnte sie nicht, denn sie war zu spät vom Festland hierhergezogen, um die natürliche Angst zu überwinden, die man beim Klettern auf den Felsen empfand. Wenn das nicht während der Kindheit geschah, passierte es nie.

»Tja, Glück für dich, dass sie seine Besucher nicht mitgenommen haben«, sagte Lorna, die jetzt einen Topf ausspülte.

Bei diesen Worten zuckte Effie zusammen. War Lorna

eifersüchtig auf das Lächeln, das der gut aussehende Gast ihr geschenkt hatte, und neidisch auf das großzügige Trinkgeld? Oder war es sogar noch schlimmer, und sie hatte beobachtet, wie der junge Lord letzte Nacht vor Effies Cottage gestanden hatte?

»Zwei Schilling, habe ich gehört.«

»Oh. Aye.« Effie hielt den Blick gesenkt, während sie den Hang wieder hinunterkletterte. »Mein Vater will eine neue Kuh kaufen.«

»Die kostet mehr als zwei Schilling.«

»Nicht, wenn wir sie selbst kaufen.«

Lorna blickte hoch. »Ihr wollt den Verwalter ausschließen?«

»Warum nicht? Wir sind nicht dazu verpflichtet, jeden Viertelpenny, den wir verdienen, über ihn auszugeben.«

»Das stimmt. Aber er wird nicht begeistert sein.«

Effie zuckte mit den Schultern. »Vater sagt, wir können nach Harris segeln und die Kuh selbst kaufen.«

»Mir ist schon klar, dass ihr das könnt. Aber es ist eine raue Überfahrt, sogar an einem Tag wie diesem«, warnte Lorna. »Und die Feuchtigkeit würde seinen Knochen nicht guttun.«

Sie hatte recht. Das Boot, das sie im Dorf benutzten, war nicht für das offene Meer gedacht. »Wir könnten mit einem Trawler zurückfahren, so wie Mary es getan hat.«

»Mary?« Lorna runzelte die Stirn.

»Als sie krank war und aufs Festland gebracht werden musste. Auf dem Rückweg hat Captain McGregor sie mitgenommen.«

»Daran erinnere ich mich nicht«, sagte Lorna. Als ausgebildete Krankenschwester hatte sie nach ihrer Ankunft sofort die Rolle der Inselmedizinerin übernommen, deshalb kannte sie die Krankengeschichten und Beschwerden sämtlicher Leute auf der Insel.

»Dann muss es vor deiner Zeit gewesen sein.« Effie zuckte mit den Schultern.

Alle Eimer waren jetzt gefüllt, und Effie und Lorna stiegen die steile Böschung hinauf. Lorna löste ihren Rock, bevor sie zusammen den Hang hinunterliefen.

»Natürlich könnte es sein, dass es nicht nötig ist, eine Kuh zu kaufen«, sagte Lorna bedeutungsvoll.

Effie warf ihr einen gequälten Blick zu. Sie wusste, dass die Krankenschwester auf die Petition anspielte. Seit sie vor ein paar Wochen unterschrieben hatten, befanden sich die Inselbewohner in einer Art Schwebezustand. Der Ball war ins Rollen gebracht, und die endlosen Diskussionen und Streitereien, die der offiziellen Bitte um Evakuierung während des harten Winters und feuchtkalten Frühlings vorausgegangen waren, waren verstummt. Seit der Brief auf einem Trawler auf die andere Seite gebracht worden war, hatte ihn niemand mehr erwähnt. Es war, als hätten die Leute Angst, das Ergebnis irgendwie zu beeinflussen, wenn sie über die Evakuierung sprachen. Der Wunsch, die Insel zu verlassen, war keinesfalls einhellig gewesen – die Älteren wollten bleiben, und auch ein paar von den Jüngeren, wie Effie oder Mhairi. Mhairi, weil sie zu viel zu verlieren, und Effie, weil sie einfach nichts zu gewinnen hatte. Meistens tröstete Effie sich mit dem Gedanken, dass es nie geschehen würde; bisher war ihnen jeder Wunsch verwehrt geblieben, warum sollten sie ausgerechnet jetzt erhört werden? Aber gelegentlich schlichen sich Zweifel in ihre Gedanken, und dann wurde ihr plötzlich eiskalt, denn fortzugehen überstieg einfach ihre Vorstellungskraft. Deshalb beschränkten sich die Menschen auf der Insel darauf, still und geduldig auf das Urteil zu warten, das ihr Schicksal besiegeln würde.

»Dann hast du also eine Rückmeldung bekommen?« Effie spürte plötzlich Furcht in sich aufsteigen.

Lorna war die treibende Kraft hinter der Petition gewesen. Sie hatte es schwergenommen, als die arme Molly Ferguson im vergangenen Winter an einer Krankheit gestorben war, die man auf dem Festland hätte heilen können. Genug ist genug, hatte Lorna erklärt und die Idee der Evakuierung aufgebracht. Die Ernte war wieder einmal schlecht ausgefallen, und sie alle waren erschöpft, zu wenige Menschen für zu viel Arbeit. Lorna hatte die Diskussionen angeführt und nach der Abstimmung den Brief geschrieben. Sie hatte sich für ein neues Leben entschieden – mit derselben Kraft und Entschlossenheit, mit der sie einst das Leben hier gewählt hatte. Es schien nur natürlich, dass sie diejenige war, die die Initiative ergriff.

»Nein, noch nicht.«

Beide Frauen schwiegen, während sie mit ihren nackten Füßen über tief eingesunkene Steine liefen, vor Tausenden Jahren wabenförmig angelegt. Effie konnte sich ein Leben jenseits dieser Insel nicht vorstellen, sie wusste einfach nicht, wie es aussehen mochte. Das Land, die Häuser, die vielen Menschen … Als sie den schmalen Pfad zwischen ihrem Cottage und dem von Old Fin erreichten, liefen sie hintereinander. Lorna wohnte am westlichen Ende der Straße in der Nummer sechzehn – das war eines der Cottages, die vor ein paar Jahren freigeworden waren, nachdem Dougie MacDonalds dreizehnköpfige Familie nach Australien ausgewandert war. Effies Vater murrte oft, dass es sinnvoller wäre, wenn die Dorfkrankenschwester mehr im Zentrum wohnte. Aber die Abgeschiedenheit schien Lorna zu gefallen, und das benachbarte verlassene Blackhouse, das noch älter war als ihr Cottage, war noch gut genug in Schuss, um ihr als Klinik zu dienen.

Sie bogen auf die Straße ein. Ein paar Cottages weiter – bei der Nummer zehn – standen die Besucher und ließen sich von Effies Tante Mary unterhalten. Sie saß am Spinnrad und redete, anscheinend ohne daran zu denken, dass die beiden Männer kein Gälisch verstanden. Offenbar hoffte sie darauf, sich mit ihrer kleinen Darbietung etwas Kleingeld zu verdienen.

Effie gab Lorna den Eimer zurück, und die beiden wechselten einen verwunderten Blick.

»Guten Morgen, die Herren«, grüßte Lorna heiter, während sie in ihrem langen Rock, der kurz zuvor noch in ihrer Unterwäsche gesteckt hatte, gesittet an ihnen vorbeiging.

»Guten Morgen«, grüßte der Graf freundlich zurück und nahm den Hut ab. Sein Sohn tat dasselbe, ließ dabei aber suchend den Blick schweifen, bis er Effie fand.

»Miss Gillies«, sagte er, während er auf sie zutrat. Sein Gesicht war nach dem gestrigen Tag in den Bergen leicht gebräunt, sodass seine Augen noch heller wirkten als zuvor. »Wir haben Sie gesucht.«

Sein ungezwungenes Auftreten hätte niemals vermuten lassen, dass er in der Nacht bei Mondschein vor ihrem Cottage gewesen war. Aber sie hatte ihn selbst gesehen, und sie konnte es nicht vergessen. Dass er so locker an ihr Abenteuer von gestern Nachmittag anknüpfte, machte ihre Befangenheit noch größer. »Bitte entschuldigen Sie, wenn ich Sie habe warten lassen. Ich musste noch den Bullen füttern.«

»Sie mussten den …?«

Sie sah, wie seine Mundwinkel zuckten. Wahrscheinlich war es eine komische Vorstellung, dass eine so zarte Person wie sie einen Bullen versorgte – darüber hatte sie noch nie nachgedacht. »Hat der Bulle einen Namen?«

»Aye. Er heißt Winzling.«

»Winzling.« Seine Mundwinkel wanderten noch weiter nach oben. »Wunderbar. Ganz sicher sehr passend.«

Der Graf kam zu ihnen herüber. Auch er hatte etwas Farbe bekommen. Effie fand, dass die Bräune beiden gut stand. »Miss Gillies, heute ist ein wunderbarer Tag«, sagte er herzlich. »Sind Sie bereit, zwei hoffnungslosen Vogelbeobachtern zu zeigen, wie man sich ein paar Papageientaucher schnappt?«

»Aye, Sir. Ich hole die Schlingen, dann können wir los.«

»Wir haben wieder Äpfel dabei«, sagte Sholto, während sie ihr ins Cottage folgten. An der Schwelle blieb er stehen und sah sich diskret um, während Effie die Schlingen mit den langen Griffen von den Nägeln an einem Dachsparren nahm. Die Seile lagen zusammengerollt auf dem Boden, und Effie warf einen Blick in den großen Kletterrucksack, der an der Tür hing, um sich zu vergewissern, dass er Pflöcke, ihr Notizbuch und einen Stift enthielt. »Weil Sie die gestern so gerne mochten«, fügte er schnell hinzu, als sie sich zu ihm umdrehte.

»Danke«, sagte sie, während sie ihm im Vorbeigehen eine der Schlingen reichte und ihre Blicke einander streiften.

»Malen Sie ebenso gut, wie Sie zeichnen, Miss Gillies?«, fragte er, als er einen Behälter mit Pinseln auf der Fensterbank entdeckte.

»Ich versuche es.«

Er strich geistesabwesend über die Pinselspitzen. »Ist das etwa Wieselhaar?«, fragte er überrascht und sah Effie an.

Das wusste sie nicht – die Utensilien stammten vom Verwalter –, aber sein offensichtliches Erstaunen verwirrte sie. Sie zuckte mit den Schultern. »Pinsel ist Pinsel«, erwiderte sie und trat an ihm vorbei auf die Dorfstraße.

Effie hatte bereits entschieden, zu The Gap zu wandern, der Senke zwischen den Gipfeln von Conachair und Oisebhal auf der Ostseite der Insel. Das Land war auf der Seite der Bucht nur sanft abschüssig, und Effie wusste genau, wo die Papageientaucher dort ihre Erdhöhlen hatten.

Sie gingen zusammen an den Cleits vorbei, durch die schmale Lücke im Hauptdamm und dann hinauf auf die Hochebene von An Lag. Jayne Ferguson harkte ihr Lazybed, so in Gedanken versunken, dass sie die drei erst bemerkte, als sie an ihr vorbeigingen.

»Hallo, Jayne.« Effie winkte ihr zu, die Schlingen in der Hand und die Seile über der Schulter – ein gewohnter Anblick, abgesehen von ihren vornehmen Begleitern.

Jayne winkte zurück und sah dem ungleichen Trio nach, als es mit dem Aufstieg begann, wobei Poppit aufgeregt vorausrannte. Die Hündin wurde es nicht müde, immer wieder einen Bogen zu schlagen und zu ihnen zurückzukehren. Auch Effie blieb nicht stehen, bis sie die Spitze erreicht hatten.

»Was für eine Aussicht!«, rief der Graf aus, wie auch schon am Tag zuvor, und sie wusste, dass dies das Stichwort für eine Rast war. Sie ließ den Rucksack von ihren Schultern gleiten und setzte sich mit angezogenen Beinen ins Gras, aber Sholto blieb stehen, die Hände in die Hüften gestemmt, und schaute auf die Landschaft hinab. Wegen des grellen Lichts kniff er die Augen zusammen, und er schien die warme Luft auf seiner Haut zu genießen. Effie musste wieder daran denken, wie er im Mondschein durch das Wasser gepflügt war. Beherrschte er jedes Element, in das er sich wagte?

»Ich hatte nicht erwartet, dass es so mild ist«, bemerkte der Graf, als er wieder zu Atem gekommen war.

»Im Mai haben wir hier oft gutes Wetter«, erklärte sie. »Mai und Juni sind die besten Monate.«

»Nicht Juli und August?«

»Nicht so sehr. Im Juli ist es oft stürmisch, und der August ist meistens feucht, dann gibt es viele Mücken.«

»Verfluchte Biester«, sagte der Graf. »Und sie stürzen sich immer auf mich. Wenn sie mit mir fertig sind, sehe ich aus wie ein Nadelkissen.«

»Was ist mit Dezember, wie ist es da?«, fragte Lord Sholto.

»Im Dezember ist es oft windstill und mild. Manchmal fühlt es sich an wie eine Art Frühling.«

»Verrückt. In Ayrshire kann man darauf wetten, dass einem im Dezember das Haus weggeweht wird.«

»Ah, so ist es bei uns im Januar. Wilde Stürme, die tatsächlich Häuser zerstören können. In diesem Jahr gab es einmal einen so starken, dass wir danach alle taub waren.«

»Taub?«

»Ja, der Wind kann einem schlimm zusetzen. Er heult nicht nur, er brüllt. Man kann dem Lärm nicht entkommen, vermutlich, weil er im Tal noch widerhallt. Normalerweise kommt der Wind aus Nordost, und dann ist es hart.« Sie zuckte mit den Schultern. »Im Februar schneit es dann. Der Schnee ist oft so tief – bis zu zwölf Meter –, dass wir die Schafe in Sicherheit bringen müssen. Er türmt sich an den Schafhürden auf und würde die Tiere ersticken, wenn wir sie nicht da rausholten.« Sie lachte leise. »Auch wenn mein Vater immer sagt, dass Schafe so dumm sind, dass sie zweimal sterben würden, wenn das möglich wäre.«

Beide Männer lachten, und sie setzten ihre Wanderung fort.

In der prallen Sonne ging es weiter, und immer mehr Vögel waren zu sehen. Rechts fiel das Land jetzt steil ab, die Felsen hier gehörten zu den höchsten der Britischen Inseln. Ein Fehltritt konnte fatal sein.

»Hier sieht es so aus, als hätte gerade jemand eine Kissenschlacht gemacht«, bemerkte Sholto und lächelte. »Finden Sie nicht auch? Überall weiße Federn.«

Sie gingen den Pfad entlang, der zu Aird Uachdarachd führte, der kleinen Halbinsel, die hinter dem Conachair lag. Sie war der östlichste Punkt der Insel, und die Papageientaucher liebten ihre grasbewachsenen Ebenen. Effie blieb an einer bestimmten Stelle stehen, nach der sie Ausschau gehalten hatte, und trat dann vorsichtig an die Kante, um die Gegend genauer ins Auge zu fassen. Dann nickte sie, nahm das Seil von der Schulter und kniete sich hin. Sie öffnete ihren Rucksack, nahm einen Pflock heraus, wählte einen Felsen in der Nähe und fing an, den Pflock einzuschlagen.

Die Männer gingen ein paar Schritte weiter, um hinunterzublicken. Effie bemerkte die Erleichterung des Grafen, als er die Grasfläche sah, die sich kaum fünf Meter unter ihnen erstreckte. Etwas zu hoch, um zu springen, aber nicht zu vergleichen mit den steilen Klippen, an denen sie auf dem Weg herauf vorbeigekommen waren.

»Einer von Ihnen muss oben bleiben, um das Gewicht des anderen auszugleichen«, sagte sie, während sie noch immer den Pflock einschlug.

»Aber was ist mit Ihnen?«, fragte der Graf.

»Ich habe den Vorteil, ein dünnes Mädchen zu sein«, antwortete sie lächelnd. »Für mich reicht der Pflock.« Mit dem Seil in der Hand stand sie auf und wartete darauf, dass die beiden Männer sich entschieden, wer hinunterklettern sollte.

Der Graf hatte von der Anstrengung ganz rote Wangen. »Geh du, mein Junge. Ich muss erst mal wieder zu Kräften kommen. Schon allein auf dieser Insel irgendwo hinzukommen ist anstrengend!«

»Also gut.« Sholto breitete die Arme aus, und Effie legte ihm das Seil diagonal über die Schulter und dann um die Taille, wo sie es so verknotete, wie es auf St. Kilda üblich war. Dasselbe tat sie bei sich selbst, bevor sie das andere Ende des Seils an dem Pflock befestigte.

»Sir, wenn Sie sich das Seil um die Taille wickeln und sich hier hinsetzen, bieten Sie genügend Halt. Wenn sich das Seil plötzlich spannt, stemmen Sie die Füße in den Boden und lehnen sich so weit wie möglich zurück. Wenn wir unten sind, geben wir Ihnen ein Zeichen, indem wir zweimal fest am Seil ziehen.«

»Gut.« Der Graf setzte sich, wie von Effie angewiesen, und Sholto ging zur Felskante.

Effie schaute noch einmal hinunter. »Die Vögel sind gleich da drüben, sehen Sie?«

Sholto blickte stirnrunzelnd auf die Felswand, auf die sie zeigte. »Nein …«

»Gleich dort. Nicht an den Felsen, sondern im Gras.« Sie kam näher, sodass er mit dem Blick ihrem ausgestreckten Zeigefinger folgen konnte.

»Oh.« Sie hörte seine Stimme dicht an ihrem Ohr, und sie konnte den Duft von Seife wahrnehmen. »Wie zum Teufel haben Sie die erkannt? Sie sind beinahe perfekt getarnt.«

»Man muss nur wissen, wo sie gerne sitzen. Für Papageientaucher sind Erdlöcher ideal, aber auch Felsspalten.

Außerdem sind die Vögel kleiner, als die meisten Leute denken.« Sie drehte sich zu ihm um. »Wir müssen leise sein, sonst fliegen sie weg. Folgen Sie mir einfach und machen Sie das, was ich tue. Lehnen Sie sich zurück und vertrauen Sie auf Ihren Anker.« Sie lächelte dem Grafen zu, der schon erwartungsvoll dasaß und die Fersen in die Erde gestemmt hatte. »Bereit, Sir?«

»Bereit, wenn Sie es sind, Miss Gillies«, antwortete er.

Effie legte sich die Schlingen über den Rücken und steckte sie an dem Seil fest, das um ihre Taille geschlungen war. Dann stellte sie sich an die Felskante. Poppit wusste, dass sie sich jetzt hinlegen und warten musste. Effie zog zweimal am Seil und lehnte sich dann zurück. Während sie über die Kante stieg, sah sie Sholto an. »Beine durchstrecken, dem Anker vertrauen, Hand über Hand. Achten Sie darauf, dass die Fäuste einander bei jedem Griff berühren, halten Sie die Bewegungen klein«, murmelte sie, während sie sich zügig hinunterließ. Sie musste noch nicht einmal hinsehen. Wenn sie von hier aus abstürzten, würden sie sanft landen, solange sie sich beim Sturz nicht drehten.

Sholto kletterte ohne große Mühe hinunter, dann zog er zweimal kräftig am Seil, wie besprochen, um seinem Vater mitzuteilen, dass er unten war. Jetzt konnten sie die Papageientaucher über das Kreischen der Lummen und Raubmöwen hinweg deutlich hören. Ihre Laute waren unverwechselbar, klangen wie das Muhen einer Kuh, gefolgt von einem Klacken.

»Binden Sie das Seil nicht los«, flüsterte sie, während sie

in die Hocke ging und nach den Schlingen griff. Sie reichte ihm eine davon.

»Aus was sind sie gemacht?«, fragte er und sah sie sich genauer an.

»Aus den Flügelknochen von Basstölpeln.«

Er lächelte. »Genial.«

Sie blickte zu einem der Vögel hinüber. »Jetzt keine abrupten Bewegungen. So zieht man die Schlinge zu.« Sie zeigte Sholto, wie man an der Schnur ziehen musste. Er beobachtete alles genau und nickte. Sie kauerten jetzt dicht beieinander, berührten sich fast. »Ich nehme den ersten. Sie müssen die Schlinge langsam vorstrecken und über den Kopf des Vogels halten, wenn er dort sitzt und sich ausruht. Dann um seinen Hals und zuziehen.«

»Wird er daran sterben?«

»Nein, zunächst fangen wir ihn nur. Danach müssen Sie ihm den Hals umdrehen.«

»Verstehe.« Sie sahen zu, wie ein paar Papageientaucher herbeiflogen und in geringer Entfernung landeten, ein paar schlaffe Makrelen in den grellroten Schnäbeln.

Effie schlich sich näher heran und brachte sich in Position, die Schlinge in der Hand, während sie überlegte, welchen Vogel sie nehmen sollte. Einer kam aus seinem Nest und watschelte auf einen Felsvorsprung. Er hatte ein Stöckchen im Schnabel. Leise und geschmeidig kam Effie näher, streckte die Schlingenfalle aus und hielt sie über ihn. Es dauerte einen Moment, bis die Schlinge direkt über seinem Kopf schwebte, dann senkte Effie sie langsam ab …

Und hielt inne.

Sie beobachtete, wie der Papageientaucher – das Stöckchen im Schnabel – den Kopf drehte und anfing, sich damit den Rücken zu kratzen. Effie konnte kaum glauben, was sie da sah. Sie blickte zu Sholto, aber der schien sich nur über ihre Überraschung zu wundern. Mit den Lippen formte er unhörbar die Worte: Was ist?

Sie schlich zu ihm zurück. »Haben Sie das gesehen?«, flüsterte sie aufgeregt. »Gerade eben – wie er sich den Rücken gekratzt hat?«

»Ja«, antwortete Sholto langsam, immer noch erstaunt.

»Wissen Sie, was das bedeutet?« Sie sah ihn mit glänzenden Augen an. »Er hat das Stöckchen als Werkzeug benutzt! Weniger als ein Prozent aller Tierarten sind in der Lage, Gegenstände so zu benutzen!« Sie dachte angestrengt nach. »Schimpansen … Ottern … aber soviel ich weiß, ist das noch nie bei Meeresvögeln beobachtet worden!«

Er starrte sie an. »Woher in aller Welt wissen Sie all diese Dinge?«

»Wie ich Ihnen schon erzählt habe, lese ich. Glauben Sie, ich muss unwissend und dumm sein, nur weil ich eine arme Inselbewohnerin bin?«

»Natürlich nicht. Ich meinte nur, dass Sie ungewöhnlich viel wissen. Anscheinend mehr als die meisten Professoren.«

Aber Effie hörte nicht mehr hin, sondern starrte wieder den Papageientaucher an. »Ach, warum habe ich nur mein Notizbuch oben gelassen?« Sie nagte an ihrem Daumennagel, während sie genau beobachtete, wie sich der Vogel mit dem Stöckchen zwischen den Flügelfedern kratzte.

»Ob er sich nur kratzt?«, überlegte sie laut. »Oder putzt er sich? Parasiten können für diese Tiere sehr unangenehm sein … Was meinen Sie?«

Als sie aufsah, merkte sie, dass Sholto sie beobachtete. Aus der Nähe betrachtet waren seine Augen noch blauer, und erstaunlich klar. »Ich meine das, was Sie meinen. Sie sind die Expertin.«

Sie konnte nicht antworten. All ihre Gedanken und Worte schienen auf einmal wie ausgelöscht. Erst als sie sich abgewandt hatte, fand sie ihre Sprache wieder. »Ich kann ihn jetzt nicht mehr töten«, sagte sie ruhig. »Nicht, nachdem ich das gesehen habe. Ich weiß, dass es dumm ist. Ich habe schon Tausende von ihnen getötet, aber … es tut mir leid.«

»Das muss es nicht.«

»Wirklich?« Wieder sah sie ihm in die Augen.

»Wenn wir ihn töten würden, müssten wir ihn essen, oder?« Das Zucken seiner Augenbrauen war kaum sichtbar, aber es ließ hinter seinen tadellosen Manieren einen unterschwelligen Humor durchblitzen.

»Ha! Etwas Besseres als gebratenen Papageientaucher gibt es nicht. Sie könnten froh sein, etwas davon zu bekommen. Wir warten das ganze Jahr darauf, dass die Papageientaucher zurückkehren.« Sie schwieg einen Augenblick. »Was hat der Pfarrer Ihnen gestern Abend aufgetischt?«

»Gekochten Eissturmvogel und den Großteil des Buchs Hiob.«

Effie lachte so laut, dass die Vögel anfingen, laut zu schnattern. »Tja, also wozu sind Sie dann hergekommen, wenn nicht, um sich etwas zum Abendessen zu besorgen?«, sagte sie kichernd.

»Oh, um … die Aussicht zu genießen«, erwiderte er, aber etwas in der Art, wie er sie dabei ansah, verriet, dass er nicht das Landschaftspanorama meinte. Auf einmal wurde Effie sich bewusst, wie nah sie einander waren und wie allein unter den Vögeln, die wie Konfetti um sie herumwirbelten. Auf dieser Felsplatte waren sie vor dem Rest der Insel verborgen. »Auch wenn ich nicht weiß, ob es Ihnen da genauso geht. Mit der Aussicht.«

Sie antwortete nicht gleich, denn sie merkte, dass er mit den Worten spielte – etwas anderes meinte, als er sagte. »Die Aussicht ist … schön.«

»Das finde ich auch. Sie raubt mir den Atem. Ich hätte nie gedacht, dass sie so wunderbar ist.«

Sagte er wirklich das, was sie dachte? Noch nie hatte jemand mit ihr geflirtet. Konnte er ihr Herz klopfen hören?

»Ich habe Sie letzte Nacht gesehen.« Die Worte waren heraus, bevor sie darüber nachdenken konnte.

Er schwieg eine Weile. »Letzte Nacht?«

»Sie sind geschwommen.«

»… Ja. Ich konnte nicht schlafen, und das Wasser sah so einladend aus.« Er senkte den Blick. »Ich hoffe, ich habe Sie nicht gestört. Wenn ich es auch nur im Entferntesten für möglich gehalten hätte, dass mich jemand sieht, vor allem Sie …« Effie wusste, was er sich fragte: Ob sie gesehen hatte, wie er aus dem Wasser gestiegen war? Schließlich war er nackt geschwommen.

Bei der Erinnerung wurden ihre Wangen heiß. »Und danach?« Sie konnte nicht anders als zu fragen, sie musste es einfach wissen.

»Danach?«

»Als Sie draußen standen und auf mein Haus gestarrt haben?«

Wieder zuckte seine Augenbraue – offenbar tat sie das immer, wenn er irgendeinen Impuls hinter seinen guten Manieren verbarg. »Das war Ihr Haus?«

»Sie wissen, dass es das war.«

Er zögerte. »Warum denken Sie, dass ich auf Ihr Cottage gestarrt habe, und nicht daran vorbei, hinauf in die Berge?«, fragte er lässig. »Der Mondschein war ganz wunderbar.«

Sie starrte ihn an. Hatte sie sich getäuscht?

»Obwohl …«

Obwohl was?

»Obwohl nichts dabei wäre, wenn ein Mann das Haus eines Mädchens betrachtet, das ihn fasziniert, oder?«

Ein ungläubiges Lachen entfuhr ihr. »Ich fasziniere Sie nicht.«

»*Au contraire.* Ihre Kletterkünste und Ihr Mut, Ihre profunden Kenntnisse der Natur, Ihre Unverblümtheit, die Art, wie Sie mir auf Augenhöhe begegnen, die Tatsache, dass Sie sich Ihrer Schönheit so gar nicht bewusst sind … Ich würde sagen, Sie haben schrecklich viele Eigenschaften, die mich faszinieren, Miss Gillies. Jemanden wie Sie habe ich noch nie kennengelernt.«

Wieder sahen sie einander in die Augen, und da war es wieder – das Gefühl zu fallen, für Effie weitaus beängstigender als alles, was sie je am Seil empfunden hatte. Etwas war zwischen ihnen, das alle Grenzen missachtete, die sie, wie der Verwalter betont hatte, voneinander trennen sollten. Sie konnte es nicht ignorieren. Sie schaffte es nicht, seinem Blick auszuweichen, und die Art, wie er sie jetzt ansah, fühlte sich so persönlich an. Würde er sie küssen? Die Schwerkraft schien sie aufeinander zuzutreiben. Oder war es das Schicksal? Oder nur der Wind?

Ich komme später zu ihm, um die Mietrückstände zu besprechen, gingen ihr die Worte des Verwalters durch den Kopf. *Ich bin mir sicher, dass Sie Sir John keine Schande machen wollen, nicht wahr?* Sie konnte es nicht darauf ankommen lassen, den Verwalter noch mehr zu verärgern.

»Wir sollten gehen«, erklärte sie brüsk, während sie einen Schritt zurücktrat, um etwas Abstand zwischen sie zu bringen.

»Effie …«

»Meinen Sie, Ihr Vater möchte ein Ei?«

Es war ein abrupter Übergang zurück zur Normalität, dem vertrauten Terrain, auf dem sie sich offiziell bewegten. Eigentlich hatte sie diese Frage nicht einmal stellen wollen; genau wie die Gabelschwanz-Wellenläufer legten Papageientaucher nur ein Ei pro Saison. Aber sie fühlte sich verpflichtet, mit irgendeiner Art Trophäe zurückzukommen, wenn sie sich ihre zwei Schillinge verdienen wollte.

Aber Sholto schüttelte den Kopf. »Er hat schon welche. Heute interessiert er sich für das Fallenstellen.«

»Ah, na gut, dann steigen wir wieder hoch und erzählen ihm, was wir gesehen haben.«

Und bevor Sholto sie zurückhalten konnte, kletterte sie in schwindelerregendem Tempo wieder hinauf.

Er war selbst ein ganz guter Kletterer, ein großer und kräftiger Mann, der instinktiv die richtigen Stellen fand, an denen er sich hochziehen konnte. Effie war schnell geklettert, selbst für ihre Verhältnisse, aber Sholto war nur zwanzig Sekunden nach ihr oben.

»Was ist passiert? Waren keine da?«, fragte der Graf sichtlich enttäuscht, als sie mit leeren Händen zurückkehrten. Poppit sprang aufgeregt um Effies Beine, froh, dass ihre Herrin zurück war.

»Das war es nicht, Sir.« Effie zögerte kurz, als Sholto das Seil von seinem Oberkörper wickelte, den Blick entschlossen zu Boden gerichtet. »Es ist nur so, dass ich … eine Verhaltensweise beobachtet habe, die noch nie zuvor dokumentiert wurde. Jedenfalls weiß ich nichts davon.«

»Was für eine Verhaltensweise?«

»Der Papageientaucher hat sich mit einem Stöckchen den Rücken gekratzt. Er hat es als Werkzeug benutzt.«

Der Graf sah sie überrascht an. »Als Werkzeug?«

»Aye, Sir. Das ist ein Verhalten, das man Meeresvögeln normalerweise nicht zuschreibt.«

»Allerdings.«

»Ich hoffe, Sie verstehen, dass es mir in diesem Moment falsch erschien, den Vogel zu töten, nur um vorzuführen, wie man das macht.«

»Das verstehe ich. Miss Gillies, Sie verfügen über den Scharfsinn einer Wissenschaftlerin.«

»Einer was?«

Er lachte, als hätte sie einen Witz gemacht.

Effie warf einen Blick auf seinen Sohn, aber Sholto, der sich inzwischen von dem Seil befreit hatte, stand mit dem Rücken zu ihr und starrte auf das Meer hinaus. Er hatte die Hände in die Hosentaschen gesteckt und reckte das Kinn. Hatte sie ihn mit ihrer plötzlichen Schroffheit gekränkt? War sie, entgegen ihrer Absicht, unhöflich gewesen?

»Wo wir nun schon mal hier sind, kann ich Ihnen etwas Besonderes zeigen, wenn es Sie interessiert – eine Rußseeschwalbe?«, schlug sie vor. »Ich habe sie erst vor ein paar Tagen beobachtet. Sie nistet hier nicht, sondern rastet nur, deshalb kann es sein, dass sie schon weitergezogen ist. Aber ich kann Sie zu der Stelle führen, für den Fall, dass sie noch da ist. Soviel ich weiß, ist die Rußseeschwalbe erst dreimal auf den Britischen Inseln dokumentiert worden.«

Sholto drehte sich plötzlich herum. »Ist das Boreray dort drüben?«, fiel er ihr ins Wort. Seine Stimme klang ungewohnt scharf, als er sie ansah, und ihr wurde klar, dass sie ihn gekränkt hatte.

»Aye. Dort sind die Männer hingefahren, um die Schafe zu scheren.«

Er runzelte die Stirn und blickte wieder auf die kleine Insel. »Was hat das dann zu bedeuten?«

»Was …?« Aber da sah sie es schon und wusste sofort Bescheid.

Zwei riesige Grasplatten waren aus der Wiese gegraben und umgedreht worden, jede etwa so lang wie drei Menschen. Aus dieser Entfernung, etwa vier Meilen, sah es aus wie dunkle Schnitte, tiefe Wunden in der Landschaft. »Nein«, flüsterte Effie und wurde blass.

»Miss Gillies?«, fragte der Graf besorgt. »Was bedeutet das?«

Sie konnte nicht gleich antworten. Erst ein einziges Mal hatte sie erlebt, dass das Signal benutzt worden war.

»Dass wir das Boot schicken sollen! Ein Schnitt bedeutet, sie sind bereit für die Rückfahrt. Zwei heißt, dass es einen Unfall gegeben hat oder jemand krank ist. Drei bedeutet, dass es einen Todesfall gibt.« Während sie die beiden ansah, setzte sie sich schon rückwärts in Bewegung, wollte losrennen. »Ich kann nicht bleiben, es tut mir leid. Ich muss zurück und es den anderen sagen. Schaffen Sie es allein zurück? Folgen Sie einfach dem Pfad.«

»Natürlich. Los, gehen Sie!«, drängte der Graf.

»Ich komme mit Ihnen«, erklärte Sholto.

»Nein, bleiben Sie bei Ihrem Vater«, sagte Effie und wandte sich noch einmal um. »Sie sollten zusammenbleiben.«

»Aber ich kann beim Rudern helfen! Nur ein Mann ist zurückgekommen, oder? Wenn zwei hinüberrudern, schaffen wir es schneller.«

Da hatte er recht. Und sie alle wussten, dass Effie trotz ihrer Entschlossenheit, es mit den Männern aufzunehmen, beim Rudern nicht dieselbe Körperkraft besaß wie sie.

»Mein Sohn hat recht«, sagte der Graf. »Sie brauchen jemanden, und er war in der Rudermannschaft für Oxford. Nehmen Sie ihn mit, ich komme schon zurecht. Beeilen Sie sich, ich steige in meinem eigenen Tempo ab.«

Mit einem knappen Nicken drehte Effie sich um und fing an, auf ihren eigenen Spuren des heruntergetretenen Grases zurückzulaufen. Die Schlingen trug sie in der Hand, das Seil und ihren Rucksack über der Schulter. Sie war froh, dass es bergab ging und nicht bergauf – kein noch so großer Notfall konnte irgendjemanden dazu bringen, diese Hänge schneller hinaufzuklettern, als die Inselbewohner es ohnehin schon taten.

Ihr war bewusst, dass Sholto hinter ihr herlief, hörte sein Keuchen, während er versuchte, in seinen Lederstiefeln Tritt zu fassen, aber sie redeten nicht. Ein Mann war verletzt oder krank, vielleicht lebensgefährlich, und jede Sekunde zählte. Sie gingen um die Landenge des Conachair herum und rannten auf dem Kamm zurück zu The Gap, dann über die grünen Hänge direkt hinunter zum An Lag Plateau. Jayne Ferguson war immer noch da, sie düngte ihre Lazybeds und sah überrascht auf, als sie an ihr vorbeirannten. »Zwei Streifen!«, war alles, was Effie hervorbrachte. Mehr brauchte es nicht. Jayne ließ die Harke fallen und rannte hinter ihnen her.

Sie liefen durch die Lücke im Deich, an den Cleits vorbei, hinunter zu der Reihe von Cottages. Effie bog sofort links in die nächste Gasse ein und rannte auf das Haus von Archie MacQueen zu. Er hatte das Boot zurückgerudert, nachdem er die Männer abgesetzt hatte, weil er zwar starke Arme hatte, aber seit einem Unfall vor einigen Jahren ein lahmes Bein, sodass er bei den Schafen keine große Hilfe war.

»Archie«, schrie sie. »Zwei Streifen! Zwei Streifen!«

Köpfe wurden aus den Türen der Cottages gestreckt, tauchten an der Straßenmauer auf oder schauten über Spinnräder und Wäscheleinen. Archie, der gerade für Ma Peg ein Stück Mauerwerk reparierte, blickte auf, als er Effie rufen hörte, sah, wie Effie auf ihn zuschoss, mit den Armen rudernd, die Augen weit aufgerissen. Er ließ den Stein fallen, den er gerade gehalten hatte, und fing an, humpelnd zum Strand hinunterzurennen. Es hatte keinen Sinn »Was?« oder »Wer?« zu fragen. Das wusste noch niemand.

Das Boot war nur auf den Sand gezogen worden. Im Winter musste man es mit Steinen beschweren, damit es nicht vom Wind bewegt oder von Sturmböen erfasst wurde, aber jetzt lag es bereit für die Fahrt, die eigentlich erst in ein oder zwei Tagen fällig gewesen wäre.

Die Frauen, die als Erste da waren – Mhairis Mutter Rachel und Effies Tante Mary –, fingen an, das Boot zum Wasser zu schieben. Effie, Sholto und Jayne kamen nur einen Augenblick später dazu und halfen mit.

»Wo ist Lorna?«, fragte Effie und blickte sich nach der Krankenschwester um.

Die Frauen sahen einander an. Jeder im Umkreis hatte die Rufe gehört.

»Ich hab sie seit Stunden nicht gesehen«, sagte Tante Mary. »Ist sie angeln gegangen? Das hatte sie nämlich vor.«

Rachel MacKinnon zuckte mit den Schultern. »Oder ist sie bei Mary? Sie hat gesagt, dass sie nach ihr schauen wollte.«

»Soll ich nachsehen?«, fragte Effie, schon bereit, wieder loszurennen.

»Nein, das können wir uns nicht leisten«, sagte Archie mit grimmiger Miene. »Sie kann überall sein, und wir haben keine Zeit zu verlieren.«

Das Boot lag jetzt im Wasser.

»Ich helfe Ihnen«, sagte Sholto und fing an, zusammen mit Archie durchs Wasser zu waten.

Archie MacQueen nickte nur, immer noch mit grimmigem Gesicht – die Wahrscheinlichkeit war nicht klein, dass es einer seiner Söhne war, den sie retten mussten. Die beiden Männer sprangen ins Boot, ergriffen die Ruder und legten sich in die Riemen. Ihre Oberkörper bewegten sich im Gleichtakt, und das Boot pflügte durchs Wasser.

Effie und die anderen Frauen standen bis zu den Knien im Meer und sah den beiden nach. Manche hatten die Hand vor den Mund geschlagen und Tränen in den Augen, aber es hatte keinen Sinn zu weinen. Dafür war es noch zu früh. Auch wenn sie voller Angst waren, würde es noch mehrere Stunden dauern, bis die Männer zurückkamen und sie erfuhren, um wen sie sich Sorgen machten. Alles, was sie jetzt tun konnten, war warten.

Die Kinder kamen auf die Idee, von Rubha Cholla an, dem Punkt, an dem das Boot die Landspitze von Oisephal umrunden und in die Village Bay einlaufen würde, Posten aufzustellen. Die Älteren bildeten eine unregelmäßige Linie am Weg entlang, Neil MacQueen, Floras vierzehnjähriger Bruder, hielt Wache. »Er ist schnell wie der Blitz«, sagte ihr Vater immer, und tatsächlich flog der Junge geradezu, als das Boot sich näherte.

Der Name wurde über vier Posten weitergegeben, dann hörte man ihn am Strand: »Donald McKinnon! Kopfverletzung!«

Lorna nickte düster und nahm ihre Notfalltasche. Effie wusste, dass sie darauf gehofft hatte, einen gebrochenen Arm versorgen zu müssen, irgendetwas Handwerkliches. Köpfe waren immer schwierig. Sie hielten Verletzungen genauso verborgen wie Gedanken oder Lügen, Versprechen und Geheimnisse.

»Soll ich es Mary sagen?«, fragte Effie. Tatsächlich hatte sich Lorna gerade um die werdende Mutter gekümmert, ein paar Hundert Meter von dem Drama entfernt, das sich am Strand abspielte. Die aufgeregten Rufe waren von dem Geräusch eines brodelnden Wassertopfs übertönt worden. So war lebenswichtige Zeit verstrichen.

Die Krankenschwester dachte einen Augenblick nach. »Ja, mach das lieber. Sie wird eine Weile brauchen, um nach unten zu kommen. Wie schlimm es ist, wissen wir zwar erst, wenn sie an Land sind, aber für alle Fälle sollte sie dann da sein.«

Effie rannte den Hang hinauf und trat versehentlich in ein frisch gedüngtes Lazybed, als sie über das Grundstück der MacQueens rannte.

»Mary!, bist du da?«, rief sie, als sie den Kopf durch die Cottagetür steckte.

Mary McKinnon stand im Schlafzimmer. Sie hatte ihr den Rücken zugewandt und stützte sich an der Wand ab. »Mary«, keuchte Effie und lief zu ihr. »Bist du …?«

»Bleib weg!«, schrie Mary sie an.

Effie blieb wie angewurzelt stehen.

»Bitte … fass mich nicht an.« Die Frau hielt sich nur mühsam aufrecht, stemmte sich gegen die Wand, als müsste sie sie festhalten. Das Bett war zerwühlt, offensichtlich hatte sie gerade noch dort gelegen.

»Hast du Schmerzen?«, flüsterte Effie. »Soll ich Lorna zurückholen?« Aber natürlich war die Krankenschwester bereits am Strand, um Marys verletzten Ehemann in Empfang zu nehmen …

Mary, vornübergebeugt, schüttelte den Kopf und holte einige Male mühsam Luft. Das Baby wurde erst in ein paar Monaten erwartet, das wusste Effie. »Ist schon in Ordnung. Ich brauche nur einen Augenblick. Ich habe Lärm gehört.« Sie drehte leicht den Kopf, fragend.

»Oh. Aye.« Jetzt musste Effie der armen Frau, die ohnehin schon litt, auch noch eine schlechte Nachricht überbringen. »Ich fürchte, es ist Donald, der verletzt ist. Am Kopf.«

Sie sah, wie Mary ihre Fingerspitzen gegen die Wand drückte, bis sie weiß wurden. Es war klar, wie hart das Leben für diese Frau werden würde, wenn ihr Mann starb oder auch nur arbeitsunfähig wurde, und sie mit einem Neugeborenen allein blieb. Die Nachbarn würden sie zwar unterstützen, wie immer, aber dennoch …

»Lorna findet, du solltest auch zum Strand kommen. Falls …« Es war nicht nötig, es auszusprechen.

Mary nickte nur. »Geh nur. Ich komme gleich.«

»Soll ich dich beim Gehen stützen?«, bot Effie an.

»Nein. Ich schaffe das schon. Es war nur die abrupte Bewegung … Geh.«

Effie wartete noch einen Augenblick, immer noch unsicher, ob sie Mary allein lassen sollte, aber Mary hatte eine gebieterische Art. Sie alle hatten schon oft erlebt, wie sie ihrem Mann die Leviten las. Wenn sie Nein sagte, dann meinte sie auch Nein.

»Dann ruf einfach, wenn du mich brauchst«, sagte Effie sanft und verließ das Zimmer.

Sie lief wieder zurück zur Dorfstraße. Das Dingi war jetzt beinahe am Ufer angekommen, und alle Frauen hatten sich versammelt, bereit, sich zu kümmern, zu helfen oder zu klagen. Der Pfarrer rannte am Ufer entlang, die Bibel in der Hand. Effie sah die prächtige Jacht, die in der Bucht lag, inzwischen schon ein vertrauter Anblick, ein Sinnbild für eine fremde Welt inmitten der ihren. Sie hatte die gesamte Zeit des Wartens darauf gestarrt. Wenn Donalds Verletzung so schlimm war, dass er in ein Krankenhaus musste, würde man ihn auf der Jacht dorthin bringen … gut möglich, dass der Lord und sein Vater die Insel schon wenige Minuten nach Sholtos Rückkehr verließen. Effie war klar, dass sie dann nie mehr wiederkommen würden.

Rufe rissen sie aus ihren Gedanken, und sie sah, dass die Frauen zum Boot wateten. Schnell rannte sie hinunter an den Strand. Onkel Hamish und Euan, ihr ältester Cousin, der ungefähr in ihrem Alter war, waren aus dem Boot gestiegen und halfen den Frauen, es an Land zu ziehen. Mit einem Ruck blieb es liegen, als der Bug den Sand berührte, und die Männer – nur die Hälfte von denen, die weggefahren waren – sprangen ins Wasser, zwischen ihnen Donalds schlaffer Körper, ungeschickt an Armen und Beinen gehalten. Sein Kopf hing herunter, das Gesicht war schneeweiß.

Ein paar Frauen schrien auf, kleine Kinder umklammerten die Beine ihrer Mütter. Effie hielt nach Mary Ausschau. Sie war noch weiter oben, kam über die Wiese herunter. Trotz des Zustands, in dem sie sich gerade noch befunden hatte, bewegte sie sich sicher.

Sie trugen Donald den Strand hinauf und legten ihn aufs Gras. Lorna deckte ihn sofort zu und beugte sich über ihn, um den abgerissenen Hemdsärmel zu entfernen, den man als Kopfbandage benutzt hatte. Der Stoff war blutdurchtränkt, und auch Donalds Haare waren verklebt von getrocknetem Blut. Der Pfarrer stand neben ihnen und murmelte ein Gebet.

Effie machte sich Vorwürfe. Warum hatte sie nicht zur Insel hinübergeschaut, als sie sich angeseilt hatte? Dann hätte sie die Zeichen sofort gesehen. Sie hätten vielleicht lebensrettende Minuten gewonnen. Stattdessen war sie so damit beschäftigt gewesen, einem jungen Lord nicht in die hellen Augen zu schauen, dass sie den Hilferuf auf der anderen Seite nicht bemerkt hatte.

»Was ist passiert?«, fragte Lorna und untersuchte die Wunde genauer, einen großen, klaffenden Riss am oberen Hinterkopf.

»Er ist auf einen Felsen aufgeschlagen«. Der Verwalter war zurückgekommen.

»Haben Sie es gesehen?«, fragte Lorna.

»Aye. Wir waren zusammen am Sunadal Hang. Er hat sich auf ein Schaf gestürzt und es geschnappt, aber es hat sich gewehrt, und bei dem Versuch, es festzuhalten, hat er das Gleichgewicht verloren.«

Lorna runzelte die Stirn und blickte wieder auf die Wunde. »Der Hang ist steil«, murmelte sie. »Er muss schwer gestürzt sein.«

»Aye, das stimmt. Er ist gefallen wie ein Stein.«

»Wann ist das passiert?« Lorna sah sich jetzt Donalds Pupillen an.

»Vor sechs, sieben Stunden? Die Sonne stand noch tief.«

»Sieben Stunden?«, sagte Lorna mit tadelnder Stimme.

»Ich habe schon allein eine Stunde gebraucht, um genug Männer zu finden, die mir halfen, ihn zur Anlegestelle zu tragen. Und dann mussten wir warten, bis Sie unsere Botschaft endlich gesehen hatten.«

Seine Worte wirkten auf Effie wie ein Schlag in die Magengrube. Sie fühlte sich, als wäre sie der Grund für die Verzögerung.

»Als wir nachgesehen haben, war noch alles in Ordnung«, verteidigte sich Jayne Ferguson. »Die Jungs sind wie jeden Morgen hinaufgestiegen.«

»Dann also Pech für uns, dass er für die Morgenkontrolle ein bisschen zu spät gestürzt ist«, fauchte der Verwalter.

»Donald?« Das war Mary, die atemlos heraneilte. »O Donald!« Sie schlug die Hände vors Gesicht.

»Alles in Ordnung,«, sagte Lorna schnell, während Mary neben ihrem Mann niedersank. »Er hat eine hässliche Kopfwunde. Sie ist tief, blutet aber nicht heftig. Er wird für ein paar Tage ein bisschen dusslig sein, aber wenn wir die

Wunde sauber halten und er sich ausruht, sollte er wieder gesund werden.«

»Versprichst du es?« Mary sah Lorna eindringlich an, die Hände auf ihrem gewölbten Bauch.

Lorna schluckte. »Soweit es mir möglich ist. Ich werde mich gut um ihn kümmern … Ich bleibe die nächsten Nächte bei euch, das ist die kritische Zeit.«

Diese Aussicht schien Mary zu beruhigen. Sie konnte sich selbst kaum auf den Beinen halten. Wie sollte sie ihren Mann pflegen?

Lorna sah zu den Männern auf. »Wir müssen ihn ins Haus bringen und dort auf den Tisch legen, damit ich ihn waschen kann. Eine Infektion ist jetzt die größte Gefahr.«

Die Männer packten zusammen an und hoben den Verletzten hoch, während die Frauen aufgeregt vorausliefen. Nur einer blieb zurück.

Sholto zog seine Jacke aus dem Boot. Sein Hemd hatte einen Riss, und als er sich umdrehte, sah sie einen großen Blutfleck darauf. Sein Gesicht war gerötet, und er sah völlig erschöpft aus. Vermutlich war er noch nie acht Meilen für einen Rettungseinsatz gerudert.

»Danke«, sagte sie ruhig, während er zu ihr kam.

»Warum danken Sie mir?«

»Weil Sie Donald und Onkel Hamish geholfen haben.«

Er runzelte die Stirn. »Was für ein Mensch wäre ich, wenn ich das nicht täte?«

Sie spürte, dass er noch immer wegen dieses Moments auf dem Felsen, als sie ihn zurückgewiesen hatte, gekränkt war. Die Leichtigkeit zwischen ihnen und die kindliche Spontaneität waren verschwunden.

»Sie sehen müde aus.«

Er lächelte leicht. Er war gerade einen Berg hinabgerannt und dann nach Boreray und wieder zurück gerudert. »Ja.« Heute Nacht würde er nicht unruhig sein und schwimmen gehen.

»Sie sollten sich ausruhen. Etwas essen.« Sie erinnerte sich an ihren Scherz. Gekochter Eissturmvogel war keine Belohnung. »Sie sagten, Sie hätten ein paar Äpfel?«, fragte sie, in der Hoffnung, die angespannte Stimmung etwas aufzulockern. »Die könnten Sie nehmen.«

»Stimmt, die kann ich essen.« Er zwinkerte ihr zu. »Und vorher sollte ich mich zumindest umziehen.«

Sie gingen zusammen den Pfad hinauf. Keiner von beiden sprach, aber ihr Schweigen war schwer von unausgesprochenen Worten. Als sie das Verwalterhaus erreicht hatten, drehte Sholto sich zu Effie um. »Nun, es erleichtert mich sehr zu hören, dass Mr McKinnon sich sehr wahrscheinlich erholen wird«, sagte er auf seine übliche manierierte Art.

»Aye«, stimmte sie zu. »Mary hat sich schreckliche Sorgen gemacht.«

»Natürlich.« Er räusperte sich. »Und es bedeutet auch, dass wir nicht überstürzt aufbrechen müssen.«

Sie öffnete den Mund, als ihre Blicke einander trafen. Dann hatte er also auch daran gedacht? Die ganze Zeit, als er fortgewesen war, hatte sie versucht, sich vorzustellen, was auf sie zukam, ob es nun früher oder später wäre: dass sie am Ufer stehen und zusehen würde, wie der Anker gelichtet wurde, die Segel sich blähten und Sholto sich langsam von ihr entfernte. Sie war nicht nur bestürzt gewesen, sondern zugleich tief erschrocken über das Ausmaß dieser Bestürzung. Er war noch nicht mal zwei ganze Tage hier, doch der Moment, da er wieder abreisen würde, warf bereits jetzt einen Schatten über sie, und er würde unweigerlich kommen. Aber … jetzt noch nicht. Effie wollte mehr. Wovon, das wusste sie nicht so genau, nur, dass sie mehr davon brauchte.

Und der Wunsch wurde erfüllt! Sie hatten einen Aufschub bekommen, und Sholto war immer noch da. Heute. Und heute Nacht. Die Frage war nur – was würden sie mit der übrigen Zeit anfangen?

Sie sah die Hoffnung in seinen Augen aufblitzen, als er in ihren las, wie aufgewühlt auch sie war, und er lächelte …

Plötzlich wurde die Haustür geöffnet, und der Verwalter trat heraus. Er wirkte überrascht, als er sie beide auf seiner Schwelle vorfand, wie sie schweigend dastanden. Sholto trat sofort einen Schritt zur Seite, Effie ebenfalls, um den Mann durchzulassen. Aber er blieb stehen. »Lord Sholto«, sagte er und wandte Effie demonstrativ den Rücken zu. »Ich wollte Sie gerade suchen. Sie müssen hungrig sein nach Ihren Strapazen. Ich habe eine Mahlzeit für Sie vorbereitet.«

»Das ist sehr freundlich«, sagte Sholto nach einer Weile.

Effie blickte ernüchtert zu Boden. Einen kurzen Augenblick hatte sie sich die Vorstellung erlaubt, Sholto sei für sie erreichbar. Hatte er das barsche Verhalten des Verwalters ihr gegenüber bemerkt? Würde er verstehen, dass es der Grund dafür war, dass sie auf Abstand zu ihm gehen musste – nicht nur vorhin und in diesem Moment, sondern immer? Würde er erkennen, dass das, was sie selbst wollte, nichts zählte?

»Gibt es noch was, Miss Gillies?«, fragte der Verwalter und wandte sich halb zu Effie um, während sie wie erstarrt dastand.

»Nein.« Ihre Stimme klang dünn, als sie Sholto ansah.

»Vielleicht würde sich Miss Gillies uns anschließen?«, fragte Sholto schnell.

Das Gesicht des Verwalters rötete sich, seine Nasenflügel bebten vor Wut über diesen Vorschlag.

»Danke, aber ich muss gehen«, sagte Effie steif. »Der Bulle braucht frisches Heu.«

Dieses Mal funkelten Sholtos Augen nicht, als sie den Bullen erwähnte, aber wenigstens der Verwalter nickte zustimmend, und ihr blieb nichts anderes übrig, als sich abzuwenden.

6. Kapitel

Effie umrundete den Stall und harkte den Mist zusammen. Sie hatte Winzling zum Grasen in das Gehege hinausgelassen, sein Fell glänzte in der Sonne. Unter ihr im Tal sah sie Frauen umhereilen, die sich um die Zubereitung von Mahlzeiten kümmerten, nun, da die Männer zurück waren. Kinder wurden in andere Cottages geschickt, um Botendienste zu erledigen. Man hatte Donald sicher nach Hause gebracht und auf den Tisch gelegt – Lorna war immer noch bei ihm und reinigte die Wunde –, bevor die Männer zum Boot zurückgekehrt waren, um die Säcke mit Wolle auszuladen.

Effie schaufelte den Mist in Eimer. Als sie aufschaute, sah sie jemanden, der den Hang beim Mullach Mòr hinunterrannte. Die Person trug einen dunklen Rock, der sich im Wind bauschte, und hatte sich ein rotes Tuch um die Taille gebunden. Effie runzelte die Stirn. Es gab nur eine Person, die ihr Kopftuch auf diese Weise trug …

»Flora?« Effie lehnte die Mistgabel an die Wand. Sie hatte ihre Freundin seit über zwei Wochen nicht gesehen, da Flora und Mhairi auf den Sommerweiden in der Glen Bay die Schafe hüteten. Dort hinzuwandern und wieder zurück dauerte beinahe vier Stunden, und Effies Tage waren auch so schon viel zu kurz. Ein unverhoffter Besuch wie dieser war mehr, als sie erwarten konnte.

Wahrscheinlich brauchten die Mädchen neue Essensvorräte. »Flora!«

Das Mädchen wandte den Kopf. Als sie Effie sah, die auf eine Mauer gestiegen war und winkte, lief sie auf den Bullenstall zu.

»Wo brennt es denn?«, fragte Effie ein paar Minuten später lächelnd und umarmte ihre Freundin.

»Uff.« Flora lehnte sich an die Stallwand und versuchte, wieder zu Atem zu kommen. Sie sah Effie an und lächelte, die Wangen leicht gerötet. Es war allgemein anerkannt, dass Flora das hübscheste Mädchen auf der Insel war mit ihrem langen rabenschwarzen Haar, das glänzte wie Öl, ihren grünbraunen Augen und dem Kussmund. Ihre älteren Brüder, David und Donald, nannten sie »Kelpie«, nach den machtvollen Wasserwesen in alten schottischen Legenden. Es war nicht als Kompliment gemeint, aber Flora wusste genau, welche Wirkung sie auf andere ausübte.

»Ich kann nicht mehr«, keuchte sie. »Sie hat darauf bestanden, dass ich den ganzen Weg hierher renne.«

»Mhairi?«

»Aye.«

»Warum konnte sie nicht selbst kommen? Ist sie verletzt?«

Flora hob beschwichtigend die Hand. »Ihr geht es gut. Aber wir waren oben auf dem Cambir und haben die Zeichen auf Boreray gesehen …« Sie rang erneut nach Luft. »Wer ist es?«

»Donald McKinnon …«

»Was hat er?« Flora richtete sich auf.

»Eine Kopfverletzung.«

»Wird er sich davon erholen?«

»Aye. Er ist gestürzt, als er ein Schaf fangen wollte, aber Lorna glaubt, mit etwas Ruhe kommt er wieder auf die Beine. Sie bleibt die nächsten Nächte bei ihm und Mary.«

»Wirklich?«

»Aye. Die arme Mary kann ja nicht viel machen.«

»Stimmt«, sagte Flora nachdenklich. »Aber wird er wirklich wieder ganz gesund?«

Effie wunderte sich über die übertriebene Sorge ihrer Freundin. Auch wenn Mhairi praktisch den gleichen Nachnamen hatte, war Donald McKinnon nicht mit ihr verwandt. »Seid ihr etwa sentimental geworden, nur weil ihr mal für ein paar Wochen nicht im Dorf lebt?«, zog sie Flora auf. »Vermisst ihr uns alle, da drüben in euren Sommerferien?«

»Ferien?«, schnaubte Flora. Sie riss einen Grashalm ab und wickelte ihn um einen Finger. »Wir haben zwölfhundert Schafe da drüben.«

»Aye, und die weiden und lassen euch in Ruhe, wie es scheint.«

»Was meinst du damit?«

»Nur dass du genauso prächtig aussiehst wie immer«, sagte Effie. »Ich dachte, der Hunger hätte dich zurückgetrieben, aber das ist es offensichtlich nicht.« Floras Haare hatten einen besonders schönen Glanz, und ihr Gesicht war frisch und rosig. »Wird wohl die Liebe sein, die dich so erstrahlen lässt.«

Sie selbst, dachte Effie, wirkte wahrscheinlich eher

gequält als beglückt – und zudem war sie sich noch nicht einmal sicher, ob es überhaupt Liebe war. Sie wusste nicht, wie sich das anfühlte.

»Es ist nichts Prächtiges daran, zwei Wochen allein mit Mhairi zu verbringen, das kann ich dir sagen. Sie ist mit Brüdern aufgewachsen, die ihr ständig Geschichten über den Fluch der MacKinnons erzählen. Sie fürchtet sich vor allem und glaubt immer, dass ihr Leben auf dem Spiel steht – oder das ihrer Angehörigen.« Flora verdrehte die Augen. Sie wussten beide, dass ihre sensible, sanfte Freundin das Leben in der Wildnis schlechter ertrug als sie selbst.

»Also, du kannst ihr sagen, dass alles in Ordnung ist. Ihren Angehörigen geht es gut.«

»Aber Donald ist noch nicht über den Berg?«

»Nein, aber wenn Lorna glauben würde, dass es schlimm ist, hätte sie ihn aufs Festland geschickt.«

»Wie denn?« Noch während Flora die Frage aussprach, fiel ihr Blick auf die Jacht unten in der Bucht und schnappte nach Luft. Effie wunderte sich, dass sie das Boot noch nicht gesehen hatte, während sie den Berg hinuntergerannt war. Wahrscheinlich, weil sie in solcher Sorge gewesen war. »Wem gehört die denn?«

Effie seufzte und blickte ebenfalls auf die Jacht. Sie war ein Sinnbild für die Entfernung zwischen Sholto und ihr, für die unterschiedlichen Welten, in denen sie lebten. Wenn sie mit ihm zusammen war, konnte sie sich einbilden, er wäre einfach ein Mann mit strahlenden Augen, der viel lachte, nackt bei Mondschein schwamm und auf Felsvorsprüngen mit ihr flirtete, aber die Jacht erinnerte sie ständig daran, dass gar nichts einfach war. »Freunde von MacLeod. Der Graf von Dumfries und sein Sohn. Sie haben den Verwalter hergebracht.«

»Puh«, stöhnte Flora.

»Ich weiß. Wir waren froh, als die Männer wegen des guten Wetters beschlossen haben, nach Boreray zu fahren, und dass sie Mathieson mitnahmen und wir unsere Ruhe vor ihm hatten. Nur … Zwei Tage später waren sie wieder da.«

»So ein Pech.«

»Und für Donald erst.« Effie zuckte mit den Schultern.

Sie sahen zu, wie Winzling aus dem Gehege zurückkam. Er schüttelte den Kopf und schnaubte freudig.

»Sieht aus, als wäre er mit sich zufrieden«, murmelte Flora.

»Dafür hat er auch allen Grund«, scherzte Effie. »Er hatte eine lange Paarungszeit.«

»Männer! Ob Mensch oder Tier, sie sind doch alle gleich«, sagte Flora in dem wissenden Ton einer besonders schönen Frau. Dann lachte sie aufgedreht und drückte ihre Wange an Effies, so wie sie es schon als Kinder immer getan hatten. Eigentlich war Flora über solch kindisches Verhalten längst hinaus. Sie war mit James Callaghan verlobt, einem reichen Textilfabrikanten aus Glasgow. Er war im vorigen Frühling auf die Insel gekommen, um den Inselbewohnern Tweedstoff abzukaufen, aber die Mengen, die er sich vorgestellt hatte, waren für die Leute auf St. Kilda viel zu groß. Schließlich mussten sie davon ihre Mietzahlungen leisten. Dennoch war der Fabrikant nicht leer ausgegangen, denn er hatte Flora kennengelernt, und danach war er den ganzen Sommer über – sooft der Seegang es zuließ – zur Insel gesegelt. Er baute gerade ein großes Haus am Blythswood Square und hatte Flora versprochen, dass sie heiraten und dort leben würden, sobald es fertig war.

In vielerlei Hinsicht hatte Flora die Insel bereits verlassen. Sie war schon immer ein unruhiger Geist gewesen, und dieser Felsen inmitten des Ozeans war zu klein für ihre leidenschaftliche Lebenskraft. Effie hatte schon immer geahnt, dass ihre beste Freundin für eine größere Bühne geschaffen war. Jetzt führte die Aussicht auf ihre Zukunft auf dem Festland ironischerweise dazu, dass sie das Leben auf ihrer wilden Insel mit einer nervtötend guten Laune und Dankbarkeit annahm. Sie sang ununterbrochen und erledigte alle ihre Aufgaben mit einem Lächeln, und als es darum gegangen war, wer den Sommer bei den Schafen in der einsamen Glen Bay verbrachte, hatte sie bereitwillig zugestimmt, sich Mhairi MacKinnon anzuschließen. Effie konnte sich ihre Insel einfach nicht ohne Flora vorstellen.

»Bleibst du zum Abendessen?«, fragte Effie. »Die anderen werden sich freuen, dich zu sehen. Dein Pa musste das Boot zurück nach Boreray rudern, deshalb ist er ziemlich erschöpft. David und Donnie sind noch dort, und deine Ma ist immer noch in Aufregung wegen des Unfalls.«

»Wenn sie mich sehen, wollen sie bestimmt, dass ich bleibe«, sagte Flora. »Aber dann wird Mhairi sich zu Tode fürchten. Ich musste ihr versprechen, dass ich gleich zurückkomme.«

Effie schüttelte ungehalten den Kopf. »Ich verstehe nicht, warum sie nicht selbst gekommen ist, wenn sie ohne dich solche Angst hat?«

Aber Flora beachtete sie nicht, sondern starrte hinunter auf das Dorf. Genauer gesagt auf Lorna, die mit Mary hinter dem Cottage stand. Die Krankenschwester hielt tröstend Marys Hand, während sie mit ihr redete. Brachte sie schlechte Neuigkeiten? Standen sie deshalb draußen, damit Donald sie nicht hörte?

»Das sieht nicht gut aus«, murmelte Flora.

»Nein«, stimmte Effie zu.

»Vielleicht sollte ich doch noch ein bisschen bleiben. Bis ich weiß, wie sich die Situation entwickelt.« Sie sah Effie an. »Habe ich viel verpasst?«

Effie öffnete den Mund, um zu antworten, doch hielt dann inne. Womit sollte sie anfangen? Wie konnte sie die Zwickmühle beschreiben, in der sie steckte, hingezogen zu einem Mann, den sie nicht einmal als Freund bezeichnen durfte, geschweige denn als mehr. Aber ohne eine Mutter, die ihr einen Rat hätte geben könne, ohne Geschwister … Seit dem Tod ihres Bruders lebte sie praktisch wie ein Mann. Woher sollte sie wissen, was sie fühlen, tun, ja, *sein* sollte?

»Aye, es hat einige Aufregung gegeben«, murmelte sie unverbindlich und fühlte sich allein schon bei diesen Worten schrecklich verwundbar und nackt. Die Freundinnen hatten sie immer aufgezogen, weil sie ihre älteren Brüder so skrupellos abserviert hatte, als diese angefangen hatten, sie mit anderen Augen zu betrachten. Aber jetzt sah sie selbst die Welt mit anderen Augen. Warum hatte ihr nie jemand gesagt, dass sich das so anfühlte?

Flora sah sie aufmerksam an, als sie das untypische Zögern ihrer Freundin bemerkte. »Erzähl mir alles.«

»Ich habe die Besucher herumgeführt, während die Männer weg waren.«

»Aye.«

»Ich bekomme zwei Schillinge dafür.«

»Zwei?«

Sie war so nervös. »Und wir haben uns angefreundet.«

Flora runzelte die Stirn. »Ich dachte, du hättest gesagt, sie seien Lords.«

»Na ja, aber … das merkt man ihnen nicht an. Wenn wir so zusammen wandern, legen sie gar keine Allüren an den Tag.«

Flora sah sie scharf an. »Und …?«, drängte sie. Für Geheimnisse hatte sie schon immer einen Instinkt gehabt. »Was ist da noch?«

»Miss Gillies! Ich habe Sie gesucht.«

Die Stimme durchschnitt die Stille, und als die Mädchen aufblickten, sahen sie, dass der Verwalter direkt auf sie zukam.

»O je«, murmelte Flora. »Der Teufel persönlich. Bis später.«

»Flora, warte …« Aber ihre Freundin hatte sich schon in Bewegung gesetzt und rauschte hüftschwingend davon. Der Verwalter war einer der wenigen Männer, die gegen Floras Reize immun waren – sie scherzte immer, dass ihn nur Gewinnmargen erregten –, aber sie setzte sie dennoch auch in seiner Gegenwart ein, und wenn nur, um sich über ihn lustig zu machen. Flora mochte es gar nicht, wenn man sie ignorierte, und sie wusste genau, dass er gegen ihre weiblichen Waffen keine Handhabe hatte.

»Mr Mathieson«, sagte sie fröhlich, während sie erhobenen Hauptes an ihm vorbeischritt.

Der Verwalter nickte knapp und blieb vor Effie stehen. »Wo der Strom am flachsten ist, rauscht er am lautesten«, murmelte er, während er Flora stirnrunzelnd nachsah. Er wartete, bis sie beinahe die Cottages erreicht hatte, dann wandte er sich wieder an Effie.

Er lächelte knapp, aber etwas an seinem Verhalten war unnatürlich. Ging es wieder um die Rückstände? Hatte er von den vier Schafen gehört, die sie verloren hatten? Oder hatte sie sonst irgendetwas falsch gemacht? »Miss Gillies, mir ist bewusst, dass wir eigentlich noch keine Zeit zum Reden hatten.«

»Wirklich, Sir? Ich dachte, wir hätten neulich eine ganze Menge geredet.« Wie üblich gab sie sich gelassen, aber sie hatte nicht vergessen, wie er sie nach ihrer Klettervorführung getadelt hatte, als Sholto und sein Vater an ihnen vorbeigegangen waren. »Übrigens dachte ich, Sie wollten mit Ihren Gästen essen.«

»Nun ja, Lord Sholto war müde von den Strapazen des Tages, deshalb hat er beschlossen, in seinem Zimmer zu essen.«

»Oh.« Effie konnte nicht anders, als sich darüber zu freuen. Sie wusste, wie viel dem Verwalter daran lag, seine gesellschaftlichen Kontakte mit hochrangigen Persönlichkeiten zu pflegen. Sholtos ausweichendes Verhalten bedeutete also einen kleinen Sieg gegen diesen Mann mit seiner Vornehmtuerei, auch wenn Sholto das vielleicht nicht wusste.

Der Verwalter schwieg einen Moment. Erinnerte er sich überhaupt an seine scharfen Worte am Kai? Oder daran, wie er Effie gerade erst vor seiner Haustür abgefertigt hatte, vor einer Stunde? Wohl kaum. Dieser Mann war weniger sensibel als Winzling.

»Geht es Ihnen gut?«, fragte er plötzlich.

Seine Nachfrage überraschte sie. Das war nicht seine übliche Art der Konversation. »Ja, Sir«, antwortete sie misstrauisch.

»Sie sehen … sehr gut aus. Ich hoffe, es war nicht zu anstrengend für Sie, die Freunde des Landlords herumzuführen?«

»Gar nicht. Sie waren sehr freundlich zu mir, und ich habe mir Mühe gegeben, ihnen alle Vögel zu zeigen, die sie sehen wollten.«

»Natürlich, natürlich.« Er starrte sie forschend an, als versuche er, ihre Gedanken zu lesen. Hatte ihm Sholto etwas erzählt von ihrer … man konnte es nicht Intimität nennen, aber doch bestimmt Vertrautheit? »Seine Lordschaft hat berichtet, wie zufrieden die beiden mit Ihren Bemühungen waren, und hat mich gebeten, Ihnen seinen Dank auszusprechen.«

Effie spürte, wie ihr kalt wurde und ihr Herzschlag sich vor Angst beschleunigte. »Das klingt, als würden sie meine Hilfe nicht mehr brauchen.«

»Ja, das ist richtig.«

Also das war der Grund, warum er hier war! »Aber ich sollte die beiden herumführen, solange sie hier sind …« Sie merkte selbst, wie schrill ihre Stimme auf einmal klang.

»Nein. Sie sollten die Besucher herumführen, solange wir fort sind. Aber jetzt sind wir zurück, also werde ich das übernehmen.«

Wieder breitete sich dieses seltsame, unangenehme Lächeln auf seinem Gesicht aus. »Miss Gillies, es gibt keinen Grund, so entsetzt dreinzuschauen. Sie haben schon genug damit zu tun, sich um Ihren Vater zu kümmern, Sie brauchen keine weiteren Verpflichtungen.«

»Aber es macht mir nichts aus, Sir.«

Er nickte. »Weil Sie ein großzügiger Mensch sind, Miss Gillies. Dafür schätze ich Sie. Aber wie ich schon sagte, der Auftrag galt nur für die Zeit unserer Abwesenheit, und es wäre unangemessen, weiterzumachen, obwohl die Umstände sich geändert haben.«

Unangemessen. Wieder dieses Wort.

Effie überlegte verzweifelt, wie sie ihn noch überreden könnte. Ohne die beiden Besucher herumzuführen, konnte sie sie – ihn – nur noch hier im Dorf sehen, vor den Augen sämtlicher Dorfbewohner. Plötzlich sehnte sie sich nach der Abgeschiedenheit am Felsen, die Papageientaucher zu ihren Füßen. »Aber was ist mit meinem Geld?«, platzte sie heraus. »Man hat mir zwei Schilling versprochen, und die habe ich noch nicht bekommen.«

Mr Mathieson zögerte, dann griff er in seine Tasche und zog zwei Münzen hervor. »Da haben Sie recht. Sie verdienen einen Lohn für das, was Sie getan haben. Ich werde es den Herren sagen.« Er trat vor und drückte ihr die Münzen in die Hand. Sie waren warm, und Effie musste gegen den Drang ankämpfen, sie fallen zu lassen und zurückzuweichen. Es war widerlich, wie unterwürfig er sich gegenüber den Besuchern verhielt und wie herrisch und einschüchternd gegenüber allen anderen.

»Wo wir nun schon mal hier sind …« Obwohl sie ganz offensichtlich allein waren, senkte er die Stimme. »Ich habe gesehen, dass Sie es gefunden haben?«

Effie schluckte, als ihr das Buch einfiel. Tatsächlich hatte sie es völlig vergessen, während der Wanderungen war sie mit den Gedanken woanders gewesen. »Aye, Sir, das habe ich.« Sie sah seinen erwartungsvollen Blick; er wollte, dass seine Großzügigkeit honoriert wurde. »Es ist schön«, fügte sie hinzu. »Ich habe noch nie etwas so Hübsches gesehen.«

»Ja, das dachte ich mir«, sagte er und seufzte. »Aber nur, weil Sie mit leeren Händen geboren sind, müssen Sie nicht mit leeren Händen sterben. Die Welt verändert sich schnell, und wir alle können unsere Position im Leben verbessern. Sie sind vielleicht kühn und ungeschliffen, aber Sie sind nicht dumm, Miss Gillies. Es gibt immer noch Hoffnung, dass Sie vorwärtskommen und Ihren Vater wirklich stolz machen.«

Ein kurzer Moment der Stille folgte. Sie spürte heiße Tränen hinter ihren Lidern brennen, denn die Botschaft war deutlich: Jetzt war ihr Vater noch nicht stolz auf sie.

»Tatsächlich wollte ich darüber noch mit Ihnen reden. Ich liebe das Buch, aber ich kann es nicht annehmen, Sir«, sagte sie ruhig und bestimmt. Es gefiel ihr, ihn wenigstens einmal zurückweisen zu können, und er war sichtlich bestürzt.

»Was?«

»Ja. Es ist zu fein. Es gehört nicht hierher, zu jemandem wie mir.«

»Unsinn! Haben Sie mir nicht zugehört? Außerdem ... wer könnte ein solches Buch mehr schätzen als Sie? Sie haben sich selbst zu einer Vogelexpertin gemacht. Als ich das Buch gesehen habe, wusste ich, dass es Ihnen gehören muss. Es ist wie für Sie geschrieben.« Sie spürte, wie er sie anstarrte. »Sie mögen arm sein, aber ...«

»Ich bin nicht arm, Sir«, erwiderte sie mit plötzlichem Trotz. »Das ist es ja. Ich habe hier alles, was ich brauche. Einem armen Mann fehlt etwas, aber mir fehlt nichts.«

»Miss Gillies.« Er verzog den Mund zu einem kleinen Lächeln. »Wie oft muss ich es noch sagen? Sie sind kein Mann – und Sie werden auch keiner, selbst wenn Sie die Kleider Ihres Bruders tragen und seine Aufgaben übernehmen. Das ist uns allen klar, aber Ihnen anscheinend nicht? Offenbar sind Sie sich nicht bewusst, dass Sie zu einer wahren Schönheit erblüht sind.«

Sie schluckte, verstört über die Wendung, die das Gespräch genommen hatte. »Es geht mir nicht darum, wie ich aussehe, Sir, nur darum, was ich tun kann.«

»Vielleicht interessieren Sie sich nicht für Ihr Aussehen, aber ich versichere Ihnen, dass andere es tun. Und eine Frau sollte darauf achten, wessen Aufmerksamkeit sie erregt.« In seinen Worten lag eine leise Drohung.

»Ich verstehe nicht«, sagte Effie zögernd.

»Nein?« Er ließ seine Skepsis deutlich durchklingen.

Effie erstarrte. Was wusste er? Hatte Sholto etwas gesagt? Hatte er sie verraten, weil sie so forsch gewesen war, weil sie sich von ihm abgewandt hatte, ihn stehen gelassen hatte …?

Der Verwalter trat näher, ein kleines, kompaktes Machtpaket. »Ich gebe Ihnen einen Rat. Die Macht, die Sie ausüben, ist nur eine Illusion. Spielen Sie nicht mit der Zuneigung eines Mannes, Miss Gillies. Seien Sie vorsichtig.«

Also hatte Sholto wirklich darüber gesprochen. Er war immer noch wütend über ihre vermeintliche Zurückweisung. Es war gegen die natürliche Ordnung – dass sie einen Mann wie ihn abwies!

Der Verwalter trat zurück und schaute auf das Dorf, mit einem Nicken, als würde es ihm gehören. Als er Effie wieder ansah, hatte sich sein Gesichtsausdruck verändert. »Nun, es freut mich, dass Ihnen das Buch gefällt. Für meinen nächsten Besuch werde ich wieder versuchen, etwas ganz Besonderes zu finden.«

»Bitte, das ist nicht nötig …«

Sein strenger Blick ließ sie verstummen. »Miss Gillies, es ist nur ein Buch. Kaum ein Geschenk von besonderem Wert. Kein Grund, so viel Aufhebens darum zu machen.«

»… Sir.«

»Auf Wiedersehen, Miss Gillies«, sagte er und machte sich daran, den Hang hinunterzugehen.

Mit klopfendem Herzen sah sie ihm nach, bis er am Cottage der MacKinnons vorbeiging und aus ihrem Blickfeld verschwand.

Winzling war durch das Gehege herangekommen und schnaubte laut über die Mauer hinweg. Sie zuckte zusammen. Dabei war es nicht der Bulle, der ihr Angst einjagte.

7. Kapitel

»Eff, hast du Jayne gesehen?«

Effie blickte von ihrem Mahlstein hoch. Sie saß auf einem dreibeinigen Hocker, zerrieb Haferflocken und war dankbar für die körperliche Anstrengung. Sie musste Luft ablassen. Flora lehnte an der gegenüberliegenden Mauer, Hemdsärmel aufgerollt und das Haar zu einem unordentlichen Knoten zusammengesteckt. Selbst wenn sie schwitzte, sah sie schön aus, aber sie wirkte aufgebracht.

»Ich dachte, du wärst schon weg.«

»Nein, bevor ich mich auf den Weg mache, muss ich noch mit Jayne reden, und sie ist nicht zu Hause.«

Effie dachte einen Augenblick nach. Vorhin war sie Jayne auf der Straße begegnet, und sie war in Richtung Anlegestelle unterwegs gewesen. »Hast du es schon bei den Angelfelsen hinter dem Federnlager versucht? Um diese Zeit sitzt sie gerne dort.«

Flora hob eine Augenbraue. Sie wussten beide, dass Jayne es so gut es ging vermied, zu Hause bei ihrem Mann zu sein. Norman Ferguson war gutaussehend und tatkräftig, aber er hatte grässliche Launen und prügelte gerne drauflos. Schon oft waren die Nachbarn Jayne zu Hilfe geeilt, wenn die Stimmen laut wurden. Ironischerweise hatte Jayne selbst eine absolut sanfte Natur. Wahrscheinlich war es gerade die demütige Güte seiner Frau, im Gegensatz zu seiner eigenen schwarzen Seele, die Norman in solche Wut versetzte, dachte Effie.

»Ah«, sagte Flora und nickte. »Willst du mitkommen?«

Effie blickte zu ihrem Cottage. Ihr Vater saß, genau wie ihre Nachbarn, drinnen im Kühlen, am Webstuhl. Die kräftige Sonne war seit dem Morgen stetig heißer geworden, und jetzt war es so schwül und die Luft so schwer, dass die Vögel beinahe vom Himmel fielen. Zu dieser Tageszeit lagen die Cottages in der prallen Nachmittagssonne, und der Schatten der Mauer war zu weit von Effies Platz entfernt, um ihr Erleichterung bieten zu können. Effie spürte, dass sie schwitzte. Ihre Wangen glühten, und ihr langes blondes Haar hatte sie zu losen Zöpfen geflochten, um Luft an ihren Nacken zu lassen. Nach dem Ausmisten hatte sie ihre Tweedkleidung ausgezogen und ihre leichte Bluse und den Wollrock angezogen, die Sommeruniform der Frauen von St. Kilda. Eigentlich trug sie die nur sonntags, seit der Pfarrer ihr klargemacht hatte, dass sie in Männerkleidung nicht in einem Gotteshaus geduldet wurde. Doch bei dieser Hitze konnte noch nicht einmal sie abstreiten, dass Kleidungsstücke, die die Beine freiließen, auch Vorteile hatten.

»Aye, dann komm.« Effie stand auf und strich sich den Rock glatt. Sie wusste, dass dies ihre letzte Gelegenheit war, mit Flora zu reden, bevor sie wieder in die Glen Bay zurückkehrte. Sie sprang über die Steinmauer, in der Annahme, dass sie die Straße entlanglaufen würden, aber Flora schlug stattdessen den Weg ein, der hinter den Cottages entlangführte. Effie spürte zugleich Enttäuschung und Erleichterung darüber, dass sie nicht am Verwalterhaus vorbeikommen würden.

»Warum musst du Jayne sprechen?«, fragte Effie, während sie Arm in Arm an den Cleits vorbeigingen. Schon als Kinder waren sie immer so herumgelaufen. Ihr Altersunterschied betrug nur acht Monate, und Effie dachte oft, dass sie eher wie Schwestern als wie Freundinnen waren.

»Es ist wegen Mhairi und ihrem ganzen Gerede von Flüchen. Sie hat mir Angst gemacht.«

»Dir?« Effie lachte. »Du glaubst doch nicht an solche Dinge!«

»Bisher nicht«, sagte Flora und seufzte. »Aber ich weiß nicht ... Wenn dir jemand die ganze Zeit erzählt, dass etwas Schlimmes passieren wird ...«

Der plötzliche Aberglaube ihre Freundin überraschte Effie. »Das ist nicht dein Ernst, oder?«

»Nun, da tatsächlich etwas Schlimmes passiert ist, schon irgendwie.« Flora zuckte mit den Schultern. »Ich hoffe nur, dass es das war. Donald hat sich verletzt, aber er kommt wieder in Ordnung, und die Gefahr ist vorbei.«

»Flora, es war nur ein Unfall. Mehr nicht.«

»Sicher? Er ist ein McKinnon.«

Effie lachte. »O Flora! Der McKinnon-Fluch ist nicht real!«

»So wie Jaynes Visionen nicht real sind?«

Effie antwortete nicht. Sie verstand es zwar nicht – das tat niemand –, aber alle Inselbewohner wussten, dass immer, wenn Jayne eine bestimmte Art von Traum oder

Vision hatte, die betreffende Person nach ein paar Tagen tot war. Das Zweite Gesicht war kein neues Phänomen. Ma Pegs Mutter hatte dieselben Fähigkeiten gehabt, aber es machte die Inselbewohner dennoch nervös. Seit Effie auf der Welt war, hatte Jayne fünf solcher Visionen gehabt, und sie sprach nie vorher darüber. Erst wenn die Angehörigen der verstorbenen Person hinterher zu ihr kamen, erzählte sie, was sie gesehen hatte. Effies Vater hatte sie nach Johns Tod erzählt, dass es oft schwierig war, das Gesehene zu verstehen; die Visionen waren jedes Mal anders und oft undeutlich, und ganz sicher wusste Jayne nie, wann und wie der Tod kommen würde. Die anderen Dorfbewohner – mit Ausnahme ihres Ehemanns – begegneten Jayne mit vorsichtigem Respekt, aber Effie konnte sich vorstellen, wie schrecklich es für die arme Frau sein musste, eine solche Bürde zu tragen, denn ein Geschenk war es nicht. Wie musste Jayne sich nach einem solchen Traum fühlen, wenn sie nur abwarten konnte, obwohl sie wusste, was passieren würde …? Kein Wunder, dass sie immer für sich blieb.

»Im Ernst, ich weiß nicht mehr, was ich denken soll, aber als ich hierherkam, hatte ich keine Ahnung, wer der Verletzte war. Wie kann ich zurückgehen und Mhairi sagen, dass es ein McKinnon ist?«

»Keiner aus ihrer Familie.«

»Aber er trägt denselben Namen. Und wenn ich ihr erzählen kann, dass ich mit Jayne gesprochen habe und sie mir versichert hat, dass es nicht der Fluch ist …«

»Dann hast du ein ruhigeres Leben.«

»Genau.« Flora sah sie an. »Ich will wissen, dass nichts schiefgeht, wenigstens bis ich diesen Sommer hinter mir habe und von der Insel fortgehen kann, zu James …«

Effie musste lachen, weil ihre Freundin mit einem Mal wieder so egoistisch war wie sonst auch. »Ah … Aber wenn etwas schiefgeht, nachdem du die Insel verlassen hast, ist es kein Problem?«

Flora stritt es nicht ab und lachte ebenfalls. »Ich hab dich vermisst.« Sie zog ihre Freundin an sich, und Effie spürte etwas Hartes an ihrem Arm.

»Au, was ist das?« Effie zog den Arm weg und sah die distelförmige Brosche, mit der Flora das Tuch um ihre Hüften befestigt hatte. »Wer hat dir das geschenkt?«

Flora musste nicht antworten. Wer anderes als James?

»Hast du ihm nicht gesagt, dass es unangemessen ist, dir vor der Hochzeit solche Geschenke zu machen?« Broschen waren die einzigen Schmuckstücke, die man auf der Insel trug, und sie waren verheirateten Frauen vorbehalten. Das verfrühte Geschenk verstieß gegen die bescheidene Gepflogenheit, bis zur Hochzeit zu warten – und deutete darauf hin, dass es vielleicht noch andere Dinge gab, die nicht bis zur Hochzeit aufgeschoben worden waren.

Flora wurde rot. »Schsch. Das hast du nicht gesehen«, sagte sie schnell und arrangierte das Tuch so, dass es die Brosche verdeckte.

»Natürlich nicht«, murmelte Effie und sah ihre Freundin mit einer Mischung aus Eifersucht und Besorgnis an. »Und ich hab dich auch vermisst. Ich weiß nicht, warum du dich freiwillig gemeldet hast, den Sommer auf der anderen Seite zu verbringen – vor allem, da du weißt, dass du bald fortgehst.«

»Mhairi braucht mich.«

»*Ich* brauche dich! Mhairi hat Schwestern, die sie begleiten könnten.«

»Aber die sind zu klein. Du hättest doch auch mitkommen können.«

»Du weißt, dass ich mich um Dad und um den Bullen kümmern muss.«

Flora zuckte mit den Schultern. Sie war es gewöhnt, dass man sich um sie stritt. »Was wollte eigentlich Mathieson?«

»Oh.« Effie ließ die Schultern sinken. »Er ist gekommen, um mir zu sagen, dass ich die Gäste nicht mehr herumführen muss, nun, da die Männer zurück sind. Er wird das jetzt selbst tun.«

»Natürlich. Er ist so ein widerlicher Wichtigtuer«, murmelte Flora, während sie den Dunstschleier betrachtete, der sich am Horizont bildete. »Es kommt wieder ein Sturm auf.«

Aber Effie hörte sie nicht, sie war abgelenkt. Sie gingen jetzt hinter dem Haus des Verwalters vorbei, und Effie blickte auf die Fenster des hinteren Schlafzimmers. Aber sie waren leer wie dunkle Augen und ließen nichts erkennen.

Flora bemerkte ihren forschenden Blick auf das verlassen wirkende Haus. »Ich denke, die Besucher werden den Anker lichten müssen, wenn sie vorher wegkommen möchten«, fuhr sie fort.

Dieses Mal registrierte Effie, was Flora gesagt hatte, und sie versteifte sich, was Flora spüren musste, denn ihre Arme waren fest ineinander verschlungen. »Warum hast du nicht erwähnt, wie gut der jüngere Gast aussieht?« Flora zwinkerte ihr grinsend zu und drückte ihren Arm fester.

»Wer hat das gesagt?«

»Lorna.«

Effie verdrehte die Augen. Wer sonst?

»Und? Sieht er wirklich so gut aus?«

»Ganz nett«, antwortete sie leichthin, aber sie konnte den Glanz in ihren Augen nicht verbergen.

Flora kreischte entzückt auf. »Er gefällt dir?«

»Flora, er ist ein Lord!«

»Aber ich hab Augen im Kopf.« Flora lachte. »Oh, ich hätte nie gedacht, dass ich das mal erlebe! Jemand hat die Mauer um Effie Gillies' Herz überwunden. Warte, bis meine Brüder das hören!«

»Sie werden nichts dergleichen hören«, sagte Effie schnell. »Fang bloß nicht an, es herumzuerzählen. Du weißt, wie mein Vater ist.«

»Ich weiß nicht, worum du dich sorgst. Eine Frau ist absolut sicher, wenn sie mit einem Mann flirtet, der sie niemals heiraten kann, vor allem, wenn es der Sohn eines Grafen ist. Es sind die Männer, die dich heiraten *können*, vor denen du dich in Acht nehmen solltest!«

»Du vielleicht. Bei mir werden sie kaum Schlange stehen.«

Flora warf den Kopf zurück und lachte. Sie flirtete mit den Blumen, den Wolken, dem Pfarrer, mit allem und jedem. »Tja, das alles ist sehr viel spannender, als Mhairi zuzuhören, wenn sie über den Fluch der MacKinnons jammert!«

Jayne saß auf den Felsen direkt vor ihnen, eine einsame Gestalt vor dem glitzernden Ozean und der Landzunge, die sich in Richtung Boreray erstreckte, und strickte vor sich hin.

»Jayne!«, rief Flora, während sie näher kamen. »Ich habe überall nach dir gesucht.«

Die dunkelhaarige Frau sah auf. Sie war nicht besonders hübsch, und ihr Gesicht war zu zerfurcht für ihr Alter. Aber trotz ihrer vielen Sorgen besaß sie ein offenes Lächeln.

»Flora, du bist wieder da«, sagte sie herzlich, während die Mädchen ihre Röcke zusammenrafften, um barfuß über die Felsen zu ihr zu klettern. Sie setzten sich rechts und links von ihr auf zwei Felsbrocken und blickten zum Horizont. Effie dachte oft, dass sie hier auf der Insel wie die Matrosen des Christoph Columbus waren – die daran geglaubt hatten, dass es hinter dem Horizont weiterging, obwohl sie es nicht sehen konnten.

»Aye. Mhairi hat die Zeichen gesehen und wollte, dass ich nach Hause laufe. Sie hat sich Sorgen gemacht wegen des Fluchs der McKinnons.«

Jayne kicherte leise. »Sie hat eine lebhafte Fantasie.«

»So wie du?«, fragte Flora bedeutungsvoll.

»Bei mir ist es nicht Fantasie«, murmelte Jayne, die jetzt den Sinn des Besuchs erfasste. Flora hatte viele Eigenschaften, aber Zartgefühl gehörte nicht dazu. »Was willst du?«

Effie wünschte, sie würde diesem Gespräch nicht beiwohnen. Jayne war keine Hellseherin, ihre Visionen konnten nicht zu jedem beliebigen Zeitpunkt heraufbeschworen werden. Wohin führte das?

»Es tut mir leid, ich weiß, wir sollten nicht fragen«, sagte Flora, »aber ich muss es wissen, bevor ich zu Mhairi zurückkehre. Ist er jetzt fertig?«

Jayne runzelte die Stirn. »Wer?«

Effie sah gebannt zu, wie Jaynes Stricknadeln sich bewegten, während sie sprach. Sie musste nie auf die Maschen schauen.

»Der böse Geist, der heute Donald McKinnons Unfall verursacht hat.«

Ein amüsiertes Funkeln trat in Jaynes Augen. »Wer sagt, dass hier Geister ihre Finger im Spiel hatten? Wie ich es verstanden habe, ist er gestürzt, als er ein Schaf fangen wollte.«

»Dann kam er also in keinem deiner Träume vor?«

»Donald?« Jetzt grinste Jayne breit. »Nein. Von Donald habe ich noch nie geträumt.«

»Und du hast auch keine Visionen gehabt?«, hakte Flora nach.

»Auch keine Visionen.«

Flora atmete auf. »Ich kann also mit guten Nachrichten zurückkehren, und dann wird sie mich in Ruhe lassen.«

»Wenn es der Fluch der MacKinnons ist, der sie so beschäftigt, dann müsste sie sich doch eher Sorgen um die MacKinnons ihrer eigenen Familie machen?«, fragte Jayne in ihrer vernünftigen Art.

»Aye, natürlich«, sagte Flora schnell. »Von denen hast du auch nicht geträumt, oder?«

Angesichts Floras Panik schien Jayne umso ruhiger zu werden. »Flora, du kannst ihr sagen, dass ich keine

Träume – oder Visionen – über irgendeinen McKinnon hatte.«

»Dann sollte mir das heute Nacht einen guten Schlaf garantieren. Danke.« Flora seufzte wieder erleichtert, doch dann warf sie einen Blick über Effies Schulter und richtete sich auf. »Wer …?«

Effie drehte sich um. Einen Augenblick konnte sie vor dem gleißenden Sonnenlicht nur eine Silhouette sehen, aber sie hätte diese Statur überall erkannt, im Hellen wie im Dunkeln. Eine Hitzewelle schien über sie hinwegzuströmen.

Sholto kam näher, und sie stand mechanisch auf, um ihn zu begrüßen. Er trug eine Angel über der Schulter, zwei silbrige Fische baumelten hinter ihm an einem Haken. »Miss Gillies. Was für eine Überraschung, Sie hier zu finden.« Er wirkte erfreut, aber sie bemerkte auch eine gewisse Zurückhaltung in seiner Stimme.

»Sind Sie jetzt dazu übergegangen, sich selbst Ihr Abendessen zu fangen, Sir?« Das Thema war schon zu ihrem persönlichen Scherz geworden, auch wenn im Moment keiner von ihnen zum Lachen aufgelegt war.

»Schuldig im Sinne der Anklage, fürchte ich«, sagte er, während er nur ein paar Schritte von ihr entfernt stehen blieb und sie ansah. Sein Blick war fragend. Die ungezwungene Verbundenheit, die bei ihrer ersten Begegnung zwischen ihnen geherrscht hatte, war inzwischen komplizierteren Gefühlen gewichen: Blicke hatten Gewicht bekommen, Worte versteckte Bedeutungen. Aber was konnte daraus werden? Sie hatten einander instinktiv erkannt, aber immer, wenn sie sich einander annäherten, wurden sie von den mächtigen Klassengrenzen wieder auseinandergerissen.

Sie sprang auf. »Bitte entschuldigen Sie. Das sind meine Freundinnen. Mrs Ferguson und Miss Flora MacQueen. Das ist Lord Sholto …« Sie merkte, dass sie seinen Nachnamen nicht kannte.

»Crichton-Stuart«, sagte er schnell. »Aber wir wollen uns nicht mit Formalitäten aufhalten.«

Auch die beiden anderen Frauen standen auf und neigten respektvoll die Köpfe.

»Es freut mich, Sie kennenzulernen, Sir«, sagte Jayne als die ältere der beiden.

Effie versetzte es einen plötzlichen Stich bei dem Gedanken, wie Sholto auf ihre schöne Freundin reagieren würde. Würde er sich auf den ersten Blick in sie verlieben, so wie alle Männer es taten?

»Mrs Ferguson, Miss MacQueen, das Vergnügen ist ganz meinerseits«, sagte Sholto, während sein Blick kurz an Flora hängenblieb. »Miss MacQueen, ich habe Sie noch nie im Dorf gesehen, glaube ich?«

Effies Herz wurde bleischwer. So ging es los …

»Nein, Sir. Ich hüte zusammen mit Mhairi MacKinnon das Vieh drüben in der Glen Bay.«

»Glen Bay«, wiederholte Sholto. »Die ist doch beim Mullach Mòr auf der anderen Seite des Kamms?«

Es dauerte einen Augenblick, bis Effie realisierte, dass die Frage ihr galt und nicht Flora. »Oh … aye … es ist die nördliche Bucht, nicht weit von der Stelle, wo wir gestern die Sturmvögel gesehen haben.«

»Die haben wir noch nicht erkundet. Vielleicht könnte das unsere morgige Exkursion werden?«

Effie starrte ihn an. Er wollte zur Glen Bay, um Flora zu sehen? Ihr Herz zog sich zusammen. »Ich fürchte, ich kann nicht, Sir.«

»Warum nicht?«, fragte er stirnrunzelnd.

Sie sah in sein verwirrtes Gesicht, und einen kurzen Moment konnte sie nicht weitersprechen. Aber sie sah auch das Gesicht des Verwalters vor sich, seine kalten Augen, und erinnerte sich an seine harten Worte. »Jetzt, wo die Männer wieder da sind, wird der Verwalter Sie herumführen.« Sie wandte den Blick ab.

»Mathieson?« Er klang entsetzt. »Ich bin mir zwar sicher, dass … dass Mathieson uns hervorragend leiten würde … aber Ihre Fertigkeiten am Seil … und die Vögel …« Seine Stimme schwankte.

»Der Verwalter ist ebenfalls sehr erfahren. Oder vielleicht könnte einer der anderen Männer Sie mitnehmen«, sagte sie mir gesenktem Kopf. »Angus MacKinnon ist ein guter Kletterer, Mhairis älterer Bruder.«

Sie spürte, dass er sie immer noch ansah, konnte ihm aber selbst nicht in die Augen schauen.

Sholto ließ ein verlegenes Lachen hören. »Tja, ich sehe schon, Sie lassen sich nicht überreden, Miss Gillies. Das ist wirklich ein Verlust für uns. Ich weiß, dass mein Vater schrecklich enttäuscht sein wird.«

»Es tut mir leid, Sir«, sagte sie betreten, machte aber keinen Versuch, noch etwas hinzuzufügen.

Alle schwiegen.

»Na gut«, sagte er schließlich und richtete seine Aufmerksamkeit wieder auf die anderen Frauen. »Ich muss jetzt wirklich die Fische wegbringen, bevor sie anfangen zu stinken. Es hat mich gefreut, Sie kennenzulernen, Ladys.«

»Auf Wiedersehen, Sir«, sagte Jayne, und auch Flora nickte ihm zu.

»Mrs Ferguson. Miss MacQueen.« Er schwieg kurz. »Miss Gillies.«

Sie wagte es noch immer nicht, ihn anzusehen. Doch dann hörte sie, wie seine Schritte sich entfernten.

Die anderen rührten sich nicht. Erst als Sholto das Pfarrhaus passierte, kam wieder Leben in sie.

»Wir gehen auch«, sagte Flora bestimmt. »Ich muss zurück auf die andere Seite, sonst fürchtet sich Mhairi zu Tode. Immerhin kann ich ihr jetzt erzählen, dass die MacKinnons in Sicherheit sind, dank dir, Jayne.«

»Bis bald, Jayne«, murmelte Effie, als Flora plötzlich losmarschierte, und folgte ihr. Sie kletterten über die Felsen zurück zu dem schmalen Pfad, dann liefen sie schweigend nebeneinander her. »Tja, das sind doch gute Nachrichten von …«

Aber Flora fiel ihr ins Wort. »Was ist los?«, fragte sie und wirbelte zu ihr herum. »Erzähl mir alles, was zwischen euch passiert ist.«

»Nichts ist …«

»Lüg mich nicht an, Eff! Ich weiß, was ich gerade gesehen habe. Hat er dich geküsst?«

»Natürlich nicht!«

»Dir irgendein Geständnis gemacht?«

Effie schüttelte den Kopf. »N…«

»Aber das wird er tun.«

Effie wollte wieder verneinen, aber Flora ließ es nicht zu. »Das war keine Frage. Er wird es tun, und du musst dich darauf vorbereiten. Du kannst das nicht zulassen, Eff.«

Es kam Effie vor wie eine Ewigkeit, bis sie zu einer Antwort in der Lage war. »Warum nicht?«

»Du weißt, warum. Weil das zu nichts führt.«

Effie starrte Flora an, wütend über ihre bestimmten Worte. Wie hatte sie sich danach gesehnt, ihrer weltgewandten Freundin ihre Gefühle anzuvertrauen, ihre Verwirrung, und nun wurde diese ganze Sache schon verdammt, bevor sie überhaupt begonnen hatte. »Aber bei dir und James hat es doch zu etwas geführt! Und er ist auch reich. Und stammt aus einer anderen Welt.«

»Aye. Aber die hat er sich selbst ausgesucht. Das ist etwas anderes. Er kann seinen Weg selbst wählen. Dieser Mann aber …« Flora zeigte mit dem Daumen über ihre Schulter in Richtung Dorf. »Der könnte genauso gut der König sein.«

»Aber du hast vorhin gesagt, ich dürfte mit dem Sohn eines Grafen flirten!«

»Das war, bevor ich euch zusammen erlebt habe. Das war kein Spiel. Es geht nicht.«

Effie war erschüttert über diese pauschale Ablehnung ihrer Träume. »Das habe ich auch nicht behauptet.«

»Das war auch nicht nötig! Es ist auch so sonnenklar, was da zwischen euch vorgeht und wohin es führt.« Flora sah sie ernst an. »Warum hast du mir nichts gesagt? Du hättest in die Glen Bay kommen können. Du hättest es mir beim Bullenstall erzählen können. Oder auf dem Weg hierher!«

»Ich wollte es. Vorhin beim Bullenstall habe ich es versucht.« Dort hatte der Verwalter sie unterbrochen. »Es ist nichts passiert«, wiederholte sie mit zitternder Stimme. »Er hat nicht ein einziges Wort zu mir gesagt, das … unangemessen gewesen wäre. Oder intim.«

»Weil er ein Gentleman ist. Aber er ist kein Schauspieler, das kann ich dir sagen.«

Effie wandte den Blick ab. »Du machst dir Sorgen um nichts. Selbst wenn es so wäre, wie du sagst, werde ich ihm nicht nahekommen. Der Verwalter meint, dass ich ihn vor den Freunden des Landlords blamiere. Ich muss mich von ihnen fernhalten.«

Flora starrte sie an. »Dann ist das der Grund, warum du ihm gerade das Herz gebrochen hast? Weil der Verwalter es so wollte?«

Effie zuckte mit den Schultern. »Er redet ständig von unseren Rückständen. Ich kann es nicht riskieren, ihn zu verärgern.«

»Eff, du weißt, dass ich diesem verdammten Kerl niemals zustimmen würde. Aber in diesem Fall hat er recht – nicht weil du ihn blamierst, sondern weil diese Sache nur auf eine Weise enden kann, und ich will nicht mitansehen, wie du verletzt wirst. Für dich steht viel mehr auf dem Spiel als für ihn.« Sie sah Effie mit sanftem Blick an. »Für Mädchen wie uns endet es selten gut.«

Sie musste nicht deutlicher werden. Jeder kannte die Geschichte von der armen Kitty MacQueen, Floras Cousine, einem »gefallenen Mädchen«, zerstört durch eine Liebesaffäre mit einem Marineoffizier, der während des Krieges auf der Insel stationiert gewesen war. Als die Kämpfe endeten, war er nach Hause zurückgekehrt, und sie hatte sich von den Felsen gestürzt, mit einem bereits sichtlich gerundeten Bauch.

Effie spürte, wie Verzweiflung sie überkam. »Was soll ich denn tun?«

»Nichts. Lass Mathieson sie herumführen, bis der Sturm sie nach Hause treibt. Bis dahin geh ihnen einfach aus dem Weg. Schaffst du das, Eff?«

Effie sah ihre älteste Freundin blinzelnd an. Würde sie das schaffen?

8. Kapitel

Das Tal lag noch im Dunkeln, als sie aus dem Haus schlich. Ihr Vater hatte noch in seinem Bett geschnarcht, als sie auf Zehenspitzen an ihm vorbeigegangen war. Poppit auf ihrer alten Decke hatte den Kopf gehoben und war dann ohne zu zögern hinter ihr hergetrottet. Die Jacht lag immer noch still in der Bucht, aber das Wasser war nicht mehr so klar, und kleine Wellen verzerrten das Spiegelbild des Mondes und schlugen plätschernd ans Ufer.

Der Nachthimmel hinter den Wolkenfetzen war prächtig rot, wie glühende Asche kurz vor dem Auflodern – der Vorbote für einen Wetterumschwung. Die Sonne würde ihren Weg gleich antreten, so wie Effie, aber die Temperaturen waren über Nacht kaum gesunken. In ihrer stickigen Kammer war Effie nicht zur Ruhe gekommen, der Schlaf hatte sie nur gestreift.

Sie ging rasch an den Cleits vorbei und durch die Lücke im Hauptdeich, geradewegs auf den steilen Hang des Mullach Mòr zu. Den Kletterrucksack mit Seilen und Pflöcken trug sie über der Schulter. Auf der anderen Seite würde sie mit den Mädchen frühstücken und dortbleiben, bis die Jacht die Bucht verlassen hatte und es wieder sicher war, nach Hause zurückzukehren. Für ihren Vater hatte sie getrocknetes Stumvogelfleisch aus dem Cleit geholt und es in einem Topf für ihn eingeweicht. Dazu hatte sie ihm eine

Nachricht hinterlassen, dass sie einen oder zwei Tage bei der Herde aushalf. Er würde nicht verhungern.

Ihr Atem ging schwer, und sie lief schnell, den Blick zu Boden gerichtet, immer auf den nächsten Schritt konzentriert. Jeder einzelne brachte sie weiter weg von dem Mann, der es geschafft hatte, ihre kleine Welt völlig durcheinanderzubringen. Floras Worte am Abend zuvor hatten sie erschüttert, aber sie vertraute ihrer Freundin. Flora konnte zwar keinem Eissturmvogel den Hals umdrehen oder einen Kletterknoten binden, aber mit Männern kannte sie sich aus. Sie wusste, wie sie mit Frauen umgingen – und was sie für Schönheit, Liebe und Spaß taten. Effie wollte Lord Sholto Crichton-Stuart nie wiedersehen.

Auf dem Am Blaid angekommen, der das Herz der Insel bildete, blieb sie stehen. Von dem Felsplateau aus hatte sie einen freien Blick in alle Himmelsrichtungen, aber sie schaute nur auf das Dorf, die soliden grauen Steincottages, angeordnet wie in einem Fächer.

Effie hatte zwar vorgehabt, ohne Pause zum Amazon's House zu gehen, dem Grubenhaus, in dem ihre Freundinnen wohnten, aber ihr Tempo beim Aufstieg war selbst für ihre Verhältnisse zügig gewesen, und ihr Herz klopfte heftig. Sie setzte sich auf den Boden und umschlang ihre Knie, noch nicht bereit, in das andere Tal hinunterzusteigen. Von hier aus konnte sie die Inselbewohner – und ihre Besucher – eine Weile unbemerkt beobachten, und auch, wenn sie die einzelnen Menschen nicht erkennen konnte und die Jacht nur als Schatten, war es schon etwas, zu wissen, dass er noch immer dort unten weilte.

Ihr Herz zog sich jedes Mal zusammen, wenn sie an seine Abreise dachte. Sie stand unmittelbar bevor, das wusste sie. Der gestrige schöne Tag würde dem heutigen Wetter nicht standhalten: Druck baute sich auf, Wolken zogen sich zusammen … Der Kapitän würde den Himmel betrachten, auf seinen Gastgeber, Onkel Hamish, hören und sich für die Abreise bereitmachen.

Der Tag begann Farbe anzunehmen, der Himmel wurde mit jeder Minute heller und das Grün der westlichen Hänge dunkler. Ein goldener Schimmer glänzte auf den Masten der Jacht. Die Cleits um sie herum lagen still da wie alte Freunde, die Verstecke ihrer Kindheit. Wie oft war sie als kleines Mädchen dort hineingekrochen, wenn sie mit Mhairi und Flora und deren Brüdern Verstecken gespielt hatte? Warum hatte nicht einer von diesen Jungen zu dem Mann heranwachsen können, der ihre Welt ins Wanken brachte? Warum hatte Gott stattdessen einen Mann geschickt, den sie niemals haben konnte?

Es war vollkommen still hier oben. Die Welt schlief zu ihren Füßen, sogar der allgegenwärtige St. Kildaer Zaunkönig war still.

Nur … sie war nicht ganz allein. Irgendwo war eine Bewegung. Eine Vibration. Neben ihr hob Poppit den Kopf, blickte mit aufgestellten Ohren hinunter. Sie saßen auf einer Kuppe und konnten nicht sehen, was sich direkt unter ihnen befand – aber Effie hörte schwere, schnelle Atemzüge, die rasch näher kamen. Sie drückte die Handflächen auf den Boden, bereit, sich abzustoßen und loszurennen, als Poppit ein tiefes Knurren von sich gab. »Wer ist da?«, fragte sie entschlossen.

»Freund! Nicht Feind!«, rief eine männliche Stimme von unten, nur noch wenige Meter entfernt, und wenige Augenblicke später erschien ein goldener Schopf hinter dem Grat wie eine zweite Sonne.

»Miss Gillies, Sie sind sehr schnell«, schnaufte Sholto, stützte die Hände auf die Oberschenkel und versuchte, wieder zu Atem zu kommen.

Sie starrte ihn entsetzt an. »Was machen Sie denn hier?«

Er legte lächelnd den Kopf schief. »Ich war schwimmen in der Bucht, da habe ich Sie aus dem Haus schleichen sehen.«

Sie starrte ihn ungläubig an. Noch vor Sonnenaufgang! Schlief er nie?

»Ich bin nicht geschlichen«, verteidigte sie sich, während ihr auffiel, dass sein Haar nass und seine Kleidung unordentlich war, sein Hemd falsch zugeknöpft. Er hatte sich hastig angezogen, und das hatte den Effekt, dass er wie ein Junge wirkte. Nicht wie ein Lord.

»Nun, ich nahm an, dass Sie Ihren Vater nicht stören wollten«, sagte er achselzuckend. »Aber wie Sie meinen.« Er starrte auf sie herab. Sein Blick verriet, dass er keine Ahnung hatte, dass er derjenige war, dem sie entkommen wollte.

»Warum gehen Sie um diese Zeit schwimmen?« Sie hatte ihn nicht gesehen, als sie von der Straße aus hinuntergeblickt hatte, aber sie hatte auch nicht richtig hingeschaut, so sehr hatte sie sich darauf konzentriert, schnell wegzukommen.

Er zögerte, und sein Lächeln verschwand. »Schlafprobleme.«

Oh.

Er setzte sich neben sie. »Und Sie? Sollten Sie allein hier draußen sein, im Morgengrauen?«

»Hier ist es nicht gefährlich.«

»Nein? Gerade haben Sie so ängstlich geschaut wie ein wildes Kaninchen.« Sein Blick brannte sich in ihren. »Warum laufen Sie um diese Zeit hier herum?«

Jetzt war sie es, die zögerte. »Ich gehe rüber zur Glen Bay.«

Er runzelte die Stirn. »Um Ihre Freundin zu sehen?«

Sie nickte. »Sie braucht Hilfe … mit den Schafen.«

Ihm war anzusehen, dass er ihr nicht glaubte. »Sie sind früh aufgebrochen.« Seine Stimme klang skeptisch. »Zum Glück war ich gerade schwimmen, sonst hätte ich Sie nicht gesehen.«

»Aye, Sir.«

Er zuckte zusammen. »Bitte … hören Sie auf mit diesem ›Sir‹-Unsinn.«

Sie wandte den Blick ab. Es brachte nichts, sich darüber zu streiten.

Eine Weile sprach keiner von ihnen.

»Unser Kapitän sagt, wir müssen heute Abend aufbrechen, wenn die Flut kommt.« Er fuhr sich mit einer Hand durch das feuchte Haar. »Anscheinend zieht ein Sturm auf.«

Sie rupfte einen Büschel Gras aus – so konnte sie irgendwo hinsehen und etwas tun. »Aye, ich weiß.«

»Das wissen Sie?« Seine Augen wurden schmal, ein klares Zeichen. »Und trotzdem sind Sie gegangen? Ohne Abschied?«

»Ich wusste nicht, dass Ihnen etwas an einer Verabschiedung liegt, Sir.«

Ein ungläubiges Lachen entfuhr ihm, gefolgt von nachdenklichem Schweigen. »Aber wir sind doch Freunde, oder nicht?«

»Wenn Sie meinen, Sir.« Ihre Stimme zitterte leicht.

Jetzt wirkte er gequält. »Effie, nennen Sie mich nicht so.«

»Warum nicht? Das sind Sie doch.« Sie spürte, dass der Ärger in ihr hochkochte und drohte, aus ihr herauszusprudeln. Sie war erst achtzehn Jahre alt, aber sie fühlte sich verbraucht. »Sie sind ein Lord, und ich bin nur ein wildes Ding. Ein wildes Kaninchen.«

»Nein …«

»Das haben Sie selbst gerade gesagt.«

»Ich weiß, was ich gesagt habe«, rief er aus und verlor die sonst so gelassene Haltung. »Aber Sie müssen doch wissen, dass es einen Unterschied gibt zwischen dem, was ich sage und was ich meine? Dass es Dinge gibt, die ich nicht aussprechen kann, auch wenn ich … es gerne würde?«

Er rückte näher zu ihr, aber Poppit knurrte leise. Sholto hielt inne und blickte auf den Hund. Und dann wieder auf sie. »Aber wenn …«

»Aber wenn?« Effie starrte ihn herausfordernd an. Sie wollte, dass er es aussprach, dass seine Worte real wurden und die Leere füllten, die zwischen ihnen lag. Den Abgrund, den sie niemals würde überwinden können. Er musste es aussprechen und akzeptieren: dass er aus einer Welt kam, die größer war als ihre.

»Aber wenn ich heute Abend abreisen muss, dann sollte es vielleicht ausgesprochen werden«, antwortete er.

Effie spürte, wie ihr Herz anfing zu rasen, als wäre sie immer noch auf dem Weg den Berg hinauf. Poppit knurrte, und Sholto sah die Hündin misstrauisch an – aber das Knurren galt nicht ihm.

»Freund! Nicht Feind!«, rief eine Stimme von unten, sodass sie beide zusammenzuckten.

Sholto sprang auf. »Was?«, murmelte er ungläubig, als die Schritte näher kamen und keuchende Atemzüge laut wurden. Effie rappelte sich auf, um schneller zu sehen, wer der Neuankömmling war.

»Wer ist da?«, fragte sie.

»Freund, nicht Feind«, wiederholte die Stimme, jetzt noch näher, mit einem erschöpften Seufzen. Sholto und Effie beobachteten stumm, wie der unwillkommene Eindringling schließlich lächelnd vor ihnen auftauchte. »Also … Guten Morgen!«

9. Kapitel

Einen Augenblick sagte niemand ein Wort. Sie sahen nur den Verwalter an, der schnaufte und stöhnte, den Kopf gesenkt, die Arme auf die Oberschenkel gestützt, und versuchte, Atem zu schöpfen. Effie hätte beinahe geweint. Was …? Was machte er hier?

»Ich dachte mir, dass Sie es sind, aber ich war mir nicht sicher«, sagte der Verwalter, als er sich schließlich aufrichtete und seine volle Aufmerksamkeit, wie immer, seinem Gast schenkte. Er runzelte die Stirn, als er dessen derangierten Zustand bemerkte – nasse Haare, falsch geknöpftes Hemd. »Ist alles in Ordnung, Sir? Es ist früh für einen Spaziergang.«

Sholto sah genauso verblüfft aus, wie Effie es war, darüber, dass der Verwalter plötzlich vor ihnen im Halbdunkel stand. »Ich war schwimmen, als ich gesehen habe, wie Miss Gillies hier hinaufstieg«, antwortete er steif.

»Zum Schwimmen ist es auch etwas früh, Sir«, antwortete der Verwalter schlicht.

»Ich habe nicht gut geschlafen.«

»Oh, es tut mir leid, das zu hören.« Der Verwalter fühlte sich auf der Insel persönlich verantwortlich für das Wohl seiner Gäste. Effie beobachtete mit mühsam verhohlenem Spott, wie er vor Sholto katzbuckelte. »Ist die Bettdecke klumpig? Oder vielleicht ist es im Zimmer zu warm?«

»Nein, nein, es liegt an … mir.« Sholto starrte den Verwalter an, die Lippen zusammengepresst, ein Gefangener seiner guten Manieren. Effie wusste, dass er den Mann nicht hierhaben wollte, genauso wenig wie sie, aber keiner von ihnen konnte den Grund dafür nennen. »Und Sie, Mr Mathieson?«

»Warum ich hier bin?« Der Verwalter zuckte leichthin mit den Schultern. »Ich hörte, wie die Tür hinter Ihnen zufiel. Jedenfalls glaube ich, dass es das war, was mich geweckt hat«, sagte er im Plauderton. »Ich bin aufgestanden, um nachzusehen, und dann war ich ganz wach. Egal. Es gibt ohnehin noch viel zu tun bis zu unserer Abreise heute Abend.«

»Das stimmt. Tja, es tut mir leid, dass ich Sie gestört habe. Bitte lassen Sie sich von uns nicht von Ihren Erledigungen abhalten.«

Ein schwacher Schachzug.

»Nein, aber gar nicht. Es läuft alles bestens. Während Sie geschwommen sind, habe ich schon das Federnlager überprüft und eine Bestandsaufnahme gemacht.«

»Während ich …? Ich hoffe, Sie spionieren mir nicht nach, Mathieson?«

»Warum sollte ich das tun, Sir?«, fragte der Verwalter mit einem herzlichen Lachen. »Nein, mir geht es nur um Ihre Bequemlichkeit. Sir John hat mich darum gebeten, auf Ihre Wünsche und Bedürfnisse zu achten. Es ist sehr schön hier, aber auch ziemlich ursprünglich. Wild, rau, erbarmungslos. Ich rede von der Natur, nicht von den Menschen.« Es sollte ein Witz sein, aber nur er selbst lachte darüber.

Sholto schaute zu Effie hinüber, und ihre Blicke begegneten sich in stummer Verzweiflung.

Auch der Verwalter sah Effie an, mit einem kalten Gesichtsausdruck, der seine leichten Worte Lügen strafte. »Und, Miss Gillies, Sie stehen doch normalerweise nicht zu dieser Uhrzeit auf?«

»Ich werde Flora und Mhairi für ein paar Tage mit den Schafen helfen. Mhairi hat sich nicht gut gefühlt.«

Er runzelte die Stirn. »Braucht sie medizinischen Beistand?«, fragte er. »Wenn Schwester MacDonald …«

»So schlimm ist es nicht. Sie braucht nur ein paar Tage Ruhe, hat Flora gesagt.«

»Ich verstehe«, sagte er langsam. Effie schluckte angespannt. Wenn der Verwalter glaubte, sie hätte dieses Treffen in der Morgendämmerung organisiert, um sich mit dem Sohn des Grafen zu treffen, wenn er glaubte, sie hätte das, nach allem, was er ihr gesagt hatte, hinter seinem Rücken getan, dann würde das für ihren Vater direkte Konsequenzen haben. »Dann haben wir also alle unsere Gründe dafür, hier den Sonnenaufgang zu erleben.« Die Worte des Verwalters hatten einen hämischen Unterton. »Faszinierend, nicht wahr?«

Sie blickten auf die Sonne, die schnell höher wanderte, auf das Rot, das sich am Himmel ausbreitete, während das Land sich bunt färbte. Vögel begannen, durch die Lüfte zu ziehen, und ihr Zwitschern zerschnitt die Stille, aber Effie konnte sich nicht auf die Schönheit eines neuen Tages einlassen. Sholto stand stocksteif da, der Verwalter war bei Weitem zu freundlich – und sie war zwischen den beiden gefangen.

»Wir ging es Ihrem Vater, als Sie ihn verlassen haben, Sir?«, fragte der Verwalter und lenkte damit die Aufmerksamkeit wieder auf Sholto.

»Er hat noch geschlafen«, murmelte Sholto.

»Geschlafen? Nun, das ist immerhin gut. Hoffen wir, dass sich sein Fußgelenk über Nacht etwas erholt hat. Mit einer Verletzung auf ein Schiff zu steigen, ist schwierig.«

»Verletzung?« Effie sah Sholto fragend an.

»Kein Grund zur Sorge«, sagte er. »Mein Vater hat sich gestern beim Abstieg den Fuß verknackst, das ist alles.«

Effie war beschämt. Der Graf war in ihrer Obhut gewesen, und sie war einfach weggerannt und hatte ihn allein gelassen.

»Sie haben nichts falsch gemacht, Miss Gillies«, sagte Sholto hastig, als erriete er ihre Gedanken. »Es war viel wichtiger, Mr McKinnon zu helfen. Er hätte noch viel schwerer verletzt sein können. Mein Vater wird sich erholen. Er hat nur etwas länger für den Rückweg gebraucht, das war alles. Heute ruht er sich im Haus aus, und dann ist alles wieder gut.«

Sholto wirkte gelassen mit seinen tadellosen Manieren, aber Effie hörte aus seinen Worten noch etwas anderes heraus. Er hatte heute Zeit, sie wären allein gewesen – das, was sie versucht hatte, zu vermeiden, und was zugleich das Einzige war, was sie sich wünschte …

Sie bemerkte seinen drängenden Blick. Die Uhr tickte. Morgen um diese Zeit würde er schon fort sein.

»Warum sind Sie Miss Gillies hier herauf gefolgt, Sir?«, fragte ihn der Verwalter neugierig. »Wenn Sie doch eigentlich nur schwimmen gehen wollten?«

Eine Pause trat ein.

»Tja, da dies mein letzter Tag auf der Insel ist, hatte ich gehofft, ich könnte Miss Gillies überzeugen, mir noch ein paar ihrer Tricks am Seil beizubringen, bevor ich abreise.«

Wie immer beeilte sich der Verwalter gegenzusteuern. »Leider, wie Miss Gillies uns gerade erklärt hat, wird sie drüben auf der anderen Seite gebraucht …«

»Nein, das würde schon gehen, Mr Mathieson«, sagte Effie schnell. »Sie erwarten mich noch nicht. Ich bin viel früher aufgebrochen als nötig.«

»Dann konnten Sie auch nicht schlafen, Miss Gillies?«, fragte Sholto. Die Worte hatten eine versteckte Bedeutung, das wusste Effie.

»Ja.«

»Ja, Sir«, blaffte der Verwalter. »Wie auch immer, ich kann Ihnen mit den Seilen helfen, Sir …«

»Gut! Das hatte ich gehofft, Mr Mathieson.« Sholto lächelte plötzlich strahlend.

Effie runzelte die Stirn und sah ihn verwirrt an.

»Wären Sie dann bitte so freundlich, als mein Anker zu fungieren? Dann würden Miss Gillies und ich uns zusammen abseilen und sie könnte mich besser instruieren.«

Bei diesem Vorschlag verschlug es dem Verwalter die Sprache. Auf einmal saß er in der Zwickmühle.

»Ist das für Sie akzeptabel, Miss Gillies, ein oder zwei Stunden für mich zu opfern und Ihre Expertise mit mir zu teilen?«, fragte Sholto.

Effie hoffte, dass ihre Augen nicht allzu freudig glänzten. Sie gab sich mit allem zufrieden, was sie bekommen konnte. Flora könnte kaum etwas dagegen haben, wenn der Verwalter die Anstandsdame spielte! »Aye, Sir. Das ist das Mindeste, was ich tun kann. Sonst habe ich das Gefühl, dass ich mir meine zwei Schillinge nicht verdient habe …«

Sholtos Gesichtsausdruck veränderte sich, als er an die Sache mit der Bezahlung erinnert wurde. »Du meine Güte, das hatte ich ganz vergessen. Hier …« Er griff in seine Tasche.

»Oh … nein, Sir, das ist bereits erledigt«, sagte Effie schnell. Das Geld war ihr egal, sie hatte nur Sholtos Spiel mitspielen wollen.

Er sah auf. »Mein Vater hat Sie schon bezahlt?«

»Nicht der Graf, Sir. Mr Mathieson.«

Sholto sah den Verwalter an, der rot angelaufen war. »Sie haben Miss Gillies bezahlt, Mathieson? Wann? … Und warum? Das liegt nicht in Ihrer Verantwortung. Es war eine private Abmachung zwischen uns und Miss Gillies.«

Alle schwiegen. Wie konnte der Verwalter seine Großzügigkeit erklären, ohne zuzugeben, wie verzweifelt er seine Gäste für sich beanspruchte? »Das war gestern, wegen der Aufregung um Donald. Ich wollte Sie nach den ganzen Strapazen nicht damit belästigen, und Miss Gillies hat danach gefragt …«

Effie zuckte zusammen, als er so die Wahrheit verdrehte – bei ihm klang es, als wäre sie hinter dem Geld her, obwohl sie in Wirklichkeit nur nach einem Vorwand gesucht hatte, um Sholto weiterhin begleiten zu dürfen –, aber sie wusste, dass sie sich nicht offen verteidigen konnte.

Sholtos Blick streifte sie kurz, er schien ihren stummen Protest zu bemerken.

»... Deshalb erschien es mir als das Beste, die Sache selbst zu regeln, zumal Effie ja heute in der Glen Bay sein würde und wir am Abend abreisen.«

»Aber wie konnten Sie wissen, dass Miss Gillies heute hierherkommen würde? Sie hat Ihnen doch gerade erst von ihren Plänen erzählt.«

»Nun, ich hatte gehört, dass das MacKinnon-Mädchen krank ist. Da dachte ich mir schon, dass Effies Hilfe benötigt würde.«

Effie starrte ihn an, verblüfft, dass er sich einen Christen nennen und gleichzeitig solch dicke, offensichtliche Lügen erzählen konnte.

Sholto lächelte nur. »Ich verstehe. Tja, das war sehr nett von Ihnen, Mathieson. Ich bin mir sicher, Sir John wird sich darüber freuen.«

Der Verwalter machte ein langes Gesicht. Natürlich hatte er erwartet, das Geld zurückzubekommen, war davon ausgegangen, dass seine großzügige Geste honoriert und seine hilfreiche Auslage später unter Gentlemen beglichen werden würde.

Effie musste ein Grinsen unterdrücken, weil Sholto so tat, als würde er Mathiesons Erklärungen für bare Münze nehmen. Diesmal hatte sich der Verwalter mit seiner Unterwürfigkeit selbst geschadet.

»Also, Miss Gillies, wo wollen wir klettern?« Sholto sah sie triumphierend an.

Sie dachte einen Augenblick nach.

»Also, es gibt einen guten Felsen da drüben gleich bei dem schmalen Meeresarm«, sagte sie und zeigte auf einen Punkt zu ihrer Rechten. »Wo wir sowieso schon hier oben sind. Die Klippen sind dort nicht so hoch und steil. Mit anderen Worten, es ist nicht der Conachair. Dort sind Sie ziemlich sicher.«

Aber er wirkte nicht besorgt um seine Sicherheit, vielmehr ging es ihm um das Abenteuer. Wieder suchte er ihren Blick und hielt ihn fest – wieder war der Verwalter ausgeschlossen.

»Also, wollen wir?«

Sie gingen zusammen über das Plateau in Richtung der Stelle, wo sie am ersten Tag die Eier des Gabelschwanz-Wellenläufers gefunden hatten, und erreichten nach kurzer Zeit den Meeresarm, der sich tief ins Land schnitt.

»Warum ist dieser Cleit dort so viel größer als alle anderen?«, fragte Sholto, während sie die zusammengerollten Seile auf den Boden legten und überprüften.

Sie sah auf. »Oh, das ist ein Sturm-Cleit – für den Fall, dass man hier festsitzt, weil das Wetter sich ändert, und keine Zeit bleibt, zurück ins Dorf zu gelangen. Wir halten ihn absichtlich frei.«

»Ah, ja, das haben Sie erwähnt. Dass Sie dann mit den Schafen um die Wette laufen müssen.«

Sie lächelte und legte die Seile auf zwei Haufen von je zwei Stück. Dann nahm sie ihren dicken, stabilen Pflock und hielt nach einer geeigneten Stelle Ausschau, um ihn einzuschlagen.

»Darf ich?«, fragte Sholto und wollte ihr die Arbeit abnehmen.

Sie schüttelte den Kopf. »Bei uns ist jeder für seinen eigenen Anker verantwortlich. Wenn dann das Schlimmste passiert …«

»Oh, verstehe, dann ist nicht der andere schuld. Sehr weise.« Er sah zu, wie sie den Pflock in den Boden rammte und dann anfing, das Seil daran zu befestigen.

»Und welchen Knoten benutzen Sie, um sich an diesem Pflock anzubinden, Miss Gillies?«, fragte er, während er zu ihr kam und so dicht neben ihr in die Hocke ging, dass ihre Oberschenkel sich berührten.

Sie schnappte nach Luft angesichts dieser gewagten Nähe. »Es ist ein Achterknoten, Sir.« Sie merkte, dass er das bereits wusste. Er war ja einmal zum Bergsteigen in Frankreich gewesen, und sie hatte ihn auch bereits klettern sehen. Er hatte Erfahrung, ihren Unterricht brauchte er eigentlich gar nicht. Der war nur ein Vorwand.

»Kann der nicht runterrutschen?«

»Ich sichere ihn zusätzlich mit einem Stopperknoten.«

»Aha.« Er beobachtete ihre geschickten Handgriffe genau, während der Verwalter wie ein Schatten hinter ihm stand.

Schließlich, als Effie mit ihrer Arbeit zufrieden war, stand sie auf. Sholto ebenfalls.

»Mr Mathieson«, sagte sie und reichte ihm eins der Seile. »Sie wissen selbst, wie man sich anseilt.«

Mit unglücklichem Blick nahm der Verwalter das Seilende und wickelte es um sich.

»Sir, wenn ich Sie anseilen dürfte«, sagte sie zu Sholto, der die Arme weit ausbreitete und sie nicht aus den Augen ließ, während sie ihm das Seil diagonal um Schulter und Oberkörper legte. Beide waren sich bewusst, dass sie sich dabei berührten. Ihr Blick fiel auf sein falsch geknöpftes Hemd, und sie konnte sich nur mit Mühe zurückhalten, es für ihn in Ordnung zu bringen. Eigentlich gefiel es ihr auch, die kleine Unregelmäßigkeit schien ihn ihr etwas näher zu bringen; als würde die Insel ihn in einen Naturzustand zurückversetzen. »Gut. Jetzt verknoten wir die beiden Seile, und dann sind Sie miteinander verbunden.«

Alle Augen waren auf sie gerichtet, während sie geschickt die Seile verknüpfte. »Und wie nennt man diesen Knoten, Miss Gillies?«, fragte Sholto, wieder dicht neben ihr.

Effie spürte, wie ihr Herz bei dieser Verwegenheit ein paar Takte aussetzte. Sein Verhalten war empörend, und der Verwalter stand direkt neben ihnen! Aber es war nicht ihre Schuld, sie tat nur das, worum Lord Sholto sie gebeten hatte. Der Verwalter konnte ihr keinen Vorwurf machen.

»Das ist ein Schotstek, Sir.«

»Ah … Ich glaube, in Frankreich nennen sie es einen gesicherten Achterknoten.«

»Einen gesicherten Achterknoten«, wiederholte sie langsam.

Als sie mit den Seilen der beiden Männer zufrieden war, legte Effie ihre eigene Kletterausrüstung an und überprüfte sie mehrere Male. »Fertig, Sir?«

Sholto nickte und trat wieder dicht neben sie.

»Ein bisschen Abstand zu Miss Gillies wäre besser, Sir«, sagte der Verwalter. »Falls Sie schwingen.«

»Schwingen. Richtig.« Sholto machte einen kleinen Schritt zur Seite.

Effie betrachtete den Abhang. Es ging etwa zweihundertfünfzig Meter steil hinunter bis zum Wasser. Die ersten ungefähr dreißig Meter waren vor allem große Grasflächen zwischen einzelnen Felsen – aber immer noch zu steil, um es ohne Seil zu versuchen –, dann kam ein Abhang mit Geröll und schließlich eine glatte Granitwand.

»Gut, wenn ich es sage, geht es los«, sagte sie. Vor dem Verwalter versuchte sie zu klingen wie eine professionelle Bergführerin. »So wie gestern, erinnern Sie sich? Lehnen Sie sich mit gestreckten Beinen zurück, Oberkörper nach vorne, kleine Bewegungen. Vertrauen Sie Ihrem Anker.«

Sholto schaute nachdenklich auf den Mann, der im Gras saß, das Seil um seine Mitte geschlungen, die Beine angezogen, die Fersen in den Boden gestemmt. »Hören Sie, Mr Mathieson? Ich muss Ihnen vertrauen. Sie lassen mich nicht fallen, oder? Ich bin jetzt abhängig von Ihrer Stärke und Standfestigkeit. Nehmen Sie mein Vertrauen als Kompliment.«

»Sehr freundlich von Ihnen, Sir«, sagte der Verwalter und nickte, aber diesmal schien er sich nicht geschmeichelt zu fühlen. Bestimmt war er sich des Risikos bewusst, selbst hinuntergezogen zu werden, falls Sholto abstürzte.

Wieder sahen Sholto und Effie einander an, dann gab sie das Kommando, und sie fingen an, abzusteigen, rückwärts auf dem steilen Abhang. Effie sah, wie der Verwalter sich anspannte, um Sholtos Gewicht auszugleichen, die Zähne zusammengebissen. Seine Fingerknöchel traten weiß hervor, als er das Seil umklammerte und es langsam ausgab.

Seite an Seite seilten sie sich das erste Stück ab, vorbei an Papageientauchern, die im Gras nisteten, und Sturmschwalben. Die Vögel protestierten kreischend und schlugen mit den Flügen, um ihre Eier zu beschützen. Hätte der Verwalter näher an der Kante gesessen, hätte er Sholto und Effie beobachten können, während sie langsam hinunterstiegen, aber so wusste er nicht, wo sie gerade waren und was sie taten. Effie musste lächeln. Besser hätte Sholto den Mann nicht außer Gefecht setzen können.

Sholto folgte ihr mit überraschender Konzentration. Er redete nicht, als sie die Stelle erreichten, an der das Gras endete und die nackte, steile Felswand anfing, aber er zögerte auch nicht, als der eigentliche Kletterteil begann, sondern stieg steil abwärts, bis er frei in der Luft hing. Erst jetzt würde der Verwalter sein ganzes Körpergewicht einsetzen müssen, sich dicht am Boden dagegenstemmen, um ihn auszubalancieren. Aus ihrer etwas höheren Position sah Effie, wie Sholto sich ins Seil hängte und dann mit den Füßen Halt am Felsen fand, sodass sich der Verwalter wieder etwas entspannen konnte. Mit einem Lächeln landete sie neben ihm. Hier herrschte eine andere Art von Topografie, statt Bodenbrütern gab es hier verschiedene Arten von Sturmtauchern und Alkenvögeln – Lummen und Sturmvögel flatterten umher. Sie alle schrien und kreischten aufgeregt, als die beiden Menschen über die Spalten und Vorsprünge kletterten, wo ihre großen, blütenweißen Eier lagen. Effie war immer wieder davon fasziniert, dass nur winzige Unebenheiten oder Rillen im Fels die Vogeleier davor bewahrten, hinunterzurollen oder fortgeweht zu werden.

Ein paar Minuten lang sprachen sie nicht, jeder von ihnen konzentriert auf den Abstieg, auf die Bewegungen des eigenen Körpers, der sich strecken oder krümmen musste, um Halt zu finden, immer weiter zu den tosenden Wellen hin. Ab und zu warf Sholto ihr einen Blick zu, und dann lächelten sie und genossen den kurzen Moment.

»Effie, haben Sie heute schon etwas gegessen?«, fragte er plötzlich, während sie auf ein schmales Felsband zu kletterten.

Effie. Das war das Zeichen dafür, dass sie wieder allein waren. Nur sie beide, sonst niemand. Kein »Sir« oder »Miss«, kein Verwalter.

»Nein. Warum?«

»Wir könnten ein Ei zum Frühstück essen.« Er lächelte. Hinter ihm konnte sie ein Ei sehen, beinahe in Reichweite, und er hatte die Hand bereits danach ausgestreckt. Ein Sturmvogel stand an einer Felsspalte und beobachtete ihn misstrauisch.

»Oh«, sagte sie, aber da griff er schon danach. »Sholto, nein!«

Es war zu spät. Der Vogel streckte sich zu ihm hin, öffnete aggressiv den Schnabel und spuckte mehrmals einen Strahl übel riechenden Öls aus. Sholto schrie auf, als er an Gesicht und Hals getroffen wurde, und löste die Hände vom Felsen, um instinktiv zurückzuweichen. Das Seil straffte sich mit einem Ruck, und er fing an, sich zu drehen, wobei er mit den Händen das Öl verschmierte, das ihn einen Moment blendete.

Ohne nachzudenken, machte Effie einen kleinen Satz zur Seite und griff nach seinem Seil, damit er nicht gegen den zerklüfteten Felsen prallte, aber sie hatte sein Gewicht unterschätzt und geriet ebenfalls ins Schwingen, drehte sich und lief Gefahr, selbst an den Felsen zu prallen. Sie keuchte auf, als sie mit dem Rücken über den rauen Stein schrammte. Sie spürte, wie das straffe Seil vibrierte, aber dann fand ihr Fuß Halt, und sie konnte sich auf einen kleinen Vorsprung stellen, sich stabilisieren und etwas Kraft schöpfen.

»Effie!«, schrie Sholto, streckte den Arm aus und schaffte es, mit einer Hand ein hervorstehendes Stück Fels zu umklammern, in der anderen das Seil, aber er konnte nichts sehen, weil er Öl in den Augen hatte. »Alles in Ordnung?«

»Mir geht's gut. Keine Sorge«, rief sie zurück, während es ihr gelang, auch mit dem anderen Fuß Halt zu finden. »Versuchen Sie nur, zurück an die Felswand zu kommen.«

Blind tastete er mit den Füßen nach Halt. Sie kletterte ein Stück tiefer, griff nach einem seiner Beine und führte seinen Fuß zu einem kleinen Vorsprung. Sein anderer Fuß fand nun ebenfalls einen Platz, und als sie sah, dass das Seil wieder erschlaffte, weil er sein Gewicht selbst trug, kletterte sie wieder nach oben.

»Halten Sie sich hier eine Weile fest. Ich versuche, Ihnen das Öl aus den Augen zu wischen«, sagte sie, während sie versuchte, ihn zu erreichen. Sie rieb über sein Gesicht, aber es war so viel Öl und sie hatte nichts, womit sie ihre Hände säubern konnte – kein Gras, keine Blätter –, nur ihre Kleidung. »Es ist nicht giftig, nur … ölig«, sagte sie, während sie auf der schmalen Kante balancierte, nur eine Hand am Fels. Ein plötzlicher Windstoß blies ihr das Haar ins Gesicht, sodass sie ebenfalls einen Moment nichts sehen konnte.

»Wie es scheint, ist Angriff die beste Verteidigung«, sagte er, während sie mit ihrer freien Hand immer wieder über sein Gesicht strich, dessen Konturen sich schnell vertraut anfühlten.

»Aye. Aber eigentlich ist es nicht ihr Ziel, Sie zu blenden. Das Öl dient dazu, die Federn der größeren Seevögel, die ihre Feinde sind, zu bedecken. Sie verlieren dann ihre Imprägnierung, und die Vögel, die darauf angewiesen sind, auf dem Wasser zu landen, können ertrinken.«

»Mein Gott, was für eine Strategie«, murmelte er, während ihre Hand immer noch über sein Gesicht strich. Ihre Finger folgten jetzt den Linien seiner Augenbrauen und Wangenknochen. »Wie gnadenlos. Das ist ein langer, qualvoller Tod … für einen Feind, der … nur ein Mittagessen wollte.« Er sprach immer langsamer.

»Tja, so ist das auf St. Kilda. Töten oder getötet werden«, sagte sie lächelnd. Seine langen Wimpern brachten sie durcheinander. Er schmiegte seine Wange jetzt leicht in ihre Handfläche. »Wie ist es jetzt?«

Seine Lider zuckten, dann öffnete er die Augen, um auszuprobieren, ob er wieder sehen konnte. Seine Pupillen zogen sich zusammen und weiteten sich dann.

»Schön.«

Sie standen an der Felswand und nahmen nicht einmal mehr die Vögel wahr. Einen Augenblick lang herrschte knisternde Stille um sie herum, nichts anderes existierte mehr als sie beide.

Sie wusste, dass er sie küssen würde, noch bevor sie sah, wie sich seine Unterarmmuskeln anspannten und er sich zu ihr zog. Sie schloss die Augen, seine Lippen trafen ihre, und die rauen, zerklüfteten Felsen, an die sie sich klammerten, verschwanden, die Schwerkraft schien nichts mehr zu bedeuten. Sie hätte nicht sagen können, ob sie schwebte oder fiel.

Als er sich schließlich von ihr löste, loderte es in seinen Augen. »All das, um mit dir alleine zu sein.« Er lachte leise über ihre außergewöhnliche Situation. »Auch wenn es mir passend erscheint, dass ich dich in der Umgebung küsse, in der ich dir verfallen bin.«

Ihr verfallen? Sie spürte ihr Herz heftig gegen ihre Rippen schlagen. »In dieser Umgebung ist es absolut passend, vom Fallen zu reden«, sagte sie und grinste schief.

Er lachte, und sie spürte, wie sein Körper vibrierte. Er küsste sie wieder. »Ich könnte das den ganzen Tag lang tun«, murmelte er, als sie sich schließlich widerstrebend trennten.

»Aber Mathieson nicht. Für ihn ist es da oben ziemlich ungemütlich«, sagte sie.

»Gut so.« Seine Augen funkelten. »Dieser Mann ist mir ein Dorn im Auge, seit ich dich zum ersten Mal gesehen habe. Ich könnte schwören, dass er von Anfang an versucht hat, sich zwischen uns zu stellen.«

»Ja, das stimmt«, sagte sie, beinahe überrascht, dass ihm das erst jetzt klar wurde.

»Wirklich?«

»Er findet, ich bin nicht gut genug für Leute wie dich.«

»Was?«

»Er denkt, er ist der Einzige, der es wert ist, mit dem Landlord und seinen Freunden zu reden.«

Sholto streichelte ihre Wange. »Er hat keine Ahnung, dass du mehr wert bist als wir alle zusammen.«

Das war eine Lüge, aber eine sehr charmante.

»Ich wünschte, wir könnten einfach hierbleiben«, sagte er. »Nur du und ich. Das ist es, was ich mir wünsche, seit ich gesehen habe, wie du in das Boot gesprungen bist. Ich habe mir das Gehirn zermartert, wie ich es schaffen könnte, mit dir allein zu sein. Aber gestern Abend, bei den Felsen, als du so entschlossen warst, den heutigen Tag nicht mit mir zu verbringen …«

»Das war nicht mein Wunsch. Aber der Verwalter war so wütend auf mich, weil ich ihn vor euch in Verlegenheit gebracht habe. Deshalb hatte ich Angst, dass er unsere Mietzahlungen erhöht.«

»Er ist ein Tyrann.« Sholto küsste sie wieder, aber es war schwer, das Gleichgewicht zu halten, und wurde mit jeder Minute schwieriger. Er wechselte die Hand, mit der er sich festhielt, und schüttelte sie aus. Langsam ermüdeten die Muskeln. Bei Ermüdung geschahen Unfälle.

»Wir sollten uns wahrscheinlich wieder an den Aufstieg machen.«

»Nein. Lass uns hierbleiben.«

Sie lachte leise über seine Verzweiflung. »Wir haben den Seilen viel zugemutet.« Sie waren mehrmals über den rauen Felsen geschrammt.

»Warte!« Er legte seine Hand auf ihre. »Bleib heute bei mir«, drängte er. »Geh nicht auf die andere Seite der Insel. Schenk mir jede Sekunde, die uns noch bleibt.«

Sie schluckte. »Aber wie? Der Verwalter wird es nicht zulassen.«

Er dachte einen Augenblick angestrengt nach. »Überlass ihn mir. Er ist nicht der erste Speichellecker, mit dem ich zu tun habe, und wird auch nicht der letzte sein.« Er hob eine Hand, um ihr wieder über die Wange zu streichen, mit einem Blick, als wäre sie eine seltene Kostbarkeit. »Wie hätte ich jemals ahnen können, dass ich hierherkommen und jemanden wie dich finden würde?«

Effie fragte sich, wohin sie selbst hätte gehen müssen, um ihn zu finden. Wie war die Welt, aus der er stammte?

»Stimme einfach allem zu, was ich sage. Ich werde ihn schon loswerden, versprochen.«

Sie begannen, hochzuklettern. Effie bestand darauf, dass er voranging, damit sie ihm Ratschläge geben konnte, falls es nötig sein sollte, aber dank seiner Alpenerfahrung wusste er, was er tun musste. Sie versuchte, ihn einzuholen, aber als sie näher kam … merkte sie, dass er versuchte, seinen Vorsprung zu vergrößern. Sie blickte hoch und sah, dass er grinste.

»Oh, ich verstehe! Du willst einen Wettlauf?« Sie lachte. Es würde ein Leichtes für sie sein, das Tempo zu erhöhen. Und das tat sie.

»Nein!«, rief er, als er schnell hinter ihr zurückfiel. Obwohl er größer und kräftiger war, konnte er nicht mit ihrer Trittsicherheit mithalten. Sie war barfuß und schaffte es, in den feinsten Rissen Halt für ihre Zehen zu finden – er mit seinen Stiefeln konnte das nicht.

Sie ging nicht so weit, ihn ganz zurückzulassen, aber als sie die Felswand und den Geröllabschnitt hinter sich gelassen und wieder den Grashang erreicht hatten, konnten sie rennen, und da holte er sie beinahe ein.

»Beeil dich!«, zog sie ihn auf, während sie über die zerklüfteten Felsen jagten. »Warum so langsam?«

Sie war nur ein kurzes Stück vor ihm – auf dem grasigen Gelände glich sich der Vorteil, den sie beim Klettern gehabt hatte, aus –, und sie schrie jedes Mal auf, wenn er ihr nachsetzte und sie mit ausgestreckten Armen beinahe erwischte. Als sie die Felskante erreichte, lachte sie atemlos, mit glänzenden Augen wie ein Kind, und vergaß – für einen Moment – die Person, die auf sie wartete. Sholto folgte ihr und warf sich auf den Boden, drehte sich keuchend auf den Rücken.

Der Verwalter starrte sie an, als könnte er nicht glauben, was er sah. »Was …?«, stieß er beinahe flüsternd hervor. »Was ist passiert? Ich dachte, das Seil würde reißen.« Sein Blick fiel auf Effies Kleider, die mit Öl beschmiert waren.

»Sholto wurde von einem Sturmvogel angegriffen«, japste sie, während sie merkte, dass ihr Hemd unter dem Seil aus der Hose gerutscht war und ihre Taille freigab. Das würde die geringe Meinung, die der Verwalter von ihr und ihrer Wildheit hatte, nur noch bestätigen. Schnell wickelte sie das Seil ab.

Eine Weile sah er sie schweigend an. »Lord Sholto«, korrigierte er sie streng, als sie die himmelschreiende Vertraulichkeit nicht bemerkte.

»Lor…«, wollte sie sich automatisch verbessern, aber der Mann, um den es ging, unterbrach sie.

»Eigentlich habe ich Miss Gillies – Effie – gebeten, diese Formalitäten sein zu lassen. Die kamen mir ziemlich dumm vor, wenn man an einem Seil baumelt und von einem Seevogel angegriffen wird.« Seine Augen funkelten amüsiert.

Effie starrte ihn an und musste sich zurückhalten, nicht laut aufzulachen und ihm um den Hals zu fallen. Ihr war schwindlig vor Glück, und ihre Lippen kribbelten noch von seinen Küssen.

»Ich verstehe«, sagte der Verwalter nach einer langen Pause. Er war wütend, weil sie – entgegen seinen Wünschen, Warnungen und Drohungen – die Freundschaft bekommen hatte, die er für sich beanspruchte. »Aber ich hoffe, Sie haben sich inzwischen von dem Angriff erholt, Sir?«

»Absolut. Auch wenn …« Er setzte sich auf und schnupperte an seinem Hemd. »Ich fürchte, ich stinke zum Himmel.« Er rümpfte die Nase, und Effie musste lachen. Sie wusste, dass sie ebenfalls nicht gut roch. Ihre Kleider waren voller Öl.

»Das ist ein scheußliches Zeug, dieses Öl«, sagte der Verwalter. »Klebt in den Haaren. Am besten tauchen Sie einmal ins Meer.«

»Genau das hat Effie auch gesagt!«, rief Sholto aus.

Effie sah ihn überrascht an. Das sollte sie gesagt haben?

»Ich hoffe, es war nicht zu langweilig für Sie, die ganze Zeit hier festzusitzen, während sich das ganze Abenteuer da unten abgespielt hat«, sagte Sholto, während er sein Seil abwickelte. »Aber wahrscheinlich war es ein Glück, dass Ihnen das erspart geblieben ist. Wir hatten ein paar dramatische Situationen, nicht wahr, Effie?«

»Sehr dramatisch.« Sie grinste.

Mathieson machte immer noch jedes Mal ein entgeistertes Gesicht, wenn Sholto sie mit ihrem Vornamen anredete und damit ihre Freundschaft offenkundig machte.

»Ich weiß aber zu schätzen, dass Sie mich gesichert haben, Mathieson. Sie haben die ganze Zeit nicht nachgelassen, sogar als ich nichts gesehen habe und mich gedreht habe wie ein Kreisel.«

»Ich habe mich gefragt, was da unten los ist«, murmelte der Verwalter.

Sholto lachte unbekümmert. »Es war heftig. Absolut wild. Noch nie habe ich so in der Klemme gesteckt! Warten Sie, bis mein Vater das hört.«

Der Verwalter stand stocksteif. Effie hatte ihre Klettergurte abgelegt, schnell ihr Hemd zurechtgezogen und die Seile aufgewickelt.

»Ich muss mich im Meer säubern«, sagte Sholto, während er sein Hemd auf Ölflecken untersuchte und sich das Haar abtastete.

»Oder wir kümmern uns darum, dass Ihre Kleider gewaschen werden, Sir. Ich bin mir sicher, Miss Gillies würde es nichts ausmachen, zumal sie ja ohnehin auch ihre eigenen waschen muss«, sagte Mr Mathieson.

Sholto stieß einen ungläubigen Laut aus. »Mathieson, wir sind Ihre Gäste, oder?«

Der Verwalter starrte ihn an.

»Gütiger Himmel, ich würde nicht im Traum daran denken, mir von einer Freundin die Wäsche waschen zu lassen.«

Mathieson antwortete nicht, aber er lief vor unterdrückter Wut rot an. Jeder Hieb hatte gesessen, platziert mit einer Eisenfaust im Samthandschuh.

Als sie alles zusammengepackt hatten, liefen sie wieder zu dem Bergkamm zurück, an dem sie vor ungefähr einer Stunde zusammengetroffen waren. Inzwischen war es endgültig hell geworden, und sie konnten die Dorfbewohner auf der Straße sehen, in ihren Parzellen und bei den Bächen. Rauch stieg von den Schornsteinen auf. Die Nachtwolken hatten sich verzogen, aber der Himmel schien schwer von Dunst. Der Sturm zog auf, langsam, aber sicher, und er würde Sholto von Effie fortbringen.

»Miss Gillies, dann verabschieden wir uns hier von Ihnen«, sagte der Verwalter, als sie die Stelle auf dem Plateau erreicht hatten, wo die Wege sich trennten – einer führte in die Village Bay, der andere in die Glen Bay.

»O nein, Miss Gillies kommt mit uns«, sagte Sholto leichthin und setzte seinen Weg fort.

»Aber die Schafe …«, stotterte der Verwalter und rannte hinter ihm her.

»Die Schafe? Was spielen die schon für eine Rolle? Sie

kann in diesem Zustand unmöglich dorthin gehen. Sehen Sie sie an – sie ist voller Öl, genau wie ich! Ihre Kleider sind ruiniert! Sie muss im Meer baden, um es aus ihren Haaren zu entfernen.«

»Sie hat es in den Haaren?«

»O ja«, sagte Sholto entschieden, dann wandte er sich an Effie. »Oder kannst du auch am Strand in der Glen Bay baden?«

»Nein, dort drüben gibt es keinen Strand«, antwortete sie. »Unter bestimmten Voraussetzung können dort Boote anlegen, aber normalerweise ist es schwierig.«

»Viel zu gefährlich also für eine Nichtschwimmerin. Nein, ich fürchte, du musst mit uns zurückkommen und alles in Ordnung bringen, bevor du irgendetwas anderes machen kannst. Es würde sich nicht gehören, dich in diesem Zustand gehen zu lassen.«

Effie und der Verwalter gingen stumm hinter ihm her. Sie bemerkte Sholtos federnden Gang. Er schien sich pudelwohl zu fühlen.

»Weißt du was, ich könnte dir noch eine Schwimmstunde geben, wenn du willst«, sagte er fröhlich und drehte sich zu ihr um.

»Oh, das ist nicht nötig«, antwortete sie schnell.

»Unsinn. Eine Hand wäscht die andere. Du hast mir schließlich das Leben gerettet.«

Effie biss sich auf die Unterlippe – beinahe hätte sie über sein Spielchen gelacht. Sie hatte nichts dergleichen getan, und das wusste auch der Verwalter, aber er konnte seinem Vorgesetzten nicht widersprechen.

»Ich bin verpflichtet und absolut entschlossen, es wiedergutzumachen. Wenn du nicht schwimmen kannst, kann ich dich nicht guten Gewissens hier zurücklassen. Ich könnte es mir nicht verzeihen, wenn irgendetwas passiert. Außerdem müssen wir sowieso ins Meer, um uns zu waschen. Zwei Fliegen mit einer Klappe.« Er sah sie mit funkelnden Augen an. »Auch wenn du natürlich keine Fliegen fängst, sondern Vögel.«

Effie konnte nicht anders als zurücklächeln.

Die Fröhlichkeit ihrer ersten Begegnungen war zurückgekehrt, und sie waren beide ganz aufgedreht. »Was ist mit Ihnen, Mr Mathieson – können Sie schwimmen?«

»Also …«

»Kommen Sie mit, ich kann es Ihnen auch beibringen«, sagte Sholto ausgelassen.

»Ich schwimme schon ganz gut, Sir.«

»Vielleicht wollen Sie eine neue Technik lernen? Ich bin ein guter Schwimmer. Es würde mich freuen, Ihnen beizubringen, was ich kann. Tatsächlich sehe ich es als einen Dienst an der Allgemeinheit, denn Sie könnten es dann an die Inselbewohner weitergeben. Damit könnte ich mich für Ihre Gastfreundschaft bedanken.«

»Sie sind sehr großzügig, Sir«, murmelte der Verwalter. »Aber da das heute mein letzter Tag ist, muss ich mit den Männern noch ein paar Dinge regeln, für die Zeit meiner Abwesenheit bis zum Ende des Sommers. Auf Boreray war dafür keine Zeit, wir hatten so viel mit den Schafen zu tun, und dann der Unfall von Donald McKinnon …«

»Ah ja, natürlich. Das habe ich nicht bedacht. Tja, das

ist schade«, sagte Sholto ohne einen Hauch von Bedauern. »Dann sind wir also nur zu zweit, Effie. Ich hoffe, das macht dir nichts aus?«

»Nein, gar nicht, Sir …«

»Sholto«, korrigierte er sie, bevor sie in alte Gewohnheiten zurückfallen konnte.

»… Sholto«, wiederholte sie.

10. Kapitel

»Die Leute beobachten uns.« Überall waren Gesichter: an den Fenstern des Federnlagers und des Pfarrhauses, in der Hütte des Postmeisters, auf der Straße.

»Lass sie. Wir tun nichts Verbotenes.« Er hatte seine Hände um ihre Taille gelegt und hielt sie in dem eiskalten Wasser fest. »Wir haben ihnen angeboten, mitzumachen. Ich würde jeden von ihnen gerne unterrichten.«

»Aber du weißt, dass sie das niemals akzeptieren würden.«

Er zuckte mit den Schultern.

Trotz der eisigen Temperaturen wollte keiner von ihnen aus dem Wasser gehen, aber sie wussten beide, dass es genauso war wie zuvor am Seil – früher oder später würden sie gezwungen sein, wieder in die Welt zurückzukehren. Sie konnten sich nicht immer vor neugierigen Blicken verstecken, hinter Felsen oder im Wasser.

»Und jetzt mach noch mal die Froschbewegung – damit sie wenigstens was zu sehen bekommen.«

Sie bewegte die Arme, wie er es ihr gezeigt hatte, das Kinn erhoben, brachte es aber nicht zu der Eleganz, die er im Wasser an den Tag legte. Er löste seine Hände von ihrer Taille, blieb aber dicht bei ihr, während sie sich ruckartig vorwärtsbewegte, schwankend zwischen Panik und Vergnügen. »Ja, das ist es!«

»War das richtig?«, keuchte sie. »Hältst du mich?«

»Ich bin hier, du machst das fantastisch. Nicht aufhören, weiter so.«

Ein Hund war hinunter zum Strand gekommen und stand bellend neben Poppit, die stumm im Sand saß, die Ohren aufgestellt, und ihnen ängstlich mit den Blicken folgte.

Eine kleine Welle hob Effie hoch, aber sie konnte ihr nichts anhaben, auch wenn sie ihre Kraft spürte. Effie lachte entzückt – bis die nächste Welle sie unerwartet erwischte. Sie schluckte Wasser, hustete und spuckte, und ihre Zuversicht verschwand. Instinktiv versteifte sie sich und fing an zu sinken, aber sofort waren Sholtos Hände wieder da und hielten sie fest.

Sie schmeckte das Salz in ihrer Kehle und musste beinahe würgen. »Alles in Ordnung?«, fragte er und rieb ihr den Rücken, als sie immer noch hustete. »Willst du aufhören?«

Effie schüttelte den Kopf. Sie wollte hierbleiben, halb vom Wasser verborgen, koste es, was es wolle, denn wenn sie aufhörten … Unter welchem Vorwand könnten sie dann zusammen sein? Sie spürte seine Fingerspitzen an ihrer Taille und wollte mehr davon, auch wenn sie es nicht aussprach. »Ich weiß«, flüsterte er.

Aber sie konnte nicht aufhören zu husten, hatte so viel Wasser geschluckt, deshalb hob er sie ohne zu fragen hoch und trug sie ins flache Wasser, wo sie stehen konnte und, die Hände auf die Knie gestützt, Atem schöpfte.

»Uuh«, stöhnte sie, als das Husten aufgehört hatte. »Das war furchtbar.«

»Stimmt. Aber das passiert dir nicht noch mal, das kannst du mir glauben.«

Sie blickte zu ihm hoch. Von der Luft auf ihrer nassen Haut bekam sie Gänsehaut. Der Wind war jetzt stärker, die Böen häufiger.

»Deine Lippen sind ganz blau«, sagte er und sah aus, als wollte er sie sofort wieder rosig küssen. »Wir müssen dich ins Warme bringen.«

»Nein, mir geht's gut. Ich will jetzt nicht aufhören. Lass es uns noch mal versuchen. Diesmal lasse ich den Mund zu«, sagte sie verzweifelt, auch wenn der Spaß längst vorbei war. Zuvor hatte sie gekreischt und gelacht, als er sie nass gespritzt hatte, und sie hatte ihm geholfen, seine Haare zu waschen, um das Öl herauszubekommen. Alles hatte sich so lebendig angefühlt, wie ein neuer Anfang – dabei war es nur der Anfang von ihrem Ende.

Er schüttelte den Kopf. »Das geht nicht. Du bist unterkühlt. Du wirst sonst noch krank.«

»Aber …«

Er sah ihr in die Augen. »Ein anderes Mal.«

Es war wieder wie vorher, als sie an den Seilen gehangen hatten und er sich nicht hatte trennen wollen … nur dass sie beide wussten, dass es kein anderes Mal geben würde. Ihre Euphorie von vorhin – die Überraschung, sich in der Dunkelheit zu begegnen, ihr erster Kuss, die Erkenntnis, dass sie beide das Gleiche fühlten – machte jetzt melancholischer Verzweiflung Platz. Die Zeit verging viel zu schnell, und das hier war alles, was sie hatten und je haben würden: verborgene Berührungen, flüchtige Blicke,

Scherze, die nur sie beide verstanden, ein paar heimliche Küsse …

Sie sahen einander sehnsüchtig an, aber Effie fing an, mit den Zähnen zu klappern, was bewies, dass er recht hatte. Nur wegen des Adrenalins hatte sie so lange im Wasser bleiben können, um noch ein wenig mehr Zeit zu haben …

»Komm aus dem Wasser.«

»Mit mir ist alles in Ordnung.«

»Nein«, sagte er entschieden, nahm ihren Arm und führte sie Richtung Ufer.

Am Strand war sie überrascht, wie schwach sie sich fühlte. Die Hunde bellten, während Effie und Sholto auf sie zugingen. Erst jetzt registrierte Effie sie richtig.

»Warum bellen sie uns an?«, fragte Sholto, als sie zu der Stelle liefen, wo ihre Sachen lagen.

»Sie bellen nicht wegen uns. Ein Schiff kommt«, antwortete sie, während er eine Decke um sie wickelte.

Sholto blickte aufs Meer, aber da war nur die Jacht zu sehen. Er runzelte die Stirn, während er sich selbst in ein Handtuch hüllte und sah, wie Effie unter ihrer Decke zitterte. Eine Weile standen sie zusammen da, die Köpfe gesenkt.

»Ich weiß nicht, wie ich das schaffen soll, Effie«, sagte er leise. Sie blickte hoch und sah, dass er sie sorgenvoll betrachtete. »Ich weiß nicht, wie ich heute Abend auf das Boot steigen und dich verlassen kann.«

»Dann tu es nicht«, drängte sie. »Bleib. Bleib hier bei mir.«

Verzweiflung trat in seine Augen. »Ich kann nicht.« Sein ganzer Körper schien bei diesen Worten zu erschlaffen. »Ich habe … Verpflichtungen zu Hause. Verbindungen. Es ist nicht so einfach, ich kann nicht einfach machen, was ich will.«

»Warum nicht?« Ihre Stimme war voller Schmerz.

Auch er seufzte gequält. »Das verstehst du nicht.«

Nein, das tat sie nicht. Wenn sie ihm irgendetwas bedeutete … Er war doch derjenige, der zu ihr gekommen war, der in ihr Leben getreten war … Noch vor vier Tagen hatte sie keine Ahnung gehabt, was Liebe war, aber jetzt wusste sie ganz genau, wie sie sich anfühlte, schwindelerregend und elektrisierend, schmerzvoll und bewegend. Sie machte sie zu einem Ganzen und höhlte sie gleichzeitig aus. Sie war noch nie so glücklich gewesen, hatte sich noch nie so elend gefühlt. Das alles war nicht fair. Wäre er einer der Dorfjungen, würden alle den Umstand feiern, dass – endlich! – jemand Effie Gillies' Herz erobert hatte. Aber Lords zählten hier nicht als Verehrer. Es würde einen Skandal geben.

Er trat näher, immer noch in sein Handtuch gewickelt.

»Effie, wenn es nach mir ginge, hättest du ab dem Moment zu mir gehört, als wir am ersten Tag aus dem Dingi gestiegen sind. Ich hätte nie gedacht, dass das passieren könnte, aber … Es lässt sich nicht ändern«, endete er verzweifelt. Effie sah ihn nur stumm an. Sie kannte nichts anderes als diese Insel und dieses Leben, und er wandte den Blick ab, frustriert und wütend, weil sie ihn nicht verstehen konnte.

»Und jetzt kommt auch noch jemand«, stöhnte er.

Effie drehte sich um, sah Lorna den Pfad herunterkommen, und verlor ebenfalls den Mut.

»Lorna, ich habe schwimmen gelernt!«, rief sie so fröhlich sie konnte, mit blauen Lippen und in ihre Decke gehüllt.

»Habe ich richtig gesehen?«, sagte Lorna. »Von Weitem sah es aus, als hättest du Meerwasser geschluckt.« Sie klang kurz angebunden, ihr Blick war warnend, und Effie wurde sofort klar, wie ihre »Schwimmstunde« von ihren Nachbarn aufgenommen worden war. Nicht nur der Verwalter würde wütend auf sie sein.

»Aye. Das auch.«

»Also, am besten versuchst du schnell warm zu werden – und Sie auch, Sir. Sie sehen beide völlig durchgefroren aus.« Lorna sprach mit der ihr eigenen Autorität als Dorfkrankenschwester.

Die Hunde waren jetzt völlig außer sich. Das Schiff, dessen Ankunft Effie vorhergesehen hatte, bog jetzt um die Landspitze. Es war die *Vaila*, ein Fischdampfer, den die Dorfbewohner gut kannten. Callum McGregor war der Kapitän. Er wohnte in Applecross auf Skye und hatte sich mit ihnen angefreundet, als er vor ein paar Jahren bei einem heftigen Sturm für eine ganze Woche bei ihnen gestrandet war. Er hatte sich seinen Unterhalt verdient, indem er sie mit Geschichten vom Festland unterhielt, die sich anhörten, als gehörten sie nicht nur zu einem anderen Ort, sondern auch in eine andere Zeit. Seine Besuche waren immer willkommen. Er fischte Kabeljau und Lengfisch in tieferen Gewässern und legte unterwegs immer in der Village Bay an, denn ihre Inselgruppe war das einzige Land zwischen Skye und den Faröer Inseln.

»Wie geht es Donald?«, fragte Effie, um Zeit zu schinden, obwohl sie immer noch mit den Zähnen klapperte.

»Er hatte eine unruhige Nacht, aber er ist wieder bei klarem Verstand und ruht sich jetzt aus.«

»Gut. Ich muss bei ihnen vorbeischauen und Mary meine besten Wünsche aussprechen.«

»Nicht nötig, ich richte es aus. Wenn ich fertig bin, gehe ich gleich wieder zurück.« Sie blickte auf McGregors Schiff, und Effie wurde klar, dass Lorna nicht hier war, um sie zurückzuholen – sie wartete auf den Postsack, denn Ian MacKinnon, der Postmeister, war noch auf Boreray. McGregor brachte oft die Post mit und nahm im Gegenzug ihre Briefe mit.

Effie verließ der Mut, als sie realisierte, dass die ältere Frau so lange hier stehen bleiben würde, bis die Fischer ausgeladen hatten und von Bord gegangen waren. Ihre Zeit mit Sholto war bereits zu Ende.

»Lauf jetzt, Effie. Dein Vater hat Wasser für dich heiß gemacht, damit du baden kannst«, sagte Lorna, die immer noch geradeaus starrte.

Effie sah Sholto an und spürte Hoffnungslosigkeit. »Also … Danke, Sir«, sagte sie. Wieder in ihre öffentliche Rolle zu schlüpfen, fühlte sich jetzt an wie Theaterspielen. »Sie haben mir das Schwimmen beigebracht, und dafür bin ich sehr dankbar.«

»Nichts zu danken«, erwiderte er steif. In diesem Moment gingen Onkel Hamish und Archie MacQueen herunter zum Dingi, um hinauszurudern. »Sie … äh, müssen aber weiter üben.« Er warf einen Blick zu Lorna. Sie stand neben ihnen und betrachtete die Boote, aber es war klar, dass sie zuhörte. »Und wenn Sie es selbst gut genug können, bringen Sie es vielleicht auch Ihren Nachbarn bei.« Seine Stimme klang gepresst, die leeren Worte hatten nur den Zweck, ihre letzten gemeinsamen Augenblicke in die Länge zu ziehen.

»Ich werde mein Bestes geben, Sir.«

»Gut … Sehr gut.«

Nichts als höfliche Floskeln.

»Also, dann auf Wiedersehen, Sir«, sagte sie und fing an, den Strand hinaufzugehen zu dem Grasabschnitt, der zu ihrem Haus führte.

»Auf Wiedersehen, Miss Gillies«, sagte er, und die Worte segelten hinter ihr her wie Papierflieger, bis sie mit der Spitze voran zu Boden fielen.

Die Blechwanne stand vor dem Feuer im Schlafzimmer, und ihr Vater saß in der dunklen Küche am Fenster. Von hier aus konnte er nicht auf das Meer blicken, aber die Art, wie er sie ansah, sagte ihr, dass er schon alles wusste. An diesem Ort gab es keine Geheimnisse.

»Ich bin wieder da, Vater«, sagte sie ruhig und blieb zitternd in der Tür stehen. Sie hielt die Decke vor ihrer Brust zusammen, den Rucksack und die Seile in der anderen Hand. Die Luft im Cottage war stickig und abgestanden, dicker als draußen, und Effie kam es vor, als würde sie sie nicht einatmen, sondern herunterschlucken.

Eine Pfanne mit Sturmvogelfleisch köchelte auf dem Herd.

»Du siehst aus wie eine gehäutete Katze«, sagte ihr Vater nach einer kurzen Pause, ohne seine Arbeit am Webstuhl zu unterbrechen. Seine Arme und Beine waren ständig in Bewegung. »Am besten gehst du in die Wanne, bevor du dir vor lauter Zittern die Knochen auseinanderschüttelst.«

Effie schloss die Eingangstür hinter sich und legte Rucksack und Seile ab. Dann ging sie durch das Schlafzimmer in ihre Kammer, wo sie versuchte, sich die nassen Kleider abzustreifen, die an ihr klebten wie Seetang. Schließlich ließ sie sie in einem nassen Haufen auf dem Boden liegen. Es hatte keinen Sinn, sie trocknen zu lassen; zuerst musste sie im Bach das Öl herausschrubben.

Sie ließ sich ins Wasser gleiten, das sich an ihrem steifgefrorenen Körper beinahe brühend heiß anfühlte. Mit angezogenen Knien und klappernden Zähnen saß sie da, schloss die Augen und versuchte, an irgendetwas zu denken, das ihre Verzweiflung vertreiben könnte. Panik überkam sie. Jetzt, in diesem Moment, war er noch hier, nur die Straße hinunter, aber heute Abend, wenn sie ins Bett ging, wenn die Flut kam, würde er schon auf dem Heimweg sein, um einem Sturm zuvorzukommen. Dann würde sie ihn nie wiedersehen. Er wäre für sie verloren.

»Dann ham'se dich also in der Glen Bay doch nicht gebraucht«, sagte ihr Vater im anderen Zimmer.

Sie presste die Lippen zusammen, so sehr hasste sie dieses Spielchen. »Nein, die Pläne haben sich geändert. Ich gehe stattdessen morgen.«

»Und warum haben sie sich geändert?« Seine Stimme klang hart, und sie wusste, dass er ihre Lüge durchschaute.

»Weil ich auf dem Am Blaid Lord Sholto und dem Verwalter begegnet bin. Der Lord wollte, dass ich ihm das Klettern am Seil beibringe, bevor er heute Abend abreist. Ich konnte nicht Nein sagen. Sein Vater und er haben mir zwei Schillinge bezahlt, damit ich ihnen alles zeige. Meine Verpflichtungen ihnen gegenüber hatten gegenüber den Mädchen Vorrang. Sie werden das verstehen.«

»Du kannst immer noch heute Nachmittag rüber. Da ist es noch hell genug.«

Effie spürte ihr Herz klopfen. Er stellte sie auf die Probe, damit sie sich in ihren eigenen Lügen verstrickte. »Ich bin zu durchgefroren, um heute draußen zu schlafen. Die Kälte sitzt mir in den Knochen. Ich werde mich heute Nacht lieber warmhalten und morgen in aller Frühe aufbrechen.«

Eine Pause entstand, so lang, dass sie schon dachte, er würde die Sache auf sich beruhen lassen. »Und wie kam es nach deinem Kletterunterricht mit Seiner Lordschaft zu dieser Vorführung eben im Wasser?«

»Vorführung?«

»Aye«, sagte er streng.

»Er hat mir das Schwimmen beigebracht. Jetzt kann ich die Kinder darin unterrichten. Es ist sicherer, wenn sie es können. Wir sollten es alle …«

»Es reicht!«, blaffte er unvermittelt. »Ich bin nicht von gestern, Mädchen. Glaubst du, ich merke nicht, dass du seit Tagen wie auf glühenden Kohlen sitzt? Du bist in den Mann verliebt!«

»Nein, bin ich nicht!«

»Lüg mich nicht an! Die ganze Insel hat dir gerade zugesehen, wie du die Lady gespielt hast!«, spottete er.

»Das habe ich nicht!«, erwiderte sie hitzig. »Ich will keine Lady sein. Etwas Schlimmeres kann ich mir kaum vorstellen.«

»Und er kennt nichts anderes! Das ist sein Leben.«

Sie drückte ihr Gesicht gegen die Knie und versuchte, nicht zu weinen. Dachte er, das wüsste sie nicht? Sie wusch sich das Gesicht mit heißem Wasser, immer noch zitternd.

»Gut, dass dieser Sturm aufzieht«, sagte ihr Vater im Nebenzimmer, während er das Weberschiffchen unablässig mit rhythmischem Klappern hin- und herbewegte. »Es ist Zeit, dass sie abreisen, bevor alles noch schlimmer wird. Es gibt Leute, die nicht begeistert davon wären, wenn du so weitermachst.«

Jetzt konnte sie sich nicht mehr zurückhalten. »Den Verwalter geht das nichts an!«, rief sie.

»Ich rede vom Pfarrer!«, schrie er zurück. »Ihm geht es um dein Seelenheil, nicht nur um deinen guten Ruf!«

»Aber ich habe nichts Falsches getan!«

»Das ganze Dorf hat euch gesehen – wie ihr am Strand herumgerannt seid und gelacht und getobt habt wie Kinder!«

»Und warum sollten wir das nicht? Ich habe die letzten drei Tage mit ihm und seinem Vater verbracht. Wir haben die ganze Zeit geredet. Wir sind Freunde.« Sie merkte, dass ihre Stimme brach und sie die Tränen nicht mehr zurückhalten konnte.

»Wir freunden uns nicht mit Leuten wie ihnen an. Du hast ihre Umgangsformen missverstanden und dich und mich erniedrigt. Mal davon abgesehen, dass Mathieson wütend ist, aye – du hast auch seinen Namen durch den Dreck gezogen.«

»Was soll das alles mit ihm zu tun haben?«

»Er ist ein Freund des Landlords! Er wird ihm von deiner Arroganz berichten, ihm sagen, dass du viel zu vertraulich mit seinen Freunden umgegangen bist. Du musst die natürliche Ordnung akzeptieren und wissen, wo dein Platz ist. Er gehört nicht zu uns und du nicht zu ihm, und wenn ihr euch noch so gerne gegenseitig anseht. Ihr könnt euch schöne Augen machen und Spielchen spielen, aber das ist keine Grundlage für das echte Leben.«

»Nein!« Effie schluchzte auf. »Offenbar bleibt mir nur die Wahl zwischen Fin oder Angus MacKinnon und Donald oder David MacQueen – aber das sind alles Idioten! Angus ist fies, Fin schüchtern, Donald dumm und David tollpatschig. Entweder müsste ich mein Leben lang auf sie aufpassen oder mich vor ihren Fäusten verstecken.«

»Unsinn! Sie haben ihre Fehler, aber es sind gute Kerle, und jeder von ihnen wäre ein guter Ehemann. Wie kommst du auf die Idee, etwas Besseres zu sein als die anderen Mädchen?«, grollte er.

»Das tue ich nicht!«

»Nein? Warum gelten dann für dich immer andere Regeln?«

Jetzt strömten Tränen über Effies Wangen. »Ich will einfach nur die Freiheit haben, mein eigenes Leben zu leben, anstatt mir immer sagen zu lassen, wie ich sein muss! Ich darf nicht klettern, weil ich ein Mädchen bin? Ich soll ihn nicht lieben, weil ich arm bin?«

»Das ist keine Liebe!«, schrie ihr Vater, und seine Stimme schnappte beinahe über. »Das ist eine Schwärmerei, sonst nichts! Und du hast mich blamiert. Du hast Schande über unsere Familie gebracht. Was würde deine Mutter sagen, wenn sie das erlebt hätte? Sie würde sich für dich schämen!«

Effie schlug die Hände vors Gesicht. Die Erwähnung ihrer Mutter fühlte sich wie ein Schlag an.

»Du wirst für den Rest des Tages hierbleiben, in meiner Sichtweite, so lange, bis dieses Schiff mit ihm verschwunden ist. Hast du mich verstanden?«

Sie weinte leise, immer noch zitternd, die Kälte tief in den Knochen.

»Hörst du mich?«, wiederholte er, verlangte nach einer Antwort.

»Ja, Vater.«

11. Kapitel

Der Nachmittag zog sich elend dahin. Effie erfüllte lustlos ihre Pflichten. Die Wange beim Melken an Ionas Bauch gepresst, sah sie, wie die lila Wolken immer dicker wurden. Während sie die Beete pflügte, fiel ihr auf, dass plötzliche, unberechenbaren Windstöße über das Gras fegten und die Röcke der Frauen bauschten. Die ganze Zeit behielt sie die Tür des Verwalterhauses im Auge, aber sie öffnete sich nicht.

Poppit lag neben ihr im Gras, während sie arbeitete. Die Hündin hechelte bei der schwülen Hitze und trottete gelegentlich zum Bach, um Wasser zu trinken. Die Horizontlinie war verschwommen, die Sonne nur als heller Fleck hinter dem Dunst zu erkennen. Alles wirkte schwer, und die Dorfbewohner auf der Straße bewegten sich langsam und träge.

Ein plötzlicher Schrei auf der Straße durchschnitt die gedrückte Stille.

Es war Rachel MacKinnon, Mhairis Mutter. »Sie sind wieder da!«, rief sie, ließ ihr Strickzeug auf ihrem Stuhl zurück und rannte mit erhobenen Armen die Straße entlang.

Effie blickte hinunter zum Strand und sah das kleine Ruderboot in die Bucht einfahren. Die *Vaila* ankerte jetzt dort, neben der Jacht des Grafen, aber Onkel Hamish und Archie MacQueen waren gleich, nachdem sie Kapitän

McGregor und seine Besatzung an Land geholt hatten, mit dem Dingi nach Boreray gerudert, um die übrigen Männer zu holen. Es war ein Wettlauf mit der Zeit geworden, da der Sturm schneller heranzog als erwartet. Die Wellen, die noch am Morgen sanft an den Strand geschlagen hatten, brachen sich jetzt rauschend, und weiter draußen im Meer, hinter Dùn, trugen sie weiße Schaumkronen. Kreischende Vögel sausten über den Himmel, tanzten im Aufwind wie in einem Londoner Ballsaal. Für das Ruderboot wurde das Meer langsam zu wild, daher waren alle erleichtert, es wohlbehalten auf dem bewegten Wasser schaukeln zu sehen, darin die zusammengekauerten Gestalten sonnenverbrannter Ehemänner, Brüder und Söhne – die Männer, mit denen Effie aufgewachsen war. Manche waren mit ihr verwandt, andere die Brüder ihrer Freundinnen oder Freunde ihres verstorbenen Bruders. Effie kannte all ihre Geschichten, Eigenschaften und Gewohnheiten. Aber während die Männer fort gewesen waren, hatte sie selbst sich grundlegend verändert. Es war, als hätte sie eine neue Gestalt angenommen. Würden sie es bemerken? Erkennen, dass sie nicht mehr das Mädchen war, das sie vor drei Tagen zurückgelassen hatten?

Weiter unten auf der Straße sah sie Lorna mit dem Postsack vor Donald und Mary McKinnons Haustür. Bestimmt war sie erleichtert, dass Ian jetzt zurück war und seine Aufgaben als Postmeister wieder übernehmen konnte – Lorna wurde im Moment rund um die Uhr als Krankenschwester gebraucht.

Effie drehte sich um und sah ihren Vater an der Tür

stehen, der den Tumult ebenfalls bemerkt hatte. »Soll ich runtergehen und helfen?«, fragte sie.

Sie wussten beide, dass er nicht Nein sagen konnte – nun, da die Männer zurück waren, musste die Fracht ausgeladen, geprüft und eingelagert werden. Danach würde gefeiert werden; den ganzen Tag schon köchelte das Essen auf den Herden.

Ihr Vater nickte, und Effie legte ihre Hacke weg und ging langsam zum Ufer hinunter. Alle anderen Frauen rafften ihre Röcke und rannten barfuß über die Wiesen, sie aber musste sich nicht beeilen – sie hatte niemanden an Bord, alle ihre Familienangehörigen waren an Land.

Die Hunde bellten wie üblich aufgeregt, sogar Poppit ließ sich von dem Trubel anstecken. Effie wagte es nicht, auch nur einen Blick in Richtung des Verwalterhauses zu werfen, während sie mit den anderen Frauen am Strand stand, aber ihr Herz klopfte bei dem Gedanken, dass Sholto sie vielleicht sehen konnte.

Das Boot kam jetzt näher, und die Frauen wateten darauf zu, soweit es ihre Röcke erlaubten. Effie blieb zurück, für heute hatte sie vom Wasser genug; die Kälte steckte ihr noch in den Knochen. Die Frauen bildeten eine Reihe, und die Säcke mit Wolle wanderten einer nach dem anderen zu ihr ans Ufer. Während sie sie ordentlich stapelte, sah sie, dass der Verwalter sein Haus verließ. Er tauchte jedes Mal auf, wenn es um Macht oder Geld ging.

Effie hielt den Kopf gesenkt, als er näher kam, tat so, als würde sie die Säcke zählen, obwohl sie das bereits getan hatte; es waren dreiundfünfzig.

»Sie sind immer noch bei uns, Miss Gillies«, murmelte Mathieson, während er in einen der Säcke griff und die Qualität der dunklen Wolle prüfte.

»Ja. Ich werde morgen rübergehen. Es war schon ein bisschen spät, nachdem ich …«

Er sah sie mit hochgezogenen Augenbrauen an, wartete auf ihre Beschreibung der Ereignisse im Wasser.

»… mit dem Schwimmen fertig war«, murmelte sie.

»Dann haben Sie es also gelernt«, sagte er nach einer Pause.

»Aye, Sir, und jetzt werde ich es den Kindern beibringen. Es geht um ihre Sicherheit.«

»Sicherheit? Natürlich«, sagte er, während er etwas Wolle auseinanderzog, um zu prüfen, wie fest sie war. »Es ist ein Wunder, dass bisher alle auf der Insel überlebt haben.«

Sein Sarkasmus versetzte ihr einen Stich, aber sie antwortete nicht. Über seine Schulter hinweg sah sie, dass seine Gäste herausgekommen waren und in der Tür standen, um die Rückkehr der Männer zu beobachten. Der Graf stützte sich auf ein paar Krücken, sein Fußgelenk war dick bandagiert; wieder einmal Lornas Werk. Sholto starrte zu ihr herüber. Hatten die Männer den ganzen Nachmittag über die Gastfreundschaft des Verwalters aushalten müssen? Der Graf konnte ihr natürlich nicht entkommen.

Mathieson stopfte die Wolle wieder zurück und hob die Säcke an, um ihr Gewicht abzuschätzen. Wie so oft drückte seine Haltung Unzufriedenheit aus – als verdächtige er die Dorfbewohner, ihn zu betrügen. Effie trat unbehaglich von einem Bein aufs andere und wünschte sich, sie wäre nicht mit ihm allein, aber die Männer waren immer noch nicht an Land. Sie hörte ihre Füße durch das Wasser platschen, als sie das Boot ans Ufer zogen.

»Wie geht es ihm?«, rief Floras Bruder David, während er das Schiffstau um einen Felsen wickelte. Effie sah sich nach der Person um, mit der er redete. Es war Lorna, die herbeigekommen war, um sich dem Empfangskomitee anzuschließen.

»Er erholt sich. Liegt noch im Bett«, antwortete sie und blieb kurz vor dem Strand stehen. »Ich bin zu den beiden gezogen, um in den nächsten Tagen ein Auge auf sie zu haben. Die arme Mary ist in keiner guten Verfassung; sie kann sich kaum noch bewegen.«

»Ich habe es schon oft gesagt: Wir sind froh, dass wir dich haben, Lorna MacDonald. Da drüben konnten wir nur beten und wussten nicht, ob er in Lebensgefahr schwebt.«

»Ich denke, er hat das Schlimmste überstanden«, erwiderte sie brusk. »Aber wo ihr nun alle hier seid, kommt hinauf zum Treffpunkt. Ich muss euch etwas mitteilen.« Mit diesen Worten drehte sie sich um und ging wieder zurück ins Dorf.

Effie sah ihr nach, wie sie die Straße entlangging. Ihr Vater, Mad Annie, Ma Peg und Old Fin waren bereits da und saßen auf einer Mauer. Alle murmelten beunruhigt, wechselten fragende Blicke.

Jetzt kamen die Dorfbewohner in Scharen vom Strand herauf, die Männer etwas bärtiger und magerer als bei ihrer Abreise. Ihre Hosen waren voller Grasflecken, manche voller Blut von Donalds Unfall, und sie stanken, da sie sich in den letzten Tagen weder gewaschen noch ihre Kleider gewechselt hatten. Ihre Frauen sprangen um sie herum, zupften ihnen Grashalme und Wolle von den Hemden.

Alle dreizehn Kinder gingen neben den Erwachsenen her, voller Neugier. Sie spürten, dass etwas Ungewöhnliches im Gange war. Effie hielt den Kopf gesenkt, während sie sich den anderen anschloss, wusste aber, dass Sholto sie von der Tür aus beobachtete. Er hatte sich ebenfalls umgezogen – die mit Öl und Meerwasser getränkte Kleidung war nur noch eine Erinnerung. Er flüsterte seinem Vater etwas zu, und der Graf nickte, als Sholto der Menge folgte, in einigem Abstand, aber offensichtlich mit der Absicht, zuzuhören.

Alle blieben vor Mad Annies Cottage stehen, wo sich das Parlament stets zusammenfand, und angespanntes Schweigen machte sich breit. Es war ungewöhnlich, dass eine Frau das Wort ergriff, aber Lorna als Krankenschwester besaß eine einzigartige Autorität.

»Meine Freunde und Nachbarn, ihr alle erinnert euch an die Entscheidung, die wir vor ein paar Wochen getroffen haben, und an den Brief, in dem wir darum gebeten haben, aufs Festland evakuiert zu werden …«

Ein Raunen ging durch die Gruppe; die Menge bewegte sich, als hätte jemand ihr einen Stoß versetzt.

»Also, heute ist die Antwort gekommen.« Lorna hielt einen zusammengefalteten Briefbogen hoch.

Effie fing Ian MacKinnons finsteren Blick auf. Als Postmeister war es eigentlich seine Aufgabe, Nachrichten vom Festland zu übermitteln.

»Jetzt schon?«, fragte Onkel Hamish. Obwohl er nicht der Typ war, der sich leicht überraschen ließ, klang er schockiert. »Wir haben den Brief doch gerade erst abgeschickt!«

»Offenbar ist es schnell gegangen. Man hat unsere Lage im Parlament diskutiert …«

Eisiges Schweigen trat ein, während alle auf die nächsten Worte warteten.

»… und unserer Bitte stattgegeben. Wir werden aufs Festland evakuiert!«

Jemand schrie erschrocken auf, einige Frauen schlugen sich die Hand vor den Mund, sahen ihre Ehemänner, ihre Kinder, ihre Geschwister und Nachbarn an, während ihnen die Tragweite dieser Neuigkeit bewusst wurde: Nach zweitausend Jahren menschlicher Besiedlung waren ihre Tage auf der Insel nun gezählt. Einige Männer, darunter auch Effies Vater, starrten zu Boden. Mad Annie und Ma Peg reichten einander in seltenem Schweigen die Hände. Ein paar Kinder langweilten sich und fingen an, Bockspringen zu spielen oder Räder zu schlagen.

»Wann?«, fragte jemand atemlos.

»Wohin werden wir gehen?«, fragte ein anderer.

»Bleiben wir zusammen?«

»Als was werden wir arbeiten?«

»Leute, bitte!«, rief der Pfarrer. »Lasst Miss MacDonald zu Ende sprechen. Wir haben viele Fragen, aber sie hat zum jetzigen Zeitpunkt vermutlich noch nicht alle Antworten.«

Lorna nickte ihm dankbar zu. »In dem Brief steht nur, dass wir Ende des Sommers evakuiert werden, sobald man

Wohnungen und Arbeitsstellen für uns gefunden hat. Man wird alles versuchen, damit wir zusammenbleiben können, aber es kann nicht garantiert werden. Weitere Informationen werden rechtzeitig folgen, aber wir sollen jetzt mit den Vorbereitungen für den großen Umzug beginnen, der Ende August erfolgen soll, bevor das Wetter umschlägt.«

Effie spürte ihr Herz heftig schlagen. War das wirklich wahr? Sie würden von hier fortgehen?

Als sie sich umschaute, merkte sie, das Sholto sie ansah. Sie würde auf dem Festland wohnen, auf seiner Seite des Ozeans. Das Inselleben, das sie kannte – das Klettern, die Vogeljagd, das Stricken und Spinnen –, würde sie hinter sich lassen, sie würde in einem anderen Haus leben und eine Arbeit haben. Effie erwiderte Sholtos Blick, und einen Moment waren sie beide gefangen in ihrer eigenen Welt … Wenn sie anders lebte, an einem anderen Ort, würde sie dann auch ein anderer Mensch werden? Anders genug, um gut genug zu sein? Für ihn?

Die Dorfbewohner fingen bereits an, sich zu zerstreuen. Sie mussten die Neuigkeiten erst einmal verarbeiten, sich für eine Weile zurückziehen und darüber nachdenken, welche Konsequenzen es hatte, dass ihre Bitte erfüllt würde. Die alte Lebensweise lag im Sterben. Rachel MacKinnon und Effies Tante, Mary Gillies, weinten in ihre Taschentücher, die Männer gingen mit versteinerten Gesichtern zurück zum Strand, um die Säcke mit Wolle zu holen und ins Federnlager zu bringen. Die Menschenansammlung auf der Straße wurde immer kleiner und rückte enger zusammen, auch Sholto kam näher.

»Weiß Mary Bescheid?«, fragte Archie MacQueen.

»Ich habe es ihr gesagt, aye«, antwortete Lorna.

»Ich werde mein Spinnrad nicht zurücklassen«, sagte Mad Annie entschlossen. »Es hat einmal meiner Mutter gehört.«

»Das wird auch nicht nötig sein«, entgegnete Lorna. »Wir dürfen unsere Habseligkeiten mitnehmen. Nichts muss zurückgelassen werden.«

»Das sind bedeutsame Nachrichten, Miss Gillies.« Effie drehte sich um und sah Sholto direkt neben sich. »Wie fühlen Sie sich?« Er redete mit ihr wie vor Publikum. Sie blickte sich um, wer in der Nähe stand, aber alle waren ins Gespräch vertieft, ihr Vater ging mit Old Fin langsam die Straße entlang, schien die Schande, die sie ihm gemacht hatte, für einen Moment vergessen zu haben. Jayne und Norman Ferguson saßen etwas abseits auf der Mauer, beide in Gedanken versunken.

Sie sah ihn an. »Ich hätte nie gedacht, dass das passieren würde. Ich weiß nicht, was ich denken soll. Ich kann nicht glauben …« Ihr Blick wanderte über die Bucht, blieb an den gezackten Bergen von Dùn hängen, glitt über die ausladenden Hänge des Ruaival, die majestätischen Gipfel des Mullach Mòr und des Conachair. Eine uralte Kulisse, die in jeder ihrer Erinnerungen vorkam. Sie zurückzulassen …

Tränen traten ihr in die Augen. Sie konnte nicht von hier fort! Es war absurd. Undenkbar.

»Effie, ich weiß, das muss ein Schock sein. Ich weiß, dass du nichts anderes kennst …« Er räusperte sich, dann fuhr er flüsternd fort. »Aber könnte es nicht auch …?«

»Miss Gillies, wir können uns doch darauf verlassen, dass Sie Mhairi und Flora informieren, wenn Sie sie morgen sehen?« Der Verwalter trat auf sie zu. Wie lange hatte er schon dort gestanden?

»Mr Mathieson«, sagte sie müde. »Ja, natürlich tue ich das.« Sie wollte ihn auf keinen Fall provozieren. Er war ohnehin schon dafür bekannt, stur zu sein, einschüchternd und rücksichtslos, aber an diesem Nachmittag war er in besonders schlechter Stimmung – kein Wunder, wenn man an den frühen Beginn des Tages dachte. Aus ihrem Cottage heraus hatte sie ihn draußen mit beinahe jedem streiten gehört, der ihm über den Weg lief. Ihre Tante Mary war in Tränen ausgebrochen, als er ihre gestrickten Socken kritisiert hatte, und mit Lorna hatte er sich über ihre Forderung nach mehr medizinischer Ausstattung gestritten. Sogar mit Mad Annie war er aneinandergeraten, nachdem sie ihn um zwei zusätzliche Schafe gebeten hatte. Effie wollte sich keine weitere Strafpredigt einhandeln. Nicht jetzt.

Aber wenn sie geglaubt hatte, ihre Nachgiebigkeit würde ihn besänftigen, hatte sie sich bitter getäuscht. Er schien vor Wut innerlich zu kochen, und das war ihm deutlich anzumerken.

»Nun, das ist alles eine … große Überraschung, Mr Mathieson, nicht wahr?«, fragte Sholto überaus höflich, als er merkte, dass der Verwalter keine Anstalten machte, sich zurückzuziehen.

»O ja, für mich ist es das ganz sicher, Sir.« Mathieson nickte mit kaum verhohlener Wut. »Ich wusste nichts davon. Gar nichts.«

Effie runzelte die Stirn. Das stimmte nicht. Ian MacKinnon hatte schon am Morgen seiner Ankunft versucht, das Thema mit ihm zu besprechen, aber Mathieson hatte ihn abblitzen lassen.

Wieder sah er Effie finster an. »Bitte sagen Sie mir, dass Ihr Dorf den Anstand hatte, seine Lordschaft zu informieren, bevor die Petition bei der britischen Regierung eingereicht wurde?«

Auf einmal verstand Effie, warum er so wütend war. Er würde seine Stelle verlieren. Keine Bewohner auf der Insel, das bedeutete, dass es keine Pächter gab und er keine Pacht mehr eintreiben konnte. Es würde keinen Verwalter mehr geben.

Keinen Verwalter?

Effie straffte die Schultern. Sie musste sich nicht länger vor diesem Mann kleinmachen. Ihr fiel ein Stein vom Herzen. »Mit den Formalitäten hatte ich nichts zu tun, Sir. Ich habe einfach nur getan, was von mir verlangt wurde, und unterschrieben.«

Er sah sie ungläubig an. »Und würden Sie auch von einem Kliff springen, wenn das von Ihnen verlangt würde?«

»Wenn Sie das verlangen würden? Bestimmt nicht, Mr Mathieson.«

Seine Augen wurden schmal, als er ihren veränderten Tonfall bemerkte und die Verachtung in ihrem Blick.

»Was fällt Ihnen ein, Miss Gillies?«, blaffte er.

»Mathieson, dieser Ton ist unangebracht. Mir ist klar, dass das alles sehr aufwühlend ist. Alle sind sehr erschüttert, aber Miss Gillies trägt weder die Verantwortung für diese Entscheidung noch für ihre nicht beabsichtigten Folgen«, sagte Sholto scharf. »Offenbar regelt Miss MacDonald das alles. Vielleicht sollten Sie die organisatorischen Fragen mit ihr klären.«

Das war eine Amtsenthebung, und jeder wusste es.

Der Verwalter starrte finster vor sich hin, und Effie fragte sich, ob seine Wut, die heute schon vielen ihrer Nachbarn das Leben schwergemacht hatte, erneut hervorbrechen würde. Aber er hatte sich gerade noch genug unter Kontrolle, um ohne ein weiteres Wort davonzugehen. Mit seinen Karriereaussichten verschwanden auch seine guten Manieren.

»Widerlicher Kerl«, flüsterte Sholto. »Sir John kann ihn auch nicht ausstehen.«

»Warum beschäftigt er ihn dann noch?«

»Er macht seine Arbeit gut.« Sholto zuckte mit den Schultern. »Aber lass uns nicht über ihn sprechen, dafür ist unsere Zeit zu kostbar.« Inzwischen waren die meisten gegangen, und wenn sie kein Aufsehen erregen wollten, mussten sie das jetzt auch tun. Nach diesem Vormittag konnte Effie es sich nicht leisten, weitere Aufmerksamkeit auf sich zu ziehen; so wütend wie heute hatte sie ihren Vater noch nie erlebt.

»Ich muss gehen.«

»Was? Nein, bleib. Nur ein paar Minuten.«

»Ich kann nicht.«

»Aber wir müssen reden. Das können wir doch, oder?«

Sie schüttelte den Kopf. »Mein Vater ist wütend auf mich. Als ich heute Morgen nach Hause kam, hat er mir die Leviten gelesen, und dann hat er mich den ganzen

Nachmittag nicht aus den Augen gelassen. Ich darf nicht in deine Nähe kommen. Er kann jeden Moment merken, dass ich nicht bei ihm bin, und dann wird er kommen … Ich muss gehen.«

»Aber das ist nicht fair. Es gibt Dinge, die gesagt werden müssen. Jetzt ist alles anderes.« Sie hatte eine Hand an die Hauswand gelegt und spürte jetzt seine Fingerspitzen an ihren. Er sah sich kurz um, dann beugte er sich zu ihr. »Effie, du hast gesagt, du könntest niemals von hier fort, weil du deinen Vater nicht verlassen würdest. Aber jetzt geht er selbst fort. Die Dinge ändern sich.«

»Aye, ich weiß, dass …«

»Und du hast gesagt, dass du keinen Ort hast, an den du gehen könntest. Aber auch das hat sich geändert … nicht wahr?«

Effie wich seinem Blick aus. Was sollte sie darauf antworten? »Ich weiß es nicht.«

Er blickte über ihre Schulter, offenbar sah er jemanden. »Ich weiß, dass du überrumpelt bist von dieser Situation. Du kannst dir nicht vorstellen, wie die Zukunft jetzt aussehen soll. Und ich weiß, dass es noch Monate dauert, bis du von hier fortgehst, aber wenn wir reden könnten und … ich weiß nicht, einen Plan schmieden?«

Sie blinzelte. »Einen Plan?«

Er blickte immer noch hinter sie und sah besorgt aus. »Kannst du dich irgendwie davonschleichen? Mich irgendwo treffen, bevor wir aufbrechen?«, flüsterte er drängend. »Wir müssen reden. Ich hinterlasse dir eine Nachricht … beim Bullenstall.« Jetzt richtete er sich auf.

Der Verwalter schon wieder?

»Mr Gillies!«, sagte Sholto laut und rang sich ein Lächeln ab. »Was für Neuigkeiten!«

Effie drehte sich um und sah, wie ihr Vater mit einem knappen Nicken antwortete, nicht offen geringschätzig, aber auch nicht gerade respektvoll. Wie auch der Verwalter bewegte er sich an der Grenze zur Unhöflichkeit. Die Dinge hatten sich geändert. Es spielte keine Rolle mehr, dass der Graf von Dumfries und sein Sohn Freunde des Landlords waren – nun, da Sir John MacLeod bald nicht mehr ihr Landlord sein würde.

»Ab nach Hause«, sagte ihr Vater mürrisch und packte Effie am Ellbogen. »Wir haben was zu besprechen.«

»Aber …«

»Kein Aber.« Und bevor noch irgendetwas gesagt werden konnte, zog er sie mit sich.

12. Kapitel

Die Winde waren da. Heftige Böen warfen die Wellen an den Strand und fegten über die Hänge. Effies Haare flatterten ihr wild ins Gesicht, brachten ihre Augen zum Tränen, aber sie hatte keine Hand frei, um sie zurückzustreichen. Sie war auf dem Weg zum Bullenstall, beladen mit einem Bündel Heu und einem Eimer eingeweichter Haferflocken.

Sie ging am Bach entlang, passierte die moosbewachsenen Cleits, in denen Torf gelagert wurde, und schlängelte sich seitlich durch die Lücke im Hauptdeich. Der Himmel sah aus wie ein Bluterguss, mit violetten, tief hängenden Wolken. Ihr Vater bekam von solchen Wetterlagen Kopfschmerzen.

Die Jacht in der Bucht war bereits erleuchtet, der Kapitän traf letzte Vorkehrungen, um mit der Flut auszulaufen. In einer Stunde würde das Schiff fort sein. Effie konnte Gestalten in der Dunkelheit ausmachen, sie trugen Taschen die Straße hinunter und die Tweedballen, die der Graf bestellt hatte. War Sholto auch dabei?

Trotz seiner Bitten hatte sie es nicht früher geschafft, das Haus zu verlassen. Anstatt ihren Streit fortzusetzen und mit ihr zu schimpfen, hatte ihr Vater das Haus betreten – und geweint. Der Schock darüber hatte Effie beinahe umgeworfen. Sie hatte ihren Vater bisher nur einmal weinen gesehen: als John gestorben war. Da hatte er mit einem halben Seil in der Hand auf der Klippe gestanden. Jetzt war es beinahe genauso schlimm wie damals, deshalb hatte sie ihre eigene Verwirrung weggeschoben, sich zu ihm gesetzt und versucht, ihn zu trösten. Aber seine beiden Ehefrauen und sechs seiner Kinder waren hier begraben. Wie konnte er sie zurücklassen?

Genau wie sie und viele andere hatte er wohl nicht daran geglaubt, dass man ihrer Bitte stattgeben würde. Sonst war immer alles abgelehnt worden – der Funkmast, das eigene Postboot –, warum sollten diese Politiker in London also die Evakuierung bewilligen? Er hatte nur unterschrieben, weil er sich den anderen gegenüber dazu verpflichtet fühlte. Durch seine Arthritis konnte er nicht klettern, er konnte nicht für die Witwen und auch nicht für Effie sorgen, sein einzig verbliebenes Kind. Sie unterstützte ihn. Sie arbeitete wie ein Mann und übernahm die Risiken von Männern, weil er es nicht konnte. Wie hätte er sich dafür aussprechen können, hierzubleiben, ohne dass er selbst etwas zum Überlebenskampf der Inselbewohner beitragen konnte? In dem Dorf mit seinen sechsunddreißig Einwohnern gab es nur dreiundzwanzig Erwachsene, und wenn man ihn, Old Fin, Ma Peg und Mad Annie abzog, sank die Anzahl arbeitstüchtiger Personen auf ein kritisches Level. Er konnte einem leichteren, besseren Leben für die, die ihn mitversorgten, nicht im Weg stehen.

Und Effie konnte ihn nicht verlassen. Nicht jetzt und auch zu keinem anderen Zeitpunkt. Auch wenn er ihr übelnahm, dass sie nicht John war – er war doch ihr Vater und brauchte sie. Sie fühlte sich innerlich zerrissen. Es drängte sie, hinauszugehen und Sholto zu treffen, doch sie war bei ihrem weinenden Vater geblieben. Sie hatte für ihn gekocht, während er in den Kamin starrte, in dem kein Feuer brannte. Sie hatten zusammen gegessen und dabei kaum geredet. Und als sie schließlich erklärt hatte, sie müsse den Bullen füttern und würde gleich wiederkommen, hatte er stumm seine Pfeife geraucht und viel älter ausgesehen als noch am Tag zuvor.

Sie ging schnell um die Schafhürden beim Hauptdeich herum und hinauf zum Bullenstall. Noch konnte sie keinen Hinweis darauf entdecken, dass Sholto dort war, aber sie sah Winzling, der in seinem Auslauf hin- und herlief, heftig schnaubend, wenn der Wind ihm über den Rücken fegte. Stürme brachten ihn immer durcheinander. Sobald sie das Heu ausgetauscht hätte, würde sie ihn in den Stall sperren müssen.

»Hey, alter Junge«, rief sie ihm beim Näherkommen zu. Sie redete immer mit ihm, und er schien ihr zuzuhören, sie vielleicht sogar zu verstehen. Sie griff über die Mauer und zog das Gatter zu sich, sodass es sie von dem Bullen trennte und sie sicher in den Stall gelangen konnte, während er draußen herumlief. »Hast du die Neuigkeiten gehört? Heute herrscht große Aufregung.« Sie schüttete den eingeweichten Hafer in seinen Futtertrog. »Wir gehen fort von hier. Wir alle. Das ist eine große Sache … Manche freuen sich darüber. Andere weniger. Mein Vater ist traurig.« Während sie redete, sah sie sich um, erinnerte sich daran, wie Sholto ihre Fingerspitzen berührt und vorgeschlagen hatte, einen Plan zu schmieden … Aber wo war er jetzt?

»Natürlich wird auch für dich alles anders. Du kannst nicht alleine hier oben bleiben«, sagte sie, griff nach der Mistgabel, die an einem Haken an der Wand hing, und fing an, das schmutzige Heu beiseitezuräumen. Sie hatte Winzling den Rücken zugewandt, spürte aber seine Anwesenheit, hörte seinen Atem.

Seinen Atem … Sholto?

Sie wirbelte herum, ihr Herz klopfte heftig.

Winzling sah sie an, streckte den Kopf über das Gatter und versuchte vergeblich, an den Futtertrog zu kommen.

Sie lachte erleichtert, und der Bulle schnaubte. »Sieh nur, wie schreckhaft ich bin«, sagte sie laut. »Anscheinend bin ich auch ein Nervenbündel.«

Kopfschüttelnd wechselte sie das Heu und hängte die Mistgabel zurück an den Haken. Noch ein paar Minuten, dann musste sie zurück; noch mehr Sorgen konnte sie ihrem Vater nicht zumuten. Aber wo war Sholto? War er schon wieder gegangen? Hatte er auf sie gewartet und gedacht, sie würde nicht kommen? Zwei Stunden waren vergangen, seit Lorna die Nachricht verkündet hatte. Vielleicht musste er noch mit dem Pfarrer zu Abend essen, bevor er abreiste? Oder packen?

Effie blickte nach draußen. Winzling war jetzt wieder am anderen Ende des Auslaufs, und sie klappte schnell das Gatter zurück und stieg auf die Mauer. Der Bulle, der wusste, dass er jetzt endlich sein Fressen bekommen würde, kam herbei. Effie wartete, bis er in den Stall getrottet war, dann schloss sie das Gatter, um ihn für die Nacht einzuschließen.

Die Arme vor der Brust verschränkt, ging sie um das Bullenhaus herum. Hatte Sholto sie vom Verwalterhaus aus auf dem Weg hierher gesehen? Vielleicht beobachtete er sie von irgendwo? Aber sie hatte eine ganze Viertelstunde im Stall gearbeitet, alles ganz langsam gemacht, um Zeit zu schinden …

Sie wandte sich schon zum Gehen, da sah sie etwas Kleines, Weißes in der Wand und zog ein zusammengefaltetes Stück Papier heraus. *Triff mich an dem Sturm-Cleit von heute Morgen. Ich warte auf dich.*

Effie schrie leise auf. Der Sturm-Cleit lag in der Nähe des Am Blaid und war gute fünfundzwanzig Minuten von hier entfernt – und steil bergauf! Warum gerade dort? Vermutlich war es der einzige abgeschiedene Ort, den Sholto kannte und genau benennen konnte. In einer Dreiviertelstunde würde die Flut da sein, Effie würde es kaum bis zum Cleit schaffen, bevor Sholto aufbrechen musste. Vielleicht war er auch schon wieder auf dem Rückweg, weil er dachte, sie würde nicht mehr kommen. Konnte sie ihn abfangen?

Sie hatte keine Zeit zu verlieren. Sie rannte los. Vorbei an den Cleits bei Lag Aitimir, über den Bach, den Steinbruch, die Felsen von Creagan Breac. Mit dem Instinkt einer Bergziege fand sie sich hier zurecht, denn sie gehörte zu dieser Landschaft und die Landschaft zu ihr. Die Hänge waren steil, aber grasbewachsen, und ihre nackten Füße bewegten sich lautlos vorwärts. Die extreme Kraftanstrengung ließ sie schnell ermüden, aber sie wurde nicht langsamer. Nur ein paar Minuten würden ihnen bleiben, zehn, vielleicht fünfzehn? Jetzt konnte sie den Bergkamm sehen, dahinter das Felsplateau. Sie betete, dass Sholto noch dort war und auf sie wartete. Als sie die Fläche erreichte, rannte sie auf den Sturm-Cleit zu.

»Sholto!«, rief sie, in der Hoffnung, dass ihre Stimme ihn erreichte, bevor sie selbst es tat. Dass er ihr auf halbem Weg entgegenkam, hier oben, im schwindenden Licht. Hier konnten sie zusammen sein, ohne dass jemand sie hörte oder sah … »Sholto!«

Der Wind schien sie zu verhöhnen, er trug ihre Stimme davon und antwortete nur mit leisem Pfeifen. War es zu spät? War alles umsonst und Sholto bereits fort?

Sie blieb stehen, um nach Sholto Ausschau zu halten. In den Cottages unten brannte jetzt Licht, und die erleuchtete Jacht wippte auf den Wellen auf und ab.

»Sholto!« Effie rannte zum Cleit, und als sie sich duckte, um hineinzublicken, kam er heraus.

Ihr Herzschlag setzte ein paar Takte aus, und sie taumelte zurück.

Was …?

»Seine Lordschaft ist nicht hier«, sagte Mathieson.

»Ich …«, flüsterte sie, dann erstarb ihre Stimme. Sie bekam keine Luft mehr, ihr Herz raste. Ihr ganzer Körper war im Alarmzustand. Wo war Sholto?

Sie blickte sich um, verstand nicht, was hier vorhing. Die Nachricht … der Bullenstall …

»Es tut mir leid, Sir«, keuchte sie, während sie versuchte, wieder zur Besinnung zu kommen.

»Ach, sind wir wieder bei ›Sir‹? Jetzt, da Sie keinen einflussreichen Mann mehr an Ihrer Seite haben?«

Was? Das Gefühl von Verwirrung wich und fing an, etwas anderem Platz zu machen. »Was wollen Sie?«

Er antwortete nicht gleich, sondern sah sie aus schmalen Augen an, registrierte jede Veränderung, die in ihr vorging, ihre wachsende Angst. »Ich will das, was ich schon immer wollte, Miss Gillies. Das, worauf ich sechs Jahre lang geduldig gewartet habe.«

Sechs Jahre? Ihr war nicht gleich klar, was diese Zeitspanne bedeutete. Vor sechs Jahren hatte Mac Leod ihn zu seinem Verwalter ernannt, damals war Mathieson zum ersten Mal hierhergekommen.

»Ich verstehe nicht. Was wollen Sie seit sechs Jahren?«

Er lachte auf, aber es klang hässlich. Freudlos.

»Sie, Miss Gillies! Ich will Sie!«

Sie sah ihn entsetzt an, während es ihr langsam dämmerte. Seine Geschenke hatten gar nichts mit dem Streben nach Bildung zu tun? Und seine Wut auf ihren Kontakt zu Sholto nichts mit Eifersucht oder damit, dass er sich selbst beim Landlord einschmeicheln oder seine Karriere vorantreiben wollte? Vielmehr hatte er sich ihnen in den Weg gestellt, weil er sie für sich selbst wollte?

Er packte sie am Arm. »Wer die Frucht genießen will, darf die Blüte nicht verderben. Ich war lange genug geduldig. Du hast doch nicht etwa geglaubt, ich lasse zu, dass er hier auftaucht und sich nimmt, was mir gehört?«, zischte er mit einem verzerrten Grinsen.

Sie schüttelte ungläubig den Kopf. Das konnte nicht

wahr sein, das konnte er doch unmöglich ernst meinen? »Aber … ich bin wild und verdorben, sagen Sie doch immer. Sie hassen mich«, flüsterte sie.

»Liebe. Hass. Dazwischen liegt nur ein schmaler Grat. Aber du hast Temperament, Effie Gillies, und das gefällt mir.«

Ihr war übel. Sie zitterte. Seine Augen glühten dunkel wie im Wahn oder Rausch, und sie bemerkte den Geruch von Alkohol in seinem Atem. Seit wann trank er schon? Seit er von der Evakuierung gehört und erfahren hatte, dass er seine Stelle verlor? Als ihm klar geworden war, dass er bald keine Macht mehr über sie haben würde? An einem einzigen Nachmittag hatte er alles verloren. Jetzt war er ein Mann, der nichts mehr zu verlieren hatte.

»Bitte … Lassen Sie mich gehen«, wimmerte sie. »Ich bin nicht gut genug für Sie. Sie verdienen jemand Besseren.«

»Ich weiß«, stimmte er ihr zu, beinahe ruhig. »Aber aus Gründen, die mein besseres Ich nicht versteht, verlangen mein Körper und mein Herz nach dir. Nur nach dir.« Wieder trat das verzerrte Grinsen auf sein Gesicht. »Wenn ich mit anderen Frauen zusammen bin, bist immer du es, die ich unter mir sehe …«

Ein entsetzter Laut, ein panischer Aufschrei entfuhr ihr. Sie versuchte, ihren Arm freizubekommen, als Angst und Ekel sie überkamen, aber Mathieson umklammerte ihn nur noch fester. Tränen strömten ihr über die Wangen.

»Bitte, lassen Sie mich gehen! Sholto kommt gleich. Er kann jeden Augenblick hier sein.«

Sein Grinsen wurde breiter. »Nein, er kommt nicht. Niemand kommt. Aber danke, dass du meine schlimmsten Vermutungen bestätigt hast. Wenigstens weiß ich jetzt, dass ich nicht verrückt werde.«

Verrückt werden? Das war er längst! Er verdrehte ihr den Arm, sodass es brannte. Effie keuchte, aber er hörte nicht auf. »Weißt du nicht, dass ich den ganzen Winter nur darauf warte, dass Schnee, Wind und Regen endlich verschwinden, dass der Frühling kommt und dann die Flut, damit ich wieder hierherkommen kann? Und während dieser langen Monate überlege ich mir, was dich glücklich machen könnte. Welche Dinge ich dir mitbringen kann, um dich zum Lächeln zu bringen. Aber du lächelst nie. Du siehst mich immer mit diesem typischen Blick an – als wärst du was Besseres als ich, als würdest du dich vor mir ekeln.« Ein beinahe gequälter Laut entfuhr ihm. »Warum tust du das?«

»Ich … ich …«

»Ich habe mir eingeredet, das käme von deiner Unerfahrenheit. Weil du noch nicht weißt, wie man einen Mann liebt. Dich selbst noch kaum als Frau begreifst. Du kleidest und benimmst dich nicht wie eine. Es ist, als würdest du verleugnen, was du bist.«

»Ich versuche nur, meinen Vater zu unterstützen«, flüsterte sie verzweifelt.

»Warum? Er schämt sich für dich«, spottete er. »Merkst du das nicht? Er wünscht sich einen Sohn wie Archie MacQueen oder Ian MacKinnon.«

»Das ist nicht wahr.«

»O doch, das ist es. Ich merke es an seinem Gesichtsausdruck, wenn du in den Kleidern deines toten Bruders auftauchst …« Bei Johns Erwähnung sank Effie in sich zusammen; Mathieson hatte recht. »Und deshalb wusste ich: Wenn ich bei ihm um deine Hand anhalte …«

Ihre Augen weiteten sich vor Entsetzen.

»Dann wird er Ja sagen. Ich war entschlossen, es richtig zu machen, und wusste, dass er immerhin stolz darauf sein würde, dass du eine gute Partie gemacht hast. Eine bessere, als er sich für dich hätte erhoffen können.«

»Nein …«

Er schürzte die Lippen. »Aber dann … hast du etwas mit *ihm* angefangen. Direkt vor meinen Augen, als wolltest du mich verspotten.«

»Nein, das habe ich nicht, ich schwöre …«

»Und ich habe gesehen, dass du doch weißt, wie man einen Mann liebt. Dass du dich doch als Frau begreifst. Ich habe gesehen, wie du dich auf ihn gestürzt hast, dich vor mir, deinem Vater und dem ganzen Dorf wie eine Hure benommen hast.«

»Nein …«

Er schlug sie, so fest, dass sie hingefallen wäre, hätte er sie nicht festgehalten.

»Doch. Du bist eine Hure, Effie Gillies, und jetzt weiß es jeder. Du hast Schande über deinen Vater gebracht. Über den Namen deiner Familie.« Wieder lachte er freudlos. »Und dennoch bin ich immer noch bereit, dir zu vergeben. Dir die Chance auf Achtbarkeit, auf ein gutes Leben zu geben. Bin ich verrückt? Bin ich das?«

Die Frage schien er tatsächlich ernst zu meinen. Er sah aus, als wäre er wahnsinnig; das Weiße in seinen Augen war von roten Äderchen durchzogen.

»Bitte …«

»Warum hast du mich nie so angesehen? Nur ein einziges Mal? Warum hast du immer so getan, als würde mich ein übler Geruch umgeben, selbst nachdem ich dir all diese Dinge mitgebracht hatte? Geschenke. Zeichen der Liebe … Und du hast sie angenommen.«

»Ich wusste nicht …«

»Aber du hast es getan, Effie. Du wusstest, dass niemand sonst besondere Aufmerksamkeiten von mir bekam … Eine Hand wäscht die andere. Hast du wirklich geglaubt, du musst nichts zurückzahlen?«

Er sah ihr in die Augen, aber sie konnte nicht antworten.

»Ja, wahrscheinlich hast du das wirklich geglaubt. Du bist ein dummes Mädchen. Wirklich eine Idiotin. Vielleicht hast du geglaubt, mit ihm würde alles gut ausgehen …« Er lachte lang und laut. »Als ob das jemals passieren könnte! Du hast keine Ahnung von den Kreisen, zu denen er gehört, von seinem Platz in der Welt. Du tust mir leid, Effie. Er hat mit dir gespielt … und du hast es nicht einmal gemerkt.«

»Das ist nicht wahr«, schluchzte sie.

»Doch, das ist es. Jedes Wort davon. Ein Glück für dich, dass ich ein Ehrenmann bin.«

Ehre? Das Wort ließ Hoffnung in ihr aufkeimen.

»Was …« Sie schluckte. »Was werden Sie tun?«

Er verzog das Gesicht zu einem drohenden Lächeln,

während er auf etwas zeigte, das vor ihnen lag. Sie hatte den Besenstiel auf dem dunklen Boden zuvor nicht gesehen.

»Nein!«, weinte sie, als ihr klar wurde, was er vorhatte. »Nein, Nein!« Sie versuchte, sich ihm zu entziehen, kämpfte wütend. »Sie können mich nicht zwingen!« Sie fing an zu schreien, aber er schlug sie erneut, so fest, dass ihr schwindelig wurde. Ihren Arm hielt er immer noch fest umklammert.

Effie sah ihn benommen an, dann schüttelte sie verzweifelt den Kopf, konnte aber nicht verhindern, dass er sie vorwärts zog. »Nein!« Sie ließ sich zurücksinken, versuchte, sich schwer zu machen, stemmte sich ihm entgegen.

»Doch! Los, Effie – spring!«

Ihre Füße lösten sich vom Boden, und sie spürte, dass sie flog – einen kurzen Moment. Keine Sekunde später landete sie schon wieder, aber in diesem winzigen Augenblick hatte sich ihr ganzes Leben verändert. Sie war nicht mehr Effie Gillies. Bereits die Stille, die nun folgte, enthielt den ganzen Schrecken, der sich noch verstärkte, als Mathieson sie in der Dunkelheit angrinste. »Jetzt gehörst du mir.«

Sie schüttelte den Kopf. Der Wind heulte und ließ ihre Haare flattern wie wütende Vögel. »Nein.« Ihre Stimme war nur ein Flüstern, und sie spürte Mathiesons Griff um ihren Arm noch fester, als er näher trat und seinen Mund so plötzlich auf ihren legte, dass ihre Zähne zusammenstießen. Sie versuchte, ihn wegzudrängen, aber er war stärker als sie und zog sie mit seiner anderen Hand an sich. Sie spürte seinen Speichel auf ihren Lippen, seinen Atem in ihrem Mund, während er sich noch heftiger an sie drückte und sie rückwärts stieß, bis ihre Knie nachgaben. Verzweifelt versuchte sie, sich herauszuwinden, aber es war unmöglich. Sie spürte, dass sie fiel …

Dann lag sie am Boden, und ein weiterer Schrei zerriss die Stille – es dauerte eine Weile, bis sie merkte, dass er nicht von ihr gekommen war. Effie blickte hoch und sah, dass Poppit sich in die Wade des Verwalters verbissen hatte. Mathieson heulte auf vor Schmerz, als die Hündin ihn zu Fall brachte.

»Poppit!«, schrie Effie und wich rückwärts krabbelnd zurück, dann versuchte sie mit zitternden Beinen aufzustehen. »Poppit!«

»Hey!«, rief jemand atemlos. »Was ist da oben los?«

Effie wirbelte herum und sah Mhairi um den Cleit herumkommen. Das flammend rote Haar um ihren Kopf sah aus wie ein Heiligenschein. Effies Überraschung, plötzlich ihre liebe, sanfte Freundin hier zu treffen, war nichts im Vergleich zu Mhairis Schock.

»Was …?« Mhairi registrierte Effies fassungsloses, bleiches Gesicht, den Verwalter auf dem Boden, der sein Bein umklammerte, Poppit, die drohend über ihm stand, knurrend und mit gesträubtem Fell und Blut an den Lefzen. Mhairi blickte wieder zum Verwalter und verstand.

»Was hat er getan?«, schrie sie, rannte zu Effie und hielt sie fest, suchte sie nach Verletzungen ab.

»Es ist in Ordnung, ich bin nicht verletzt«, sagte Effie zitternd. Das alles war schrecklich, aber es konnte durchaus noch schlimmer kommen. »Wirklich.«

Mhairi blickte zwischen ihnen hin und her, offenbar glaubte sie kein Wort. »Effie, was geht hier vor?«

Effie öffnete den Mund, brachte aber keinen Ton heraus, als sie über Mhairis Schulter hinweg den drohenden Blick des Verwalters sah. Solange sie und ihr Vater in seiner Schuld standen, hatte er Macht über sie. Es war noch nicht vorbei. Sie musste einen Schritt zurück machen, um ihn nicht noch mehr gegen sich aufzubringen. Wenn das alles passiert war, weil er dachte, dass Sholto sie ihm wegnahm, dann musste sie ihn von diesem Glauben abbringen. Sie musste ihn davon überzeugen, dass er falschlag. »Es gab ein Missverständnis, das ist alles. Ich wollte mich gerade auf den Heimweg machen.« Ihre Stimme war leise, aber bestimmt, ihr Blick fest.

Mhairi sah sie forschend an, merkte, wie sie zitterte. »Aber warum bist du hier oben?«

»Und du? Ich dachte, du wärst drüben auf der anderen Seite?« Ihre Frage klang wie bei einem normalen Gespräch zwischen zwei alten Freundinnen, aber ihre Stimme schwankte, und sie zitterte am ganzen Körper.

Mhairi legte den Kopf schief, während sie überlegte, in was für eine Situation sie da hineingestolpert war. Warum hatte Poppit den Verwalter angegriffen? »Aye, das war ich auch«, antwortete sie zögernd. »Aber David MacQueen ist herübergekommen, um uns die große Neuigkeit mitzuteilen, und ich dachte, ich sollte nachfragen, wie Ma und Dad es aufnehmen. Dann ist Poppit an mir vorbeigeschossen und hier heraufgerannt wie der Blitz, und ich habe mir Sorgen gemacht. Sie weicht dir nie von der Seite, aber jetzt sah sie aus, als würde sie gleich von den Klippen springen.«

Effie senkte den Blick, verzweifelt über die unglücklichen Umstände. Wäre Poppit nur eine Minute früher gekommen – dreißig Sekunden! –, dann wäre sie immer noch frei. Immer noch Effie Gillies. Heftig zitternd schlug sie die Hände vors Gesicht und spürte, dass ihr die Tränen kamen. Es war einfach zu viel …

»Effie, erzähl mir einfach, was passiert ist.« Mhairi legte ihr die Hände auf die Schultern. »Lass mich dir helfen.«

Effie blickte auf, aber sie hatte nicht mal mehr Zeit zu schreien. Alles passierte auf einmal. In der kurzen Zeit, als sie abgelenkt gewesen war, hatte der Verwalter es geschafft, aufzustehen. Das Gesicht vor Schmerz und Wut verzerrt, machte er einen Satz nach vorne und packte Mhairi an den Haaren. Er riss ihren Kopf zurück und warf sie zu Boden wie ein schmutziges Bettlaken.

»Nein!«, schrie Effie, doch es war zu spät: Poppit stürzte sich bereits wieder auf den Verwalter.

Die Welt schien stillzustehen, und Effie erlebte alles wie in Zeitlupe. Sie sah ihre geliebte Hündin im Sprung, das seidige Fell vom Wind zerzaust, die Zähne gebleckt. Das Bein des Verwalters – voller Blut – wirbelte durch die Luft, und sein Stiefel traf mit äußerster Präzision den Hundekörper. Poppit krümmte sich und änderte die Flugrichtung, flog jetzt zur Seite, prallte mit vernichtender Kraft gegen einen Felsen. Dann lag der Körper, der gerade noch vor Leben pulsiert hatte, schlaff auf dem Boden.

»Poppit!«

Schon ihr eigener Schrei hätte Effie zerreißen können, aber im nächsten Augenblick war auch noch der Verwalter bei ihr, packte sie und schüttelte sie heftig. Er konnte sie umbringen, daran bestand kein Zweifel. »Ein Wort darüber, und ich sorge dafür, dass dein Vater die Sonne nicht mehr aufgehen sieht. Hast du mich verstanden?«, zischte er.

Sie nickte verzweifelt, während Tränen über ihre Wangen strömten. Sie fühlte sich fiebrig vor Angst.

Er sah sie voller Verachtung an. »Du solltest mir dankbar sein«, sagte er und grinste. »Ich hab dir eine Rettungsleine zugeworfen. Auf dem Festland werdet ihr niemals überleben. Habt jetzt schon Schulden und keinerlei Fähigkeiten, die euch dort nutzen könnten. Wenn du eine Zukunft für deinen Vater willst, musst du die Dinge akzeptieren, wie sie sind. Du darfst nicht versuchen, gegen mich zu kämpfen, verstanden?«

Effie nickte erneut. Sie würde alles tun, um ihn zu besänftigen.

»Ich werde bald zurück sein. Ich muss jetzt eine Evakuierung organisieren, also komme ich in diesem Sommer häufiger.« Sein Grinsen wurde breiter. »Sei besser bereit für mich. Wir sind über den Besenstiel gesprungen, deshalb bist du jetzt meine Frau …«

Sie nickte immer noch und hatte das Gefühl, als würde ihr das Herz gleich aus der Brust springen.

»Ich komme zurück zu dem, was mir gehört! Rechtmäßig mir, hörst du?«, stieß er aus, das Gesicht dicht an ihres gepresst. »Ich werde mir nehmen, was mir zusteht, und wenn es das Letzte ist, was ich tue!«

Beim Geruch seines Atems musste sie sich beinahe übergeben, aber wenigstens das blieb ihr erspart, als er sie erneut heftig schlug und zu Boden warf, sodass sie über das Gras rollte. Einen Augenblick lag sie wie betäubt da und sah nur aus dem Augenwinkel, wie er davonhumpelte.

Mit großer Anstrengung hob sie den Kopf. Mhairi, auf dem Boden zusammengerollt, stöhnte, eine Hand am Hinterkopf, und blinzelte benommen. Sie hatte keine Ahnung, was ihr gerade passiert war, hatte den Verwalter hinter sich nicht kommen sehen.

»Eff …?«, stöhnte sie.

»Es ist in Ordnung. Er ist weg«, flüsterte sie, während sie zu der reglosen Hündin hinüberblickte. Sie streckte den Arm nach dem warmen Körper aus, fuhr hoffnungsvoll mit den Fingern durch das seidige Fell. »Poppit?«, flüsterte sie.

Nichts.

»Pops?« Die Tränen schnürten Effie die Kehle zu.

Das braune Fell bewegte sich – wenn auch nur für den Bruchteil einer Sekunde. Als sie ein leises Winseln hörte, schluchzte sie auf. »Oh, Gott sein Dank!« Auf allen vieren krabbelte sie dichter zu Poppit heran, vergrub das Gesicht in ihrem Fell und weinte erbärmlich. Poppit lebte! Sie beide lebten … Aber was für ein Leben war das, in dem sie ihre Freiheit und ihren Namen verloren hatte? Wie konnte sie je wieder lächeln oder auch nur einen Moment des Friedens finden, wenn sie wusste, dass er zurückkommen würde? Es war nicht vorbei. Im Gegenteil. Das Schlimmste stand ihr noch bevor.

Danach

13. Kapitel

Drei Monate später – 29. August 1930

Sie ertränkten die Hunde.

Das Schiff schaukelte auf den Wellen, und die Dorfbewohner strömten hinunter zur Anlegestelle, um den Hunden – die ihre Schafe bewacht, ihnen beim Vogelfang geholfen und jeden Abend zu ihren Füßen gesessen hatten – den Kopf unter die Wasseroberfläche zu drücken, bis Blasen aufstiegen in stummem Protest.

Es war ein brutaler, aber gnadenvoll schneller Tod, doch das war für Effie kein Trost. Voller Entsetzen hatte sie zugesehen, wie die Männer die Hunde zum Wasser gezerrt hatten, und sich dann in die Gegenrichtung gewandt, die hinkende Poppit neben sich. Jetzt saß sie zitternd an einen schwarzen Felsen gelehnt, unfähig, sich zu bewegen, über sich die aufgehende Sonne.

So war Abschied? Tod und Gewalt unter einem blauen Himmel? Sie wusste, dass das Leben auf diesem Felsen mitten im Atlantik ihre Nachbarn abgehärtet hatte, dass sie einfach taten, was getan werden musste: Das Leben auf dem Festland hatte seinen Preis, und die Hundesteuer war eine Ausgabe, die sie sich nicht leisten konnten. Auf einer Insel, wo man sich von dem ernährte, was man fing oder erntete, hatte Geld nie viel bedeutet. In ihrem neuen Leben aber würde es auf den Verdienst ankommen und nicht auf das, was man erbeutete. Jeder würde für sich selbst sorgen.

Aber dass sie schon an Geld dachten, wenn sie die Insel noch nicht einmal verlassen hatten … und dass dies die letzten Erinnerungen an ihre Heimat sein sollten …

Alle paar Minuten hörte sie ihren Namen, der vom Wind zu ihr getragen wurde und um sie zu kreisen schien wie die hübschen Klippenmöwen.

»Effie Gillies!«, ertönte die Stimme ihres Vaters. Auch wenn seine Beine nicht mehr viel Kraft hatten, seine Lunge hatte es zweifellos. Effie war damit aufgewachsen, dass er seine Anweisungen durch die Hügel brüllte, um den Wind und die Vögel zu übertönen. Er hatte nicht gesehen, wie sie, mit Poppit zusammen am Seil, auf den Ruaival gestiegen war. Unter dem Granitfelsen, auf dem sie jetzt saß, befand sich ein Abhang mit Geröll. Ein Sturz von hier oben würde sie nicht umbringen, sie aber auch nicht unbeschadet weiterlaufen lassen. (Nicht dass Poppit überhaupt noch viel lief. Ihr Bein war nach dem Bruch schlecht verheilt, deshalb entfernte sie sich nicht mehr weit vom Cottage.)

Effie rührte sich nicht.

Die Collie-Hündin schmiegte sich an sie und zitterte, als verstünde sie, dass ihr Leben in Gefahr war. Effie hielt sie fest, während sie zusahen, was in der Bucht geschah.

Die Evakuierung war seit Tagen im Gange. Seit das Dampfschiff *Dunara Castle* um die Landspitze gebogen war, packten die Dorfbewohner fieberhaft ihre Sachen zusammen. Effie hatte ihre Nachbarn Tische, Stühle, Betten und Spinnräder auf dem Rücken tragen sehen, hatte beobachtet, wie sie Wochen zu früh ihre Kartoffeln ausgruben (immer noch besser, als sie hierzulassen). Sie hatte über den Anblick der Kühe lachen müssen, die an Seilen hinter dem Dingi durchs Wasser zum Schiff gezogen wurden und laut protestierten.

Schließlich hatte man die zwölfhundert Schafe von der Glen Bay herübergeholt. Eine kleine Herde nach der anderen hatten Effie und Lorna über den Bergkamm geführt. Dann wurden die Schafe nach und nach auf ein Dingi geladen und zum Schiff gebracht. Aber selbst diese mühevolle Methode war nicht sicher, denn ein paarmal kenterte das Boot beinahe, weil die Schafe auf dem Wasser in Panik gerieten, und Onkel Hamish trug von einem Sturz ein blaues Auge davon.

Die ganze Woche über waren alle unaufhörlich beschäftigt gewesen. Wenn sie nicht gerade gepackt hatten, waren sie in die Kirche gegangen, wo der Pfarrer um ihr Seelenheil betete, als wären sie auf dem Weg zur Hölle und nicht zum schottischen Festland. Und alle hatten wenig geschlafen, bis heute, da es nichts mehr zu tun gab außer … fortzugehen.

Gestern Abend war die *Dunara Castle* mit allen Tieren und Besitztümern ausgelaufen. Jetzt standen die Älteren auf dem Friedhof, um sich endgültig von ihren Verstorbenen zu verabschieden – Großeltern, die ihr Leben lang kein anderes Land als diese Insel, oder Neugeborene, die nie etwas anderes als die Brust ihrer Mutter gesehen hatten. Floras ältester Bruder David schüttete einen Eimer Wasser aus, nachdem er einen Fußboden gewischt hatte, den nie wieder jemand betreten würde. Ian MacKinnon beugte sich über den letzten Postsack. Weil der Poststempel von St. Kilda seit ein paar Wochen bei Sammlern so begehrt war, hatte er fast die ganze Nacht damit verbracht, Postkarten abzustempeln, über achthundert Stück. Mhairi ging mit ihrer weinenden Mutter und den sechs jüngeren Geschwistern hinter sich ein letztes Mal die Straße entlang und sah aus wie ein Rattenfänger mit flammendem Haar.

Jayne Ferguson war unten an der Anlegestelle und starrte hinauf zum Mullach Mòr und auf die verlassenen Cottages. Sie schien die Matrosen in ihren weißen Anzügen gar nicht zu bemerken, die bereitstanden, sie zur *HMS Harebell* zu rudern, einem von der britischen Regierung entsandten Schiff. Nach jahrelanger Vernachlässigung bot man ihnen jetzt den Goldstandard! Drei hochdekorierte Offiziere hießen die Menschen an Bord willkommen bei ihrem ersten Schritt in ein neues Leben. Effies Blick wanderte über die Abschiedsszenen, bis er wieder zu den Männern zurückkehrte, die im flachen Wasser standen und den toten Hunden Steine umbanden, damit sie untergingen.

»Effie Gillies!«, dröhnte wieder die Stimme ihres Vaters herauf. Sie konnte ihn unten auf der Straße sehen, den Körper gebeugt wie von jahrelangem Wind, dabei war es die Arthritis, die ihn zu Boden zog. Sie sah, wie er zu den Hügeln hinaufblickte. Conachair, Mullach Mòr, Ruaival …

Schließlich fand er sie; ein heller Fleck vor dem dunklen Felsen. Seine Augen waren scharf wie die eines Adlers. »Komm sofort runter!«

»Nein!« Derselbe Wind, der seine Worte zu ihr heraufgetragen hatte, wehte ihre davon, aber ihr Vater schien an ihrer Haltung zu erkennen, was sie gesagt hatte: Sie trug den Trotz an sich wie Flora ihr scharlachrotes Tuch.

Jetzt machte ihr Vater ein paar drohende Schritte in ihre Richtung, schwer auf seinen Stock gestützt, aber davon ließ Effie sich nicht beeindrucken. Sie wusste, was echte Bedrohung war, hatte sie aus nächster Nähe erlebt.

Effie blickte wieder zum Strand. Nachdem sie mit den Hunden fertig waren, wateten die Männer jetzt ans Ufer. Im Wasser blieben dunkle Schatten zurück, die aussahen wie eine Algenwand.

»Verdammt, Mädchen! Jetzt ist keine Zeit für deinen Unfug. Komm runter!«

Die Zeit lief davon. Der Friedhof war jetzt leer. Mad Annie, Old Fin und Ma Peg schlurften mit gesenkten Köpfen zur Anlegestelle hinunter, Mhairi war mit ihrer Mutter, den Geschwistern und Jayne bereits auf dem Ruderboot. Die drei jüngsten MacQueen-Kinder und Effies Cousins und Cousinen drängten sich mit der laut jammernden Tante Mary an der Reling. Nun sollten die letzten Passagiere auf das Schiff gebracht werden, und dann würde St. Kilda nach zweitausend Jahren der Besiedlung in tiefem Schweigen versinken.

Doch jetzt bemerkte man den Tumult am Ufer. Die adretten Matrosen an der Anlegestelle starrten auf Effies Vater, der seinen Gehstock schwenkte. Gestalten auf dem Boot – rotes Haar, schwarzes Haar – und am Strand drehten sich um, die Leute suchten mit Blicken die Gegend ab und fanden Effie vor dem Felsen, den Hund in den Armen. Alle riefen jetzt ihren Namen, und es klang zunehmend verzweifelt.

»Effie!«

Sie blickte hinunter. Lorna kam über die Wiese in ihre Richtung gerannt, hundert Meter unterhalb des Felsvorsprungs, auf dem Effie saß. Ihr weißer Rock flatterte wie ein Segel.

»Was soll das?«, rief sie keuchend zu ihr herauf.

»Ich fahre nicht mit!«

Lorna sah sie erstaunt an. Zuvor hatte es einige Aufregung gegeben, weil sich Mr Bonner, ein Reporter der *Londoner Times*, in einem der Cleits versteckt hatte, mit der Absicht, nach der Evakuierung zurückzubleiben. Niemand verstand, warum. Dass er verrückte Ideen hatte, war eine Sache, aber Effie? Nach der Nacht, die sie alle durchgestanden hatten?

»Du weißt, dass das nicht geht. Wir müssen abfahren.« Lornas Tonfall war freundlich, aber bestimmt.

Nach der unruhigen, aufwühlenden Nacht hätte Effie eigentlich die Erste sein müssen, die an Bord ging. Aber beim Ertränken der Hunde hatte sie die Flucht ergriffen – ihr Beschützerinstinkt war stärker als ihr Selbsterhaltungstrieb.

»Ich lasse nicht zu, dass sie Poppit töten!« Effie blickte zum Strand und sah, dass ihr Vater jetzt bei den Matrosen in den weißen Uniformen stand. Er redete auf sie ein und hob dabei drohend seinen Stock in Effies Richtung.

Zwei Männer – Onkel Hamish und Angus MacKinnon – kamen mit großen Schritten vom Strand herauf. Ihre nackten Füße waren an den unebenen Boden und die spitzen Steine gewöhnt. Effie wusste, dass es für die erfahrenen Kletterer ein Leichtes war, auf die Klippe zu gelangen, auch ohne Seil.

Sie stand auf und lud sich Poppit auf den Rücken. Das Tier zappelte, als wäre es beleidigt, weil es getragen wurde wie ein Schaf. Aber sie mussten los. Die Männer waren schon beinahe bei Lorna angekommen und suchten den Felsen nach der besten Route ab. Effie klammerte sich an den rauen, kalten Granit, presste ihre Wange dagegen, während sie darauf wartete, dass der Hund sich beruhigte.

»Effie«, schrie Lorna.

»Nein«, schrie Effie zurück und streckte die Hand aus, um neuen Halt zu finden.

»Ich sorge dafür, dass sie ihr nichts antun«, versprach Lorna.

Aber Effie wusste, dass Lorna – trotz ihrer Bildung und all der Dinge, die sie auf dem Festland gelernt hatte – in dieser einen Sache auch nicht mehr ausrichten konnte als sie. Ein lahmer Hund hatte keinen Wert, und alle unnötigen Ausgaben mussten vermieden werden.

Effie fing an zu klettern, möglichst dicht am Felsen, um das zusätzliche Gewicht auf ihrem Rücken auszugleichen. Sie bewegte sich schnell und sicher, fand mit den Händen und nackten Füßen Halt auf kleinen Vorsprüngen oder schob die Fingerspitzen in schmale Felsspalten.

»Effie, was soll das? Du weißt, dass du nirgendwo hinkannst«, rief Lorna, jetzt aus größerer Entfernung.

Effie spähte hinunter. Die Männer waren bereits auf dem Felsen und kamen näher.

Mit einer Kraft, die sie sich selbst nicht zugetraut hätte, zog sie sich weiter nach oben. Schon vorher hatte sie Angus MacKinnon besiegen wollen, aber jetzt war es wichtiger denn je. Keuchend erklomm sie Klippe um Klippe.

Die anderen holten auf, aber Effie sah, dass die Felsspitze nur noch fünfzehn Meter entfernt war. Wenn sie mit ausreichend Vorsprung dort ankam, konnte sie ihnen davonlaufen – oder aber mit ihnen verhandeln. Die Männer würden nicht auf ihre Gefühle Rücksicht nehmen, aber es gab eine Sache, die sie sich zunutze machen konnte.

Sie überwand nun auch den letzten Abschnitt und stemmte sich mit einem kleinen Aufschrei über die Kante auf den grasbewachsenen Hang des Ruaival. Poppit zappelte freudig, weil sie nun frei war, und Effie spürte ihre Schnauze an ihrem Nacken, während sie eilig das Seil löste. Ihre Rippen taten weh, und sie hatte keine Kraft mehr in den Armen. Im nächsten Augenblick rannte die Hündin hinkend davon.

Auf allen vieren krabbelte Effie an den Rand der Klippe und schaute hinunter. Die beiden Männer waren etwa fünfzehn Meter unter ihr.

»Bleibt, wo ihr seid! Ich will mit euch verhandeln!«

Sie hielten an, eher vor Überraschung als aus Gehorsam, und wandten ihr die sonnenverbrannten Gesichter zu.

»Wenn ihr mich Poppit mitnehmen lasst, kriegt ihr beide das, was wir – nach Abzug der Gebühren – bei einer Auktion für unsere Kuh bekommen.«

»Nein, Lass!«, rief Onkel Hamish von unten. »Das erlaub ich nicht. Dein Vater wäre niemals einverstanden. Ihr braucht auf dem Festland jeden Penny, den ihr kriegen könnt. Ich lasse nicht zu, dass ihr wegen einem Hund hungert.«

»Dann müsst ihr ohne uns abfahren. Bevor ihr hier oben seid, bin ich weggerannt und habe mich mit Poppit an einem Ort versteckt, an dem ihr mich nicht finden könnt.«

»Auf dieser Insel kann man sich nicht verstecken. Wir kennen jeden Winkel«, sagte Angus mit seiner üblichen Großspurigkeit.

»Aye, aber findet ihr uns auch rechtzeitig? Oder müsst ihr dann ohne uns ablegen? Die Flut wartet nicht. Und der Kapitän läuft schon auf dem Deck hin und her. Ich sehe ihn!« Der Verwalter hatte ihnen die ganze Woche über eingeschärft, dass für die Überfahrt ein strenger Zeitplan galt.

Die Augen der Männer wurden schmal, als ihnen klar wurde, was Effie vorhatte.

»Du hinterhältige …«, setzte Angus an.

»Nein«, schnitt ihm Onkel Hamish das Wort ab. »Sie hat recht. Wenn sie sich jetzt versteckt, finden wir sie nicht rechtzeitig. Und ein Köter ist es nicht wert, seinetwegen die Abfahrt zu verpassen.«

»Dann lassen wir sie eben hier, so wie sie es will«, blaffte Angus.

»Das geht nicht, und das weißt du auch.« Onkel Hamish blickte wieder zu ihr hoch mit seinem blauen Auge. Ihr Spielchen machte ihn wütend, aber er war ein vernünftiger Mann. Er nickte langsam. »Komm jetzt, Lass. Wir machen es so. Bring den Hund mit, und wir werden eine Lösung finden, wie du die Hundelizenz bezahlen kannst.«

»Du musst es mir versprechen«, sagte sie ernst. Die Haare hingen ihr ins Gesicht, als sie zu den Männern hinunterblickte. Ein Versprechen auf St. Kilda war wie ein Handschlag. Es hatte großen Wert.

»Aye, du hast mein Wort. Und jetzt komm runter. Schluss mit dem Unsinn. Mach deinem Vater nicht noch mehr Schande.«

Effies Augen blitzten, aber sie hatte bekommen, was sie wollte. Ihr Onkel mochte schroff sein, aber er hatte Ehre; jeder wusste, dass man auf sein Wort zählen konnte. Sie stand auf. »Komm jetzt, Mädchen«, wiederholte er.

Sie sah sich um. »Poppit?«

Effie drehte sich zu allen Seiten, sah die Wiesen und das Meer. Aber keinen Hund.

»Poppit?« Ihre Stimme klang fremd. Sie kniff die Augen zusammen, um besser zu fokussieren, so wie sie es bei der Vogeljagd tat.

Ein kurzes Bellen, das in ein Quieken überging, erregte ihre Aufmerksamkeit.

»Poppit?«

Jetzt hörte sie keinen Laut mehr. Sie starrte in die Richtung, aus der das Geräusch gekommen war. Dort, in der Nähe des Sturm-Cleits, befand sich eine flache Senke. Dahinter lag der schmale Meeresarm, der eine tiefe Spalte in den Felsen schnitt.

Sie keuchte entsetzt auf und fing an zu rennen, ihre Füße flogen über den Boden – aber Füße waren zu nichts nütze, sie brauchte die Flügel eines Fischadlers, sie musste …

Ein dunkler Kopf tauchte auf. Eine breite Stirn und dicke Augenbrauen über harten Augen und einem dichten Bart.

»Wo ist mein Hund? Wo ist mein Hund?«, schrie sie, als Norman Ferguson, Jaynes Ehemann, auf sie zukam. »Hamish ist einverstanden! Poppit kommt mit! So ist es abgesprochen! Wo ist sie?«

Der Wind trieb ihre Stimme davon wie Vogelfedern, wirbelte sie durch die Luft. Sie sah Normans Gesicht, unbewegt, gleichgültig – und wusste, dass es zu spät war. Schmerz und Panik ließen ihre Beine nachgeben, und sie stürzte zu Boden. Nein! Sie spürte noch Poppits Gewicht auf ihren Schultern, nahm noch den Geruch ihres Fells an ihren Händen wahr. Unglaube und Schock überfielen sie. Wie lange hatte sie ihr Haustier aus den Augen gelassen? Eine Minute? Zwei?

Sie schrie. Alles war umsonst gewesen, und jetzt war sie allein. Völlig allein. Sie konnte sich nicht bewegen. Sie wollte es nicht. Sie lag auf dem harten Boden und schluchzte, krallte wie von Sinnen ihre Finger in Gras und Heidekraut.

Normans nackte Füße blieben vor ihr stehen, nur Zentimeter von ihrem Gesicht entfernt. Sie starrte auf den Dreck unter seinen Fußnägeln, die Haut, die seit seinen ersten Kleinkindschritten immer schmutzig war. Sie spürte seine Hand um ihren Oberarm, Finger, die sich schmerzhaft in ihre Achselhöhle gruben, als er sie hochzerrte, auf die Füße stellte, die keinen Halt finden wollten. Er hielt sie fest, bis er spürte, dass sie stand.

»Wie konntest du so grausam sein?«, weinte sie, und ihre Stimme brach. Wo war sein Mitgefühl? Sein Herz?

»Wir haben kein Geld für sie«, sagte er schlicht. Er war kein schlechter Mensch. Nur nicht sentimental.

14. Kapitel

»Effie.«

Flora streckte die Arme nach ihr aus, als Effie an Bord stieg, zusammen mit Norman Ferguson, Onkel Hamish und Angus MacKinnon. Die Dorfbewohner beobachteten sie stumm. Selbst wenn sie Mitleid mit Effie empfinden sollten, sah sie ihnen doch auch an, dass sie das Geschehene für unvermeidlich hielten. Jeden Tag mussten schwere Entscheidungen getroffen werden. Effies Kampf, ihr letzter Widerstand, war nutzlos gewesen.

»Effie, es tut mir leid.« Jayne strich ihr tröstend über den Arm, als Effie an ihr vorbeiging. Effie starrte sie an. Sie erkannte Bedauern in ihren Augen – aber tat es Jayne leid, weil sie das alles hatte kommen sehen? Oder entschuldigte sie sich für ihren brutalen Ehemann?

Ma Peg saß auf einer Bank, sang ein altes Klagelied und wiegte sich leicht hin und her. Mad Annie neben ihr tätschelte ihr in seltenem Schweigen die Hand. Old Fin saß neben ihrem Vater, der mit den Matrosen an Bord gegangen war, während Norman Ferguson Effie den Ruaival hinunterbegleitet hatte. Er brummte missmutig, als sie an ihm vorbeiging, weil sie einen solchen Wirbel gemacht und auch noch eine kleine Verspätung verursacht hatte. Was für eine Schande. Und wofür das alles? Für einen Hund, der sowieso getötet worden wäre!

Ihre Stiefel in der Hand, wankte Effie ihrer Freundin entgegen, setzte sich neben sie und verbarg das Gesicht an ihrer Schulter.

»Du Arme«, flüsterte Flora, als Effie anfing zu weinen. »Ich weiß, wie sehr du sie geliebt hast.«

»Sie hätte nicht sterben müssen«, schluchzte Effie. »Wir hatten eine Vereinbarung getroffen. Ich hatte sie gerettet.«

»Du Arme«, wiederholte Flora und hielt ihre Schultern fester. Effie strömten die Tränen immer heftiger über das Gesicht, sie war am Boden zerstört: Johns Unfall, Poppits Tod, Sholtos Abreise und die Rückkehr des Verwalters – nach all diesen Ereignissen hatte sie nichts mehr zu verlieren, keine Freude und keine Hoffnung mehr. Sie fühlte sich wie ausgehöhlt vom Schmerz.

Flora saß mit angezogenen Knien da, und erst jetzt merkte Effie, dass auch sie zitterte, und sah zu ihr auf. Ihre Freundin starrte zum Dorf hinüber, ihr sonst immer so rosiges Gesicht war kreidebleich. »Ist mit dir alles in Ordnung?«, fragte Effie.

Flora nickte langsam. »Ich kann nur einfach nicht glauben, dass das hier tatsächlich passiert. Wir tun es wirklich.«

»Aye, ich weiß.« Effie schniefte und schaute ebenfalls zur Insel zurück. Keine von ihnen hatte ihre Heimat jemals aus diesem Blickwinkel gesehen; Frauen und Kinder durften nur selten ein Boot besteigen, und nie fuhren sie so weit hinaus. Effie verstand nun, was die Fischer damit meinten, dass die Village Bay ein schöner Anblick sei. Die Steinhäuser schmiegten sich in die Bucht, eingebettet in die Felsen trotzten sie den Elementen, wie stämmige Beschützer in der

Wildnis. Wie konnten die St. Kildaer ihre Inselgruppe einfach zurücklassen? Würden jetzt nie wieder Kinder auf den Wiesen von Hirta spielen, nie wieder Rauchwolken aus den Schornsteinen steigen? Sollte das alles nur den Vögeln überlassen werden und den verbleibenden Schafen, die dem Landlord gehörten?

»Wo ist Mhairi?«, fragte Effie plötzlich. Zuletzt hatte sie die Freundin gesehen, als sie traurig mit ihrer Familie im Dingi gesessen hatte.

»Unter Deck. Es ist zu viel für sie.«

Effie schluckte die Tränen hinunter. Poppit zu verlieren war ein schwerer Schlag, aber Mhairi machte viel Schlimmeres durch. Sie hatte solche Angst vor diesem Tag gehabt.

Effie sah ihre schöne Freundin an. Nur Flora hatte ein gutes Ende in Aussicht, einen glanzvollen Neuanfang, aber auch sie sah nicht glücklich aus, sondern wirkte starr und versteinert. Wie hatte sie immer getönt, sie würde die Insel bei der erstbesten Gelegenheit verlassen und ein besseres, großartigeres Leben führen, aber nun, da sie bekam, was sie sich gewünscht hatte …

Das Schiffshorn erklang dreimal, Ketten rasselten, der Anker wurde eingeholt. Motoren begannen zu dröhnen und die Schiffspropeller im Wasser zu rotieren, das Schiff drehte sich langsam. Effie spürte, dass ihre Gefühle sie zu überwältigen drohten, wieder traten ihr Tränen in die Augen. Ihre Kehle war wie zugeschnürt, als sie ein letztes Mal die weiten, kargen Hänge betrachtete, die sie – so gut es ging – ernährt hatten, die uralten, erhabenen Gipfel von Conachair und Mullach Mòr, an deren Felswänden sie ihre übermütige Freude gehabt hatte. Ihr Blick folgte der Deichlinie, der einzigen Grenze zwischen Zivilisation und Wildnis. Sie sah die verlassenen Schafhürden und den leeren Bullenstall, den einsamen Friedhof, auf dem ihre Mutter und ihr Bruder lagen, die plätschernden Bäche, das Federnlager, das helle Haus des Verwalters …

Sie starrte auf den steinigen Strand, während das Schiff sich langsam entfernte. Jetzt sah sie ihn vor sich, mit seinem goldblonden Haar, wie er lächelnd durchs flache Wasser pflügte, hörte sein Lachen, das durch die Bucht schallte und ihr unter die Haut ging. Er kam nicht von hier, aber er war ein Teil von hier geworden, und wenn sie die Insel nicht mehr sah, würde sie auch ihn nicht mehr sehen können.

Flora und Effie strömten jetzt die Tränen über die Wangen, und sie fassten sich zitternd an den Händen. Ma Pegs Klagelied wurde lauter, sie sang für alle Inselbewohner, während das Schiff stetig aus der Village Bay glitt, hinaus aus der schützenden Umarmung von Dùn, bis die Siedlung aus der Sicht verschwand.

Sofort war das Meer bewegter, der Horizont wurde weiter, und sie hatten einen letzten Blick auf Boreray, wo Donald McKinnon in diesem Frühjahr beinahe gestorben wäre. Die hoch aufragenden Felsen, Stac Lee und Stac an Armin, wo die Männer Basstölpel gejagt hatten, waren bedeckt von weißen Vögeln. Effie erkannte den Eisenhaken, über den sie zum Anlegen immer ihr Seil geworfen hatten – eins der vielen alltäglichen Kunststücke, die ihrem Lebensunterhalt gedient hatten, der kleinen Heldentaten, um ihre Familien zu ernähren.

Das Schiff begann, hin- und herzuschaukeln, obwohl sie unter einem wolkenlos blauen Himmel fuhren. Es war erst kurz nach acht Uhr morgens, und sie hatten zehn Stunden Fahrt vor sich. Effie sah Vögel am Himmel kreisen wie tanzendes Konfetti. Noch ein letztes Mal betrachtete sie die Vogelwelt auf den Klippen, deren Teil sie – wie ihr jetzt klar wurde – gewesen war. An den höchsten Punkten brüteten die Basstölpel, weiter unten die Sturmvögel. Lummen und Tordalke saßen auf den Felsvorsprüngen darunter, Zaunkönige schossen in Felshöhlen und wieder heraus …

Langsam, je weiter das Schiff sich entfernte, veränderten die Inseln ihre Farbe, verblassten von Grün zu Grau; Einzelheiten verschwanden, nur Umrisse waren noch zu erkennen. Die Frauen winkten mit ihren Taschentüchern, als die felsige Inselgruppe kleiner und kleiner wurde. Für Effie sah es aus, als würden die Berge langsam im Meer versinken.

Plötzlich überkam sie ein großes Verlangen danach, die zerklüfteten Felsen unter ihren Füßen zu spüren. Sie wünschte, sie hätte sich die Zeit genommen, sich ein letztes Mal am Seil von Klippe zu Klippe zu schwingen. Aber das wäre ein Risiko gewesen, das sie nicht hatte eingehen können. Die ganze letzte Woche über hatte sie darauf geachtet, immer in der Nähe von Freunden oder Nachbarn zu sein, hatte mit Jayne Wasser geholt, mit Fin MacKinnon Möbel geschleppt, mit Lorna die Schafe begleitet. Voller Angst hatte sie darauf gewartet, dass der Verwalter das Cottage ihres Vaters betrat und ihm erzählte, was sie getan hatten –

doch das war nicht geschehen. Poppit hatte geknurrt und die Zähne gefletscht, mit gesträubtem Fell, sobald Mathieson irgendwo aufgetaucht war. Und der Verwalter hatte mit unterdrückter Wut zur Kenntnis genommen, dass Effie ihn mied, und nur mit den Schultern gezuckt, wenn die Dorfbewohner ihn fragten, warum der sanftmütige Hund so grimmig auf ihn reagierte.

Poppit hatte Effie beschützt.

Bis gestern Abend, als der Verwalter sie vor der Kirche abgefangen hatte. Poppit war mit den anderen Hunden im Stall gewesen und Effie einen Augenblick allein, weil Jayne gerade mit dem Pfarrer sprach. Da hatte Mathieson sie am Arm gepackt, ihr etwas ins Ohr gezischt und in diesem kurzen Augenblick den ganzen Schrecken jener stürmischen Mainacht zurückgebracht. Aber diesmal war sie vorbereitet gewesen. Sie hatte ihren Köder ausgegraben, und ihr Plan war aufgegangen.

Effie blickte noch einmal auf die wilde Insel, die langsam aus ihrer Sicht verschwand, und ihr Herz klopfte wie das eines ängstlichen Vogels. Aber die Nachtigall saß nicht mehr im Käfig. Sie war frei.

Winkende Hände waren das Erste, was Effie auffiel, als das Schiff langsamer wurde und durch ruhiges Wasser glitt. Während sie in den Hafen einfuhren, ließ der Kapitän ein letztes Mal das Schiffshorn dröhnen, und die Menge winkte noch heftiger.

Die Überfahrt hatte an die zehn Stunden gedauert, und die Wogen des Atlantiks waren so heftig gewesen, dass nicht einmal das breite Admiralitätsschiff sie glattbügeln konnte. Einige Inselbewohner waren seekrank geworden. Ein paar Männer hatten sich mit den Matrosen unterhalten, aber die meisten waren zunehmend in stummen Grübeleien versunken. Ab und zu hatte man das Schreien eines Neugeborenen gehört; Mary McKinnon hielt endlich ihr Kind in den Armen, geboren in der letzten Nacht auf Hirta. Einen Tag lang war es noch St. Kildaer gewesen.

Jetzt aber herrschte angespannte Stille, während die Matrosen dem Hafenmeister dicke Taue zuwarfen. Die Menschen von St. Kilda standen an Deck und sahen zu. Die Frauen, sonst immer mit Stricken beschäftigt, hielten ausnahmsweise die Hände still, und die Männer, sonst immer an der Arbeit, standen untätig da. Auch die Kinder rannten nicht umher, sondern hielten sich an den Röcken ihrer Mütter fest. Die Fassungslosigkeit stand allen ins Gesicht geschrieben – nicht nur, weil sie es gewagt hatten, ihre Heimat zu verlassen, sondern auch, weil sie jetzt angekommen waren.

Bereits jetzt kündigte sich die Bequemlichkeit ihres neuen Lebens an. In der Village Bay war das Anlegen meist eine heikle Sache gewesen, aber hier geschah es mit selbstverständlicher Mühelosigkeit. Ob es darum ging, ein Boot zu verlassen, oder darum, sich eine Mahlzeit zu beschaffen – hier war das Überleben nicht von der Witterung abhängig, sondern nur vom eigenen Willen. Was für eine merkwürdige Vorstellung.

Aus verquollenen Augen blickte Effie über die Menschenmenge, die sich versammelt hatte, registrierte das gierige Interesse, mit dem die Festlandbewohner sie ansahen, ihre wettergegerbten Gesichter und abgetragenen Kleider in Augenschein nahmen. Hier trugen die älteren Frauen anscheinend keine roten Kopftücher, so wie es zu Hause üblich war. Effie kam es vor, als begegneten sich zwei verschiedene Völker. Ma Peg und Mad Annie, die am Bug standen, warfen einen Federbesen, an eine Leiter gebunden, hinunter ins Wasser. Dieses Glücksritual schien unter den Festlandbewohnern Aufsehen zu erregen, und es leuchteten in schneller Abfolge einige Blitzlichter auf.

»Das sind nur die Kameras der Presseleute«, erklärte einer der Matrosen, als die St. Kildaer erschrocken zurückwichen. »Es besteht großes Interesse an Ihrem Umzug. Sogar in Australien, Amerika und Kanada ist darüber berichtet worden.«

Effie runzelte die Stirn. Sie alle waren die kleinen Kameras der Touristen gewöhnt, die ihnen ein paar Farthings dafür bezahlten, dass sie stillstanden und sich auf ihren Bildern festhalten ließen für die Leute zu Hause. Aber diese Kameras mit den hellen Schirmen waren viel größer und brutaler. Effie blickte finster auf die Männer, die ihre Gesichter hinter Filzhüten verbargen.

Die Gangway wurde polternd heruntergelassen, und der Kapitän stellte sich davor, um den Familien, die an Land gingen, die Hände zu schütteln. Von den sechsunddreißig Inselbewohnern gingen alle bis auf neun hier in Lochaline von Bord. Die anderen – Onkel Hamish mit Familie, Mary und Donald McKinnon und ihr Neugeborenes – fuhren weiter die Küste entlang und würden morgen früh in Oban ankommen. Es war nicht möglich gewesen, die ganze Dorfgemeinschaft zusammenzuhalten. Es gab nicht genug Häuser oder Arbeitsplätze an einem einzigen Ort.

In der Theorie hatte das nicht so schlimm geklungen. Effie würde die strenge Herrschaft ihres Onkels nicht vermissen, und Donald war zwar freundlich, aber seine Frau Mary kratzbürstig und immer unzufrieden … Doch als der Augenblick kam, da die Dorfbewohner ihre alten Nachbarn zurücklassen mussten, empfanden alle tiefstes Bedauern. Was würden sie mehr vermissen, die Menschen oder die Insel? Streitigkeiten, Fehden und alte Schulden waren auf einmal vergessen, die Frauen küssten sich auf die Wange, die Männer schüttelten einander die Hände. Für eine Inselnation von Kletterern war ein fester Händedruck ein Charaktertest, deshalb wurde viel Wert darauf gelegt. Sie würden sich wiedersehen, versicherten sie einander. Sich schreiben.

Und dann … war es vorbei. Sie hatten ihr altes Leben nicht hinter sich gelassen, als sie auf Hirta das Schiff bestiegen hatten, sondern taten es erst jetzt, als sie in Lochaline an Land gingen. Solange sie auf dem Schiff gewesen waren, hatten sie noch zusammengehört, aber jetzt lösten sich die Verflechtungen ihrer Gemeinschaft, und alle zerstreuten sich wie die Samen einer Pusteblume.

Wer würde den ersten Schritt machen? Alle hatten sich in Familiengruppen zusammengefunden, und auch Flora hatte Effie ein letztes Mal fest umarmt und war dann zu ihren Eltern gegangen.

Eine ganz neue Art von erwartungsvollem Schweigen machte sich breit. Befangen standen die St. Kildaer vor ihrem Publikum. Die Matrosen hatten ihre Aufgabe erfüllt und stellten sich neben dem Kapitän auf. Die Menge an Land schien wie erstarrt, niemand winkte mehr. Effie sah, dass einige Amtspersonen sie am Pier erwarteten. Sie unterschieden sich durch ihre dunklen Anzüge und Bowler von den einheimischen Männern, die Tweedanzüge und Leinenhüte trugen.

Lorna übernahm die Führung, reichte Ma Peg den Arm und half ihr die Gangway hinunter, jeder Schritt begleitet von Blitzlichtgewitter, bis sie festen Boden erreichten. Mad Annie und Old Fin folgten Arm in Arm, ohne ihre Unterhaltung zu unterbrechen. Man hätte nicht sagen könne, wer von beiden den anderen stützte.

Effie merkte, wie ihr Vater neben ihr schwankte, auf seinen Stock gestützt, während er sich darauf gefasst machte, als Nächster von Bord zu gehen. Sie wollte ihm den Arm reichen, aber er war immer noch wütend auf sie, deshalb warf er einem der Matrosen einen auffordernden Blick zu, der ihn dann mit steifer Förmlichkeit begleitete. Effie folgte ihnen mit drei Schritten Abstand und dachte, dass ihr Vater wie ein Gefangener wirkte – dabei befand er sich doch auf dem Weg in ein leichteres, freieres Leben.

»Name, bitte?«, fragte einer der Männer mit Bowler und trat auf sie zu.

»Mein Vater spricht kein Eng…«

»Robert Gillies, Euphemia Gillies«, antwortete ihr Vater,

stolz darauf, dass er erraten hatten, welche Information verlangt wurde. Er hob den Kopf, bemüht um ein würdevolles Auftreten.

»Willkommen in Schottland, Mr Gillies, Miss Gillies«, entgegnete der Mann mit einem knappen Lächeln.

Effie lächelte nicht zurück. Am liebsten hätte sie den Mann darauf hingewiesen, dass sie schon immer in Schottland lebten, dass sie genauso schottisch waren wie er.

»Ich bin Mr Croucher und werde Sie zu Ihrem neuen Zuhause bringen.«

Aber Effie hörte schon gar nicht mehr zu, sie war viel zu abgelenkt durch die Nähe der Schaulustigen, die sie mit unverhohlener Neugier anstarrten. Effie war größer als die meisten Frauen unter ihnen, aber halb so breit. Beinahe spürte sie, wie gerne diese Frauen ihre salzige Haut, den rauen Stoff ihres Rocks, ihr windzerzaustes Haar berührt hätten. Aber auch ihre eigene Neugier war geweckt – was war das für ein Puder auf ihren Gesichtern? Und wie schafften sie es, ihre Haare in so glatte, regelmäßige Wellen zu legen? Warum hatten sie kleine Falten an den Fußgelenken? Trugen sie auch ihre Sonntagskleider, oder hatten sie immer Schuhe …

»Nein!«

Ein lautes Jammern vom Deck her ließ alle aufschrecken und nach oben blicken. Mhairi war zusammengebrochen und schluchzte herzzerreißend. Sie klammerte sich an der Reling fest und schüttelte den Kopf, sodass ihre schöne rote Mähne aussah wie tanzende Flammen. »Ich kann nicht, ich kann nicht!«, rief sie verzweifelt und streckte ihren Nachbarn bittend eine Hand entgegen. »Zwingt mich nicht. Bitte zwingt mich nicht …«

Ein aufgeregtes Raunen ging durch die Menge, das Effie wütend machte. Hatten sich die Leute genau das erhofft? Waren sie deshalb hier – um einen hysterischen Zusammenbruch zu erleben? Sie spürte ihre prüfenden Blicke, hatte das Gefühl, von ihnen beurteilt zu werden.

Mhairis Mutter, mit sechs anderen Kindern, um die sie sich kümmern musste, darunter ein achtzehn Monate altes Kleinkind, warf ihrem Ehemann einen kurzen Blick zu.

»Vater! Lass mich«, schrie Mhairi, als Ian MacKinnon sie ohne ein Wort hochzog und würdevoll vom Schiff führte, die Lippen zusammengepresst. Seine Fingerspitzen, die sich tief in Mhairis Arm gruben, waren das Einzige, was seine Wut verriet, als seine Tochter sich weiter sträubte.

»Nein, nein, nein!«, schluchzte sie.

Dann blickte das Mädchen auf und schien zum ersten Mal die vielen fremden Gesichter wahrzunehmen. Der Ausdruck in ihren geröteten Augen war hoffnungslos, verriet völlige Kapitulation.

Effie wollte zu ihrer Freundin laufen, aber da wurde Mhairis Familie bereits von einem anderen Regierungsmitarbeiter in Empfang genommen. Fürsorglich führte er sie von den Zuschauern und Presseleuten weg, die jetzt noch aufgeregter wirkten. Mhairis kleine Brüder, die nicht merkten, was für Qualen ihre Schwester durchmachte, jauchzten, ließen ihre Mutter los und rannten zu einer Reihe glänzend schwarzer Autos, die am Pier parkten. Sie alle hatten schon einmal von Autos gehört, aber endlich welche zu sehen …

»Alasdair! Murran!«, rief Mhairis Mutter, während sie hinter den Kindern hereilte. Die Leute schienen sich über den Tumult zu freuen und drängten nach vorne, um das Geschehen zu verfolgen. Schon nach wenigen Augenblicken hatte Effie die Familie aus den Augen verloren. Ihre Freunde. Ihre Nachbarn.

Ein Schauder der Angst überkam sie, wie wenn man beim Klettern kurz den Halt verlor oder von einem Bodenbrüter erschreckt wurde. Sie wusste, dass die MacKinnons in ihrer Nähe wohnen sollten, dass sie Nachbarn bleiben würden – aber was bedeutete hier »in der Nähe«? Zwei Cottages weiter oder zwei Meilen entfernt?

Sie schaute noch einmal zum Schiff hinauf, zu Flora. Die beiden wechselten einen besorgten Blick, aber die Kameras begannen schon wieder laut zu klicken, als die Presseleute sie entdeckten. Floras Eltern gingen jetzt die Rampe hinunter, Flora bildete die Nachhut, ihre kleinen Geschwister an den Händen. Angesichts ihrer faszinierenden Schönheit gerieten Mhairi und ihr dramatischer Kummer sofort in Vergessenheit. Floras langes schwarzes Haar flatterte im Wind, und wieder einmal hatte sie sich in einem typischen Akt von Trotz ihr rotes Tuch um die Taille gewickelt. Ausnahmsweise schien ihr in diesem Moment nicht bewusst zu sein, wie schön sie war. Sie hatte die Lippen zusammengekniffen, um nicht zu weinen, und war leichenblass.

»Effie, komm«, sagte ihr Vater und wandte sich halb zu ihr um. »Wir müssen weiter.«

Aber Effie war noch nicht bereit, die einzigen Menschen zu verlassen, die sie kannte, und blickte panisch zum Schiff. Jetzt gingen Norman und Jayne Ferguson an Land. Norman, mit seinen breiten Schultern und langen Beinen, machte große, federnde Schritte wie ein Pilger, der das Gelobte Land erreicht. Er hatte Blut an den Händen, aber seine Augen glänzten, als er sich an den Beamten wandte, der ihn empfing. Wie Flora wartete Norman schon lange darauf, dieses neue Leben zu beginnen. Er war einer der größten Befürworter von Lornas Idee gewesen, die Regierung um Evakuierung zu bitten. Genau wie sie hatte er argumentiert, dass sie einen weiteren Winter nicht überleben würden.

»Effie!«, brüllte ihr Vater.

»Ich komme, Vater.« Zögernd folgte sie seiner gebeugten Gestalt und den beiden Herren mit Bowlerhut zu einem der glänzenden Autos. Es kam ihr merkwürdig vor, dass sich ihr Vater in dieser neuen Umgebung so sicher bewegte, während sie – jung und stark – hinter ihm herstolperte, ohne den Blick von den Passagieren lösen konnte, die noch an Bord waren. Vielleicht würde sie sie nie wiedersehen – Onkel Hamish, Tante Mary und ihre Kinder, Mary und Donald McKinnon …

»Ihr Wagen, Mr Gillies, Miss Gillies.«

Effie und ihr Vater starrten auf das Fahrzeug. Es war größer als gedacht, und glänzender, da die tiefstehende Sonne sich darin spiegelte. Am meisten gefiel ihr, dass die Räder so perfekt rund waren. Die einzigen runden Gegenstände auf Hirta waren die Mahlsteine gewesen, mit denen sie die Gerste gemahlen hatte, und die konnte man im Vergleich hierzu höchstens als rundlich bezeichnen.

Hinten wurde eine Tür geöffnet, und Effie und ihr Vater starrten einen Moment ins Innere. Die Sitzbank war nicht aus Holz, wie Effie es erwartet hatte, sondern mit glattem, pflaumenfarbenem Leder bezogen. Es verströmte einen starken Duft, den Effie nicht kannte.

»Ahoi!«

Als sie den Ruf hörten, drehten beide sich um und blickten hinauf. Onkel Hamish winkte von Deck herunter.

»Wo ist Mathieson?«, rief er jemandem auf dem Pier zu, einem der Männer mit Leinenhut, die nun, da alle Passagiere ausgestiegen waren, die Fracht ausluden. »Der Verwalter von MacLeod?«

»Hier nicht«, war die Antwort.

Hamish warf den anderen Arbeitern einen fragenden Blick zu, aber ihre Antwort war dieselbe.

»Er hat mein Geld!«, rief Hamish.

»Er ist nicht hier.«

»Das Schmackschiff ist gestern nach der *Dunara Castle* ausgelaufen«, rief Flora zu ihm hinauf.

Gestern? Hamish runzelte die Stirn, sein fragender Blick wanderte über die Menge hinweg zu Effies Vater, der nur mit den Schultern zuckte.

»Los geht's nach Oban«, rief jemand.

»Aye.« Hamish nickte widerstrebend und trat von der Reling zurück, aber sein finsterer Gesichtsausdruck verriet Unzufriedenheit.

»Warum hat er diesem Mann auch Geld anvertraut?«, murmelte ihr Vater und stieg ins Auto.

Effie setzte sich schweigend neben ihn, die Hände auf den glatten, pflaumenfarbenen Sitzen, und ihr Herz raste.

15. Kapitel

Glücklicherweise währte die Autofahrt nur kurz. Schon das Geräusch des anspringenden Motors war für das Herz ihres Vaters beinahe zu viel, und das Fahren auf der holprigen Straße gefiel ihnen beiden nicht. Für zwei Menschen, die sich nie anders als auf eigenen Beinen vorwärtsbewegt hatten, war es eine unangenehme Erfahrung. Außer sonntags waren sie auf der Insel stets barfuß gegangen, hatten immer eine Verbindung zur Erde gespürt, die sie sich schon jetzt kaum mehr vorstellen konnten.

Effie musste in ihren Schuhen ständig mit den Zehen wackeln. Lorna hatte allen Stiefel aufgezwungen – bevor sie das Festland erreicht hatten, war sie extra noch einmal über das Deck gegangen, zur »Kontrolle«. Ein neues Leben zu beginnen war schwierig genug, auch ohne in schweren Stiefeln zu stecken. Sie machten das Gefühl von Enge und Einschränkung nur noch schlimmer.

Effies ganzer Körper fühlte sich fremd an. Ihre Hände – untätig und kalt – vermissten den vertrauten Trost von Poppits Fell, ihre seidigen Ohren. Effie hatte sich nur auf den Oberschenkel klopfen müssen, um ihre treue Begleiterin an der Seite zu haben. Ihre Ohren waren an das durchdringende Kreischen vieler Vögel gewöhnt, hier aber drangen nur vereinzelte Töne zu ihr, von einsamen Singvögeln irgendwo in der Dämmerung, verborgen in diesen

Gebilden, die für die St. Kildaer das Sonderbarste von allem waren: Bäume.

Mr Croucher hielt vor einer niedrigen Steinmauer und schaltete den Motor aus. »*Home, sweet Home*«, sagte er, offenbar ohne jede Ironie.

Durch das Autofenster blickten sie auf ein niedriges Cottage. Abgesehen davon, dass es weiß war und die Dachziegel nicht mit Stahlbändern befestigt waren, unterschied es sich nicht allzu sehr von ihrem alten Haus: ein einstöckiger Bau, die Tür in der Mitte, rechts und links davon jeweils ein Fenster.

Effie stieg aus und ging um das Auto herum, um ihrem Vater herauszuhelfen. Die Sitze waren ziemlich niedrig, und sie musste ihm unter den Arm greifen, um ihn hochzuziehen. Als das geschafft war und er auf seinen Stock gestützt dastand, sah Effie sich um und versuchte, sich zu orientieren. Die Straße hatte vom Pier weggeführt und dann eine Linkskurve gemacht. Sie waren über einen flachen Hügel gefahren und blickten nun auf entfernte, violett schimmernde Hügel. Der salzige Wind, der ihr die Haare ins Gesicht blies, sagte ihr, dass das Meer hinter ihnen lag. Die Landschaft war sanft hügelig, dicht wucherndes Heidekraut reichte bis an das Cottage heran, in geringer Entfernung stand eine Baumgruppe vor einem niedrigen Felsen. Offenbar gab es hier nichts, worauf man klettern konnte – keine Berge, keine Klippen, nicht einmal Felsbrocken. Effies Körper sehnte sich bereits jetzt danach, sich zu strecken und zu dehnen.

Der Weg, den sie bis hierher zurückgelegt hatten, entsprach ungefähr der Länge von Hirta, schätzte sie. Mit dem Auto hatte es nur Minuten gedauert, zu Fuß wäre es vermutlich – wenn es nicht eine andere Strecke gab – eine knappe halbe Stunde zurück zum Dorf, da es keine Berge zu überwinden galt. Für sie war das eine Kleinigkeit, aber für einen gehbehinderten alten Mann mit Stock …

Sie blickte die Straße hinunter und sah ein weiteres weißes Cottage in hundert Metern Entfernung, und dahinter noch eins, wieder hundert Meter weiter. Für die Festlandbewohner mochte das nah sein, aber wenn man aus einem Dorf kam, in dem die gesamte Straße nur hundert Meter lang war, mit Cottages, die Seite an Seite standen wie wettergegerbte Wachposten … Ihre Dorfstraße war eigentlich eine Reihe von Räumen gewesen, in denen man nach Belieben ein- und ausging. Hier aber war viel Platz zwischen den Häusern, Straßen und Bäumen.

Auch vor dem nächsten Cottage stand ein glänzendes schwarzes Auto, und Effie fragte sich, wer dort untergebracht war. Hoffentlich die MacKinnons oder die MacQueens, auch wenn das beides große Familien waren und die Cottages – jedenfalls von außen – eher klein wirkten.

»Also, Sie sind in Nummer drei«, sagte Mr Croucher, öffnete ein Gartentor und führte sie einen kurzen Pfad entlang. »Ihre Sachen sind gestern Abend von der *Dunara Castle* geladen worden. Inzwischen sollte alles hier sein. Wenn es irgendwelche Probleme gibt, reden Sie mit Mr McDougall unten am Hafen.«

»Haben sie mir meinen Hocker gebracht? Ich brauche ihn für mein Bein«, sagte ihr Vater.

Der Mann sah ihn verständnislos an, und Effie übersetzte schnell, da er anscheinend kein Gälisch verstand.

»Man wird Ihnen alles gebracht haben, was da war, Mr Gillies«, antwortete Mr Croucher und schloss die Tür auf, während Effie seine Antwort übersetzte. Dann trat er zurück und ließ sie eintreten.

Effie brannte darauf, hineinzugehen und endlich selbst zu sehen, warum alle einen solchen Wirbel um das Leben auf dem Festland machten. Aber ihr Vater lehnte sich bereits an den Türrahmen und schlurfte über die Schwelle, sodass sie gezwungen war, zu warten.

»Seien Sie vorsichtig«, warnte Mr Croucher. »Es wird schnell dunkel, und es gibt hier leider noch keine Elektrizität.«

Sie würden kaum etwas vermissen, das sie nie gehabt hatten.

Von einem winzigen, schmalen Flur ging zu jeder Seite ein Zimmer ab, und sie betraten schweigend das auf der rechten Seite. Es war düster, feucht und staubig. Selbst an diesem schönen Sommerabend war es kühl im Inneren. Die unebenen Wände warfen Schatten, und das kleine Fenster ließ kaum Licht herein.

Sie erschauderte. An ihrer tiefen Enttäuschung erkannte sie, dass sie trotz ihres Widerstands gegen die Evakuierung irgendwie gehofft hatte, positiv überrascht zu werden.

Mr Croucher zündete einen Kerzenständer auf der Fensterbank an, und ein schwachgoldener Schein erhellte die vordere Hälfte des Raumes. Die spitzen Spulen des Spinnrads ihrer Großmutter ragten ihnen wie lange Finger entgegen, und Effie erkannte den Webstuhl ihres Vaters, der verkehrt herum in der Ecke stand.

Mr Croucher ging zu einem schmalen Sims an der linken Wand und zündete dort wieder eine Kerze an. Jetzt sah man den Raum ganz – aber das wäre nicht nötig gewesen. Ihre wenigen Besitztümer sahen in diesem Haus genauso kümmerlich aus wie zuvor auf der Insel.

»Hinter dem Haus liegt ein Klafter Holz für Sie bereit«, sagte Mr Croucher. »Für den Herd.«

Effie übersetzte für ihren Vater, und der starrte auf den schmiedeeisernen Ofen. Es war beinahe der gleiche wie der, den sie auf der Insel besessen hatten. »Was ist falsch an Torf?«, murrte ihr Vater, und Effie übermittelte seine Worte wieder an Mr Croucher.

»Gar nichts, Mr Gillies. Aber wir benutzen hier Holz. Ich nehme an, Sie haben auf der Fahrt hierher die Bäume gesehen? Davon gibt es hier eine Menge.« Mr Croucher ging auf eine Tür in der rückwärtigen Wand zu. »Hinten hinaus gibt es Wasser und an der Seite eine Außentoilette …«

Effie ging hinüber in den anderen Raum. Er hatte dieselbe Form und Größe wie die Küche, aber in der Mitte hing ein hellblaues Laken von der Decke. Sie blickte dahinter und sah das schmale Holzbett ihrer Eltern, unordentlich an die Außenwand geschoben. Auf der anderen Seite des Vorhangs stand das Einzelbett, in dem ihr Bruder sein Leben lang geschlafen hatte. In den Kopfteil war ein Stern gekerbt. Es stand schief in der Mitte des Raumes, wie hingeworfen.

Sie sah sich um. Der offene Kamin befand sich rechts von ihr, was bedeutete, dass ihr Vater auf der linken Seite des Vorhangs nichts von der Wärme spüren würde, wenn es kälter wurde. Sie zog probeweise an dem herabhängenden Laken – man würde es abnehmen müssen. Das würde einen schmerzhaften Verlust an Privatsphäre bedeuten, aber es ging nicht anders. Auf Hirta hatte sie bis zu Johns Tod das benachbarte ehemalige Blackhouse bewohnt, zusammen mit ihrer Kuh und Poppit. Einen solchen Luxus gab es hier nicht.

Mr Croucher und ihr Vater betraten das Zimmer, als Effie gerade versuchte, den Vorhang herunterzuziehen.

»Lass das«, kommandierte ihr Vater.

»Aber, Vater, du wirst frieren.«

»Es wird schon gehen«, antwortete er. Effie sah, dass er sich schwer auf seinen Stock stützte – seinen Gelenken ging es heute nicht gut.

Mr Croucher trat zum Fenster und zündete dort eine Kerze an, dann tat er das Gleiche beim Kamin. Schwaches Licht flackerte auf und zeichnete Schatten in den Raum. Der Steinboden sah kühl und beruhigend alt aus, und Effie überkam das heftige Verlangen, ihre nackten Fußsohlen auf die Steine zu drücken; sie hatte ihre physischen Instinkte den ganzen Tag unterdrückt und nun das Gefühl, es nicht länger auszuhalten. Sie starrte Mr Croucher gequält an, wünschte sich, dass er ging.

Mr Croucher lächelte. Er schien zu glauben, sie sei froh über ihre neuen Lebensumstände. »Hier ist eine grobe Karte von der Umgebung für Sie«, sagte er über seine

Schulter hinweg, während er in die Küche ging und einen Augenblick später mit einem Blatt Papier zurückkehrte. »Aber wahrscheinlich finden Sie sich bald selbst zurecht.« Er hielt die Karte ins Licht. »Sie sind hier«, sagte er und zeigte auf ein kleines schwarzes X auf dem Papier. Blaue Wellen, wie von einem Kind gemalt, in westlicher Richtung. Er zeigte auf einen Bereich im Osten, markiert mit grünen Schnörkeln. »Hier ist die Forstkommission, dort werden sich die Männer von morgen an zur Arbeit melden«, sagte er. »Von dort aus sind es anderthalb Meilen bis zum Dorf, wo der Hafen und der Fischmarkt sind, außerdem gibt es ein Gasthaus, einen Gemischtwarenladen und eine Post.« Jetzt tippte er auf einen Bereich weiter südlich. »Hier fährt zweimal pro Woche ein Bus zur Fähre bei Corran bis hinüber nach Fort William. Montags und donnerstags, glaube ich, aber da kann Ihnen Mrs Lamont im Laden weiterhelfen. Offenbar weiß sie über alles, was hier passiert, genaustens Bescheid.«

Er betrachtete die junge Frau und ihren gebeugten Vater, der ihn mit strengem Gesicht anstarrte. »Nun, Sie müssen erschöpft sein. Wenn Sie sich jetzt hier zurechtfinden, bleibt mir nur noch, Ihnen die Schlüssel für Ihr neues Heim zu übergeben und mich zu verabschieden. Ich muss zurück nach Glasgow, um von dort den Nachtzug nach London zu nehmen.«

Effie hob die Augenbrauen. Beamte aus London. Hochdekorierte Matrosen. Presseleute. Ein winkendes, gaffendes Publikum. Und das alles, um sechsunddreißig Inselbewohner sechzig Meilen von einem Felsen im Atlantik fortzubringen. Warum machte man solche Umstände?

Mr Croucher war noch nicht beim Auto, da hatte Effie schon ihre Stiefel ausgezogen und ihre nackten Füße auf den Steinboden gepresst. Sofort spürte sie, dass sie ruhiger wurde, ihr Herzschlag langsamer. »Ich dachte schon, er geht nie«, sagte sie zu ihrem Vater, der ihr den Rücken zugewandt hatte und wieder zurück in die Küche schlurfte.

»Aye«, sagte er knapp.

Sie blickte auf. Mit diesem einen Wort verriet er, was er über diesen Ort dachte. Der Umzug war ein Fehler gewesen.

Ihr Herz schlug ein bisschen schneller, als sie ihm folgte und schnell seinen Sessel herumdrehte und vor den Herd rückte. Seinen niedrigen dreibeinigen Hocker stellte sie so hin, wie er es mochte, etwas nach links. Ihr Vater setzte sich schweigend, aber das kleine Zucken, als er sich entspannte, verriet ihr, dass er im Stehen Schmerzen gehabt hatte. Er griff in seine Jackentasche und zog eine Pfeife und einen Strang schwarzen Tabak hervor.

Effie fuhr damit fort, ihre wenigen Möbelstücke zurechtzurücken, während sie dem vertrauten Klopfen lauschte, als er seine Pfeife stopfte. Dann brachte sie ihm eine Kerze, sodass er sie anzünden konnte, und er nahm drei gierige Züge.

Langsam stieß er den Rauch aus, und plötzlich roch es nach St. Kilda. Effie schloss die Augen, fühlte sich zurückversetzt: Sie hörte wieder die Vögel, sah die Bucht mit all ihren Facetten, spürte das Gras unter ihren Füßen, hörte die »Abendnachrichten« auf der Straße, wo jeder nach dem Essen hinging. Sie spürte noch einmal die Gemeinschaft der Menschen, die zusammen in diesem kleinen Tal lebten, durchlebte ihre übermütigen Kindheitsspiele und den Kuss eines Mannes mit strahlenden Augen, während sie an einem Seil hing. Aber da war auch Schmerz – eine Collie-Hündin, die von den Klippen stürzte, ein Sturm-Cleit, das alles andere als eine Zuflucht war, ein halbes Seil, das an einer Felsspitze hing … All diese Erinnerungen verschlangen sich ineinander, bis Effie keine einzelne mehr hervorrufen konnte, ohne auch die anderen heraufzubeschwören. Sie alle lebten in ihr weiter, diese Momente, die vergangen, aber nicht vergessen waren.

Sie öffnete erneut die Augen und sah sich in dem düsteren Cottage um. Vielleicht war es gut, dass es so dunstig und dunkel war. Hier konnten sie auf Dauer nicht leben, und das würde auch ihr Vater so sehen.

Je eher sie gingen, desto besser.

Die Heide lag im Dunkeln, aber über den Baumwipfeln war noch ein rosafarbener Lichtschein, als Effie eine Stunde später das Gartentor schloss und die Straße zu ihren Nachbarn in Nummer vier entlangging. Sie hatte die Truhen mit dem Leinenzeug ausgepackt, die Betten bezogen und ihre Kleider gelüftet, die noch nach salziger Seeluft rochen. Töpfe und Pfannen hingen jetzt an Haken im Kamin. Die Möbel waren ordentlich aufgestellt, mit ausreichend Abstand zueinander, damit ihr Vater nicht stolperte. Das Laken hing immer noch zwischen ihren Betten.

Während sie mit großen Schritten voranschritt, versuchte sie, ein Gefühl für die Umgebung zu bekommen. Auf gewisse Weise war die Landschaft öder als die, aus der sie kam – kaum Seevögel, keine Klippen –, aber sie konnte nicht leugnen, dass die Bäume ein wahres Wunderwerk waren, grüne Riesen, ihre Kronen wie Hände mit unzähligen Fingern. Geschöpfe, die Effie bisher nur aus Büchern kannte – rote Eichhörnchen, Marder –, tollten auf den belaubten Ästen herum und verschwanden in geheimnisvollen Unterschlupfen, bevor man sich ihnen nähern konnte. Auf Hirta gab es keine solche Mysterien. Die Insel war genau das, was man sah: ein Land aus Granit, uralt und unveränderlich. Sie hielt stand, trotzte Wind und Wetter, würde nie nachgeben – aber auch niemanden beschützen. Zuflucht fand man dort nur hinter mühevoll erbauten Wänden, und um sich Nahrung zu beschaffen, musste man schwindelerregende Klippen erklimmen und viel Mut aufbringen.

Das Auto, das vor der Nummer vier gestanden hatte, war schon lange fortgefahren, und Effie war zugleich froh und bestürzt, als sie Jayne Fergusons grazile Gestalt erblickte. Sie saß auf einem Hocker vor der Haustür und strickte Socken, als hätte sie schon immer hier gelebt. Aber wenn Jayne hier war, dann war es auch Norman, und den wollte Effie nicht sehen, nie wieder. Sie würde ihm nicht verzeihen, was er getan hatte.

»Du bist es!« Jayne lächelte. »Da bin ich froh.«

»Wirklich?«

»Natürlich. Ich schlafe besser, wenn ich weiß, dass du in der Nähe bist und auf uns aufpasst, falls der kopflose

Trommler hier auftaucht.« Jaynes Füße waren auch nackt, ihre Stiefel standen ordentlich neben der Tür.

»Erzähl das nicht Mhairi«, sagte Effie und verdrehte die Augen. »Außerdem hast du doch Norman.«

»Aye, aber niemand ist so entschlossen wie du, Effie Gillies, das weiß jeder.«

Effie blieb am Gartentor stehen. »Ist er da?«, fragte sie und konnte die Verachtung in ihrer Stimme nicht verbergen.

»Nein, er ist in die Stadt zurückgelaufen, um ein Gefühl für die Entfernungen zu bekommen. Er muss morgen in aller Frühe anfangen und will einen guten Eindruck machen.«

Erst jetzt machte Effie das Tor hinter sich zu und ging den Pfad entlang. »Darf ich?«, fragte sie, als sie auf die Haustür zutrat.

»Natürlich«, sagte Jayne, ohne ihre Strickarbeit zu unterbrechen. Klick-klack, klick-klack. Dieses Geräusch war der Klang von Effies Heimat, so wie Vaters Pfeife ihren Geruch hatte.

Effie ging schnell durch das Cottage, falls Norman unerwartet zurückkam. Die Aufteilung war identisch, nur dass es nicht die Notwendigkeit gab, ein Laken im Schlafzimmer aufzuhängen. Ein Krug mit hübschem Heidekraut schmückte bereits den Küchentisch, und Jayne hatte Vorhänge an die Fenster gehängt, um etwas Farbe und heimelige Atmosphäre hereinzubringen. Diese kleinen Unterschiede zwischen ihren Cottages schienen hier bedeutsamer als zu Hause auf der Insel, und Effie fühlte sich schlecht, weil sie sich selbst nicht um eine feminine Note bemüht hatte. Kam es hier auf solche Dinge an? Sie hatte nie gefunden, dass ihre Pflichten als gute Tochter solchen Firlefanz einschlossen – wenn ihr Vater überhaupt jemals stolz auf sie war, dann wegen ihrer Fähigkeiten am Seil. Aber vermutlich gab es hier neue Möglichkeiten, ihm zu gefallen. Auf dem Rückweg würde sie einen Strauß Heidekraut pflücken.

Sie ging zurück nach draußen und ließ sich im Schneidersitz neben Jayne ins Gras sinken. Das rosafarbene Licht war verschwunden, und ein schwacher Halbmond, fein wie ein Fingernagel, stand am Himmel.

»Also haben wir es endlich getan«, sagte Jayne seufzend, die Hände immer noch fleißig, auch wenn sie jetzt nicht mehr für ihre Miete strickte. Die Gewohnheit war ein Trost. »Wie fühlst du dich?«

Effie zögerte, während ihr unzählige Worte durch den Kopf schossen, die herauswollten wie ungeduldige Kinder. Aber keins davon konnte ausgesprochen werden. »Wütend«, entschied sie sich schließlich für das Letzte davon.

»Wütend?«

»Natürlich. Du nicht?« Aber es war eine sinnlose Frage. Effie glaubte nicht, dass Jayne in ihrem Leben jemals Wut empfunden hatte. »Das soll es sein? Dafür haben wir unser Zuhause verlassen?«

»Was ist daran falsch?«

»Alles. Alles ist so … weich.«

»Keine Nahtoderfahrungen, nur um ein Abendessen zu

bekommen, meinst du das?« Jayne lächelte, während sie Effie von der Seite ansah.

»Auf Hirta wussten wir wenigstens, dass wir am Leben waren«, schnaubte Effie.

»Das stimmt. Das wussten wir.«

Effie riss eine Butterblume aus und sah zu Jayne auf. »Was ist mit dir? Bist du froh, dass wir hier sind?«

Jetzt war es an Jayne zu zögern. »Ich glaube, das werde ich sein – irgendwann.« Sie lächelte rätselhaft.

»Und Norman? Freut der sich darüber?« Effie konnte nicht verhindern, dass ihre Stimme bitter klang.

»Wie ein kleiner Junge.« Jayne lächelte wieder. »Er ist wie Kolumbus, als er Amerika entdeckt hat. Was ihn betrifft, sind wir jetzt in der Neuen Welt angekommen.«

»Wo er sein Glück macht?«

»Aye, was auch immer das bedeutet.« Jayne zuckte mit den Schultern. »Wie geht's deinem Dad?«

»Er ist sehr still.«

»Das war zu erwarten. Für die Älteren ist es schwer.«

»Aye, vielleicht«, murmelte Effie. Auch wenn das kein Trost für Mhairi war, die es schwerer nahm als alle anderen zusammen. »Ich bin nur froh, dass ich daran gedacht habe, ein paar Haferkekse mehr zu machen, bevor es losging. Dadurch mussten wir uns heute Abend nicht mehr mit dem Herd abmühen.«

»Ich wünschte, das hätte ich auch getan. Du weißt ja, wie schnell Norman wütend wird, wenn er Hunger hat.«

Das wusste das ganze Dorf. »Habt ihr was gegessen?«

»Nein. Norman wollte sowieso ins Dorf, wie ich schon

sagte. Er wird dort im Gasthaus essen und sich mit den Einheimischen bekannt machen.«

Effie runzelte die Stirn. »Aber was ist mit dir?«

»Oh, mir geht es gut. Ich habe keinen Appetit.«

Sie schwiegen. Bei aller Offenheit wusste Effie, wann es besser war, still zu sein. Wie ihre Mutter immer gesagt hatte: Was sich zwischen Ehepartnern abspielte, war privat.

»Wer ist unser anderer Nachbar?«, fragte sie und zeigte mit dem Kinn auf das letzte weiße Cottage in Sichtweite.

»Old Fin.«

Effie war schockiert. »Allein?«

»Aye.«

Sie spürte, wie ihr das Blut in den Kopf schoss, das altvertraute Gefühl von Empörung. »Aber was denken sie sich dabei, einen alten Mann alleine in einem Haus unterzubringen, so weit weg?«

»Mach dir keine Sorgen. Ich habe gerade nach ihm gesehen, und es scheint ihm ganz gut zu gehen«, erwiderte Jayne. »Er ist müde von der Reise und schon im Bett. Morgen früh schaue ich wieder nach ihm.«

»Aber vielleicht braucht er dich nicht nur jetzt und morgen früh, Jayne. Wenn der Reiz des Neuen erst mal verflogen ist …«

»Ich werde jeden Tag nach ihm sehen.«

»Aber nach ihm sehen reicht nicht! Was, wenn er hinfällt? Er ist dort hinten völlig isoliert! Mit wem soll er reden? Was bekommt er zu sehen? Zuhause saß er von morgens bis abends auf der Straße. Niemand kam an ihm, Mad Annie und Ma Peg vorbei, ohne sich einen Kommentar darüber anzuhören, wie groß die Lämmer sind, wer sich einen Sonnenbrand eingefangen und wer Löcher im Hemd hat. Und wie soll er etwas zu essen bekommen? Sag jetzt nicht, dass es einen Laden gibt. Er kommt dort genauso wenig hin, wie er am Seil auf Vogeljagd gehen kann.«

»Du hast natürlich recht. Sie hätten das besser durchdenken sollen.« Jayne lächelte beschwichtigend. »Aber er hat uns. Wir lassen ihn nicht im Stich.«

Effie versuchte, ihre Emotionen im Zaum zu halten, ihr Schuldgefühl, weil sie ihn doch im Stich lassen würde – sie alle. Schweigend starrte sie auf ihre Hände und wünschte sich, den anderen erzählen zu können, was sie durchgemacht hatte; um wenigstens alles zu erklären. »Und die anderen? Wo sind sie alle?«

»Darüber werden wir mehr erfahren, wenn Norman zurück ist. Ich hoffe, sie haben Ma Peg und Mad Annie zusammengelassen.«

»Das bezweifle ich, nach dem, was sie mit Old Fin gemacht haben. Sie sind der Meinung, dass wir froh sein können, überhaupt ein Zuhause zu haben.«

»Na ja, ich glaube eher, dass sie bei einem Blick auf die Karte dachten, sie würden Old Fin und deinen Vater in enger Nachbarschaft unterbringen, mit uns dazwischen als … Helferinnen. Auch wenn die Entfernungen größer sind, als wir es gewöhnt sind.«

Ihren Vater von Old Fin wegzuholen … Wieder durchzuckte sie ein tiefes Gefühl von Schuld. Wie konnte sie die beiden trennen? Keiner von ihnen sprach Englisch. Sie brauchten einander. Aber die letzte Nacht hatte gezeigt, dass sie auf gar keinen Fall hierbleiben konnten. Sie hatten keine Wahl, es ging ums Überleben. Ob ihr Vater es nun glauben würde oder nicht – es war ihre einzige Möglichkeit, ihn zu schützen.

Ein kleiner Vogel landete auf der Gartenmauer und hüpfte über die Steine. Er war auffallend hübsch, mit braun-grünen Federn, durchzogen von Gelb, einem cremefarbenen Bauch und Überaugenstreif. Effie sah genau hin und vergaß einen Moment ihren Ärger, als er ein paar Töne zwitscherte, bevor er davonflog. Mit dunkelgrauen Beinen hätte sie ihn für einen Zilpzalp gehalten, aber die Beine waren hell und wiesen ihn deshalb wohl eher als *phylloscopus trochilus* aus. Ein Fitislaubsänger.

Andächtig lehnte sie sich zurück. Diesen Vogel hatte sie noch nie gesehen, aber sie hatte natürlich alles über ihn gelesen. Ihr war bekannt, dass es sich um einen Zugvogel handelte, der sich bald auf den Weg nach Afrika machen würde. Sie wusste, dass er am liebsten Insekten fraß, aber auch Beeren und Früchte vertrug. Wenn sie sich richtig erinnerte, kam er gleich zweimal im Jahr in die Mauser, ziemlich ungewöhnlich für einen Vogel …

»Vielleicht ist das alles gar nicht so schlimm?«, sagte Jayne.

Effie blickte auf und sah, dass Jayne sie anlächelte. Sie saß reglos da, nur ihre Hände bewegten sich. Klick-klack, machten die Stricknadeln. Effie vermutete, dass alle Frauen von der Insel – von Mad Annie über Ma Peg bis zu Mary McKinnon – in diesem Augenblick das Gleiche taten. Alte Gewohnheiten legte man nicht so einfach ab. »Lass uns alldem eine Chance geben. Hier gibt es vielleicht keine Klippen und Seevögel, aber Bäume und Singvögel haben eine andere Art von Schönheit.«

»Vielleicht …«, erwiderte Effie unverbindlich. Was sie hier brauchte, war nicht Schönheit, sondern eine Perspektive. Zuflucht. Einen sicheren Ort. Sie und ihr Vater mussten früher oder später von hier verschwinden. Wenn man den Verwalter erst gefunden hätte … »Ich sollte zurück«, sagte sie, stand auf und wischte sich die Grashalme von den Oberschenkeln. Bald würde es völlig dunkel sein, und sie kannte die Gegend nicht gut genug, um dann barfuß unterwegs zu sein. »Ich muss morgen früh anfangen.«

»In der Fabrik? Aye, dann treffen wir uns dort.«

»Nein, im Forstbetrieb«, korrigierte Effie sie. »Du hast einen Mann, der dich ernährt, aber bei uns bin ich der Mann und brauche auch das Gehalt eines Mannes. Wenn ich nichts verdiene, bekommt Dad nichts zu essen.«

Wieder lächelte Jayne nachsichtig. »Ah, ja. Natürlich.«

»Also dann, bis morgen.«

»Aye, bis morgen«, murmelte Jayne und sah Effie nach, die bereits auf dem Weg war, die Füße im Staub ihrer neuen Heimat.

16. Kapitel

Die Männer waren direkt vor ihr auf der Straße, ihre dunklen Köpfe bildeten eine Linie. Jeder für sich, und doch alle zusammen. Norman Ferguson war nicht auf die Idee gekommen, bei ihr anzuklopfen, als er an ihrem Haus vorbeigekommen war, und sie war darüber zugleich wütend und erleichtert gewesen.

Sie ging quer durch die Heide – die Straße war nichts für sie – und hasste die Stiefel, die schon jetzt an ihren Fersen scheuerten. An diesem Morgen war alles schiefgegangen, nach einer unruhigen Nacht mit rastlosen Träumen. Der Boden unter ihrem Bett war uneben, und das Bett wackelte, sobald sie sich bewegte. Als sich ihr erschöpfter Körper endlich dem ständigen Wackeln hatte fügen wollen, war schon die Sonne aufgegangen und hatte ihre hellen Finger nach ihr ausgestreckt. Durch dasselbe Fenster, das ihnen eine solche Freundlichkeit am Abend ihrer Ankunft verwehrt hatte, war ein Lichtstrahl genau auf ihr Gesicht gefallen. Zum Frühstück hatte es die letzten Haferkekse gegeben und einen schwachen Tee.

Ihr Vater hatte Feuer gemacht, auch wenn er dabei die ganze Zeit gemurmelt hatte, wie verrückt es sei, Holz zu verbrennen. Auf Hirta war das ein äußerst knappes Gut, dort gab es nur Treibholz oder angeschwemmte Teile von Schiffswracks. Das Material war kostbar und hätte dort als

Bauholz einen weit besseren Nutzen gefunden, zum Beispiel für ein neues Tischbein oder einen Fenstersturz.

Der Tag würde nicht kalt werden – die Kornweihen, die in der Thermik aufstiegen, sagten Effie, dass es auch heute warme Winde geben würde –, aber die Flammen vertrieben die abgestandene Feuchtigkeit aus den Räumen, und als Effie gegangen war, hatte ihr Vater in seinem Sessel neben der Tür gesessen und mit seinem Taschenmesser an einem Stock geschnitzt. Der Webstuhl, ohne Garn zum Weben, stand nutzlos in der vorderen Ecke neben dem Spinnrad und nahm unnötigen Raum ein. Was würde der Vater heute machen, während sie den ganzen Tag arbeitete?

Mithilfe von Mr Crouchers Karte und dem, was sie noch von der Autofahrt wusste, hatte sie sich eine Route zurechtgelegt, um zur Arbeit zu kommen. Ihr Plan ging allerdings nicht ganz auf – den Sumpf gleich hinter der Brücke hatte sie erst bemerkt, als sie schon fast bis zum Knie darin versunken war. Auch auf die Kolonie von bodenbrütenden Raubmöwen war sie nicht gefasst gewesen. Sie hatten Effie aus ihrem Gebiet verjagt, und dabei hatte eine von ihnen ihre Klauen in ihr Haar gegraben. Jetzt stand es zu Berge, sosehr Effie auch versuchte, es glattzustreichen.

Dennoch lag sie nur eine Viertelmeile hinter den Männern zurück. Sie hätten nur einen Blick zurück werfen müssen, um ihre einsame Gestalt in der Heide zu entdecken, aber jetzt verschwanden sie aus ihrer Sicht, und Effie fing an zu laufen, auf die lilafarbenen Hügel zu. Sie stieg auf einen kleinen Buckel und blickte in die flache Senke hinab, wo der Forstbetrieb lag. Es waren nur ein paar große Lagerhallen – größere Gebäude, als Effie sie je gesehen hatte – und ringsherum riesige Stapel von Stämmen, die einst Bäume gewesen waren. Jetzt lagen sie ohne ihre buschigen Köpfe und tastenden Arme da, und Effie musste an das Leben denken, das sie einmal beherbergt hatten und das sich nun ein neues Zuhause suchen musste. Ein paar Lastwagen standen neben einer Reihe lang gestreckter, niedriger Hütten mit Blechdächern. Einige der Männer, mit denen Effie aufgewachsen war, standen an der Tür der mittleren Hütte, die Aufmerksamkeit auf etwas gerichtet, das sich im Inneren befand.

Die letzten hundert Meter rannte Effie, denn sie wollte nichts verpassen.

»Hey«, keuchte sie, als sie Finlay und Angus MacKinnon erreichte, die ganz hinten standen. »Hab ich was verpasst?«

Angus schaute auf sie herab, und Effie war bestürzt über die unverhohlene Verachtung, die in seinem Blick lag. Ihr war bewusst, dass zu Hause große Rivalität zwischen ihnen geherrscht hatte, aber sie hatte gedacht, dass man hier, unter Fremden, freundlich zueinander war. »Was machst du hier?«, blaffte er.

»Dasselbe wie du. Mich zur Arbeit melden«, gab sie zurück, während sie sich auf die Zehenspitzen stellte, um zu sehen, wer da vorne sprach.

Er lachte ungläubig auf.

»Das ist hier nicht die Dorfversammlung, Effie«, zischte sein Bruder Fin, als sie die Hand auf seine Schulter legte, um sich abzustützen. »Hier läuft das anders. Du kannst nicht hierbleiben. Die Frauen sind im Dorf.«

»Aber das ist nichts für mich«, flüsterte sie zurück.

Fin zuckte mit den Schultern und versuchte, ihre Hand abzuschütteln. »Effie, hör auf mit deinen Spielchen. Das hier ist ernst. Wir müssen uns alle anpassen, auch du.«

Die Stimme, die vorne gesprochen hatte, verstummte.

»Sie. Da hinten. Stimmt was nicht?«, fragte ein Mann am anderen Ende des Raumes. Effie war nicht groß genug, um ihn sehen zu können.

»Ja, tatsächlich, Sir«, antwortete Angus und reckte das Kinn, damit alle sehen konnten, dass er derjenige war, der redete. »Hier ist eine, die sagt, sie will sich zur Arbeit melden.«

»Schsch, verschwinde«, zischte ihr Finlay erneut zu, als alle sich zu ihr umdrehten. Er war drei Jahre jünger als sein ältester Bruder und zwei Jahre älter als sie. »Wir müssen hier einen guten Eindruck machen. Also mach keinen Ärger, Effie, nur dieses eine Mal!«

»Ich habe jedes Recht, hier zu sein«, zischte sie zurück und wehrte sich, als er versuchte, sie zurück in den Hof zu schieben. Als Kinder hatten sie oft gerauft, und sie hatte viele Male gewonnen – bevor er doppelt so schwer geworden war wie sie. Sie hakte sich mit dem Fuß am Türrahmen fest, entschlossen, sich nicht hinausdrängen zu lassen, aber nun trat Finlay einfach vor sie, sodass man sie nicht mehr sehen konnte.

Einige murrten über den Tumult.

»Was ist da hinten los? Sie, Mann, wie heißen Sie?«

»MacKinnon, Sir. Finlay MacKinnon.«

»Und was soll die Unruhe?«

»Daran ist nicht Fin schuld, Sir«, sagte Angus und schob seinen Bruder zur Seite.

Effie kannte alle Männer hier im Raum, bis auf einen. Der Vorarbeiter starrte sie verblüfft an – sie war sich nicht sicher, ob es an der Männerkleidung lag oder an ihrem schlammverkrusteten Bein und dem zerzausten Haar.

Stille trat ein, während sie einander ansahen. Er hatte einen Schnurrbart und blasse, teigige Haut, die an den Wangen vernarbt war. Unter seinen hochgekrempelten Hemdsärmeln sah sie eine unschöne Narbe, beinahe wie von einem Krokodilbiss, über die gesamte Länge seines rechten Unterarms.

»Und Sie sind?«

»Euphemia Gillies. Effie Gillies. Ich komme, um zu arbeiten.«

Seine Augen blitzten belustigt. »Also, Miss Gillies, es tut mir leid, Sie darüber informieren zu müssen, dass wir bei der Forstkommission nur Männer beschäftigen.«

Sie legte den Kopf schräg, ließ ihn aber nicht aus den Augen. »Warum?«

Er schien erstaunt über ihre Frage. »Weil für diese Arbeit die Körperkraft eines Mannes nötig ist«, antwortete er.

»Das hat man mir zu Hause über die Vogeljagd auf den Klippen auch immer gesagt, aber ich habe es ihnen gezeigt und kann es auch Ihnen zeigen: Ich bin genauso gut wie jeder Mann hier.« Sie wandte den Blick nicht ab, auch als sie Angus neben sich kichern hörte.

Der Vorarbeiter blickte von einem zum anderen. »Miss Gillies, ich zweifle nicht an Ihrer Leistungsfähigkeit, aber für die Frauen hat man Arbeit im Dorf gefunden, sie helfen Mrs …«

»Ich möchte keine Arbeit für Frauen, Sir. Ich brauche ein Männergehalt. Wissen Sie, ich bin allein mit meinem Vater. Er ist nicht gut zu Fuß, deshalb ist es an mir, unser Essen auf den Tisch zu bekommen. Das kann ich nicht mit dem, was man für Frauenarbeit bekommt. Sie werden sehen, dass ich genauso fleißig und stark bin wie diese Männer. Oder besser! Auf Hirta war ich die schnellste Kletterin …«

Angus schnaubte empört.

»Und weil ich kleiner bin, konnte ich in Felsspalten klettern, in die sie nicht passten. Ich werde Ihnen eine Hilfe sein, das verspreche ich. Ihr setzt euch doch für mich ein, Freunde, oder?« Sie blickte in die Gesichter, die sie schon ihr Leben lang kannte: Archie MacQueen, Floras Vater, Finlay MacKinnon, der mittlere von Mhairis Brüdern und immer der vernünftigste von ihnen; sogar Norman Ferguson sah sie an. Sie hatten in der Kirche zusammen gebetet und in der Schule nebeneinandergesessen, sie waren gemeinsam klettern und jagen gewesen und hatten zusammen Vögeln den Hals umgedreht. Nun aber blickten sie alle zu Boden. Es waren ehrenhafte Männer, mutig und selbstsicher, doch jetzt merkte Effie erstaunt, dass sie Angst hatten – und sich für diese Angst schämten. Sie konnten sich nicht für sie einsetzen, weil sie hier keine Macht hatten. Anders als zu Hause hielten sie ihr Schicksal nicht mehr in den eigenen Händen. Ein bar ausgezahlter Lohn und die Annehmlichkeiten, die er mit sich brachte, waren ihnen wichtiger als ihre Würde.

Das Schweigen hielt an, niemand trat vor und niemand ergriff das Wort. Effie spürte, wie ihr übel wurde. Das bedeutete Verrat. Verleugnung.

»Hier liegen die Dinge anders, Lass«, sagte der Vorarbeiter, und sie spürte, dass sie errötete. »Was drüben auf den Inseln akzeptabel war – vielleicht sogar notwendig – ist hier nicht möglich.«

»Warum nicht?« War sie die Einzige, die das infrage stellte?

»Sagen wir einfach, es gibt eine Etikette, die besagt, wie die Dinge gemacht werden.«

Effie starrte ihn fassungslos an. Das Wort »Etikette« hatte sie noch nie gehört. Es hatte keinerlei Bedeutung. »Wenn Sie mir nur einfach die Chance geben könnten, mich zu beweisen …«

»Aber selbst wenn Sie das täten, würde es keinen Unterschied machen. Ich kann so ein Persönchen wie Sie nicht hier arbeiten lassen. Da würden wir uns ja lächerlich machen. Das hier ist Männerarbeit.«

Bei diesen Worten wurde Effie die ganze Hoffnungslosigkeit ihrer Lage bewusst, und auf einmal fiel es ihr schwer zu atmen. War sie aufgrund ihres Geschlechts verdammt?

»Wie wäre es, wenn wir die Sache mit einer Runde Armdrücken klären?«, schlug Angus MacKinnon mit grausamem Spott vor.

»Das wird nicht nötig sein«, sagte der Vorarbeiter kühl. »Miss Gillies versteht die Situation, oder, Lass?«

Sie schwieg eine Weile und ließ den Blick durch den Raum wandern. Die meisten Männer besaßen den Anstand, wegzuschauen, beschämt, weil sie ihr die Chance verweigert hatten, sich zu beweisen, obwohl sie doch wussten, dass …

»Aye, Sir«, sagte sie bitter.

»Mrs Buchanan erwartet Sie. Am besten beeilen Sie sich, sie wird denken, Sie kommen zu spät, und sie ist eine große Verfechterin von Pünktlichkeit.« Erneut betrachtete er ihre Kleidung, ihre nassen Füße und die Schlammschicht bis zu ihren Knien. »Vermutlich hat sie auch etwas, das Sie anziehen können.«

»Das wird nicht nötig sein.«

»Im Gegenteil, ich denke, sie wird darauf bestehen.«

»Ich trage nicht die Kleider von jemand anderem.«

»Äh … Das tust du doch schon«, flüsterte Angus vernehmlich.

»Schauen Sie«, sagte der Vorarbeiter. »Sie haben selbst gesagt, dass Sie Geld verdienen müssen, um das Essen auf den Tisch zu bringen. Und wie können Sie das, wenn Sie Mrs Buchanans Anforderungen nicht entsprechen?«

»Tja, auf die andere Art wohl kaum, so viel ist klar. Niemand würde für sie bezahlen«, sagte Angus gedehnt, ermutigt durch das anhaltende Schweigen der Männer.

Anscheinend hielt er sich für schlagfertig, aber Effie bewies ihm, dass ihre Fäuste schneller waren, und versetzte ihm einen überraschenden Schlag in die Nierengegend –

so wie John es ihr beigebracht hatte –, noch bevor er über seinen eigenen Witz lachen konnte. Er taumelte ein paar Schritte zu Seite, dann fing er sich.

»Geschlagen werden von einem Mädchen?«, schrie er wütend und ging mit erhobener Hand auf sie zu.

Der Vorarbeiter stellte sich zwischen die beiden.

»Das reicht«, sagte er streng und sah dem jungen Mann in die Augen. Angus ließ die Hand sinken.

Effie starrte Angus über die Schulter des Vorarbeiters hinweg an. Sie war wütend, wollte den Kampf fortsetzen, allen beweisen, dass das, was sie von ihr behaupteten, nicht stimmte: Sie war nicht schwach, zerbrechlich, kraftlos. Sie würde sich verteidigen, egal wie. Er hatte keine Ahnung, wozu sie fähig war, was sie getan hatte … Sie verspürte immer noch diese Mordlust, wie sie sie auch am Abend vor der Evakuierung empfunden hatte, vor der Kirche. Ihr Herz klopfte, ihre Nerven waren gespannt.

Aber der Streit war bereits verloren. Egal, wie stark oder mutig sie war und was sie leistete, hier kam es nur auf den äußeren Anschein an, und dagegen war sie machtlos. Ihre Anwesenheit wäre eine Peinlichkeit. So war das hier, und nur das zählte.

Ohne ein weiteres Wort drehte sie sich um und verließ die Hütte.

»Du bist verrückt, weißt du das?«, rief Angus hinter ihr her. »Denkst, du wärst was Besonderes, aber das bist du nicht! Du bist nichts, Effie Gillies, verstehst du? Nichts!«

Sie hörte das Sirren der Spinnräder und das Klappern der Webstühle, noch bevor sie durch die Tür trat, darüber Stimmengewirr, das ab und zu lauter wurde.

Effie betrachtete wütend die Szenerie. Frauenarbeit. Frauen bei der Arbeit. Die Köpfe gesenkt, die Hände in synchroner Bewegung. Licht strömte durch die hohen Fenster, fiel auf Frauenhaare, glatt zurückgekämmt und zum Dutt gebunden. Das Gebäude war ein großer, umgebauter Stall, und Effie konnte unten an den Wänden noch die Schlammspritzer erkennen, die die Tiere hinterlassen hatten. Tweedballen waren sorgfältig auf Arbeitstischen gestapelt – eine weiche, feminine Version der riesigen Holzstapel beim Forstbetrieb.

Am anderen Ende des Raumes stand eine Gruppe von Frauen um einen Tisch herum; sie unterschieden sich von denen, die bereits an den Webstühlen saßen, durch die roten Tücher um ihre Schultern. Effie kniff ärgerlich die Augen zusammen. Gestern noch hatten sie diese Tücher auf dem Kopf getragen, und jetzt legten sie sie sich um die Schultern? Natürlich mussten sie hier ihre Haare nicht vor heftigem Wind schützen, aber dass sie nach weniger als zwölf Stunden schon ihre alten Traditionen aufgaben … Es erschütterte sie, wie schnell sie hier in der Masse untergingen, sich in der Anonymität auflösten.

Effie beobachtete, wie die Frauen gehorsam ihre Aufträge entgegennahmen. War sie die Einzige, die sich aus ihrem Leben herausgerissen fühlte? Die das Bedürfnis hatte, sich ihr Selbstwertgefühl zu erhalten? Warum wollte niemand … kämpfen?

»Sie.«

Die Stimme riss sie aus ihren Gedanken, und sie erblickte eine kleine Frau, die sie anstarrte. Sie reichte Effie kaum bis zur Schulter, schien hier aber alles zu beherrschen. »Sie kommen zu spät.«

»Aye«, antwortete Effie knapp. »Ich war am falschen Ort.«

Einen Moment herrschte gespannte Stille.

»Dann möchten Sie sich vielleicht entschuldigen für die Unannehmlichkeiten, die Sie verursacht haben«, sagte die Frau schließlich. Es missfiel ihr sichtlich, das aussprechen zu müssen.

»Sieht man mir nicht an, dass ich selbst Unannehmlichkeiten hatte?«, fragte Effie zurück und zeigte auf ihr schlammverschmiertes Bein und ihr zerrauftes Haar. Sie war müde und wütend. Der Schlafmangel machte sich bemerkbar. Es war stickig im Raum.

Wieder wurde es still. Die Frauen an den Webstühlen waren angesichts ihrer Unverfrorenheit verstummt. Die kleine Frau ging auf Effie zu, langsam wie bei einem Beerdigungszug, die Hände vor der frischen weißen Schürze verschränkt. Sie blieb vor ihr stehen und starrte zu ihr hoch. Der Größenunterschied wirkte beinahe komisch. Dennoch war klar, wer hier die Macht hatte.

Die ältere Frau hatte tiefe Falten und hängende Mundwinkel, und das Weiß um ihre blauen Augen war leicht gelblich. Bestimmt war sie nie eine schöne Frau gewesen, dachte Effie, aber mit dem Alter war noch ein Ausdruck von Verbitterung dazugekommen. Und sie schien diese

Verbitterung zu pflegen. Sie verlieh ihr die Persönlichkeit, die ihr sonst fehlte.

»Sie sind Euphemia Gillies.«

»Ja.«

»Ich habe gerade eben von Ihnen gehört.«

Effie antwortete nicht, aber ihr Blick huschte zu ihren früheren Nachbarinnen, die alle beisammenstanden und sie beobachteten. Wie bei den Männern erkannte sie Mitleid in ihren Augen, aber keine trat vor, um sie in Schutz zu nehmen. Sie drängten sich kleinlaut zusammen wie die Schafe, die sie früher zusammen gejagt und geschoren hatten, und ihr wurde klar, warum sie nicht kämpften. Sie hatten panische Angst, dass ihnen dieses neue Leben – so elend und arm es auch sein mochte – wieder entrissen würde und sie dann mit ganz leeren Händen dastünden.

»Nein, nicht von ihnen«, sagte die Frau, die ihrem Blick gefolgt war. »Mr Lennox hat angerufen und gesagt, dass sie im Forstbetrieb Ärger verursacht haben.«

»Ich habe gar nichts verursacht! Ich habe Arbeit gesu…«

Ihre Wange brannte nach dem plötzlichen Schlag. Einen kurzen Moment fühlte es sich an, als hätte sie ein Ruder an den Kopf bekommen.

»Sie haben ein loses Mundwerk, das merke ich schon. Und Sie haben Feuer in den Augen.« Die Frau musterte sie mit zusammengekniffenen Lidern. »Sie bedeuten Ärger, Effie Gillies. Ich kenne Frauen wie Sie. Bilden Sie sich nur nicht ein, Sie wären etwas Besonderes.« Sie senkte drohend die Stimme. »Sie sollten sich im Klaren sein, dass es Leute gibt, die sich für Sie ein Bein ausgerissen haben. Man hat Häuser für Sie gefunden. Und Arbeit.« Mit einem schnellen Kopfnicken wies sie auf die Webstühle. »Aber jetzt ist es vorbei mit den Gefälligkeiten. Keine Widerworte, keine Drückebergerei, kein Zuspätkommen. Sie werden hart arbeiten, und zwar nach meinen Regeln, oder es gibt gar keine Arbeit für Sie. Habe ich mich klar ausgedrückt?«

Effie standen Tränen in den Augen, und sie kochte innerlich, hätte schreien mögen. Sie war dieser Frau nichts schuldig, konnte arbeiten, wo sie wollte. Warum sollte sie diese Stelle annehmen, die ihr irgendein Londoner Bürokrat zugewiesen hatte? Sie würde sie ablehnen und sich etwas suchen, das ihr gefiel. Es war ihr Leben!

Jedenfalls würde es das irgendwann sein … aber jetzt noch nicht. Sie konnte nicht einfach gehen. Sie war abhängig von den wirtschaftlichen Gegebenheiten, den Möglichkeiten, hier Geld zu verdienen. Zu Hause hatte es mehr Freiheit und Gleichberechtigung gegeben, wo sie sich ihre Nahrung selbst beschaffen und in den Häusern ihrer Vorfahren hatte leben können. Aber die neuen Häuser waren ihnen gegeben worden, und auch diese Arbeitsstellen. Bis sie irgendetwas anderes organisieren konnte, musste sie sich fügen … so wie alle anderen.

»Haben. Sie. Mich. Verstanden?«, wiederholte die Frau langsam und mit drohendem Unterton.

Effie wusste, dass sie jetzt nicken musste, wenn sie ihrem Vater heute Abend ein Essen auf den Tisch stellen wollte. Aber in den Augen dieser Frau erkannte sie, dass sie mehr als ein Ja wollte. Sie wollte ihre völlige Unterwerfung. Demütigung. Effie hatte eine Linie überschritten, und diese Frau würde sie deshalb nicht mehr in Ruhe lassen.

Wieder herrschte erwartungsvolle Stille, auch wenn klar war, was passieren würde.

Schließlich nickte Effie.

»Gut.« Die Frau schniefte zufrieden, als hätten sie eine Belanglosigkeit geklärt. »Mein Name ist Mrs Buchanan, ich bin die Managerin. Ihre Nachbarinnen haben bereits ein Training am Webstuhl erhalten, Sie müssen aufholen.« Sie musterte Effie in ihrer Männerkleidung von Kopf bis Fuß. »Und ich weiß nicht, was da, wo Sie herkommen, als anständig gilt, aber hier tragen Männer und Frauen nicht die gleichen Kleider.«

Hinter einem der Webstühle kicherte jemand. Effies Kopf fuhr herum, aber alle Frauen hielten den Blick gesenkt.

»Glück für Sie, dass wir heute keine Besucher haben. Mr McCaughrean, unser Kunde aus Glasgow, hat gerade abgesagt. Ich werde jetzt keine Zeit mehr mit Ihren Mätzchen verschwenden. Heute bleiben Sie, wie Sie sind, und morgen erscheinen Sie in anständiger Kleidung – wenn Sie bezahlt werden wollen.« Sie wandte sich zum Gehen, drehte sich aber noch einmal zu Effie um, Belustigung in ihren trüben Augen. »Man hat mir gesagt, dass auf der Insel nur die Männer gewebt haben. Die Frauen haben die Wolle nur kardiert und gesponnen?«

Effie blinzelte vage zum Zeichen der Zustimmung.

»Dann machen Sie ja jetzt Männerarbeit. Das sollte

Ihnen gefallen.« Ihre Worte trieften vor Sarkasmus. »Alle zurück an die Arbeit!«

Effie sah ihr nach, während die Webstühle wieder anfingen zu klappern.

Flora kam herüber – sie schien zu hinken – und nahm Effies Hand, während sie die andere auf ihre gerötete Wange legte. »Eff, alles in Ordnung?«, flüsterte sie. Ihr langes schwarzes Haar, das gestern auf dem Schiff frei im Wind geflattert hatte wie eine Piratenflagge, war jetzt zu einem Zopf geflochten und mit Nadeln festgesteckt. Effie deutete das als Zeichen der Unterwerfung. Eine bereitwillige – und verblüffende – Kapitulation von ihrer feurigen, schönen Freundin.

»Nein!«, zischte Effie leise zurück, während sie aus dem Augenwinkel die neugierigen Blicke der Frauen an den Webstühlen bemerkte. Für die anderen war sie eine Wilde. Sie spürte noch, wie ihre Wange nach der öffentlichen Ohrfeige glühte. Wo Angus MacKinnon gescheitert war, hatte die kleine Mrs Buchanan Erfolg gehabt, und Effie zweifelte nicht daran, dass Angus nur allzu bald davon erfahren würde. »Ich hasse es hier, Flora! Ich halte das nicht aus!«

»Schsch, du musst dich zusammenreißen«, sagte ihre Freundin und führte sie in eine Ecke. »Es muss nicht für immer sein. Lass die Dinge einfach eine Weile laufen, bis sich die Wogen geglättet haben. Ich weiß, es ist schwer.«

»Schwer? Ich habe meine Heimat verlassen und gesehen, wie mein Hund getötet wurde, um in einem Haus zu leben, das schlimmer ist als das, was wir verlassen haben? Mit niemandem als Norman Ferguson in der Nachbarschaft? Mit einer Arbeit, die mich innerhalb eines Monats umbringen wird?«

»Warum sollte sie dich umbringen?« Flora runzelte die Stirn. »Auf den Klippen zu klettern war viel gefährlicher.«

»Die Langeweile, Flora! Ich werde daran sterben, immer drinnen zu sein. Und daran, dass ich den ganzen Tag diese verdammten Stiefel trage!«

Sie stampfte laut auf, sodass ein paar Frauen sich zur ihr umdrehten.

»Schscht!«, flüsterte Flora, und ihre Augen glitzerten vor Sorge, dass Mrs Buchanan wieder auftauchte. »Jetzt ist nicht der Moment, eine Revolution zu beginnen.«

Effie sah ihre Freundin finster an. »Seit wann bist du so unterwürfig?«

»Du weißt, dass ich das nicht bin.«

Aber die Stimme ihrer Freundin klang tonlos, und Flora war immer noch blass von der Reise. Auch ihr fiel es nicht leicht. Sie alle waren wie Fische auf dem Trockenen. »Flora, warum bist du noch hier? Ich dachte, du fährst direkt in die Stadt?«

Flora nickte. »Das werde ich auch. Aber ich kann nicht einfach meine Familie verlassen. Sie sollen sich noch einleben, bevor ich gehe.«

Effie sah zu, wie die Schiffchen in den Webrahmen hin und her schossen, und unterdrückte zornige Tränen. »Für dich ist das in Ordnung. Du kannst alles runterschlucken, weil du weißt, dass James etwas Besseres für dich hat. Aber …« Sie sah ihrer Freundin in die Augen. »Ich kann hier nicht bleiben. Ich muss weg. Ich muss einen anderen Ort finden.«

»Gillies.« Das war ein Befehl.

Sie drehte sich um und sah Mrs Buchanan an der Tür stehen, ihre zwergenhafte Gestalt als Silhouette im Gegenlicht der Sonne, die hinter ihr durch das Fenster schien.

»Schscht. Sei still. Mach es nicht noch schlimmer«, murmelte Flora, dann setzte sie ein strahlendes Lächeln auf und sagte: »Ich habe ihr nur die Webstühle erklärt, Mrs Buchanan, wie Sie es wollten.«

Aber Mrs Buchanan war nicht in der Stimmung, sich von dem Charme eines schönen Mädchens besänftigen zu lassen. »Das Klo ist verstopft«, rief sie so laut, dass alle es hören konnten. »Kümmern Sie sich drum, Gillies, Sie haben heute ja sowieso schon im Dreck gespielt.«

Effie versteifte sich, und Flora packte ihren Arm fester, um sie zu warnen. Wenn es eine Zeit zum Kämpfen gab, dann gab es auch eine, es nicht zu tun. Sie musste sich ihre Kräfte aufsparen. Mit leerem Magen konnte man nicht viel ausrichten, sie musste heute Abend ein Essen auf den Tisch bringen. Alles andere – ihr Stolz eingeschlossen – würde warten müssen.

17. Kapitel

»Du bist wieder da«, sagte ihr Vater, als Effie das Gartentor öffnete. Er saß in seinem Sessel vor der Tür und rauchte Pfeife. In dem Stock, der auf seinem Schoß lag, wurde eine grob geschnitzte Figur erkennbar. Effie fragte sich, wie viele Stunden er heute daran gearbeitet hatte.

Sie zwang sich zu einem Lächeln. »Aye. Und ich habe was fürs Abendessen.« Sie hielt die Tüte mit Hammelkoteletts hoch, die ihr der Metzger »auf Rechnung« gegeben hatte. Sie würde sie bezahlen, wenn sie ihren ersten Lohn bekam. Nach der Arbeit hatte sie zusammen mit Flora, Jayne, Lorna und Mhairis Mutter Rachel in einem Raum mit glänzenden weißen Wänden dafür angestanden. Mhairi war immer noch nicht aufgetaucht. »Die Nerven«, hatte Rachel kopfschüttelnd gesagt, während sie ergeben auf die wohltätige Gabe des Metzgers gewartet hatten. »Die Reise hat ihr zugesetzt.« In diesem Moment war einer der Männer durch die hintere Tür gekommen, und Effie hatte einen Blick auf große Tierkadaver erhascht, die an Haken hingen, während ihr Blut in einen Abfluss strömte. Es war ihr als groteskes Sinnbild für dieses Schlaraffenland erschienen, in dem Nahrung – und damit das Überleben – selbstverständlich war.

»Das ist bewusst ein Leckerbissen«, sagte sie, während sie das braune Päckchen in die Küche brachte. Der Tisch wackelte ein bisschen, als sie es darauflegte – genau wie ihr Bett –, wegen des unebenen Bodens. »Wir haben Hammelkoteletts bekommen, aber der Metzger im Dorf hat eine unglaubliche Auswahl. Wir hätten auch Nieren haben können oder Lammfleisch.« Der Metzger hatte gelacht, als die Frauen von St. Kilda verblüfft auf seine Auslage gestarrt hatten: So viel Auswahl, und das allein hier … »Na ja, heute nicht, er hat ziemlich sparsam verteilt. Aber wenn ich erst mein Gehalt habe, können wir uns etwas aussuchen.« Sie packte Kartoffeln und Lauch aus und legte alles auf den Tisch. »Unglaublich, oder? Was willst du haben, wenn wir uns etwas aussuchen können?«

Ihr Vater schlurfte herein, auf seinen Stock gestützt, die Pfeife immer noch zwischen den Lippen. »Das, was deine Kochkünste am besten übersteht.«

»Ha!«, sagte sie leichthin. »Rachel MacKinnon hat ein Stück Schulter bekommen und Jayne Nieren. Die haben geglänzt! Wie … Lippen.« Sie verzog das Gesicht. »Dem traue ich nicht so ganz. Sie wird mir erzählen, wie sie geschmeckt haben.«

Sie beugte sich hinunter, um ihre Schuhe aufzuschnüren, dann zog sie Stiefel und Socken aus und stellte ihre nackten Füße auf den Steinboden. Sofort spürte sie die Anspannung des Tages von sich abfallen, und sie fühlte sich wieder ein kleines bisschen wie sie selbst.

»Du stinkst«, murmelte ihr Vater und schnupperte.

Effie antwortete nicht gleich. Das Gleiche hatten die einheimischen Frauen ihr auch vermittelt, als sie hochnäsig an ihr vorbeistolziert waren. »Aye. Am Webstuhl zu sitzen ist eine schmutzige Arbeit, das kann ich dir sagen.« Sie hatte zwei Stunden damit verbracht, das verstopfte Klo freizubekommen und dann zu putzen.

»Webstuhl? Ich dachte, du arbeitest beim Forstbetrieb?«

»Das dachte ich auch.«

Ihre Blicke trafen sich, aber Effie schaute schnell wieder weg. Sie wollte seine Enttäuschung nicht sehen. Sie wussten beide, dass die Arbeit in der Fabrik weniger Geld bedeutete.

»Am besten, du wäschst dich vor dem Abendessen. Bei dem Gestank kriege ich nichts runter. Ab mit dir! Ich bring dir den Topf raus, wenn das Wasser heiß ist.«

Mit einem unzufriedenen Schnauben wandte er sich ab, und sie schlüpfte zur Hintertür hinaus. Sie drückte den Schwengel und sah zu, wie das Wasser in die Kupferwanne strömte, zuerst rostfarben, dann immer klarer. Die Wanne hatte grüne Streifen, und auf ihrem Boden lagen ein paar tote Käfer, daneben saß eine langbeinige Spinne, und an den Rändern wuchsen ein paar vertrocknete Farnwedel. Ein großer Rhododendron diente als Sichtschutz – nicht, dass da irgendjemand gewesen wäre, der Effie hätte beobachten können.

Sie sah zu, wie sich die Wanne langsam füllte, und dachte an ihre Begegnungen mit dem Wasser während ihrer kurzen Zeit mit Sholto – am ersten Tag war sie von der Klippe ins Boot gesprungen, am nächsten hatten sie in der Bucht eine Wasserschlacht gemacht, und zwei Tage später hatte er ihr eine weitere Schwimmstunde gegeben, um einen Vorwand zu haben, sie berühren zu können und mit ihr zusammen zu sein. Jedes Mal war sie fröstelnd zurückgekommen – und hatte sich mehr davon gewünscht.

»Ich komme«, sagte ihr Vater, ging um den Rhododendron herum und kippte kurzerhand das heiße Wasser in die Wanne. Dampf stieg auf. »Ein Handtuch für dich«, sagte er und legte ein zerschlissenes Stück Stoff auf den Busch. Dann humpelte er davon, und sie schlüpfte schnell aus ihren Kleidern und stieg in die Wanne. Das Wasser war immer noch eisig, dass heiße Wasser hatte die Kälte nur wenig abgemildert. Als sie sich hinsetzte, reichte das Wasser ihr kaum bis zur Hüfte, aber es war nicht ihre Art zu zögern, und so bespritzte sie schnell Arme und Gesicht, die Zähne zusammengebissen. Neben der Wanne stand ein alter Milcheimer im Gras, und sie nahm ihn und schüttete sich damit Wasser über den Kopf. Sie schnappte nach Luft, als sie die beißende Kälte an Schultern und Rücken spürte, und bekam eine Gänsehaut, während sie versuchte, den Geruch des Tages schnell abzuwaschen. Der Schlamm aus dem Sumpf war durch ihre Hose gedrungen und hatte ihr Bein bis zum Knie braun gefärbt. Sie schrubbte, so gut sie konnte. Am nächsten Tag würde sie sauber zur Arbeit erscheinen müssen, mit gebürstetem, ordentlich frisiertem Haar.

Sie holte tief Luft und lehnte sich zurück, zog die Knie an und ließ sich hinuntergleiten, bis sie flach auf dem Rücken lag, Kopf und Ohren unter Wasser. Es war so kalt wie ein Bad im Meer, aber sie zwang sich, unten zu bleiben, und schrubbte sich die Kopfhaut, während ihr langes Haar im Wasser trieb wie Seetang. Nach einer Minute tauchte sie keuchend auf. Halb erfroren, aber immerhin sauber.

Sie stieg aus der Wanne und wickelte das dünne Handtuch um sich. Da hörte sie etwas. Stimmen? Es gab kein Fenster, durch das sie ins Haus hätte blicken können, und durch die dicken Steinwände waren die Worte nicht zu verstehen, aber sie hörte, dass es ein Mann war, der mit ihrem Vater sprach. Bestimmt war Norman Ferguson gekommen, um ihren Vater über ihre neueste Blamage aufzuklären und ihm zu erzählen, wie sie heute Morgen Angus MacKinnon geschlagen hatte. Wenn er dann noch von Mrs Buchanan erfuhr …

Sie trocknete sich schnell ab, entschlossen, ihre eigene Sicht beizusteuern und Normans Version nicht so stehen zu lassen. Sie ging durch die Hintertür ins Schlafzimmer und zog ein paar saubere Kleidungsstücke aus der Truhe. Die Stimmen im anderen Zimmer waren durch die geschlossene Tür immer noch nicht zu verstehen. Effie zog ein geflicktes Hemd und Johns weiche moosgrüne Hose an, die ihr inzwischen etwas zu kurz war.

Dann öffnete sie die Tür und wollte zur Küche, aber als sie den Flur durchquerte, sah sie etwas Großes, Glänzendes, Burgunderrotes aus dem Augenwinkel. Sie war schon im anderen Zimmer, bevor ihr Gehirn registriert hatte, dass es sich um ein Auto handelte – und dass der Mann, der mit ihrem Vater redete, nicht Norman Ferguson war.

Er empfing sie mit einem erleichterten Blick, und ihr fiel ein, dass er kein Wort Gälisch sprach.

»Eure Lordschaft«, rief sie aus.

»Miss Gillies, das sind Sie ja! Ich habe gerade nach Ihnen gefragt.« Der Graf von Dumfries trug einen teuren Anzug und einen Homburger Hut. »Was für eine Freude, Sie wiederzusehen.«

»Ganz meinerseits«, sagte sie vorsichtig. War sein Sohn auch hier? Vielleicht draußen? Es waren hundertsechs Tage vergangen, seit die Segeljacht mit Sholto Crichton-Stuart an Bord hinter Dùn verschwunden war – mit der Flut, um einem Sturm zu entgehen. Seitdem hatte sie nichts von ihm gehört. Lorna hatte sich irgendwann daran gewöhnt, dass sie an der Posthütte herumlungerte, wann immer ein Schiff vorbeikam und Post auslieferte, in der Hoffnung, dass etwas für sie dabei wäre … Dabei war nie etwas deutlicher gewesen: Er war in seine Welt zurückgekehrt und hatte sie allein in ihrer eigenen zurückgelassen.

»Ich habe gerade Ihrem Vater erzählt …«, setzte der Graf an, und Effie konnte sich die Pein der beiden Männer gut vorstellen, während sie auf sie gewartet hatten, weil sie einander nicht verstehen konnten. Kein Wunder, dass der Graf so froh war, sie zu sehen. »Ich war ein paar Tage zum Jagen auf MacLeods Ländereien und dachte, ich komme auf dem Rückweg mal bei Ihnen vorbei, um zu sehen, wie es Ihnen hier gefällt.«

Ich, im Singular. Dann war er also nicht hier. Ihre Aufregung legte sich etwas. Jetzt hatte sie das Gefühl, als würde ihr Körper vor Enttäuschung erschlaffen. »Sie haben an uns gedacht, Sir?«

»Natürlich. Sir John kennt im Moment kein anderes Thema. Er und ich haben … über einige Angelegenheiten gesprochen, die das Archipel betreffen.« Er lächelte schief. »Da sind Sie mir wieder eingefallen, und ich dachte, wenn ich schon in der Gegend bin, kann ich mal vorbeischauen. Ich hoffe, mein unangekündigter Besuch macht Ihnen nichts aus. Ich weiß, ich hätte vorher Bescheid geben sollen.«

»Nein, gar nicht, Sir. Sie sind hier jederzeit willkommen.« Sie versuchte, sich zusammenzunehmen, sich an die Manieren zu erinnern, auf die ihre Mutter immer bestanden hatte. »Möchten Sie mit uns zu Abend essen, Sir? Wir haben reichlich.« Ihr Magen knurrte, als wollte er gegen ihre Lüge protestieren.

»Sie sind zu freundlich, aber ich fürchte, ich muss gleich wieder aufbrechen zu einer Besprechung in Glasgow, die schon lange geplant ist. Sehr lästig, aber leider unumgänglich.«

»Natürlich, Sir.« Sie kam nicht umhin, erleichtert zu sein, dass sie ihre Koteletts nicht teilen mussten – ihre erste »bequeme« Mahlzeit im Land des Überflusses, ein Abendessen, für das sie nicht zuerst jagen, fangen, töten und rupfen musste. Auch wenn sie nicht genau wusste, was daran bequem sein sollte, wenn sie daran dachte, was sie dafür hatte durchstehen müssen.

Lord Dumfries sah sich in dem winzigen Raum um. »Also, ich muss sagen, alles in allem hat man … gute Arbeit geleistet, indem man Häuser für alle gefunden hat.«

Effie biss sich auf die Unterlippe. Da war sie absolut anderer Meinung. »Aye, Sir.«

»Ein ziemlicher logistischer Aufwand, all die Menschen und Tiere über das Meer zu bringen und Unterkunft und Arbeit für alle zu organisieren. Keine leichte Aufgabe, absolut nicht.« Das belustigte Funkeln in den Augen des Grafen erinnerte Effie an seinen Sohn. »Aber ich will ehrlich sein … Ich denke, ich könnte Ihnen etwas Besseres bieten. Das Licht ist hier etwas … schwach.«

Schweigen trat ein, als sie – und ihr Vater, der kein Wort verstand – ihn verwirrt ansahen.

»Wissen Sie, ich möchte Ihnen ein Angebot machen, Miss Gillies …«

Effies Herz geriet bei seinen Worten ins Stolpern.

»Ich möchte, dass Sie für mich arbeiten. Kommen Sie auf mein Anwesen in Dumfries und tun Sie das, was Sie am besten können.«

»Vögel jagen?«

Er lachte amüsiert auf. »Ha, nein, leider nicht! Bei uns gibt es gar nicht so viele, wie Sie es gewöhnt sind.«

»Oh. Dann meinen Sie klettern?«

Er zögerte. »Nein, das auch nicht. Ich fürchte, Sie wären sehr enttäuscht von unseren Bergen. Gegen das, was Sie kennen, sind sie ein müder Abklatsch.«

Sie wartete darauf, dass er ihr erklärte, was sie dann für ihn tun sollte. Seine Tiere füttern? Weben?

»Miss Gillies, ich möchte, dass Sie nach Dumfries kommen und meine ornithologische Sammlung kuratieren.«

»Was?«

Lord Dumfries lächelte. »Sie kennen meine Leidenschaft für Vogelkunde. Sie war der eigentliche Grund, warum wir diesen Sommer auf Ihre Insel kamen. Ich hatte mich für einen Experten gehalten, aber ich gebe gerne zu, dass ich in weniger als einer Woche mehr von Ihnen gelernt habe, als ich je aus einem Buch oder von einem Professor oder Vogelkundler erfahren habe. Oder besser gesagt, *wir* haben es gelernt«, fügte er hinzu.

Effie blinzelte.

»Ein Londoner Museum zeigt Interesse an meiner privaten Sammlung von Vogeleiern, Federn und dergleichen. Ich bin noch unentschlossen, aber sie wollen mich davon überzeugen, dass ich die Sammlung mit der nötigen Sorgfalt ordnen soll. Ich besitze eine große Anzahl von Exemplaren, aber zu meiner Schande muss ich zugeben, dass mein Interesse an ihnen mehr in der Jagd oder Beschaffung liegt. Sie zu katalogisieren, ist mir und meinem Terminkalender zu zeitaufwendig. Die Sammlung ist etwas durcheinander.« Er sah sie forschend an. »Was meinen Sie dazu?«

Sie hatte das Gefühl, als geriete die Welt ins Wanken, die Wände um sie herum schienen zu beben, sie wusste nur nicht, ob sie nach innen oder nach außen kippen würden.

»Sie würden auf dem Anwesen in Ayrshire wohnen, ein paar Stunden südlich von hier. Und natürlich einen anständigen Lohn bekommen.« Er nannte eine Summe, bei der Effie der Mund offen stehen blieb. Das war mehr, als die Männer bei der Forstkommission erhielten; Jayne hatte ihr erzählt, was Norman verdiente, als sie zusammen beim Metzger gestanden hatten.

Es rauschte in ihren Ohren. Dieses Angebot war mehr, als sie sich je hätte erträumen können. Sie würde ein Männergehalt bekommen für eine Tätigkeit, die sie liebte, und nicht nur das: Eine Anstellung beim Grafen war auch genau die Zuflucht, die sie brauchte. Sie wäre dort zwar nicht verschwunden – es würde sich herumsprechen, wo sie war –, aber zumindest war sie außer Reichweite. Der Graf war unantastbar. Bei ihm würde sie sicher sein.

Sie sah zu ihrem Vater hinüber. Stumm und reglos stand er da, und sie wusste, dass er es demütigend fand, dass sie das Gespräch mit dem Grafen führte und nicht er. Es war schlimm genug, dass er seinen Lebensunterhalt nicht selbst verdienen konnte, aber nicht einmal kommunizieren zu können ... Seine Stimme war das Einzige an ihm, das noch kraftvoll war.

In seinen Augen sah sie den Schmerz darüber, dass er in keiner Weise etwas beitragen konnte. So angespannt ihre Beziehung auch war – ihn zu verlassen kam nicht infrage.

»Sie sind sehr großzügig, Sir, und es ist auch sehr freundlich von Ihnen, an mich zu denken, wo doch so viele andere besser qualifiziert sind.«

»Unsinn. Sie haben praktische Kenntnisse. Und ein gutes Gespür.« Er sah sie an, bemerkte ihren gesenkten Blick. »Miss Gillies, ich hoffe, es kommt jetzt kein Aber.«

Sie schüttelte langsam den Kopf. »Es tut mir leid, Sir, aber ich kann meinen Vater nicht verlassen.«

»Natürlich nicht! Und das müssen Sie auch gar nicht! Ich hatte nie die Absicht, Sie von Ihrem Vater zu trennen. Er geht hin, wo auch immer Sie hingehen. Es ist natürlich Platz für Sie beide. Bestimmt haben wir ein Cottage auf dem Anwesen, das für Sie beide hergerichtet werden kann.«

Sie blinzelte, erstaunt darüber, wie einfach die Welt war. »Wirklich?« Sie wagte kaum zu hoffen, dass es wahr sein könnte. Sie würden dieses feuchte, düstere Haus verlassen – einfach so? Sie würde diesen alten Drachen, Mrs Buchanan, nie wieder sehen müssen? Sie konnten diesem neuen Leben, das ihnen aufgedrängt worden war, den Rücken kehren und sich ein eigenes aufbauen?

Aber … »Weiß Lord Sholto, dass Sie mir dieses Angebot machen?«

»Sholto?« Ihre Frage schien ihn zu überraschen. »Nein, noch nicht. Er war den Sommer über in Frankreich. Jetzt ist er wieder da und tobt sich in London aus, auch wenn wir ihn noch nicht gesehen haben. Die Gräfin versucht, ihn zurückzuholen – er muss völlig erschöpft sein von all diesen dummen Partys. Aber bald ist ihr Geburtstag, dann muss er kommen, und dann erzähle ich es ihm. Aber ich weiß, dass er sich darüber freuen wird. Er mag Sie sehr gerne, auf der Heimreise hat er die ganze Zeit davon geredet, was für gute Kameraden Sie geworden sind.«

Kameraden? Das Wort hatte sie noch nie gehört, aber es klang nicht wie das, was er für sie bedeutet hatte. Sie dachte daran, wie es sich angefühlt hatte, in dieser Maiwoche morgens aufzustehen und zu wissen, dass er in der Nähe war und dass sie den Tag zusammen verbringen würden. Die Tage hatten sich golden angefühlt, und zum ersten Mal hatte sie verstanden, was es bedeutete, reich zu sein, mehr zu haben als alle anderen. Aber dann war er fortgegangen – nach Frankreich, und dann nach London. Während sie auf Hirta um ihn geweint hatte, war er auf Partys gewesen, hatte gelacht und getanzt?

Der Graf setzte seinen Hut wieder auf und sah sie an. »Dann ist das also ein Ja?«

Sie öffnete den Mund, fühlte sich gedrängt. Es war so viel auf einmal – plötzlich gab es eine Lösung für ihr überwältigendes Problem, aber gleichzeitig entstand ein neues. Sholtos anhaltendes Schweigen mochte ihr etwas gesagt haben, das sie nicht hören wollte, aber wenigstens war es eindeutig gewesen. Auf sein Anwesen zu kommen und dort zu leben, wenn er nichts davon wusste, nicht mitreden konnte … Sie würde ihm so willkommen sein wie gekochter Sturmvogel auf dem Teller. Aber was hatte sie für eine Wahl? Sie konnten nicht hierbleiben, und ihr Frauengehalt würde nicht für sie und ihren Vater reichen.

»Wenn mein Vater einverstanden ist, Sir. Ich muss es zuerst mit ihm besprechen. Das ist nur fair.«

»Natürlich, natürlich, aber ich bin mir sicher, dass er sich überzeugen lässt.« Sein Blick wanderte wieder durch den dunstigen Raum. »Ich warte auf Ihre Antwort, aber bitte zögern Sie nicht zu lange. Bevor Sie kommen, müssen noch Vorbereitungen getroffen werden, und wahrscheinlich wäre es gut, Ihren neuen Arbeitgebern möglichst bald Bescheid zu sagen. Wenn sie Sie erst einen Tag bei sich hatten, werden sie vielleicht nicht ganz so ärgerlich auf mich sein, wenn ich Sie ihnen wegnehme.«

»Sie können mich jetzt schon nicht mehr ertragen«, sagte sie.

Er lachte, als hätte sie einen Witz gemacht. »Ich fürchte, ich muss mich beeilen, aber ich bin froh, dass ich mir die Mühe gemacht habe, Sie hier zu besuchen. Jemand wird sich in den nächsten Tagen bei Ihnen melden, um Ihre Antwort zu erfahren.« Er tippte sich an den Hut. »Mr Gillies. Miss Gillies.«

»Sir.« Effie nickte, und ihr Vater tat stumm dasselbe.

Beide gingen zur Tür und sahen dem Grafen nach, als er durch das Gartentor ging und in sein glänzendes Auto stieg. Ein Mann in einer Uniform mit Silberknöpfen hielt ihm die Tür auf. Effie war beeindruckt – das Auto und der Fahrer waren der erste Einblick in das tatsächliche Leben des Grafen, das ihr auf St. Kilda verborgen geblieben war. Was würden sie noch entdecken, wenn sie dort hinkamen? Weniger Seevögel, enttäuschende Berge; das war alles, was sie wusste.

Das Auto fuhr brummend davon, und Effie winkte zögernd.

»Also? Erzählst du mir jetzt, was das alles sollte?«, fragte ihr Vater, zog seine Pfeife aus der Jackentasche und steckte sie sich zwischen die Lippen.

»Er hat mir eine Stelle angeboten«, antwortete sie ruhig. »Ich soll seine Vogeleiersammlung organisieren.«

Ihr Vater wirkte unbeeindruckt. Die Vorlieben der Reichen erschienen ihm lächerlich. »Was für ein Unsinn«, murmelte er.

»Ein Museum in London will eine Ausstellung machen. Es klingt bedeutend. Er würde mir ein Männergehalt zahlen, aber wir müssten in ein Cottage auf seinem Anwesen in Dumfries ziehen, also von hier fortgehen. Ich habe ihm gesagt, dass ich erst dich fragen muss. Es ist deine Entscheidung, Vater.« Ihr Herz klopfte heftig, als sie die Kontrolle an ihn abgab. Sie wusste nicht, wovor sie mehr Angst hatte: dass er Ja oder dass er Nein sagte.

Er schwieg eine Weile und zündete seine Pfeife an. »Ein Männergehalt, sagst du?«

»Aye.«

»Und wir hätten unser eigenes Cottage?«

»Das hat er gesagt. Aber in Ayrshire, hundert Meilen von hier entfernt.«

Der Vater ließ den Blick über die feuchten Steinwände wandern, den rauen Boden, die öde Landschaft draußen vor dem Fenster. »Dann sag zu.«

Ihr Herz – es musste ein paar Schläge ausgesetzt haben – fing an zu rasen. »Bist du sicher?«

»Wenn es darum geht, ob wir hier hungrig leben oder dort satt, dann bin ich mir sicher. Wir brauchen das Geld.«

Effie schluckte. »Aber was ist mit Old Fin und den anderen?«

Er verzog das Gesicht. »Was soll schon mit ihnen sein? Wenn sie hundert Meter entfernt sind und ich nur zwanzig gehen kann, dann können sie genauso gut hundert Meilen entfernt sein.« Seine Stimme klang gepresst, sein Blick war verzweifelt. »Die alten Zeiten sind vorbei, Lass, und Bereuen hat keinen Sinn. Wir haben um das hier gebeten, und jetzt müssen wir damit leben. Lochaline oder Dumfries – es ist nicht Hirta, und deshalb macht es für mich keinen Unterschied.«

18. Kapitel

Die Tür öffnete sich mit einem Knarren und gab den Blick auf einen langen, aber engen Raum frei, der am anderen Ende schmaler wurde. Ein vertikales Schiebefenster über die gesamte hintere Wand ließ weiches Nachmittagslicht herein. Draußen war es grau, und es wurde schnell dunkel, doch hier drinnen blieb es hell, denn die Hausdame drückte auf einen Schalter an der Wand, und sofort ging wie durch Magie das Licht an.

Die Wände waren blassgrün, und auf dem gefliesten Boden neben dem Holzbett lag ein bunter Teppich. Effie hatte noch nie so viele Farben und ein so kompliziertes Webmuster gesehen – ganz anders als die blassen, mit Pflanzen gefärbten Tweedstoffe, die sie kannte. Staunend schritt sie darüber. Wie hübsch er war! Dass praktische Dinge auch so schön sein konnten …

Das schmale Bett an der linken Wand war mit weißem Leinen bezogen. Darauf lag eine cremefarbene Decke mit großen roten Buchstaben, die in der Mitte eingewebt waren: *DH*. Auf der anderen Seite des Raumes standen ein Stuhl und ein Tisch, darauf ein dünner Papierstapel und in der Ecke ein merkwürdig gebogener Stab.

Effie streckte die Hand danach aus, dann sah sie die Hausdame fragend an.

»Ein Hutständer«, erklärte Mrs McKenzie, als sie Effies

Ratlosigkeit bemerkte, und blickte demonstrativ auf Effies unbedecktes langes Haar, das sie locker mit einem Stück Schnürsenkel zusammengebunden hatte.

Effie wandte sich ab, immer noch in den Anblick des hübschen Zimmers versunken. Sie hatte noch nie ein richtiges Zimmer ganz für sich gehabt – nur den Kuhstall, dann die Kammer ohne Fenster, und die vergangene Woche hatte sie sich mit ihrem Vater einen Raum geteilt. Am Fenster stand ein Waschständer mit einem gelb-blau geblümten Krug, ein paar Handtücher hingen über den Stangen. Und noch etwas fiel ihr auf … Sie kniff neugierig die Augen zusammen und ging hinüber. Das Ding war oval und hing an der Wand, darunter befand sich eine schmale Ablage, und oben …

Oh!

Überrascht trat sie einen Schritt zurück, als ein Gesicht auf der anderen Seite auftauchte. Das andere Mädchen sah erstaunt aus und trat ebenfalls zurück. Einen Moment herrschte Stille, während sie einander anstarrten. Effie fand, dass dies ein merkwürdiger Platz für ein Fenster war.

»Das ist ein Spiegel, Miss Gillies«, sagte Mrs McKenzie in die Stille hinein, als Effie den Kopf drehte, erst zur einen, dann zur anderen Seite. »Sie haben sich doch bestimmt schon einmal selbst gesehen?«

Ein Spiegel? Natürlich hatte sie in Büchern darüber gelesen, aber zu Hause hatte es keinen Grund gegeben, sich selbst zu betrachten. Eitelkeit war eine Sünde, hatte der Pfarrer ihnen bei den Gottesdiensten immer erzählt.

Effie sah genauer hin, hob eine Hand und berührte vorsichtig das Spiegelglas, tippte mit dem Fingernagel dagegen. Zu Hause hatte sie manchmal ihr grobes Abbild im stillen Wasser der Bucht gesehen, wenn der Wind am späten Nachmittag nachließ. Aber hier wackelte das Bild nicht, wenn sie es berührte. Das Mädchen sah sie einfach an. Es hatte große runde Augen, die blau waren wie ein Märzhimmel, und gerstenfarbene Haare. Effie drückte die Finger an ihre Wangen, aber die Sommersprossen verschwanden nicht. Verglichen mit der Hausdame – oder mit den Bewohnern von Lochaline – war ihre Haut viel brauner. Das kam daher, dass der Wind immer Hitze und Sand auf die Insel trieb. Alle ihre Nachbarn hatten diese messingfarbene Haut. Sie öffnete den Mund – ihre Zähne waren perlweiß, genau wie ihre Augäpfel –, legte die Hände an die Wangen, klimperte mit den Wimpern und zog ein paar Grimassen, sah ihr Gesicht zum ersten Mal in verschiedenen Varianten.

Die Hausdame räusperte sich, und Effie errötete, ließ die Hände sinken.

»Ihre Wäsche und das Bettzeug werden einmal in der Woche gewaschen, donnerstags. Vergessen Sie nicht, am Mittwochabend alles in den Wäschekorb zu werfen.«

»Oh, das kann ich doch selbst erledigen.« Noch nie hatte jemand die Wäsche für sie gewaschen, diese Vorstellung war ihr fremd.

»Das würde nur alles durcheinanderbringen«, sagte Mrs McKenzie missbilligend.

»Oh.« Effie nickte ergeben. Das Wort »durcheinander« klang aus dem Mund der Hausdame wirklich unheilvoll.

»Frühstück gibt es um sieben. Mittagessen um zwölf. Abendessen um sechs, keine Minute später, sonst gehen Sie leer aus. Mrs McLennan nimmt es mit der Pünktlichkeit sehr genau, und sie hat recht damit. Wir haben alle genug zu tun, auch ohne auf andere warten zu müssen.«

»Natürlich.« Effie zögerte. »Wissen Sie, wann das Cottage fertig sein wird? Ich muss die Reise meines Vaters organisieren.«

Er war noch in Lochaline geblieben, damit das Cottage, das für sie vorgesehen war, irgendwo auf dem Anwesen, noch renoviert werden konnte. Offenbar hatte man bei der Überprüfung festgestellt, dass das Dach stellenweise beschädigt war, außerdem war die Tür kaputt, und der Schornstein musste neu verputzt werden.

Effie war in einem der Dienstbotenzimmer unterm Dach untergebracht, damit sie schon mit der Arbeit beginnen konnte, bevor ihr Vater nachkam. Jayne hatte ihr versprochen, jeden Tag nach ihm zu sehen, ihm Essen zu bringen und ihm Gesellschaft zu leisten, aber Effie machte sich dennoch Sorgen. Da sie freie Kost und Logis erhielt, konnte sie ihm ihren Lohn schicken, bis man ihn in den Zug setzen konnte. Lord Dumfries hatte sogar versprochen, dass sein Fahrer ihn in Glasgow abholen würde. Das war ein Luxus, den man Effie nicht zugestanden hatte – sie war von der Bahnstation Auchinleck eine Stunde zu Fuß gegangen, und wegen der Blasen an ihren Füßen hatte sie gehumpelt, als sie das Anwesen erreicht hatte. Auf der unbefestigten Straße war sie dankbar gewesen, dass ihre Tasche einigermaßen leicht war. Ihre Besitztümer beschränkten sich auf die Kleider, die sie am Leib trug, ihre Klettersachen, die Sonntagskleidung sowie ihre Pinsel, Farben und Bücher. Sonst besaß sie nichts, und darüber war sie froh.

»Das kann ich nicht sagen, Miss Gillies, darum kümmert sich Mr McLaren, der Gutsverwalter. Ich selbst bin nur für das Große Haus zuständig.«

Das Große Haus. Das war es wirklich. Effie war die Tasche aus der Hand gefallen, als sie von der Brücke aus einen ersten Blick darauf erhascht hatte. Ein riesiges Gebäude, umgeben von Gärten, mit rauchenden Schornsteinen und bodentiefen Fenstern. Seine perfekte Symmetrie, seine Pracht und die schiere Größe hatten sie verblüfft. Selbst in Büchern hatte sie so etwas noch nie gesehen. Das war ein Palast, ein Haus für einen König! Die Gärten, von einem tiefen und üppigen Grün, wie es auf der Insel nicht vorkam, waren zurechtgestutzt und in Mustern angeordnet, die aus dem Boden zu wachsen schienen, mit bunten Blumenteppichen. Effie hatte ihren Augen nicht getraut. Sie kannte die Natur nur als etwas Wildes, Unbezwingbares, als eine Macht, der man das Überleben abtrotzte. Hier aber ordnete sie sich den Launen der Menschen unter. Sie war wie ein Spielzeug, etwas, das sich beliebig formen und gestalten ließ.

In diesem Moment war Effie zum ersten Mal bewusst geworden, wie tief die Kluft zwischen ihrer Welt und der von Sholto war. Was er wohl gedacht hatte, als er ihre Welt betrat? Schätzte er sie geringer als seine eigene – oder höher? Besaß ihre Welt in ihrer Wildheit nicht eine besondere, berauschende Erhabenheit?

»Ich lasse Sie jetzt allein, damit Sie sich einrichten können, Miss Gillies. Zu meinem Büro geht es die Treppe hinunter, zweite Tür links.«

Treppen. Selbst die waren etwas Neues für Effie.

Die Tür fiel mit einem Klicken ins Schloss, und Effie ließ sich auf das Bett sinken. Wie sehr sich ihre Welt im Laufe der letzten Woche verändert hatte! Nicht nur ein Zuhause hatte Effie verlassen, sondern zwei; sie hatte in einem Auto gesessen, war in einen Bus gestiegen, dann in einen Zug. Sie war Treppen gestiegen, hatte in einen Spiegel geblickt, zum ersten Mal im Leben ihr Gesicht richtig gesehen. Achtzehn Jahre lang hatte sie im ruhigen Einklang mit Nachbarn und Familie gelebt. Jetzt kam es ihr vor, als würde sich die Welt so viel schneller drehen, mit all dem Neuen, das sie ausprobieren musste.

Sie zog ihre schäbigen Stiefel aus und untersuchte ihre neuesten Blasen, dann kuschelte sie ihre Füße in den bunten Teppich. Das würde das Letzte sein, was sie spürte, bevor sie ins Bett ging, und das Erste, wenn sie am Morgen aufstand. Es war jetzt etwas über eine Woche her, dass sie auf den Felsen hinter ihrem schönen Hund hergerannt war – wie hätte sie sich in jenem Moment vorstellen können, hier zu sitzen, in diesem hübschen Zimmer in einem großen Haus? Draußen konnte ein Sturm toben, und sie würde nichts davon mitbekommen. Das Dach war nicht undicht. Lichter brannten ohne Öllaternen. Wärme wurde durch Leitungen gepumpt. Sie besaß sogar ein eigenes Waschbecken und musste nicht das Zimmer verlassen, um sich zu säubern …

Schon spürte sie, wie sie sich entspannte, wie ihr Körper sich langsam in dieses »weichere« Leben sinken ließ, von dem sie immer gehört hatten. Hier auf dem Festland ging es nicht nur ums Überleben, sondern auch um Schönheit und Kultur, um Musik, Mode, Kunst. Dinge, die schön aussahen, sich gut anfühlten … Ein Leben der Sinnesfreuden, nicht der Härten.

Vorsichtig streckte sie sich auf dem Bett aus. Es knarrte. Eine Spinnwebe hing an der Zimmerecke, aber ohne eine Spur von ihrer Bewohnerin. Effie starrte auf die Stuckornamente, mit denen die ganze Zimmerdecke umrandet war. Sie hörte entfernte Stimmen und das Klirren von Glasflaschen irgendwo draußen auf dem Gang, Schritte knirschten auf Kies – ein Haushalt in Bewegung.

Sein Haushalt. *Sein* Zuhause. War es das wirklich? Sie konnte ihn sich nicht in dieser Umgebung vorstellen.

Draußen wurde der Himmel dunkel, graue Wolken jagten dahin. Zog ein Sturm auf? Hier war es schwieriger, das Wetter vorherzusagen, ohne die Vögel und die Schafe …

Wieder einmal tauchte der Sturm-Cleit vor ihrem inneren Auge auf. Das Bild ließ sie beinahe jede Nacht aufschrecken, und auch jetzt fuhr sie hoch wie von unsichtbaren Nadeln gestochen. Sie ging zum Spiegel und betrachtete noch einmal ihr Gesicht. Irgendwie war sie enttäuscht davon. Sie hatte erwartet, stärker auszusehen, wilder. Hatte sie letzte Woche noch anders ausgesehen, *davor*? Die Erinnerungen an jene letzte Nacht waren wie unruhige Nachtgeschöpfe – sie verschwanden niemals ganz, auch wenn sie sich dagegen wehrte, ihnen in ihren

Gedanken Raum zu geben. Ihr Körper hatte drei Tage gebraucht, bis ihre Angst nachließ, das Zittern aufhörte, die Atmung ruhiger wurde und sie wieder richtig schlafen konnte. Die Zuflucht, die ihr der Graf angeboten hatte, war Balsam für ihre traumatisierte Seele.

Effie starrte in ihre eigenen Augen, versuchte, die Seele darin zu erkennen. Das alles lag jetzt hinter ihr, sagte sie sich. Sie hatte getan, was getan werden musste, und sich selbst befreit. Er würde ihr nicht mehr wehtun. Niemand würde das. Sie dachte daran, wie sie sich vor fünf Tagen von Mrs Buchanan verabschiedet hatte. Sie war in den ehemaligen Stall gegangen, absichtlich zu spät und wieder in den Klettersachen ihres Bruders, ohne Stiefel. Als diese verlogene Frau wieder auf sie losgegangen war, hatte sie alles im Griff gehabt – so, wie wenn sie einer Lumme den Hals umdrehte. Ruhig hatte sie um ihren Lohn für einen Tag gebeten und war dann ohne eine weitere Erklärung gegangen. Sie hatte den Metzger bezahlt und ihre wenigen Schulden beglichen. Schließlich hatte sie ihre Ehre, auch wenn sie arm war. Und so war sie gegangen, wie sie gekommen war, und wieder hatten die anderen sie neugierig beobachtet. Sie war nicht so wie sie, hatte es auch nie sein wollen.

Sie trat zum Fenster, legte ihre Wange an das kühle Glas und blickte auf den gekiesten Innenhof. Von der pompösen Parkanlage konnte sie nicht viel sehen, nur vereinzelte Baumkronen, in denen hin und wieder Vögel landeten. Aber als sich jetzt das Tor öffnete, weil der Gärtner hindurchging, sah sie auffällige Farben: gelbe und orangefarbene Blumen, die zum Himmel zeigten wie kleine Zauberstäbe. Andere sahen aus wie von einem Maler hingetupft. Es war ein Garten wie das Paradies, so, wie der Pfarrer es ihnen beschrieben hatte, als er sie vor der Versuchung gewarnt hatte. Vor der Sünde.

Zu spät, sie war längst eine Sünderin. Nichts in diesem Garten könnte sie noch tiefer stürzen lassen. Sie konnte hindurchgehen und alle Äpfel essen. Welche Ironie, dass es ausgerechnet Sholto gewesen war, der ihr zum ersten Mal einen Apfel gegeben hatte, sie zum ersten Mal in Versuchung geführt hatte! Und hier stand sie nun, auf der falschen Seite seines Gartentors. Ausgeschlossen.

Aber sie war in ihrem Leben immer auf der falschen Seite gewesen – als Tochter geboren und nicht als Sohn, arm statt reich. Sie starrte auf ihr Spiegelbild in der Fensterscheibe, das vor dem dunkler werdenden Himmel immer deutlicher wurde. Jetzt trommelten Regentropfen ans Fenster und schlängelten sich hinunter wie silbrige Würmer.

Sie starrte aus ihrem warmen, hellen Zimmer nach draußen und dachte an den einsamen dunklen Berg irgendwo im Meer. Dort suchten Schafe in steinernen Cleits Zuflucht – so wie sie selbst es in jener letzten Nacht getan hatte.

19. Kapitel

»... dass das Bowes-Silber gründlich poliert wird. Seine Lordschaft möchte ...«

Alle saßen schon am großen Tisch, als Effie die Dienstbotenhalle betrat. Zwölf Gesichter zugleich wandten sich ihr zu. Zwölf Augenpaare musterten sie – die Neue – von Kopf bis Fuß.

»Wer ist das?«, fragte ein junger Mann mit schelmischem Blick.

Die Männer trugen dunkle Anzüge und Westen über frischen weißen Hemden, die Frauen schwarze Kleider und weiße Schürzen. Alle waren blass, deutlich heller als Effie, und Effies braune Hose wirkte grob und schäbig im Vergleich zu ihren gestärkten Uniformen.

»Das ist Miss Gillies«, sagte die Hausdame mit geschürzten Lippen. »Sie kommen gerade rechtzeitig, Miss Gillies. Sie können sich ans andere Ende zwischen Mr Graves und William setzen.«

Effie sah einen freien Stuhl zwischen einem strohblonden Lakaien, der sie mit kaum verhohlener Missbilligung ansah, und einem grauhaarigen Mann am Kopfende, der ein langes Gesicht mit Hakennase hatte und eine Brille trug. Er hatte etwas von einem Adler.

»Hören Sie alle her, das ist Euphemia Gillies von St. Kilda. Sie wohnt bei uns, solange ein Cottage für sie und ihren Vater instandgesetzt wird. Miss Gillies arbeitet zusammen mit Seiner Lordschaft an seiner ornithologischen Sammlung.«

Eine eigenartige Stille trat ein, und Effie nahm mit einem schüchternen Lächeln Platz. War sie so furchterregend?

»Hallo«, sagte sie in den Raum hinein. Ihr Blick blieb an einem der Hausmädchen am anderen Ende des Tisches hängen, das ungefähr in ihrem Alter war. Die junge Frau hatte viele Sommersprossen, hellbraune Zöpfe, wache braune Augen und ein rundes, offenes Gesicht. Effie konnte sich gut vorstellen, wie sie aussah, wenn sie lachte – aber sie wich ängstlich ihrem Blick aus. Effie fragte sich, warum die Leute so auf sie reagierten. War sie zu dunkel, zu derb, zu unweiblich? Zu wild? Fühlten sie sich von ihr bedroht?

Ein Teller mit Essen wurde vor ihr abgestellt, und Mr Graves, der Butler, senkte den Kopf und sprach ein Gebet. Dann folgten alle seinem Beispiel und begannen zu essen, und eine Weile war das einzige Geräusch im Raum das Klirren von Besteck auf Porzellan. Effie starrte auf ihren Teller, wusste nicht, was das, was sie gleich essen würde, war. Eine Art Fleischpastete, das erkannte sie, aber da lagen auch kleine grüne und orangefarbene Stückchen auf dem Teller. Zweifelnd schob sie sie mit der Gabel hin und her.

»Mögen Sie Karotten und Bohnen, Miss Gillies?«, erkundigte sich Mr Graves in missbilligendem Tonfall.

Karotten? Bohnen? So hieß das also! Sie sah ihn lächelnd an und nickte. Die einzigen Gemüsesorten, die sie kannte, waren Kartoffeln und Steckrüben, und das einzig Grüne, was sie je gegessen hatte, war Seetang. Vorsichtig probierte sie einen Bissen. Verschiedene Geschmacksnoten schienen auf ihrer Zunge zu explodieren, und sie presste sich eine Hand auf den Mund, wie um sie festzuhalten. Sie hatte nicht gewusst, dass Essen so schmecken konnte.

Mr Graves warf der Hausdame einen Blick zu. »Wie ich gerade sagte«, fuhr er zögernd fort, »möchte die Lady des Hauses morgen das Bowes-Silber benutzen bei der hochherrschaftlichen Dinnerzeremonie.«

»Nun gut, aber achtet darauf, dass die Fischmesser dabei sind«, sagte eine dicke Frau in einem grauen Kleid mit hochgekrempelten Ärmeln und Kochschürze. Das musste die Köchin sein, vor der Mrs McKenzie Effie gewarnt hatte – Mrs McLennan. »Es gibt Lachs. Mr Dalwhinnie hat sich selbst übertroffen und einen Fisch gefangen, der größer ist als alle, die ich je gesehen habe. Wir hatten kaum genügend Eis im Kühlhaus.« Sie hatte etwas Mehlstaub im Gesicht, und ihre Wangen waren von der Arbeit im Küchendampf gerötet. »Rechnen wir immer noch mit neun Personen?«

»Im Moment ja, aber zählen Sie lieber noch eine dazu, für alle Fälle. Sie wissen ja, wie flexibel Dinnereinladungen heutzutage sind«, murmelte Mr Graves.

»Die neuen Moden«, stimmte ihm Mrs McKenzie seufzend zu.

Effie schaute auf ihren Teller, von der Mahlzeit viel zu sehr in Anspruch genommen, um an dem Gespräch teilzunehmen. Ihr Körper kribbelte geradezu bei diesem vollen, cremigen Geschmack. Gebratener Papageientaucher war zwar auch immer ein Vergnügen gewesen, aber nicht zu vergleichen mit dieser Mahlzeit, die so viel mehr war als einfach nur Nahrung. Sie hatte das Gefühl, als würde in ihr etwas erwachen, als würde ein Teil von ihr bunt werden.

»Wird die Königliche Hoheit anwesend sein?«, sagte jemand am anderen Ende des Tisches. Effie konnte nicht sehen, wer es war, aber sie erkannte sofort den sarkastischen Unterton in dieser Frage.

Irgendjemand kicherte.

»Danke, Billy«, sagte Mrs McKenzie scharf. »Das reicht.«

»Ich frage ja nur, weil ihre Katze letztes Mal den Seidensessel im Gelben Zimmer zerfetzt hat, und mir wurde der Lohn gekürzt, weil ich diesem Vieh nicht vorher die Krallen gestutzt hatte. Aber haben Sie schon mal seine Zähne gesehen? Wie soll man es da schaffen, seine Pfoten anzufassen?«

»Billy, ich sagte, es reicht«, schimpfte die Hausdame, als weitere Personen kicherten.

Effie erlaubte sich ein Grinsen. Nun, da die Leute mehr damit beschäftigt waren, ihre Mägen zu füllen, als sie zu beobachten, war die Atmosphäre ungezwungener. Sie sah zum anderen Tischende hinüber, um diesen aufsässigen Billy auszumachen, und erblickte kurz die funkelnden Augen und das schelmische Gesicht, das ihr zuvor schon aufgefallen war. Er schien ein oder zwei Jahre jünger zu sein als sie. Und er sah so aus, als würde er sich öfter mal Ärger einhandeln.

»Nun, Miss Gillies, Sie kommen also von St. Kilda«, sagte Mr Graves, als würde das alles erklären.

»Ja.«

»Das macht dich beinahe zu einer Berühmtheit«, sagte ein Hausmädchen auf der anderen Seite. »In den letzten Wochen stand viel über euch in der Zeitung.« Sie lächelte. »Ich bin Jenny.«

»Hallo, Jenny. Ich bin Effie.«

»Finden Sie es sehr … anders hier, in der Zivilisation?«, fragte Mr Graves.

Effie sah zu, wie er sorgfältig ein Stück von seiner Pastete abschnitt und es sich in den Mund schob.

»Nein«, antwortete sie schnell, während ihr plötzlich heiß wurde. »Denn wir waren auf der Insel auch vollkommen zivilisiert. Wir sind zur Schule und in die Kirche gegangen, genau wie Sie. Wir mussten uns unseren Lebensunterhalt nur auf andere Weise verdienen.«

Die anderen bemerkten ihre Verärgerung, und einen Augenblick schwiegen alle und sahen einander schmunzelnd an.

»Natürlich. Allerdings habe ich gehört, dass Sie bis heute Nachmittag noch nie ihr eigenes Spiegelbild gesehen hatten«, gab Mr Graves zurück.

Effie sah die Hausdame an, die immerhin den Anstand hatte, den Blick zu senken. Wieder erklang ein Kichern, aber diesmal wurde niemand deshalb zurechtgewiesen.

»Der Spiegel war etwas Neues, das gebe ich zu«, sagte Effie ruhig und so würdevoll, wie sie nur konnte. »Genau wie Treppen. Und Elektrizität. Ich stoße hier auf Dinge, die ich bisher nur aus Büchern kannte.«

»Du kannst lesen?«, fragte Jenny und klang aufrichtig erstaunt.

»Stimmt es, dass es dort drüben keine Bäume gibt?«, fragte William rechts neben ihr.

»Das ist richtig.«

»Dann haben Sie also noch nie einen Apfel oder eine Birne gegessen?«

»Einen Apfel schon, eine Birne … noch nicht.«

Das schüchterne Dienstmädchen sah sie neugierig an. »Wo habt ihr dann Schatten gefunden?«

»Schatten?«

»An heißen Tagen. Hier setzen wir uns unter einen Baum, wenn es uns zu warm wird.«

Effie dachte einen Moment nach. Sie hatte noch nie über den Mangel an Schatten nachgedacht. »Wir hatten Steinwände, die etwas Schatten spendeten, oder wir haben uns in die Cleits gesetzt. Wenn es zu schlimm wurde, sind wir runter ans Wasser gegangen.«

»Ich habe etwas Merkwürdiges gehört«, sagte ein anderer Mann. Die Neugier schien nun die Oberhand zu gewinnen, und alle wurden mutiger. »Dass ihr zwar eine Inselgemeinschaft seid, aber nicht schwimmen könnt.«

»Aye, das stimmt fast«, sagte Effie und sah gleich darauf den Spott in seinen Augen. »Die See war meistens zu rau, um zu fischen oder darin zu schwimmen. Aber ich kann es inzwischen und habe vor der Evakuierung angefangen, es den Kindern beizubringen. Wenn wir geblieben wären, hätten wir es noch alle gelernt. Dafür hätte ich gesorgt.«

»Wieso haben Sie *plötzlich* schwimmen gelernt?«, fragte Mr Graves und sah wieder so skeptisch drein, wie er es vermutlich meist tat.

»Sholto hat es mir beigebracht«, sagte Effie schulterzuckend.

Alle machten große Augen.

»Was ist?«, fragte Effie, als sie die ungläubigen Blicke bemerkte.

Niemand antwortete, aber zwischen den Dienstboten schossen Blicke hin und her wie Wasserläufer. Effie begriff, dass die Leute irgendwie verwirrt waren.

»Seine Lordschaft hat Ihnen das Schwimmen beigebracht?«, vergewisserte sich Mr Graves.

Hatte sie das nicht gerade gesagt? »Ja. Im Gegenzug dafür, dass ich ihm und seinem Vater gezeigt habe, wie man klettert und Fallen stellt.«

»Dann sind Sie also … eine Expertin in diesen Dingen?« Wenn sie behauptet hätte, sie sei Premierministerin, hätte er nicht zweifelnder aussehen können.

»So würde ich es nicht ausdrücken, aber der Graf schien mein Wissen zu schätzen.«

»Dann erklärt das … Ihre Kleidung?«

Mr Graves musterte sie missbilligend. Effie zupfte an dem rauen Wollstoff, der einmal ihrem geliebten Bruder gehört hatte. »Natürlich. In einem Rock kann man nicht klettern. Das wäre unschicklich.« Sie spürte, dass dieses Wort hier Gewicht hatte.

Wieder trat Stille ein, und alle starrten auf ihre Teller.

»Ich dachte, auf Ihrer Insel wären nur die Männer geklettert.«

»Für gewöhnlich, ja. Aber in meinem Fall wurde eine Ausnahme gemacht.«

Gespanntes Schweigen folgte, aber sie ließ keine Erklärung folgen, hatte nicht das Bedürfnis, all diesen Fremden ihre Familiengeschichte zu erzählen.

»Bedeutet Ihre Kleidung also, dass Sie vorhaben, hier viel zu klettern?«

»Ich weiß noch nicht genau …«

»Also, mich würde sehr interessieren, wo Sie das tun wollen. Als ich das letzte Mal nachgesehen habe, war die Umgebung ziemlich flach.« Wieder wurde gekichert, und Mr Graves erlaubte sich ein zufriedenes Lächeln. Auf diese spitze Art wollte er ihr wohl sagen, dass sie sich anders anziehen sollte.

»Wenn Seine Lordschaft nichts dagegen hat, wie ich mich kleide, dann sehe ich keinen Grund, warum es Sie stören sollte«, sagte sie rundheraus.

Die Stille, die nun folgte, sagte ihr, dass sie soeben die ranghöchste Person im Raum beleidigt hatte. Aber da sie keine Bedienstete war, sah sie nicht ein, sich ihm unterzuordnen. Sie war eine Angestellte des Grafen, das ja, aber in einer ganz anderen Funktion. Was würden die anderen wohl dazu sagen, dass der Sohn des Grafen sie geküsst hatte? Dass er ihr gefolgt war, weil er sich nach ihr gesehnt hatte … wenn auch nur für kurze Zeit.

»Wann kommt Sholto aus London zurück?« Sie konnte die Frage nicht länger zurückhalten. Es war ihr egal, was die anderen von ihr dachten. Sollten sie doch glauben, dass sie wild, primitiv, verrückt war … Das war das Einzige, was sie interessierte. Wie lange musste sie noch warten?

»*Lord* Sholto wir morgen zurückerwartet, Miss Gillies«,

sagte der Butler mit besonderer Betonung. »Allerdings könnte er aufgehalten werden – teilweise Ihretwegen, sollte ich vielleicht anmerken.«

»Meinetwegen?«

»Ja.« Der Butler seufzte erschöpft. »Offenbar wird der Verwalter Ihres ehemaligen Landlords vermisst. Niemand hat ihn seit der Evakuierung gesehen, und Lord MacLeod ist in heller Aufregung, weil er wissen will, was diesem Mann zugestoßen ist. Es herrscht ein ziemliches Durcheinander.«

Effie spürte, wie alle Farbe aus ihrem Gesicht wich. Ihr wurde übel.

»Ein Mann von der Presse verfolgt den Fall jetzt. Ein gewisser Mr Bonner. Kennen Sie ihn … Miss Gillies? Anscheinend hat er für die *Times* über die Evakuierung berichtet und war während der letzten Woche auf der Insel.«

Und jetzt untersuchte er Frank Mathiesons Verschwinden? Der Verwalter wurde immer noch vermisst? Effies Gedanken rasten, ihr Pulsschlag ging viel zu schnell. »Aber warum sollte das irgendwas … mit mir zu tun haben?«

Mr Graves lächelte spöttisch. »Das war im übertragenen Sinne gemeint. Ich habe von den St. Kildaern insgesamt gesprochen, nicht von Ihnen persönlich, Miss Gillies.«

»Oh.« Sie starrte auf ihren Teller. Die Pastete war erst halb aufgegessen, aber plötzlich wurde ihr von dem intensiven Geschmack übel. Es war zu viel. Der Raum kam ihr fremd vor, die Luft stickig. Sie zerrte an ihrem Kragen und streckte den Hals. Es war heiß hier drinnen, oder? Sie stemmte die Füße auf den Boden, wollte ihn spüren, sich irgendwie verwurzeln, denn nun wirbelten ihr wieder Bilder durch den Kopf. Aber die Ledersohlen ihrer Stiefel waren zu dick. Effie hatte mit einem Mal das Gefühl, als kämen die Zimmerwände auf sie zu, alles schien sich zu drehen. Sie schloss die Augen, aber das machte ihre Visionen nur noch deutlicher. Ihr war so heiß. So … Plötzlich musste sie würgen, und alle um sie herum wichen zurück, alle gleichzeitig, wie ein Fischschwarm.

»Miss Gillies!«, schrie Mrs McKenzie, als wäre das eine Art Spiel.

Effie konnte nicht antworten. Die Hand vor den Mund gepresst, stieß sie abrupt ihren Stuhl zurück, rannte durch die große Küche und spuckte ihren Mageninhalt in das Kupferbecken. Mrs McKenzie und Mrs McLennan folgten ihr schimpfend, aber ihr ganzer Körper war in Aufruhr. Sie würgte und spuckte, bis nur noch Galle hochkam. Entsetzen packte sie, und sie tastete blind nach dem Wasserhahn.

»Miss Gillies, was in aller Welt ist mit Ihnen los?«, fragte Mrs McKenzie. »Sie müssen sich zusammennehmen!«

Effie ließ den Kopf hängen und sah zu, wie die bunten Bröckchen von Karotten und Bohnen im Kreis wirbelten, während sie in den Abfluss gespült wurden. Ihr Atem ging schnell und flach. Frank Mathieson wurde immer noch vermisst? Das konnte nicht sein.

»Um Himmels willen, Kind!« Die Köchin legte die Hände auf Effies dünne Arme und schob sie resolut zur Seite. »Du verstopfst die Leitungen, und dann haben wir erst richtige Scherereien.«

Der Hahn wurde unter ärgerlichen Ausrufen abgedreht. Effie zitterte, ihr Körper wie aufgepeitscht von ihren Gedanken. Das konnte nicht sein …

»Also? Was haben Sie zu Ihrer Entschuldigung zu sagen?«, fragte Mrs McKenzie und verschränkte die Arme vor ihrem großen Busen. »So eine Szene zu machen.«

Effie versuchte verzweifelt, ihre Gedanken zu ordnen. »Das Essen war zu reichhaltig für mich«, flüsterte sie, schaffte es kaum, die Worte auszusprechen. »Bitte entschuldigen Sie mich.« Damit stolperte sie hinaus, während die Dienstboten hinter ihr herstarrten.

Effie stürmte ins Freie. Es regnete heftig, und sie war froh darüber. Sie rannte in den Hof, der unter ihrem Zimmer lag, und öffnete das Gartentor, rannte auf den Kieswegen an Beeten und hohen Backsteinmauern entlang. Die Farben wirkten nass noch leuchtender. Tränen strömten über ihre Wangen. Am liebsten hätte sie das Grauen herausgeschrien, aber sie bekam kaum noch Luft, und so blieb sie stumm.

Sie rannte an der Rückseite des großen Hauses entlang, und die hohen, leeren Fenster schienen tadelnd auf sie herabzublicken. Die Rasenflächen endeten an einem Graben, hinter dem Schafe weideten und die Landschaft im Nebel verschwand. Eine innere Stimme forderte sie auf, dort hinzurennen, einfach immer weiter in die Unkenntlichkeit hinein, um sich in einem unbekannten Land zu verlieren. Sie konnte immer noch fliehen. Es gab immer noch die Chance, eine andere Person zu werden. Die Vergangenheit und die damit verbundenen Schrecken hinter sich zu lassen.

Sie konnte nicht stehen bleiben, ihre Beine trugen sie wie von selbst an den Gärten vorbei in einen dichten Wald mit alten, moosbewachsenen Bäumen. Er sah aus, als könnte man darin verschwinden, und Effie rannte in die Dunkelheit hinein, ohne auch nur ein einziges Mal stehen zu bleiben. Im Vorbeigehen berührte sie die Stämme mit den Händen, ein instinktiver Reflex, den sie anfangs nicht einmal bemerkte. Mit ihren schweren Stiefeln stolperte sie immer wieder über Baumwurzeln. Sie spürte, dass etwas sie verfolgte, wie ein Schatten, den sie nicht abschütteln konnte. Denn als das Schiff den Anker gelichtet hatte und die Inselbewohner ihrer Heimat ein letztes Mal zuwinkten, hatte Effie gewusst, dass die Insel nicht verlassen war.

Sie war es damals nicht gewesen und auch jetzt noch nicht.

Sie blieb stehen, und ihre Beine gaben nach, als sie realisierte, was das bedeutete, und sie fiel vornüber und stützte sich mit den Händen im Schlamm ab, während sie versuchte, Atem zu schöpfen. Dann setzte sie sich auf und hob ihr Gesicht in den Himmel, spürte die Regentropfen, die durch das Blätterdach tropften, auf ihrer Haut.

Das Touristenschiff *Dunara Castle* hatte drei Tage nach der Evakuierung wieder auf der Insel anlegen sollen, als letzte Fahrt der Saison. Effie wusste, dass starke Winde über dem Meer die Zeitpläne oft durchkreuzten, aber der Kapitän fand dann immer eine andere Möglichkeit, um die Touristen zufriedenzustellen, sobald der Wind nachließ. Selten verzögerte sich die Fahrt um mehr als einen oder zwei Tage. Aber wenn der Wind nicht nachgelassen hatte … Es war gut möglich, dass am Atlantik schon jetzt der Herbst hereinbrach. Der Wechsel der Jahreszeiten vollzog sich immer plötzlich, und dann konnte die See bis zum nächsten Frühjahr durchgängig rau sein. Und was dann?

Sie wusste es.

Sie wusste es sehr genau. Nun, da das Vieh verschifft worden war und die dürftige Ernte eingebracht, waren die natürlichen Ressourcen auf der Insel noch spärlicher als ohnehin schon. So konnte der Kampf ums Überleben nicht gewonnen werden.

Seit der Evakuierung waren acht Tage vergangen – aber Effie hatte mit einer Rettung innerhalb von vier Tagen gerechnet.

Sie presste die Stirn auf den feuchten Boden und schluchzte. O Gott. Was hatte sie getan?

20. Kapitel

»Du kommst zu spät.« Mrs McLennan trug bereits die Frühstücksteller zurück zur Küche, als Effie in der Tür zur Dienstbotenhalle auftauchte.

»Oh … nein«, murmelte Effie mit krächzender Stimme. Sie hatte das Frühstück absichtlich ausgelassen und hinter ihrer Tür auf die Schritte der Dienstmädchen im Flur gelauscht. Das Letzte, was sie nach der Demütigung von gestern Abend wollte, war eine weitere Mahlzeit mit diesen Fremden. »Ich hatte keinen Hunger.«

Die Köchin blieb wie angewurzelt stehen und starrte sie misstrauisch an. »Du kannst nicht einfach nichts essen.«

»Ich habe keinen Hunger. Wirklich.«

Mrs McLennan sah sie mit schmalen Augen an. »Es ist wegen gestern Abend. Das Essen war zu reichhaltig, und jetzt hast du Angst davor.«

»Nein, das ist es nicht …«

»Setz dich«, befahl die Köchin. »Ich dachte mir schon, dass das passieren würde.« Sie entfernte sich kopfschüttelnd.

»Entschuldigung?« Ein Dienstmädchen versuchte ungeduldig, mit einer großen Vase voll welker Blumen an Effie vorbeizukommen.

Effie sprang zur Seite und stieß dabei beinahe mit einem Diener zusammen, der von der anderen Seite kam. »Verzeihung, Verzeihung«, murmelte sie, dann setzte sie sich schnell an den Tisch, um nicht mehr im Weg zu sein.

Die Dienstboten musterten sie mit kalten Blicken, wenn sie an ihr vorbeigingen. Hier ging es zu wie in einem Taubenschlag, alle erledigten ihre Aufgaben, überall hallten Schritte und Stimmen, Hausdiener trugen Holzscheite herein oder polierten Lederstiefel, Dienstmädchen arrangierten Blumen und falteten Wäsche, die Köchinnen schnitten Gemüse oder rührten in Töpfen, das Küchenmädchen trocknete Kupferpfannen ab.

Es verblüffte Effie, dass sie all dies für Sholto taten. Also, für seine Familie. Aber wie konnte es sein, dass es so viele Leute brauchte, um für ihn und die anderen zu sorgen, obwohl er und sein Vater in jener kurzen Maiwoche doch bestens alleine zurechtgekommen waren? Im Verwalterhaus hatten sie kein Personal gehabt, nur die Frau des Pfarrers hatte sich um das Essen gekümmert. Sie hatten wie alle anderen im Dorf gekochten Sturmvogel gegessen, sich im Bach gewaschen …

»Hier.«

Die Köchin hielt ihr einen kleinen Teller hin. Er hatte einen roten Rand und die Buchstaben DH in der Mitte, und es lagen zwei kleine Haferkuchen darauf. In der anderen Hand hielt sie ein Glas Milch.

»Einfach genug für dich?«

Effie nickte matt. Ihr Magen war vollkommen leer. »Danke.«

»Hm«, machte Mrs McLennan, während sie wieder davoneilte. »Du bist viel zu dünn.«

Effie aß mit seltener Zurückhaltung. Am liebsten hätte sie sich ganz klein gemacht, um sich vor der Welt zu verstecken. Und vor dem, was sie getan hatte. Sie hatte fast die ganze Nacht gebetet, dass der Wind nachließ und ein Schiff in See stach, damit der Mann gerettet werden konnte – aber warum sollten ihre Gebete ausgerechnet jetzt erhört werden? Sie hatte ihre Mutter und ihren Bruder verloren, außerdem ihren Hund, und die hatte sie alle geliebt.

Als sie aufgegessen hatte, ging sie in die Küche, und ein Küchenmädchen nahm ihr den Teller und das Glas ab, bevor sie auch nur den Mund aufmachen konnte. Alle hatten es so furchtbar eilig.

Effie fiel ein, dass Mr Graves gestern Abend gesagt hatte, Sholto und sein Vater kämen heute zurück.

»Um wie viel Uhr trifft Sholto heute ein?«, fragte sie das Dienstmädchen.

Die junge Frau runzelte die Stirn. »Was geht dich das an?«, gab sie zurück und wandte sich ab.

Effie zuckte zusammen. Sie fühlte sich, als wäre sie aus Glas und könnte jeden Moment in tausend Stücke zerbrechen.

»Na so was, ich hätte dich beinahe nicht erkannt, so als Mädchen gekleidet,« sagte jemand hinter ihr. Effie drehte sich um und sah in die funkelnden braunen Augen von Billy, dem Hausjungen. Er schaute auf ihre Füße. »Na ja, fast. Halb Mädchen, halb … Bergarbeiter.«

Sie trug ihre Sonntagskleidung, obwohl sie nicht in die Kirche ging, denn es schien ihr angebracht, möglichst wenig aufzufallen und keinen Ärger zu erregen. Billy lachte, aber sie war nicht in der Stimmung für Späße. Wieder ernst geworden, sagte er: »Mrs McKenzie hat mir aufgetragen, dich herumzuführen und dir zu zeigen, wo du arbeitest.«

»Oh. Ja.« Sie atmete auf, entspannte sich ein wenig. Es war gut, etwas zu tun zu haben. Sie war es nicht gewöhnt, untätig zu sein und anderen im Weg zu stehen. Dafür, dass sie hier sein durfte, musste sie sich nützlich machen. »Gut. Geh vor!«

Billy grinste wieder und pfiff leise, als sie auf ihn zutrat. »Geh vor? Sag mal, was genau bist du für die Herrschaften – Bedienstete oder Gast?«

»Keins von beidem. Ich bin ihre Freundin.«

Jetzt warf Billy den Kopf zurück und lachte schallend. »O Mann!«

»Was ist daran so lustig?«, fragte sie, während sie hinter ihm die Dienstbotenhalle verließ.

Er blieb in einem schmalen Gang am Fuß der Treppe stehen. »Hör mal«, sagte er leise, »ich geb dir einen Rat. Du isst und schläfst im Dienstbotentrakt, nennst aber Seine Lordschaft beim Vornamen. Sprichst von ihm als deinem Freund. Das bringt die Leute auf. Du kannst nur auf einer Seite sein, verstehst du? Die Leute mögen es nicht, wenn sie nicht wissen, wo die Grenze ist. Wenn du hier unten bei uns bist, dann benutz besser die offizielle Anrede.«

Effie blinzelte, ihre Wangen wurden heiß. Es kränkte sie, auf eine Bedienstete reduziert zu werden, nachdem sie und Sholto sich auf Hirta als freie Menschen – wenn auch nicht ganz als gleichrangige – begegnet waren, die sich zueinander hingezogen fühlten. Nur eine Dienerin zu sein … Aber sie sagte nichts, sondern nickte nur. Der Graf hatte sie hergeholt. Was sie für seinen Sohn war, würde sie erst erfahren, wenn sie ihn wiedersah.

»Gut. So wird es einfacher für dich sein.« Billy betrat einen langen Flur. »Also, das ist der Dienstbotengang. Er führt durch das ganze Haus und verbindet den Ost- mit dem Westflügel, oder die ›Pavillons‹, wie sie es in der Familie nennen. Die Herrschaften kommen niemals hier herunter, und wir gelangen schnell überallhin, ohne gesehen zu werden.«

Er wandte sich nach rechts und ging weiter. »Das ist der Anrichteraum, der in den Silberraum führt«, erklärte er und zeigte auf eine Tür auf der linken Seite. »Daneben ist der Lampenraum mit Zugang zum Bierkeller.« Er wandte sich einem anderen schmalen Gang zu, der auf der linken Seite abzweigte. »Da drüben befinden sich der Abfüllkeller und der Weinkeller, und der Raum dort hinten ist das Büro vom Verwalter, unser aller Boss. Mr Weir, ein ziemlich schräger Vogel. Aber keine Angst, er ist im Moment nicht da, sondern nach London gefahren, um Lord Sholto zu treffen. Dort ist der Destillierraum«, fuhr er fort und zeigte nach links, aber Effie interessierte sich nicht für diese unzähligen Räume, die sie sicher nie betreten würde.

»Billy«, sagte sie, während sie in einen Vorraum traten, der den Eingang zum Westpavillon bildete und zu weiteren verzweigten, engen Gängen führte. »Ist Mr Weir mit Sh…«

Sie verstummte gerade noch rechtzeitig. »Mit Lord Sholto wegen Mathiesons Verschwinden in London?«

»Aye, so habe ich es verstanden.« Er zeigte auf eine geschlossene Tür. »Putzraum.«

»Aber warum sind sie in London, wenn Mr Mathieson doch in Schottland zuletzt gesehen wurde?«

»Lord MacLeod versucht bei Scotland Yard, die besten Ermittler für den Fall zu bekommen.«

Die besten Ermittler? Effie fühlte sich, als hätte sie einen Kübel Eiswasser über den Kopf bekommen. »Aber was hat Mr Weir damit zu tun? Mathieson war Lord MacLeods Verwalter, nicht der des Grafen.«

»Aye, aber er und Mr Weir sind Freunde.«

»Wirklich?«

»Natürlich. Ihre Vorgesetzten sind befreundet, und sie arbeiten beide in ähnlichen Funktionen. Halten sich beide für besonders wichtig, was? Jedenfalls denkt Mr Weir anscheinend, dass er irgendetwas weiß, was er der Polizei mitteilen muss.«

Der Polizei?

»Also ist er hingefahren, um Bericht zu erstatten. Hier ist der Kohlenkeller, zur Waffenkammer geht es diesen Gang dort entlang, hier der Tresorraum …«

»Billy«, unterbrach sie ihn scharf. »Bitte! Diese Räume interessieren mich nicht!«

Der Hausjunge wirkte gekränkt.

»Es tut mir leid, aber ich bin nicht als Bedienstete hier. Ich muss nicht wissen, wo die Kohlen gelagert werden. Aber du verstehst sicher, dass ich als St. Kildaerin wissen will, was mit Mr Mathieson ist. Er war unser …« Sie hatte das Gefühl, an dem Wort zu ersticken. »Er *ist* unser Freund.«

Billy antwortete nicht, sondern schürzte nachdenklich die Lippen. »Was willst du wissen?«, fragte er schließlich.

Sie nahm all ihren Mut zusammen. »Wenn man den Verwalter zuletzt auf Hirta und auf keinem der Schiffe gesehen hat, ist es doch eigentlich naheliegend, ihn auf Hirta zu suchen? Vielleicht ist er irgendwie zurückgelassen worden …«

»Wie sollte irgendjemand zurückgelassen worden sein? Die Leute wussten doch, wann das Schiff ablegt!«

Sie schluckte. »Na ja, er könnte einen Unfall gehabt haben, und niemand hat es gemerkt. Kann man nicht ein Schiff hinschicken?«

Er seufzte. »Sie versuchen es, aber bisher waren die Stürme dort zu heftig.«

»Oh.« Das hatte sie befürchtet.

»Aber in den nächsten Tagen soll das Wetter besser werden.«

»Wirklich? Wann?«

Er zuckte mit den Schultern. »Ich bin nur ein Hausjunge. Was weiß ich schon?«

Ihr Herz klopfte. Irgendjemand musste es doch wissen?

Billy ging weiter, und sie folgte ihm eine Treppe hinauf, die auf einen Korridor im ersten Stock führte. Wie riesig dieses Haus war! Sonnenlicht fiel durch die Fenster auf den Fußboden. Große Familienporträts hingen an den Wänden, und Effie erkannte im Vorbeigehen den Grafen. Das daneben, das musste die Gräfin sein, sie hatte die gleichen blauen Augen wie ihr Sohn. Und das … Als sie Sholtos Bild erblickte, blieb sie abrupt stehen. Ja, genau so hatte er damals ausgesehen, bei seinem Besuch auf der Insel …

»Er sieht gut aus«, sagte Billy, und als Effie sich zu ihm umwandte, sah sie ihn grinsen. »Komm nur nicht auf dumme Gedanken«, fügte er hinzu.

Er lachte über ihren empörten Blick und ging weiter. Effie folgte ihm einen weiteren Gang entlang, in dem noch mehr goldgerahmte Porträts hingen, und sie erschauerte unter den strengen Blicken dieser längst verstorbenen Menschen. Alle schienen wissend auf sie herabzublicken, als würden sie ihr Geheimnis kennen. Billy führte sie an riesigen bunten Vasen voller Blumen vorbei, an glänzend polierten Holzschränken. Sogar die Wände waren verziert mit in den Putz gearbeiteten Blumenranken.

Effie hatte das Haus zwar gestern Abend schon gesehen, aber erst jetzt wurde ihr bewusst, wie prächtig es war. So lebte Sholto also? Hier gehörte er hin? Instinktiv wurde ihr klar, dass er für sie verloren war, und sie verstand, warum sie niemals zusammen sein konnten. Mit einem Mal spürte sie Wut in sich aufsteigen. Er hatte zugelassen, dass sie einen kurzen Moment geglaubt hatte, ihre heimlichen Küsse bedeuteten etwas.

Billy blieb vor einer Flügeltür stehen. Er klopfte zweimal und wartete eine Weile, bevor er sie öffnete, aber die Sicherheit, mit der er das tat, ließ vermuten, dass er bereits wusste, dass niemand im Raum war. »Ihr Königreich, Miss Gillies.«

Es war ironisch gemeint, traf aber zu. Das Zimmer war größer als alle Cottages auf Hirta zusammen. Die Decke war höher als ein Kirchengewölbe, und die hölzernen Schränke an den Wänden reichten bis ganz nach oben. Manche hatten Schubladen, andere Glastüren, und man brauchte eine Leiter, um die obersten zu erreichen. Hinter dem Glas befanden sich ausgestopfte Tiere, wie mitten in der Bewegung eingefroren. Effie starrte sie eine Weile erschrocken an. So etwas hatte sie noch nie gesehen.

»Was ist das hier?«, murmelte sie. Ihre Schritte in den derben Stiefeln hallten wider, als sie langsam hineinging.

»Das ist der Kollektionsraum. Seine Lordschaft hat ihn einrichten lassen, für seine … Sammlung«, antwortete Billy mit einem Achselzucken.

In der Mitte des Raumes stand ein acht Meter langer polierter Tisch, darunter eine Ablage voller Bücher. Schachteln türmten sich ohne erkennbare Ordnung. Effie ging hin und hob den Deckel von der obersten. Darinnen, in Heu gehüllt, lagen drei sehr kleine, creme rosafarbene Eier mit winzigen dunklen Flecken. »Feldschwirl-Eier«, murmelte sie und spürte, wie sich ihre Mundwinkel zu einem kleinen Lächeln hoben, weil sie die Eier so leicht identifizieren konnte, obwohl sie diesen Vogel noch nie selbst gesehen hatte.

Sie schloss die Schachtel wieder und ging zu den Schränken hinüber. Zufällig zog sie eine Schublade auf und schrak aus ihrem sonderbaren Traumzustand, als sie Dutzende weiterer Schachteln sah, in denen Eier verpackt waren. Sie zog noch eine Schublade auf – das Gleiche. Schnell sah sie sich um und schätzte die Anzahl der Schubladen ab: sechs pro Schrank. Und zweiundzwanzig Schränke.

»Wie viele Eier sind es?«, fragte sie mit großen Augen.

»Ich schätze, das sollst du uns sagen«, gab Billy gleichmütig zurück. Dann tippte er sich an die Stirn, um sich zu verabschieden. »Viel Spaß.«

»Spaß«, murmelte sie. Was bedeutete das?

Die Tür schloss sich hinter ihm, und Effie blieb allein zurück. Eine Weile stand sie da und hatte keine Ahnung, wo sie anfangen sollte. Was genau erwartete der Graf von ihr?

Langsam ging sie zu einer anderen Schublade und zog sie auf, nahm eine Schachtel, in der sich zwei kleine Eier befanden – sie waren blassgrau mit dunkelbraunen Linien, wie Spuren von tintengetränkten Spinnenbeinen. *Rohrammer* stand auf der Schachtel. Effie runzelte die Stirn, nahm ein Ei heraus und untersuchte es genauer. Rohrammer-Eier waren kleiner, und sie war sich sicher, dass dieses Ei von einem Schwefelammer stammte.

Sie legte das Ei zurück, dann betrachtete sie die Eier in der nächsten Schachtel. Flachsfink-Eier waren mit denen des Blutfinks verwechselt worden.

Sie sah alle Schachteln in der Schublade durch, dann die in der nächsten. Bei der Katalogisierung traten häufig gravierende Fehler auf.

Sie sah sich um und seufzte. Jetzt wusste sie, was zu tun war.

Die Beine gekreuzt, ohne Socken und Stiefel, saß sie auf dem Boden, als plötzlich die Tür geöffnet wurde. Während der letzten Stunden hatte sie die ersten Schubladen durchgesehen und war ganz steif vom Bewegungsmangel. Sie hatte noch nie so lange still gesessen.

Die hellen Augen des jungen Hausmädchens, das ihr am Vorabend am Tisch gegenübergesessen hatte, wurden groß, als sie Effie erblickte, die gerade ein Sperber-Ei betrachtete. Es war nicht fachgemäß ausgeblasen worden und hatte einen feinen Riss.

»Ich wusste nicht, dass jemand hier drinnen ist«, sagte das Mädchen.

Effie antwortete nicht sofort. »Ich bin hier«, erwiderte sie dann.

»Ja, das sehe ich.« Einen Augenblick herrschte Stille. »Ich wollte abstauben.«

»Gut, das kannst du trotzdem tun. Ich halte dich nicht davon ab«, erwiderte Effie vorsichtig. Sie erinnerte sich nur allzu gut daran, wie sich das Mädchen gestern Abend abgewandt hatte, als Effie nach einem freundlichen Gesicht gesucht hatte.

Das Mädchen zögerte, dann nickte sie, als hätte sie einen Entschluss gefasst, und trat ein. Sie schloss die Tür hinter sich und fing an, die Oberflächen mit einem Staubwedel zu bearbeiten.

»Warum hast du deine Stiefel ausgezogen?«, fragte sie nach einer Weile, während sie sich reckte, um eine Spinnwebe aus einer Ecke zu entfernen.

»Ich trage sie nicht gern«, murmelte Effie.

Ein paar lange Minuten lang arbeiteten sie schweigend nebeneinanderher. Effie beugte sich über das Ei, aber ihr war die ganze Zeit bewusst, wie unnatürlich sich das Mädchen verhielt, das immer wieder fasziniert zu ihr herüberstarrte.

»Wie kannst du sie auseinanderhalten?«, fragte es schließlich. Die Neugier hatte gesiegt.

Effie blickte nicht auf. »Übung«, murmelte sie.

»Aber woher kennst du sie alle?«, beharrte das Mädchen. »Diese Vögel haben doch sicherlich nicht alle auf deiner Insel gelebt?«

»Nein, aber ich habe auch viele Bücher gelesen.«

»Gab es dort Buchhandlungen?«

»Nein.« Effie schauderte bei den Erinnerungen, die sie jetzt mit Büchern verband, und das Mädchen merkte es. »Kühl hier«, murmelte Effie und sah weg.

Das Mädchen hörte auf, so zu tun, als würde sie abstauben, und kam zu ihr, um sich das Ei in Effies Hand anzusehen. »Also, was ist das für eins?«

Effie blickte ungeduldig zu ihr auf. »Ein Sperber-Ei.«

»Und dieses?« Sie ging neben Effie in die Hocke und zeigte auf das Ei in der nächsten Schachtel.

»Das stammt von einer Flussseeschwalbe.«

»Das andere auch?« Sie tippte leicht gegen das Ei, das daneben lag.

»Nein, das ist von einem Sumpfhuhn.«

Das Hausmädchen runzelte die Stirn. »Aber die sehen genau gleich aus.«

»Vielleicht auf den ersten Blick. Aber die Sprenkelung auf dem Sumpfhuhn-Ei ist feiner und nicht so unregelmäßig. Das Ei der Flussseeschwalbe hat einen ebenmäßigeren Untergrund, außerdem ist seine Zeichnung breiter, mehr wie Pinselstriche. Siehst du?« Sie zeigte auf die Unterschiede.

»Du musst ein gutes Auge für Details haben.«

»Wahrscheinlich«, murmelte Effie.

Das Mädchen starrte sie jetzt unverhohlen an, die Schüchternheit von gestern Abend schien verschwunden. Plötzlich lächelte sie breit. »Ich heiße übrigens Fanny.«

Effie war überrascht von der plötzlichen Annäherung. »Effie.«

»Ich weiß. Du hast ziemlich Eindruck gemacht.«

Effie wandte schnell den Blick ab. Sie hätte wissen müssen, dass das Mädchen nicht freundlich war, sondern nur neugierig.

»Hey, das ist in Ordnung, weißt du. Da unten spielen sich ständig Dramen ab.«

»Warst du deshalb so still?«

»Ja! Ich will mich raushalten. Gestern Abend hat sich alles um dich gedreht, heute wird es um irgendjemand anderen gehen. Billy wahrscheinlich. Oder um einen von denen da oben, wenn sie nun alle zurückkommen.«

Effie antwortete nicht, aber sie spürte, wie sich ihr Herzschlag beschleunigte. War Sholto auf dem Weg hierher, gerade jetzt? Sie legte das Sperber-Ei zurück in die Schachtel und schloss den Deckel.

»Dann bist du also wirklich mit Lord Sholto befreundet?«, fragte Fanny, als hätte sie ihre Gedanken gelesen.

»Ich hätte es nicht gesagt, wenn es nicht wahr wäre.«

»Es ist nur … Leute wie sie sind normalerweise nicht mit Leuten wie uns befreundet.«

»Leuten wie uns?«

»Aye, mit Bürgerlichen. Ich weiß, dass Seine Lordschaft ein moderner Mann ist, aber selbst für ihn gibt es Grenzen.«

»Damit kenne ich mich nicht aus«, sagte Effie nach einer Weile. »Da, wo ich herkomme, nimmt man die Menschen so, wie sie sind. Alle sind gleich, mehr oder weniger, auch wenn es welche gibt, die mehr Schafe besitzen.« Sie zuckte mit den Schultern.

Fanny, die sie genau beobachtet hatte, lachte plötzlich auf. »Das ist wahrscheinlich genau das, was er an dir mag. Wenn du kein Trara um ihn machst, ist das etwas Neues für ihn. Hier kann er sich kaum bewegen, ohne über Dienstboten zu stolpern.«

»Aye, das habe ich gemerkt.«

Fanny stützte ihr Kinn in die Hand und betrachtete sie interessiert. »Hattest du wirklich keine Ahnung, dass er und seine Familie so wichtig sind?«

»Aye. Ich wusste nur, dass sie mit dem Landlord befreundet sind. Aber sie haben sich nicht … hochnäsig benommen oder so.«

Fannys dünne Augenbrauen schossen in die Höhe. »Dann muss das hier ein Schock für dich gewesen sein.«

»Das kann man so sagen.« In den letzten vierundzwanzig Stunden hatte sie wirklich viel Neues erfahren. »Wie lange arbeitest du schon hier?«

»Ich? Seit vier Jahren«, antwortete Fanny stolz. »Ich bin in den Dienst getreten, als ich fünfzehn war. Meine Familie wohnt im nächsten Dorf. Ich habe mich schon von meiner ersten Position als Küchenhilfe hochgearbeitet, und wenn ich mich anstrenge, bin ich in zwanzig Jahren die Kammerzofe der Lady.«

»Zwanzig Jahre«, wiederholte Effie. Das klang wie eine Gefängnisstrafe.

»Wir haben Glück, hier zu arbeiten. Die Herrschaften sind anständige Menschen, sie behandeln ihr Personal gut. Das ist nicht immer so, weißt du.«

»Das glaube ich.« Aber Effie wollte trotzdem nicht als Hausmädchen arbeiten. Sie nahm den nächsten Karton, öffnete ihn und fand darin ein Zilpzalp-Ei. Es war das erste, das sie mit eigenen Augen sah, und sie war überrascht, wie klein und zart es war. Bücher verrieten nicht alles.

Wieder trat Stille ein. Effie spürte, dass Fanny sie beobachtete, und sah auf. »Was?«

»Hast du die Banshee schon gesehen? Die Todesfee?« Fannys Augen funkelten abenteuerlustig.

»Die Todesfee?«

»Aye.« Fanny erhob sich und ging zu einem Schrank auf der anderen Seite, der Schubladen bis zur Decke hatte. »Schau her.« Sie zog an einem Knauf, aber damit öffnete sich keine Schublade, sondern eine ganze Tür schwang auf. »Es ist eine Geheimtür.«

Fanny wirkte höchst zufrieden mit sich, als Effie überrascht nach Luft schnappte.

»Was … was ist da drin?«, flüsterte sie, während sie zögernd aufstand.

»Komm her und sieh selbst.«

Effie ging hinüber und spähte durch die Tür. Der Raum war halb so groß wie der andere, aber darin waren alle Schränke voll verglast. Vögel aller Arten und Größen waren auf Halterungen platziert, tot, aber prachtvoll. Ein Seeadler, ein Distelfink, eine Schafstelze, ein Ziegenmelker, eine Schneeeule, ein Azurfischer, eine Rohrdommel, ein Rotfußfalke … Aber es gab einen, der kein hübscher Singvogel war und auch kein Raubvogel. Er war knapp einen Meter groß und sah auf den ersten Blick aus wie ein riesiger Pinguin mit angelegten Flossen und einem Ara-ähnlichen Schnabel.

Effie runzelte die Stirn. Das konnte doch sicherlich kein … »Ist das ein Riesenalk?«

»Heißt er so?« Fanny zuckte verlegen mit den Schultern. »Na ja, wenn du es sagst. Er macht allen Angst. Mrs McLennan nennt ihn die Todesfee.«

»Aber sie sind ausgestorben, seit … beinahe hundert Jahren!«

»Wirklich?« Diese Information schien Fanny zu beeindrucken. »Dann muss er wertvoll sein.«

»Ich glaube, es gibt auf der ganzen Welt nur ein paar Dutzend Exemplare, und die stehen alle im Museum.«

»Aye. Tja, seine Lordschaft hat gute Beziehungen.«

Effie antwortete nicht. Sie konnte den Blick nicht von dem Vogel wenden. Sie ging in die Hocke und starrte durch die Glasscheibe, betrachtete die Federn, das Muster auf dem Schnabel, die charakteristische Form der flugunfähigen Flügel. War in diesem großen Haus der Pracht und Schönheit, in dem ein Mann wie ein König leben konnte, denn alles möglich? Dass Mutter Natur sich allem unterwarf, und dass sogar die Toten weiterlebten?

»Was geht hier vor?«

Beide schraken auf, als so plötzlich diese scharfe Stimme ertönte. Fanny zuckte zusammen, und Effie verlor das Gleichgewicht und plumpste auf den Hintern, als sie die Hausdame in der Tür stehen sahen.

»Mrs McKenzie«, stammelte Fanny und richtete sich auf wie ein Soldat in Habachtstellung, den Staubwedel in der Hand. »Ich habe nur abgestaubt.«

Aber die Hausdame war nicht dumm. Sie wusste genau, was hier vorgegangen war. »Wenn Seine Lordschaft das hier zur Schau stellen wollte, dann wäre es offen zugänglich, oder?«

»Ja, Mrs McKenzie«, murmelte Fanny. Sie fuhr damit fort, über die Schränke zu wischen, aber die Hausdame richtete jetzt ihren tief enttäuschten Blick auf Effie.

»Genug mit den Spielchen. Sofort raus hier und wieder an die Arbeit, alle beide. Fanny, du wirst im Weißen Salon gebraucht.«

»Jawohl, Mrs McKenzie.«

Fanny folgte den forschen Schritten der Hausdame, aber als sie zurückschaute, waren ihre Wangen gerötet, und ihre Augen funkelten vor Aufregung. Für Effie war es kein Abenteuer, sie waren einfach nur ertappt worden, als sie nicht gearbeitet hatten. Fanny und sie mochten etwa im selben Alter sein, aber Effie war über alberne Mädchenspiele hinweg. Das Leben hatte ihr bereits gezeigt, was passieren konnte, wenn die Dinge nicht gut liefen.

Die Tür fiel mit einem Klicken hinter den beiden Frauen zu, dann war Effie wieder allein mit der Sammlung von ausgestopften Tieren und ausgeblasenen Eiern – und mit ihren Erinnerungen an den letzten Sommer.

21. Kapitel

Sie hatte sich verlaufen. Sich in den Bergen zurechtzufinden war eine Sache, ein Haus wie dieses eine ganz andere. Alles war so geometrisch, und alles wiederholte sich – für Effie sahen alle Flure gleich aus, und sie hatte keine Ahnung, wo sie als Nächstes hingehen sollte. Auf dem Hinweg hatte Billys Gerede über Mr Weir und Mr Mathieson sie abgelenkt, das war das Problem. Ihr Kopf hatte nicht darauf geachtet, was ihre Füße taten.

Eine Tür zu ihrer Linken war nur angelehnt. Wenn sie einen Blick hineinwarf und sah, was für ein Raum das war, fand sie sich vielleicht wieder zurecht … Sie spähte in das große Zimmer, merkte aber schnell, dass sie hier noch nie gewesen war. Sie trat ein, legte ohne nachzudenken ihre Socken und Stiefel neben der Tür ab und betrachtete staunend die Wände, die vom Boden bis zur Decke von Büchern bedeckt waren.

Im Raum war es schummrig, da es bereits Abend wurde und das große Fenster zum schattigen Garten hinausging. Der Teppich war abgewetzt, und hier und da standen hohe Ledersessel, so verstreut, als hätte jemand Verstecken damit gespielt. Ein verziertes Lesepult mit Lederbezug stand in der Mitte, darauf ein Atlas, aufgeschlagen bei …

Sie sah genau hin.

… bei den Äußeren Hebriden. Ein Zufall? Wer hatte ihr

Zuhause nachgeschlagen? Vater oder Sohn? Effie legte ihren Finger auf den winzigen grünen Punkt, der ihr Leben gewesen war, inmitten von Blau. Wie klein er aussah, wie unbedeutend. Warum hätte sich irgendjemand auf der weiten Welt jemals für ihre Probleme interessieren sollen? Es war schon ein Wunder, dass es überhaupt Menschen gab, die schon einmal von der Inselgruppe gehört hatten.

Sie ließ den Blick noch einmal über die Bücher wandern. Es waren mehr, als eine einzelne Person in ihrem ganzen Leben würde lesen können, alle ledergebunden. Sie trat zum nächsten Regal und strich mit den Fingerspitzen über die Buchrücken, spürte die Einkerbungen der handgedruckten Titel. Sie nahm ein Buch heraus – Baudelaires *Albatros* – und öffnete es. Sie verstand kein Wort, aber die fleckigen Seiten verströmten einen vertrauten und doch unbeschreiblichen Duft. Instinktiv hielt sie sich das Buch vors Gesicht und atmete tief ein. Einige andere, mit denen sie dasselbe tat, verbreiteten denselben staubigen Geruch. Sie ging weiter, strich über Buchrücken und legte den Kopf schräg, um die Titel zu lesen.

Ihr Blick fiel auf ein großes Buch in einer Nische. Es stand auf einem hölzernen Leseständer, ähnlich dem, den der Pfarrer bei seinen Predigten benutzt hatte. Die Illustration, bei der es aufgeschlagen war, zeigte einen großen Vogel, der die Flügel ausgebreitet hatte wie ein Phoenix. Das Bild war fein gezeichnet und kräftig coloriert, der kalligrafisch gesetzte Text aus der Entfernung nicht lesbar. Aber Effie kannte den Inhalt, kannte ihn sogar auswendig, denn sie besaß genau das gleiche Buch, die gleiche Ausgabe. In diesem Augenblick befand es sich in ihrer Tasche unter dem Bett, in einen alten Wollschal gewickelt, der einmal ihrer Mutter gehört hatte.

Sie spürte ein flaues Gefühl im Magen. Instinktiv hatte sie gewusst, dass Mathiesons letztes Geschenk für jemanden wie sie zu wertvoll war. Dennoch hatte sie es behalten. Sie hatte es nicht über sich gebracht, es zurückzugeben, auch wenn ihr Stolz ihr etwas anderes geraten hatte. Und sie hatte den Preis dafür gezahlt. Sie hatte Mathieson nie gefragt, wo er diese Bücher kaufte – mit Namen von Buchläden hätte sie ohnehin nichts anfangen können. Aber jetzt hier zu sein und zu wissen, dass sie etwas besaß, das in ein Haus wie dieses gehörte … Sie wusste, dass Mathieson sich so etwas nicht hätte leisten können. Wie war er an dieses Buch gekommen? Hatte es auch ihm jemand geschenkt?

Vorsichtig nahm sie das Buch von dem Ständer, spürte das vertraute Gewicht in ihren Händen. Es war zu groß, um es einfach so zu halten, ohne es hinten abzustützen, aber sie wollte darin blättern, wollte wissen, ob die beiden Bücher wirklich identisch waren. Sie ging zum nächsten Sessel, damit sie sich setzen und es sich auf den Schoß legen konnte …

Ein Schrei entfuhr ihr, und das Buch fiel herunter und knallte mit der Schriftseite nach unten auf den Boden. »Was … was …?«, keuchte Effie und taumelte rückwärts auf einen anderen Sessel zu.

Der Gepard starrte sie an, das Maul leicht geöffnet. Um den Hals trug er ein juwelenbesetztes saphirblaues Lederhalsband, und die daran befestigte Leine lag schlaff in der Hand einer jungen Frau, die in einem der Sessel schlief.

»Hmmm?«, murmelte die Frau, holte tief Luft und blinzelte ein paarmal, dann sah sie Effie aus verträumten braunen Rehaugen an. »Oh, Himmel, ich bin doch nicht schon wieder eingeschlafen?«

Effie starrte wieder die Raubkatze an. Sie saß weniger als zwei Meter von ihr entfernt, mindestens in Sprungweite. »Das ist ein Gepard«, flüsterte sie, ihre Stimme schwach vor Angst.

Die Frau schien zu sich zu kommen. »Aber ja.« Sie lächelte gelassen. »Das möchte ich meinen. Sie heißt Margaux. Ist sie nicht süß?«

Effie antwortete nicht, und die Frau musterte sie genauer. »Himmel, Sie sind schrecklich blass. Wollen Sie sich nicht hinsetzen? Sie sehen aus, als würden sie gleich in Ohnmacht fallen, meine Liebe. Möchten Sie etwas Tee? Oder etwas Stärkeres? Ich finde Gin Tonic um diese Uhrzeit ungemein belebend.«

»Ich … ich …« Effie tastete hinter sich nach dem Sessel, löste den Blick aber keinen Augenblick von dem Gepard, während sie vorsichtig rückwärts um den Sessel ging, bis er zwischen ihnen stand.

Nun, da sie wenigstens in Deckung gehen konnte, fühlte sie sich etwas sicherer, und sie sah die Frau an. Inzwischen war ihr Gegenüber einigermaßen wach, saß aufrecht und mit zusammengedrückten Knien auf der Sesselkante und sah Effie erstaunt an. Von der Raubkatze, die hechelnd neben ihr saß, schien sie dagegen vollkommen unbeeindruckt. Ihr dunkles Haar war in kunstvolle Wellen gelegt und umrahmte ein puppenhaftes Gesicht. Sie trug einen senfgelben Rock mit dazu passender Strickjacke, darunter ein gestreiftes Mieder und um den Hals glänzende weiße Perlen. Effie hatte noch nie eine Frau gesehen, die eine so mühelose Eleganz ausstrahlte.

»Ich heiße Sibyl, Sibyl Wainwright, aber alle meine Freunde nennen mich Sid.«

»Sid?«

»Es ist verrückt, ich weiß, aber mein Vater wollte einen Jungen, das war kein Geheimnis. Armer Papa. Wenigstens auf diese Weise wollten wir ihm entgegenkommen.«

»Oh.« Das konnte Effie nachvollziehen.

Die Frau lächelte erwartungsvoll, und Effie wurde klar, dass sie sich nun ebenfalls vorstellen musste. »Ich bin Euphemia Gillies, aber alle nennen mich Effie.«

»Angenehm. Sagen Sie, sind Sie gerade aus Frankreich zurück?«

»Frankreich?« Effie hatte Mühe, ihr zu folgen.

»Ich war selbst bis vor Kurzem dort. Wir haben einen kleinen Abstecher auf Dickie Grangers neuer Jacht gemacht. Er hat einen Heidenspaß daran, und das kann ich absolut nachvollziehen. Sie ist wirklich hübsch, und außerdem finde ich, dass ich auf dem Wasser so viel schneller Farbe bekomme …«

Wie sie so vor sich hin plauderte, hätte Effie beinahe vergessen können, dass ein Gepard neben dieser Frau saß.

»Sie haben so eine tolle Bräune. Es ist ja schön und gut, dass wir den Korsetts entkommen sind und Kleider von

Madame Chanel kaufen können« – sie zupfte an ihrem Rock –, »aber ich glaube, was wirklich etwas ausmacht, ist die Sonnenbräune. Also, wo gehen Sie hin?«

»Wohin ich gehe?«

»In Frankreich? Mir persönlich liegt eigentlich nicht viel an der Atlantikküste. Deauville ist einfach ein bisschen zu windig für mich, und die Île de Ré finde ich ohne eigene Ketsch langweilig. Aber manche Gegenden in der Provence sind ganz nett. Finden Sie den Geruch von Lavendel nicht auch göttlich?«

»Göttlich?« Eine Stimme erklang auf der anderen Seite der Tür, die im nächsten Augenblick geöffnet wurde. »Lieber Himmel, Sid, was machst du hier dr…?«

Sholto kam herein, und es verschlug ihm die Sprache, als er Effie hinter dem Sessel stehen sah.

Effie konnte sich nicht bewegen, nicht atmen. Und ganz bestimmt nicht sprechen. Sie hatte sein Porträt für sehr echt gehalten, aber jetzt wurde ihr klar, dass es nur einen sehr oberflächlichen Eindruck von dem Mann vermittelte, der nun vor ihr stand. Seine Haut war goldbraun, ganz anders als ihr eigener rötlicher, wettergegerbter Farbton, und sein blondes Haar glänzte wie Gold. Er sah aus, als würde er leuchten.

»Effie«, krächzte er.

»Hallo, Sir«, sagte sie zögernd.

»Sir?« Sibyl-Sid schien überrascht von ihrer Höflichkeit. Sie zog die Brauen zusammen, als fühle sie sich irgendwie betrogen. »So, wie Sie hier hereinspaziert sind, dachte ich, Sie wären eine Freundin!«

Das wäre für Sholto die Gelegenheit gewesen, zu betonen, dass Effie genau das sei, aber der Moment verstrich ungenutzt. »Ich … ich habe … nicht mit Ihnen gerechnet.« Er war blass geworden.

»Ihr Vater hat Ihnen nicht erzählt, dass ich herkomme?«

»Ich habe ihn … noch nicht gesehen … Was machen Sie …?«

Sie starrten einander an. Die Wände schienen sich aufzulösen, die Raubkatze auf dem Perserteppich zu verschwinden, die plappernde Frau zu verstummen … Wieder einmal gab es nur sie beide, so wie in ihren letzten gemeinsamen Momenten auf der Insel. *Wenn wir reden könnten … Einen Plan schmieden …*

»Ist alles in Ordnung mit dir, Sholto?« Sibyl lehnte sich in ihrem Sessel zurück, schlug ein Bein über das andere und wippte mit dem Fuß. »Du siehst aus, als hättest du einen Geist gesehen.«

Ihre Worte schienen ihn aus seinem Trancezustand zu holen. Er rausperte sich und fuhr sich mit der Hand durchs Haar. Effie wagte nicht, sich zu bewegen. Sie konnte nicht einschätzen, ob er froh war, sie zu sehen, oder nicht. Ganz offensichtlich war er verblüfft, aber …

»Keinen Geist, nein«, murmelte er. »Ich bin nur ein bisschen überrascht, das ist alles. Ich hatte nicht erwartet, dich hier drinnen zu finden, und erst recht nicht …«

Seine Stimme erstarb, und er starrte eine Weile zu Boden.

Dann holte er tief Luft, als müsse er sich selbst wachrütteln. »Wie auch immer, es ist schön, Sie zu sehen, Miss

Gillies. Haben Sie leicht zu uns gefunden?« Er benutzte den munteren Tonfall, in dem Effie ihn schon ein paarmal mit Mathieson hatte reden hören. Dann trat er mit einem knappen Kopfnicken auf sie zu. Er wirkte irgendwie größer in seinem schwarzen Anzug, mit dem weißen Hemd und der seltsamen Halsbinde, die wie eine Schleife geformt war. Warum war er so angezogen?

Sie nickte zurück, während sie in diese blauen Augen blickte, von denen sie schon geglaubt hatte, sie nie wiederzusehen. Ihre Stimme schien sie jetzt vollständig verlassen zu haben. Sie hatte das Gefühl, als spielten sie in einem Theaterstück mit, und sie müsste ihm antworten, wüsste aber den Text nicht. Was wurde von ihr erwartet, und welche Rolle hatte sie in diesem großen Haus? Existierte das Mädchen, das Sholto kennengelernt hatte, überhaupt noch, wenn sie das, wofür er sie bewundert hatte, nicht mehr tun konnte?

Hinter ihm griff Sibyl in ihre Tasche und zog ein Päckchen Zigaretten hervor. Effie kannte das, weil Floras Verlobter rauchte und Flora erzählt hatte, dass alle Stars in Hollywood das ebenfalls taten. »Schatz, möchtest du eine?«

Er blinzelte, und der Bann war gebrochen. Sholto wandte sich abrupt ab, dann zuckte er zusammen, als er Margaux sah, die jetzt auf dem Teppich lag. »Um Himmels willen, Sid, du hast versprochen, dass du sie im Stall lässt.«

»Der Stallknecht war nicht so begeistert davon.«

»Tja, Mama wird es auch nicht sein, wenn sie das Tier hier drinnen sieht. Du weißt, was für einen Ärger wir letztes Mal hatten.«

»Aber ich habe Margaux doch die Krallen schneiden lassen! Sieh selbst nach, wenn du mir nicht glaubst.«

»Nein, danke.« Sholto ging um die Gepardin herum, zog eine Schachtel aus seiner Jackettasche, riss ein Streichholz an und hielt es Sybil hin. Sibyl beugte sich vor und suchte seinen Blick, während er ihr die Zigarette anzündete. Effie sah, dass sie ihm zuzwinkerte. Kleine Intimitäten. Wie ungezwungen sie miteinander umgingen. War sie …?

Sholto richtete sich auf. »Warum bist du eigentlich noch nicht angezogen? Du weißt doch, dass das Dinner um acht beginnt.«

»Ja, das weiß ich, aber ich dachte mir, ich stibitze mir ein kleines Buch, das ich heute Abend im Bett lesen kann. Ich habe ein bisschen drin geschmökert, und das Nächste, woran ich mich erinnere, ist ein Schrei, der mich geweckt hat.«

Er sah sie besorgt an. »Dein eigener?«

»Nein, Dummerchen. Miss Gillies hat geschrien.«

»Effie?« Jetzt drehte er sich wieder zu ihr um. »Was war los?«

Effie runzelte die Stirn. War das nicht offensichtlich? »Der Gepard hat mich erschreckt.«

»O ja, natürlich. Nun, Sie müssen keine Angst vor ihr haben. Normalerweise ist sie zahm.«

Normalerweise?

Eine Hand in der Hosentasche, ging er zu einem Servierwagen. »Möchten Sie einen Drink? Ich brauche einen kräftigen …« Er blieb abrupt stehen, direkt vor der Nische mit dem leeren Buchständer. »Sid?«, fragte er zögernd, aber in seiner Stimme lag eine Schärfe, die sogar Sibyl aufhorchen ließ.

Die Frau folgte seinem Blick, dann sah sie das Buch auf dem Boden und schnappte nach Luft.

»O nein«, rief sie und sah Effie erschrocken und mitleidig an.

Sholto reagierte genauso. »Miss Gillies, was haben Sie getan?«

»Ich habe mir nur die Bilder angesehen«, antwortete Effie zögernd, unsicher, warum ein fallen gelassenes Buch mehr Aufregung verursachte als ein Raubtier in kaum zwei Metern Entfernung.

Entsetztes Schweigen folgte, dann ging Sholto in die Knie und fing an, etwas einzusammeln – Effie sah jetzt, dass es lose Seiten waren. Manche hatten durch den Sturz Knicke bekommen. Die Gepardin immer im Blick, gesellte sie sich zu Sholto, um ihm zu helfen.

»Es tut mir so leid. Was habe ich … was habe ich falsch gemacht?«, fragte sie verzweifelt.

Sholto sah sie verärgert an. In seinen Augen loderte es, die Lippen bildeten einen schmalen Strich, aber er schüttelte den Kopf und antwortete mit gezwungener Gelassenheit. »Nichts. Das konnten Sie nicht wissen.«

»Was?«

Sholto wich ihrem Blick aus, und sie spürte wieder ihre Unwissenheit, wusste, dass sie etwas nicht mitbekam – schon wieder! –, weil sie zu dumm dafür war.

»Dieses Buch liest man nicht«, brach Sibyl gnädigerweise das Schweigen.

Effie sah erneut Sholto an. Diese kauzige Frau verwirrte sie nur noch mehr. »Aber sind Bücher nicht zum Lesen da?«

»Eigentlich schon«, antwortete Sibyl und zuckte mit den Schultern. »Aber dieses ist ziemlich wertvoll. Also eher von der Sorte ›Anschauen-Nicht-Anfassen‹. Es ist eins von nur acht Exemplaren, gedruckt für Clan-Oberhäupter. Eins davon ist letztes Jahr auf einer Auktion für eine Rekordsumme verkauft worden und hat großes Aufsehen erregt. Wenn ich mich recht erinnere, ist es in den 1760er Jahren veröffentlicht worden, und die Arbeit daran hat zehn Jahre gedauert, alles ist von Hand gezeichnet.« Sibyl zog an ihrer Zigarette, dann spitzte sie die rot geschminkten Lippen und blies eine langgezogene Rauchwolke aus.

Effie sah Sholto bestürzt an. Und sie selbst besaß eins dieser Exemplare? Und hatte gerade ein anderes zerstört? Ihr Herz schlug schnell. Sie wusste, es war schrecklich falsch, dass eins dieser Bücher ihr gehören sollte.

Als Sholto merkte, wie aufgewühlt sie war, lenkte er ein. »Effie, es ist schon gut. Machen Sie sich keine Sorgen. Ich werde mich darum kümmern.«

»Aber Ihr Vater …«

»Es ist nur ein Buch. Ich werde ihm sagen, dass ich es fallen gelassen habe.«

»Das können Sie nicht tun.«

»Warum nicht?«

»Weil es gelogen ist. *Ich* habe es fallen gelassen.«

»Ich glaube nicht, dass ich in die Hölle komme, wenn ich mal ein bisschen flunkere.«

»Dann ziehen Sie es von meinem Lohn ab«, drängte sie, während sie beide vom Boden aufstanden.

Er öffnete den Mund, als wollte er etwas sagen, aber da fing Sibyl schallend an zu lachen. Sholtos Gesichtsausdruck wurde hart, und er warf Sibyl einen Blick zu, der sie zum Verstummen brachte. Was war so lustig an dem, was Effie gesagt hatte?

Jetzt sah er wieder zu ihr. »Miss Gillies, es ist alles in Ordnung«, erklärte er steif. »Manchmal gibt es eben Missgeschicke. Meinen Vater wird es nicht kümmern.«

Effie konnte nur nicken, aber sie sah immer noch den Ärger in Sholtos Augen, spürte, dass sich unter seinen guten Manieren eine dunklere Stimmung verbarg. Sie wusste, dass er nicht nur wegen des Buches wütend war. Er war wütend über ihre Anwesenheit.

Ein erstaunter Laut neben ihr rettete sie.

»Meine Güte, wo sind Ihre Schuhe?«, fragte Sibyl und starrte auf Effies bloße Füße. Sie klang so aufgebracht, dass Effie sich fühlte, als stünde sie vollkommen nackt da.

»Ich … ich habe mir Blasen gelaufen«, antwortete sie zögernd und spürte, dass sie errötete, weil sie schon wieder bei einem Regelverstoß ertappt wurde. Warum hatte sie die Stiefel nicht wieder angezogen, bevor sie den Kollektionsraum verlassen hatte? Wie hatte sie bloß glauben können, sie würde ohne weiteren Zwischenfall zurück in ihr Zimmer gelangen? Rasch lief sie zurück zur Tür, hob ihre Stiefel auf und drückte sie gegen ihre Brust. »Ich muss gehen.«

Sie hoffte, Sholto würde sie bitten zu bleiben, aber er

rührte sich nicht, sein Gesicht war angespannt und verschlossen. Ohne ein weiteres Wort wandte er sich ab und fing an, das Buch so gut es ging wieder auf den Buchständer zu stellen. Effie sah ihm von der Tür aus zu. Es war klar, dass der wertvolle Band jetzt kein solches Schmuckstück mehr war, aber was konnte sie tun?

Sie begegnete Sibyls amüsiertem Blick und nickte ihr höflich zu, dann schlüpfte sie hinaus. Doch selbst, als sie die Tür hinter sich geschlossen hatte, konnte sie noch Sibyls Stimme hören. »Sholto, Schatz, wo hast du die denn aufgegabelt? Sie ist zum Schießen!«

Mit aschfahlem Gesicht betrat Effie die Dienstbotenhalle. Auf der Treppe nach unten hatte sie kurz angehalten, um ihre Stiefel anzuziehen, bevor sie noch mehr Unmut auf sich ziehen würde. Die meisten Dienstboten saßen bereits am Tisch, während das Essen von den Küchenmädchen aufgetragen wurde, und alle plauderten angeregt mit ihren Sitznachbarn. Billy folgte ihr mit dem Blick, als sie wieder den freien Stuhl neben William ansteuerte.

»Geht es Ihnen heute gut, Miss Gillies?«, fragte William, während sie ihren Stuhl heranrückte. »Vermutlich haben Sie gehört, dass Seine Lordschaft zurück ist?«

»Leider nicht nur er«, murmelte jemand, bevor sie antworten konnte.

Ihr war ohnehin nicht nach Reden zumute. Das Wiedersehen mit Sholto hatte sie aufgewühlt. Er hatte sie nicht ein einziges Mal angelächelt; tatsächlich hatte er überrumpelt gewirkt, wütend und verlegen. Für ihn war sie nicht besser als der Verwalter – jemand, der versuchte, sich bei ihm einzuschmeicheln.

Mr Graves kam herein und unterbrach ihre Gedanken. Das Stimmengewirr wurde zu einem Flüstern, und alle standen auf und senkten die Köpfe, als er das Tischgebet sprach.

»Sie haben das Essen verpasst, Miss Gillies«, sagte er, als sie sich wieder gesetzt und die ersten Bissen genommen hatten.

»Essen?« Ihre Stimme klang dünn und gepresst.

»Das Mittagessen. Unsere Hauptmahlzeit am Tag.«

»Oh.« Sie würde eine Weile brauchen, bis sie sich an die Vorstellung gewöhnt hätte, dass Essen jederzeit verfügbar war und nicht erst, wenn man zuvor etwas geerntet oder gejagt hatte. »Es tut mir leid. Ich habe gearbeitet und die Zeit vergessen.«

»Drei Mahlzeiten am Tag, Miss Gillies. Unsere Arbeit ist anstrengend. Wir müssen uns bei Kräften halten.«

Effie nickte nur, ging auf den Vorwurf nicht ein. Sie aß in winzigen Bissen, entschlossen, sich heute Abend nicht wieder zu blamieren. Ihr Ziel war bescheiden – zu essen und dann möglichst schnell in ihr Zimmer zu verschwinden und dort in ihre Kissen zu weinen.

»Dann ist die Katze also wieder da«, sagte der Lakai Henry wie zu sich selbst.

»Ich dachte, sie schenkt sie dem Zoo im Regent's Park?«, fragte Jenny.

»Ihr gefiel die Aussicht nicht, die man vom Gehege aus hatte, so etwas in der Art.«

»Aha.«

»Immerhin sind die Krallen jetzt gestutzt. Angeblich.«

»Es gibt immer noch die Zähne«, murmelte Billy.

Alle aßen schweigend. Effie merkte, dass einige zu Mr Graves blickten, als gebe er beim Essen das Tempo vor.

»Fanny, hast du die Blumen in Lord Sholtos Zimmer gestellt, wie ich es dir aufgetragen habe?«

»Ja, Mrs McKenzie. Auf den Tisch am Fenster.«

»Gut.« Die Hausdame aß noch einen Bissen. »Aber die Lilien hast du entfernt? Er ist allergisch gegen Lilien.«

»Ja, Mrs McKenzie. Ich habe sie in den Strauß für die Lady gesteckt.«

»Sehr gut.« Plötzlich hob die Hausdame den Kopf. »Warte. Mit Lady meinst du die Gräfin?«

»Nein, Ma'am. Lady Sibyl.«

Mrs McKenzie sah irgendwie betroffen aus, und alle Blicke richteten sich auf sie. Sie senkte den Kopf und aß schweigend weiter.

»Habe ich etwas falsch gemacht, Ma'am?«, fragte Fanny ängstlich. »Soll ich die Lilien wieder wegnehmen?« Sie sprang auf, aber Mrs McKenzie hatte sich wieder gefasst.

»Nein, bestimmt nicht. Iss dein Abendbrot, Fanny. Die Lady wird sich vor dem Dinner ausruhen und soll nicht gestört werden.«

Effie runzelte die Stirn, als sie sah, wie Fanny sich wieder hinsetzte und unglücklich weiter aß. Verwirrt blickte Effie in die Runde, um zu sehen, ob irgendjemand verstand, was sich gerade abgespielt hatte Sie schaute zu Billy und sah das Flackern in seinen Augen, während er sein Essen hinunterschlang. Er schien genau zu wissen, was los war. Aber würde er es ihr verraten, wenn sie ihn danach fragte?

»Apropos … Hat irgendjemand etwas über den neuesten Skandal gelesen?«, fragte Jenny. »Anscheinend haben die Bright Young People sich wieder ordentlich ausgetobt.«

»Neulich in der Downing Street Nummer zehn? Wie könnten wir das verpasst haben?«, antwortete Henry.

»Es ist eine Schande«, murmelte Mrs McKenzie und trank einen Schluck. »Die Brille des Premierministers zu stehlen.«

»Ich glaube nicht, dass sie es als Diebstahl gesehen haben, Mrs McKenzie. Es war eine Schatzsuche«, sagte Jenny mit funkelnden Augen. »Außerdem bin ich mir sicher, dass der Premierminister eine Ersatzbrille besitzt.«

»Das ist nicht der Punkt. Der Spaß rechtfertigt nicht alles.« Mrs McKenzies Lippen wurden schmal. »Solche Vorgänge mitten im Zentrum der politischen Macht sind respektlos.«

Eine Weile sprach niemand, nur amüsierte Blicke wechselten von einem zum anderen.

»Ich vermute, es besteht eine gewisse Wahrscheinlichkeit, dass die Brille hier ist«, murmelte Henry.

»Es kann keine Rede davon sein, dass Lady Sibyl damit etwas zu tun hat«, blaffte die Hausdame. Effie wunderte sich. Warum verteidigte sie Sibyl, obwohl nicht einmal ihr Name gefallen war?

»Aber es gibt eine Menge Pressefotos von ihr mit der Tochter des Premierministers. Jeder weiß, dass die beiden Freundinnen sind«, sagte der Lakai mit einem Achselzucken. »Vermutlich ist dir nichts aufgefallen, als du ihren Koffer ausgepackt hast, Barra?«

»Glaubst du, ich würde es dir erzählen, wenn es so wäre?«, antwortete Sibyls Kammerzofe kühl. Effie beobachtete sie unauffällig. Sie wirkte gelassen und selbstbewusst, bestimmt ließ sie sich nicht leicht unterkriegen. »Dann würde es sofort überall die Runde machen, noch bevor jemand sagen könnte …«

»Schwindeleien!«, riefen mehrere Stimmen, und die Hälfte der Dienerschaft brach in Gelächter aus. Effie ahnte, dass der Witz auf Sybils Kosten ging; sie war selbst bereits in Genuss ihrer Ausdrucksweise gekommen.

»Wenn ich dieses Wort noch einmal höre«, murmelte Barra und unterdrückte ein Grinsen.

»Das reicht jetzt, Schluss mit den Unverschämtheiten«, sagte Mrs McKenzie streng. »Lady Sibyl kann reden, wie es ihr beliebt. Außerdem wird hier jetzt nicht mehr über gestohlene Brillen geredet. Niemand spricht Gästen dieses Hauses irgendwelche gesetzeswidrigen oder unangemessenen Taten zu.«

»Da stimme ich zu. Das ist geschmacklos«, sagte ein Mann, der am anderen Ende des Tisches stand. »Seine Lordschaft wäre entsetzt zu hören, wie hier über seine Freunde gesprochen wird. Sie zu diffamieren ist eine Beleidigung für ihn selbst.«

Stühle wurden zurückgeschoben, und alle erhoben sich, Effie ebenfalls. Jetzt erst sah sie, dass der Mann, der gesprochen hatte, nicht mit ihnen gegessen hatte, sondern gerade erst durch die Tür getreten war, Mantel und Hut in der Hand.

Die Stille, die auf den Tadel folgte – sogar Mr Graves hielt den Kopf gesenkt –, verriet Effie sofort, wer der Mann war. Und anscheinend wusste er auch bereits von ihr, denn er sah sie jetzt direkt an. Eine Weile sprach niemand. Er hatte ein fülliges Gesicht mit tiefen Falten um den Mund und trug runde Brillengläser, die seine hellgrauen Augen und blonden Wimpern vergrößerten. Sein hellblondes Haar war kurz geschnitten. Auf Effie wirkte er ruhig und gelassen, sachlich und emotionslos.

Sie fragte sich, wie er *sie* wohl sah. Sicherlich ganz anders.

»Miss Gillies, willkommen in Dumfries House«, sagte er in unverändertem Tonfall. »Seine Lordschaft hat mir von Ihrer Ankunft berichtet. Vielleicht wären Sie so freundlich, nach dem Abendessen in mein Büro zu kommen? Es gibt ein paar Dinge zu besprechen.«

»Aye, Mr Weir, das tue ich gern«, murmelte sie.

Er drehte sich um und ging davon.

Der Rest der Mahlzeit verlief schweigend.

Effie klopfte an die Tür.

»Kommen Sie rein«, rief er. Er blickte nicht auf, als sie eintrat, sondern schrieb weiter an seinem Schreibtisch. »Machen Sie bitte die Tür hinter sich zu.«

Effie tat es – und wartete.

»Setzen Sie sich«, murmelte er, während er etwas in ein Buch eintrug. »Miss Gillies.« Dann sah er sie an. »Miss Gillies«, wiederholte er langsam. »Endlich lernen wir uns kennen.«

Endlich? Das klang, als hätte er darauf gewartet; sie aber hatte von diesem Mann heute Morgen zum ersten Mal gehört.

Er verengte die Augen zu Schlitzen, als er sie musterte, und es kam ihr vor, als versuche er, ihren Anblick mit etwas anderem zu verbinden. Mit einer Vorstellung, die er von ihr gehabt hatte? »Wie waren Ihre ersten Tage hier?«

»Ich bin erst gestern angekommen, aber es war alles in Ordnung. Halb so wild.«

Er grinste spöttisch über ihre Ausdrucksweise. »Halb so wild?«, wiederholte er. »Allerdings.« Er seufzte, blickte sich um, verschränkte die Finger vor sich auf der Schreibtischplatte. »Ich bin müde von der Reise, deshalb verzeihen Sie mir bitte, dass ich gleich zum Punkt komme. Ich vermute, sie haben von Frank Mathieson gehört?«

»Dass er vermisst wird? Aye, Sir.« Sie hielt ganz still, das konnte sie. Die vielen Vogeljagden, bei denen man seine Beute nicht aufscheuchen durfte, waren nicht umsonst gewesen.

»Wissen Sie etwas über sein Verschwinden?«

Sie zögerte. »Nein. Wie sollte ich?«

»Ich dachte, Sie waren … eng miteinander. Gute Freunde.«

Ihr wurde kalt. »Mr Mathieson war unser Verwalter, und ich habe ihn respektiert, Sir, aber ich würde nicht sagen, dass wir Freunde waren.«

»Nicht?«

»Nein.« Sie presste ihre Hände zusammen, um sie ruhig zu halten.

»Hm. Das ist merkwürdig. Er hat etwas anderes angedeutet.«

Sie schüttelte stumm den Kopf.

»Ich dachte, er hätte einmal erwähnt, er würde Sie mit besonderen Geschenken verwöhnen.«

Effie starrte ihn an. Jetzt wollte sie nicht nur die Hände bewegen, jetzt wollte sie am liebsten fortlaufen. Ihr Herz klopfte heftig. »Nein, Sir.«

»Dann hat er Ihnen also nie etwas mitgebracht?«

Die Art, wie er das sagte, verriet ihr, dass er Bescheid wusste. »Na ja, ab und zu hat er mir Bücher mitgebracht – zum Lernen. Wir hatten begrenzte Möglichkeiten, wissen Sie. Das war sehr freundlich von ihm. Aber die Bücher waren nicht nur für mich, sondern für alle Kinder auf der Insel. Vielleicht hat er das gemeint?«

»Bücher.«

»Aye.«

»Sonst nichts?«

Was wusste er genau? Genug, um sie irgendwie zu verdächtigen. Sie spürte, dass sie so nah wie möglich bei der Wahrheit bleiben musste. »Ähm, also, einmal hat er auch Farben und Pinsel mitgebracht. Das ist schon eine Weile her. Aber mehr nicht. Wir waren auf die Freundlichkeit von Fremden angewiesen, wenn wir uns bilden wollten.« Sie hatte das Gefühl, dieser letzte Teil könnte ihm gefallen.

»Er hat mir einmal erzählt, er würde einer besonderen Person auf St. Kilda den Hof machen.«

Das Blut gefror ihr in den Adern. Den Hof machen?

»Nicht mir, Sir. Das muss jemand anderes gewesen sein. Ich war in all den Jahren noch ein Kind, und das wäre nicht richtig gewesen, oder?«

Er runzelte die Stirn über diese Andeutung. »Stimmt. Mr Mathieson ist vielleicht geschäftstüchtig, aber er ist auch ein Ehrenmann mit einem hervorragenden Ruf.«

»Aye, Sir. Genau das habe ich gemeint.«

Mr Weirs Blick wurde noch forschender. »Dennoch haben Sie irgendetwas an sich, Miss Gillies.«

»Nein, Sir, an mir ist nichts Besonderes«, erwiderte sie schnell.

»Nein? Wenn ich ehrlich sein soll, sehe ich es selbst auch nicht, aber Sie scheinen … einen merkwürdigen Zauber auszuüben, Miss Gillies. Die Lordschaften waren nach ihrer Rückkehr von St. Kilda ebenfalls sehr von Ihnen angetan. Und der Graf selbst hat keine Mühen gescheut, um Ihnen eine Stelle hier anzubieten. Das ist gar nicht seine Art.«

»Er denkt, dass ich ihm bei einem bestimmten Projekt helfen kann.«

»Und, können Sie es?«

»Ich gebe mein Bestes.«

»Natürlich.« Er legte nachdenklich die Fingerspitzen aneinander. »Sagen Sie, Miss Gillies, wann haben Sie Mr Mathieson zum letzten Mal gesehen?«

»Irgendwann während der Evakuierung«, antwortete sie mit einem Achselzucken. »Er hat uns beim Packen geholfen. Wir hatten alle viel zu tun, wie Sie sich sicher vorstellen können.«

»Aber genauer, Miss Gillies, bitte denken Sie nach. Wann haben Sie ihn zum letzten Mal gesehen? An welchem Tag? Wo?«

Sie spürte, dass sie anfing zu zittern. Sie wollte nicht daran denken. An nichts davon. »Bin ich in Schwierigkeiten, Sir?«

»Sollten Sie das sein?«

»Nein, Sir. Ich habe nichts Falsches getan.«

»Dann ist die Frage leicht zu beantworten.«

Sie starrte ihn an. Seit ihrer Abreise waren neun Tage vergangen, und es bestand immer noch die Chance, dass Mathieson noch durchhielt. Er war stark und noch nicht zu alt, um zu kämpfen. Wenn sie jetzt sofort zugab, was sie getan hatte, könnte man ein Schiff hinüberschicken. Die Touristenschiffe fuhren nicht, aber das bedeutete nicht, dass Fischdampfer es nicht konnten. Oder Marineschiffe. Wenn man ihnen eine Nachricht übermittelte, konnten sie vielleicht die Richtung ändern, vor St. Kilda ankern und dort nach ihm rufen, und sie konnte ihnen genau sagen, wo sie suchen sollten. Dann könnte er gerettet werden.

Aber wenn sie das tat, würde sie sich selbst anklagen. Sie würde zugeben müssen, dass sie gewusst hatte, dass er noch dort war. Und dann müsste sie nicht nur verraten, was sie getan hatte, sondern auch, warum.

Und wenn er längst tot war? Dann würde sie sich umsonst opfern. Sie würde ins Gefängnis kommen, vielleicht sogar gehängt werden – und wer würde sich dann um ihren Vater kümmern?

»Ich weiß nicht … Ich kann mich nicht genau erinnern, wann ich ihn das letzte Mal gesehen habe, es tut mir leid. Ich muss nachdenken. Es war viel los.«

»Nun, soll ich Ihnen sagen, was ich gehört habe?« Er hielt inne und beobachtete sie aufmerksam.

Effie nickte langsam.

»Ich habe gehört, Sie hätten in den letzten Minuten vor der Abfahrt für Ablenkung gesorgt.«

»Ablenkung?«

»Sie haben große Verwirrung gestiftet, haben angefangen zu jammern und zu zetern. Dabei kommen Sie mir eigentlich nicht hysterisch vor.«

»Das war keine Ablenkung, Sir.« Ihre Stimme zitterte. »Ich habe versucht, meinen Hund zu retten.«

»Der ohnehin getötet werden musste, wie ich gehört habe? Zusammen mit allen anderen.«

Effie schluckte, dann nickte sie.

»Sie haben also ein völlig sinnloses Theater …«

»Für mich war es nicht sinnlos, Sir.« Ihre Stimme brach.

»Und Sie wollen mir weismachen, dass wegen Ihrer Sperenzchen ›rein zufällig‹ kein Mensch gesehen hat, ob der Verwalter an Bord gegangen ist oder nicht? Wegen Ihrer Aufregung um eine Sache, deren Ausgang ohnehin klar war?« Er starrte sie lange an, aber sie konnte nicht sprechen. »Sonst haben Sie dazu nichts zu sagen?«

Sie schüttelte den Kopf. Ihm hatte sie nichts mehr zu sagen.

Er seufzte resigniert. »Nun gut, aber Sie sollten wissen, dass Scotland Yard eingeschaltet und Mr Mathieson offiziell als vermisst gemeldet wurde. Die Polizei wird Sie befragen.«

»Mich, Sir?«

»Ja, Miss Gillies. Ich habe den Ermittlern Ihren Namen genannt als Person von besonderem Interesse.«

»Eine Person von … Aber warum? Ich weiß doch nichts«, rief sie.

»Dann haben Sie auch nichts zu verbergen.«

»Aber warum haben Sie ihnen meinen Namen genannt, obwohl Sie mich noch nie zuvor gesehen hatten?«

»Es ist nichts Persönliches, Miss Gillies, aber wie ich schon sagte, ist Mr Mathieson ein Kollege, und schon aus beruflichem Respekt muss ich tun, was ich kann, um ihm zu helfen. Er und ich hatten einige Gespräche im Laufe der letzten Jahre – in eben diesem Raum –, und er hat mir einiges anvertraut, von dem ich glaube, dass es für die Ermittlungen relevant ist. Ich habe der Polizei erzählt, was ich weiß, und jetzt müssen Sie dasselbe tun. Wenn ein Mensch vermisst wird und sehr wahrscheinlich in großer Gefahr schwebt, dann muss man ihm gemeinsam helfen. Da stimmen Sie mir doch sicher zu?«

Effie antwortete nicht, aber sie war schon aufgestanden und wich wie von selbst Richtung Tür zurück. Ihr Atem ging schnell, und ihr war schwindelig. Sie brauchte frische Luft. Sie musste fort von hier.

Mr Weir musterte sie stirnrunzelnd. »Ich werde es Sie wissen lassen, wenn der Kriminalbeamte Sie befragen will, Miss Gillies«, sagt er.

Effie schloss die Tür hinter sich und rannte durch den

Gang. Vor lauter Panik verpasste sie die Treppe zu ihrem Zimmer und lief durch die Flure, bis es nicht mehr weiterging und sie sich in der Wildkammer wiederfand, inmitten von aufgehängten Fasanen, Enten, Rebhühnern und Wachteln. Aber sie sah nichts von alledem, sie hörte nur Mr Weirs Worte in ihrem Kopf widerhallen: *Ich habe der Polizei erzählt, was ich weiß.*

Was wusste er? Wie viel hatte Mathieson ihm erzählt?

Denn wenn Weir wusste, welches Leid der Verwalter ihr zugefügt hatte, dann wusste er auch, dass Frauen schon für viel weniger gemordet hatten.

22. Kapitel

Sie stand am Fenster, so reglos wie die Marmorstatue hinter ihr. In dieser Halle verschwand Effie beinahe zwischen all den prächtigen Gegenständen. An den Wänden über den eleganten Stühlen und polierten Tischen hingen diese großen Gemälde von ernst dreinblickenden Gesichtern, der Boden war aus Mosaikfliesen, verzierte Stuckpaneele bildeten einen Fries unter der hohen, filigran verzierten Gewölbedecke. Das Haus war einschüchternd, schon dieser Eingangsbereich imposant, aber das Mädchen, das bis vor zwei Tagen noch nicht einmal gewusst hatte, dass es solche Pracht überhaupt gab, beachtete das alles nicht. Effie konnte den Blick nicht von den Gärten abwenden, durch die Sholto und Sibyl Arm in Arm spazierten. Sibyl hatte eine Blume in der Hand und redete angeregt und gestikulierend. Sholto dagegen hatte eine Hand in der Hosentasche und blickte zu Boden. Er ging sehr langsam, und seine Schuhe scharrten über den Kies. Es schmerzte Effie, ihn auch nur anzusehen. Selbst aus der Entfernung schien er zu leuchten, und obwohl er sie nicht beachtete, fand sie ihn faszinierend.

»Also gut, bist du bereit?«

Sie drehte sich um und sah, dass Billy auf sie wartete.

»O nein, das schon wieder?«

»Was?«, fragte sie, aber sie wusste, dass er ihre Kleidung meinte: braune Hose und beigefarbenes Hemd. Sauber.

Gebügelt. Und beides passte. Gestern hatte sie ihre Sonntagskleidung getragen und geglaubt, dass sie darin nicht auffiel, aber das hatte sich als Irrtum erwiesen.

Billy sah elegant aus in seiner maulwurfbraunen Weste über dem weißen Hemd. Eine lange, saubere Schürze reichte ihm bis zu den Schienbeinen, und seine Schuhe waren auf Hochglanz poliert. »Anscheinend bist du auf Schwierigkeiten aus.«

»Ich habe dir schon gesagt, dass ich keine Bedienstete bin, Billy«, entgegnete sie müde. »Ich muss keine Uniform tragen.«

»Sie verlangen doch nur, dass du Frauenkleider anziehst! Weir bekommt einen Anfall, wenn er dich so sieht.«

»Dann soll er sich mit dem Grafen anlegen, der hat mich noch nie in etwas anderem gesehen«, erwiderte sie störrisch. Das, was den Verwalter von Dumfries House interessierte, war nicht ihre Kleidung.

»Das ist dein Untergang«, sagte er seufzend, dann blickte er auf ihre derben Stiefel. »Wenigstens die sind angemessen. Der Pfad kann manchmal ziemlich schlammig sein. Also los, hier entlang.«

Effie erlaubte sich einen letzten Blick aus dem Fenster und folgte Billy dann widerstrebend zu der Treppe, die zum Dienstbotengang im Erdgeschoss führte. Es wäre viel schneller gegangen, einfach durch die Tür nach draußen zu gehen und die große Treppe zu den Gärten hinunterzusteigen, aber dann wären sie an Lord Sholto und Lady Sibyl vorbeigekommen. Inzwischen wusste Effie, dass sie nicht gesehen werden sollte.

»Es ist nett von dir, mich mitzunehmen«, sagte sie, als Billy schließlich in den Garten trat und ihr die Tür aufhielt.

»Kein Ding. So komme ich eine Weile raus und muss nicht die ganze Zeit Kohleeimer füllen.«

»Arbeitest du schon lange hier?«, fragte sie zerstreut. Im Weitergehen hielt sie nach Sholto und Sibyl Ausschau, konnte sie aber nirgendwo entdecken.

»Sieben Monate. Das ist bis jetzt meine längste Zeit. Normalerweise bin ich immer nach fünf Monaten wieder draußen.«

»Warum?«

Er zuckte mit den Schultern. »Irgendwie kriege ich immer Ärger.« Er hob eine Augenbraue. »Ein bisschen wie du, schätze ich.«

Genau das hatte sie auch gedacht, aber das behielt sie lieber für sich. »Wie bitte?«, sagte sie stattdessen.

Er warf ihr einen durchtriebenen Seitenblick zu. »Heute Morgen habe ich mitbekommen, wie Lord Sholto Mrs McKenzie bestochen hat, damit sie die Türen zur Bibliothek den Tag über verschlossen hält und sein Vater nicht hineinkann. Ein paar Minuten später ist Mr Weir eilig verschwunden, mit einem Paket unter dem Arm, das an einen Antiquariatsbuchhändler in Glasgow adressiert war.« Er sah sie an. »Ich nehme an, du weißt nichts darüber?«

Effie schluckte. »Warum sollte ich das?«

»Seine Lordschaft hat Mrs McKenzie gegenüber darauf bestanden, dass du nichts davon erfährst.«

Sie sah ihn an. »Aber du hast kein Problem damit, es mir zu erzählen?«

Er zuckte lächelnd mit den Schultern. »Du weichst meiner Frage aus. Warum sollst du nichts davon wissen?«

»Spionierst du immer in den Korridoren herum, Billy?«

»Du hast meine Frage immer noch nicht beantwortet.«

Effie zuckte mit den Schultern und versuchte, gelassen zu wirken. Dabei wusste sie genau, was Sholto vorhatte – er wollte das Chaos, das sie verursacht hatte, wieder in Ordnung bringen.

Ob man das Buch wohl reparieren konnte?, fragte sie sich. Und selbst wenn man die losen Seiten wieder einnähen konnte, würde es seinen Wert behalten? Oder machte die Beschädigung es weniger kostbar? Letzte Nacht hatte sie darüber nachgedacht, Sholto ihr Exemplar anzubieten – ein einfacher Tausch, und sein Vater würde niemals davon erfahren. Aber dann müsste sie erklären, wie sie zu einem so wertvollen Geschenk gekommen war. Und sie ertrug die Vorstellung nicht, auch nur Frank Mathiesons Namen zu erwähnen. Ihrer tiefen Scham konnte sie nicht entkommen.

Sie merkte, dass sie in Gedanken abgeschweift war. »Also, Billy, sag mal … arbeitest du schon lange hier?«

Er lachte überrascht auf. »Das hast du mich gerade eben schon gefragt!«

Sie errötete. »Tut mir leid. Ich meinte …« Sie versuchte, sich zu konzentrieren. »Bist du von hier?«

»Du willst also, dass ich deine Fragen beantworte, aber antwortest nicht auf meine?« Er seufzte. »Na gut. Ich komme aus Tarbet, Lomondside. Das ist nicht so weit weg. Nicht so weit wie dein Zuhause.«

»Ich weiß nicht, ob es irgendjemanden gibt, dessen Zuhause so weit weg ist wie meins.«

»Vermisst du es?«

»Aye.«

»Wann bist du von dort fortgegangen?«

»Vor zehn Tagen und drei Stunden. Aber wer rechnet schon nach, oder?«

Er grinste, und sie wusste, dass er ihr schon verziehen hatte. Irgendwie war er ihr vertraut, so, als wäre er ihr kleiner Bruder. »Würdest du zurückgehen, wenn du könntest?«, fragte er.

Sie antwortete ohne zu zögern. »Aye.«

»Aber warum? Dort ist das Leben doch so viel härter! Du bist es ja noch nicht einmal gewöhnt, dreimal am Tag zu essen.«

»Oh, keine Sorge, Mrs McLennan lässt mich nicht damit davonkommen, dass ich eine Mahlzeit auslasse.« Erst heute Morgen hatte Effie versucht, sich unbemerkt an der Küche vorbeizuschleichen, aber die schlaue Köchin hatte sie zum Tisch geführt und gezwungen, ein Glas Milch zu trinken und etwas Porridge zu essen. Dass Effie so wenig Appetit hatte, dass selbst Mrs McLennans gutes Essen für sie wie Asche schmeckte, spielte keine Rolle.

»Warum willst du zurück zu einem Leben voller Anstrengung und Entbehrung?«

»Weil ich nicht hierhergehöre.« Sie zeigte vage auf das prächtige Anwesen. »Mein Verstand kann das alles nicht aufnehmen.«

Billy grinste. »Oh, vertrau mir, du wirst dich daran gewöhnen. Als ich zum ersten Mal einen Dienst antrat, ging es mir genauso. Ich fing bei dem Duke von Argyll an und dachte irgendwie, ich würde für den König arbeiten.«

»Genau!«

»Aber es wird schnell Normalität.«

»Billy, da, wo ich herkomme, waren Nägel ein Luxus! Wir haben gefeiert, wenn ein Stück Treibholz an unseren Strand geschwemmt wurde! Ich werde mich nie an vergoldete Zimmerdecken gewöhnen und an … Geparden, die an der Leine geführt werden.«

Er warf den Kopf zurück und lachte. »Na gut, dann wird es bei dir vielleicht etwas länger dauern. Aber es ist nicht immer so dramatisch. Nur wenn sie da ist. Lady Sibyl Wainwright ist keine Standardprominente.«

»Promi-was?«

»Prominente. Eine bedeutende, reiche, heiratswürdige junge Frau aus der höheren Gesellschaft.« Er kicherte. »Sie gehört zu den Bright Young People.«

»Ich habe keine Ahnung, wovon du redest«, sagte Effie kopfschüttelnd.

»Junge Leute mit hellen Köpfen! Die jungen Reichen, die das schnelle Leben lieben und, wie es scheint, einen frühen Tod. Vor einiger Zeit ist eine Lady durch den Sturz von einem Kronleuchter gestorben. Die Zeitungen sind von diesen Menschen besessen.«

»Und sie gehört dazu?« Effie spürte plötzlichen Widerwillen gegen diese schöne Frau mit der Raubkatze, die dem Premierminister seine Brille stahl und das lustig fand.

»Sehr zum Leidwesen der Lady des Hauses. Die Gräfin findet das alles ganz *fürchterlich«* – er sprach das Wort mit verstellter Stimme aus –, »aber sie ist mit Lady Sibyls Mutter befreundet und will kein Aufsehen erregen. Nichts wäre schlimmer als das! Ich glaube, sie hofft einfach, dass Sibyl ruhiger wird, wenn sie erst verheiratet sind.«

Effie blieb wie angewurzelt stehen. »Du meinst … sie und Sholto sind verlobt?«

»*Lord* Sholto! Effie, was habe ich dir dazu gesagt?« Er verdrehte die Augen. »Und nein, noch nicht. Aber das ist nur eine Frage der Zeit.«

Effie kam es plötzlich vor, als läge ein Stein auf ihrer Brust. »Sind sie … sind sie schon lange zusammen?«

»Kommt darauf an, was du unter ›zusammen sein‹ verstehst. Offenbar kennen sie sich seit Kindertagen. Du weißt, wie das bei den Reichen ist – man kennt sich untereinander. Nach dem, was ich gehört habe, geht es seit ein paar Jahren hin und her, sie flirten, wie es ihnen passt. Aber der Lord ist jetzt dreiundzwanzig. Er weiß, was von ihm verlangt wird, wenn der Graf geht.«

»Geht? … Oh.«

»Los, wir müssen uns beeilen. Ich muss noch Graves' Schuhe putzen, bevor er ins Dorf fährt.« Er fing an, schneller zu laufen, und Effie eilte ihm nach. Der Gedanke an Sholtos bevorstehende Verlobung mit Lady Sibyl Wainwright ließ sie nicht los.

»Billy«, sagte sie, als sie vor einem Steincottage stehen blieben. Verblüfft registrierte sie, dass es zwei Stockwerke und vier Fenster hatte. Und eine ziegelrote Eingangstür.

»Aye?«

»Gestern Abend, beim Essen … als Fanny die Lilien in Lady Sibyls Zimmer gebracht hatte … Was war daran falsch?«

Billy sah sie mit einem ungläubigen Grinsen an. »Bist du wirklich so unschuldig, dass du dir das nicht denken kannst?«

Sie blinzelte. Anscheinend war sie das.

»Mitternachtsbesuche.« Seine Augen glitzerten provozierend. »Wenn er sich nachts zu ihr hinüberschleicht …?«

»Aber …« Ihre Stimme klang erstickt. »Sie sind nicht verheiratet.« Die Worte des Pfarrers klangen noch in ihren Ohren, ihr Leben lang hatte sie sich seine Warnungen vor der Sünde und ihren verheerenden Folgen angehört.

»Aber sie werden heiraten, das habe ich dir doch gesagt. Und außerdem haben wir das Jahr 1930. Die Dinge ändern sich.«

Die Dinge ändern sich. Dasselbe hatte Sholto zu ihr gesagt.

»Sieh dir nur die Zeitungen an. Männer kleiden sich wie Frauen – und anscheinend kleiden sich auch Frauen wie Männer!« Er zeigte auf Effie. »Solange sie diskret sind, bleibt alles hinter verschlossenen Türen.« Er legte einen Finger auf die Lippen und zwinkerte ihr zu.

In diesem Augenblick sah Effie, dass ein Mann an die Tür gekommen war und sie beobachtete.

»Oh, hallo, Mr Felton«, sagte Billy, und straffte die Schultern. »Ich dachte mir, dass wir Sie hier treffen. Das ist Miss Gillies. Sie wird hier einziehen.«

»Zusammen mit meinem Vater«, fügte Effie hinzu. »Hallo, Mr Felton.«

Der Mann antwortete mit einem Nicken. Er schien etwa zehn Jahre älter zu sein als Effie und hatte dichtes, beinahe schwarzes Haar und helle, wache Augen. Seine Hände waren schwielig, und seine Haut sah aus wie ihre – tief gebräunt von der Arbeit im Freien. Er hätte von St. Kilda stammen können. Effie konnte ihn sich gut barfuß und mit einem toten Sturmvogel über der Schulter vorstellen.

»Miss Gillies sortiert die Vogeleiersammlung Seiner Lordschaft. Anscheinend ist sie eine Expertin in Sachen Vogeljagd und Vogelkunde.«

»Oh, wirklich?« Der Mann hob eine Augenbraue.

»Mr Felton ist unser Wildhüter«, erklärte Billy. »Die Fasanerie liegt dort drüben hinter den Bäumen, etwa hundert Meter entfernt. Er hat sich bereit erklärt, die Hütte zu renovieren.«

»Ich hatte ein bisschen Zeit, nachdem die Vögel jetzt in den Gehegen für die Freilassung sind«, erklärte Mr Felton.

»Oh. Ich kann mir gar nicht vorstellen, Vögel freizulassen«, sagte sie. »Bisher hing mein Leben davon ab, ihnen Fallen zu stellen und sie zu fangen.«

»Der Graf liebt den Kitzel der Jagd. Das Schießen ist ihm mindestens ebenso wichtig wie die Beute.«

Sie erinnerte sich daran, wie sie am vorigen Abend inmitten dieser Beute in der Wildkammer gestanden hatte, Mr Weirs Drohungen noch in den Ohren.

»Tja, ich habe noch nicht mit Ihnen gerechnet, sonst hätte ich die Späne weggefegt«, sagte Mr Felton und blickte sich um. »Wahrscheinlich möchten Sie sich alles ansehen?«

»Wenn es Ihnen nichts ausmacht?«

»Nein, gehen Sie nur rein.«

Mr Felton trat zur Seite und ließ sie passieren.

Das Cottage hatte einen kleinen Vorraum, in dem Platz war, um einen Mantel, einen Hut oder Seile aufzuhängen (nicht, dass Effie die hier brauchen würde, aber sie war an die Vorstellung gewöhnt). Dann kam ein schmaler Flur, der direkt zur Rückseite des Hauses führte. Durch eine Klöntür konnte Effie in den Garten blicken und ein paar Obstbäume sehen. Die Küche lag, wie auch in der Hütte in Lochaline, auf der rechten Seite, aber anstatt eines Schlafzimmers befand sich auf der linken Seite ein Wohnzimmer. Beide Räume hatten einen Kamin, aber die Böden waren aus Holz, nicht aus Stein, und die Fenster waren deutlich größer und ließen viel Licht herein. Effie stand am Fuß der Treppe und schaute hinauf.

Eine Treppe. Das war bisher ein unvorstellbarer Luxus gewesen, aber …

»Die ist zu eng und zu steil«, sagte sie bedauernd. »Mein Vater schafft das nicht.«

»Ich kann Ihnen helfen, die Möbel aufzustellen, wenn es so weit ist«, sagte Mr Felton und trat neben sie vor die

Treppe. »Vielleicht möchte er sein Schlafzimmer lieber hier unten einrichten?«

Effie schaute wieder in den großen, hellen Wohnraum. »Das würde ihm gefallen. So hat er es sein Leben lang gehabt. Warum sollte es jetzt anders sein?«

»Veränderungen werden sowieso oft überschätzt, wenn Sie mich fragen.«

»Es fragt aber niemand«, warf Billy mit seinem unverschämten Grinsen ein. »Gut, ich muss zurück. Ich habe schon genug Zeit vertrödelt, und Mr Graves macht mich zur Schnecke, wenn ich seine Stiefel nicht rechtzeitig fertig habe. Finden Sie allein zurück, Miss Gillies?«

»Natürlich. Ich gehe einfach den Pfad entlang.« Der Weg verlief an den großen Weideflächen hinter dem Graben entlang, hinter ihnen lag der Wald. Sich hier zu verlaufen, wäre wirklich ein Kunststück.

»Oder ich begleite Sie«, sagte Mr Felton. »Ich muss sowieso noch ein paar Dinge aus dem Haus holen.«

»Wie Sie möchten.« Effie zuckte mit den Schultern.

Billy verschwand, und Effie ging die Treppe hinauf und sah erfreut, dass das Cottage dieselben Annehmlichkeiten bot wie ihr Zimmer im Haupthaus – ein Waschbecken, eine Heizung, eine Innentoilette. Die Räume waren viel größer, als sie es gewöhnt war. Sie ging zu einem Fenster und öffnete es, genoss den Blick auf die Felder und einen entfernten Wald, auf zufrieden grasende Schafe.

Mr Felton lehnte sich aus dem anderen Fenster, und beide schwiegen sie eine Weile. Die Landschaft war anders als die, die Effie kannte – nicht so spektakulär und majestätisch –, aber ihre lieblichen, sanften Formen hatten etwas Beruhigendes. Wenn sie sich nach links wandte, sah sie den Ostpavillon und zwei Drittel des Haupthauses. Selbst von hier betrachtet, aus einer Entfernung von fast einer halben Meile, war es ein Koloss.

»Also … Sie kennen sich mit Vögeln aus?«, fragte Mr Felton und beugte sich aus dem Fenster.

Auch Effie lehnte sich weiter hinaus und sah zu ihm hinüber. »Ein bisschen.«

Er schwieg einen Moment. »Na, dann habe ich etwas, das Sie vielleicht einmal sehen möchten.«

»Wo ist es?«

»Im Wald.« Er bemerkte ihren misstrauischen Blick und lachte. »Nichts Ungebührliches, Miss Gillies. Es geht nur um Vögel.«

»Was ist es denn?«

Er schüttelte den Kopf. »Das kann ich Ihnen nicht sagen. Es ist ein Geheimnis.«

Sie wandte den Blick ab. »Ich fürchte, ich mag keine Geheimnisse, Mr Felton.«

»Sollten wir es dann lieber Überraschung nennen?«

»Es gibt auch böse Überraschungen«, erwiderte sie schnell, ohne ihn anzusehen. Sie wusste, dass sie schroff war, obwohl er nur freundlich sein wollte.

Er sah sie eine Weile an, dann drehte er sich um und blickte wieder ins Zimmer. »Also, es ist beinahe alles fertig für Sie und Ihren Vater. Die Arbeiten am Schornstein sind abgeschlossen und die neue Tür eingehängt. Jetzt müssen nur noch ein paar Dachschindeln ausgetauscht werden, dann ist das Cottage fertig für den Winter.«

Effie sah noch einmal aus dem Fenster und fragte sich, wie der Winter hier wohl aussah – weißer, weicher Schnee und knisternde Kaminfeuer? Oder war diese Jahreszeit hier ebenso furchterregend, wie sie es kannte, mit heulenden Stürmen, windgepeitschten Wellen und Eisschollen am Strand?

»Wann ziehen Sie ein?«

Sie zuckte mit den Schultern. »Mein Vater ist noch in Lochaline geblieben, um den Verkauf unserer Tiere in Oban abzuwarten, aber der ist jetzt abgeschlossen. Wenn hier alles fertig ist, dann irgendwann nächste Woche.«

»Das war bestimmt eine große Sache, dieser Umzug hierher, mit so vielen Menschen.«

Dann wusste er also, dass sie von St. Kilda kam? Anscheinend sprach es sich herum.

»Aye, das stimmt. Aber es hat sich gelohnt«, sagte sie schnell, damit er nicht weiterfragte. Ohne Zweifel war das Leben in diesem robusten, hübschen Cottage eine deutliche Verbesserung gegenüber dem, was sie zuvor gehabt hatten. Der Graf hatte Wort gehalten.

Sie hörte ein Geräusch, ein rhythmisches Klappern, das sie nicht genau einordnen konnte. »Was ist das?« Sie drehte sich um und sah etwas Dunkles über das Feld schießen.

Mr Felton antwortete nicht gleich. »Jemand, der einen Ausritt macht«, sagte er dann und richtete sich auf.

Es war zu spät, noch die Treppe hinunterzugehen, denn schon ein paar Sekunden später brachte der Reiter das

Pferd unten auf dem Rasen abrupt zum Stehen. Das Tier, das aufgeregt tänzelte, hatte glänzendes schwarzbraunes Fell, mit hellbraunen Nüstern und Fesseln. Es war riesengroß – Effie war sich nicht sicher, ob sie über seinen Rücken hätte blicken können, geschweige denn darauf steigen. Sie hatte noch nie ein Pferd aus der Nähe gesehen, und erst recht nicht im Galopp. Seit Effie auf der Welt war, hatte es auf der Insel keins mehr gegeben; früher hingegen, als Ma Peg noch ein Kind gewesen war, hatte ihnen ein Kaltblüter beim Pflügen geholfen.

Sholto blickte hinauf, keuchend und mit geröteten Wangen. Er trug eine Reitjacke aus Tweed, braune Reithosen und kniehohe schwarze Stiefel. Als er sie beide an den Schlafzimmerfenstern sah, runzelte er die Stirn. Ihm schien nicht bewusst zu sein, wie ehrfurchtgebietend er wirkte.

»Miss Gillies. Felton«, sagte er schroff. »Mrs McKenzie sagte mir, dass ich Sie hier finden würde.«

»Sie wollten mich sprechen, Sir?«, fragte der Wildhüter.

»Was? … Nein, nein«, sagte Sholto und schüttelte gereizt den Kopf. »Miss Gillies.« Er bedachte sie beide mit einem finsteren Blick. »Was machen Sie da oben?«

»Ich wollte das Cottage einmal sehen, bevor ich einziehe«, sagte Effie schnell. »Mein Vater kommt vermutlich nächste Woche, da musste ich mich vergewissern, dass alles bereit ist.«

Das Pferd tänzelte ein paar Schritte zurück. »Und, findet alles Ihre Zustimmung?«, fragte Sholto, die Zügel locker in den Händen.

»Es ist wunderb…«

»Felton, wie viel ist noch zu tun?«

»Ich brauche noch einen Arbeitstag, mehr nicht.«

»Nun, das ist gut.« Sholto wirkte reserviert. Effie hatte bereits die Begegnung in der Bibliothek als kühl empfunden, aber diese hier fühlte sich geradezu arktisch an. Zum ersten Mal sah sie Sholto als Lord, als Gutsherrn und Arbeitgeber, ihren Vorgesetzten. Von dem strahlenden, lächelnden Besucher, den sie im Mai kennengelernt hatte, schien er weit entfernt, ein ganz anderer Mensch. Warum war er so hart ihr gegenüber? Das, was zwischen ihnen vorgefallen war, kam ihr jetzt beinahe unwirklich vor. Hatte sie es geträumt? Die Küsse am Seil, wie sie einander im Meer umarmt hatten, die hungrigen Augen und geröteten Lippen …?

Sie merkte, dass sie ihn anstarrte. »Sie wollten mich sprechen … Sir?«, fragte sie mit mühsam beherrschter Stimme. Sibyl war nirgendwo zu sehen. Hatte er sie allein treffen wollen? Wollte er mit ihr reden, ohne dass Sibyl zuhörte?

»Ja.« Sein Pferd war immer noch unruhig nach dem Galopp, und er ritt ein Stück fort, wendete und kam wieder zurück. »Ich fürchte, meine Mutter möchte, dass Sie heute Abend mit uns essen.«

Effie war entsetzt. »Ich?«

»Ja, es tut mir leid. Ich weiß, es wird langweilig für Sie, aber sie will alles über St. Kilda erfahren. Die Erzählungen meines Vaters ermüden sie inzwischen, und sie möchte es aus der Perspektive einer Eingeborenen hören …«

Einer Eingeborenen? Einen Augenblick herrschte Schweigen, und Effie fragte sich, ob er merkte, wie abwertend dieses Wort klang, wie »andersartig« sie sich dadurch fühlte.

Er klopfte seinem Pferd den Hals. »Wissen Sie, er denkt darüber nach, Sir John die Inselgruppe abzukaufen.«

»Was?« Es klang wie ein Bellen – selbst der Wildhüter schrak zusammen. Effie merkte, dass ihre Reaktion den nötigen Respekt vermissen ließ, aber zu hören, dass St. Kilda verkauft werden sollte …

»Na ja, für Sir John hat sie ohne Mieteinkünfte keinen Nutzen mehr, und meinem Vater gefällt die Idee, eine Art Vogelschutzgebiet daraus zu machen. Ich kenne nicht alle Einzelheiten, aber ich denke, er wird nichts auslassen, wenn er uns heute beim Abendessen darüber berichtet.« Sein Pferd drehte noch einmal eine kleine Runde, und er blickte über die Schulter zu Effie zurück. »Dann kann ich ihr sagen, dass Sie kommen?«

Effie starrte ihn an. Hatte sie überhaupt eine Wahl? Sie nickte matt.

»Gut, gut«, murmelte er, sah sie aber mit einem Gesichtsausdruck an, den sie nur als feindselig bezeichnen konnte. »Meine Mutter wird sich freuen.«

Aber er nicht. Die Andeutung war nur allzu deutlich.

Er nickte und schien fortreiten zu wollen, aber dann kehrte er noch einmal um.

»Ähm … vielleicht sollte ich noch sagen … Die Gräfin hat manchmal schwache Nerven.« Er zögerte. »Es könnte ratsam sein, nichts davon zu erzählen, wie ihr einziger Sohn und Erbe über dem Atlantik an einem Seil …«

»Natürlich.«

»Erwähnen Sie einfach die Seile nicht. Sie spielen jetzt ohnehin keine Rolle mehr.«

Sie starrte ihn an, wusste, was er ihr eigentlich sagen wollte: dass das, was zwischen ihnen beiden vorgefallen war, keine Rolle mehr spielte. Dass er es bereute.

»Natürlich«, wiederholte sie mit erstickter Stimme. »Ich werde die Seile nicht erwähnen.«

Er runzelte die Stirn, als müsste er darüber nachdenken, ob er ihr trauen konnte. »Gut. Acht Uhr also. Im Salon.« Er warf dem Wildhüter noch einen Blick zu. »Felton. Miss Gillies.« Damit stieß er seinem Pferd die Hacken in die Seiten und galoppierte davon, den Weg zurück, den er gekommen war. Die Schafe stoben auseinander, und er verschwand schließlich in einer Staubwolke.

23. Kapitel

Alle drehten die Köpfe, als Effie die Dienstbotenhalle betrat, und sie blieb wie angewurzelt stehen. Kam sie zu spät? Aber Graves hatte doch gesagt, das Mittagessen gebe es um zwölf Uhr? Es war erst drei Minuten vor zwölf.

»Miss Gillies.« Mrs McKenzie straffte die Schultern. »Sie kommen zu uns.«

Effie zögerte. »Sollte ich das nicht?«

»Doch, doch, Sie sind höchst willkommen.«

Effie zögerte erneut. Dass die Hausdame so etwas sagte, schien ihr ungewöhnlich. Sie betrachtete die Bediensteten, schon vollzählig versammelt, und war dankbar, Mr Weir nicht unter ihnen zu sehen. Unter den Blicken von zwölf Augenpaaren setzte sie sich auf ihren Platz neben William, der sie genauso kritisch musterte wie am ersten Abend. War es wegen ihrer Hose?, fragte sie sich. Das Kleidungsstück schien bei den Leuten starke Gefühle hervorzurufen.

»Hammel«, wurde ihr knapp mitgeteilt, als die Küchenhilfe den Teller vor ihr abstellte. Es war dasselbe Mädchen, das sie am Tag zuvor morgens angefahren hatte. Hieß sie nicht May?

»Danke.«

Das Tischgebet wurde gesprochen, dann begannen alle zu essen, aber die Atmosphäre war sonderbar. Effie spürte die Anspannung, die im Raum hing wie Pulverdampf nach einem Schuss – nur dass sie den Schuss anscheinend nicht mitbekommen hatte. Billy sah sie beim Essen mit seinem typischen Halblächeln an. Henry blickte ein paarmal flüchtig in ihre Richtung, Jenny wirkte bestürzt. Fanny äugte zu ihr herüber, als wäre sie dabei erwischt worden, wie sie mit dem Riesenalk tanzte.

»Und hatten Sie einen angenehmen Morgen, Miss Gillies?«, fragte Mr Graves in die Stille hinein.

»Danke, ja. Ich habe mir das Cottage angesehen, in dem ich mit meinem Vater wohnen werde. Dann habe ich mit dem Katalogisieren der Sammlung des Herrn Grafen weitergemacht.«

»Tatsächlich. Und Sie haben das Cottage gefunden?«

»Billy hat es mir gezeigt.«

»Und die Arbeiten gehen gut voran?«

»Sehr gut. Wir können übermorgen einziehen. Mr Felton ist fast fertig.«

»Ah ja, Mr Felton. Ein fleißiger Mann und arbeitet bei jedem Wetter. An ihm sollten wir uns alle ein Beispiel nehmen. Manche unserer Lakaien halten es noch nicht einmal aus, wenn ihr Haar nass wird.«

Der Kommentar schien an jemand Bestimmten gerichtet zu sein, und Effie merkte, dass William neben ihr zusammenzuckte.

»Mrs McKenzie«, meldete sich Jenny zu Wort, »ich wollte gerade in der Bibliothek Feuer machen, aber die Tür war abgeschlossen.«

Die Hausdame richtete sich auf. »Ja, das ist richtig. Ein Vogel ist durch den Schornstein geflogen. Wir haben versucht, ihn zu verscheuchen, aber er ist sehr aggressiv. Nun warten wir ab, bis er sich beruhigt hat, bevor wir es noch einmal versuchen.«

»Das wird ein schönes Durcheinander geben«, murmelte Barra kopfschüttelnd.

»Das wäre doch eine Aufgabe für Felton«, sagte Mr Graves. »Ich werde mit ihm …«

»Nein, keine Sorge, Mr Graves«, entgegnete Mrs McKenzie schnell. »Ich habe schon mit ihm gesprochen. Wir haben alles im Griff.«

Der Butler nickte, runzelte aber die Stirn. »Wie Sie wünschen.«

Die Hausdame blickte kurz zu Effie und dann wieder weg. Auch Billy sah zu ihr und grinste. Auch ohne Worte wusste sie, was sein Blick ihr sagen sollte.

»Mir wurde mitgeteilt, Miss Gillies, dass man Sie heute Abend zum Dinner eingeladen hat?« Mrs McKenzies Lächeln wirkte verkrampft. »Oben.«

Also das war es. Alle Blicke waren jetzt auf Effie gerichtet. Sie schluckte nervös. »Ja. Lord Sholto sagt, seine Mutter möchte mehr über meine Heimat hören.«

»Wirklich?«, fragte Mr Graves.

»Die Gräfin hat mich informiert«, fuhr die Hausdame fort. »Allerdings muss ich zugeben, dass ich es gerne schon vorher und von Ihnen erfahren hätte.«

»Ich wusste es selbst nicht, bis …« Bei der Erinnerung an Sholtos gebieterisches Auftreten vor dem Cottage verstummte Effie. Er hatte sie ungern gefragt. Sie wusste, dass er sie nicht dabeihaben wollte – aber warum? Machte er sich Vorwürfe, weil er sie geküsst hatte? Und ihr, weil sie seinen Kuss erwidert hatte? Oder war er so unwillig, weil ihre Anwesenheit – mit Lady Sibyl im selben Haus – ihm ständig seine Untreue vor Augen führte? »Ich habe die Gräfin bisher noch nicht kennengelernt.«

»Nun, das werden Sie jetzt tun.«

»Ja.« Effie starrte auf ihren Teller. Sie würde Sholtos Mutter treffen. Dass sie seinen Vater schon kannte und der freundlich zu ihr war, hatte nichts zu bedeuten – als sie ihn kennengelernt hatte, war ihr noch nicht bewusst gewesen, welche Stellung diese Leute hatten. Aber nun, da sie hier saß, inmitten des kleinen Heers, das die Dienerschaft dieser Familie bildete, war nicht mehr zu übersehen, wie wichtig sie waren.

Eine Weile sprach niemand. Alle schienen fassungslos – wenn nicht gar wütend – darüber zu sein, dass jemand mit ihnen hier unten am Tisch saß, der am Abend oben speisen würde.

»Mir ist klar, dass Sie Ihren eigenen Kopf haben, Miss Gillies, aber wenn ich Ihnen einen freundschaftlichen Rat geben darf: Ich würde keine Hosen tragen«, sagte Mrs McKenzie leichthin. »Die Gräfin ist eher … traditionell.«

»Natürlich«, murmelte Effie. Selbst ihr war klar, dass ihre Kleidung nicht angemessen wäre, aber … Sie dachte an den seltsamen Anzug, den Sholto gestern Abend getragen hatte. »Was soll ich tragen?«

»Ihr bestes Kleid.«

»Ich habe keine Kleider.«

»Was? Kein einziges?«, fragte Jenny.

Effie schüttelte den Kopf.

»Was ist mit Sonntagskleidung?«, fragte Fanny.

»Ja, die habe ich gestern angehabt«, sagte Effie mit neuer Zuversicht. »Die werde ich anziehen.«

Fanny verzog das Gesicht. »Moment. Du meinst diesen Wollrock, der dir um die Taille zu weit ist, sodass du einen gebogenen Nagel benutzen musstest, um ihn festzuhalten?«

»Einen Nagel?«, wiederholte William entsetzt.

Wieder herrschte Schweigen.

»Vielleicht habe ich etwas, das dir passt«, sagte Barra schließlich und verdrehte die Augen. »Meine frühere Dienstherrin hat mir eines ihrer Kleider geschenkt, als ich ging; sie wusste, dass ich es immer bewundert hatte. Bisher hatte ich selbst noch nicht die Gelegenheit, es zu tragen, aber da dies ein Notfall ist …«

»Ich will keine Umstände machen«, sagte Effie schnell.

»Natürlich nicht. Das ist sehr freundlich von dir, Barra«, sagte Mrs McKenzie.

»Ja, das wäre sehr freundlich«, wiederholte Effie dankbar.

»Und jetzt: die Schuhe.« Wieder trat Stille ein.

»Ich habe nur meine Stiefel«, sagte Effie zögernd. William neben ihr lehnte sich zurück, um ihre Schuhe sehen zu können. Dann setzte er sich alarmiert auf.

»Welche Größe haben Sie?«, fragte Mrs McKenzie.

»Größe?« Effie sah sie verständnislos an.

Wieder wurden vielsagende Blicke gewechselt.

»Wir sind ungefähr gleich groß«, sagte Barra. »Bestimmt habe ich etwas, das dir passt.«

»Wenn nicht, können wir immer noch heute Abend, wenn Miss Gillies sich fertig gemacht hat, überlegen, welche Möglichkeiten es gibt«, fügte die Hausdame hinzu.

Alle nickten. Es war keine perfekte Lösung, aber immerhin.

»Apropos fertig machen«, sagte Mrs McKenzie. »Sie werden auch Hilfe bei Ihrer Toilette brauchen.«

Effie spürte instinktiv, dass sie jetzt besser nicht danach fragte, was »ihre Toilette«, bedeutete.

»Barra wird natürlich der Gräfin assistieren, und Jenny hilft Lady Sibyl, solange sie bei uns ist – aber Fanny, vielleicht könntest du Miss Gillies heute Abend unterstützen?«

»Natürlich, Mrs McKenzie.« Fanny hatte wieder diesen abenteuerlustigen Blick – aber für Effie war das kein Abenteuer. »Du hast lange Haare, daraus können wir etwas Hübsches machen.«

Effie nickte stumm. Niemand hatte ihr je die Haare frisiert. Sie zu bürsten war schon eine Errungenschaft.

»Hast du wenigstens Schmuck?«, fragte Fanny hoffnungsvoll.

»Nein.« Die verheirateten Frauen auf St. Kilda besaßen Broschen für ihre Tücher, mehr gab es nicht.

Fannys Blick wanderte wieder zu der Hausdame. Mrs McKenzie seufzte. »Ich habe eine Halskette, die ich euch ausleihen kann.«

»Danke, Mrs McKenzie«, sagte Fanny.

»Ja, danke«, wiederholte Effie und sah alle der Reihe

nach an. »Ihr seid alle sehr freundlich. Ich habe nicht die geringste Ahnung von diesen …«

»Essen Sie jetzt auf«, sagte Mrs McKenzie nur, während die anderen Frauen bereits weiteraßen.

Mrs McLennan kam mit einem Kännchen Bratensoße an den Tisch und betrachtete Effies halb vollen Teller. »Iss!«, sagte sie streng.

»Klopf, klopf.«

Fanny war schon ins Zimmer geschlüpft, bevor Effie auch nur den Kopf von ihrem Kissen heben konnte. Sie hatte eine gute Stunde lang an die Decke gestarrt und immer noch keine Antwort auf die drängende Frage gefunden, was sie diesen Leuten heute Abend erzählen sollte. Mit den Männern kam sie zurecht, aber wenn Sholtos Mutter auch nur annähernd wie Lady Sibyl war …

»Hast du dich schon gewaschen?«

»Aye.« Effie setzte sich auf, und Fanny kam mit einem Kleid über dem Arm herein. Es war in dünnen Stoff gehüllt, aber Effie sah ein Stück flatternden Saum.

»Was ist das?«, fragte sie und griff nach dem blassrosa Stoff. Sie hatte noch nie etwas so Leichtes gesehen; wie Schmetterlingsflügel.

»Seidenchiffon. Barra hat für Miss Mitford gearbeitet. Nancy Mitford.«

Für wen? Effie hatte noch nie von dieser Frau gehört, aber es war wohl anzunehmen, dass diese Miss Mitford reich war. Und dünn. »Da passe ich niemals rein!«, rief sie aus, als Fanny das Kleid enthüllte: Es war lang und eng, mit Rüschen unterhalb der Brust und über den Hüften.

»Tja, wenn nicht du, wer dann«, sagte Fanny ruhig. »Ich habe schon Spatzen gesehen, die mehr Fleisch auf den Rippen hatten als du.«

»Aber …«

»Entspann dich. Ich weiß, es sieht eng aus, aber Barra sagt, dass es sich am Körper dehnt, frag mich nicht, wie. Es hat irgendwas mit dem Schnitt zu tun. Sie sagt, es kommt aus Paris.«

»Oh.« Beide betrachteten das Kleid. Es sah viel zu fein aus.

»Los jetzt. Zieh es an«, sagte Fanny und fing an, Bürsten und Haarnadeln zurechtzulegen. »Barra sagt, man muss es nur über den Kopf streifen.«

Voller Zweifel legte Effie ihren Bademantel ab. Das Kleid hing an dem Bügel wie eine Socke, schlaff und dünn. Sie konnte sich nicht vorstellen, es über ihre Schultern zu bekommen, und doch … Sie schlüpfte hinein, zog es an sich herunter und spürte, wie der seidige Stoff sich perfekt an ihre Haut schmiegte.

»Oh«, rief Fanny aus. »Na, hast du nicht genau die richtige Figur?«

»Was?«

»Und die Farbe passt zu deiner Haut. Los, dreh dich!«, forderte Fanny und gab ihr einen Schubs.

Und Effie drehte sich.

Fanny sagte nichts, aber ihr Blick verriet, dass sie irgendwie beeindruckt war. Effie strich fasziniert über den Stoff.

Das Kleid war ein geschneidertes Kunstwerk, irgendwie hatte es genau dieselbe Form wie sie. Noch nie hatte sie Kleidungsstücke getragen, die ihr wirklich passten; immer waren sie entweder zu groß oder zu kurz gewesen, geflickt oder kratzig … Wie konnte sie so etwas anziehen? Er war viel zu fein für sie! Dieses Kleid gehörte zu einem Mädchen aus einem Haus voller Musik und schöner Bücher, nicht …

Eine Erinnerung blitzte auf. An die Nacht, in der sie im Federnlager gesessen hatte – während Sholto im Mondlicht schwamm –, das kostbare Buch auf den Knien. Beinahe sah sie ihr eigenes blasses Gesicht dort vor dem Fenster. Damals hatte sie nicht geahnt, dass sie zwischen zwei Versionen ihrer Zukunft geraten war, die miteinander im Widerspruch standen, und die nur wenige Abende später aufeinanderprallen würden … Wie viel hatte sich seitdem verändert? Was war in der Zwischenzeit nicht alles passiert?

Ein anderes Bild tauchte vor ihrem inneren Auge auf – wild, verzweifelt – und ließ sie so erschauern, dass Fanny aufschrak.

»Es steht dir. Schau nicht so besorgt.« Fanny führte sie zum Schreibtisch, damit sie sich dort hinsetzte.

Effie versuchte, der jungen Frau, die ihr aus dem Spiegel entgegenblickte, in die Augen zu sehen, einer jungen Frau in einem Kleid aus Paris, die einen Mann hatte sterben lassen. Seit sie erfahren hatte, dass er immer noch vermisst wurde, waren achtundvierzig Stunden vergangen, und sie hatte nichts unternommen. Er war seit zehn Tagen allein, und trotz ihres Entsetzens über die Nachricht, dass die Schiffe nicht gefahren waren, hatte sie sich entschieden zu schweigen. Sie hatte ihr eigenes Leben über seins gestellt. Und dennoch sah sie im Spiegel eine Lady, kein Monster. Konnte es wirklich sein, dass es keine äußeren Anzeichen für ihre dunkle Seele gab?

»Wir müssen uns überlegen, was wir mit deinen Haaren machen. Wasserwellen sind in Mode, aber bei dieser Länge wären wir die ganze Nacht beschäftigt«, murmelte Fanny, während sie prüfend mit den Fingern durch Effies Haare fuhr. »Ich kenne zwar nicht so viele Modetricks wie Miss Barra, aber ich werde schon dafür sorgen, dass du der Königin der Hellen Köpfe die Schau stiehlst.«

Effie konnte sich nicht vorstellen, Sibyl Wainwright irgendetwas zu stehlen, weder die Schau noch den Liebhaber …

»Nennt ihr sie so, weil sie zu dieser Gruppe gehört?«, fragte sie.

»Natürlich. Sie ist berüchtigt.« Fanny zog Effie das Haar aus der Stirn. »Selbst du müsstest doch von ihnen gehört haben?«

»Heute Morgen zum ersten Mal.«

Fanny verzog das Gesicht. »Hast du wirklich auf einem Felsen gelebt – oder eher darunter?«, fragte sie grinsend. »Wie hast du davon erfahren?«

»Billy hat mich aufgeklärt.«

»Oh, lass dich niemals von Billy aufklären! Ich mag mir gar nicht vorstellen, wo das hinführen kann.« Fanny fing an, ihr die Haare zu bürsten, entwirrte vorsichtig einige Knoten. »Schau nicht so nervös. Du bist weiß wie ein Leintuch.«

Effie starrte wieder auf ihr Spiegelbild, fühlte sich hin- und hergerissen zwischen zwei Welten. »Ich weiß nicht, was ich mit ihnen reden soll.«

»Es ist an ihnen, die Konversation zu führen, du musst nur antworten. Glaub mir, sie sind gut im Plaudern. Sie tun nichts anderes.«

»Aber was, wenn ich etwas falsch mache?«

»Was sollte das sein?«

»Ich weiß nicht. Sitzen, wenn ich eigentlich stehen sollte oder umgekehrt?«

»Tu einfach, was sie tun. Trink, wenn sie trinken, setz dich, wenn sie sich setzen, lache über ihre Witze. Es ist ganz einfach.« Plötzlich verharrte Fanny mitten in der Bewegung. »Hat schon jemand mit dir über die Dinnertafel gesprochen?«

»Was ist damit?«

Fanny runzelte die Stirn. »Salatgabeln, Fischmesser …?«

Effie sah sie verständnislos an.

»Oh …« Fanny seufzte und bürstete weiter. »Also, geh von außen nach innen vor. Dann kommst du zurecht.«

»Von außen nach innen«, wiederholte Effie, ohne genau zu verstehen, was gemeint war. Der Verwalter lauerte in den Tiefen ihres Bewusstseins und überschattete alles.

»Wird sie mich mögen?«

»Wer? Die Königin der Hellen Köpfe?«

»Die Gräfin.«

»Ich könnte mir vorstellen, dass sie jeden schätzt, der nicht so ist wie Lady Sibyl.«

»Sie mag sie also nicht?«

»Na ja, Sibyl ist zwar grundsätzlich von der richtigen Sorte, hat aber nicht die richtigen Eigenschaften. Die Gräfin hält nichts von all diesen Schatzsuchen und verrückten Kostümpartys. Da gibt es immer so viele Skandale, und wenn es eines gibt, was die Gräfin hasst, dann sind es Skandale.«

Effie schluckte. Vielleicht würde Sholtos Mutter sie dann als Skandal sehen, den es abzuwenden galt? »Und Sholto ist auch Teil von alldem?«

»Das nicht gerade. Sie steht im Mittelpunkt, er ist weniger beteiligt. Man liest zwar auch über ihn manchmal etwas in der Zeitung, aber er ist das alles ein bisschen leid. Jedenfalls sagt das Henry. Sein Kammerdiener.«

Effie starrte auf ihre Knie. »Vielleicht wird sie ruhiger, wenn sie erst verheiratet sind.«

»Wer sagt, dass sie heiraten?« Fanny legte die Bürste fort, nahm zwei Haarsträhnen, legte sie um Effies Kopf und probierte verschiedene Möglichkeiten aus, sie festzustecken.

»Billy. Er sagt, alle warten nur darauf.«

»Wie ich Billy kenne, hat er eine Wette darauf abgeschlossen«, murrte Fanny.

»Dann glaubst du es also nicht?«

Fanny zuckte mit den Schultern. »Doch, wahrscheinlich tun sie es. Es würde wohl funktionieren.«

»Ich habe sie heute Morgen zusammen im Garten gesehen«, sagte Effie leise. »Sie sahen gut aus zusammen.«

»Gut zusammen aussehen! Aye, darauf kommt es bei Leuten wie ihnen an.« Fanny teilte jetzt Effies Haare in einzelne Strähnen. »Eine gute Ehe muss nichts mit Liebe zu tun haben. Es geht nur darum, Vermögen zu sichern, Grundbesitz zusammenzuführen, einen guten Namen zu haben, Verpflichtungen gegenüber kommenden Generationen zu erfüllen.«

Effie runzelte die Stirn. »Aber … glaubst du, er liebt sie?«

»Ich denke, es genügt«, sagte sie achselzuckend. »Allerdings bin ich mir nicht sicher, ob er weiß, was wirkliche Liebe ist. Rudolph-Valentino-Liebe.«

»Was?« Effie verstand kein Wort.

»Du musst noch viel lernen«, sagte Fanny seufzend.

Von da an saß Effie still da und beobachtete geduldig ihre Verwandlung.

Schließlich steckte Fanny ihr die letzte Nadel ins Haar, trat einen Schritt zurück und nickte zufrieden. »Gut, nun der letzte Teil. Ich vermute, du hast auch noch nie Make-up getragen? Dreh dein Gesicht zu mir.«

Fanny tupfte Puder auf ihre Wangen, Farbe auf ihre Lippen. Es fühlte sich staubig an, aber als Effie wieder in den Spiegel sah, war sie erstaunt über den Unterschied. Sie war immer noch sie selbst, aber ihre Züge sahen irgendwie feiner aus, und ihr Gesicht hatte schärfere Konturen. Einen Moment lang bewunderte sie, was sie sah: schön geformte Wangenknochen, dichte Wimpern, einen schlanken Hals, hervorgehoben durch eine Hochsteckfrisur mit einzelnen Wellen, die ihr Gesicht umrahmten.

»Fanny, was hast du gemacht!«

»Gefällt es dir nicht?«

»Ich … ich erkenne mich selbst nicht wieder.«

»Tja, das ist ja nichts Neues«, sagte Fanny lachend und erinnerte sie damit an das Erlebnis mit Mrs McKenzie und dem Spiegel vor ein paar Tagen.

Effie spürte, wie es in ihrem Magen kribbelte. »Du musst eine Magierin sein. Du hast mich verzaubert!«

»Unsinn, das war ein Kinderspiel. Du bist schön, Effie. Nur … wild.«

Effie lächelte. Das konnte sie nicht leugnen. »Und was jetzt?«

Fanny stemmte die Hände in die Seiten, zufrieden mit sich selbst. »Ganz einfach. Du ziehst die Schuhe an und gehst hoch.«

»Hoch«, wiederholte sie. Fannys Augen glänzten, ihre Wangen waren gerötet, und Effie wusste, dass sie selbst genauso aussah.

Die beiden Frauen sahen einander an.

Es war doch ein Abenteuer.

24. Kapitel

Ihre Absätze klapperten auf dem Boden, als sie die Treppe hinunterging. Es gab keinen direkten Zugang von den Dienstbotenzimmern zu den Wohnräumen auf derselben Etage, also blieb ihr nichts anderes übrig, als an der Küche vorbeizugehen. Es fiel ihr nicht leicht, so herausgeputzt, wie sie nun war. Sie kam sich völlig deplatziert in ihrem Aufzug vor, selbst etwas so Simples wie Gehen fühlte sich anders an. Für eine Frau, die in den ersten achtzehn Jahren ihres Lebens nur einmal pro Woche Schuhe getragen hatte, war es schon hart genug, nun täglich welche tragen zu müssen, aber hohe Absätze … Effie hatte das Gefühl, auf Nadeln zu balancieren.

Fanny ging vor ihr her, als müsste sie ihr den Weg ebnen, während Effie Stufe für Stufe die Treppe hinabbalancierte, den Rock leicht angehoben, um ihre Füße sehen zu können. Schon bevor sie unten angekommen waren, hörten sie die typischen Geräusche aus der Küche – die Vorbereitungen für das Dinner waren in vollem Gange.

Mrs McKenzie kam gerade aus der Dienstbotenhalle, als sie um die Ecke bogen. Bei ihrem Anblick blieb sie abrupt stehen.

»Sieh an, sieh an«, sagte sie und betrachtete Effie staunend. »Sie haben wirklich gezaubert, Fanny.«

»Danke, Mrs McKenzie.«

Die Hausdame ging langsam um Effie herum, begutachtete den tadellosen Sitz ihres Kleides, die sorgfältig aufgesteckten Haare. Dass die Halskette, die sie ihr geliehen hatte, Effies Erscheinungsbild einen gewissen Glanz verlieh, schien sie besonders zu freuen.

»Wir machen noch eine Kammerzofe aus dir«, sagte sie zu Fanny, und das Mädchen strahlte.

Pfeifend kam Billy mit ein paar silbernen Tellern den Gang entlang. Auch er blieb wie angewurzelt stehen. Kleider aus Paris sah man hier unten anscheinend selten.

»Meine Güte. Du solltest öfter Frauenkleider tragen.«

»Sei nicht so frech, Billy«, schimpfte Mrs McKenzie. »Bring die Teller zu Mr Graves, dann kannst du Miss Gillies nach oben begleiten und ihr die Tür aufhalten. In langen Kleider Treppen zu steigen ist alles andere als einfach.«

Billy zwinkerte Effie zu und eilte weiter.

Nun kam auch Barra die Wendeltreppe herunter und blieb stehen. »Was ist los?«, fragte sie, dann erst sah sie Effie in ihrem eigenen Kleid und nickte anerkennend. »Es steht dir sehr gut.«

»Danke.«

»Die Gräfin ist gerade gekommen.«

»Dann solltest du jetzt hochgehen, Effie«, sagte Fanny mit großen Augen.

Billy kam zurück, Mrs McLennan und die Küchenhilfen hinter ihm. Die Mädchen kreischten entzückt, als sie das feine Kleid sahen, aber Mrs McLennan runzelte die Stirn. »Du brauchst mehr warme Mahlzeiten, Lass! Sieh zu, dass du alles isst, was man dir heute Abend vorsetzt – und kein Drama, bitte!«

»Um Himmels willen, wie sind hier nicht im Theater«, sagte die Hausdame. In diesem Moment tauchte auch Jenny an der Treppe auf, eine Bluse über dem Arm, die gebügelt werden musste. Das bedeutete, dass auch Sibyl fertig angezogen war. Jetzt waren alle da oben im Salon, unterhielten sich, warteten ... Effie wusste, dass sie nicht zu spät kommen durfte, und dennoch wollte sie nicht hochgehen. Wenn schon hier unten alle sie anstarrten wie eine Kuriosität, dann konnte sie sich vorstellen, wie die Leute oben reagieren würden. Sie würden über sie lachen, sie als Karikatur eines Tischgasts betrachten. »Los, beeilen Sie sich. Lassen Sie sie nicht warten.«

»Hier entlang«, sagte Billy. »Wir nehmen die Holztreppe, dann kommst du in der Vorhalle raus. Scheint mir für diesen Abend angemessener. So, wie du angezogen bist, kannst du nicht aus irgendeiner dunklen Ecke auftauchen.«

Effie nickte. Ihr war bewusst, dass hinter ihrem Rücken getuschelt wurde. Billy führte sie zu der Holztreppe, doch als sie ihm nach oben folgen wollte, hörte sie hinter sich Schritte von schweren Stiefeln und sah den Wildhüter am Ende des Ganges um die Ecke biegen. Er hatte ein Gewehr in der Hand und eine Tasche über der Schulter. Auch er blieb abrupt stehen, als er sie sah – als wäre er auf die Lady höchstpersönlich gestoßen.

Effie konnte nur die Hand zu einem stummen Gruß heben, dann stieg sie hinter Billy die Treppe hinauf.

»Tja, ich schätze, ich habe die Antwort gefunden«, sagte Billy, als er die Tür am Ende der Treppe öffnete, die in die große Halle führte.

»Welche Antwort?«

»Auf die Frage, ob du Bedienstete oder Gast bist. Zu uns oder zu ihnen gehörst.«

»Ich habe es dir doch schon gesagt: weder noch.«

»Das sehe ich anders. Du riechst sogar wie sie.«

Das stimmte. Effie hatte es auch gemerkt, als sie das Kleid angezogen hatte: Es hing noch der Duft der vorigen Besitzerin darin. Sie roch nach Reichtum.

Die Tür zum Speiseraum öffnete sich, und Henry kam heraus. Er betrachtete sie misstrauisch und runzelte die Stirn, als er Effie erkannte.

»Würden Sie Miss Gillies in den Salon bringen, Henry?«, fragte Billy. Um diese Uhrzeit durfte er selbst nicht weitergehen, denn die Hausjungen sollten möglichst nicht gesehen werden.

Henry antwortete nicht sofort. »Sicher«, sagte er dann.

Effie schluckte, denn jetzt wurde sie richtig nervös. Wusste Sholto, was diese einfache Essenseinladung für sie mit sich brachte? Zuerst waren sämtliche Zofen mobilisiert worden, um sie angemessen einzukleiden, und dann musste sie auch noch vor der gesamten Dienerschaft paradieren, was nur allzu deutlich machte, wie deplatziert sie hier war.

Henry begleitete sie das kurze Stück durch die Eingangshalle zum Salon. »Viel Glück«, murmelte er, während er den Türknauf drehte. Seine hochgezogene Augenbraue verriet, dass sie das seiner Meinung nach brauchen würde.

»Miss Euphemia Gillies«, verkündete er formvollendet, dann trat er zurück und ließ sie vorbei.

»Ah, sehr gut!«, hörte Effie die Stimme des Grafen von Dumfries, bevor sie ihn sah. »Miss Gillies, ich war gerade dabei zu erzählen …«

Seine Worte blieben in der Luft hängen, als sie den Raum betrat. Die Wände waren von demselben Weiß wie die in der Vorhalle, aber alle Sesselbezüge und Vorhänge waren aus kanariengelber Seide, sodass der ganze Raum zu leuchten schien.

Kerzen warfen schmeichelndes, bernsteinfarbenes Licht auf die Menschen, die mit Drinks in der Hand an einem Kamin saßen, in dem kein Feuer brannte. Sholto lehnte am Kaminsims und trug denselben Anzug wie gestern – Abendgarderobe, hatte Fanny es genannt. Als Effie näher kam, richtete er sich auf. Kleine Schritte, hatte Fanny ihr eingeschärft, als sie in ihrem Schlafzimmer geübt hatte, auf hohen Absätzen zu gehen. Ihre kurze Einführung in die grundlegenden Regeln, wie man sich als Lady benahm, hatte auch die Benutzung der verschiedenen Arten von Besteck beinhaltet, wie man das Glas richtig hielt und welche Wörter man besser nicht sagte.

Alle schwiegen, als Effie die Gruppe erreichte, und sie fragte sich, ob sie bereits etwas falsch gemacht hatte. »Guten Abend«, sagte sie ruhig, und ihr Blick wanderte unwillkürlich zu Sholto. Er starrte sie an, als hätte er sie noch nie zuvor gesehen.

»Herr im Himmel, junge Lady, ich hätte Sie niemals wiedererkannt! Im ersten Moment habe ich mich gefragt, ob mir meine Augen einen Streich spielen«, sagte der Graf von Dumfries, der sich als Erstes fasste und galant den Kopf neigte, um sie zu begrüßen. »Das letzte Mal, als ich Sie gesehen habe, sahen Sie aus, als wären Sie gerade durch einen Wald gerannt … oder schwimmen gewesen.«

»Herr Graf. Lady Dumfries«, sagte sie und wandte sich der älteren Frau zu, die am Ende einer Chaiselongue saß. Fanny hatte ihr aufgetragen, zuerst Sholtos Eltern zu begrüßen. Seine Mutter trug ein burgunderfarbenes Seidenkleid mit Silberfäden und das feine Haar in einer altmodischen Hochsteckfrisur. »Lady Sibyl.«

Effie lächelte Sibyl zu, hoffte auf irgendein Zeichen der Verbundenheit, nachdem sie sich gestern in der Bibliothek einander vorgestellt hatten. Die junge Frau sah blendend aus, elegant und mondän. Ihr glänzendes dunkles Haar war in kleine, akkurate Wasserwellen gelegt, die Jennys Armen einiges abverlangt haben mussten, und sie hatte ein saphirblaues Satinkleid an, das genauso geschnitten war wie das von Effie. Um den Hals trug sie Perlenketten unterschiedlicher Länge, und ihre Lippen waren scharlachrot.

»Miss Gillies«, sagte die Gräfin mit deutlicher Überraschung. »Ich fürchte, mein Mann und mein Sohn haben nach ihrem Inselbesuch im Frühjahr ganz vergessen zu erwähnen, dass Sie eine Lady sind.«

Effie spürte, dass ihre Wangen bei dem Kompliment rot wurden. »O nein, ich bin keine Lady. Ich bin von St. Kilda. Dort sind wir alle gleich.«

Erstaunte Stille trat ein, und Effie sah, dass Sholto hinter seinem Glas ein Lächeln verbarg.

»Nun, das wird sich zeigen. Sie haben eine natürliche Anmut, meine Liebe«, antwortete die Matriarchin und lächelte ebenfalls. »Kommen Sie und setzen Sie sich zu mir. Ich möchte Sie näher kennenlernen.«

Effie ging vorsichtig zum anderen Ende der Chaiselongue. Nun, da sie sich orientiert und an die herrschaftliche Umgebung gewöhnt hatte, fing sie an, auch Details wahrzunehmen. William stand in einer Ecke und hielt Margaux an der Leine. Die Raubkatze saß fügsam da, aber der Lakai ließ sie kaum aus den Augen, als traute er dem Frieden nicht.

Auch Mr Graves war da. Er hatte an einem Getränketisch gestanden und näherte sich jetzt mit einem Tablett, darauf ein Glas mit einem sprudelnden Getränk. »Möchten Sie etwas Champagner, Miss Gillies?«, fragte er und sah sie kurz an. Nur wenige Stunden zuvor hatten sie nebeneinander am Tisch gesessen und Hammelfleisch gegessen.

»Danke«, sagte sie lächelnd und nahm den Champagner, auch wenn sie nicht die Absicht hatte, ihn zu trinken. Auch davor hatte Fanny sie gewarnt. »Davon wird dir schwindelig im Kopf. Das verträgst du nicht, wenn du noch nicht mal eine Rindfleischpastete bei dir behalten kannst. Tu einfach so, als würdest du daran nippen.«

Sibyl legte den Kopf zurück und leerte ihr Glas, dann hielt sie es dem Butler hin, damit er es nachfüllte.

»Miss Gillies, ich muss zugeben, dass ich Sie nach unserer gestrigen Begegnung nicht wiedererkannt hätte. Sie sind ein völlig anderes Geschöpf, sehen einfach göttlich aus«, sagte Sibyl. »Wer ist Ihr Couturier?«

Effie starrte sie verständnislos an.

»Aber ich könnte schwören, dass ich dieses Kleid schon einmal gesehen habe. Eine Freundin von mir hatte ein ganz ähnliches. Nancy. Nancy Mitford?«

Effies Wangen brannten vor Verlegenheit, und sie wusste nicht, was sie sagen sollte. Darauf hatte Fanny sie nicht vorbereitet. »Ja«, sagte sie schließlich. »Ich glaube, es hat ihr gehört.«

Stille trat ein, teils erschrocken, teils entzückt. »Sie meinen … es ist wirklich dasselbe Kleid? Wie kann das sein?«

Effie schluckte. Ihr blieb nichts anderes übrig, als die Wahrheit zu sagen, sonst würde Sibyl annehmen, sie hätte das Kleid gestohlen, was noch schlimmer war. »Ich habe es mir für den Abend ausgeliehen, von Barra. Miss Mitford hat es ihr geschenkt, als Barra ihren Dienst verließ.«

Sibyl blieb der Mund offen stehen. »Oh! Das ist fabelhaft! Ich kann es kaum abwarten, ihr zu erzählen, dass ich mit ihrem Kleid zu Abend gegessen habe. Sie wird schreien, wenn sie das hört, sie wird tot umfallen!«

Effie erschrak. Hoffentlich nicht!

»Das würde ich lieber lassen«, sagte Sholto, der reglos am Kamin stand. »Es würde sie nur aufregen zu hören, dass Miss Gillies darin viel besser aussieht als sie.«

Sibyl schloss den Mund, weil ihr kleiner Scherz gescheitert war. Effie warf Sholto einen dankbaren Blick zu, aber er sah bereits wieder in eine andere Richtung.

»Miss Gillies, bitte erzählen Sie doch, wie es Ihnen ergangen ist, seit Sie Ihre Heimat verlassen haben?«, fragte die Gräfin interessiert.

Bilder schossen ihr durch den Kopf: Poppit, die in den Abgrund stürzte, Mhairi, die auf Deck zusammenbrach, ein Leintuch, das durch ein feuchtkaltes Schlafzimmer gespannt war, Mrs Buchanans erhobene Hand, die hängenden Kadaver in der Metzgerei, glänzende Autos, Spiegel, Treppen, ein hübscher Teppich …

»Es gab viel zu lernen«, antwortete sie. »Und je mehr ich sehe, desto mehr realisiere ich, wie viel mehr es noch zu lernen gibt. Ich fange erst an zu verstehen, wie klein unsere Welt war.« Ihr Blick wanderte wieder zu Sholto, aber er starrte zu Boden.

»Und das hat sich in all den Jahren nicht so angefühlt?«

Sie schüttelte den Kopf. »Nein. Da hat es sich angefühlt, als wären wir die Welt. Wir vermissten nichts, weil wir es nie gehabt hatten.«

»Ganz recht. Ich habe schon immer gesagt, dass das Reisen wichtig ist, um den Horizont zu erweitern. Der Graf und ich versuchen jedes Jahr, für mindestens drei Monate unterwegs zu sein.«

»Sholto und ich hatten wunderbare Wochen in der Provence mit Dickie Grainger«, erzählte Sibyl. »Wir haben in dieser süßen Guingette gewohnt, die gerade unter einem neuen Namen wiedereröffnet wurde – La Colombe d'Or. Dort hält man große Stücke auf die Kunst, deshalb haben wir so getan, als wären wir Maler, aber Mr Picasso war auch da, was den ganzen Spaß verdorben hat.«

Das Lächeln der Gräfin wirkte wie eingefroren.

»Dann sind wir nach Vence gefahren, ganz in der Nähe, um dem lieben Lorenzo die Ehre zu erweisen. Es ist so traurig.«

»Wer ist Lorenzo?«, fragte der Graf verwirrt.

»Na, David. David Lawrence.«

»Der Schriftsteller, Vater«, murmelte Sholto. »D. H. Lawrence.«

»Oh …«

»Er ist vor ein paar Monaten in Vence gestorben. Die Tuberkulose hat ihn letztendlich besiegt. Seine Frau hatte es am Tag zuvor geschafft, ihn aus dem Sanatorium zu holen. Aber bei der Beerdigung waren nur zehn Personen. Zehn! Ist das nicht ein Jammer? Wie auch immer, wir hatten das Gefühl, wir sollten ihm Respekt zollen, nicht wahr, Liebling?«

Effie sah Sholto an, als Sibyl ihn so nannte. Er wirkte ein bisschen verdutzt, aber mehr nicht. Anscheinend war diese beiläufige Intimität vor seinen Eltern normal.

»Ja«, murmelte er.

Einen Moment herrschte Stille. Effie wurde vage bewusst, dass Sibyl das Gespräch an sich gerissen hatte.

Offenbar merkte das auch die Gräfin. »Und was gefällt Ihnen auf dem Festland am besten?«, fragte sie, als hätte die Unterhaltung über Frankreich gar nicht stattgefunden.

»Ähm.« Effie dachte einen Moment nach. »Na ja, die Bäume mag ich wirklich gerne. Und das fließende warme Wasser.«

Alle lachten, als hätte sie einen Witz gemacht.

»Bestimmt vermissen Sie es nicht, ein Seil hinunterklettern zu müssen, um sich Ihr Abendessen zu fangen?«, sagte der Graf schmunzelnd. »Da haben Sie es bei Graves viel einfacher, nicht wahr, Graves?«

»Ich tue mein Bestes, Sir«, erwiderte Graves mechanisch.

Die Gräfin schnappte nach Luft. »Himmel! Mussten Sie das wirklich? Sich anseilen, um Essen zu beschaffen? Sie sehen gar nicht aus, als wären Sie dazu in der Lage.«

Effie wollte protestieren, auch wenn sie wusste, dass die Gräfin sie nicht beleidigen wollte. Sholto sah nun zu ihr herüber, er wirkte nervös. Merkte er, dass die Worte seiner Mutter sie gekränkt hatten? Erinnerte er sich daran, wie wichtig es ihr war, dass sie gut klettern konnte? Oder war es nur die Erwähnung von Seilen, die ihn erschreckt hatte?

»Dass ich leicht bin, war am Seil immer ein Vorteil, Mylady.« Sie sah wieder den Grafen an. »Und tatsächlich vermisse ich es, Sir, das Klettern und das Jagen … Es ist schön, nicht hungrig zu sein und auch keine Angst davor haben zu müssen, aber ich vermisse die Körperlichkeit meines alten Lebens – den Boden unter meinen Füßen zu spüren und mit den Elementen zu leben.« Seit sie angefangen hatte, im Kollektionsraum zu arbeiten, hatte sie mehr Stunden drinnen verbracht als in ihrem ganzen bisherigen Leben. »Hier ist alles so …« Sie blickte hinunter auf den feinen Stoff ihres Kleides, auf ihre Füße in den engen, hochhackigen Satinschuhen. »… so losgelöst von der Natur.«

»Clarice, ich bedauere immer noch, dass du diese junge Lady nicht auf den Klippen sehen konntest«, sagte Graf

Dumfries zu seiner Frau. »Was war das für ein Spektakel! Als wir ankamen, gaben die Inselbewohner eine ›Klettervorführung‹ für uns …«

Effies Blick wanderte wieder in Richtung Kamin. Sholto starrte angespannt zu Boden. Wütend, weil er an ihre erste Begegnung erinnert wurde, vielleicht an den Moment, in dem er ihr »verfallen« war.

»… Klippen, bei denen dir schwindelig wird, wenn du sie nur ansiehst, und glaub mir, niemand konnte ihr das Wasser reichen. Miss Gillies kletterte die Seile rauf und runter wie ein Äffchen auf einem Baum. So etwas hatten wir noch nie gesehen, oder?«

Sholto schüttelte mechanisch den Kopf, hielt aber den Blick gesenkt.

»Ich glaube, die Männer im Dorf waren etwas konsterniert, als wir sagten, dass wir uns Effie als Guide wünschten, aber ich habe nicht nachgegeben. Und ich hatte recht damit. Was war das für eine Woche!«

»Leider nicht ganz, Sir. Der Sturm hat Sie schon nach ein paar Tagen fortgejagt. Es hat uns sehr leidgetan, als Sie abgereist sind.« Dieses Mal wendete Effie den Blick nicht vom Grafen ab, aber Sholto musste doch wissen, dass sie ihn meinte? Direkter konnte sie nicht werden. Es war ein Friedensangebot, eine Brücke, die sie ihm baute, um die Kluft zwischen ihnen zu überwinden.

»Dank Ihnen konnte ich meiner Sammlung ein begehrtes Rußseeschwalben-Ei hinzufügen.«

»Wirklich, Sir?«, fragte sie überrascht. Daran konnte sie sich nicht erinnern.

»Aber ja! Das war, nachdem es auf Boreray diesen Notfall gegeben hatte und ihr beide den Berg hinuntergerannt wart, um Alarm zu schlagen.«

»Himmel, wie dramatisch! Einen Berg hinunter*rennen*? Die einzige Art, wie ich einen Berg hinunterkomme, ist auf Skiern«, sagte Sibyl gedehnt.

»Ich war gerade auf dem Weg nach unten, da habe ich sie am Himmel kreisen sehen«, erzählte er. »Sie hatten erwähnt, dass Sie Rußseeschwalben gesehen hatten, aber vermutet, dass sie weitergezogen wären.«

»Aye, normalerweise landen sie nicht auf den Hebriden. Ein Sturm muss sie von ihrer Route abgebracht haben.«

»Tja, Glück für mich, dass sie dort nisteten und ich das Ei stibitzen konnte! Dabei habe ich mir böse den Fuß verstaucht und danach nahezu acht Stunden gebraucht, um zurückzukommen.«

»Also wirklich.« Die Gräfin schüttelte den Kopf. »Leib und Leben zu riskieren – für ein Ei.«

Der Graf grinste Effie an, als könnte sie seine Obsession nachvollziehen. »Damit bin ich gut weggekommen, meine Liebe, wenn man bedenkt, dass ich sonst zu den Faröer Inseln hätte segeln müssen, um eines zu finden. Den heftigen Seegang dort vertrage ich nicht mehr.«

»Ich auch nicht, Sir. Ich habe nur ein einziges Mal das offene Meer überquert – bei der Evakuierung –, und ich glaube nicht, dass ich mich daran gewöhnen könnte.«

»Dann werden Sie nie zurückkehren?«

Sie dachte kurz daran, was sie erwarten würde, wenn sie das täte, und schüttelte schnell den Kopf. »Leider nein.«

»Na ja, dann ist es ja gut, dass es hier genug für Sie zu tun gibt, um Sie abzulenken. Ich habe gehört, Sie haben schon mit dem Katalogisieren angefangen?«

»Ich hoffe, das war in Ordnung, Sir? Es schien mir ein guter Weg, um mich mit der Sammlung vertraut zu machen.«

»Eine hervorragende Idee. Es ist eine Herausforderung, das ist mir klar. Die Sammlung ist zwar nicht so bedeutend wie die Bibliothek von Charles Rothschild, aber ich wage zu behaupten, dass sie für die Öffentlichkeit von Interesse sein wird, wenn sie erst einmal gut sortiert ist.«

»Sie ist sehr interessant, Sir.«

Der Graf runzelte die Stirn. »Wo wir gerade von Bibliotheken sprechen …« Er drehte sich leicht zur Seite, um nach dem Butler zu schauen. »Ist es schon gelungen, diese Dohle zu vertreiben, Graves?«

Mr Graves trat einen Schritt vor. »Ich glaube, es gab Schwierigkeiten, Sir. Der Vogel war ziemlich aggressiv.«

»Aber ich habe meine Lesebrille dort drinnen vergessen, und ohne die bin ich blind wie ein Maulwurf.«

»Ich hole sie Ihnen gerne, Sir«, sagte Effie schnell, während sie Sholto ansah, der keine Ahnung hatte, dass sie wusste, worum er die Hausdame gebeten hatte.

»Mein liebes Mädchen, Sie können sich unmöglich einem aggressiven Vogel nähern«, protestierte die Gräfin.

»Aber ich kenne mich sehr gut mit aggressiven Vögeln aus, Mylady.« Sie dachte daran, wie der Sturmvogel Sholto angegriffen und sein Öl verspritzt hatte, und zu was das geführt hatte … Wieder schaute sie vorsichtig zu ihm hinüber, und diesmal erwiderte er ihren Blick. Erinnerte er sich auch?

»So sehen Sie aber im Moment nicht aus«, antwortete Sholtos Mutter, und Effie wurde klar, dass diese elegante Kleidung sie … nutzlos machte. Sie war reine Dekoration. Hätte sie in ihren Tweedhosen hier gesessen, barfuß und mit einem Seil über der Schulter, dann wäre dieses Gespräch ganz anders verlaufen.

»Es ist schon in Ordnung, Mama. Inzwischen ist der Vogel bestimmt erschöpft. Ich bin mir sicher, dass Grave und ich es schaffen, die Brille herauszuholen«, sagte Sholto.

Graves neigte den Kopf, aber er sah nicht sehr erfreut aus.

»Ich habe eine Brille, die Sie benutzen könnten«, bot Sibyl an.

»Ich wusste gar nicht, dass du eine Brille trägst?«, sagte Lady Dumfries.

»Oh, nein, sie gehört nicht mir«, antwortete Sibyl fröhlich.

Die Tür ging auf, und Effie erstarrte, als Mr Weir eintrat. Sein Blick fand sie sofort, wie sie dort neben der Gräfin saß, für ihre Verhältnisse viel zu elegant gekleidet, aber er ging direkt auf den Grafen zu.

»Bitte entschuldigen Sie die Störung, aber es ist ein Telegramm für Sie gekommen, Sir«, sagte er leise. »Ich fürchte, es ist dringend.«

Kopfschüttelnd nahm der Graf das Telegramm von dem Silbertablett. »Danke, Weir.« Er öffnete es zerstreut, faltete es auf und hielt es auf Armeslänge von sich. »Seht ihr? Das meinte ich, als ich von meiner Brille gesprochen habe.«

»Ich hole sie dir«, bot Sholto an, stellte sein Glas ab und wollte schon den Raum verlassen.

»Nein, nein, lies es einfach für mich, bitte.«

Er reichte ihm das Blatt, und einen Augenblick war es still, während Sholto die Zeilen überflog. »… Oh.«

»Was ist?«, fragte die Gräfin und setzte sich auf.

Sholto blickte stirnrunzelnd hoch. »Es ist von Sir John. Sein Verwalter ist gefunden worden.«

»Oh, endlich!«, sagte seine Mutter erleichtert. »Gott sei Dank! Langsam war es doch etwas besorgniserregend. Also, wo war er die ganze Zeit?«

»Er ist tot.«

»Was?« Der Graf sah seinen Sohn ungläubig an.

»Oh, wie grauenhaft!«, rief Sibyl und fächelte sich mit der Hand Luft zu.

»Hier steht, dass seine Leiche heute auf St. Kilda gefunden wurde. Ein Touristenschiff hat heute Morgen dort angelegt, und ein paar Stunden später wurde er auf der anderen Seite am Strand entdeckt.«

Jetzt blickten alle zu Effie, der Butler, die Lakaien und Margaux eingeschlossen. Mr Weir hatte sie schon die ganze Zeit angesehen, wie um ihre Reaktion genau zu beobachten. War er mit der Vorstellung zufrieden?

Sie fühlte sich merkwürdig losgelöst von allem, wie eine Luftblase, die in den Himmel aufsteigt. Ihr war schwindelig, und alles verschwamm vor ihren Augen, obwohl das Champagnerglas in ihrer Hand noch voll war. Die Stimmen der anderen klangen wie unter Wasser, entfernt und undeutlich. Jetzt war jemand vor ihr, ein blasses Gesicht mit roten Lippen, aber nach ein paar Sekunden trübten sich die Details, und es wurde schwarz um sie her.

»Hier rein.« Eine Männerstimme, die sie nicht erkannte. Effie hatte das Gefühl, sich zu bewegen – oder vielmehr bewegt zu werden –, aber es schien ihr zu anstrengend, die Augen zu öffnen. Sie wurde auf etwas Weiches gelegt, und jemand zog ihr die Schuhe aus. Sie seufzte, wie sie es immer tat, wenn ihre Füße sich wieder frei anfühlten.

»Ich glaube, sie kommt wieder zu sich.«

Ihre Augenlider zuckten, dann sah sie dämmriges Licht. Ein blasses Gesicht, keine roten Lippen. Sholto?

Sie zwinkerte wieder.

»Wieder im Reich der Lebenden?«

Der Raum wurde wieder scharf vor Effies Augen, als Henry zurücktrat. Er stand jetzt bei Mr Weir und Mr Graves. Sie sah sich nach Sholto um, erblickte aber nur lachsrosa Wände, einen großen Kleiderschrank, und das Bett hatte ein Dach ... Das war nicht ihr Schlafzimmer.

»Wie fühlen Sie sich, Miss Gillies?«, fragte der Butler.

»Wo bin ich?«

»Sie sind in Ohnmacht gefallen. Seine Lordschaft hat uns aufgetragen, Sie in das nächste freie Schlafzimmer zu bringen.«

Effie starrte ihn an. Man hätte sie vermutlich kaum die Treppen hinunter und wieder hinauf auf die andere Seite des Hauses in ihr eigenes Zimmer tragen können, aber ...

Jetzt erinnerte sie sich daran, warum das alles passiert war, und die Bestätigung dessen, was sie seit ihrer Ankunft gefürchtet hatte, traf sie erneut wie ein Schlag. Als ihr der ganze Schrecken der Situation bewusst wurde, entfuhr ihr ein Stöhnen. Sie wollte aufstehen, wimmerte beinahe vor Angst … Nein, das konnte nicht wahr sein …

»Nein«, sagte Mr Graves streng und trat vor. »Die Gräfin hat gesagt, Sie sollen sich ausruhen. Sie werden heute Nacht hierbleiben.«

Effies Blick wanderte zu Mr Weir, der sie mit offener Verachtung ansah. Es war sicher schlimm genug, dass sie nach oben zum Dinner ging und nun auch noch hier schlafen sollte. Doch das war nicht der Grund für seine Geringschätzung. Sie war sich jetzt sicher, dass er sie verdächtigte. Warum war sie nur ohnmächtig geworden? Da hätte sie sich gleich *schuldig* auf die Stirn schreiben können. Mathieson musste ihm etwas erzählt haben, gerade so viel, dass Weir sie verdächtigen konnte, den Verwalter ermordet zu haben. Aber was?

Es klopfte an der Tür, und Sholto kam herein wie ein Sonnenstrahl in der Dunkelheit. »Wie geht es ihr?«

»Besser, Sir«, antwortete Graves. »Sie ist wieder bei Bewusstsein.«

»Es ist nicht nötig, dass ich hierbleibe.« Effie schlug erneut die Decke zurück. »Mir geht es gut.«

»Ich habe versucht, es ihr zu erklären, Mylord«, sagte Graves.

»Wenn sie zurück möchte in ihr Zimmer«, erklärte Mr Weir, »dann geht es ihr sicher gut genug.«

»Nein.« Sholto schüttelte entschlossen den Kopf und sah Effie direkt an. »Sie haben einen schlimmen Schock erlitten, Miss Gillies. Sie sollten sich hier oben ausruhen, für alle Fälle.«

An welchen Fall dachte er?

»Graves, wenn Sie Mrs McKenzie darum bitten könnten, sich darum zu kümmern, dass die Sachen von Miss Gillies hierhergebracht werden?«

»Sind Sie sich sicher, dass das nötig ist, Mylord?«, fragte Weir. »Miss Gillies ist wieder munter, sie hat wieder Farbe bekommen …«

Sholto drehte sich um und musterte den Hausverwalter mit finsterem Blick. Unangenehmes Schweigen trat ein. »Wo bleibt Ihre Menschlichkeit, Mann? Miss Gillies hat gerade von dem tragischen Tod eines Mannes erfahren, der ein Freund aller Inselbewohner war. Sie kannte ihn weit besser als Sie oder ich. Seit sechs Jahren war er ihre feste Verbindung zum Festland. Wie kommen Sie darauf, dass es ihr gut geht? Ganz offensichtlich steht sie unter Schock.«

»Natürlich, Sir«, ruderte Weir zurück. »Bitte verzeihen Sie mir.«

»Ich rede jetzt mit Mrs McKenzie. Henry, kommen Sie bitte mit«, sagte Graves und verließ den Raum.

Weir und Sholto zögerten beide, sahen Effie an, die im Bett lag. Effie spürte, dass jeder von ihnen ihr etwas sagen wollte, aber es war nicht angemessen, dass einer von ihnen alleine zurückblieb.

»Also, dann lassen wir Sie jetzt allein, damit Sie sich ausruhen können, Miss Gillies. Läuten Sie die Glocke, wenn Sie irgendetwas brauchen. Ich versichere Ihnen, dass sich dann jemand direkt an Sie wendet.« Sholto sah wieder den Hausverwalter an, sein Blick war warnend.

»Ich ziehe noch die Vorhänge zu, oder, Sir?«, fragte der Hausverwalter und ging zum Fenster.

»Ja. Sehr gut, Weir«, murmelte Sholto, und blieb einen Augenblick widerstrebend an der Tür stehen, bevor er hinausging.

Effie sah ihm stumm nach. Sie wollte auf keinen Fall mit dem Hausverwalter alleine bleiben, aber was konnte sie dagegen tun?

Sie schluckte und blickte zu Mr Weir. Provozierend langsam zog er die Vorhänge zu.

»Das ist wirklich eine beunruhigende Entwicklung«, sagte er ruhig, während er eine Vorhangfalte zurechtzupfte. »Aus einem Vermisstenfall ist plötzlich ein Mordverdacht geworden.«

Sie schluckte. »Wirklich?«, fragte sie ruhig. »Es ist natürlich schrecklich, dass Mr Mathieson irgendwie zurückgelassen wurde, aber bestimmt war es ein tragisches Versehen, mehr nicht. Niemand ist schuld.«

Weir drehte sich zu ihr um und sah sie an, nur eine Silhouette vor dem spärlichen Abendlicht, das durch die Vorhänge fiel. »Aber wie ist es dazu gekommen, dass er zurückgelassen wurde? Das ist doch die eigentliche Frage, nicht wahr, Miss Gillies?«

Sie wusste, dass jetzt der Moment war, in dem sie ihn von ihrer Unschuld überzeugen musste. Wenn es ihr jetzt nicht gelang, würde er sie nie mehr in Ruhe lassen. »Ich weiß es nicht«, antwortete sie. »Aber ich war sehr beschäftigt. Während der letzten Woche auf der Insel war einiges los, und niemand von uns hat viel geschlafen. Wir waren alle erschöpft und hatten so viel mit unseren eigenen Familien zu tun, dass wir den Verwalter ganz aus den Augen verloren haben.«

Mit gesenktem Blick ging Weir langsam durch den Raum. »Ich fürchte, das glaube ich Ihnen nicht. Frank wäre niemals einfach ›zurückgelassen worden‹. Er war nicht der Typ, der einen Zeitplan falsch versteht.« Er verzog spöttisch das Gesicht. »Er war ein professioneller Manager: organisiert, effizient … und manchmal hart. Mir ist durchaus bewusst, dass er ein Mann war, der auch Feinde hatte.« Er blieb am Fußende ihres Bettes stehen und starrte sie an. »Er hatte den Umzug wochenlang geplant. Monatelang. Er ist nicht einfach aus Versehen auf der falschen Seite der Insel zurückgeblieben. Niemand kannte den Zeitplan besser als er.«

»Ich weiß nicht, was Sie von mir hören wollen«, sagte Effie ruhig. »Das alles tut mir sehr leid.«

»Oh, das ist mir bewusst. Sie sehen wirklich sehr traurig aus. Wie ein Kind, das die Katze getreten hat. Ihnen ist klar, dass Sie etwas falsch gemacht haben, und jetzt warten Sie nur darauf, dass es ans Licht kommt …«

Sie schüttelte den Kopf. »Das ist nicht wahr.« Doch, das war es.

Weir trat neben das Bett, und erst jetzt sah Effie, dass er etwas in der Hand hielt. Sie zog die Bettdecke bis zum Hals, als er auf sie herabblickte. Effie verwünschte die Tatsache, dass man sie ins Bett gebracht hatte, und er bemerkte ihre Angst. »Das ist heute Morgen für Sie angekommen«, sagte er schließlich und hielt ihr den Gegenstand hin. Einen Brief.

Effie nahm ihn ohne ein Wort des Dankes. Hatte Weir ihn gelesen? Sie würde ihm *alles* zutrauen.

Er starrte immer noch drohend auf sie hinunter, und sie fühlte sich genau so, wie sie sich Mathieson gegenüber immer gefühlt hatte, wenn er gezielt seine Macht missbrauchte: bedroht und völlig verunsichert.

»Schlafen Sie gut, Miss Gillies«, sagte er, während er das Zimmer verließ. »Wenn Sie das können.«

Die Tür schloss sich hinter ihm, und Effie sank tiefer in ihre Kissen. Eine Weile lag sie reglos da, ging in Gedanken alles noch einmal durch, was er gesagt hatte, die Fragen, die er ihr gestellt hatte, die versteckten Anspielungen. Was hatte Mathieson ihm erzählt? Alles? Wenige Einzelheiten? Oder war das alles ein Bluff?

Der Brief fiel ihr wieder ein, den sie fest umklammert hielt, und plötzlich sehnte sie sich nach ein paar freundlichen Worten von einer alten Freundin: Flora. Mhairi … Langsam öffnete sie ihn.

Liebe Effie,

wir hoffen, dass es Dir gut geht. Wir vermissen Dich hier, ohne Dich ist alles so ruhig.

Die Auktion ist gut verlaufen, und alles ist arrangiert. Eure Sachen sind auf dem Weg, sie sollten morgen früh ankommen, und Dein Vater wird den Vier-Uhr-Zug nehmen. Bitte hole ihn vom Bahnhof ab.

Schreib uns, sobald Du kannst, und erzähl uns von Deinen Abenteuern.

Deine Freundin

Jayne

Morgen? Das war mehrere Tage früher als erwartet. Sie würde gleich in der Frühe zum Cottage gehen müssen, um es sauber zu machen, bevor die Möbel eintrafen.

Als sie den Brief wieder zusammenfalten wollte, fiel Effies Blick auf eine Zeile in der unteren Ecke – ihr Daumen hatte sie verdeckt.

Ich habe wieder vom Verwalter geträumt.

Wieder? Diese Information kam zu spät! Wann hatte der erste Traum stattgefunden? Wenn Effie da noch in Lochaline gewesen wäre, wo sie nebeneinander gewohnt hatten, dann hätte Jayne ihr wahrscheinlich davon erzählt – und sie hätte ein paar Tage gewonnen. Vielleicht hätte Effie ihren ganzen Mut zusammengenommen und das Richtige getan, den Leuten erzählt, was passiert war und darauf bestanden, dass ein Fischdampfer oder ein Militärschiff zur Insel fuhr. Jemand hätte ihn retten können.

Aber die Wahrheit war: Selbst wenn Effie die Warnung erhalten hätte, wäre Frank Mathieson nicht gerettet worden, und zwar aus einem einfachen Grund: Effie wollte, dass er tot war. Sie war froh darüber. Sie hatte nur nicht gewusst, dass sie in der Lage war, ihn umzubringen.

Der Vollmond tauchte das Zimmer in silbriges Licht, als Effie in dem weichen Bett einschlief. Vielleicht war es mit Federn von St. Kilda gefüllt, von Sturmvögeln, die Effie gejagt, getötet und gerupft hatte. Federn, die in Säcken gelagert worden waren, zusammen mit geheimen Geschenken, die sie niemals hätte annehmen dürfen.

Alles schien irgendwie zusammenzuhängen, sie zurückzuziehen in ihre Vergangenheit und ihre Heimat und gleichzeitig fort davon. Konnte sie sich hier verstecken? Oder sollte sie fortlaufen? Sie war kein Dienstmädchen, gehörte aber doch zum Personal. Sie lebte am Rand, so wie sie es immer getan hatte. Nicht erkennbar. Unberechenbar. Unmöglich zu fangen. Wild.

Sie war umhüllt von glattem Baumwollstoff und hatte so viel Platz wie nie zuvor, um sich im Schlaf auszustrecken. Bestickte Seidenvorhänge hingen neben ihr, und ein Strauß aus gelben und roten Rosen verbreitete seinen Duft. Das war ein Luxus, den sie sich noch vor zwei Wochen nicht hätte vorstellen können, und dennoch fand sie keine Ruhe. Ihre Träume waren lebhaft, und sie wälzte sich stöhnend im Bett herum, während ihr Bilder durch den Kopf jagten wie Dämonen: Frank Mathieson auf dem Boden, Poppit, die durch die Luft flog. Ein Buch mit Goldschnitt auf dem Teppich. Ein blasses Gesicht mit roten Lippen. Ein Mann in ihrem Zimmer.

Ein Mann in ihrem Zimmer.

Ihr Atem ging schnell, als einzelne Geräusche in ihr Bewusstsein drangen und sich mit Bildern verbanden: das Tapsen eines nackten Fußes.

Das Knarren einer Holzdiele.

Das Rascheln von Stoff.

Ein Atemzug in der Dunkelheit.

Sie riss die Augen auf und schnappte nach Luft. Silbriges Licht. Plisseefalten über ihr unter der Zimmerdecke. Vorhänge. Wo war sie? Ihr Herz flatterte wie eine Nachtigall im Käfig, während sie versuchte, ihre Umgebung einzuordnen. Das war kein Kuhstall und auch keine Kammer.

Der Kamin. Die Ölgemälde.

Ihr Körper entspannte sich, als die Erinnerung wiederkehrte. Sie war in Sicherheit. Es war nur ein böser Traum. Sie schloss die Augen wieder, ließ sich zurück in ihre Kissen sinken.

Nur ein böser Traum …

Eine Tür fiel zu.

Nicht irgendeine Tür. Ihre Tür.

Erneut fuhr sie hoch, jetzt vollständig wach, und die Nachtigall schlug wieder verzweifelt mit den Flügeln, während Effie angestrengt in die Dunkelheit starrte und lauschte.

Die Nacht war still, nichts rührte sich, auch Effie blieb einen Moment regungslos, wie erstarrt – doch dann schlug sie die Decke zurück und sprang aus dem Bett, rannte zur Tür, riss sie auf und spähte hinaus.

Der lange Gang mit den jadegrünen Wänden lag verlassen vor ihr. Ahnenporträts, Tische aus poliertem Holz. Keinerlei Zeichen von Leben. Keine fliehende Gestalt, weder auf den Steinstufen noch auf der Holztreppe am anderen Ende. Alle Türen waren geschlossen. Sie hatte keine

Ahnung, wer in welchem Zimmer war – wohnte Sholto hier, direkt neben ihr? Oder Lady Sibyl? Wie viele Schlafzimmer gab es in diesem riesigen Haus? Sie starrte auf die gegenüberliegende Tür, dann auf die neben ihr, aber nichts, auch kein Laut, deutete darauf hin, dass irgendjemand auf den Beinen war.

Mit klopfendem Herzen ging sie in ihr Zimmer zurück und schloss die Tür hinter sich ab. Dann kroch sie wieder in ihr weiches Federbett und zog die Decke bis zum Hals. Bildete sie sich etwas ein? Wurde sie verrückt? War der Hausverwalter in ihre Gedanken eingedrungen, so wie sie es befürchtet hatte? Oder war es die Rache des Toten, sie mit schlaflosen Nächten zu foltern?

Effie schloss die Augen, nur um wieder Mathieson vor sich zu sehen, wie er auf dem Boden lag, hinter ihm die Felsen. Sie öffnete die Augen wieder und starrte mit leerem Blick an die Wand. Nein, sie würde keinen Schlaf finden. Sie konnte nur darauf warten, dass endlich die Sonne aufging.

25. Kapitel

»Was habe ich über ›kein Drama‹ gesagt?«, fragte die Köchin, als Effie versuchte, sich an der Küche vorbeizuschleichen. Sie hatte gehofft, als Erste auf den Beinen zu sein und in ihr Zimmer zurückkehren zu können, bevor irgendjemand sie sah. Unter ihren beiden wenig attraktiven Möglichkeiten, durchs Haus zu laufen – im rosa Chiffonkleid oder im Nachthemd – hatte sie sich für Letztere entschieden. Ein solches Kleid trug man nicht barfuß und ungeschminkt. Man schlüpfte nicht einfach hinein. Es verlangte nach einem Anlass.

»Es tut mir leid, Mrs McLennan. Ich habe es versucht.«

»Du machst nichts als Ärger, Lass.« Mrs McLennan schüttelte den Kopf und seufzte. Dann trat ein Schimmer in ihre Augen, und sie blinzelte. »Aber irgendetwas hast du an dir. Henry hat erzählt, du hast deine Sache gut gemacht, bis die schlechte Nachricht kam.«

»Wirklich?«

»Aye. Außerdem hat er gesagt, dass du weniger wiegst als die Kohleeimer, die er immer trägt, deshalb solltest du die Haferkuchen, die ich dir ins Zimmer gestellt habe, unbedingt essen. Und in einer halben Stunde will ich dich hier unten beim Frühstück sehen, sonst komme ich persönlich, um dich zu holen.«

Effie nickte. »Ja, Mrs McLennan.«

»Und jetzt verschwinde, bevor dich noch jemand sieht. Hier einfach im Nachthemd herumzulaufen, also ich weiß nicht …«

Die Köchin hatte recht. Wenn Billy sie so sah, würde er noch bis in alle Ewigkeit davon erzählen. Und William würde wahrscheinlich vor Schreck tot umfallen. Effie nahm zwei Stufen auf einmal, rannte durch den Gang an den Dienstmädchenzimmern vorbei und zog gerade die Tür hinter sich zu, als Fannys Tür geöffnet und kurz darauf wieder geschlossen wurde. Dann hörte sie ihre Schritte im Gang. Effie lehnte sich von innen an die Tür und schloss die Augen. Immerhin konnte sie sich jetzt anziehen, ohne einen Skandal provoziert zu haben.

Sie öffnete die Augen, dankbar, wieder in ihrem kleinen Zimmer zu sein. Es war kärglich im Vergleich zu den opulenten Räumen der Familie, aber es hatte etwas Tröstliches und Gemütliches in seiner Schlichtheit.

Doch irgendetwas war … anders. Zwar stand nichts am falschen Platz oder war kaputt, und es lag auch kein fremder Geruch in der Luft. Dennoch hatte sie das Gefühl, dass etwas nicht stimmte. Während ihrer Abwesenheit musste es irgendeine Störung gegeben haben.

Stirnrunzelnd sah sie sich um. Das Bett war gemacht, ihr Mantel aufgehängt, das Handtuch hing gefaltet an der Stange am Fenster. Der hübsche Teppich war … ganz leicht schief, mit einer winzigen Falte, als hätte jemand dort gestanden. Sie selbst, wahrscheinlich, in ihrer Eile, bevor sie den Raum verlassen hatte.

Aber ihr Instinkt sagte ihr etwas anderes.

Langsam ging sie zum Bett. Ihr Herz klopfte heftig, als sie sich hinkniete und ihren Koffer hervorzog. Aber sie wusste bereits, was sie finden würde.

Das Tapsen eines nackten Fußes.

Das Knarren einer Holzdiele.

Das Rascheln von Stoff.

Ein Atemzug in der Dunkelheit.

Sie hatte sich letzte Nacht nicht getäuscht. Es war kein böser Traum gewesen. Ein Mann war zu ihr gekommen, hatte im Zimmer nach etwas gesucht. Aber nicht nur dort …

Sie öffnete den Koffer, schaute hinein, und für einen Moment blieb ihr Herz stehen wie das eines sterbenden Vogels.

Der Mann war auch in dieses Zimmer gekommen.

Zwanzig Minuten später hatte sie sich gewaschen und angezogen und war wieder in der Dienstbotenhalle. Stille trat ein, als sie langsam durch den Raum ging, in Bluse und ihrem blauen Sonntagsrock.

»Tja, das ist zwar nicht ganz das Niveau von gestern Abend«, sagte Mrs McKenzie, »aber bestimmt haben wir es einem großen Anlass zu verdanken, dass Sie heute einen Rock tragen? Auch wenn dieser Rock von einem … krummen Nagel zusammengehalten wird.« Sie schüttelte den Kopf. »Herr im Himmel.«

Billy platzte laut heraus vor Lachen. Jenny und Fanny kicherten. Sogar Barra lächelte.

»Wir hatten zu Hause nichts anderes, Mrs McKenzie«,

sagte Effie schlicht, während sie zu ihrem Stuhl ging. Sie fühlte sich wie ein Geist. Völlig leer.

»Sicher, aber jetzt sind Sie nicht mehr zu Hause, Miss Gillies. Bringen Sie den Rock später zu mir, dann nähe ich Ihnen einen Knopf an. Dieses Ding ist gefährlich. Sie könnten sich daran verletzen. Was, wenn Sie Tetanus bekommen?«

»Tod durch Rockverletzung. Das wäre mal was Neues«, sagte Billy grinsend.

Effie schaffte es nicht, über seinen Witz zu lachen, und nahm schweigend Platz, während eins der Küchenmädchen ihr eine Schale mit dampfendem Porridge vorsetzte. Sie starrte darauf und wusste, dass sie keinen Bissen herunterbringen würde.

»Also, Miss Gillies?«, erinnerte Mr Graves sie an Mrs McKenzies ursprüngliche Frage. »Der große Anlass?«

Sie sah ihn teilnahmslos an, hatte Schwierigkeiten, einen klaren Gedanken zu fassen. Sah er, dass ihre Hände zitterten? »Oh. Mein Vater kommt heute aus Lochaline. Ich werde ihn vom Bahnhof abholen.«

»Ah. Nun, wie schön für Sie, dass Sie wieder mit ihm zusammenleben und Ihre Familie um sich haben können.«

Ja, aber für wie lange? Wie konnten sie jetzt hier leben? Ihre Entdeckung von eben hatte Effie bis ins Mark erschüttert. Sie war panisch, fühlte sich besiegt.

Sie zwang sich zu antworten, so zu tun, als ob nichts gewesen wäre. »Aye. Gleich gehe ich zum Cottage, um dort sauber zu machen, bevor unsere Möbel ankommen.« Ihre Stimme klang tonlos. Wo war er, der Eindringling? Würde er sie hier drinnen zur Rede stellen? Vor allen anderen? Er hatte den Beweis, den er brauchte.

»Heißt das, Sie ziehen aus Ihrem Zimmer aus?«, fragte Mrs McKenzie.

Effie nickte. Es würde nur ein paar Minuten dauern, bis sie ihre Habseligkeiten zusammengepackt hätte. Das, was davon noch übrig war.

»Schade«, murmelte Fanny und sah traurig aus. Effie konnte ihr nicht in die Augen sehen.

»Nun, das passt zeitlich gut«, erklärte Mr Graves. »Erst gestern Abend ist Mr Felton vorbeigekommen, um uns zu sagen, dass das Cottage fertig ist.«

Eine Pause trat ein, und Effie merkte, dass sie den Butler anstarrte, ohne ihn zu sehen. Sie schien ihre Gedanken nicht unter Kontrolle zu haben; sie wanderten ziellos umher.

»Ist alles in Ordnung mit Ihnen, Miss Gillies?«, fragte er. »Sie sind sehr blass. Sind Sie immer noch aufgewühlt wegen der Nachricht von gestern Abend?«

Sie blickte schnell weg, voller Angst, man könnte in ihren Augen lesen wie in einem offenen Buch. »Mir geht es gut, danke. Ich bin nur … schockiert.« Effie hob den Löffel zum Mund und zwang sich, einen Bissen zu essen. Sie musste sich so normal verhalten wie nur möglich und ihre nächsten Schritte abwägen. »Mr Graves, als Seine Lordschaft mir die Arbeit hier anbot, sagte er, dass er einen Fahrer zum Bahnhof schicken würde, um meinen Vater abzuholen. Meinen Sie …«

»Natürlich. Ich gebe Fraser Bescheid. Um wie viel Uhr kommt Ihr Vater an?«

»Um vier.«

»Gut. Seien Sie eine halbe Stunde vorher an der Garage, dann nimmt er Sie mit. Seine Lordschaft hat heute nicht vor, das Anwesen zu verlassen.«

»Danke.« Effie aß noch einen Löffel von ihrem Porridge. Die Süße des Honigs flutete ihre Geschmacksnerven, und sie schloss unwillkürlich die Augen, froh, dass nun wenigstens dieser Sinnesreiz die Dumpfheit durchbrach, die sie in ihrem Schlafzimmer befallen hatte.

»Also«, drängte Billy. »Gestern Abend.«

»Ich fasse es nicht, dass du in einem ihrer Schlafzimmer übernachtet hast!«, sagte Jenny, froh, dass sie nun endlich auf das Thema zu sprechen kamen, für das sich alle interessierten. »Wie war es? Die Betten dort sind so weich, es muss sich anfühlen, wie auf einer Wolke zu liegen.«

»Schön«, stammelte Effie. Jedes Wort kostete sie Anstrengung. »Und es war sehr freundlich, mich dort hinzubringen, aber ich hätte mich in meinem eigenen Zimmer wohler gefühlt.« Sie hätte in ihrem eigenen Zimmer schlafen sollen. Wenn sie das getan hätte, dann …

»Sie waren sehr blass«, murmelte Mr Graves und musterte sie aufmerksam. »Die Gräfin wollte den Arzt rufen. Schließlich hat Lord Sholto sie davon überzeugt, dass Sie nur einen Schock hatten, aber ich muss sagen, Sie sehen immer noch nicht aus, als wären Sie wieder auf der Höhe.«

»Mir geht es gut.«

Er seufzte. »Es ist so schade. Sie haben sich wunderbar geschlagen, alles in allem. Die Lady war sehr interessiert an Ihnen. Ich hatte den Eindruck, dass sie Sie mochte.«

»Wirklich?« Effies Stimme klang gepresst.

»Im Gegensatz zur Königin der Hellen Köpfe«, warf Henry mit einem sarkastischen Lächeln ein. »Die sah aus, als wollte sie Sie erwürgen.«

»Henry!«, schimpfte Mrs McKenzie.

»Es stimmt, Mrs McKenzie«, verteidigte er sich mit einem Achselzucken. »Sie war außer sich vor Eifersucht, weil Lord Sholto den Blick nicht von Miss Gillies wenden konnte.«

Fanny schnappte nach Luft, und ihre Wangen röteten sich vor Entzücken.

»Nur weil er mich zuvor noch nie so gesehen hat«, sagte Effie schnell. Sholto hatte jedes Mal zu Boden gestarrt, wenn sie zu ihm hinübergeblickt hatte.

»Oder er hat Sie noch nie zuvor auf diese Art betrachtet – als Frau«, gab Henry zurück. »Ich war dabei, habe alles beobachtet. Genau wie Mr Graves, nicht wahr?«

»Ich habe nichts dergleichen bemerkt«, widersprach der Butler. »Alle haben sich absolut angemessen verhalten. Seine Lordschaft würde nicht mal im Traum daran denken … die Grenze zu überschreiten.«

Effie sagte nichts. Klatsch, Tratsch, Andeutungen … Wenn die anderen wüssten, in was sie da hineingeraten war!

»Hören Sie auf mit dem Unsinn, Henry«, befahl die Hausdame. »Wie bedauerlich, dass der Abend so enden musste, mit so tragischen Neuigkeiten. Haben Sie den Mann gut gekannt, Miss Gillies?«

Effie antwortete nicht gleich. Er war ein Monster gewesen, aber musste sie jetzt, da er tot war, nicht freundlich über ihn sprechen? »Na ja, ich habe ihn nicht sehr gut gekannt«, sagte sie nervös. »Ich war noch klein, als er Verwalter wurde und zum ersten Mal zu uns kam.«

»Ach? Wie klein?«

»Elf? Zwölf?«, sagte sie mit monotoner, leiser Stimme. »Er hat die meiste Zeit mit meinem Onkel Hamish und Ian MacKinnon, dem Postmeister, verbracht. Und natürlich mit dem Pfarrer, auch wenn ich nicht glaube, dass er religiös war.«

»Aber Sie müssen doch froh gewesen sein, ihn bei seinen Besuchen zu sehen. Seine Lordschaft sagte, der Verwalter war ihr Hauptkontakt zur restlichen Welt?«

Froh, ihn zu sehen? Er war der letzte Mensch gewesen, den sie hatte sehen wollen. »Er ist nur zweimal im Jahr vorbeigekommen, deshalb habe ich ihn nicht sehr gut gekannt, wie ich schon sagte. Aber er kam immer am Ende des Frühlings, sobald das Meer ruhiger wurde, und brachte uns Vorräte, und über die waren wir froh. Dann kam er noch einmal Ende August, um unsere Mieten einzusammeln, bevor wir wieder von der Außenwelt abgeschnitten wurden.«

»Dann hattet ihr den ganzen Winter über keinen Kontakt nach außen?«, fragte Barra mitleidig.

»Ab und zu kamen Walfänger vorbei oder Fischdampfer, die in unserer Bucht ankerten, wenn ein Sturm aufzog. Aber für alle kleineren Schiffe war das Meer von September bis Mai zu rau.«

»Wie wurde die Miete bezahlt? Womit?«

»Mit Federn, Sturmvogelöl, Tweedstoffen und Schafwolle.«

»Das klingt alles so primitiv«, murmelte Billy.

»Ich finde, es klingt romantisch«, seufzte Fanny.

»Romantisch?« Billy lachte. »Was ist an Armut romantisch? Ich wüsste gerne, wie lange du dich mit leerem Magen und in einem Rock, der mit einem krummen Nagel befestigt ist, romantisch fühlen würdest.«

Fanny keuchte schockiert auf, aber Effie war nicht gekränkt. »Ich habe mich nie arm gefühlt, bevor ich hierherkam«, sagte sie schlicht. »Was man nicht kennt, vermisst man auch nicht. Manchmal denke ich, es wäre besser, in Unwissenheit zu leben und einfach mit seinem Schicksal zufrieden zu sein.«

»Dann findest du, dass Unwissenheit ein Segen ist?«, fragte Billy.

»Ja, vielleicht.«

Er schüttelte entschieden den Kopf. »Nein. Das ist nicht unsere Art. Ich glaube, es liegt in der menschlichen Natur, dass wir immer mehr wollen, als wir haben.«

»Du bestimmt«, sagte Barra und verdrehte die Augen.

»Nicht nur ich! Selbst wenn der Mensch alles besitzt, was er sich nur wünschen kann, möchte er mehr – immer will er in den verbotenen Apfel beißen.« Mit wissendem, verschwörerischem Blick sah er Effie an. »Darauf würde ich wetten.«

Am Nachmittag war Effie auf dem Weg zur Garage, als der Wildhüter aus dem Wald kam, eine Meute von Hunden um ihn herum.

»Miss Gillies!«, rief er und hob den Arm, um sie auf sich aufmerksam zu machen.

Sie blieb stehen und wartete, während er auf sie zuging. Erst als er näher kam, sah sie, dass die Hunde noch jung waren, fast noch Welpen.

»Oh du meine Güte«, flüsterte sie, kauerte sich nieder und streckte die Arme aus, als sie sich um sie drängten, so stürmisch, dass sie sie beinahe umwarfen. Sie hatten langes, seidiges schwarzes Fell, mit braunen Stellen an Brust, Kopf und Beinen. Effie musste lächeln, und es fühlte sich befreiend an. Einer der Hunde kuschelte sich in ihre Armbeuge, drückte die Schnauze liebevoll an ihren Arm. »Und wer bist du?«, fragte sie und streichelte ihm über den samtigen Kopf.

»Sie heißt Slipper«, sagte Mr Felton und trat näher.

Sie blickte zu ihm auf. »Slipper?«

»Aye. Weil sie mir immer unter die Füße gerät.«

Effie lächelte wieder. Diesmal fühlte es sich nicht mehr ganz so fremd an. »Der Name gefällt mir. Er passt zu ihr. Wie alt sind sie?«

»Sieben Monate. Sie werden immer größer – und stürmischer.«

»Aber sie sind wunderschön. Wie viele sind es?«

»Neun. Das ist die Mutter. Storm.« Er zeigte auf die Hündin mit grauer Schnauze. »Ich habe sie, seit sie auf der Welt ist. Und davor hatte ich ihre Mutter. Sie stammen aus einer guten Familie.«

»Was für eine Rasse ist es? Die habe ich noch nie gesehen.«

»Gordon Setters. Intelligent, gehorsam, gute Beißhemmung. Exzellente Jagdhunde. Sie haben einen Instinkt für

Vögel. Seine Lordschaft würde nie irgendeine andere Rasse halten.«

Er hätte Poppit haben können, dachte Effie. Wenn er gewusst hätte, wie klug sie war, wie gut auf Wildtiere und Vögel eingestellt, wie anhänglich und zugänglich und lieb und mutig … Wieder einmal wurde sie von Traurigkeit übermannt. Wie viel hatte sie verloren? Und wofür? Sie gewann nichts dadurch, dass sie hier war …

Slipper schmiegte sich immer noch an sie, während die anderen Hunde das Interesse verloren und andere Fährten aufnahmen. »Darf ich sie auf den Arm nehmen?«

»Wenn Sie möchten.«

Sie hob den Hund hoch, und da löste sich etwas in ihr. Als sie das letzte Mal einen so weichen, warmen Körper in ihren Armen gespürt hatte, war ihre ganze Welt zusammengebrochen, hatte sich aufgelöst … Sie löste sich immer noch auf. Effie schloss die Augen und hielt den Welpen an ihre Wange.

»Dann mögen Sie also Hunde.«

»Zu Hause hatten wir immer welche«, sagte sie ruhig, während Slipper sich in ihre Halsbeuge kuschelte, sie mit ihrer kalten, feuchten Schnauze kitzelte. »Normalerweise als Arbeitstiere, aber unsere Hündin hatte ich mit der Flasche aufgezogen, weil ihre Mutter sie nicht angenommen hatte, deshalb hatten wir eine besondere Verbindung.«

»Aye, das kommt vor.« Er sah zu, wie sie das Tier liebkoste.

»Wohin gehen Sie mit ihnen?«

»Spazieren. Sie brauchen Bewegung, und ich muss die

Pferche ausbessern, da können sie mir Gesellschaft leisten. Sie auch, wenn Sie mögen.«

»Danke, aber ich bin auf dem Weg zum Bahnhof, um meinen Vater abzuholen«, sagte sie. »Er kommt heute aus Lochaline, und ich darf nicht zu spät kommen. Er spricht kein Englisch.«

»Dann habe ich die Hütte anscheinend gerade rechtzeitig fertig bekommen …« Der Blick des Wildhüters richtete sich auf etwas hinter ihr. »Guten Tag, Sir.«

»Felton.«

Effie drehte sich um und sah Sholto näher kommen. Er trug einen Anzug und blickte grimmig drein. »Miss Gillies.«

Seine Stimme klang kalt, und sie musste schlucken. Gestern Abend im Salon war kurz seine frühere Freundlichkeit durchgeschimmert, aber anscheinend war das bei Tageslicht …

»Sie machen sich gut«, sagte Sholto, als die Hunde nun um seine Füße sprangen. Er betrachtete Slipper auf Effies Arm.

»Aye, Sir, sie wachsen schnell«, antwortete Felton. »Es ist ein guter Wurf. Schlaue Tiere. Ich habe viel Freude an ihnen.«

Slipper zappelte in Effies Armen und fing an, an ihrem Haar zu schnüffeln. Ihr entfuhr ein leises Kichern, als der Welpe sie kitzelte. »Du Äffchen«, flüsterte sie und drückte dem kleinen Hund einen Kuss auf den Kopf.

Beide Männer sahen sie an, als hätte sie etwas völlig Ungewöhnliches getan.

Sholto lächelte gezwungen. Es war offensichtlich, dass er Hunde nicht als Schoßtiere sah. »Ich will Sie nicht aufhalten.«

Er ging davon, und Felton stieß einen kurzen Pfiff aus, woraufhin die Hunde sich sofort um ihn scharten.

Beide, Effie und Felton, sahen Sholto eine Weile nach.

»Ich habe gehört, Sie waren gestern Abend bei der Familie zum Dinner«, sagte Felton und sah wieder zu Effie.

Ihr Blick lag immer noch auf Sholtos Rücken. So aufrecht. So korrekt. So darauf bedacht, jeden direkten Kontakt mit ihr zu vermeiden. »Aye. Die Gräfin wollte mehr von meiner Heimat erfahren«, antwortete sie ruhig. »Offenbar überlegen sie … die Inseln zu kaufen.«

Sein Gesicht blieb unbewegt, aber sie wusste, dass er ähnlich dachte wie sie. Wer *kaufte* Inseln?

»Ich habe Sie gestern Abend auf dem Weg nach oben gesehen. Zuerst habe ich Sie nicht wiedererkannt«, sagte er.

»Ich habe mich selbst nicht wiedererkannt.«

»Sie haben aber eine gute Figur gemacht.«

»Na ja, vielleicht kurz, aber ich bin überhaupt nicht wie sie.«

»Das sind nur wenige, Miss Gillies.« Er musterte sie eingehend.

Sie seufzte, gab Slipper noch einen Kuss auf den Kopf und setzte den Welpen dann widerstrebend auf den Boden. »Ich muss weiter, darf den Fahrer nicht warten lassen. Aber danke dafür, dass Sie das Cottage hergerichtet haben. Ich war heute Morgen dort, als die Möbel gebracht wurden, und es sieht wunderschön aus.«

»Es freut mich, wenn Sie sich freuen, Miss Gillies.« Er nickte ihr zu. »Guten Tag.«

Effie ging weiter auf dem Weg, den Billy ihr beschrieben hatte, aber sie drehte sich noch mehrmals um, sah Felton nach, wie er gelassen hinter den Hunden herging. Sein Leben schien so einfach zu sein. So sicher.

Die hohe Flügeltür der Garage war ziegelrot, genau wie die Initialen auf den Küchentellern und den Bettbezügen oder die Tür ihres kleinen Cottages. Die Farbe des Familienanwesens. Effie trat ein.

»Hallo?« Als sie sich umdrehte, sah sie Sholto, der sich mit dem Chauffeur unterhielt. Sie standen vor einem glänzenden schwarzen Auto ohne Dach. »Oh, tut mir leid. Ich wollte nicht stören.«

Sholto sah sie an, als würde sie ihn absichtlich herausfordern. »Fraser sagt, es sei vereinbart, dass er Sie zum Bahnhof bringt, um Ihren Vater abzuholen«, sagte er gereizt.

»Aye, Sir. Er kommt mit dem Vier-Uhr-Zug.« Sie blickte zum Fahrer, der sich sichtlich unwohl fühlte. »Gibt es … ein Problem?«

»Ich muss auch zum Bahnhof, um ein Paket abzuholen. Es kommt auch mit dem Vier-Uhr-Zug.«

»Vielleicht können wir es für Sie abholen?«

»Nein. Nein, ich muss es persönlich in Empfang nehmen«, sagte er schnell.

War es das Buch?, fragte sie sich. War es repariert worden? Traute er ihr nicht zu, dass sie gut darauf aufpasste?

»Im Auto ist Platz für drei Personen, auch wenn es dann etwas eng wird, aber auf der Rückfahrt wäre Ihr

Vater noch dabei, und vier Personen passen nicht in den Wagen.«

»Oh …« Erwartete er von ihr, dass sie ihm den Vortritt ließ? Aber wie konnte sie zulassen, dass ihr Vater allein an einem fremden Ort ankam, wo er doch die Sprache nicht verstand? Und Sholto sprach kein Gälisch, also konnte er hier auch nicht weiterhelfen.

Sie blieb still.

»Ich fürchte, es gibt nur eine Lösung. Ich muss fahren.« Sholto sah den Fahrer an. »Es tut mir leid, Fraser. Ich möchte Sie nicht Ihres Amtes entheben.«

»Da kann man nichts machen«, sagte der Chauffeur. »Der Wagen ist bereit.« Er reichte ihm die Schlüssel.

Sholto nahm sie und musterte Effie kalt. Ihr gefror das Blut in den Adern.

»Wollen wir?«, fragte er.

Der Fahrer öffnete ihr die Tür, und Effie stieg ein. Das Auto war anders als das, mit dem sie aus Lochaline gekommen war, denn es hatte nur eine Sitzbank. Sie setzte sich, und Sholto stieg auf der Fahrerseite ein. Er startete den Motor, der dröhnend ansprang und in der Garage widerhallte, und dann fuhren sie los.

Sie schwieg, als Sholto den Zufahrtsweg des Anwesens entlangfuhr. Seine Hände umklammerten das Lenkrad, sein Blick war starr nach vorne gerichtet. Rasch nahmen sie Fahrt auf, das Haus verschwand bereits hinter ihnen, Bäume sausten vorbei, Effies Haar flatterte im Wind. Sie sah, dass er ihr einen Blick zuwarf, als sie versuchte, es festzuhalten.

Sie fuhren über die sanft geschwungene Robert-Adam-Brücke, Effie sah einen Schwan über das tiefe schwarze Wasser unter ihnen gleiten, und im Schilf tummelten sich Sumpfhühner. Einen Augenblick, als sie um eine Kurve fuhren, konnte sie das Herrenhaus sehen – in seiner ganzen Größe und Pracht –, dann verschwand es hinter den Bäumen.

Sie starrte auf den Weg, sah die riesige Toreinfahrt des Anwesens vor ihnen aufragen, rechts und links davon niedrige Gebäude. Sie wusste, dass Sholto sich konzentrieren musste, bestimmt war es schwierig, ein Auto zu fahren, auch wenn es bei ihm leicht aussah – aber konnte er denn so gar nicht sprechen? Würde er auf der gesamten Fahrt schweigen?

Sie wollte bereits etwas sagen, doch als sie zu ihm hinüberblickte und sah, wie er die Lippen zusammenpresste, hielt sie inne. Stumm saß sie da und starrte auf die Hände in ihrem Schoß, nur eine Handbreit von seinem Oberschenkel entfernt.

Jetzt waren sie auf der Straße, und sie versuchte, sich auf die Landschaft zu konzentrieren, in der sie nun lebte, die sie aber noch nicht erkundet hatte. Weit entfernte Hügel im Westen, Steincottages mit rotlackierten Türen, Menschen, die davorstanden und sich unterhielten, einige Autos, nicht so glänzend und schnittig wie das, in dem sie selbst saß …

Sie hielt es nicht länger aus. »Danke für deine Hilfe gestern Abend.«

Er sah sie kurz an, aber sein Blick war hart. »Keine Ursache. Nach einem Schock muss man sich ausruhen.«

»Nein, das meine ich nicht. Ich meinte deine Freundlichkeit, als Lady Sibyl über mein Kleid gelacht hat.« Sie hob die Hände und versuchte erneut, sich die Haare aus dem Gesicht zu halten, während sie ihn ansah.

»Ach, das.« Er trommelte mit den Fingern auf das Lenkrad. »Ja, nun, sie war etwas grob. Das war nicht fair. Sie kann … manchmal recht gemein sein.«

»Na ja, jedenfalls war ich dir dankbar.«

»Ich will Ihre Dankbarkeit nicht, Miss Gillies.«

Sie starrte ihn an, verletzt von seinen scharfen Worten. Er redete sie mit Miss Gillies an, selbst wenn sie alleine waren? »Miss Gillies?«, wiederholte sie. »Dann können wir nicht mal Freunde sein?«

Er umklammerte das Lenkrad noch fester, während er ihr einen eiskalten Blick zuwarf. »Ich glaube kaum, dass wir uns Sorgen darüber machen müssen, Sie könnten nicht genug Freunde haben.«

Effie runzelte die Stirn. »Ich verstehe nicht …«

»Felton steht Ihnen sehr nahe.«

Was? »Aber … Ich habe nur ein paarmal mit ihm geredet«, sagte sie erstaunt.

»Tatsächlich?«

Ein paarmal, manchmal war das genug. War es bei ihnen nicht so gewesen? Eigentlich hatte ein Blick schon gereicht. Ein Lächeln.

Wieder sah er sie kurz an, und dieses Mal war in seinen Augen etwas zu erkennen. Er war nicht kalt, realisierte sie. Er kochte innerlich. Was war das? Wut?

Das Ortsschild von Auchinleck flitzte am Fenster vorbei. Schon? Das Auto fuhr so schnell. »Sholto …«

»Verstehen Sie mich nicht falsch, ich finde das gut. Sehr

gut sogar. Er scheint sehr angetan von Ihnen, und Sie beide würden gut zusammenpassen.« Er nickte vor sich hin. »Gemeinsame Interessen, ähnlicher Hintergrund.«

Sie konnte nicht glauben, was sie da hörte. »Sie klingen wie mein Vater – anscheinend wollen Sie mich verheiraten.«

Seine Finger trommelten fest und gleichmäßig auf das Lenkrad. »Tja, es hat keinen Sinn, das Unvermeidliche abzuwehren.«

Das Unvermeidliche. Dann war das also ihre Bestimmung? Dass sie heiratete? Und zwar einen Mann mit demselben Hintergrund? Sie starrte ihn an. »Und was, wenn ich nicht heiraten will?«

Er schüttelte den Kopf, als wäre sie ein anstrengendes Kind. »Seien Sie nicht lächerlich. Sie müssen für die Zukunft vorsorgen.«

Sie wandte sich ab, weil sie spürte, wie etwas in ihr aufwallte, das sie vielleicht nicht unter Kontrolle halten konnte. Ihr ganzes Leben stand am Abgrund, aber sie hatte geglaubt, sie könnte alles ertragen, solange sie ihn zum Freund hatte. Jemanden, dem sie vertrauen konnte. Aber nun sagte er diese Dinge, schob sie einem anderen Mann zu und erwähnte mit keiner Silbe, was zwischen ihnen passiert war … Hatte er wirklich vergessen, was er auf der Insel als Letztes zu ihr gesagt hatte? Dass er einen Plan schmieden, einen gemeinsamen Weg für sie finden wollte. Und jetzt wollte er sie an seinen Wildhüter loswerden? Wer war dieser Mann, den sie zu kennen geglaubt hatte?

Vor ihnen tauchten jetzt Wegweiser zum Bahnhof auf,

und sie ließ die Hände sinken. Sollte ihr Haar doch um ihren Kopf flattern, sie war dankbar dafür, dass es sie vor seinen forschenden Blicken verbarg. Sie würde nicht vor ihm weinen. Nein. Effie krallte ihre Hände ineinander, sodass die Fingerknöchel weiß hervortraten.

Er bemerkte ihre Anspannung. »Ach, um Himmels willen, Effie, was erwartest du von mir?«, fuhr er sie an. »Ich habe dich nie darum gebeten, hierherzukommen!« Er fuhr nach rechts und hielt vor dem Bahnhof an.

»Nein, aber dein Vater.«

»Aber der hätte es nicht getan, wenn er es wüsste.« Er stellte den Motor ab, und das Auto kam ruckartig zum Stehen, während er sie endlich ansah. Zum ersten Mal seit ihrer Ankunft lag etwas Ehrliches in seinem Blick.

»Wenn er was wüsste? Du meinst, wenn er wüsste, dass du mich geküsst hast?« War es wirklich so schlimm? Schämte er sich so für sie?

»Er würde dich nicht hierhaben wollen, wenn er wüsste, was für ein Risiko das ist«, sagte Sholto leise.

»Risiko?«, fragte sie, verwirrt und ungläubig.

Er sah weg. Der Zug fuhr ein, Menschen liefen zum Bahnsteig. Es zischte und dampfte, als er zum Stehen kam.

»Was für ein Risiko?«, fragte sie jetzt lauter. Ihre Gefühle drohten sie zu übermannen, sie waren nicht mehr beherrschbar. Ein Chaos. »Du willst nicht mit mir reden. Mich nicht einmal ansehen!«

Als hätte sie ihn herausgefordert, drehte er sich zu ihr um und sah ihr in die Augen. Und während eines winzigen Augenblicks glaubte Effie, den Funken wieder spüren zu können, der auf Hirta zwischen ihnen übergesprungen war. Aber es war ein trügerisches Gefühl, flüchtig und heimtückisch, unmöglich festzuhalten.

»Was habe ich getan, dass du mich hasst?«, flüsterte sie.

»Ich hasse dich nicht.«

»Aber du magst mich nicht mehr.« Es war eine ziemlich simple Feststellung. Eine stille Wahrheit. »Nicht mal als Freundin.«

Er drehte leicht den Kopf, und sie sah, dass er schluckte. Eine Weile sagte er nichts. »Ich glaube nur einfach nicht, dass es gut ist, dass du hier bist, für keinen von uns beiden«, sagte er schließlich. »Du brauchst einen richtigen Neuanfang. Musst dir ein neues Leben aufbauen, weit weg von … hier.« Er schluckte wieder. »Mein Vater hätte dich niemals bitten sollen, herzukommen.«

Sie starrte ihn fassungslos an, und eine Vorahnung durchströmte sie bei diesen Worten, während der Gedanke Gestalt annahm: Du hättest nicht kommen sollen. »Was willst du mir damit sagen? Dass wir gehen sollen?«

Er sah ihr in die Augen. »Ich denke, das wäre das Beste, ja.«

Effie spürte, wie alles ins Wanken geriet. Das konnte er nicht ernst meinen. »Aber mein Vater wird jeden Augenblick durch diese Tür kommen! Er hat gerade unser neues Zuhause verlassen, unsere Tiere verkauft … Wir haben alles aufgegeben, um hierherzukommen. Du kannst nicht ernsthaft meinen …« Beinahe glaubte sie selbst nicht, was sie gehört hatte. »Sholto? Du wirst uns doch nicht hinauswerfen? Es gibt keinen Ort, wo wir hingehen könnten.«

Das stimmte. Sie hatte sich den ganzen Tag den Kopf darüber zerbrochen, wo sie sich verstecken könnten. Aber den Beweisen, die der Hausverwalter gefunden hatte und die sie mit Frank Mathieson verbanden, war nicht zu entkommen. Wenn die Polizei sie abholte – und das würde sie bestimmt –, was würde dann mit ihrem Vater geschehen? Ihre einzige Hoffnung war, dass der Graf Mitleid mit dem alten Mann haben würde, der ohne eigenes Verschulden allein und verarmt zurückblieb. Nein, sie mussten weiterhin hier wohnen, und sie musste darauf warten, dass ihr Schicksal sie einholte. »Bitte. Nur um meines Vaters willen. Er wird sonst im Armenhaus enden.«

Sholto sah sie nicht an, aber er presste angespannt die Lippen zusammen, während unausgesprochene Gedanken durch seinen Kopf jagten. »Ich meinte nicht … Natürlich werde ich … euch nicht hinauswerfen.« Er schüttelte den Kopf und seufzte. »Natürlich nicht. Alles in Ordnung. Bleibt.«

»Wirklich?« Es klang wie ein Aufschluchzen, und Effie umklammerte seinen Arm. »Versprichst du es?« Warum schaute er sie nicht an?

Er drehte sich weg und öffnete die Autotür. »Verzeih mir. Ich hätte nichts sagen sollen. Das war egoistisch von mir. Ihr wohnt ab jetzt im Cottage. Es wird schon gehen.« Er stieg aus und warf ihr einen flüchtigen Blick zu. »Wir treffen uns wieder hier, wenn du bereit für die Rückfahrt bist.«

Und bevor sie noch etwas sagen konnte, ging er auf den Bahnhof zu, aufrecht, mit geradem Rücken.

Effie sah ihm nach, während sie versuchte zu verarbeiten, was gerade passiert war. Geh. Bleib. Geh mir aus dem Weg … Ein paar Sekunden saß sie unbeweglich da. Ihr Herz raste. Wie hatte er solche Dinge zu ihr sagen können? Was war das für eine Version des Mannes, von dem sie geglaubt hatte, dass sie ihn liebte? Nicht liebevoll, sondern kalt, nicht mehr vertraut, sondern distanziert. Streng anstatt locker. Humorlos anstatt fröhlich.

Jetzt kamen Menschen vom Bahnsteig, Träger mit Koffern und Taschen.

»Vater!« Sie fuhr hoch, als fiele ihr erst jetzt wieder ein, warum sie überhaupt hier war, sprang aus dem Auto und rannte los. Der Rock fiel lose um ihre Hüften, der krumme Nagel war wohl nicht krumm genug. Dampf hing in der Luft wie Nebel über dem Meer, als sie den Blick über den Bahnsteig wandern ließ. Keine Spur von Sholto, aber sie erkannte die Silhouette eines Mannes, der hinkend auf sie zukam, schwer auf einen Stock gestützt. Ihr Vater ging gebeugt und kam ihr kleiner vor als in ihrer Erinnerung, sogar seine Leinenmütze schien für seinen Kopf zu groß.

Sie rannte auf die zerbrechliche Gestalt zu. Bis zu diesem Augenblick war ihr nicht klar gewesen, wie sehr sie ihren Vater vermisst hatte. Wie viel sie noch zu verlieren hatte. Was würde er ohne sie tun, wenn man sie zur Rechenschaft zog?

»Vater!«, rief sie.

»Effie«, keuchte er und wirkte erleichtert, sie zu sehen. Sie schlang ihm die Arme um den Hals und atmete seinen Duft ein, nach Tabak und Torffeuer, der Geruch der

Heimat … Das alles war zu viel. Sie musste weinen – um das, was sie verloren hatte, was sie gerade zurückbekommen hatte, und das, was sie niemals haben würde.

Ihr Vater tätschelte ihr den Rücken, wie er es immer getan hatte, als sie noch klein war. »Na, na«, sagte er sanft. Er hatte sie seit vier Jahren nicht mehr umarmt, seit Johns Tod, aber seine großen, rauen Hände fühlten sich vertraut und tröstlich an. Die Erinnerung an die glücklicheren Zeiten, bevor der Tod ihre Familie auseinandergerissen hatte, ließ sie noch heftiger weinen. »Wir sind wieder zusammen, Lass. Jetzt wird alles besser.«

Sie waren in achtzehn Jahren kein einziges Mal getrennt gewesen. Wenn er nur wüsste, was in den letzten elf Tagen alles passiert war! »Ich habe dich vermisst, Vater«, sagte sie, trat abrupt zurück und wischte sich die Tränen aus den Augen.

»Und ich dich«, sagte er leise. »Ohne dich ist es zu Hause nicht das Gleiche. Zu ruhig. Zu geordnet.«

Sie lachte, aber es klang wie ein Schluchzen. Sie merkte, dass er etwas um den Hals trug. Es war ein Schild an einer Schnur.

Träger spricht kein Englisch. Auf dem Weg nach Auchinleck.

»Jaynes Idee«, sagte er, als Effie ihn von dem Schild befreite.

»Gut, aber das brauchst du jetzt nicht mehr«, sagte sie und warf es in einen Mülleimer. Von jetzt an würde sie sich um ihn kümmern. Sie hatten nur einander.

Sie nahm seine Tasche in eine Hand und ergriff mit der

anderen seinen Arm. »Müssen wir weit laufen?«, fragte er. »Hier sieht es ziemlich flach aus.«

»Nicht weit. Seine Lordschaft fährt uns nach Hause«, sagte sie und bemühte sich um einen neutralen Tonfall. Aber sie war wütend und wurde noch wütender, wenn sie daran dachte, wie kurz davor sie gewesen waren, keinen Platz zum Wohnen mehr zu haben. Ihre Existenz hing von den Launen eines unberechenbaren Mannes ab.

Wie hatte er nur all diese Dinge sagen können? Sie hatte geglaubt, sie könnte ihm vertrauen. Dass sie wenigstens Freunde sein könnten. Aber tatsächlich war er seit dem Moment ihrer Ankunft ein Fremder für sie, distanziert und kalt. Und dann diese Grausamkeit – Angesichts ihrer Verzweiflung hatte er zwar eingelenkt, aber wie lange würde er dabei bleiben? Er war jetzt mit Lady Sibyl zusammen und wollte Effie – eine Wilde – hier nicht haben, weil sie ihn an seine Unbesonnenheit auf St. Kilda erinnerte.

Sie gingen durch die Bahnhofstür und traten auf die Straße, wo Sholto gerade ein braunes Paket im Kofferraum verstaute.

»Willkommen in Dumfries, Mr Gillies«, sagte er, dann nahm er Effie die Tasche ab, ohne sie anzusehen. Auch Effie sah ihn nicht an. Sie gingen miteinander um wie zwei Marmorstatuen.

Sie half ihrem Vater ins Auto, aber er war zu steif, um auf der Sitzbank weiter zu rücken, und so schloss sie die Tür neben ihm.

»Am besten, Sie steigen auf meiner Seite ein, Miss Gillies«, sagte Sholto und hielt ihr die Fahrertür auf.

Effie schlüpfte wortlos an ihm vorbei und rutschte auf den Sitz neben ihren Vater, der sich erstaunt umsah. »Müsste es hier kein Dach geben?«, fragte er.

»Ich glaube, dieses Modell hat keins«, antwortete sie. »Halt deinen Hut fest.«

»Was sagt dein Vater?«, fragte Sholto, während er den Motor anließ.

»Er bewundert das Auto«, murmelte sie.

Vielleicht hatte in ihrem Ton etwas von ihrer neuen Haltung mitgeschwungen, denn er warf ihr einen Blick zu, und sie sah, dass er ihre geröteten, feuchten Augen bemerkte. Die musste sie nicht vor ihm verbergen, es spielte keine Rolle mehr, was er dachte. Sie starrte nach vorne, war sich bewusst, dass ihre Beine einander berührten, spürte es sogar, wenn sich seine Muskeln anspannten, weil er auf das Gaspedal trat. Sie rückte ihr Bein so weit weg wie möglich, und ihr war egal, ob er es merkte.

Trotz der frischen Luft um sie herum war die Atmosphäre drückend.

»Also dann, Mr Gillies«, sagte Sholto mit einstudierter Höflichkeit. »Bringen wir Sie nach Hause.«

26. Kapitel

Das alte Sprichwort hatte recht: Die Liebe wächst mit der Entfernung. Ihre Zuneigung war wirklich tiefer geworden, und während der folgenden Wochen lebten Effie und ihr Vater sich gut in ihrem neuen Zuhause ein. Während die Aufregung um ihren unvorhergesehenen Umzug nachließ und die Nachricht von Mathiesons Tod kein Aufsehen mehr erregte, fanden Effie und ihr Vater sich in ihren neuen Rhythmus ein, der ihnen bald erstaunlich normal vorkam. Das Cottage war die größte Behausung, die ihr Vater je erlebt hatte, und Felton hatte bei der Instandsetzung gute Arbeit geleistet: Wärme blieb drinnen und Kälte und Nässe draußen. Das Sonnenlicht schien auch in die hintersten Winkel zu gelangen, und weil es nie feucht war, schmerzten die Knochen ihres Vaters nicht mehr so sehr. Seine Stimmung war so gut wie seit Jahren nicht, und er legte im Garten sogar ein paar Lazybeds an, während Effie sich um das Innere des Hauses kümmerte. Sie hatte die Möbel wohnlich arrangiert, und alle paar Tage pflückte sie am Waldrand hinter dem Cottage ein paar Blumen – Wiesenkerbel, Heidekraut, Veilchen – und stellte sie in eine alte Milchkanne. Zuerst war ihr das merkwürdig erschienen, denn sie fand Blumen, genau wie Vogeleier, am schönsten unberührt in ihrer natürlichen Umgebung, aber sie konnte auch nicht leugnen, dass sie ihr kleines Heim irgendwie fröhlicher wirken ließen. Jayne hatte, ohne dass sie es wusste, einen stillen Einfluss auf sie.

Jayne, Flora, Mhairi … Effie vermisste ihre alten Freundinnen schmerzlich. Sie hatte Flora und Mhairi geschrieben, ihnen ihre Adresse mitgeteilt und sie gebeten, ihr ebenfalls zu schreiben. Floras Antwort stand noch aus – was nicht überraschend war –, aber Mhairi hatte zurückgeschrieben und oberflächlich von ihrem neuen Haus und der Arbeit in der Fabrik erzählt: Mrs Buchanan war ein »alter Drachen«, Norman Ferguson im Forstbetrieb zum stellvertretenden Vorarbeiter befördert worden, Mad Annie besaß jetzt ein Fahrrad, Mhairis Geschwister freuten sich über den Spielplatz der Dorfschule … Aber genau wie Effie sparte sie die Dinge, die wirklich wichtig waren, aus – Geheimnisse, die nicht zu Papier gebracht werden konnten –, und nachdem Effie den Brief gelesen hatte, fühlte sie sich noch weiter von ihrer Freundin entfernt als zuvor.

In ihren Briefen ehrlich zu sein, war unmöglich, das wusste Effie. Sie konnte sich vorstellen, wie sich ihre eigene Antwort las, denn dem äußerem Anschein nach schien es in ihrem Leben aufwärtszugehen. Mr Felton kam fast jeden Tag vorbei, und wenn Effie abends nach Hause kam, saß er oft bei ihrem Vater und unterhielt sich auf Gälisch mit ihm. Wahrscheinlich würde der Wildhüter ihn am besten trösten können, wenn sie eines Tages fortgehen musste, und sie spürte eine wachsende Zuneigung zu dem Mann, der ihren Vater zum Lächeln brachte. Und nicht nur ihn. Der Wildhüter brachte immer seine Hunde mit, und dann nahm sie Slipper auf den Arm, spürte den weichen, warmen Körper der kleinen Hündin und bedeckte ihren Kopf mit Küssen. Sie machte keinen Hehl daraus, dass sie diesen einen Welpen all den anderen vorzog. Dabei vermisste sie Poppit so sehr, dass es wehtat. Manchmal brachte der Wildhüter ihnen einen frischen Fasan mit, den er vor der Tür aufhängte, und manchmal legte Mrs McLennan übrig gebliebene Speisen in Billys Fahrradkorb, wenn er auf seinen Botengängen ins Dorf bei ihnen vorbeikam. So begannen zaghaft neue Freundschaften, die Effie bestärkten: Es war richtig gewesen, sich Sholtos Wunsch zu widersetzen und hierzubleiben, um wenigstens für das Leben ihres Vaters einen neuen Grundstein zu legen.

Nur er war jetzt wichtig. Sie hatte aufgehört, in der Dienstbotenhalle zu essen, und sogar zum Mittagessen kehrte sie ins Cottage zurück, um die Mahlzeit mit ihrem Vater einzunehmen, denn sie wollte nicht, dass er den ganzen Tag alleine war.

Effie vermisste die gemeinsamen Mahlzeiten mit den Dienstboten, auch wenn sie nicht immer ohne Zwischenfälle verlaufen waren. Das Geplauder von Menschen, die dreimal am Tag zusammen aßen, hatte ihr ein wenig von dem Gemeinschaftsgefühl vermittelt, das ihr seit der Abreise von St. Kilda fehlte. Aber das Gefühl der Bedrohung war allgegenwärtig, und sie erwartete jeden Moment, dass ihr Schicksal sie einholte, deshalb wollte sie Mr Weir möglichst wenig über den Weg laufen.

Sie fühlte sich einsam, wenn sie von morgens bis abends Vogeleier katalogisierte. Die Stunden zogen sich. Das Haus war so groß, und manchmal war sie die einzige Person im ganzen Westpavillon. Billy hatte sie seit ihrem Auszug aus dem Haus nur zweimal gesehen und gesprochen, Jenny hatte ihr einmal vom anderen Ende des Ganges zugewunken. Barra, Mrs McKenzie oder Mr Graves war sie überhaupt nicht mehr begegnet – sie blieben im unteren Stockwerk, soweit es möglich war. Nur Fanny versuchte, bei ihr hereinzuschauen, wann immer sie mit ihrem Staubwedel oder einer Blumenvase vorbeikam, und brachte ihr die neuesten Nachrichten – der Graf und die Gräfin würden bald nach Skye reisen, um Sir John MacLeod zu besuchen, Sibyl und Sholto gaben eine Party, konnten sich aber nicht auf ein Motto einigen …

Manches, was im Haus vorging, konnte Effie vom Fenster aus beobachten – Henry führte jeden Morgen Margaux aus, und der Gepard zog aufgeregt an der Leine, wenn er die trägen Schafe auf der Wiese sah. Sholto und Sibyl gingen nach dem Mittagessen zwischen den Blumenbeeten spazieren oder spielten am späten Nachmittag Krocket. Es war immer dasselbe: Sibyl zeigte sich lebhaft und ausgelassen, ihr Lachen weithin hörbar wie Vogelgezwitscher, und Sholto lächelte ruhig und geduldig und bewegte sich traumwandlerisch durch den Tag. Einmal hatte er zum Fenster hinaufgesehen, als hätte er Effies Blick bemerkt, aber sie hatte sich schnell weggeduckt. Ein anderes Mal wäre sie ihm beinahe begegnet, als sie eilig eine Treppe hinaufstieg und er auf einem der oberen Korridore vorbeikam. Er hatte sie nicht gesehen, und sie war mit klopfendem Herzen auf dem Treppenabsatz stehen geblieben, bis seine Schritte sich entfernt hatten. Seit ihrem Streit am Bahnhof hatten sie sich nicht gesehen, geschweige denn ein Wort gewechselt. Sie konnte ihm nicht verzeihen, was er gesagt hatte. Das, was einmal zwischen ihnen gewesen war, gab es nicht mehr, und er hatte recht damit, dass es besser war, wenn sie sich nicht mehr sahen.

Sie zog ihre Stiefel wieder an, schloss die Tür des Kollektionsraums hinter sich und machte sich auf den Weg nach draußen. Wieder war ein Tag geschafft. Der Sommer wich dem Herbst, die Sonne ging jetzt schon vor sieben Uhr unter, und die Tage wurden kürzer. Heute Abend würde es Fasaneneintopf geben; Effie hatte ihn zu Mittag aufgesetzt, und nun hatte er den ganzen Nachmittag vor sich hin geköchelt.

»Oh! Hallo, Fanny«, sagte sie überrascht, als sie das Hausmädchen auf der Terrasse vorfand, die Arme nach oben gestreckt und zum Dach hinaufstarrend. »Ist alles in Ordnung?«

»O Effie«, stöhnte Fanny. »Ich bin seit beinahe einer Stunde hier und versuche, Miss Petunia herunterzubekommen. Sie steckt fest!«

»Miss Pe…« Effie blickte hoch und sah eine flauschige weiße Katze auf dem Dach sitzen – genau genommen steckte sie in der Ecke eines verschnörkelten Giebelfensters, das aus dem Schieferdach ragte. »Oh.«

Das Tier sah völlig anders aus als die Katzen zu Hause. Auf St. Kilda waren sie gefleckt oder mit Tigerstreifen und hatten helle grüngelbe Augen, waren schlank und Meister im Mäusefangen. Miss Petunia sah nicht aus, als ob sie sich irgendetwas anderes einfangen könnte als eine Erkältung.

»Sie kann nicht die ganze Nacht da oben bleiben. Es ist eine Hauskatze! Keine Ahnung, wie sie da raufgekommen ist. Sie muss durch eins der Schlafzimmerfenster und auf das Abflussrohr geklettert sein, als ich vorhin gelüftet habe.« Fannys Stimme schwankte. »Oh, was mache ich nur? Ich kann Lady Dumfries nicht sagen, dass Miss Petunia auf dem Dach festhängt. Sie ist ihr Ein und Alles. Wenn sie runterfällt ...«

»Katzen sind sehr gut darin, immer auf den Pfoten zu landen«, sagte Effie und beobachtete, wie die Katze sich immer mehr zusammenkrümmte. Sie miaute und war offensichtlich in Not. »Aber du hast recht, es geht ziemlich tief runter.« Sie trat einen Schritt zurück, um sich das Dach genauer anzusehen. Die Schieferplatten waren zu glatt und steil, um von oben hinunterzuklettern, aber die Schornsteine standen in der Mitte des Dachs auf einer waagrechten Fläche und sahen solide und sicher aus. »Mmm ... Ich denke, ich kann sie dir holen.«

Fanny schnappte nach Luft. »Wirklich? Wie denn?«

»Ich klettere hoch.«

»Effie, nein! Du könntest sterben!«

Effie grinste, weil Fanny sich so dramatisch ausdrückte. »Fanny, glaub mir, ich bin schon an viel höheren und schwierigeren Wänden hochgeklettert.« Sie legte den Kopf schief. »Aber ich brauche ein Seil.«

»Ein Seil?« Fanny sah sie an, als hätte sie nach einem Gewehr gefragt.

»Mh-hmmm.«

»In Ordnung«, sagte Fanny und sah dabei sehr ängstlich aus.

»Das längste, das du finden kannst, bitte. Und Billy. Bring ihn auch hierher. Gibt es einen Zugang zum Dach?«

»Ja, vom Dachboden aus.«

»Dann gib Billy das Seil und bitte ihn, damit auf das Dach zu steigen. Aber er muss auf dem flachen Teil bleiben. Keine Heldentaten, verstanden?«

Fanny nickte. »Seil. Auf dem flachen Teil bleiben.«

»Sag ihm, er soll rufen, wenn er oben ist.«

Fanny rannte ins Haus und ließ Effie auf der Terrasse stehen.

»Tja, du verursachst hier einen ziemlichen Wirbel, so viel steht fest«, rief Effie leise zu der Katze hinauf, während sie in die Hocke ging, um sich Stiefel und Socken auszuziehen. Miss Petunia antwortete mit einem Miauen. Sie wirkte deplatziert auf diesem Dach, gehörte eher auf einen seidenbezogenen Sessel am Kaminfeuer.

Fanny musste geflogen sein, denn schon nach wenigen Minuten war sie zurück, und oben an einem Geländer tauchte auch Billys freches Gesicht auf. »Miss Gillies«, rief er herunter. »Sie haben gerufen?«

Sie grinste und blickte zu ihm hoch. »Danke, Billy. Hast du das Seil?«

»Aye!«

»Könntest du es bitte um den nächsten Schornstein legen und beide Enden zu mir herunterwerfen?«

Eine kurze Pause entstand. »Ist das alles? Ich soll nicht runterklettern? Ich wette, das könnte ich!«

»Wirf es einfach runter, Billy! Ich will dich nicht auch noch retten müssen.«

Sie hörte sein spöttisches Lachen, und einen Augenblick später baumelten die beiden Seilenden herunter wie zwei Schlangen.

»Effie, bist du dir ganz sicher?«, fragte Fanny besorgt, während Effie das Seil so knotete, wie sie es zu Hause immer getan hatte. Sie war aufgeregt, weil sie endlich wieder das tun würde, was sie liebte – und so sehr vermisst hatte.

Sie zwinkerte Fanny zu. »*Das* ist ein Abenteuer, Fanny!« Ein paarmal zog sie kräftig am Seil, dann setzte sie einen nackten Fuß auf eine Fensterbank neben der Tür und fing an, seelenruhig die Wand »hinaufzugehen«. Sie stieg die senkrechte Steinfassade hinauf, am Giebeldreieck über der Eingangstür vorbei und dann hinauf zu den Schlafzimmerfenstern im zweiten Stock. Aus dem Augenwinkel bemerkte Effie eine Bewegung in einem der Räume, aber sie sah nicht hin, weil sie sich ganz auf ihr Ziel konzentrieren musste, auch wenn der Aufstieg für sie nicht schwierig war.

Die Fenster hatten Steinumrandungen, die Effies Füßen gerade so viel Platz boten, dass sie sich daraufstellen konnte. Jetzt hatte sie das Giebelfenster erreicht und konnte den Unterarm an seine Kante legen. Die Position war nicht ideal, denn das Seil hing etwas zu weit rechts von der Stelle, wo die Katze saß.

»Bist du dir immer noch sicher, dass du meine Hilfe nicht brauchst, Effie?«

Sie blickte hoch und sah, dass Billy sie von seinem Platz auf dem Dach aus angrinste, aber sie erkannte auch Besorgnis in seinen Augen. »Die bräuchte ich vielleicht, wenn das ein Schaf wäre und keine Katze. Danke, Billy, aber ich denke, es geht schon.«

»Es ist wirklich schade, aber soweit ich sehe, haben sich wirklich keine Schafe nach hier oben verlaufen.«

Sie grinste. »He, Miez-Miez«, lockte sie und streckte die freie Hand nach der Katze aus. Jetzt konnte Effie sich nur noch mit einer Hand am Seil festhalten, und sie hörte Fanny unten erneut nach Luft schnappen, als sie wie eine Ballerina einen Sprung zur Seite machte und gleichzeitig nach der Katze griff. Bevor das Tier in Panik geraten konnte, hatte sie es schon fest an sich gedrückt und unter ihre Strickjacke geschoben. »Na, na«, murmelte sie beruhigend, als sie die scharfen Krallen der Katze durch ihr Hemd spürte.

Sie blickte wieder zu dem Hausjungen hinauf und winkte ihm zu. »Warte, bis ich Bescheid sage. Ich ziehe zweimal am Seil, wenn ich es nicht mehr brauche, dann kannst du es hochziehen.«

»Aye, Aye, Käpt'n«, antwortete er und salutierte.

Effie packte das Seil wieder mit beiden Händen, stieß sich vom Fensterrahmen ab und fing an, hinunterzuklettern. Die Person, die zuvor hinter dem Schlafzimmer aufgetaucht war, hatte inzwischen das Fenster geöffnet, und beide waren einen Moment überrascht, als Effie sich plötzlich Auge in Auge mit Lady Sibyl befand.

»Oh, hallo, Mylady«, sagte sie lächelnd auf dem Weg

nach unten, während Sibyl ihr mit offenem Mund nachstarrte.

Als Effies Füße das Giebeldreieck über der Eingangstür erreichten, blickte sie hinunter, um die restliche Entfernung abzuschätzen – und stellte fest, dass sich dort eine kleine Menschenmenge gebildet hatte. Die Rettungsaktion hatte keine fünf Minuten gedauert, aber anscheinend hatte sich in dieser kurzen Zeit die Hälfte der Dienerschaft um Fanny versammelt. Aber nicht die Blicke von Jenny, Mrs McKenzie, Mrs McLennan, William und Henry waren schuld an dem nervösen Kribbeln in Effies Magen, das sie zuvor nicht gespürt hatte. Auch die Gräfin und ihr Sohn, die durch den Rosengarten spazierten, beobachteten sie.

Einen kurzen Moment später berührten Effies nackte Füße wieder den Terrassenboden, und ihre Gedanken rasten, während sie das Seil entknotete. Würde Fanny Ärger bekommen, weil sie zugelassen hatte, dass Effie an der Wand hinaufgeklettert war? Die Gräfin würde kaum begeistert davon sein, dass Seile an ihrem Haus baumelten und ein wildes Mädchen daran herumturnte. Allerdings blieb Effie nicht viel Zeit zum Nachdenken, denn Sholto und seine Mutter stiegen schon die Stufen zur Terrasse hinauf. Effie griff unter ihre Strickjacke und zog die Katze hervor. »Miss Petunia steckte fest, Lady Dumfries«, sagte sie schnell.

Aber sie hatte noch nicht zu Ende gesprochen, als alle anfingen zu applaudieren. Jenny und Fanny hüpften aufgeregt auf und ab, und die Lakaien wirkten verwirrt, aber auch beeindruckt. Ein Jubelschrei kam vom Dach her – Billy, den man zwar nicht sehen, aber gut hören konnte, und der gemerkt hatte, dass sie heil unten angekommen war.

»Mein liebes Mädchen«, rief die Gräfin und sah sie erstaunt an. »Jetzt verstehe ich, was mein Mann meinte. Das war außergewöhnlich. *Sie* sind außergewöhnlich.«

»O nein«, erwiderte Effie, aber ihre Augen funkelten vor Abenteuerlust. »Das war wirklich nichts Besonderes. Wir wollten sie nur schnell herunterholen, bevor es dunkel wird. Es schien die einfachste Lösung zu sein.«

Sie hielt den Blick auf die Gräfin gerichtet, war sich aber nur allzu bewusst, dass Sholto sie ansah.

»Einfach?« Die Gräfin lachte. »Ich weiß nicht, wie ich Ihnen danken soll.«

»Das ist nicht nötig, Mylady. Es war mir ein Vergnügen.« Das war es in der Tat gewesen. Zum ersten Mal seit Wochen fühlte sie sich wieder wie sie selbst. Wie die alte Effie – Effie Gillies von St. Kilda.

Die Gräfin nahm ihre Hand, hielt sie einen Augenblick fest und betrachtete Effie aufmerksam. »Sie sind eine bemerkenswerte junge Frau«, erklärte sie. »Eine wie Sie habe ich noch nie kennengelernt. Lassen Sie nicht zu, dass das Leben hier Ihr Feuer löscht, hören Sie?«

Effie schluckte. »Ich versuche mein Bestes.«

»Gut. Und Gott sei Dank, dass Sie Hosen anhatten!« Die Gräfin lächelte. Dann ließ sie Effies Hand los, nahm die Katze hoch und steckte die Nase in ihr weiches, üppiges Fell. »Jetzt müssen wir dich ins Warme bringen, Miss Petunia«, sagte sie und steuerte auf das Haus zu, während die Lakaien sich beeilten, ihr die Tür zu öffnen.

»Was ist das nur immer für ein Drama bei dir«, murmelte Mrs McLennan lächelnd, während sie und die Hausdame sich abwandten, um ebenfalls hineinzugehen.

»Das war großartig!«, rief Fanny strahlend, dann folgten auch sie und Jenny den leitenden Dienstboten. Schließlich war nur noch Sholto übrig.

Effie wandte sich ab und zog zweimal kräftig an den Seilenden, so wie sie es versprochen hatte. »Du kannst das Seil jetzt hochziehen, Billy«, rief sie zusätzlich, in der Hoffnung, Sholto würde gehen, wenn er merkte, dass sie beschäftigt war. Sie sah zu, wie das Seil an der Gebäudefassade hinaufgezogen wurde, aber als sie sich wieder umdrehte, stand Sholto immer noch da.

Er sprach die ganze Zeit kein Wort, aber in seinen Augen lag ein Ausdruck, der beinahe wie Stolz aussah. »Nun, in meiner Mutter hast du jetzt eine Freundin fürs Leben«, sagte er schließlich in die Stille hinein.

»Ach?«, erwiderte sie kühl.

»Ja. Manchmal glaube ich, sie liebt diese Katze mehr als mich.«

Effie antwortete nicht, sondern ließ es zu, dass sich das Schweigen erneut ausdehnte. Sie sah die Unsicherheit in seinen Augen, als er ihre neue Distanziertheit spürte. Sie würde ihm nicht verzeihen, dass er so leichtfertig mit ihrer Stelle hier gespielt hatte, mit ihrem Zuhause. Sie würde ihn nie wieder um seine Freundschaft bitten. Sie wollte keine Freundlichkeit oder Gesellschaft mehr von ihm. Sein Vater hatte sie hierhergeholt, nicht er. Ihre Zukunft war unsicher genug, auch ohne seine Launen.

Er trat von einem Bein aufs andere. »Wenigstens wird sie jetzt verstehen, was mein Vater meint, wenn er allen Leuten von deiner Klettervorführung vorschwärmt.«

»Ich glaube nicht, dass die ein solches Lob verdient. Sie war wirklich nichts Besonderes, für keinen von uns.« Ihre Augen blitzten herausfordernd. »Nur eine einfache Möglichkeit, Geld von den Touristen zu bekommen. Sie sind immer leicht zu beeindrucken.«

Sie sah, dass er bei dieser Beleidigung zusammenzuckte.

»Miss Gillies!«

Felton kam durch die Gartenanlagen auf sie zu. Diesmal hatte er seine Hunde nicht bei sich. »Waren das wirklich Sie da oben?«, fragte er, ein wenig atemlos und mit glänzenden Augen. Er wirkte ungewöhnlich … fröhlich. Eigentlich war er kein Mann, der viel lächelte oder mit Komplimenten um sich warf. »Ich habe meinen Augen nicht getraut«, rief er begeistert, nachdem er die Stufen hinaufgestiegen war. »… Oh. Ihre Lordschaft. Bitte entschuldigen Sie«, sagte er und versteifte sich. »Ich habe Sie nicht gesehen.«

Sholto stand hinter einem Blumenkübel und war halb von einem Rosenbusch verdeckt. »Guten Abend, Felton.« Jetzt trat er einen Schritt vor und nickte dem Wildhüter zu.

Eine Weile herrschte betretenes Schweigen. Keiner der beiden Männer schien zu wissen, wer als Nächstes sprechen sollte.

»Störe ich, Sir? Soll ich später wiederkommen?«, fragte Felton schließlich förmlich.

»Wollten Sie mich sprechen?«

»Äh … eigentlich Miss Gillies. Aber ich kann warten.«

Effie sah, dass Sholto kaum merklich die Lippen zusammenpresste. Er wandte sich ihr wieder zu, und sie spürte ihre Knie weich werden, wie immer, wenn er sie ansah. Selbst wenn er wütend war. Und sie auch. Einen Moment lang sah er so aus, als ob er etwas sagen wollte, aber irgendetwas – ein Instinkt – ließ ihn nach oben schauen.

Effie folgte seinem Blick.

Sibyl lehnte sich aus dem Fenster und beobachtete sie mit finsterem Gesicht.

Sholto wandte sich wieder an den Wildhüter. »Das ist nicht nötig, Felton«, sagte er bestimmt. »Sie gehört ganz Ihnen.«

Seine Worte fühlten sich wie ein Schlag an, als er an Effie vorbeiging und ins Haus trat. Ihre Augen brannten, aber sie rührte sich nicht, bis sie hörte, wie die Tür hinter ihm zufiel und sich kurz danach weiter oben das Fenster schloss.

»Ich habe meinen Augen nicht getraut, als ich Sie da einfach so an der Fassade herunterklettern sah«, nahm Felton das Gespräch wieder auf, ohne zu merken, dass sich mit diesen vier Worten gerade Effies gesamte Welt verändert hatte: *Sie gehört ganz Ihnen.* »Mir ist fast das Herz stehen geblieben.«

»Das war nicht weiter schwierig«, sagte sie mit gepresster Stimme, während sie ihre Stiefel aufhob und zu ihm trat. »Gehen Sie nach Hause? Ich war auch gerade auf dem Heimweg.«

»Warten Sie einen Moment.« Er legte ihr eine Hand auf den Arm, um sie zurückzuhalten. Es war das erste Mal, dass er sie berührte. »Erinnern Sie sich daran, wie wir uns zum ersten Mal getroffen haben? Als ich sagte, dass ich eine Überraschung hätte, die ich Ihnen zeigen wollte?«

»Aye.« Sie sah ihn misstrauisch an. »Und ich erinnere mich auch, Ihnen gesagt zu haben, dass ich keine Überraschungen mag.«

»Nun, ich hoffe doch, Sie haben – so wie ich auch – inzwischen das Gefühl, dass wir Freunde sind.«

Sie zuckte mit den Schultern. »Aye.«

»Dann bitte, erfüllen Sie mir diesen Wunsch. Ich möchte Ihnen wirklich keine Bange machen, aber ich weiß, dass es Sie begeistern wird, und es bleibt wirklich keine Zeit mehr. Jetzt oder nie.«

»Mich begeistern? Das ist ein starkes Versprechen, Mr Felton.«

»Ich bin überzeugt, dass ich es erfüllen kann.« Ein Lächeln belebte sein Gesicht und ließ es weicher wirken. »Es ist gleich dort drüben«, sagte er und zeigte in Richtung Wald. »Kommen Sie mit?«

Effie spürte, wie sie sich innerlich anspannte. Das letzte Mal, als sie allein mit einem Mann gewesen war, dem sie geglaubt hatte, vertrauen zu können … »Es wird bald dunkel.«

»Und genau deshalb müssen wir uns beeilen«, sagte er freundlich. Jetzt sah sie den Mann vor sich, der sich so oft mit ihrem Vater unterhielt und ihnen beim Holzhacken half.

»Gut.« Sie nickte.

Ein erleichtertes Lächeln erhellte seine Züge. »Gut. Folgen Sie mir.«

Effie warf noch einen Blick auf das Haus, bevor sie sich auf den Weg durch die Gartenanlagen machten, aber dort war niemand, der sie beobachtete, nur schwaches Licht drang durch die zugezogenen Vorhänge. Die Fenster waren wie blinde Augen.

Sie gingen in den Wald. Zwischen den Bäumen wurde es schnell dunkler, die Schatten verloren ihre Konturen, erstes Herbstlaub raschelte unter ihren Füßen. Sie gingen schnell und mit gesenkten Blicken, ohne ein Gespräch zu beginnen. Die Vögel zwitscherten noch einmal aus voller Kehle, bevor es Nacht wurde. Sie sah einen Kleiber und einen Grünspecht, aber die meisten Vögel blieben in dem dichten Blätterdach verborgen. Effie war unter einem freien Himmel aufgewachsen, mit Basstölpeln, Krähenscharben, Kormoranen, Sturmvögeln, Lummen und Papageientauchern, die in seinem Blau tanzten. Balzflüge und Konkurrenzkämpfe in der Luft fanden vor aller Augen statt, alles war eher sicht- als hörbar. Hier aber geschah vieles, ohne dass man es sah, Melodien stiegen auf, schwollen an, plätscherten dahin oder säuselten in einem unsichtbaren Chor. Effie erkannte, dass sie durch ihre Bücher zwar Wissen hatte ansammeln können – über Federn, Flugmuster, Vogeleier und vieles mehr –, dass der Gesang der Vögel aber eine immaterielle Schönheit hatte, die unbeschreiblich war. Das Lied einer Amsel festzuhalten war für Effie genauso unmöglich, wie einen Sonnenstrahl einzufangen.

Sie gingen weiter, bis sie zu einer Lichtung kamen. Der Wald endete abrupt, und das Gelände vor ihnen fiel etwa hundert Meter steil ab zu einem Fluss hin. Effie hatte nicht das Gefühl gehabt, dass sie aufwärts gingen, aber als Felton sich vor ein paar Felsbrocken niederkauerte, sah sie sich um und merkte, dass der Horizont tatsächlich etwas tiefer lag. Sie kniete sich neben ihn. »Nach was halten wir Ausschau?«, fragte sie leise.

»Da«, sagte er und zeigte auf etwas, den Blick auf die rauen Felsen gegenüber gerichtet. Eine Kiefer wuchs in einem merkwürdigen Winkel aus den Felsen, und es dauerte eine Weile, bis Effie in der Gabelung zwischen dem Stamm und ein paar großen Ästen ein Vogelnest erkannte.

Sie kniff die Augen zusammen und sah genauer hin. Hielt den Atem an … Das konnte nicht sein!

Sie spürte, dass sie eine Gänsehaut bekam, während sie sich noch tiefer beugte, flach auf den Boden legte und so angestrengt hinüberstarrte, dass es sogar die Vögel zu spüren schienen. Der erwachsene Vogel drehte den Kopf in ihre Richtung und zuckte mit den Flügeln. Er hatte lange Beine und einen gebogenen Schnabel, dunkelbraune Flügel und eine weiße Brust. Ein Streifen über jedem Auge ließ ihn aussehen, als ob er eine Maske trüge, und sie war überrascht von seiner Größe, die beinahe der einer Ziege entsprach.

Eine Weile rührten sich weder Felton noch Effie. Erst als der Elternvogel anfing, sich wieder an seinem Nest zu schaffen zu machen, wagte sie es, Luft zu holen.

»Ein Fischadler?«, flüsterte sie.

Felton nickte nur.

»Aber die sind hier seit 1916 ausgestorben!«

Er nickte wieder. »Bis zu diesem Sommer.«

Sie beobachtete einen Jungvogel, der auf einem Ast saß und in Richtung des weit entfernten Meeres blickte. Die weißen Flecken auf seinem Rücken unterschieden ihn von dem Elternvogel.

»Die Mutter ist vor ein paar Wochen verschwunden. Sie machen sich bereit, fortzuziehen. Es kann jeden Tag so weit sein.« Er warf ihr einen Seitenblick zu. »Deshalb musste ich Sie herbringen, verstehen Sie?«

Sie nickte. »Danke. Ich bin Ihnen sehr dankbar. Nie hätte ich gedacht, dass ich jemals einen Fischadler sehen würde. Wie viele Eier waren es?«

»Zwei. Aus einem ist nichts geworden«, murmelte er.

»Haben Sie ihn dem Grafen gezeigt?«, fragte sie schnell.

Er schüttelte den Kopf.

»Aber er liebt …«

»Nein. Was er tut, kann ich nicht gutheißen.«

»Sie meinen, dass er Eier sammelt?«

»Nur, um sie auszustellen …«

Sie nickte. Das passte zu dem Widerwillen, den sie zu Hause auf der Insel gespürt hatte, dem Instinkt, den sie nicht ganz hatte unterdrücken können, als der Graf habgierig Ei um Ei eingesammelt hatte.

»Es ist eine Sache, für das eigene Überleben zu jagen und zu töten. Selbst für den Profit, wenn man sich damit seinen Lebensunterhalt verdient. Aber ein Ei zu stehlen, nur um es in eine Schachtel zu legen und sagen zu können, dass man es besitzt …« Er sah sie an. »Denn so ist das bei dieser Familie, wissen Sie: Sie müssen alles besitzen, was schön ist und wild und selten – es muss ihnen gehören, genau wie alles andere.«

Er sah sie aufmerksam an, und sie hatte das Gefühl, als spräche er nicht mehr über Vögel. Meinte er die Gerüchte, die Henry in Umlauf gebracht hatte?

Sie betrachtete das Nest. »Dann weiß sonst niemand davon? Nur wir beide?«

»Nun …« Er zögerte. »Und Lord Sholto.«

Sie drehte sich ruckartig zu ihm um.

Er räusperte sich. »Tatsächlich war er es, der mir die Vögel gezeigt hat. Er hat mich hierhergeführt und mich darum gebeten, ein Auge auf sie zu haben und sie vor Wilderern zu beschützen. Sie können sich vorstellen, was für einen Aufruhr es geben würde, wenn sich das hier herumspricht. Die Eier wären ein Vermögen wert.«

»Aber er hat seinem Vater nichts davon gesagt? Obwohl sie auf ihrem Grundstück leben?«

Der Wildhüter zuckte mit den Schultern. »Er hat mich darum gebeten, dass es unter uns bleibt.«

Effie sah ihn an. Dann stimmte es also nicht ganz, was er über Sholtos Familie gesagt hatte – dass sie etwas besitzen wollten, nur um es auszustellen? Der Sohn beging nicht die gleichen Sünden wie sein Vater. Sholto hatte verstanden, dass seltene Vögel beschützt und nicht besessen werden sollten.

»Ich hätte mein Versprechen nicht brechen und Sie hierherbringen dürfen, aber ich wusste, dass Sie verstehen würden, wie besonders diese Vögel sind.«

»Das tue ich. Wirklich.« Wieder blickte sie zu den Vögeln, die ihr so viel über das Wesen der Männer verrieten, die sie beschützten.

Er legte eine Hand auf ihre, und sie zuckte beinahe zusammen bei der Berührung. »Ich vertraue darauf, dass du das Geheimnis bewahrst, Effie.«

Effie? Es war das erste Mal, dass er sie mit du und ihrem Vornamen ansprach; ein weiterer Schritt zu einer Intimität, die sie hatte kommen sehen. Noch war nichts direkt ausgesprochen worden, aber sie sah es in seinen Augen und in denen ihres Vaters, wenn sie abends nach Hause kam; eine wachsende Erwartung.

»Wir sind uns ähnlich, du und ich. Vom gleichen Schlag. Wir verstehen einander.«

Das stimmte, sie konnte es nicht leugnen. Sie hatte ihn bereits gekannt, bevor er auch nur ein Wort gesagt hatte. Er war die Art von Mann, die Mädchen wie sie heirateten: ohne Allüren, sondern schlicht und ehrlich und mit der Aussicht vertraut, ein Leben lang hart zu arbeiten. Männer, die ihre Zukunft klar und deutlich vor Augen hatten. Schon an der Art, wie sein Vater ihn grüßte, merkte sie, dass er ihre Verbindung schätzte. Sholto hatte erkannt, dass ihre Wege auseinanderführten. Er war für eine Dame der Gesellschaft bestimmt, sie für einen Wildhüter. Zumindest, wenn nicht Frank Mathieson gewesen wäre.

Aber jetzt war es zu spät für sie, und es spielte keine Rolle, dass ihr Herz wie ein gefangener Vogel in ihrer Brust flatterte, als Felton ihre Hand ergriff. Er war ein guter Mann, er verdiente etwas Besseres.

Sie blickte noch einmal zu den Fischadlern, sah, wie sie sich für ihre Reise vorbereiteten, für ihre Flucht an einen sichereren Ort – weit, weit fort. Hätte Effie Flügel gehabt und keine Verpflichtungen, dann hätte sie genau dasselbe getan.

Es war dunkel, als sie nach Hause gingen. Felton hatte ein paar kleine Laternen in seinem Rucksack und zündete sie an, sodass ein schwacher Schein jeden ihrer Schritte erhellte. Sie redeten nicht viel. Beide wussten, dass er seine Karten offengelegt und gesagt hatte, was nötig war. Und beide wussten auch, dass Effie irgendwann würde antworten müssen. Aber nicht heute. Wenn ihre Bestimmung ohnehin unausweichlich war, wozu dann die Eile? Ihr Schicksal würde sich ihr früh genug offenbaren.

Sie gingen in stillem Einverständnis dahin, bis sie am Großen Haus vorbeikamen. Seine goldenen Fensteraugen starrten immer noch so blicklos wie zuvor, aber eins schien zu blinzeln, als eine Gestalt im Inneren auf die zwei Lichter starrte, die den Pfad entlang hüpften wie zwei Glühwürmchen in der Nacht.

27. Kapitel

»Da bist du ja.«

Als Effie sich umdrehte, stand Billy in der Tür und grinste sie an.

»Billy«, sagte sie mit einem Lächeln. Sie freute sich, ihn zu sehen. Die langen arbeitsreichen Tage, die sie weitgehend allein verbrachte, setzten ihr langsam zu. »Was führt dich hierher?«

»Du sollst zu den Stallungen kommen.«

»Ich?« Sie runzelte die Stirn. »Was soll ich denn dort?«

Er zuckte nur mit den Schultern.

»Also, wer fragt nach mir?«

Erneut hob er die Schultern. »Mr Weir hat mir nur aufgetragen, dich zu suchen und dir zu sagen, dass du zu den Stallungen kommen sollst.«

Weir. Das Blut gefror ihr in den Adern, als sie den Namen hörte. Zitternd legte sie das Ei eines Fichtenzeisigs zurück in die Schachtel. Das war der Moment, auf den sie seit Wochen gewartet hatte, der auf sie zugerast war wie eine Gewehrkugel – nicht mehr aufzuhalten, wenn einmal abgefeuert. In den Stallungen war man ungestört, weit weg vom Haupthaus.

»Es eilt, hat er gesagt«, fügte Billy hinzu, während sie ihn entsetzt anstarrte.

Sie spürte Gänsehaut auf den Armen. Während sie den

Raum verließen und die Treppe hinuntergingen, berichtete Billy ihr, was über Miss Petunias »gewagte« Rettung geredet wurde, aber kein Wort davon kam bei Effie an.

»Weißt du, wo es lang geht?«, fragte er, als sie im Gang zur Küche standen, und wollte zu seiner Arbeit zurückkehren.

Sie nickte düster, stieß die Tür auf und ging hinaus. Das erste Herbstlaub hing jetzt an den Bäumen, vereinzelte rotbraune Blätter wirbelten in der kalten Brise über den Boden. Kurz kam ihr der Gedanke, dass sie froh war, an diesem Morgen ihre Wolljacke angezogen zu haben. Sie hatte sie vor langer Zeit für John gestrickt (ganz ohne über Jaynes Fertigkeit zu verfügen; wenn sie sich nicht konzentrierte, fielen ihr die Maschen von der Nadel), aber die Jacke war besonders weich, und John hatte sich nicht daran gestört, dass die Ärmel unterschiedlich weit waren.

Es war nur ein kurzer Weg zu den Stallungen, vom Haus aus ein paar Minuten bergab, aber Effie war ein wenig außer Atem, als sie ankam, ihr Herz klopfte, das Adrenalin rauschte in ihren Adern. Sie blickte hinter die ziegelroten Stalltüren und sah acht lange Köpfe aus den Boxen schauen, sah einen Stallburschen den Boden fegen, vom Hausverwalter jedoch keine Spur.

»Da sind Sie ja«, hörte sie eine Stimme von oben. Sie blickte auf und sah Sholto am anderen Ende des Stalles auf einem steinernen Aufsitzblock stehen, neben dem riesigen Pferd, auf dem sie ihn in der vorigen Woche hatte reiten sehen. »Ich habe mich schon gefragt, ob ich wegen einer Schachtel Vogeleier versetzt werde.«

Was? Sie blinzelte.

»Weir hat mit Ihnen gesprochen, oder? Ich dachte mir, wir machen einen Ausritt«, sagte Sholto so beiläufig, als knüpfe er an etwas an, was sie beim Frühstück miteinander besprochen hatten. Er klang nicht wie jemand, der sie vor zwei Wochen – mittellos, wie sie war – beinahe hinausgeworfen hätte.

Sie starrte ihn mit offenem Mund an. Er trug ein Reitjackett und braune Reitstiefel – die Kleidungsstücke, die sie schon vor ein paar Wochen an ihm gesehen hatte. Wenn sie ihn auf St. Kilda nicht als Angehörigen der höheren Gesellschaft erkannt hatte, so tat sie es jetzt – absolut alles an ihm wirkte gebieterisch und überlegen. Weil er sich verändert hatte? Oder hatte sie selbst sich verändert?

Sie war zu erschrocken und verwirrt, um zu antworten. Die Erleichterung, dass es nicht Mr Weir war, der hier auf sie wartete, ließ sie beinahe die Fassung verlieren.

Er musterte sie von Kopf bis Fuß. Wie üblich trug sie ihre braunen Hosen, die weich und weit waren und wie dafür geschaffen, stundenlang im Schneidersitz auf dem Boden zu sitzen und beinahe identisch aussehende Eier zu sortieren. »Ja, das sollte gehen«, sagte er, während er einen Fuß in den Steigbügel stellte und das andere Bein über den Pferderücken schwang. »Sie sind doch schon mal geritten, oder?«

Effie, die langsam wieder zur Besinnung kam, sah ihn an, als wäre er völlig verrückt geworden. »Wo? Wo hätte ich jemals reiten sollen? Sie wissen, dass wir auf der Insel keine Pferde hatten.«

Der Stallbursche zuckte zusammen, offenbar erschrocken über ihren unverschämten Ton. Sholto blickte zu ihm hinunter, dann wieder zu ihr, und ihr wurde klar, dass er dieses Spielchen für den Dienstboten spielte: sein beiläufiger, lässiger Tonfall, seine Freundlichkeit … Er wollte nicht, dass der Stallknecht die Anspannung bemerkte, die zwischen ihnen herrschte.

»Nun, wenn Sie einen Bullen versorgen können, können Sie sicherlich auch ein Pferd reiten. Es ist nicht schwer.« Er drückte seinem Pferd die Fersen in die Seiten, sodass es gehorsam ein paar Schritte nach vorne machte, damit ein anderer Stallknecht eine gesattelte graue Stute an den Aufsitzblock führen konnte. »Gannon wird Ihnen hinaufhelfen. Ich nehme an, Sie möchten im Herrensitz reiten? Das machen jetzt alle Ladys so, wirklich.«

Sie starrte ihn an, wusste, dass seine Würde davon abhing, dass sie jetzt mitspielte. Ihre Arbeitsstelle vermutlich auch, und dennoch spielte sie mit dem Gedanken, ihn bloßzustellen, indem sie einfach hinausging. *Sie gehört ganz Ihnen.* Die Worte klangen noch in ihr nach. Ihre beiläufige Grausamkeit.

Sie zögerte einen Augenblick. Ihr Stolz riet ihr, sich abzuwenden und Sholto einfach stehen zu lassen, aber anscheinend hatte ihr Körper seinen eigenen Willen und kletterte die Stufen des Aufsitzblocks hinauf, setzte die Füße auf die Stellen, die der Stallbursche ihr zeigte. Sie erlaubte ihm, ihr die Zügel in die Hände zu drücken, und hörte zu, als er ihr erklärte, wie man das Pferd zum Stehenbleiben, Gehen und Umdrehen brachte. Aber sie sah auch die Erleichterung in Sholtos Augen, weil sie mitspielte. Sie wollte ihn fragen, was das alles sollte – sie musste arbeiten und hatte viel zu tun –, aber weil der Stallbursche mithörte, sagte sie nichts.

»Keine Sorge, Norma ist absolut zuverlässig«, sagte Sholto, während er erneut sein Pferd antrieb und Effie bedeutete, das Gleiche zu tun. »Aber ich werde sie im Auge behalten. Wenn sie abhauen will, bin ich da.«

»Das klingt sehr beruhigend«, murmelte sie und warf ihm einen Blick zu. Verstand er endlich, dass sie keine Freunde mehr waren? Und dass das seine Schuld war?

Ihr Pferd schritt vorsichtig über die Pflastersteine, unter einem Torbogen hindurch und hinaus ins Gelände. Effie hatte noch nie ohne ein Seil so hoch über dem Boden geschwebt, aber sie spürte instinktiv, dass das Tier friedlich und ganz zufrieden damit war, sie auf seinem Rücken zu haben.

»Ich bezweifle, dass die Stute dich überhaupt spürt«, sagte Sholto, als er Effies Unsicherheit bemerkte.

»Wo geht es hin?«, fragte sie.

»An keinen bestimmten Ort.«

Sie sah ihn an. Nur jemand wie er konnte es so selbstverständlich wirken lassen, über eines der feinsten Anwesen Schottlands zu reiten.

Während des Reitens blickte Effie auf die Stelle zwischen Normas Ohren. Sie genoss das Klappern der Hufe, den Rhythmus der Schritte. Ab und zu nickte das Pferd mit dem Kopf und wieherte leise. Sie spürte Sholtos Blicke, als er ihre Haltung einschätzte und ihre Sicherheit, aber er sagte nichts, sondern erlaubte ihr, sich an den Sattel zu gewöhnen.

Als sie an der rückwärtigen Seite des Haupthauses vorbeiritten, riskierte sie einen Blick. Sholto sah so gut aus und wirkte absolut im Einklang mit der Umgebung. Sein Gesicht war entspannt, er hielt den Blick auf den Horizont gerichtet, die Hände am Sattelknauf. Wahrscheinlich ritt er schon seit Kindertagen.

Aber das Klettern hatte sie ihm immerhin voraus.

Sie wartete darauf, dass er irgendeine Erklärung abgab, warum er ihr eine Reitstunde erteilte, um die sie nie gebeten hatte, aber er schien nichts dergleichen vorzuhaben.

»Was machen wir?«

Er warf ihr einen Seitenblick zu. »Wir reiten.«

»Ich meine … warum?«

»Ich dachte, das würde dir gefallen. Und ich hatte Lust auf etwas Gesellschaft.«

Lust auf Gesellschaft? Sie konnte kaum glauben, was sie da hörte. »Du hast gesagt, wir sollten einander nicht wiedersehen.«

»Ich weiß.«

»Also?«, fragte sie herausfordernd.

Er schwieg eine Weile, dann seufzte er. »Es wirkt einfach ein bisschen extrem, meinst du nicht? Irgendwie übertrieben, dass wir einander immer aus dem Weg gehen.«

»Das war deine Entscheidung. Nicht meine.«

»Ich weiß. Und ich hatte unrecht. Ich war ein bisschen … aus dem Gleichgewicht, das ist alles. Aber jetzt sehe ich wieder klarer. Natürlich können wir Freunde sein.

Das sollten wir sogar.« Er hörte sich an, als müsste er jemanden überzeugen.

In unbehaglichem Schweigen ritten sie weiter. Das war nicht die Art von Annäherung, die Effie sich erhofft hatte. Sie verstand das ganze Hin und Her nicht. Dieser Mann war unbeständiger als der Wind. Wie konnte sie ihm vertrauen, nach allem, was sie durchgemacht hatte? Und immer noch durchmachte? Er hatte keine Ahnung, was sein Besuch auf St. Kilda im vergangenen Mai für sie bedeutet hatte.

»Gefällt es dir hier?«, fragte er.

Das war eine seltsame Frage, aber sie zuckte nur mit den Schultern. »Es herrscht ein deutlicher Mangel an Bergen.«

»Ja. Leider gibt es keine. Das haben meine Vorfahren nicht hinbekommen.«

Berge zu versetzen war offenbar das Einzige, was außerhalb ihrer Möglichkeiten lag, dachte Effie, als sie an ein paar Gartenarbeitern vorbeikamen, die sich alle an den Hut tippten zum Gruß. Sich die Natur zu unterwerfen, schien eine fortwährende Anstrengung zu sein. Billy hatte ihr erzählt, dass es irgendwo sogar einen Irrgarten gab; anscheinend galt er als beeindruckendes Kunstwerk.

Sie sahen Henry auf der anderen Seite der Terrasse, wo er den Gepard spazieren führte.

»Nimmt Lady Sibyl sie mit auf Reisen?«, fragte Effie, eher aus Neugier als aus dem Wunsch heraus, Konversation zu betreiben.

»Margaux?« Er seufzte. »Ja. Es ist so lästig. Bei Claridge hat sie Hausverbot.«

»Wer ist Claridge?«

Er lachte, als hätte sie einen Witz gemacht. »Du bist so erfrischend, Effie Gillies.«

Sie verstand immer noch nicht, was daran so lustig war, aber sein unerwartetes Lachen zog sie irgendwie an, und die Erinnerung an eine andere Zeit ließ in ihrem neuen Panzer einen Riss entstehen. Sie wollte nicht, dass sie keine Freunde waren. Wenn sie sich nicht stritten, war alles so einfach und natürlich zwischen ihnen.

Sholto fing an, ihr Dinge zu zeigen und zu erklären, was seine Vorfahren geplant und ausgeführt hatten: Der fünfte Graf von Dumfries hatte dies getan, der vierte Marquis von Bute jenes. Effie war erstaunt zu erfahren, dass die Familienmitglieder mehr als einen Titel besaßen und auch mehr als einen Namen – Crichton-Dalrymple – und dass es noch einen weiteren Familiensitz gab, Mount Stuart auf der Isle of Bute, wo die Stuarts dank einer vorteilhaften Heirat eines Vorfahren lebten: Die Crichtons besaßen das Ansehen, die Stuarts das Geld. Sholtos Vater war vor allem als Marquis von Bute bekannt, Graf von Dumfries war nur ein Ehrentitel, mit dem er angesprochen wurde, wenn er hier war. Allerdings, so erzählte Sholto, wohnten seine Eltern lieber in Dumfries House, weil sie es hier »gemütlicher« fanden; außerdem kam man von hier aus leichter in die Städte. Sie durchquerten einen Bereich, den er Cow Park nannte und wo einige Hunderte von den glänzenden braunen Tieren weideten, die Köpfe langsam über das Gras schwenkend. Effie erinnerte sich daran, wie sie an jenem Maimorgen ihre Wange an Ionas Bauch gepresst hatte, als die Jacht um die Landspitze gebogen war. Wie lange das her zu sein schien. Wie weit entfernt.

Und hier waren sie nun und ritten zusammen aus.

Sie blickte erneut zu Sholto hinüber und wünschte sich, er würde nicht so gut aussehen. Nur etwas weniger golden.

»Und da drüben ist Broad Wood«, sagte er und zeigte auf ein Waldgebiet. »Dort gibt es viele Dachse. Im Laufe der Jahre habe ich schon zwei Terrier verloren, weil sie in einen Dachsbau geraten sind.«

Eine andere Erinnerung schoss Effie durch den Kopf – Poppit, die ihre Schnauze in ihre Handfläche schmiegte oder aufgeregt die Ohren aufstellte, wenn sie das Nest eines Papageientauchers entdeckt hatte …

»Du kennst jeden Zentimeter dieses Anwesens«, sagte sie und zwang sich, nicht mehr an die Vergangenheit zu denken, auch wenn ihr Schatten immer wieder über sie fiel.

»Natürlich. Kanntest du nicht auch jeden Zentimeter deiner Heimat? Und das war eine ganze Insel!«

»Vermutlich hast du recht.«

»Ich kann mir nicht vorstellen, jemals von hier fortzugehen«, murmelte er und blickte auf die weit entfernten Hügel und die sanft gewellten Weiden. Dumfries House lag jetzt hinter ihnen und war nur noch als heller Fleck zu erkennen. Er sah sie an. »Das zeigt mir, wie tapfer es war, was du getan hast.«

»Ich war nicht tapfer. Ich hatte einfach keine andere Wahl. Wenn es möglich gewesen wäre, wäre ich geblieben.«

»Wirklich?«

»Wirklich«, sagte sie bestimmt. »Ich war immer der Meinung, dass es hier nichts gibt, was mich anzieht. Und ich hatte recht.« Sie rief sich Sibyls Gesicht in Erinnerung. Diese Frau und dieser Ort, dagegen hatten sie nie eine Chance gehabt. Es hätte nie einen Plan geben können.

Wieder schwiegen sie einen Moment. »Nun ja«, sagte er dann steif, »was mich angeht, bin ich froh, dass du nicht dortgeblieben bist. Vielleicht hattest du bei deiner Abreise das Gefühl, hier gebe es nichts, was dich anzieht, aber ich hoffe doch, dass du jetzt spürst, dass du ein Zuhause hast. Freunde.«

»Freunde?«

»Ja.«

»Du meinst Mr Felton?«

Er begegnete ihrem Blick und lächelte verkrampft. »Richtig.«

»Da hast du recht.«

Sie ritten schweigend weiter, dann zog er heftig an den Zügeln, um von dem Wald fortzulenken. »Komm. Wir reiten in diese Richtung.«

Effie glaubte bereits zu wissen, wohin es gehen sollte, denn vor ihnen, in mittlerer Entfernung, lag ein Hain, der so perfekt geformt und kunstvoll aussah, dass er unmöglich natürlich sein konnte.

»Man nennt ihn Stairs Mount«, sagte Sholto, als sie näher kamen.

»Er ist sehr rund.«

»Ja. Perfekt, geradezu geometrisch.«

»Warum?«

»Das ist die Landschaftsästhetik und visuelle Kunstfertigkeit eines talentierten Mannes namens Capability Brown. Wenn wir näher kommen, wirst du sehen, dass es darin Alleen gibt, die die Bepflanzung aufteilen. Dadurch entsteht auf der einen Seite eine Blickachse in Richtung des Hauses und auf der anderen in Richtung Cumnock.«

»Oh.« War die Landschaft nicht so schon schön genug, auch ohne dass man sie formen und ordnen musste? Aber Effie sprach nicht aus, was sie dachte. Was wusste sie schon über Schönheit? Oder über sonst irgendetwas – wenn es nicht gerade darum ging, wie man am Seil kletterte, Vögel fing oder einen Bullen versorgte?

Die Landschaft ringsum, wenn auch sanft gewellt, war insgesamt weitgehend eben, aber als sie sich dem Hain näherten, sah Effie, dass er steil anstieg. Jetzt konnte sie die Alleen sehen, von denen Sholto gesprochen hatte, und zwischen den Baumstämmen hindurchblicken und das Licht dahinter erkennen. Es hatte denselben Effekt wie mit dem Auge zu fokussieren, sodass ein Diorama entstand.

Die Pferde fielen in leichten Galopp, als sie den Hang erreichten, aber Effie beunruhigte das nicht. Sie hatte beinahe vergessen, dass ihre Füße den Boden nicht berührten. Der weite Blick, die leichte Konversation mit Sholto und Normas gleichmäßiger Schritt hatten dazu beigetragen, dass sie sich entspannte.

»Ich wusste, dass du ein Naturtalent bist«, sagte Sholto bewundernd, während sie einen der Pfade entlangritten. »Hier können wir absteigen«, fügte er hinzu, als sie das Zentrum erreicht hatten, wo die Bäume einen kreisrunden Platz freiließen, in dessen Mitte eine majestätische Eiche stand.

Das Kompliment schmeichelte Effie, aber sie erwiderte nichts. Der Anblick eines Korbs – ein Picknickkorb – auf einer Decke unter der Eiche lenkte sie ab.

Sholto zog einen Fuß aus dem Steigbügel, beugte sich nach vorne und schwang gleichzeitig ein Bein nach hinten und über den Pferderücken, bis er zu Boden glitt. Musste sie das auch tun?

Er band die Zügel seines Pferdes an einen der dünneren Stämme, dann kam er zu ihr, um ihr hinunterzuhelfen, indem er sie um die Taille fasste. Sie zögerte, aber es gab keine andere Möglichkeit, und eine Sekunde später landete sie weich wie eine Katze auf dem Boden.

»Ist das für uns?«, fragte sie schnell, während sie den Blick abwandte und sich von ihm löste.

Er sah zu, wie sie zu dem Korb ging. »Ja. Ich habe ihn hier abstellen lassen. Schließlich wusste ich nicht, ob ich freie Hände brauchen würde, um dein Pferd festzuhalten.«

»Du hast gesagt, du hättest gewusst, dass ich ein Naturtalent bin.«

»Stimmt.« Er grinste sarkastisch, während er auch ihr Pferd festband. »Aber man kann nie ganz sicher sein.«

Sie drehte sich einmal um ihre eigene Achse und sah zu den Bäumen auf, die sie in perfekter Symmetrie umgaben.

»Bist du hungrig?«

Sie nickte, nahm ihm gegenüber auf der Decke Platz und sah zu, wie er den Picknickkorb öffnete und einen Blätterteig-Pie, ein paar Hähnchenschlegel und verschiedene Sorten Gemüse auspackte. Sie kannte ein paar davon – Tomaten, frische und eingelegte Gurken, Karotten,

Rote Bete … Schon allein die Vielfalt war schwindelerregend. Sie hatte nicht gewusst, dass Essen so viele Farben und Formen haben konnte. »Was ist das?«, fragte sie, als er eine kleine runde Speise vor ihr abstellte.

»Leberpastete.«

»Oh.«

»Schon mal probiert?«

»Nein.«

»Schon mal davon gehört?«

»Nein.« Sie betrachtete die Pastete zweifelnd.

»Sie schmeckt köstlich.« Er sah sie ebenfalls an, dann schnitt er eine Grimasse. »Aber ich gebe zu, sie sieht … eher unappetitlich aus.«

Effie sah zu, wie er den Pie anschnitt und die Stücke auf zwei Porzellanteller legte. »Mrs McLennan hat uns außerdem mit Holunderlikör, Trifle und Zitronenkuchen versorgt, wir werden also nicht verhungern.«

Verhungern? Das war mehr Essen, als Effie in ihrem ganzen Leben je auf einem Haufen gesehen hatte. Sie nahm eine kleine rote Kugel, hart und mit einem dünnen Schwänzchen.

»Radieschen?«, fragte sie.

Er nickte.

Sie biss hinein und war überrascht, wie knackig es war. Und es schmeckte … sauber. Erdig. Sie mochte es.

Sie fingen an zu essen, und Sholto zog seine Jacke aus und legte sich auf die Seite. Effie saß im Schneidersitz da und versuchte, alles wenigstens einmal zu probieren. Zuerst war sie zurückhaltend, aber alles schmeckte köstlich, und ihr Hunger war größer, als sie gedacht hatte. Sie aß ein paar kleine Karotten. Sie waren knackig und süß.

»Übrigens ist es mir gelungen, das Buch reparieren zu lassen«, sagte er und betrachtete Effie, während sie – zu spät – die Flecken auf ihren Fingern bemerkte. Sein Blick wanderte zu ihrem Mund, und sie fragte sich, ob ihre Lippen ebenfalls verschmiert waren. Sah sie lächerlich aus? »O Gott.« Schon die Erwähnung des Buchs machte sie nervös.

»Ja, sie haben großartige Arbeit geleistet, alles wieder zusammengenäht. Abgesehen von ein oder zwei leicht verknitterten Seiten ist alles wie vorher.«

Effie starrte zu Boden. »Es tut mir immer noch unendlich leid.«

»Das ist nicht nötig, es war ein Versehen.« Er sah sie kurz an, dann wandte er den Blick ab. »Außerdem war es wohl kaum das Schockierendste, was an diesem Tag passiert ist.«

»Nicht? Was war denn noch schockierender als das?« Sie hatte sich tagelang deswegen Vorwürfe gemacht.

»Na, du natürlich!« Er lachte. »Ich bin vor Schreck beinahe tot umgefallen, als ich reinkam und dich dort stehen sah.«

»Oh.«

»Du sahst selbst ziemlich erschrocken aus«, fügte er hinzu und schien zu erwarten, dass sie ihm beipflichtete.

»Ich war ziemlich beunruhigt, mich auf einmal in zwei Metern Entfernung eines Gepards zu befinden, wenn es das ist, was du meinst.«

Er grinste und griff nach einer weiteren Karotte, aber sie spürte, dass es in diesem Gespräch indirekt um etwas anderes ging.

»Hast du es geschafft, deinen Vater von der Bibliothek fernzuhalten?«

»Ja, tatsächlich, auch wenn es nicht einfach war. Er wollte unbedingt hinein. Zuerst habe ich behauptet, ein Vogel sei durch den Kamin hineingeflogen, aber schließlich musste ich ihm erzählen, ein ganzes Dohlennest sei hinuntergefallen. Mit Küken. Und deshalb aggressiven Vogeleltern.«

Effie starrte ihn an, ein Radieschen in der Hand. »Und das hat er geglaubt?«

Sholto zuckte mit den Schultern. »Offenbar.« Dann bemerkte er Effies Blick. »Was ist?«

»Dohlen schlüpfen im Juni … allerspätestens im Juli.«

Sholto starrte zurück, und in seinen Augen flackerte es belustigt. »Wirklich?«

»Wie kann man so etwas nicht wissen?«, rief Effie aus.

»Ach …«

»Ihr seid wirklich hoffnungslos. Da habt ihr hunderttausend Vogeleier in eurem Haus und wisst noch nicht mal, wann Dohlen schlüpfen?« Sie lachte resigniert auf, und bevor sie merkte, was sie tat, hatte sie das Radieschen nach ihm geworfen.

Er wich ihr lachend aus. »Was soll ich dazu sagen? Wir sind nur einfache Sammler. Du bist die Expertin!« Er warf eine Preiselbeere nach ihr, die an ihrem Ohr vorbeiflog.

Effie schnappte nach Luft. Auch er sah erschrocken aus, und eine Weile saßen sie angespannt da und sahen einander an. War er zu weit gegangen? Oder sie? Die Formalität und Distanz, die seit ihrer Ankunft zwischen ihnen geherrscht hatten, auch während dieses Ausritts, waren auf einmal verschwunden. Effie erkannte den Sholto wieder, der auf St. Kilda im Mondlicht geschwommen und über das Meer gerudert war, der am Seil geklettert war und an der Felswand mit ihr Fangen gespielt hatte.

Er sah ihre Augen aufleuchten und grinste teuflisch. Eine weitere Preiselbeere verfehlte nur knapp Effies Haar, und sie kreischte, sprang lachend auf und warf ein Radieschen zurück. Es traf ihn an der Schläfe, und er erwischte sie mit einer Karotte an der Schulter. Seine Würfe waren beeindruckend zielgenau. Effie suchte hinter den Bäumen Zuflucht, merkte aber zu spät, dass es ein Fehler gewesen war, die Decke zu verlassen, denn jetzt verfügte nur er noch über Munition.

Eine Weile sah sie sich einem anhaltenden Traubenhagel ausgesetzt, aber dann lockte sie Sholto aus der Reserve, indem sie sich tiefer zwischen die Bäume flüchtete und ihn zwang, ihr nachzujagen, bis sie flink zurück zum Korb rennen und Nachschub holen konnte.

»He!«, lachte er, als sie sich mit der Geschicklichkeit einer Raubmöwe im Vorbeifliegen selbst einen Henkel Trauben schnappte. Sholto erwischte sie mehrmals mit Preiselbeeren, die wie kleine Blutblasen an ihrer Jacke platzten. Sie erzielte einige Treffer mit den Trauben, aber das Blatt wendete sich, als er plötzlich neben dem Korb stehen blieb, um »nachzuladen«, und sich dann langsam wieder aufrichtete. Er hielt etwas hinter seinem Rücken verborgen, und sein Gesichtsausdruck verriet, dass es weit mehr war als ein Henkel Trauben.

»Nein …«, warnte sie lachend, versteckte sich hinter einem Baum und lauschte auf seine Schritte. »Was hast du da? Zeig es mir!« Sie spähte hinter dem Stamm hervor und sah, wie er auf Zehenspitzen näher kam. Als ihre Blicke sich trafen, blieb er stehen. Er hatte eine Sahnetorte in den Händen, und sein Blick machte deutlich, dass er nicht die Absicht hatte, sie zu essen.

Sie schrie auf, rannte zu der Eiche in der Mitte und hörte ihn hinter sich lachen, als er die Verfolgung aufnahm. Sollte sie an der rechten oder der linken Seite des Stammes vorbeischauen? Die Chance, dass es die falsche Seite war, lag bei fünfzig Prozent.

Stattdessen blickte sie nach oben. Ein riesiges grünes Blätterdach breitete sich über ihr aus, kräftige Äste, die sich ineinander verzweigten. Wenn sie nur zu ihnen hinaufgelangen könnte … Die Höhe war kein Problem, aber der Stamm war viel zu breit, als dass sie ihn mit den Armen hätte umfassen können, und da ihre Füße in Lederstiefeln steckten, war sie bei Weitem nicht so geschickt wie sonst. Sie hörte schon sein leises Lachen; er dachte wohl, sie würde einfach hier stehen bleiben. Aber sie würde ihm gleich zeigen, dass sie von St. Kilda stammte!

Sie zog die Stiefel aus, grub einen Zeh in die raue, faltige Rinde. Direkt über ihrem Kopf befand sich ein einzelner Ast. Er würde sie nicht tragen, erlaubte ihr aber immerhin, vom Boden wegzukommen und einen weiteren Halt zu suchen, einen Ast oder einen Knoten in der Rinde für ihren anderen Fuß …

Sie hatte drei Bewegungen gemacht, als Sholto um den Stamm herumkam.

»O nein, das tust du nicht!«, rief er, als er sah, wie sie hinaufkletterte, nur noch eine Armeslänge von der Baumkrone entfernt. Er streckte sich, bekam ihr Bein zu fassen, und sie schrie auf vor Schreck und Entzücken. Während sie sich fest an den Stamm klammerte, drehte sie sich und sah seine Hand an ihrem Fußgelenk. Er würde sie nicht herunterziehen, das wusste sie, aber sie konnte ihm auch nicht entkommen. Sie saß fest.

»Ich hätte wissen müssen, dass du anfängst zu klettern«, sagte er lachend, die Torte immer noch in der Hand, bereit zum Wurf.

Effie grinste breit. Ohne zu zögern drehte sie sich und sprang – so, wie sie an jenem ersten Tag von den Klippen ins Boot gesprungen war –, und stieß ihm dabei die Torte ins Gesicht.

Er taumelte rückwärts und fiel, während sie selbst auf allen vieren landete. Einen Augenblick blieb es still, während Sholto ungläubig durch eine Maske aus Sahne und Marmelade blinzelte.

Effie bog sich vor Lachen. »Erwischt!«, japste sie, aber als sie sich aufrichtete und wieder zurück zur Picknickdecke laufen wollte, bekam er sie erneut am Bein zu fassen und zog sie bäuchlings über das Gras zurück.

»Nicht so schnell«, keuchte er und musste ebenfalls laut

lachen, als sie zappelnd versuchte, sich zu befreien. »Du musst unbedingt diese Torte probieren!« Er griff um ihren Kopf herum und schmierte ihr von hinten die Sahne übers Gesicht.

Sie kreischte und drehte sich herum, versuchte, den klebrigen Angriff abzuwehren, indem sie wild den Kopf schüttelte. Er änderte seine Taktik und hielt plötzlich still, und Effie öffnete die Augen, um zu sehen, was als Nächstes passierte.

Jetzt beugte er sich über sie, lag beinahe auf ihr, eine Hand in der Luft, bereit, mit der Sahneattacke fortzufahren. Er hatte Torte im ganzen Gesicht, aber als er ihren Blick einfing, blieb ihm das Lachen im Hals stecken. Auf einmal waren sie wieder an der Felswand, drehten sich am Seil, bedeckt von Öl. Alles war anders, und doch hatte sich nichts geändert. Effie sah in Sholtos Augen, dass ihm dasselbe klar wurde, sah Bestürzung und Sehnsucht darin …

»Na so was! Was für ein Spaß!«

Die Stimme ließ sie beide abrupt innehalten.

»Ist das eine Privatfeier, oder darf man sich anschließen?«

In der Allee tauchte Sibyl auf einem Falben auf.

»Sid!« Sholto ließ den Arm sinken. Er erhob sich, als hätte er sich auf einer Chaiselongue ausgeruht, und wischte sich gelassen die Sahne von Gesicht und Händen. »Du hier?«

Sibyl legte fragend den Kopf schief. War das nicht offensichtlich? Sie wirkte elegant in ihrem langen maßgeschneiderten Jackett, mit cremefarbenen Reitstiefeln und

Reitkappe. Effie sprang auf. Als sie an sich herunterblickte, sah sie, dass ihre Kleidung voller Flecken von Moos, Gras und zerdrückten Preiselbeeren war. »Das ist doch kein Problem, oder?«

»Natürlich nicht. Es ist … wunderbar. Auch wenn ich fürchte, dass du …« Er ging zur Picknickdecke und warf einen Blick in den Weidenkorb. »… das Essen verpasst hast. Oder möchtest du etwas … Trifle?«

Sibyl zuckte mit den Schultern. »Oh, ich bin sicher, die Köchin wird irgendwas für mich zubereiten können.«

Effie blinzelte. Sholto und Sibyl schienen auf einmal in einen Zustand der Mattigkeit verfallen zu sein, in dem alles egal war außer der Frage, ob jemand zu spät zum Essen kam. War sie die Einzige hier, deren Herz sich anfühlte, als würde es gleich explodieren? Sie zitterte. Lag es daran, dass Sibyl sie überrascht hatte? Oder an dem, was sonst passiert wäre?

Der Falbe tänzelte ein paar Schritte rückwärts, aber Sibyl ließ sich davon nicht beirren. Effie stellte fest, dass sie fest im Sattel saß, und ihre Gelassenheit deutete darauf hin, dass sie eine versierte Reiterin war. Sie spürte, wie die Frau sie musterte, und wusste, dass sie im Vergleich zu ihr … wild aussah. »Tja, ich wünschte, du hättest mir gesagt, dass du eine Essensschlacht planst«, sagte Sibyl und zog einen Flunsch. »Ich hätte sofort mitgemacht. Du weißt genau, wie ich es hasse, wenn ich ein spaßiges Ereignis verpasse.«

»Das … war nicht geplant«, sagte Effie, während sie versuchte, eine Preiselbeere aus ihren Haaren zu entfernen. »Es war meine Schuld. Ich habe damit angefangen.«

»Wirklich?«

»Barra sagte mir, dass du schläfst, Sid, und ich wollte dich nicht stören«, warf Sholto ein.

»Du weißt, dass es mir nichts ausmacht, von dir gestört zu werden.« Sibyl sprach jetzt leiser, so als wären ihre Worte nur für ihn bestimmt. Aber das glaubte Effie nicht.

»Ich dachte, du wolltest dich vor der Party ausruhen.« Sholto wischte sich die Sahne aus dem Gesicht, nur ein winziger Rest klebte noch an seinem Hals, wie Rasiercreme. Er strich sich mit den Händen das klebrige Haar glatt.

»Das habe ich ja! Aber ich hatte eine wunderbare Idee, was ich heute Abend anziehe. Sie kam mir mitten im Traum, und schon war ich wach.«

»Deshalb bist du aufgestanden?« Sholto seufzte, bückte sich nach seinem Jackett und zog es an. Er sah jetzt ganz anders aus als eben noch, als er gelacht und Effie um die Bäume gejagt hatte. Eher wie ein alter Mann. »Und was ist es?«

»Das ist eine Überraschung. Du wirst schon sehen«, antwortete sie kokett.

Er wirkte nicht sonderlich interessiert. Sein Blick streifte Effie, doch er sah ihr nicht in die Augen. »Tja, ich denke, wir sollten zurückreiten.«

Er ging zu der Stelle, an der sie die Pferde festgebunden hatten.

»Was ist damit?«, fragte Effie und zeigte auf den Korb und die Decke, auf der immer noch gefüllte Teller standen.

Er folgte ihrem Blick, und der Anblick schien ihm jetzt

beinahe wehzutun. »Oh … das lassen wir einfach hier. Einer der Stallburschen wird alles holen.«

Effie kam es nicht richtig vor, die Sachen hierzulassen, aber sie konnte sie auch nicht mitnehmen auf den Ritt. Wenn sie gleich wieder auf dem Pferderücken saß, würde sie beide Hände, beide Beine und ihre ganze Konzentration brauchen. Sie packte alles so gut es ging in den Korb. Das schien ihr das Mindeste, was sie tun konnte.

»Hier.« Als sie sich umdrehte, stand Sholto neben ihrer Stute. Er hatte die Hände ineinander verschränkt, um eine Art Stufe zu bilden. »Ich mache eine Räuberleiter.«

Mit seiner Hilfe gelang es Effie, hinaufzukommen, das andere Bein über den Pferderücken zu schwingen und sich einigermaßen elegant in den Sattel zu setzen. Durch das Klettern war sie gelenkig und stark. Sie beobachtete beeindruckt, wie Sholto ohne jede Hilfe auf sein Pferd sprang und mit geübtem Griff die Zügel in die Hand nahm. Nun, wieder im Jackett und mit glatt gestrichenen Haaren, war ihm von der Essensschlacht nichts mehr anzumerken. Er sah so würdevoll aus wie immer. Sie dagegen musste völlig zerzaust aussehen.

»Also, wollen wir?«, fragte Sibyl und trieb ihr Pferd an.

Sie ritten hintereinander durch die Allee, die Pferde schritten vorsichtig die Böschung hinunter. Effie verlagerte das Gewicht instinktiv nach hinten. Als sie die Ebene erreichten, machte Sibyl kehrt und ritt einmal um Effie und Sholto herum. »Was meint ihr? Machen wir ein Rennen?«

»Nein, Effie reitet zum ersten Mal«, sagte Sholto schnell.

»Wirklich?« Sibyl wirkte überrascht. »Das hätte ich nicht gedacht. Sie haben einen wunderbaren Sitz, meine Liebe.«

»Sie ist ein Naturtalent«, erklärte Sholto.

»Ja, natürlich. Sie ist in allem brillant. Denk nur daran, wie sie es gestern Abend geschafft hat, Miss Petunia zu retten«, sagte Sibyl und lächelte. »Dann lass uns einen leichten Galopp hinlegen. Sonst dauert es Ewigkeiten, bis wir nach Hause kommen, und ich hasse Trab, da wird einem das Hirn durchgeschüttelt.«

Sholto sah Effie an.

»Gut«, antwortete sie, bevor er erneut Bedenken anmelden konnte.

»Braves Mädchen, das ist die richtige Einstellung«, sagte Sibyl und lenkte ihr Pferd in Richtung des Hauses, das von hier aus nur als heller Punkt in der Ferne zu erkennen war. Kräftig stieß sie ihre Absätze in die Flanken des Pferdes, und es fiel in Galopp.

Effie tat es ihr nach, erlaubte sich keinen Moment des Zögerns – Unentschlossenheit lähmte, das wusste sie vom Klettern. Man musste immer in Bewegung bleiben. Ihre Stute fiel gehorsam in einen leichten, fließenden Rhythmus, und Effie spürte, wie sie sich bei der ungewohnten Geschwindigkeit instinktiv versteifte.

»Entspann dich«, sagte Sholto, der neben ihr ritt.

Effie atmete aus und zwang sich, ihre Muskeln in ihren Armen und Oberschenkeln zu lockern, sich den Bewegungen des Pferdes anzupassen, anstatt sich ihnen entgegenzusetzen.

»So ist es gut.« Sholto nickte beifällig. »Mehr ist es nicht.«

Sibyl führte die Gruppe an, blickte ab und zu über die Schulter zurück. Das imposante Haus rückte näher, während sie den Cow Park durchquerten und auf den Graben zuritten, der die Gartenanlagen begrenzte. Effie konnte schon die breite Treppe auf der Südseite ausmachen, den Ost- und den Westpavillon …

Plötzlich änderte sich etwas. Effie bemerkte es sofort, als der Vorsprung von Sibyls Pferd sich vergrößerte – aber nur für ein paar Sekunden. Einen Augenblick später wurde der Abstand wieder kleiner, weil Norma ebenfalls das Tempo erhöhte. Effie keuchte, und ihre Augen begannen zu tränen. Das Anwesen verschwamm vor ihren Augen, der Wind peitschte ihr um die Ohren, ihre Haare flatterten.

»Sid, langsamer!«, hörte sie Sholto schreien, aber Sibyl konnte ihn wegen der donnernden Hufe nicht hören. Aus dem Augenwinkel sah sie, wie er sich über den Hals seines Pferdes beugte und es mit der Gerte antrieb.

Langsam, aber stetig zog er an ihr vorbei und ließ sie hinter sich, um Sibyl einzuholen. Als sie nun alleine war, spürte sie Angst in sich aufsteigen, aber ihr blieb nichts anderes übrig, als weiterzureiten. Sie konnte nicht hinunterblicken, sonst wurde ihr schwindelig. Sie zog an den Zügeln, aber Norma reagierte nicht mehr auf sie; solange die anderen rannten, würde sie das auch tun.

Weiter, sagte sich Effie, einfach weiter.

Sholtos Pferd hatte Sibyls Stute beinahe eingeholt, was diese aber nur dazu ermutigte, noch schneller zu werden.

»Sid! Langsamer! Langsamer!«

Jetzt war er mit ihr gleichauf, aber Sibyl sah nicht einmal zu ihm herüber. Sie stand in den Steigbügeln, nach vorne gebeugt, den Blick auf Dumfries House gerichtet.

Effies Körper fühlte sich an wie versteinert, steif und unbeweglich. Falls sie stürzte, würde sie in tausend Stücke zersplittern, da war sie sicher. Sie sah, dass Sholto so auf Sibyl konzentriert war, dass er den Graben vor sich nicht bemerkte.

»Sholto! Pass auf«, schrie sie auf.

Sholto blickte auf, und sein Körper spannte sich an, aber Effie konnte nicht sehen, was als Nächstes geschah, denn in diesem Moment brach Norma plötzlich nach links aus.

»Nein«, schrie Effie und konnte sich gerade noch auf dem Pferderücken halten. Verzweifelt klammerte sie sich an der Mähne fest, während ihre kleine graue Stute weiter galoppierte, immer am Graben entlang. Die Gartenanlagen waren nur ein paar Meter von ihnen entfernt, und einige Gartenarbeiter winkten und riefen aus der Ferne.

Nichts konnte ihr Pferd besänftigen oder bremsen. Vor ihnen lag jetzt der Pfad, auf dem sie und Sholto auf dem Hinweg geritten waren. Wollte Norma nach Hause? Oder in den Wald dahinter? Effie wusste, dass sie es zwischen den Bäumen keinesfalls schaffen würde, sich auf dem Pferderücken zu halten.

Die Hufe trommelten auf dem Weg, und …

Der Wind ließ nach. Auf einmal flatterten Effies Haare nicht mehr, und sie spürte, wie sie nach vorne geschleudert wurde und beinahe hinunterfiel.

»Brrr!«

Der Laut kam nicht von ihr. Ein Mann stand vor ihr, die Arme ausgebreitet, sodass er die ganze Breite des Weges auszufüllen schien. »Brr!«, machte Felton noch einmal. Seine Stimme klang tief und beruhigend, und als Norma an ihm vorbeiwollte, packte er die Zügel. »Ruhig, Mädchen, ganz ruhig«, sagte er sanft, und er tätschelte der Stute die Flanke, um ihr zu versichern, dass sie sich entspannen konnte.

Plötzlich wurde es still. Effie war schwindelig, gleich würde sie das Bewusstsein verlieren. Vor Angst hatte sie flach geatmet, und der Sauerstoffmangel, zusammen mit dem Adrenalinschub, drohte sie zu überwältigen. Völlig erschöpft sank sie in sich zusammen, hörte kaum das Hufgetrappel hinter sich und merkte nicht, wie ihre Füße aus den Steigbügeln befreit wurden.

»Spring runter, Effie.«

Felton hatte die Arme erhoben, um sie aufzufangen. Effie fiel mehr von Normas Rücken, als dass sie sprang, und als sie auf dem Boden aufkam, gaben ihre Knie nach. Er fing sie gerade noch rechtzeitig auf und hielt sie fest. »Keine Sorge, du bist jetzt in Sicherheit«, murmelte er in ihr Haar.

»Effie! Mein Gott!« Sholto sprang vom Pferd. Sein Gesicht war gerötet.

»Was haben Sie sich dabei gedacht?«, platzte Felton wütend heraus. Effie spürte, wie angespannt sein Körper war, und dass er vor Wut zitterte. »Sie einfach so auf ein Pferd zu setzen? Sie hätte sterben können! Sie hatten nicht das Recht, sie in diese Lage zu bringen!«

Sholto blieb abrupt stehen, bestürzt über Feltons Ausbruch. Eine Weile brachte niemand ein Wort heraus, alle standen stocksteif da.

»Es war nicht sein Feh…«, begann Effie.

»Er hatte kein Recht dazu«, beharrte Felton und blickte wieder zu seinem Arbeitgeber. »Und das wissen Sie genau!«

Effie löste sich aus Feltons Umarmung. Wahrscheinlich merkte er nicht einmal, dass er sie die ganze Zeit festgehalten hatte. Seine ganze Aufmerksamkeit richtete sich auf Sholto. »Huw, mir geht es gut«, protestierte sie.

Beide Männer sahen sie an. Hatte sie Felton gerade mit seinem Vornamen angeredet?

Doch in diesem Augenblick näherte sich Hufgetrappel.

»Ich muss schon sagen, bravo!«, erklang Sibyls schrille Stimme.

»Bravo?«, wiederholte Sholto ungläubig, als er sich zu ihr umdrehte. »Was zum Teufel hast du dir dabei gedacht?« Seine Stimme war leise, aber scharf, er war genauso wütend auf sie wie Felton auf ihn.

»Wieso? Wir hatten abgesprochen, auf dem Rückweg ein Rennen zu machen.«

»Aber doch nicht in vollem Galopp! Das war für Effie lebensgefährlich«, rief er. »Du wusstest genau, dass sie zum ersten Mal geritten ist!«

»Ich dachte, es würde ihr Spaß machen«, protestierte Sibyl. »Sie kam so gut mit dem leichten Galopp zurecht, und wir wissen alle, wie waghalsig sie ist. Was ist so ein kleiner Lauf schon im Vergleich zum Klettern an einem Seil?«

»Das war kein kleiner Lauf, wie du genau weißt! Sieh sie dir an, sie ist weiß wie ein Leintuch.«

»Es war nicht böse gemeint. Ich verstehe nicht, dass du so einen Wirbel darum machst.«

»Einen Wirbel?«, wiederholte er mit gepresster Stimme.

Niemand sprach. Selbst in ihrem benommenen Zustand spürte Effie die Anspannung. Sibyls Pferd tänzelte auf dem Kies, einen Schritt vor, zwei zurück. »Ich reite nach Hause, ich bin hungrig«, erklärte Sibyl mit einem Seufzen und verschwand.

Effie und Felton starrten ihr nach.

»Felton«, sagte Sholto barsch. Er wartete, bis der Wildhüter den Blick von Effie löste und ihn ansah. »Danke für Ihre Unterstützung und dafür, dass Sie Miss Gillies geholfen haben. Ich werde dafür sorgen, dass Sie dafür diese Woche entlohnt werden …«

Feltons Augen blitzten, als Sholto die Grenze zwischen Herr und Diener neu zog. Beide Männer wussten genau, dass der Wildhüter nicht aus finanziellem Interesse gehandelt hatte, aber sie sprachen jetzt nicht mehr von Gleich zu Gleich. Die unmittelbare Krise war vorüber, und jeder musste in seine Rolle zurückkehren.

»Bringen Sie jetzt die Pferde in den Stall.«

Felton machte ein wütendes Gesicht. Es war nicht seine Aufgabe, sich um die Pferde zu kümmern, aber Effie spürte, dass alles – seine Arbeit und sein Zuhause, seine ganze Existenz – von dem abhing, was er jetzt tat. Sie suchte seinen Blick. »Bitte«, flüsterte sie. Er durfte nicht ihretwegen alles verlieren.

»Aye, Sir.« Jetzt ergriff er auch die Zügel von Sholtos Pferd und machte sich grollend mit den Tieren auf den Weg.

Effie und Sholto blieben allein zurück. Er starrte sie an und sah genauso erschüttert aus, wie sie sich fühlte. Sie begriff nicht, was gerade geschehen war. Was sich auf dem Berg zwischen ihr und Sholto abgespielt hatte, Sibyls gefährliche Grausamkeit, Feltons verwegene Rettung …

Plötzlich gab Sholto ein leises Lachen von sich. »Nun, es geht wirklich nicht, oder?«, fragte er. Da war etwas in seiner Stimme, ein Ausdruck in seinen Augen, der Effie verunsicherte.

»Was geht nicht?«

»Es war idiotisch von mir, zu glauben …« Er verstummte.

»Was zu glauben?«

Er schüttelte den Kopf.

Machte er sich Vorwürfe, weil er sie mit zum Reiten genommen hatte? »Sholto, es war nicht deine Schuld, dass das Pferd durchgegangen …«

»Ich spreche nicht von dem Pferd«, stieß er hervor. Effie hatte ihn noch nie so reden gehört. Seine Stimme klang ausdruckslos. Er blinzelte, dann starrte er sie an, als wäre sie ihm ein Rätsel. »Jedes Mal wenn ich glaube, dass es eine Chance gibt, eine Möglichkeit, wie wir unsere Leben irgendwie zusammenbringen können … passiert etwas, das mir zeigt, wie verrückt dieser Gedanke ist. Dass es niemals sein kann. Ich ertrage das einfach nicht, Effie.«

Sie runzelte die Stirn, erschrocken über den Ausdruck in seinen Augen. »Sholto …«

Wieder lachte er gezwungen, freudlos. »Ich meine, du merkst es doch auch, oder?« Er fuhr sich mit der Hand durchs Haar, und sie sah ihm seine Verzweiflung an. »Du verstehst, was ich sagen will … Alles ist gegen uns.« Er biss sich auf die Unterlippe. »Alles und alle.«

Wer war alle? Seine Eltern? Ihr Vater? Felton? Sibyl? Denn als sie auf dem Berg alleine gewesen waren, hatte es sich angefühlt, als würde ihnen nichts im Weg stehen. Es hatte sich angefühlt, als würden sie von der Macht des Universums aufeinander zugetrieben. Wenn Sibyl nicht gekommen wäre … Effie machte einen Schritt auf ihn zu, aber er trat mehrere zurück. »Nein.« Er schüttelte den Kopf. »Nein.«

Jetzt sah er sie an, als ginge die Gefahr von ihr aus. Die Entfernung zwischen ihnen vergrößerte sich.

»Ich werde … Ich werde Mrs Mac rufen, damit sie dir ein Bad einlässt. Und dir einen starken Drink macht. Den kannst du jetzt gebrauchen«, murmelte er. »Der Schreck steckt einem immer noch eine Weile in den Gliedern.«

»Aber …«, begann sie, doch er hatte sich bereits abgewandt und ging auf das Haus zu. »Sholto!«, rief sie, aber er drehte sich nicht um, sondern ging einfach weiter und ließ sie stehen, mitsamt dem Schrecken, der ihr immer noch in den Gliedern steckte.

28. Kapitel

»Mrs McKenzie, das ist wirklich nicht nötig«, sagte Effie, das Likörglas in der Hand.

»Der Lord hat es so angeordnet«, rief die Hausdame ihr aus dem Nebenraum zu, wo sie im Badewasser rührte, damit es schäumte. »Sie hatten einen Schock.«

Wenn sie das jetzt noch ein weiteres Mal zu hören bekam … Dachten alle, sie wäre aus Porzellan? »Ich bin nur erschrocken. Es ist nichts passiert. Mir geht es gut.«

»Wie auch immer. Und die sind für Sie.« Mrs McKenzie kam zu ihr und reichte ihr einen Stapel weicher, flauschiger Handtücher. »Also, tun Sie, was man Ihnen gesagt hat, und legen sich eine Weile in die Wanne. Dann kann ich dem Lord sagen, dass ich seinem Wunsch nachgekommen bin, und mit meiner Arbeit weitermachen. Es ist ja nicht so, als ob wir nichts zu tun hätten, wenn in ein paar Stunden zweihundert Gäste hier auftauchen.«

Effie konnte sich diese Anzahl von Menschen nicht vorstellen; sie kam aus einer Welt, die aus sechsunddreißig Personen bestand. »Danke.«

»Sie müssen mir nicht danken, ich mache nur meine Arbeit. Sagen Sie mir Bescheid, wenn Sie fertig sind, dann schicke ich Fanny zu Ihnen.« Die Hausdame ging lautlos hinaus. Sie besaß die Fähigkeit, sich zu bewegen, als würde sie schweben.

Effie sah sich noch einmal in dem lachsfarbenen Schlafzimmer um, betrachtete das Himmelbett und die mit Monogrammen bestickten glatten Laken, die mit Satin bezogene Daunendecke. Seit sie die Nacht hier verbracht hatte, waren die Blumen ausgewechselt worden, jetzt standen Löwenmäulchen und Fingerhut in der Vase. Bei Tageslicht sah der Raum freundlicher aus, die Farben wirkten weicher, aber trotz seiner Schönheit fröstelte sie bei seinem Anblick. Er erinnerte sie an Mathiesons Tod und an die Albträume, die sie in diesem Bett gehabt hatte … Und hier sollte sie sich davon erholen, dass ein Pferd beinahe mit ihr durchgegangen war? Ihr altes Schlafzimmer wäre ihr lieber gewesen, aber Mrs McKenzie hatte erzählt, dass das neue Küchenmädchen dort eingezogen war.

Sie ging in das kleine Badezimmer, legte die Handtücher auf den geblümten Sessel neben der rosafarbenen Emaillewanne und zog sich aus. Als sie hineinstieg, zog sie automatisch die Knie an die Brust, darauf gefasst, gleich zu frösteln. Sie kannte Bäder nur kalt, bestenfalls lauwarm, mit niedrigem Wasserspiegel, und stets hatte sie tote Spinnen und trockene Blätter im Badewasser gehabt. Doch dieses Bad war warm und die Wanne bis zum Rand gefüllt, das Wasser schäumte und duftete nach Rosen. Effie seufzte. Wieder ein kleiner Luxus, den sie nie vermisst hatte. Etwas, das das Leben der anderen von ihrem unterschied.

Ihre Muskeln wurden weich wie schmelzende Butter, und erst jetzt merkte sie, wie angespannt sie die ganze Zeit gewesen war. Während des Galopps hatte sie sich so verkrampft, dass sie es noch am nächsten Tag spüren würde.

Sie streckte sich aus, drehte den Kopf hin und her, ließ sich tiefer ins Wasser gleiten. Es fühlte sich wirklich gut an …

»Klopf, klopf«, ertönte eine Stimme aus dem Schlafzimmer. Eine Frauenstimme.

Effie zuckte zusammen. Lady Sibyl stand an der Tür und betrachtete sie ohne jede Scham, immer noch in Reitkleidung.

»Mrs McKenzie hat mir erzählt, dass sie Sie in die Badewanne gesteckt hat«, sagte sie. »Ich bin froh darüber.«

Effie antwortete nicht. Sie war komplett von rosigem Schaum bedeckt, fühlte sich aber eindeutig im Nachteil, so nackt vor dieser Frau in der Badewanne zu liegen. Was wollte Sibyl hier?

»Wie geht es Ihnen?«

»Mir geht es gut. Das alles wäre nicht nötig gewesen.« Effie versuchte, sich weder ihre Verlegenheit noch ihre Wut anmerken zu lassen.

»Unsinn, Sie haben sich fürchterlich erschreckt, und das ist meine Schuld. Ich fühle mich miserabel deswegen. Wenn ich reite, vergesse ich immer alles um mich herum. Reiten ist meine große Leidenschaft, wissen Sie. Ich denke immer, alle anderen müssten es genauso lieben.« Sie legte eine Hand auf ihr Herz. »Aber Ihnen muss es große Angst gemacht haben, und jetzt fühle ich mich wirklich schrecklich. Ich war gedankenlos, und ich bin gekommen, um Sie um Verzeihung zu bitten.«

Bitten? Effie blinzelte. »Auch das ist nicht nötig, Lady …«

»Nenn mich einfach Sid«, sagte Sibyl, während sie in

den Raum trat. Sie fegte die Handtücher von dem kleinen Sessel zu Boden und setzte sich neben die Badewanne. Effie schielte nach den Handtüchern, nun außerhalb ihrer Reichweite – jetzt hatte sie keine Chance mehr, von hier wegzukommen. »Ich bestehe darauf.«

»Sid?«

»Natürlich. Alle meine Freunde nennen mich so, und ich will, dass wir Freundinnen sind, Effie. Ich weiß, wir hatten einen schwierigen Start, als Margaux dir einen solchen Schrecken eingejagt hat.« Sie lächelte, und Effie fiel auf, wie perfekt symmetrisch ihr Gesicht war – wie das einer Puppe, hübsch und sauber, jedes Haar saß genau an seinem Platz.

Sibyl beugte sich vor. »Kann ich dir ein Geheimnis anvertrauen?«

Effie blinzelte erneut. »Was?«, fragte sie ruhig.

»Als wir uns das erste Mal begegnet sind, war ich höllisch eifersüchtig auf dich.«

»Auf mich?«

»Natürlich! Der Graf hatte mir die ganze Zeit von dieser außergewöhnlichen jungen Frau erzählt, die ihn und seinen Sohn auf ihrer Reise begleitet hatte. Dann bist du aufgetaucht mit deiner fantastischen Sonnenbräune und dieser Figur eines Mannequins. Sholto hatte schon recht, weißt du, als er gesagt hat, dass Nancy in diesem Kleid nicht halb so gut aussah wie du.«

Effie konnte kaum glauben, was sie da hörte.

»Ich weiß, dass er dich schrecklich bewundert, genau wie sein Vater, und dass er sich wünscht, dass wir Freundinnen sind. Können wir das? Kannst du mir verzeihen, dass ich so gemein war? Es war wirklich dumm von mir, mich so aufzuführen.«

Wir. Freundinnen. Es war idiotisch von mir, zu glauben … Alles ist gegen uns. Alle.

Wenn Sie und Sibyl Freundinnen sein konnten … »Es gibt nichts zu verzeihen, Mylady.«

»Autsch. … Sid.«

»… Sid.«

»Oh, gut!« Auf einmal strahlte Sibyl und klatschte in die Hände. »Ich freue mich so! Und um unsere neue Freundschaft zu feiern, musst du heute Abend zur Party kommen.«

»Was? Nein!«

»Doch. Auf jeden Fall. Alle werden da sein, und ich will dich den anderen vorstellen. Sie werden dir gefallen! Sie sind so eine tolle Bande!«

»Aber das geht nicht!« Effie umklammerte den Badewannenrand. »Ich kann mit diesen Leuten nicht reden.«

Sibyl legte ihre Hände auf Effies Hand. »Ich werde dich keine Sekunde alleine lassen. Den ganzen Abend an deiner Seite bleiben. Alle werden dich lieben.« Ihre braunen Augen leuchteten. »Wir erzählen ihnen von deinen Kletterkünsten! Ich wäre fast gestorben, als du gestern Abend an meinem Fenster vorbeigesaust bist. Unsere Freunde lieben es, wenn jemand besondere Fertigkeiten hat, weißt du. Sie wünschen sich selbst so sehr, welche zu haben. Alle werden von dir begeistert sein!«

Effie spürte Panik in sich aufsteigen. »Aber ich habe

nichts zum Anziehen«, sagte sie, verzweifelt bemüht, irgendeine Ausflucht zu finden.

»Natürlich hast du das! Du leihst dir etwas von mir. Was immer du willst. Alles gehört dir, such dir einfach was aus. Auch Schmuck.« Sibyls Augen funkelten jetzt noch mehr. »Und wir holen Jenny, damit sie dir die Haare macht und dich schminkt. Sie soll alles genauso machen wie bei mir, dann sehen wir aus wie Schwestern.«

»Das ist wirklich nicht nötig …«

»Natürlich ist es das! Lass mich einfach alles wieder in Ordnung bringen. Sonst weiß ich nicht, wie ich mir jemals verzeihen soll.«

Effie fühlte sich wie von einer Dampfwalze überfahren. Sie hatte die aufgeregte Art der jungen Frau zwar schon beobachtet, aber sie aus nächster Nähe zu erleben … Es war, wie mitten in einem Hurrikan zu stehen. Aber wenn das nötig war, um mit ihr befreundet zu sein … Und wenn es bedeutete, dass Effie und Sholto ebenfalls Freunde sein konnten … Ihr war klar, dass er sie von nun an wieder meiden würde. Wochen konnten vergehen, bis sie ihn wieder zu Gesicht bekam. »Also gut.«

»Fabelhaft!« Sibyl strahlte und schnippte Effie neckend etwas Schaum ins Gesicht. »Lass dir Zeit. Ich muss mich auch noch frisch machen und umziehen, aber komm einfach in mein Zimmer, wenn du fertig bist. Oh, das wird so ein Spaß!« Sie sprang vom Sessel auf und bemerkte Effies Kleider, die in einem Haufen auf dem Boden lagen. »Und die nehme ich gleich mit zu Jenny.« Sie rümpfte die Nase, als sie die klebrigen Flecken darauf sah. »Dann kann sie sie für dich waschen und bügeln, und morgen ist alles wieder sauber.«

»Das ist wirklich nicht nötig, das kann ich selber machen.«

»Sei nicht albern. Manche Flecken sind nicht so leicht herauszubekommen, das wird einige Mühe kosten.« Sie inspizierte die Preiselbeerflecken auf der handgestrickten Wolljacke, dann sah sie Effie treuherzig an. »Das ist das Mindeste, was ich tun kann. Lass mich dich verwöhnen. Ich will dir doch nur zeigen, wie leid es mir tut.«

Effie lächelte verkrampft. »Darum geht es nicht. Ich bin dir wirklich dankbar für deine Freundlichkeit, aber wenn du diese Sachen mitnimmst, habe ich nichts zum Anziehen, wenn ich hier rausgehe.«

»Oh!« Sibyl lachte auf und sah sich um. »Schau, da drüben – an der Tür hängt ein Bademantel, den du anziehen kannst. Und wenn du in mein Zimmer kommst, suchen wir auch gleich etwas Alltagskleidung für dich aus. Allerdings wird es vielleicht ein Kleid sein, fürchte ich.« Sie verzog das Gesicht. »Ich weiß, dass du davon nicht besonders viel hältst.«

Jetzt musste Effie lächeln. »Ein Kleid ist schon in Ordnung.«

»Großartig!«

Effie sah ihr nach, diesem Wirbelwind von Energie und guten Absichten. Auf einmal verstand sie, warum Sholto in Sibyls Gegenwart immer so erschöpft aussah. Sie war anstrengend. Effie lehnte sich in der Badewanne zurück, lauschte auf das Knistern der Seifenblasen und fragte sich, auf was um Himmels willen sie sich da eingelassen hatte.

Durch das Treppenhaus war Musik zu hören, bis ganz nach oben. Effie saß immer noch in dem lachsfarbenen Schlafzimmer, Sibyl hatte darauf bestanden. »Du kannst unmöglich den ganzen Weg von deinem Cottage hierher in diesen Schuhen zurücklegen«, hatte sie gesagt, nachdem sie ihr ein Paar Mary-Jane-Schuhe aus silbernem Satin gebracht hatte. Die Absätze waren einige Zentimeter hoch, und sie hatte recht – Effie konnte froh sein, wenn sie einen Raum darin durchqueren konnte, geschweige denn ein ganzes Anwesen.

Das Kleid, das sie sich dazu ausgeliehen hatte, hing an der Schranktür. Effie konnte nicht anders, als es immer wieder anzusehen. Es hatte die Farbe eines Junihimmels und war aus fließendem Satin, mit einem langen, schwingenden Rock. Das kräftige Blau hatte sie sofort angesprochen, als sie in Sibyls Kleiderschrank gestarrt hatte, und erst nachdem sie das Kleid herausgenommen hatte, war ihr der gewagte Rückenausschnitt aufgefallen – nur ein dünner Streifen Stoff verlief über die Wirbelsäule. Sibyl hatte über ihren Protest nur gelacht. Dass sei in Mode, hatte sie gesagt, aber Effie wusste, sie würde den ganzen Abend mit dem Rücken zur Wand verbringen. Sie saß ganz still, während Jenny ihr die Haare – jetzt kurz und dunkel – in die Art von Wasserwellen legte, die Sibyl bevorzugte. Jedes Mal wenn sie im Spiegel einen Blick darauf warf, erschrak sie, aber Sibyl war fest davon überzeugt, dass es ihr stehen würde. Das Make-up war bereits fertig: die Brauen nachgezogen, Rouge auf den Wangen und die Lippen dunkelrot. Der Gesamteindruck stimmte, es war nur so merkwürdig, bemalt zu werden. Achtzehn Jahre lang hatte sie nie Make-up getragen, und jetzt tat sie es schon zum zweiten Mal innerhalb weniger Wochen.

Effie merkte, dass das Kammermädchen nicht glücklich damit war, sich um sie kümmern zu müssen – Jenny sprach kaum ein Wort und sah ihr nicht in die Augen. Aber was konnte Effie dafür, dass Sibyl beschlossen hatte, heute Abend selbst für sich zu sorgen? Ihr den Vortritt zu lassen, damit sie ihr das Desaster dieses Nachmittags verzieh?

»Wie viele Gäste sind unten?«, fragte sie, als erneut Autoreifen draußen auf dem Kies knirschten. Der Strom von Besuchern schien nicht abzureißen.

»Es sollten zweihundert sein, aber ich glaube, Lady Sibyl hat in letzter Minute noch weitere eingeladen. Anscheinend stehen sogar noch Reporter vor den Toren.«

Effie zuckte zusammen. »Aber warum?«

»Für die Klatschzeitschriften. Die Leser lieben solche Ereignisse.«

»Oh … ja. Natürlich.« Allein die Erwähnung von Reportern machte Effie nervös.

»Fertig.« Jenny trat einen Schritt zurück und bewunderte ihr Werk. »Du könntest Lady Sibyls Zwillingsschwester sein.«

Auch Effie betrachtete ihr fremdes Spiegelbild. Tatsächlich würden sie heute Abend Schwestern spielen. »Nun, das kann eigentlich nur gut sein«, murmelte sie. »Je weniger ich wie ich selbst bin, desto besser.«

»Soll ich dir mit dem Kleid helfen?«, fragte Jenny.

Effie nickte. »Ich weiß nicht mal, wo oben und unten ist.«

Sie zog den Bademantel aus und stand still, während Jenny ihr das Kleid über den Kopf zog, vorsichtig, um ihre Frisur nicht zu ruinieren. Der Stoff schimmerte wie Mondlicht, war seidig wie das Fell einer Katze. Das Kleid schmiegte sich an Effies Körper, betonte das Blau ihrer Augen. Jenny sorgte für den letzten Schliff, indem sie ihr eine Kette aus Saphiren um den Hals legte, die Sibyl für sie zurückgelassen hatte.

Ein wildes Hupen ließ sie beide zusammenfahren. Jenny rannte zum Fenster, blickte hinunter und seufzte. »So viele Leute. Du solltest lieber runtergehen. Ich werde heute Abend gebraucht, um den Lakaien auszuhelfen.«

Effie nickte und wünschte, sich auch irgendwo verstecken zu können. Aber sie wusste, dass sie tapfer sein musste, Sholto zuliebe. Am schwierigsten würde es sein, alleine den Raum zu betreten, aber Sibyl hatte ihr versprochen, sie im Gobelinzimmer beim Kamin zu erwarten. Solange sie bei ihr war, konnte sie einfach still neben ihr stehen und Sibyl als Gastgeberin glänzen lassen. Wahrscheinlich würde sie kein einziges Wort sagen müssen. Niemand konnte es mit Lady Sibyl Wainwright aufnehmen, wenn es um gesellschaftliche Energie ging, und wer wollte das schon? Effie würde nur zu der Party gehen, um Sholto zu zeigen, dass sie und Sibyl Freundinnen waren, was bedeutete, dass er und sie ebenfalls befreundet sein konnten. Und das war doch sicher besser als nichts …?

Effie schlüpfte in die Schuhe, die sie noch ein paar Zentimeter größer machten. »Also dann, wünsch mir Glück.«

Das Dienstmädchen warf ihr einen seltsamen Blick zu. »Viel Glück.«

Sie verließen das Zimmer und gingen durch den jadegrünen Korridor, vorbei an den stattlichen Porträts längst verstorbener Crichton-Dalrymples, dann die Holztreppe hinunter in den ersten Stock. Die Geräusche wurden immer lauter. Eine Frau in einem elfenbeinfarbenen Satinkleid rannte an ihnen vorbei – sie trug eine weißblonde Perücke, hatte sich die Augenbrauen vollständig ausgezupft und die Lippen zu einem winzigen Kussmund geschminkt. Ihre Aufmachung war … etwas übertrieben. Erst einen Augenblick später bemerkte Effie, dass die Frau von einem schnurrbärtigen Mann mit Stock und Hut gejagt wurde, der einen merkwürdig schwankenden Gang hatte.

Effie starrte den beiden nach, die unter hysterischem Gelächter den Gang entlangeilten, vorbei an der Steintreppe am anderen Ende, und aus ihrer Sicht verschwanden. Sie wusste, dass sie jeden Moment zurückkommen mussten, denn der Korridor führte in dieser Richtung nur in die Kapelle – und die beiden hatten nicht ausgesehen, als ob sie beten wollten. Effie wünschte, sie könnte Jenny fragen, warum sie sich so merkwürdig benahmen, aber sie war bereits fort, war die Dienstbotentreppe hinunter ins Erdgeschoss verschwunden.

Effie nahm allen Mut zusammen und wandte sich in Richtung des Zinn-Korridors – diesen Teil des Hauses mochte sie am liebsten, denn das Deckengewölbe war mit feinen Mustern verziert – und machte sich auf den Weg zum Gobelinzimmer. Die Satinschuhe klapperten über den Boden. Als sie aus dem Augenwinkel in einem der runden Fenster ihr Abbild sah, blieb sie erstaunt stehen. Es war eine Sache, still vor dem Spiegel zu sitzen und sich darin zu betrachten wie ein Gemälde. Aber sich selbst in Bewegung zu sehen, auf dem Weg durch dieses Haus, in solchen Kleidern … Bevor sie hierhergekommen war, hatte Effie nie eine Vorstellung davon gehabt, wie sie aussah, und jetzt konnte sie kaum glauben, dass sie das war … Das Spiegelbild verriet nichts von ihrem heftigen Herzklopfen, sondern zeigte eine junge, dunkelhaarige Frau, die schön und selbstsicher war, und Effie wurde schlagartig bewusst, in wen sie sich verwandelt hatte, wenn auch nur für einen Abend: Sie war das Mädchen mit dem handgemalten Buch, das Seidenkleider trug und in einem Haus voller Musik lebte. Nichts deutete mehr auf ihr früheres Ich hin, auf das Mädchen, das in geflickten Kleidern in einem dunklen Federnlager gekauert hatte. Sie betastete ihr Haar, ihre Lippen, und lächelte. Vielleicht würde sie dazugehören können, wenn sie diesen Raum betrat …?

Henry kam mit einem Tablett heraus und wirkte so verstört, wie sie ihn noch nicht einmal in Margaux' Gegenwart erlebt hatte. Er musste zweimal hinsehen, bis er sie erkannte, und sah dann eindeutig schockiert aus – bestimmt lag es an der neuen dunklen Haarfarbe –, aber er blieb nicht stehen, sondern verschwand die Wendeltreppe hinunter, die zum Dienstbotengang führte.

Effie holte tief Luft und stürzte sich ins Getümmel. Der Anblick, der sich ihr bot, als sie durch die Tür trat, raubte ihr den Atem. Noch nie hatte sie so viele Menschen in einem Raum gesehen. Sie standen dicht gedrängt, überall waren aufgerissene Augen und offene Münder von Menschen, die redeten und lachten. Alles Leben schien sich in diesem Raum zu konzentrieren, grell und laut.

Eine Weile stand sie da und nahm alles in sich auf, bis die Frau im elfenbeinfarbenen Kleid sich erneut an ihr vorbeidrängte und sie anrempelte, immer noch unter kreischendem Gelächter. Der Mann mit dem seltsamen Gang folgte ihr.

Um nicht auch mit ihm zusammenzustoßen, sprang Effie zur Seite, und dann noch einmal, als sie etwas Kaltes an ihrem nackten Rücken spürte. Sie wirbelte herum und sah einen Mann, der einen Drink in der Hand hielt und an einem Eiswürfel lutschte. Hatte er …? Er starrte sie direkt an, und der Ausdruck in seinen Augen gefiel ihr nicht. Und warum war er angezogen wie Winston Churchill? Er war es nicht, das wusste sie, aber … es war unheimlich.

Um ihm und seinen Blicken zu entkommen, mischte Effie sich unter die Leute, versteckte sich zwischen den fremden Menschen. Sie musste Sibyl und ihre Freunde finden! Sie drängte sich durch die Menge und versuchte, zum Kamin auf der anderen Seite zu gelangen.

Es war so heiß und laut hier drinnen! Hände berührten ihre nackten Arme und Schultern – als würden diese Leute sie kennen. Wieder tauchte ein Mann vor ihr auf. Er trug einen traditionellen Anzug mit blauer Schärpe.

»Bitte entschuldigen Sie«, sagte sie und versuchte, an ihm vorbeizukommen.

Der Mann drehte sich um, und sie sah sich dem König gegenüber.

»Königliche Hoheit«, stammelte sie.

Der König musterte sie mit durchdringendem Blick. Hatte sie das Falsche gesagt? Musste sie irgendetwas tun?

Doch dann grinste er, warf den Kopf zurück und lachte, und sie sah das Gummiband, mit dem der Bart an seinen Ohren befestigt war. Jetzt erkannte sie auch, dass seine Augen braun und nicht blau waren.

»Und als wer bist du verkleidet, meine Liebe?«, fragte er, während er nach ihrem Ellbogen fasste und einen Schritt zurücktrat, um sie genauer zu betrachten. »Warte. Lass mich raten.«

Als wer sie …? Effie sah sich um. Jetzt erst erkannte sie, dass alle Leute Kostüme anhatten.

»Oh, meine Güte, ich hab's«, schrie er, und seine Augen leuchteten. »Du …«

»Miss Gillies!«

Effie drehte sich um, als sie ihren Namen hörte, und sah einen Mann auf sich zukommen, der ihr bekannt vorkam. Er hatte einen Arm erhoben, um sie auf sich aufmerksam zu machen. »Sie sind Miss Gillies, nicht wahr? Man hat mir erzählt, dass Sie hier sind.« Er blinzelte. »Nur … ich glaube, Ihre Haare sind anders?«

Alles um sie herum verblasste, als die Vergangenheit Effie einholte.

»Sie?«, fragte sie, und ihre Stimme war kaum mehr als ein Flüstern.

»Dann erinnern Sie sich also an mich?«

Der Eiswürfel an ihrem Rücken war nichts im Vergleich zu der Kälte, die sie jetzt in ihren Adern spürte.

»Ich wollte mit Ihnen über den Verwalter sprechen. Ein paar Fragen stellen …«

»Ah, ich weiß!«, unterbrach ihn der König. »Du bist der Tramp …«

Der Mann sah den König zerstreut an. »Was?«

»Du weißt schon, der Tramp. Charlie Chaplin!«

Sein Gegenüber schwieg einen Moment. »Eigentlich, Hoheit, bin ich Mr Bonner«, sagte er schließlich. »Von der *Times.*«

Der König runzelte die Stirn und sah ihn mit zusammengekniffenen Augen an, dann breitete sich ein Lächeln auf seinem Gesicht aus. »Oh, sehr gut! Das gefällt mir. Ja. Mr Bonner von der *Times*. Wie originell!«

»Effie?«

Wieder spürte sie eine Hand auf ihrem Arm, wieder drehte sie sich um, und diesmal sah sie Sholto, der sie überrascht anstarrte. Und noch ein Ausdruck lag in seinem Gesicht … Sorge?

»Was machst du hier?«

Sie wusste selbst nicht mehr, warum sie hier war. Nie hätte sie sich eine solche Party vorstellen können. Sie wollte ihm sagen, dass sie gekommen war, um ihm zu zeigen, dass Sibyl und sie Freundinnen waren. Sie war seinetwegen hier, aber …

»Mein Gott, dein Haar …«, sagte er leise und hob unwillkürlich die Hand, um es zu berühren. »Was hast du getan?«

Irgendwie wollte sie ihn fragen, ob es ihm gefiel … und das Kleid? Sie wollte ihm erzählen, dass Sibyl das alles für sie getan hatte, und dass sie nun endlich Freunde sein konnten. Aber sie fand die richtigen Worte nicht. Mr Bonner von der *Times* war hier, hatte sie gesucht.

»Ist das Sibyls Werk?«

Effie schaffte es zu nicken. Warum freute er sich nicht?

»Effie …« Er wandte den Blick ab und sah sich um, als suche er jemanden. Wen?

»Na, Sholto, Kumpel, wen stellst du dar?«, fragte ihn der König. »Ist das nicht deine ganz normale Aufmachung?«

»Lord Chatterley,« murmelte Sholto. »Vor dem Unfall.«

Der König lachte. »Ha, großartig, alter Junge! Gute Idee, vor dem Unfall. Das macht einen gewaltigen Unterschied. Mich würdest du in dieser Runde auch nicht auf halber Höhe erwischen, das kann ich dir sagen. Ich weiß, dass du das nicht magst.«

»Nein, Ernest, das tue ich nicht«, sagte Sholto knapp, den Blick schon wieder auf Effie gerichtet. Er wirkte verzweifelt.

»Lord Chatterley vor dem Unfall! Das merke ich mir.« Endlich verschwand der König in der Menge.

»Effie, du solltest besser nicht hier sein«, sagte Sholto eindringlich.

Sie spürte, wie ihr Herz sich zusammenzog. »Aber warum nicht? Sibyl hat mich ausdrücklich gebeten …«

»Das hätte sie nicht tun dürfen«, sagte er ernst. »Das war … nicht nett.«

»Das verstehe ich nicht. Sie war sogar sehr nett – seit dem Ausritt hat sie sich die ganze Zeit um mich gekümmert. Ich trage ihre Schuhe, ihr Kleid, ihren Schmuck …«

Er starrte sie an, und sie konnte seinen Blick nicht deuten.

»Was ist?«

Sholto bemerkte jetzt den Mann, der still neben ihnen stand und ihrem Gespräch offen folgte. »Hören Sie, kennen wir uns?«, fragte er ihn barsch.

»Eigentlich nicht, Sir. Miss Gillies und ich haben uns nur gerade unterhalten.«

»Kennst du diesen Mann?«, wandte Sholto sich an sie.

»Miss Gillies und ich haben uns auf St. Kilda kennengelernt, Lord Sholto. Ich war in der Woche vor der Evakuierung dort.«

»Oh, ich verstehe.« Er wirkte verwirrt.

»Ja. Natürlich war das eine anstrengende Zeit, und es war viel los. Alle waren sehr emotional, was zu erwarten war. Und später wurde dann der Verwalter des Landlords tot aufgefunden.«

»Hmmm, das stimmt. Schlimme Sache«, murmelte Sholto fahrig. Seine Geduld – und seine Manieren – hingen an einem seidenen Faden. »Also, würden Sie uns jetzt bitte entsch…«

»Tatsächlich sprachen Miss Gillies und ich gerade über ihn.« Der Reporter sah Sholto an und wandte sich dann wieder an Effie. »Weil ich mich nur zu gut noch daran erinnere, dass ich vor der Kirche eine Auseinandersetzung …«

Effie stand wie erstarrt. Das konnte unmöglich passieren. Nicht hier. Nicht vor all diesen Leuten, vor Sholto.

»… zwischen Ihnen und Mr Mathieson beobachtet habe, am Abend vor der Evakuierung. Sie waren auf dem Weg ins Dorf, und er hat Sie eingeholt. Anscheinend wollte er mit Ihnen reden.«

»Wahrscheinlich.« Ihre Stimme klang dünn. »Er hatte immer irgendetwas an uns auszusetzen.« Sie blickte an ihm vorbei. War jemand von der Polizei hier?

»Aber dann hat er Ihre Hand genommen. Oder vielmehr, er hat es versucht, aber Sie sind zurückgewichen, als hätten Sie sich verbrannt.«

Sie schluckte. »Wahrscheinlich hat er mich überrumpelt.«

»Mir schien es eine extreme Reaktion auf eine so harmlose Geste zu sein.«

»Wie kommen Sie darauf, dass Mr Mathieson harmlos war?« Die Worte waren heraus, bevor Effie sie zurückhalten konnte.

Der Reporter kniff die Augen zusammen. »Sie wirkten, als würden Sie ihn hassen.«

Und so wirkte sie zweifellos auch jetzt. Sie konnte nicht länger verbergen, was sie über Mathieson dachte, nach allem, was er getan hatte. »Die meisten von uns haben ihn gehasst. Er war nicht sonderlich beliebt.«

Sholto sah Mr Bonner an. »Hören Sie, ich habe den Mann selbst kennengelernt, und ich mochte ihn auch nicht. Man soll nicht schlecht über einen Verstorbenen reden, aber erwarten Sie bitte keine Lobreden von mir. Und außerdem, was sollen all diese … düsteren Fragen? Wir sind auf einer Party. Holen Sie sich einen Drink, Mann.« Sholto bedeutete ihm mit einer Geste, sich davonzumachen, aber Mr Bonner bewegte sich nicht von der Stelle.

Effie spürte, dass die Spannung noch anstieg. Ihr Magen zog sich zusammen.

»Ich dachte, Miss Gillies könnte mir sagen, was Mr Mathieson ihrer Meinung nach zugestoßen ist?«

»Warum sollte sie …« Sholtos Gesichtsausdruck veränderte sich, als ihm klar wurde, dass dies keine normale Unterhaltung war. »Sie sind ein verdammter Reporter!« Er blickte sich um und fand beinahe sofort Henrys Blick. Ein Kopfnicken in seine Richtung, und schon fing der Lakai an, sich durch das Gedränge zu schieben, so schnell es ging. »Ich habe ausdrücklich verboten, dass jemand aus Ihrem Verein hier hereingelassen wird. Das ist ein privates Anwesen und eine private Feier. Wie können Sie es wagen! Verschwinden Sie!«

»Ich bin nicht hier, um über Ihre Party zu berichten, Sir«, beeilte Mr Bonner sich zu sagen. »Aber Ihnen ist sicher nicht entgangen, dass die Evakuierung im Interesse der Öffentlichkeit stand. Die Bewohner von St. Kilda spielen in unserem Nationalbewusstsein eine wichtige Rolle. Man hatte das Gefühl, dass durch ihre Evakuierung etwas Wichtiges verloren ging. Es gab ein großes Echo auf die Berichterstattung, und nun, da es polizeiliche Ermittlungen gibt, müssen wir …«

Henry war jetzt bei ihnen angelangt.

»Bringen Sie ihn hier raus«, sagte Sholto wütend. »Das ist ein verdammter Reporter! Und sorgen Sie dafür, dass er auch wirklich die Tore passiert.«

»Natürlich, Sir«, sagte Henry, richtete sich zu seiner vollen Größe auf und packte den Mann am Arm. »Sie kommen jetzt mit. Sofort.«

»Schon gut, schon gut. Ich gehe.« Mr Bonner wehrte sich nicht, sah Effie aber so wütend an, dass sie keinen Zweifel daran hegte, dass er wiederkommen würde. »Dann ein anderes Mal, Miss Gillies.«

»Was für eine Unverschämtheit …«, murmelte Sholto, während er ihm nachsah.

Plötzlich wurden sie von der Menge gegeneinander geschoben, und Sholto griff automatisch nach Effies nackten Armen, als die Leute sich an ihnen vorbeidrängten. Effie sah ihn an, aufgewühlt von dem, was gerade passiert war – und immer noch passierte. Sie fühlte sich, als hätte man sie in eine Schlangengrube geworfen. War es hier nicht genau so, wie der Pfarrer immer die Hölle beschrieben hatte? Die Menge schien am Rande des Wahnsinns, die Leute wirkten, als stünden sie kurz vor der Hysterie, und Effie spürte eine wachsende Unruhe, hörte, wie der Geräuschpegel anschwoll.

Sibyls Lachen drang zu ihnen herüber, aber zu Effies Überraschung kam es nicht vom Kamin her. Sie war noch gar nicht dabei, mit ihren zweihundert engsten Freunden dort Hof zu halten … sondern betrat gerade erst den Raum. Effie drehte sich um, wollte sehen, was los war, doch der Blick war ihr von einer Frau in Fliegermontur verstellt. Sie konnte nur sehen, wie eine Bewegung durch die Menge ging, so, als glitte eine Wasserschlange durch einen Fluss, käme immer näher, begleitet von Rufen und Gelächter … »Aber wer bist du?«, rief jemand.

Plötzlich war die Schlange bei ihnen. Effie schnappte nach Luft, als Sibyl ihr entgegenblickte, beinahe nicht zu erkennen. Ihr Gesicht war mit Schmutz verschmiert, ihr Haar zerzaust, und ihre Kleider – Männerhemd, Hose und Strickjacke – voller Flecken. Sie war barfuß, trug ein Seil um den Oberkörper gewickelt, und ein toter Fasan baumelte von ihrer Schulter.

»Was glaubst du?«, fragte sie und berührte den toten Vogel. »Ich weiß, es sollte eigentlich eine Möwe oder so was Ähnliches sein, aber ich konnte auf die Schnelle keine bekommen. Der Wildhüter war aber sehr hilfsbereit.«

»Du hast meine Kleider an«, flüsterte Effie fassungslos, während sie Sibyl von Kopf bis Fuß musterte.

»Und du meine! Ist das nicht fantastisch?«

Effie spürte, wie ihr Tränen in die Augen traten, als ihr klar wurde, was Sholto ihr hatte sagen wollen. Die Leute blickten zwischen Sibyl und ihr hin und her, und Effies Beschämung wuchs, als ihr Sibyls Trick bewusst wurde. Auf einmal fühlte sie sich in der Kleidung dieser Frau nicht mehr schön, sondern lächerlich, und zutiefst gedemütigt, weil Sibyl sie als eine Art primitive Wilde darstellte. »Warum tust du das?«

»Schätzchen, das ist eine Verkleidungsparty! Ich bin du, und du bist ich.«

»Aber das hast du mir nicht gesagt!« Die Worte gerieten zu einem Schluchzen, das verriet, wie verletzt sie war, und Sholto sah sie gequält an.

»Na ja, es sollte eine Überraschung sein. Gefällt es dir nicht?«

Zum ersten Mal fiel Effie auf, wie gepresst Sibyls Stimme klang und wie kalt ihre Augen waren. Ihr Verhalten war nie nett oder freundschaftlich gewesen. Sie war grausam. Boshaft.

»Sibyl, was zum Teufel soll das?« Sholtos Stimme klang wie ein Grollen, und er war blass vor Wut. »Du weißt genau, dass das absolut inakzeptabel ist.«

Sibyls Lächeln verschwand, und ein Schatten glitt über ihr Gesicht, als sie seinen Ärger bemerkte. »Warum? Was ist los? Sie ist angezogen wie ich. Warum kann ich nicht sie sein?« Ihre Augen blitzten. »Das ist es doch, was du willst, oder? Sie, aber auch mich? Oder eher mich, aber auch sie?«

Effie sah, wie er bei diesen deutlichen Worten schluckte. Die Party um sie herum ging weiter, wie ein pulsierendes Herz, das sie blockierten und in Gefahr brachten.

»Hör auf damit«, fuhr er sie an. »Nicht hier, Sibyl. Nicht jetzt.«

Er wollte sich wegdrehen, aber Sibyl ging auf ihn los. »Nein? Nicht der richtige Zeitpunkt?« Sie packte Sholtos Arm. »Dann sag mir: Wenn der richtige Zeitpunkt so wichtig für dich ist, Liebling, wann genau wäre es dann passend, all unseren Freunden hier zu erzählen, dass wir verlobt sind – und das seit sechs Monaten? Warum halten wir es geheim? Worauf warten wir?«

Ihre Stimme war zu einem Kreischen angeschwollen, und einige Leute um sie herum schnappten nach Luft. Ein Mann – er hatte einen gezwirbelten Schnurrbart und trug ein Monokel – schlug sich mit übertriebener Geste eine Hand vor den Mund.

Effie wich zurück. Der Mann war grotesk. Sie alle waren es. Sogar Sholto mit seinem vornehmen Getue … Tränen standen ihr in den Augen, als sie ihn ansah. Nicht dass er jetzt verlobt war, war niederschmetternd, sondern dass er es bereits gewesen war, als er sie auf St. Kilda geküsst und darum gebeten hatte, einen Plan zu schmieden … Schon als sie sich auf der Insel im Meer gefunden hatten, war er für sie verloren gewesen.

Und was hatte sie seinetwegen durchgemacht? Er hatte ihr nicht nur das Herz gebrochen, sondern auch Mathiesons Eifersucht angestachelt, mit verheerenden Folgen, die Sholto sich niemals würde vorstellen können: Mathieson war tot, Poppit war tot, und sie selbst zerbrach an dem, was sie hatte tun müssen, um zu überleben. Ihr ganzes Leben lag in Trümmern wegen eines Mannes, der es absolut nicht wert war – sie hatte in eine Lüge investiert.

Sie riss sich die Perücke vom Kopf und warf sie nach ihm. Er öffnete den Mund, als sie plötzlich so vor ihm stand, wieder sie selbst, wild und trotzig.

»Du ekelst mich an«, schrie sie. »Du bist kein bisschen besser als ich!«

»Effie …«

»Wo ist deine Ehre?«

Bei dieser Frage wurde Sholto blass, aber seine Antwort

interessierte sie nicht mehr. Verzweifelt hielt sie nach einem Durchgang zwischen all diesen Menschen Ausschau, nach einem Fluchtweg zur Tür. Sie bekam keine Luft mehr hier drinnen.

»Effie, warte …« Sholto hielt sie zurück.

»Nimm deine Finger von mir!«

»Geh nicht«, bat er sie.

»Lieber ein guter Rückzug als ein schlechter Stand«, stieß sie hervor.

»Bitte! Hör mir einfach zu …«

»Sholto!« Sibyls Stimme klang schockiert. »Was soll das?«

Effie zeigte mit dem Kinn auf Sibyl. »Sie hat recht. Was soll das?«, höhnte sie mit blitzenden Augen. »Jeder kann uns sehen!«

Er sah sie verzweifelt an. »Effie … Ich kann das erklären …«

»Ihr beide habt einander verdient.«

»Nein …«

»Doch«, schrie sie. »Doch! Hör auf so zu tun, als könnte es anders enden! Es war von Anfang an klar. Du gehörst zu ihr. Und ich gehöre sowieso zu jemand anderem.«

Er presste die Lippen zusammen. »Felton ist nicht …«

»Nicht zu ihm«, fiel sie ihm ins Wort. »Du bist verlobt … und ich bin schon verheiratet!«

Er ließ ihren Arm los, als hätte er sich verbrannt. »Was?«

Schmerz flackerte in seinen Augen, und das freute sie. Er hatte sie wie eine Idiotin behandelt, aber sie ließ sich nichts gefallen. Sie spürte, dass ihr die Tränen kamen, aber sie durften nicht fließen, nicht solange sie hier vor ihm stand. Nun sollte *er* leiden! Er sollte wissen, wie es sich anfühlte, alles zu verlieren!

Sie warf einen Blick auf Sibyl und wandte sich wortlos ab – nicht ohne ihr jedoch noch den spitzen Absatz ihres Satinschuhs in den nackten Fuß zu rammen. Ein spitzer Schrei schallte durch den Raum, aber Effie ging weiter – die einzige echte Wilde unter lauter Heuchlern.

29. Kapitel

Der Himmel war klar, und die Stare fingen bereits an zu zwitschern, als Effie durch die Nacht stürmte, außer sich vor Wut und Verzweiflung. Sie fühlte sich beschmutzt von der dekadenten Verkommenheit dieser Leute, die sich nur für sich selbst interessierten. Es war unerträglich, wie Sibyl dort im Mittelpunkt der Aufmerksamkeit stand, in Johns Kleidung, und sich mit den anderen über Effie lustig machte – und damit auch über ihren Bruder und alles, worauf sie je stolz gewesen waren. Nichts würde Effie zur Umkehr bewegen können. Der Schleier war gefallen. Sie hatte immer gewusst, dass sie nicht hierhergehörte, aber erst jetzt wurde ihr klar, dass sie das auch gar nicht wollte …

»Effie!« Sholtos Stimme schallte durch den Garten.

Überrascht fuhr Effie herum. Er konnte ihr doch nicht nach draußen gefolgt sein? Das war unmöglich! Schließlich hatte sie ihn vor seinen Leuten angeschrien.

Sein blondes Haar leuchtete im Licht der Laternen, als er oben an der Treppe stand und in den Parkanlagen nach ihr Ausschau hielt – aber es waren so viele Menschen hier unterwegs, ausgelassene Liebespaare, berauscht vom Leben, vom Glück und vor allem vom Champagner. Ein Pärchen saß auf dem Rand eines Brunnens, die Spitzen ihrer langen Zigaretten glommen in der Dunkelheit, ihr Gelächter plätscherte wie ein Wasserstrahl.

Effies Instinkt riet ihr, nach Hause zu laufen, den kürzesten Weg über die Grasflächen zu nehmen. Unter den Laternen würde er sie sehen können, aber sie war schnell, schnell genug, um ihm davonzurennen, da war sie beinahe sicher. Außerdem würde er bestimmt kein Aufsehen erregen wollen, indem er ihr folgte. Oder?

Jetzt hatte er sie entdeckt. »Effie!«

Sie rannte los, aber nicht in die Richtung ihres Cottages. Er würde erwarten, dass sie nach Hause lief, deshalb musste sie ihn irgendwo im Dunkeln in die Irre führen. Die lächerlichen Schuhe störten sie, sie streifte sie nach ein paar Metern ab und lief barfuß weiter. Sie rannte den Hang hinunter, das Haus im Rücken, und auf die Robert-Adam-Brücke zu. Dahinter lagen die Teiche und die ummauerten Gartenanlagen. Dort konnte sie Sholto doch sicher abhängen …?

Sie lief auf die elegant geschwungene Brücke zu, unter alten Buchen und Eichen hindurch, aber hier flackerten Lichter und erleuchteten den Pfad, während sich rechts von ihr eine dichte, hohe Hecke erhob.

Effie warf einen Blick zurück, aber von Sholto war nichts zu sehen. Noch nicht.

Im Schatten der Hecke rannte sie weiter, bog um eine Kurve und kam an ein schmiedeeisernes Gittertor. Sie spähte hindurch und sah, dass dahinter eine lange dunkle Allee lag. Dort würde er sie niemals finden! Sie wollte das Tor öffnen, aber es war verschlossen. Eine Kette rasselte, als sie daran rüttelte.

»Nein«, flüsterte sie panisch, blickte zurück und sah

Sholto an einer Buche vorbeilaufen, auf die Brücke zu. Als er das Rasseln hörte, blieb er stehen und sah zu ihr herüber, versuchte, im Halbdunkel etwas zu erkennen. Selbst wenn er sie jetzt noch nicht entdeckt hatte, würde er es tun, wenn er ein paar Schritte weiterlief.

Sie blickte nach oben. Das Tor war vier oder fünf Meter hoch. Ein Leichtes für sie … Ohne weiter darüber nachzudenken, hob sie ihr Kleid an und kletterte hinauf. Auf der anderen Seite sprang sie hinunter, doch der Rock blähte sich dabei auf, blieb irgendwo hängen, und sie hörte den Stoff reißen.

Effie blickte teilnahmslos auf den langen Riss. Sie fand nichts Schönes mehr an dem Kleid und würde froh sein, es zu Hause ins Feuer werfen zu können.

»Effie!«

Sholtos Schritte näherten sich, und sie rannte weiter, einen schmalen Weg entlang. Auf beiden Seiten ragten Hecken auf, und mit einem Abzweig nach links war Effie außer Sichtweite. Der Weg führte zu einem anderen schmalen Pfad, weniger breit als die Spannweite ihrer Arme, mit hohen und dichten Büschen. Sie runzelte die Stirn. Was war das für ein Ort?

Verwirrt rannte sie weiter, bog nach links ab, dann nach rechts. Links, links, dann wieder rechts … Plötzlich stand sie in einer Sackgasse, vor sich ein riesiger Obelisk aus Stein. Voller Panik starrte sie ihn an. Wo war sie? Wie kam sie hier wieder raus? Sollte sie umkehren oder sich einen anderen Weg suchen?

Wieder rasselte die Kette, und Effie wusste, dass Sholto –

ebenfalls ein guter Kletterer – jetzt über das Tor stieg. Ein Schlag, als er auf dem Boden landete, dann einen Moment Stille. Sie vernahm nur noch das Geräusch ihrer eigenen Atemzüge.

»Effie, ich weiß, dass du da drin bist.« Seine Stimme war laut, aber auch irgendwie dumpf. Effie stand still da, die grünen Wände lauernd um sie herum, und spürte die Blätter der Büsche an ihrem Rücken, während sie auf das Geräusch seiner Schritte lauschte. Wie sollte er sie finden, wenn sie selbst noch nicht einmal wusste, wo sie war?, versuchte sie sich zu beruhigen.

»Bitte. Ich will nur reden!«, rief er.

Aus einem Baumwipfel erklang der Schrei einer Eule, und Effie hob das Gesicht zum Himmel. Diese Nacht hatte so vielversprechend begonnen. Effie hatte nichts anderes gewollt, als Sholto zu zeigen, dass sie an seinem Leben teilhaben konnte. Inzwischen hatte sie verstanden – und sogar akzeptiert –, wie die Dinge lagen, und sie hätte sich damit zufriedengegeben, einfach nur mit ihm befreundet zu sein. Sie brauchte einen Freund. Stattdessen hatte sie erfahren, dass kein einziger Augenblick zwischen ihnen beiden jemals echt gewesen war. Alles war Lüge. Sie konnte Sholto nicht vertrauen, das wusste sie jetzt.

»Es tut mir leid, Effie …«

Sie hörte an seiner Stimme, wie bewegt er war.

»Dich zu verletzen ist das Letzte, was ich je wollte.«

Sie schüttelte den Kopf, wie um die Worte zu vertreiben, aber sie schwebten in der samtenen Dunkelheit, die alles umfing. Sholto und sie waren hier draußen ganz allein.

»Du bist das Einzige, was ich je wollte. Und das Einzige, was ich nicht bekommen konnte.«

Sie presste die Hände auf die Ohren, um seine Worte nicht zu hören, aber sie konnte sie spüren, und alle Wut fiel in sich zusammen. Die Tränen, die sie so lange zurückgehalten hatte, strömten endlich über ihre Wangen. Sie schniefte und wischte sich über die Augen.

Es war nur ein winziger Laut …

»Es tut mir leid.«

Die Stimme klang sanft und plötzlich so nah, dass Effie zusammenzuckte. Sie fuhr herum und wich von der Mauer zurück, an der sie gestanden hatte, konnte Sholto aber nicht sehen. Sie starrte auf die Hecke, als könnten die Blätter plötzlich verdorren und abfallen und er dahinter zum Vorschein kommen, aber sie blieben unverändert frisch und versperrten ihr die Sicht.

Stille trat ein, die grüne Wand zwischen ihnen. Er war in ihrer Nähe und doch so weit weg, auf der anderen Seite.

»Es tut mir leid, dass du auf diese Weise von meiner Verlobung erfahren musstest. Ich wollte dir bereits auf St. Kilda von … meiner Situation erzählen. Deshalb wollte ich dich doch vor meiner Abreise noch einmal treffen! Um dir zu sagen, dass ich die Verlobung lösen will.«

Sie sagte nichts, bewegte sich nicht. Er log.

Dann hörte sie ein Seufzen, ein leises Rascheln, als würde er mit der Hand über Blätter streichen. »Ich habe dir an jenem Abend eine Nachricht im Bullenstall hinterlassen, so wie ich es versprochen hatte. Darin habe ich dich um ein Treffen gebeten.«

Sie runzelte die Stirn. Dort war doch eine Nachricht von ihm gewesen?

»Ich habe am An Lag gewartet, aber du bist nicht gekommen.«

Am An Lag? Nicht am Sturm-Cleit? Hatte Mathieson die Nachrichten vertauscht?

»Dass du nicht aufgetaucht bist, habe ich als Antwort aufgefasst. Ich dachte, du hättest eine Wahrheit akzeptiert, die ich nicht sehen wollte. Dass du im Gegensatz zu mir in der Lage warst, die Realität unserer Situation zu erfassen und … angemessen darauf zu reagieren.«

Wieder trat Schweigen ein. »Wenn ich gewusst hätte, dass du schon« – er räusperte sich – »mit einem anderen zusammen warst …«

Effie presste sich die Hand vor den Mund, und Tränen strömten über ihr Gesicht.

»Natürlich war es arrogant von mir, anzunehmen, dass du das nicht wärst.« Er seufzte wieder. Es klang erschöpft und resigniert. »Du hast recht, wenn du mich hasst. Ich hasse mich ja selbst. Aber du musst mir glauben, dass es mir leid tut, Effie – dass ich dich geküsst habe, obwohl ich kein Recht dazu hatte, weil ich glaubte, dass du genauso für mich empfindest wie ich für dich. Und ich bedauere, wie ich mich dir gegenüber verhalten habe, als du angekommen bist. Mein Vater hatte dich hierhergeholt, und ich hatte nicht das Recht, dir das Leben so schwer zu machen.«

Sie konnte nicht glauben, was sie da hörte.

»Aber ich war wütend, verstehst du?«, fuhr er fort. »So viele Monate hatte ich versucht, dich zu vergessen, so wie du mich offenbar vergessen hattest. Ich hatte geglaubt, die Erinnerung an dich würde mit der Zeit verblassen, und dann wäre ich wieder in der Lage, meine Zukunft mit Sid zu akzeptieren. Vor St. Kilda waren wir ganz gut miteinander zurechtgekommen. Aber dann standest du plötzlich vor mir, in der Bibliothek, und sahst mich an, als hättest du mich in jener Nacht gar nicht zurückgewiesen … Und da wusste ich, dass sich bei mir nichts geändert hatte. Ich empfand immer noch dasselbe.«

Effie kniff die Augen zusammen.

»Ich fühlte mich in meinem Stolz verletzt. Freundschaft war für dich genug, aber nicht für mich.« Er räusperte sich erneut. »Ich war außer mir, als ich sah, wie du mit Felton geredet hast. Ich dachte, du würdest dich für ihn entscheiden, und ich … konnte es nicht aushalten. Ich kenne ihn schon mein Leben lang, wir haben als Kinder zusammen gespielt, und auf einmal konnte ich seinen Anblick nicht mehr ertragen. Ich wollte, dass er von hier verschwindet. Und wozu das Ganze?« Seine Stimme wurde lauter, und Verzweiflung und Enttäuschung schwangen darin mit. »Wo du doch schon die ganze Zeit mit einem anderen verheiratet warst!«

Effie verbarg das Gesicht in ihren Händen. Die Tränen wollten nicht aufhören zu fließen. Jedes Wort, das er sagte, machte es noch schlimmer. Wie konnte sie ihm erklären …

»Warum hast du mir nichts davon gesagt?«

Sie hob den Kopf, als sie merkte, dass seine Stimme jetzt aus einer anderen Richtung kam, und sah ihn nur ein paar

Schritte entfernt am Ende des Pfades stehen. Er trug sein Jackett nicht mehr, wahrscheinlich hatte er es abgelegt, als er über das Tor geklettert war, aber sie sah einen Fetzen blauer Seide in seiner Hand.

Sie sah ihn erstaunt an. »Wie …?«

»Als Kind habe ich immer hier gespielt«, murmelte er. »Ich würde mich hier mit verbundenen Augen zurechtfinden.«

Eine gefühlte Ewigkeit starrten sie einander an. Sie sah den Schmerz in seinem Gesicht, spürte die Tränen auf ihren Wangen.

Er machte einen Schritt auf sie zu. »Warum hast du es mir nicht einfach erzählt? Es hätte mir so viel Schmerz erspart …«

»Weil es nicht so ist, wie du denkst«, sagte sie schnell. »So ist es nicht.«

Er sah nicht überzeugt aus, sein ganzer Körper wirkte angespannt. »Wer ist es? Ich muss es wissen. Sag mir seinen Namen.«

Sie spürte, dass sie anfing zu zittern. Schon allein über ihn zu sprechen war zu viel. »Es spielt keine Rolle mehr. Er ist tot.«

Sein Gesichtsausdruck veränderte sich. »Was?«

»Er ist gestorben.«

»… Wann? Wie?«

Sie wich seinem Blick aus. Weder wollte sie darüber sprechen noch daran denken.

»Effie …« Er trat entsetzt auf sie zu, blieb aber stehen, als sie zurückwich.

»Ich bin nicht traurig darüber. Ich habe ihn nicht geliebt«, sagte sie schnell. Trotzig.

Sholto starrte sie an, sah, dass sie die Fäuste ballte und dass ihre Augen unnatürlich glänzten. »Effie … Du musst mir erzählen, was passiert ist.«

Sie schüttelte heftig den Kopf. »Nein, das muss ich nicht. Es ist vorbei, und ich will nie wieder an ihn denken. Ich will seinen Namen nicht aussprechen. Er ist tot, und ich bin froh darüber, und das gebe ich auch zu. Ich habe ihn gehasst!«

Sie konnte seinen Blick kaum ertragen und wusste, dass er ihr die Abscheu vor jener Nacht ansehen konnte, und dass sie dadurch die ganze Geschichte preisgab, die sie vor ihm verbergen wollte. *Sie wirkten, als würden Sie ihn hassen.*

Ein Schatten glitt über Sholtos Gesicht, und er wurde blass. »Sag mir seinen Namen.«

Sie schüttelte den Kopf, und Sholto trat zu ihr, ohne auf ihren Protest zu achten.

»Effie, sag mir seinen Namen.« Er legte ihr die Hände auf die Arme, aber sie sah ihn nicht an. Seine Stimme klang rau. »Sag mir, dass es nicht … er war.«

Jetzt blickte sie zu ihm auf, die Augen voller Tränen.

Er schlug sich die Hand vor den Mund, dann rieb er sich übers Gesicht, die Augen geschlossen. »O Gott, nein«, murmelte er kopfschüttelnd. »Nicht er.«

Sie spürte Panik in sich aufsteigen, als sie seine Verzweiflung sah. »Er hat deine Nachricht aus dem Bullenstall genommen und seine eigene an ihren Platz gelegt«, sagte sie zögernd. »Darin hat er mich zum Sturm-Cleit geschickt, auf die andere Seite des Tals, weit weg von dir.«

Sholto starrte sie fassungslos an, als er den Betrug des Verwalters erkannte. »Nein.«

»Dort hat er auf mich gewartet. Er hat mich …« Sie schluckte. »Er hat mich gezwungen, mit ihm über den Besenstiel zu springen …«

»Was?«

»Er hat mich … zu seiner rechtmäßigen Frau gemacht.«

Er schien um Atem zu ringen. »Aber das ist eine Lüge! Besenstiel-Hochzeiten sind nicht rechtsgültig!«

»Hier vielleicht nicht. Ihr kennt die alten Regeln nicht. Aber dort war das anders. Dort waren die Gesetze … anders.«

»Hat er …?« Sein Atem ging jetzt schwer, er ballte die Hände zu Fäusten. Sie merkte, wie er innerlich mit sich rang.

»Er hat es versucht. Aber Mhairi und Pop…« Sie schluchzte auf. »Poppit hat ihn davon abgehalten. Sie hat ihn ins Bein gebissen … Dann hat er sie getreten, ihr die Rippen und das Bein gebrochen.«

»Deshalb hat er gehumpelt?«, flüsterte er. »Er hat behauptet, er sei auf einen Nagel getreten.« Er starrte Effie entsetzt an.

»Aber es ist vorbei. Er ist weg, und ich bin froh darüber«, sagte Effie und reckte trotzig das Kinn.

Sholto wurde blass. »Effie, was hast du getan?«

Sie starrte ihn eine Weile an. »Das, was ich tun musste … um ihm zu entkommen. Er wollte mich holen … und ich wusste, dass ich ein solches Leben nicht ertragen würde.«

Er nickte und legte ihr die Hände auf die Oberarme. »Ich verstehe das, aber du musst mir erzählen, was du getan hast. Alles. Nur so kann ich dir helfen. Wenn du mich im Unklaren lässt …«

»Ich kann dich da nicht mit reinziehen«, sagte sie verzweifelt.

»Aber ich bin schon mittendrin! Du musst mir erzählen, was passiert ist. Ich kann dir nicht helfen, wenn ich es nicht weiß.«

Für seine Hilfe war es längst zu spät. Weir hatte das Buch und damit alles, was er brauchte, um die »ungewöhnliche« Beziehung nachzuweisen, die er zwischen ihr und Frank Mathieson vermutete. Es war vorbei, die Uhr tickte bereits. Sie sah die Angst in Sholtos Augen. Er litt Höllenqualen. Wenn es ihm half, und wenn auch nur für einen Augenblick, zu glauben, dass man etwas tun konnte … Sie holte tief Luft. »In der Nacht vor der Evakuierung hat er mich vor der Kirche abgefangen – wie Bonner gesagt hat. Er drohte, meinem Vater zu erzählen, dass wir verheiratet seien. Er sagte, er habe mir diese letzte Woche auf der Insel mit meinem Vater zugestanden – aber aufs Festland würde ich mit ihm gehen. Als seine Frau.«

Sholto blinzelte. »Was hast du geantwortet?«

»Ich habe zugestimmt. Ich hatte mich monatelang für diesen Moment gewappnet. Seit dem Abend, an dem er mit dir die Insel verließ, hatte ich gewusst, dass er wiederkommen würde. Also hatte ich mich vorbereitet, hatte meine Köder ausgegraben und alles geplant. Ich versuchte, nie allein zu sein, wusste aber, dass das unmöglich zu schaffen war; irgendwann würde er mich irgendwo abfangen. Poppit ließ ihn während dieser Tage nicht in meine Nähe, aber es brauchte nicht mehr als einen kurzen Augenblick allein vor der Kirche … Also habe ich so getan, als hätte ich mich mit der Ehe abgefunden. Ich habe behauptet, dass er eine bessere Partie sei, als ich sie mir je erhofft hätte, und dass er lange genug habe warten müssen.« Sie schluckte und zitterte, als sie an ihre Lügen dachte. »Ich habe ihn dazu gebracht, mich um Mitternacht auf der anderen Seite der Insel zu treffen«, sagte sie ruhig.

»In der Glen Bay?« Sholto runzelte die Stirn. »Hatte er nichts dagegen, so weit vom Dorf fortzugehen?«

»Ich sagte ihm, wir sollten irgendwo für uns sein, wo wir Zeit hätten und niemand uns stören würde …«

Sholto presste die Lippen aufeinander, er verstand genau, was sie meinte.

»Ich habe ihn betrunken gemacht, bis er das Bewusstsein verlor, dann habe ich ihn gefesselt. Als Nächstes legte ich ein Messer in seine Reichweite, so, dass er es sehen konnte. Ich habe ihm auch eine Schafsblase voller Wasser dagelassen – genug für vier Tage, wenn er sparsam war – und ein paar Haferkekse. Die *SS Dunara* sollte ein paar Tage nach unserer Abreise anlegen, aber …« Sie biss sich auf die Unterlippe. »Es wurde stürmisch, und die Überfahrt verzögerte sich. Zu spät für ihn.«

Er runzelte die Stirn. »Dann wolltest du ihn also nicht töten?«

»Ich wollte ihm nur entkommen. Aber was macht das

jetzt noch für einen Unterschied.« Sie zuckte mutlos mit den Schultern.

»Es kommt auf das Motiv an, Effie! Im schlimmsten Fall ist es Totschlag, nicht Mord. Und du hattest Angst vor dem, was er tun würde. Wir könnten auf Notwehr plädieren. Das macht einen gewaltigen Unterschied.« Er sah sie eindringlich an. »Denk jetzt genau nach. Hat dich jemand gesehen?«

»Ich glaube nicht. Es war dunkel, und alle waren so beschäftigt.«

»Weiß irgendjemand, was du getan hast?« Sein Blick war verzweifelt.

Sie biss sich auf die Unterlippe. »Es gib eine Person, die es vielleicht … vermuten könnte.«

»Wer?«

»Ich habe einen Trawler-Kapitän gebeten, mir auf dem Festland etwas Whisky zu kaufen. Auf der Insel gab es keinen.«

»Hmmm. Ich sehe keinen Grund, warum er deine Whiskyflasche mit dem Tod des Verwalters in Verbindung bringen sollte. Was hast du ihm erzählt, wofür du sie brauchtest?«

»Um den Bullen zu betäuben. Für die Evakuierung.«

Die Spur eines Lächelns blitzte in seinen Augen auf und war im nächsten Moment wieder verschwunden. Er wandte den Blick ab und starrte nachdenklich ins Leere. »Es ist jetzt ein paar Wochen her, dass er gefunden wurde, und bisher hat sich niemand gemeldet. Das ist ein Grund zur Hoffnung«, erklärte er ruhig. »Ich werde Sir John fragen, was die Polizei weiß. Herausfinden, wo die Ermittlungen stehen.«

»Bitte, du darfst dich nicht einmischen. Je weniger du damit zu tun hast …«

»Wenn du glaubst, dass ich zulasse, dass dir seinetwegen noch mehr passiert …« Seine Stimme klang scharf, aber sie wusste, dass seine Wut nicht ihr galt. Schnell griff er nach ihrer Hand und drückte sie an seine Wange, dann küsste er die Innenseiten ihrer Handgelenke. »Es tut mir leid. Aber ich werde nicht zulassen, dass er dich mir noch einmal wegnimmt, Effie. Das hat er zu seinen Lebzeiten getan, und ich will verdammt sein, wenn er es im Tod noch einmal tut.«

Sie sah zu ihm auf, spürte seinen verzweifelten Wunsch, sie zu beschützen, und wusste, dass es hoffnungslos war. Selbst wenn der Kapitän den Whisky noch nicht mit Mathiesons Tod in Verbindung gebracht hatte, würde er den Zusammenhang bald herstellen: wenn Weir erst das Buch als Beweis angeführt hätte. Ihre Beziehung zum Verwalter war Grund genug, ihn umzubringen. Aber es hatte keinen Sinn, Sholto mit etwas zu beunruhigen, gegen das er nichts ausrichten konnte. »Es wird schon alles gut gehen. Ich bin sicher, dass niemand uns gesehen hat. Wie du schon sagtest, mich hat bisher niemand abgeholt, und mit jedem Tag, der vergeht …«

Er nickte hefig und küsste erneut ihre Handgelenke. Dann hielt er sie fest, als wäre sie etwas Heiliges, Kostbares. Etwas, das man beschützen wollte, nicht besitzen.

Als er sie ansah, lag Sorge und Bedauern in seinem Blick.

Wie viel hatten sie erlitten – und verloren – für wenige süße Momente? Wie viele solcher Momente würden noch folgen?

Oder war dies der letzte?

Die Zeit schien stillzustehen. Sie beugte sich vor und küsste ihn, spürte seine Anspannung, seine nassen Wangen an ihren, seine weichen Lippen, als er sie schließlich an sich zog und genau so küsste, wie er es am Seil getan hatte, vor der Welt verborgen, als es nur sie beide gegeben hatte. Sie versteckten sich immer noch, aber diesmal klammerten sie sich nicht an einem Felsen fest, und sie hatte keine Angst zu fallen. Sie ließ zu, dass er sie zu Boden zog, und seufzte, als seine Hände über ihren Körper wanderten. Das üppige Gras duftete süß in der Nachtluft, während die einsame Eule in dem weit entfernten Baum nach ihrem Gefährten rief.

30. Kapitel

»Effie!«

Der Wind trug die Stimme davon. Er zerrte an dem Laken, dass sich in Effies Händen wand wie ein widerspenstiges Kind, als sie versuchte, es auf die Leine zu hängen. Die Haare peitschten ihr ins Gesicht, aber sie lächelte nur. Nichts würde heute ihr Glück zerstören können. Sie fühlte sich wie neugeboren, wie von Engeln geküsst.

Aber es war jemand anderes, der sie geküsst hatte, ein ganz und gar irdisches Wesen. Sie konnte an ihrer Haut noch das Gras riechen, die kühle, feuchte Erde in ihrem Haar. Es schien ihr, als habe Sholto sie tief in die Erde gedrückt und dadurch eine Form für sie geschaffen, sodass auch sie jetzt hierhergehörte. Und eine Heimat hatte!

Sie schloss die Augen und hatte immer noch das Gefühl zu schweben, während sie sich der Erinnerung an die letzte Nacht hingab. Endlich verstand sie die glühende Leidenschaft ihrer Freundin Flora, wenn sie ihr aufgeregt und mit glänzenden Augen davon erzählt hatte.

»Effie!« Jemand tippte ihr auf die Schulter, und als sie sich umdrehte, sah sie ihren Vater, der sie fragend ansah. »Bist du taub, Lass? Oder schläfst du im Stehen? Billy ist hier.«

»Billy?« Sie ließ die restliche Wäsche im Korb liegen und folgte ihrem Vater ins Haus. Wegen seiner mangelnden

Englischkenntnisse war er während der letzten Wochen schüchterner geworden. Felton sprach natürlich Gälisch mit ihm, und das tat ihm gut, aber all die neuen Gesichter, die unterschwelligen Hierarchien und das prächtige Anwesen überforderten ihn.

Tatsächlich stand Billy auf dem Pfad vor dem Haus, ein weiches, in Baumwollstoff gepacktes Bündel in der Hand. Er stand mit dem Rücken zu ihr und hatte das Gesicht zur Sonne erhoben.

»Hallo, Billy«, sagte sie und trat näher, während ihr Vater hinter ihr stehen blieb.

Billy drehte sich um. »Hallo, Effie. Mrs McKenzie wollte, dass ich dir das hier bringe.«

Er streckte ihr das Bündel entgegen, und sie nahm es ihm ab. »Was ist das?«

»Deine Kleider. Sie sind gewaschen und gebügelt.«

Ihre Blicke kreuzten sich. Sibyl hatte ihre Kleider gestern Abend noch getragen. Sie in dieser kurzen Zeit zu waschen und zu trocknen … Wann hatten die Wäscherinnen damit angefangen?

»Sie hat darauf bestanden, dass du die Sachen so schnell wie möglich zurückbekommst«, sagte er, als hätte er ihre Gedanken erraten.

Effie öffnete das Bündel. Johns Jacke, die sie so dilettantisch gestrickt hatte, lag unförmig, aber sauber – keine Preiselbeerflecken mehr – zuoberst. Effie verstand sofort, was diese Geste bedeutete: Sie war ein Akt der Solidarität. Die Dienstleute wollten nach Sibyls Boshaftigkeit von gestern Abend freundlich zu ihr sein. Das bedeutete aber auch, dass alle von ihrer öffentlichen Demütigung wussten.

»Es ist nur meine Wäsche, Vater«, sagte sie auf Gälisch und zeigte sie ihm.

»Ah«, sagte er teilnahmslos und schlurfte zurück ins Cottage, um weiter den Boden zu fegen.

Billy sah ihm schweigend nach.

»Sie ist weg«, sagte er dann, und sein vielsagender Blick verriet, wen er meinte.

»Weg?« Dann hatte Sholto es wirklich getan? Er hatte es angekündigt – aber so schnell? Effies Herz machte einen Satz.

»Aye. Fraser hat sie heute Morgen zum Bahnhof gebracht.«

»Nicht Sholto?«

»Nein. Der nicht.« Diesmal korrigierte Billy ihre ungebührliche Vertraulichkeit nicht.

Effie starrte auf das Wäschebündel, um zu verbergen, wie aufgewühlt sie war, aber sie wusste, dass ihre Wangen gerötet waren. Sie konnte ihre Gefühle kaum im Zaum halten – sah Billy ihr an, wie glücklich sie war? War ihr Geheimnis kein Geheimnis mehr?

»Also … Da wird Henry sich freuen«, sagte sie leichthin, ein leises Lächeln auf den Lippen.

Seine Augen blitzten, als er erwiderte. »O ja, er ist im siebten Himmel.«

Beim Gedanken daran, wie der Lakai Margaux jeden Morgen durch den Rosengarten geführt hatte, musste Effie leise kichern. Aber die Großkatze war jetzt weg, und ihre Besitzerin mit ihr.

Effie drückte ihre Kleider fest an sich. Sie hatte geglaubt, sie nie zurückzubekommen, diese Erinnerungen an ihren Bruder.

»Ich dachte, das solltest du wissen«, sagte Billy. »Aber jetzt muss ich zurück. Es ist einiges los da drüben, Nach der Party muss noch aufgeräumt werden, bevor der Graf und die Gräfin heute zurückkommen.«

Effie war überrascht. »Sie kommen heute zurück?«

»Aye«, stöhnte er.

»Da müsst ihr ganz schön zu tun haben! Wann war die Party zu Ende?«

»Oh, nicht lange nachdem Lord Sholto dir in den Garten gefolgt ist und Lady Sibyl sich in ihr Zimmer zurückgezogen hat«, sagte Billy rundheraus und brachte sie damit erneut in Verlegenheit. Er sah aus wie damals in der Dienstbotenhalle, als die Frage, wo die Lilien gelandet waren, die Hausdame in Panik versetzt hatte. Damals war Effie verwirrt gewesen, aber jetzt verstand sie: Billy wusste, dass sie das getan hatte, was der Pfarrer immer als schlimme Sünde beschrieben hatte. Flora hatte sie davor gewarnt, und der Verwalter hatte mit seinem Leben dafür bezahlt, dass er es verhindern wollte. Und dennoch bereute sie keine Sekunde davon.

»Weißt du, in letzter Zeit siehst du anders aus. Du wirkst nicht mehr so … verloren.«

»Ich dachte schon, du würdest ›wild‹ sagen.«

Er lachte. »Ha! Nein, das wirst du vermutlich immer bleiben, egal, was passiert.«

Egal, was passiert. Trotz der Freude, die sie an diesem Morgen empfand, war ihre Zukunft immer noch ungewiss.

Selbst im absoluten Glück … schwang absolute Verzweiflung mit. Sie konnte nicht so tun, als gäbe es diesen Schatten aus der Vergangenheit nicht. Auch an einem sonnigen Tag fiel er über sie, ließ sie frieren bis auf die Knochen und verfolgte sie auch in ihren Träumen. Auf gewisse Weise mochte sie von Frank Mathieson befreit sein, aber sie war ihm nicht ganz entkommen. Solange Weir das Buch hatte, konnte der Tote noch Rache üben.

»Bis dann, Effie.« Er tippte an seine Kappe und ging auf dem Pfad zurück. Sein Fahrrad war an eine Mauer gelehnt, und er schwang sich auf den Sattel. »Oh, aye … wenn man vom Teufel spricht. Sieht aus, als hättest du schon wieder Besuch«, sagte er mit seinem typischen Grinsen.

»Wer ist es?« Sie trat ein Stück nach vorne und sah einen Reiter, der direkt auf sie zugaloppierte.

Billy zwinkerte ihr zu. »Junge, da wäre ich jetzt gerne dabei …«

»Verschwinde!«, schimpfte sie lachend.

Er klingelte einmal und trat in die Pedale, während Effie sich an das Gartentor stellte, um auf die Ankunft des Besuchers zu warten. Sholto nickte Billy zu, als er an ihm vorbeiradelte und dabei ehrerbietig seine Kappe hob.

»Effie«, sagte Sholto, während er näher kam und die Zügel anzog, und sie erkannte auf den ersten Blick, dass auch er seine Gefühle kaum verbergen konnte. Das, was sie in der vergangenen Nacht zusammen erlebt hatten, war kein Traum gewesen.

Er hatte einen Korb vor sich auf den Knien, und er nahm ihn und sprang damit vom Pferd, dann legte er die

Zügel über den Torpfosten. Effie trat zurück, um ihn vorbeizulassen. Sein Blick fiel auf das Bündel in ihren Armen. Anscheinend wusste er, was es enthielt.

»Wie geht es dir heute Morgen?«, fragte er leise.

»Sehr gut«, antwortete sie. Sie wünschte, sich wieder in seine Arme werfen zu können. »Und dir?«

Seine blauen Augen strahlten wie die Sonne. »Prächtig.«

»Prächtig«, wiederholte sie. Selbst der Klang dieses Wortes gefiel ihr, ganz abgesehen von seiner Bedeutung. Keine Reue.

»Wieder ein Picknick?«, fragte sie mit einem Blick auf den Korb in seinen Armen.

Er zögerte. »Eigentlich nicht.«

»Was dann?«

»Schau hinein, dann weißt du es.«

Mit einem nervösen Lachen hob sie den Deckel – und eine kalte, nasse Schnauze streckte sich ihr entgegen.

»Slipper?«, stieß sie hervor. Sie ließ das Bündel fallen, griff in den Korb und zog den kleinen Hund in ihre Arme, der glücklich zappelte. »Aber warum …?«

Eine weitere kalte, nasse Schnauze tauchte auf. Effie blinzelte erstaunt. »Du hast zwei mitgebracht?«

Sein Lächeln war dasselbe, das sie von St. Kilda kannte. Schlichte, spontane Fröhlichkeit.

»Sholto, was ist los?«, sagte sie und lachte. »Weiß Huw davon?«

»Huw hat sie mir selbst gegeben. Besser gesagt habe ich einen gekauft und den anderen als Geschenk bekommen, für dich.«

»Aber warum macht er mir ein Geschenk?«, fragte sie verwirrt. »Das verstehe ich nicht.«

»Ich bin heute Morgen zu ihm gegangen. Wir kennen einander seit unserer Kindheit, und ich wollte die Dinge zwischen uns wieder in Ordnung bringen. Das musste ich.«

Sie schluckte. »Du meinst …?«

Er nickte. »Ich habe ihm von uns erzählt.«

»Sholto.« Jetzt flüsterte sie. »Das darfst du nicht.«

»Aber ich habe es getan«, sagte er fest. »Und jetzt werde ich es auch allen anderen sagen. Meinen Eltern.«

Sie schüttelte den Kopf, spürte Panik in sich aufsteigen. »Nein.«

»Effie – doch.« Er suchte ihren Blick. »Doch.«

»Aber was, wenn …«

»Wenn es zum Schlimmsten kommt, kann ich dich besser beschützen, wenn du meine Ehefrau bist.«

»Ehefrau?«

Er blinzelte. »Ich meine es ernst, Effie. Ich will dich nicht noch einmal verlieren.«

Sie schüttelte den Kopf. »Das kannst du nicht tun. Die Schande für deine Familie …«

»Hör auf. Ich könnte mich niemals für dich schämen.«

»Deine Eltern werden das anders sehen, das kannst du mir glauben!«

»Sie kommen heute Nachmittag zurück«, sagte er entschlossen. »Dann werden wir es ihnen sagen.«

»Sholto …«, protestierte Effie. Sie wusste, dass sie ihm von Weir erzählen musste, bevor er noch weiter ging. Sie musste ihm sagen, dass es keine Hoffnung gab. Die Polizei würde sie abholen, sobald sie das Buch hatten. Es würde ihnen das Tatmotiv auf dem Silbertablett liefern. Ob Notwehr oder nicht – was sie getan hatte, ließ sich nicht leugnen.

Er legte einen Finger auf ihre Lippen. »Mir ist klar, dass es ein Schock für sie sein wird, aber sie finden dich entzückend, und sie wollen, dass ich glücklich bin.«

Sie schüttelte den Kopf. »Entzückend reicht nicht«, flüsterte sie und blickte zum Cottage, um nach ihrem Vater Ausschau zu halten. »Eine Heirat mit mir würde die Leute schon genug schockieren, aber eine Ehefrau im Gefängnis …?« Ihre Stimme brach. »Nein. Ich habe etwas Schreckliches getan, und du musst dieser Tatsache ins Auge sehen. Es stimmt genau, was sie sagen. Ich bin zu wild.«

Er nahm ihre Hand und küsste sie. »Effie, hör mir zu. Ja, die Leute werden reden, und manche werden sich sogar von mir abwenden – aber das ist mir egal. Du hast mir gezeigt, was Freiheit bedeutet, du bringst mich zum Lachen. Nie fühle ich mich so lebendig, wie wenn ich mit dir zusammen bin. Es ist doch gerade deine Wildheit, die ich liebe, verstehst du?«

Sie sah ihn an. Selbst jetzt, da keine Lügen mehr zwischen ihnen standen, blieben Hindernisse. »Ich kann meinen Vater nicht verlassen. Er braucht mich.«

»Ich weiß, und ich dachte, er könnte bei uns im Haus leben. Aber Felton sagt, dass er das hassen würde.«

Sie musste lächeln. Felton hatte recht. Ihr Vater würde mit den vielen Treppen in dem großen Haus nicht zurechtkommen und sich auch nicht wohlfühlen. Er fing an, in ihrem Cottage Wurzeln zu schlagen. Jeden Morgen pflückte er sich zum Frühstück einen Apfel im Garten, und außer den Kartoffeln, dicken Bohnen und Karotten, die er in Lazybeds gepflanzt hatte, pflegte er jetzt auch Blumenbeete. Am Anfang hatte er nicht akzeptieren wollen, dass nicht alles nützlich sein musste, sondern auch einfach nur schön sein konnte, aber dann waren ein paar von den Gärtnern – die, wie sich herausstellte, ebenfalls Gälisch sprachen – mit Geißblatt- und Rosensetzlingen bei ihm vorbeigekommen und hatten ihm Tipps gegeben.

»Aber Felton wohnt gleich hinter den Bäumen und sagt, er wird ihm weiterhin jeden Abend Gesellschaft leisten. Er will auch dem Welpen beibringen, auf ihn aufzupassen, dann wird dein Vater nie allein sein. Außerdem kann sich eins der Dienstmädchen um seinen Haushalt kümmern, und Mrs McLennan kann Billy mit dem Abendessen zu ihm schicken. Und wir beide wären auch in der Nähe.« Er zeigte mit einem Kopfnicken auf das stattliche Herrenhaus. »Du würdest ihn weiterhin jeden Tag sehen.«

Er hatte an alles gedacht, aber Effie wusste, dass die Gesellschaft des Wildhüters alles war, was ihr Vater brauchte. Jeden Tag füllte Huw Felton die Lücke, die ihr Bruder hinterlassen hatte. Er war kein besonders emotionaler Mann, aber ein guter. »Was hat Huw gesagt, als du ihm von uns erzählt hast?«, fragte sie ruhig.

»Er sagte …« Sholto dachte einen Augenblick nach, eine

kleine Falte zwischen den Brauen. »Er sagte: ›Manchmal brennt ein Feuer zwischen zweien, die es nie entzündet haben.‹ Verstehst du das?«

Sie lächelte nur. Es war eine alte Redensart von den Hebriden und vielleicht wieder ein Zeichen dafür, wie gut Felton zu ihr passte – auch wenn ihr Herz es besser zu wissen glaubte. Es hatte vom ersten Moment an für Sholto geschlagen.

Slipper kuschelte sich in ihre Halsbeuge, und Effie vergrub ihr Gesicht im weichen Fell des Welpen. »Gehört sie jetzt wirklich mir?«

»Felton hat gesagt, dass sie vom ersten Augenblick an zu dir gehört hat. Sie ist sein Hochzeitsgeschenk.«

Sie lächelte, und während sie den warmen, schweren Körper an sich drückte, spürte sie, wie etwas in ihr heilte, wie eine Wunde sich schloss. Mit einem Seufzen blickte sie wieder zu Sholto. »Dann bist du dir wirklich sicher? Ich kann dich nicht davon abbringen?«

Sein Lächeln wurde breiter, seine Augen funkelten. »Wo ist dein Vater?« Sein Blick wanderte zum Cottage.

Effie drehte sich um und sah ihren Vater in der Tür stehen, den anderen Welpen – der zu ihm gelaufen war – auf dem Arm. Er sah sie erstaunt an.

»Sie ist für dich, Vater«, sagte Effie auf Gälisch und ging zu ihm. »Huw wird sie für dich ausbilden.«

»Für mich?«, fragte er. »Warum?«

Sie schluckte. »Damit du nicht allein bist.«

Ihr Vater starrte sie an, als hätte sie mehr gesagt als diese einfachen Worte.

Sholto trat vor. »Mr Gillies, ich liebe Ihre Tochter«, sagte er. Auf Gälisch!

Effie blieb der Mund offen stehen, und auch ihr Vater sah erstaunt aus.

»Würden Sie mir die Ehre erweisen und mir erlauben, um Effies Hand anzuhalten?«

Verblüfftes Schweigen trat ein.

»Wo … wo hast du das gelernt?«, flüsterte Effie.

»Von Felton«, murmelte er, ohne den Blick von ihrem Vater zu wenden.

Effie sah ebenfalls ihren Vater an. Also?

Er hielt ihren Blick eine Weile fest, und das Schweigen zwischen ihnen sagte mehr als tausend Worte. Er hatte so viel in seinem Leben verloren, und das Wenige, das ihm gehörte, war kostbar.

»Hab ich nicht immer zu dir gesagt: ›Schau dich in der Ferne um, aber heirate in der Nachbarschaft?‹«, sagte er schließlich mit einer ausholenden Geste vom Garten des Cottages über die Felder zum großen Herrenhaus.

Sie lachte. Sie waren praktisch Nachbarn, wenn auch mit dreihundert Schafen und achtzig Hektar Land dazwischen. »Bist du dir sicher, Vater?«

»Er liebt dich. Und er hat Schafe«, sagte er und zuckte mit den Schultern.

»Und eine Grafschaft. Aber ja, Schafe auch.« Immer noch lachend fiel Effie ihrem Vater in die Arme, nahm den Geruch von Torffeuer wahr, der immer noch an ihm haftete. Dann schüttelten die beiden Männer einander ernsthaft die Hand.

»Ich frage mich …«, murmelte Sholto und betrat das Cottage.

»Was macht er da? Du verlässt mich doch jetzt noch nicht, oder?«, fragte ihr Vater, als Sholto im Inneren verschwand.

»Nein, aber …« Sie hatte keine Ahnung, was Sholto vorhatte – bis Sholto einen Augenblick später wieder auftauchte, mit einem Besenstiel in der Hand. Lächelnd legte er ihn vor den Füßen ihres Vaters auf den Boden und sah fragend zu ihm auf.

Ihr Vater nickte zustimmend.

»Du weißt, dass das nicht rechtmäßig ist«, sagte Effie lachend, als Sholto sie an der Hand nahm und um den Besenstiel herumführte.

»Doch, wenn wir es beide wollen. Ich heirate dich auf jede Weise, die möglich ist, Effie Gillies.« Seine Augen glänzten. Sie wusste, warum er das tat. Nicht nur Ehrerbietung gegenüber den alten Traditionen ihrer Insel stand dahinter. Er wollte auch ein schreckliches Unrecht wiedergutmachen.

»Möchtest du mit mir über den Besenstiel springen?«, fragte er.

Sie strahlte ihn an. »So oft du willst.«

31. Kapitel

Sie gingen die Stufen zum Haus hinauf. Die Gärtner beobachteten sie und registrierten, dass sie sich an den Händen hielten.

»Entspann dich«, sagte Sholto lächelnd, als er spürte, wie Effie seine Hand fester umklammerte.

Henry öffnete ihnen die Tür, das Kinn erhoben, den Blick starr geradeaus gerichtet. Nichts an ihm verriet, dass er ihre verschränkten Hände bemerkte, oder wie dicht sie nebeneinander herliefen, aber Effie wusste, dass sich die Nachricht innerhalb von wenigen Minuten in der Dienstbotenhalle verbreiten und jeden Verdacht bestätigen würde. Ob Henry eine Wette abgeschlossen hatte? Oder Billy?

»Sind der Graf und die Gräfin zurück?«, fragte Sholto.

»Sie werden jeden Moment erwartet, Sir«, antwortete Henry, den Blick immer noch auf die Wand gerichtet.

»Gut. Würden Sie sie bitten, zu uns in den Blauen Salon zu kommen?«

»Ja, Sir.«

Er hielt Effies Hand fest, während sie durch den Flur gingen, Henry hinter sich. Im Salon ging Sholto zum Kamin und drückte auf einen Knopf, um nach Mr Graves zu läuten, damit er zu ihnen heraufkam. Dann wandte er sich wieder Effie zu. Er sah so gut aus in seinem Anzug, und sein Blick, als er Effie betrachtete, die in der Mitte des Raumes stand, war glühend. »Du siehst aus wie ein verirrtes Reh aus dem Wald«, sagte er und lachte leise. »Komm her.«

Sie ging zu ihm, fühlte sich wie ein Wildtier in einem Raum voller Seidenbezüge.

»Ganz ruhig. Das ist jetzt dein Zuhause.«

»Aber …«

»Kein Aber. Es ist dein Heim.« Sie sah ihn an, während er ihren Kopf umfasste und sie richtig küsste – nicht, wie er es vorhin vor ihrem Vater getan hatte, nachdem sie über den Besenstiel gesprungen waren, sondern so wie in der Nacht zuvor im Labyrinth, als sie ganz alleine gewesen waren. Sie entspannte sich etwas. Gehörte er jetzt wirklich zu ihr? Und sie zu ihm?

Sie hörten, wie der Türknauf sich drehte, und Effie fuhr zurück. Ihre Wangen brannten. Wenn der Graf und die Gräfin sie so sahen …

»Danke, Graves«, sagte Sholto und lachte über Effies Erschrecken. »Ich muss schon sagen, das ging schnell. Ich habe Henry gebeten, meine Eltern hierherzubringen, wenn sie ankommen. Würden Sie etwas Champagner kühl stellen?«

Champagner? Es war kaum Mittag. Effie war genauso schockiert, wie der Butler aussah.

»Also, Mylord, als ich gerade auf dem Weg nach oben war, wurde ich gerufen.«

Sholto runzelte die Stirn. »Ach?«

»Ich fürchte, unten herrscht etwas … Aufregung.«

»Aufregung?«

Der Butler blickte vielsagend auf Effie, dann wieder zu Sholto.

Sholto trat wieder zu ihr und nahm demonstrativ ihre Hand. Effie empfand diese Geste als schockierend wagemutig, aber Sholto ließ sich nicht beirren. »Vor Miss Gillies können Sie offen reden.«

Graves bewahrte die Haltung und nickte nur. »Sehr gut, Mylord. Unten ist ein Polizist. Er wünscht Sie zu sprechen.«

Ohrenbetäubende Stille machte sich breit.

»Was?« Sholtos Stimme klang rau, als er Effie ansah, die stocksteif dastand. »Also, was will er?«

»Es hat mit dem verstorbenen Verwalter von John McLeod zu tun.«

Sholtos Händedruck wurde fester. Es dauerte eine Weile, bis er antwortete. »Nun gut.«

Der Butler nickte und verließ den Raum. Effie sank in sich zusammen, bar jeder Hoffnung. Sholto legte den Arm um sie. »Effie, hör mir zu. Du sagst jetzt kein Wort, verstehst du mich? Ich werde mich um alles kümmern. Ich schicke ihn weg, und dann holen wir Kerr-Miller. Das ist unser Anwalt …«

Sie versuchte, sich auf seine Worte zu konzentrieren, aber er klang so weit entfernt, als wäre er in einem anderen Zimmer. Ihr Atem ging flach, ihr war schwindelig, ihre Hände zitterten. Das war es also. Eine Stunde Glück, mehr war ihnen nicht vergönnt.

»Effie, sieh mich an – du hast nichts zu befürchten! Du hast in jener Nacht nicht die Absicht gehabt, ihn zu töten. Sein Tod war ein Unfall, und du hattest keinen Einfluss auf die Ereignisse, die dazu geführt haben. Kerr-Miller wird beweisen, dass du aus Notwehr gehandelt hast und durch Mathiesons schändliches Verhalten dazu gezwungen wurdest …«

Die Tür wurde erneut geöffnet, und Effie entwand sich rasch seinen Armen.

Graves führte einen Polizeibeamten herein, dann zog er sich diskret zurück. Der Polizist nahm seinen Hut ab und nickte Sholto zu. »Lord Sholto? Ich bin Sergeant Menzies.«

»Wie kann ich Ihnen helfen, Sergeant Menzies?«, fragte Sholto kühl.

»Ich komme wegen der Ermittlungen um den Tod von Frank Mathieson.« Er zögerte und blickte fragend zu Effie, doch weder sie noch Sholto reagierten. »Es ist eine … sensible Angelegenheit. Vielleicht sollten wir unter vier Augen …?«

»Aber nein, ganz und gar nicht.«

Der Polizist zögerte immer noch. »Nun, da dies eine laufende Ermittlung ist: Darf ich Sie fragen, wer diese junge Frau ist, Sir?«

»Miss Gillies ist meine Ver…«

»Ich bin die Kuratorin für die ornithologische Sammlung des Grafen«, sagte Effie mit fester Stimme, bevor Sholto noch mehr verraten konnte.

Sholto sah sie konsterniert an. Doch sie wusste, der Moment war gekommen, es ließ sich nicht mehr ändern. Allerdings würde sie nicht zulassen, dass sich ihre Schande auf die Familie übertrug.

»Miss Euphemia Gillies?« Der Polizeibeamte runzelte die Stirn.

»Ja.«

Eine Pause trat ein. »Nun, was für ein Zufall, Sie hier zu finden, Miss Gillies. Sie sind die nächste Person, mit der ich heute reden wollte …«

Effie sank wieder in sich zusammen. Bestimmt würden ihre Beine gleich nachgeben.

»Was wollen Sie, Sergeant?«, wiederholte Sholto, und der Polizist wandte sich wieder an ihn.

»Äh, also … nun, ich würde Ihnen gerne ein paar Fragen stellen, Sir.« Er zog ein Notizbuch und einen Bleistift aus seiner Jackentasche. »Sie sind mit Sir John MacLeod befreundet, nicht wahr?«

»Ja, das sind *wir*«, erwiderte Sholto und legte die ganze Bedeutung seiner vornehmen Familie in dieses kleine Wort.

»Und wussten Sie von der Serie von Diebstählen auf dem Anwesen von Dunvegan in den letzten Monaten?«

Sholto runzelte die Stirn. »Natürlich. Sir John hat einige wertvolle Artefakte verloren, die nicht zu ersetzen sind. Er war sehr aufgebracht.«

»Erinnern Sie sich an bestimmte Gegenstände?«

Sholto dachte einen Augenblick nach. »Bonnie Prince Charlies goldener Ring wurde erwähnt.«

»Haben Sie auch etwas von einem Buch gehört?«

Effies Puls raste, doch der ahnungslose Sholto blieb ruhig.

»Ja, jetzt, wo Sie es sagen. Sein Dalwhinnie-Buch ist verschwunden. Es ist ziemlich wertvoll, denn es gibt nur acht Exemplare davon. Wir besitzen selbst eins.«

»Tatsächlich. Und das ist noch hier?«

»Ja.«

»Dann haben Sie es in der letzten Zeit gesehen?«

Sholtos Blick wurde noch misstrauischer. »Ja.«

»Sind Sie ganz sicher?«

»Absolut sicher. Warum fragen Sie mich das alles?«

»Ihr Hausverwalter, Mr Weir, hat am neunten September eine antiquarische Buchhandlung in Glasgow besucht. Wissen Sie irgendetwas darüber, Sir?«

»Ja.« Er räusperte sich und blickte zu Effie. »Ähm ... Unser Exemplar musste dringend repariert werden. Ein paar Seiten hatten sich gelöst.«

»Aber jetzt ist es wieder hier?«

»Ja. Ich habe es selbst am Bahnhof abgeholt.« Sholto starrte den Ermittler an.

»Und möchten Sie es verkaufen, Sir?«

Sholto machte ein finsteres Gesicht. »Natürlich nicht! Es ist seit beinahe hundert Jahren in Familienbesitz. Warum?«

»Der Antiquar hat berichtet, dass Ihr Hausverwalter sich nach dem Wert des Buches erkundigt hat.«

Sholto kniff die Augen zusammen. »Was? Warum sollte er das tun?«

»Ich hatte gehofft, das könnten Sie mir erklären, Sir.«

»Ich habe keine Ahnung! Wir haben nicht die Absicht, das Buch zu verkaufen. Außerdem verstehe ich nicht, was die Reparatur unseres Buches mit dem Tod von MacLeods Verwalter zu tun hat?«

Der Sergeant straffte die Schultern und steckte Stift und Notizbuch wieder in seine Jackentasche. »Ich bedaure, Ihnen sagen zu müssen, dass wir glauben, dass der verstorbene Mr Mathieson Gegenstände von vielleicht unschätzbarem Wert von Sir John MacLeod gestohlen und an Privatsammler verkauft hat – und wir vermuten, dass Mr Weir sein Komplize war.«

Sholto sah ihn verblüfft an. »Was?«

»Das Exemplar von Dunvegan wurde in einem Koffer unter Mr Weirs Bett gefunden, als wir sein Zimmer durchsuchten. Er ist wegen des Besitzes von Diebesgut und Hehlerei festgenommen worden.«

»Das glaube ich nicht!« Sholto sah Effie an, aber sie brachte kein Wort heraus. Das Blut rauschte in ihren Ohren. Mathieson und Weir …?

»Weir? Ein Dieb …?« Sholto wirkte verwirrt. »Was sagt er dazu?«

Der Polizeibeamte sah Effie an. »Nun, es ist merkwürdig, aber im Laufe des Verhörs hat Mr Weir mehrere Male Sie erwähnt, Miss Gillies.«

»Mich?« Ihre Stimme war nur ein Flüstern.

»Er sagte, er habe das Buch unter Ihrem Bett gefunden und vorgehabt, es in der Ermittlung um Mr Mathiesons Tod als Beweismittel einzureichen.«

»Das ist grotesk!«, stieß Sholto hervor. »Als Beweis wofür?«

Aber der Polizist blieb ruhig. »Kannten Sie Mr Mathieson, Miss Gillies?«

»Aye, natürlich. Ich komme von St. Kilda, und er war der Verwalter des Landlords.«

»Wie würden Sie ihr Verhältnis zueinander beschreiben?«

»Als … höflich.«

»Höflich? Mehr nicht? Nicht etwa intim?«

Effie schaffte es, empört nach Luft zu schnappen. »Natürlich nicht! Er war beinahe doppelt so alt wie ich.«

»Sergeant, ich erhebe Einspruch«, meldete sich Sholto entschieden zu Wort.

»Bitte entschuldigen Sie die taktlose Frage, aber Mr Weir behauptet, dass Mr Mathieson das Buch von Lord MacLeod gestohlen und Ihnen geschenkt hat, Miss Gillies. Als Liebesbeweis.«

»Es ist doch vollkommen offensichtlich, dass Mr Weir hier nach einem Strohhalm greift!«, höhnte Sholto. »Er versucht verzweifelt, die Aufmerksamkeit von seinen kriminellen Aktivitäten abzulenken und Miss Gillies mit hineinzuziehen, nur weil sie von St. Kilda stammt, wo Frank Mathieson gestorben ist.«

Eine Weile sagte niemand ein Wort.

Der Sergeant beobachtete Effie genau. »Haben Sie irgendetwas dazu zu sagen, Miss Gillies?«

»Nein, Sir. Ich weiß nicht, warum Mr Weir so etwas behauptet.« Ihre Stimme zitterte, als sie diese Lüge aussprach. Es kam ihr vor, als hinge ihr Leben von dem Wurf einer Münze ab: Auf der einen Seite stand die Freiheit, auf der anderen der Verlust derselben. Der Verlust ihrer Zukunft, der Verlust von Sholto … Welche Seite würde nach oben zeigen?

»Woher … woher wissen Sie, dass das Buch, das Sie gefunden haben, Lord MacLeod gehört hat?«, fragte sie ruhig.

»Es ist ein Stempel mit dem Emblem eines Stierkopfs darin, Miss Gillies. Jede Familie hat ihr eigenes Zeichen.«

»Unseres ist ein Drachen«, sagte Sholto zerstreut. Dann sah er den Polizeibeamten an. »Glauben Sie, er hatte die Absicht, auch unseres zu stehlen, und beide auf dem freien Markt anzubieten?«

»Möglich. Ein Paar von diesem wertvollen Buch würde sicher einen Aufpreis rechtfertigen. Wir glauben, dass er unauffällig versucht hat, herauszufinden, ob der Antiquar interessiert ist.«

War es so? War Weir genauso skrupellos wie Mathieson, sein Komplize? Oder hatte Mathieson allein gehandelt, und Weirs Frage, zufällig aus Neugier gestellt, hatte seinem Leben eine neue Wendung gegeben, sodass er jetzt als Bösewicht dastand, und nicht mehr Effie?

Effies Herz klopfte heftig, während sie überlegte, ob er seine Unschuld würde beweisen können, so, wie er versucht hatte, ihre Schuld zu beweisen. Nichts an dem Buch deutete darauf hin, dass es je in Effies Besitz gewesen war – kein Zeichen, keine Aufschrift. Ihr Wort würde gegen seins stehen, denn das Beweisstück, das sie mit Frank Mathieson in Verbindung gebracht hätte, stellte nun stattdessen eine Verbindung zwischen ihm und seinem früheren Freund her. Zwei Männer von ähnlichem Stand und Alter, die beide in Vertrauenspositionen für einflussreiche Familien arbeiteten … Beinahe schon war ihre Freiheit greifbar, wie ein Seevogel, der kurz davorstand, von der Thermik erfasst zu werden. Effie war sich ihrer Schuld bewusst, konnte aber nicht sagen, ob auch Weir schuldig war. Alles passte zusammen, und sie würde nichts tun, um die Geschichte zu widerlegen. Schließlich war Weir hinter ihr her. Warum sollte sie ihn retten?

Mit einem zarten Anflug von Hoffnung sah sie Sholto an. In seinen Augen las sie den drängenden Wunsch, mit ihr an einem anderen Ort zu sein.

»Miss Gillies, wo ich Sie schon einmal hier habe, würde ich Ihnen gerne noch ein paar Fragen stellen.« Die Worte des Polizeibeamten erstickten ihre Hoffnung im Keim und jagten ihren Puls erneut in die Höhe. »Wie ich schon erwähnt habe, hätte mein nächster Besuch Ihnen gegolten. Ich habe gehört, dass Sie und Ihr Vater in einem Cottage auf diesem Anwesen leben?«

»Eigentlich …«, setzte Sholto an.

»Das ist richtig, Sir«, unterbrach Effie ihn schnell. Solange die Gefahr noch nicht gebannt war, durfte Sholto auf keinen Fall verraten, wie sie zueinander standen.

»Scotland Yard ist gerade dabei, all Ihre früheren Nachbarn und Nachbarinnen von der Insel zu befragen. Wir versuchen, die Besitzer der Objekte auf diesem Foto ausfindig zu machen.« Der Polizist griff in seine Jackentasche, zog ein kleines Foto hervor und reichte es ihr.

Effies Hand zitterte, als sie es entgegennahm. Die Farben auf dem Foto waren nur als unterschiedliche Schattierungen von Grau erkennbar, aber die Gegenstände waren deutlich zu sehen. In der oberen rechten Ecke ragten vier Finger einer Hand ins Bild.

Effie wurde übel, als ihr klar wurde, was sie da sah. Sie wollte es nicht sehen. Ihn.

Aber …

Sie runzelte die Stirn, schaute genauer hin, und kalter Schweiß brach ihr aus, als sie das alte verrostete Messer erkannte, das neben einem Seil lag – jetzt durchgeschnitten. Und eine schwere Whiskyflasche – jetzt mit zerbrochenem Boden. Spritzer von etwas Dunklem waren auf den Felsen und im Gras zu sehen.

Blut?

Erschrocken sah sie den Polizeibeamten an. Er beobachtete sie genau, Bleistift und Notizbuch wieder in den Händen.

Sholto, der neben ihr stand, versteifte sich. Er merkte, dass das, was er hier sah, nicht zu dem passte, was sie ihm erzählt hatte. Das Blut und das Chaos hatten nichts mit der Szenerie zu tun, die sie zurückgelassen hatte – aber wie sollte sie ihm das erklären?

»Was ist das?«, fragte Sholto leise.

»Das ist der Tatort, Sir. So wurde das Opfer aufgefunden. Es war ein brutaler Überfall.«

»Überfall?« Das Wort kam aus ihr herausgeschossen wie eine Gewehrkugel. »Sie meinen, er wurde getötet?« Ihr Atem ging schwer, ihr Körper fühlte sich an wie Blei.

»Sie klingen erstaunt, Miss Gillies.«

»Ich dachte, er wäre … einfach gestorben. Auf der Insel zurückgeblieben und dann verhungert und verdurstet. Nicht …« Sie starrte wieder auf die Fingerspitzen in der Ecke des Fotos.

Der Polizist kniff die Augen zusammen. »Miss Gillies, Mr Mathieson wurde ermordet. Nichts an seinem Tod deutet auf einen Unfall hin.«

Ermordet? Das Wort dröhnte in ihrem Kopf.

»Fühlst du dich schwach?«, fragte Sholto, der sah, wie blass sie war. »Sergeant, das ist ein furchtbarer Schock für sie«, wandte er sich an den Polizisten. »Effie, willst du dich hinsetzen?«

»Das glaube ich nicht«, murmelte sie und schüttelte langsam den Kopf. »Nein. Nein! Ich kenne jeden Einzelnen in diesem Dorf und niemand – absolut niemand – wäre zu einem Mord fähig.«

Alle schwiegen.

»Aber einer von ihnen hat es ganz offensichtlich getan, Miss Gillies. Und deshalb ist es sehr wichtig, dass Sie mir sagen, ob Sie irgendetwas auf diesem Bild erkennen.« Er trat zu ihr und tippte mit dem Zeigefinger auf das Messer. »Wie ist es damit?«, fragte er. »Haben Sie das schon einmal gesehen?«

»Das ist nur ein einfaches Anglermesser«, murmelte sie, während ihre Gedanken rasten. Sie starrte auf das Seil. Hatte er es geschafft, sich zu befreien? Das Seil durchzuschneiden? Aber wie? Als sie ihn zurückgelassen hatte, war er bewusstlos gewesen. »Auf der Insel gibt es jede Menge davon.«

»Was ist mit der Flasche?«

Sie schüttelte den Kopf. Sie war leer gewesen, aber nicht zerbrochen, als sie sie das letzte Mal gesehen hatte. »Wir hatten auf der Insel keinen Alkohol. Der Pfarrer war da immer sehr streng.«

»In der Woche vor der Evakuierung sind jede Menge Besucher auf die Insel gekommen. Vielleicht hat einer von ihnen die Flasche mitgebracht?«

Sie schluckte. »Vielleicht. Ich weiß es nicht.« Eine Lüge zog die nächste nach sich. Würde man auch den Kapitän befragen? Er war nicht von der Insel, kam nur gelegentlich vorbei. Den ganzen Monat vor der Evakuierung war er nicht mehr dort gewesen. Bestimmt würde man ihn und seine Rolle als Überbringer einer Mordwaffe vergessen.

»Nun, und was ist damit?«

Sie blickte hinunter in der Erwartung, seine Fingerspitze auf dem abgeschnittenen Stück Seil zu sehen – aber er tippte nur auf einen kleinen, kaum erkennbaren Gegenstand, den Effie zuvor nicht gesehen hatte. Sie hob das Foto näher an ihre Augen und spürte, wie ihr noch elender wurde, als sie die Form erkannte.

»Erkennen Sie diesen Gegenstand?«, fragte er.

Nein … das ergab keinen Sinn. Wie konnte das sein? Fieberhaft suchte sie nach einer Erklärung.

»Miss Gillies, haben Sie diesen Gegenstand schon einmal irgendwo gesehen?« Sein Ton war jetzt noch drängender.

»Effie?«, fragte Sholto, seine Hand an ihrem Arm, Verzweiflung in den Augen.

Sie sah die beiden an, und ihr Herz flatterte wie eine Nachtigall, die um ihr Leben singt.

Der Stift des Polizisten verharrte über dem Papier. »Miss Gillies? Wenn Sie es wissen, müssen Sie es mir sagen. Wem gehört diese Brosche?«

Danksagung

Ich habe das Gefühl, lange darauf gewartet zu haben, diese Buchserie zu schreiben. Bereits in einigen meiner vorherigen Bücher hatte ich mit einem historischen Hintergrund gespielt – *Das Leuchten eines Sommers, Sterne über Rom* –, aber irgendwie spürte ich immer eine merkwürdige Notwendigkeit, den Hauptteil der Geschichte in der Gegenwart zu verankern. Vor allem bei *Das Leuchten eines Sommers* kam es mir vor, als wären die historischen Figuren das eigentliche Herz der Erzählung, und der Wunsch, sich ganz und gar auf eine andere Zeit festzulegen, begann sich durchzusetzen.

Aber auf welche Zeit? Und welchen Ort?

Schließlich, nach einigen Jahren, stieß ich eines Sonntagmorgens zufällig auf einen winzigen Zeitungsartikel. Die Überschrift lautete: *Vor neunzig Jahren hat St. Kilda aufgegeben.* Ich hatte noch nie von St. Kilda gehört, aber eine kurze Google-Suche verriet mir, dass es sich um ein winziges Archipel am Rand der Äußeren Hebriden handelte, im Zentrum die kaum mehr als drei Kilometer lange Insel Hirta, hundertsechzig Kilometer vom Schottischen Festland entfernt. Sie war verlassen, seit die Inselbewohner im Sommer 1930 um ihre Evakuierung gebeten hatten, aber das war es nicht, was mich faszinierte. Es war dieses Wort: *aufgegeben.* Hatte etwas die Menschen dort gebrochen? Sie fortgetrieben?

Das war es! Ich las jedes Buch über St. Kilda, das ich finden konnte, sah mir verwackelte Schwarz-Weiß-Filme ohne Ton an, aufgenommen von frühen Touristen, und natürlich fuhr ich hin. Selbst heute noch ist die Überfahrt beschwerlich – vier Stunden bei heftigem Seegang, dann nur ein vierstündiger Aufenthalt auf der Insel, was viel zu kurz ist.

Als ich dort ankam, hatte ich geglaubt, ich wüsste bereits alles über die Insel, aber obwohl ich mich in Fotos, Illustrationen und Karten vertieft hatte, war ich überrascht. Die Insel ist zwar winzig, aber doch majestätisch, und die Berge sind viel steiler, als ich es erwartet hatte. Die Inseln sind heute in Besitz und unter dem Schutz des National Trust for Scotland, aber das Verteidigungsministerium betreibt leider noch eine kleine Militärbasis dort, und man hat eine Straße zum Gipfel des Mullach Mòr gebaut. Sie soll eine der steilsten auf den Britischen Inseln sein, und das kann ich bestätigen, nachdem ich dort mühsam hinaufgestiegen bin. Die Klippen, die sich über den Horizont erheben, sind ein wahrhaft bemerkenswerter Anblick.

Es gibt mehrere kleine Schifffahrtsunternehmen, die berechtigt sind, auf St. Kilda zu ankern, aber ich bin mit Go To St. Kilda gereist und danke unserem sehr erfahrenen Skipper Willie und seinem Ersten Offizier Gordon, der über ein riesiges Wissen über die Vogelwelt und das Meeresleben verfügt und auch über die Geschichte der Insel.

Beim Schreiben dieses Buches habe ich versucht, mich genau an alles zu halten, was ich über das Leben der Inselbewohner erfahren hatte, deshalb entsprechen die Beschreibungen der Details und der Örtlichkeiten den historischen Tatsachen – ob es nun darum geht, dass man den Kühen Ampfer gab, um sie beim Melken ruhig zu halten, oder um die Marktpreise von Papageientaucherfedern im Handel mit Polstermaterialien. Dennoch handelt es sich natürlich um Fiktion, und die Figuren und das, was sie im Rahmen dieser Serie tun, sind frei erfunden und haben keine Verbindung zu irgendwelchen realen Personen. Ich habe Vornamen benutzt, die unter den Inselbewohnern häufig vorkamen – Euphemia, Annie, Donald u. a. –, und auch die Nachnamen sind typisch. Bei der Volkszählung, die man bei der Evakuierung durchgeführt hat, gab es unter den sechsunddreißig Inselbewohnern nur fünf Nachnamen: Gillies, Ferguson, MacDonald, MacKinnon und MacQueen. Es erschien folgerichtig, jeder Heldin einen dieser Nachnamen zu geben – und ihr eigenes Buch –, aber ich habe bewusst darauf geachtet, nicht von tatsächlichen Inselbewohnern zu erzählen, deshalb ist die Kombination der Namen rein zufällig.

Ein Name und Titel, der den historischen Tatsachen entspricht, ist der des Grafen von Dumfries, und sein Wohnsitz war tatsächlich Dumfries House in Ayrshire. Es stimmt auch, dass MacLeod of MacLeod die Inselgruppe 1931 an den Grafen von Dumfries verkauft hat, ein Jahr nach der Evakuierung. Der Graf war ein begeisterter Ornithologe, und er war auch derjenige, der das Archipel zum Vogelschutzgebiet machte und es später dem National Trust for Scotland überließ. Tatsächlich war der Graf aber etwas jünger als in meiner Geschichte, und im Jahr 1930 waren seine Kinder noch Babys. Ich habe das Interesse des Grafen und seine spätere Eigentümerschaft St. Kildas als Basis für die Geschichte verwendet, aber die Figuren und das, was sie erleben, sind reine Fiktion.

Interessanterweise ist Dumfries House seit Jahren nicht mehr im Familienbesitz, aber der damalige Prinz Charles hat das Anwesen 2007 für die Öffentlichkeit bewahrt. Nachdem ich es selbst besucht habe, rate ich Ihnen, es zu besichtigen, sollten Sie einmal in der Gegend sein. Es enthält die größte Privatsammlung von Chippendale-Möbeln der Welt, und wir haben in den alten Stallungen Tee getrunken! Nach dem hausgemachten Kuchen gab es einen Rundgang durch den Irrgarten.

Ich habe die historischen Pläne benutzt, um Effie im zweiten Teil des Romans durch das Haus zu leiten, deshalb können Sie wirklich mit ihr durch die Flure wandeln. Allerdings gibt es hier eine Abweichung: In der Realität befindet sich der Graben, der die Anlage begrenzt, auf der Nordseite des Hauses, aber aus logistischen und dramaturgischen Gründen habe ich ihn auf der Südseite platziert.

Dies ist ein Werk, in dem viel Liebe steckt, und es war ein solches Privileg, mich in die Geschichte von St. Kilda vertiefen zu dürfen. Als ich von dort zurückkehrte, kam es mir vor, als hätte ich die Galapagosinseln oder die Antarktis besucht – so besonders, ungewöhnlich und entfernt sind diese Inseln. Ich danke meinem Verlag, Pan Macmillan, weil er uneingeschränkt hinter der Idee für diese Buchserie stand. Obwohl mich St. Kilda ungemein faszinierte, habe ich doch gezögert, meine Handlung an einem so abgelegenen Ort anzusiedeln, hundert Jahre in der Vergangenheit, ohne Kommunikationstechnik, Geschäfte, Nachtleben … Aber meine Lektorin, Gillian Green, und die Verlegerin Lucy Hale haben sofort erkannt, dass die Geschichte ohne diese äußeren Reize umso mehr von ihren starken, lebendigen Charakteren leben würde. Und auf einer Insel ohne Bäume und mit nur sechsunddreißig Einwohnern müssten sich diese Figuren sehr anstrengen und ziemlich genial sein, um ihre Geheimnisse zu bewahren – denn natürlich hatten sie welche!

Alle aus dem Team haben so hart gearbeitet, um dieses Buch zu gestalten, zu formen, zurechtzuschleifen, zu vermarkten und zu verkaufen, und ich möchte allen herzlich dafür danken. Ich bin so stolz auf das, was wir geschaffen haben.

Amanda Preston, meine unglaubliche Agentin, die mich antreibt, wenn ich es brauche, mich beruhigt, wenn ich gestresst bin, und lauter als alle anderen jubelt, wenn wir einen Erfolg haben – danke!

Natürlich bin ich auch auf die Unterstützung meiner Familie angewiesen, wenn ich wieder einmal für ein paar Monate innerlich abtauche. Bekanntlich spreche ich dann kaum einen Satz zu Ende, vergesse zu kochen und trage nur Jogginghosen, aber irgendwie lieben sie mich trotzdem. Und auch ich liebe sie alle, für immer.

Autorin

Karen Swan arbeitete lange als Modejournalistin für Zeitschriften wie *Vogue*, *Tatler* und *YOU*. Heute lebt sie mit ihrer Familie im englischen Sussex und schreibt Romane. »Der letzte Sommer« ist der Auftakt ihrer Serie »Die Inseltöchter«, die auf wahren historischen Ereignissen basiert. Dazu inspiriert wurde die Autorin von ihren schottischen Wurzeln: Die Familie ihres Vaters stammt von der Isle of Skye und zog später in die Highlands, wo Karen Swan als Kind zahlreiche Weihnachtsfeste und Sommerurlaube verbrachte.

Karen Swan im Goldmann Verlag:

Ein Geschenk von Tiffany. Roman
Ein Geschenk zum Verlieben. Roman
Ein Weihnachtskuss für Clementine. Roman
Winterküsse im Schnee. Roman
Winterglücksmomente. Roman
Sternenwinternacht. Roman
Winterwundertage. Roman
Das Funkeln einer Winternacht. Roman
Der Glanz einer Sternennacht. Roman
Der Zauber eines Wintertages. Roman
Winterträume im Schnee. Roman
Ein Geschenk zur Winterzeit. Roman

Sommerhaus mit Meerblick. Roman
Ein Sommer in den Hamptons. Roman

Sterne über Rom. Roman
Eine Insel zum Verlieben. Roman
Das Leuchten eines Sommers. Roman
Sommerträume am Meer. Roman
Sommer im Paradies. Roman
Sommernächte in Paris. Roman
Die Inseltöchter – Der letzte Sommer. Roman

(Alle auch als E-Book erhältlich)